DIE TOTE VON LORNEA ISLAND

GREGG DUNNETT

D1620763

Aus dem Englischen von
BERIT KOSTKA

Deutsche Erstausgabe Oktober 2020

© 2018 Gregg Dunnett

Alle Rechte vorbehalten. Das Werk darf ohne die schriftliche Genehmigung des Autors weder ganz noch teilweise in irgendeiner Form oder auf elektronische oder mechanische Weise, einschließlich über Datenspeicherungs- und Datenabrufsysteme, reproduziert werden, mit Ausnahme von kurzen Zitaten in einer Buchrezension.

Die englische Originalausgabe erschien 2018 unter dem Titel ›The Things You Find In Rockpools‹ bei Pole Hill Press, England

© 2020 für die deutsche Ausgabe: Berit Kostka

Übersetzung: Berit Kostka

Lektorat: Friederike Fischer

Korrektorat: Miriam Neidhardt

Umschlaggestaltung: Cool Water Creative, www.coolwatercreative.co.uk

Umschlagmotiv: © Ashley Wiley, iStock

Verlag und Druck: Old Map Books

ISBN: 978-1-912835-24-9

ANMERKUNG DES AUTORS

Dieses Buch spielt auf der fiktiven Insel Lornea Island irgendwo vor der Ostküste der Vereinigten Staaten von Amerika. Diese Insel existiert nicht wirklich, aber die folgende Karte gibt einen groben Überblick.

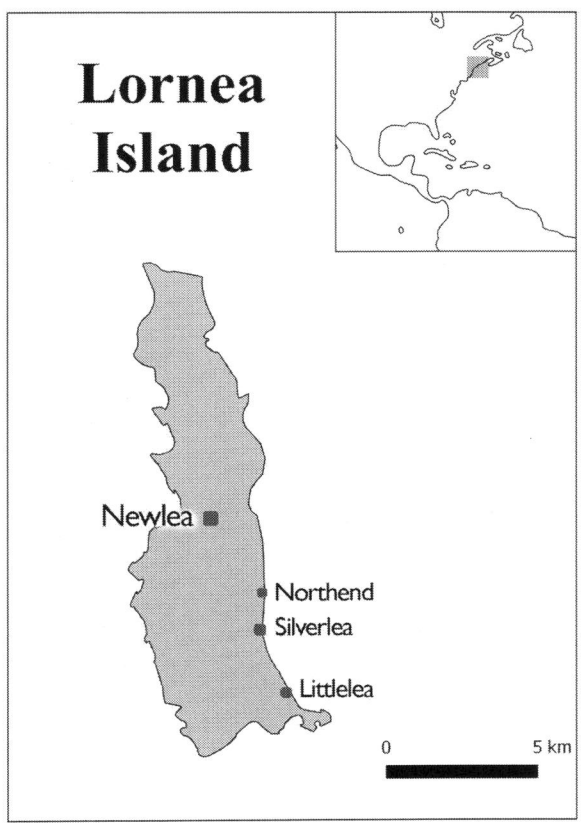

EINS

ICH ENTDECKE ihn von meinem Zimmerfenster aus. Er liegt auf halber Höhe des Strandes, angeschwemmt von der nächtlichen Flut. Nichts anderes stört die sanft gebogene Fläche aus blassem, silbrigem Sand, und so ist es unverkennbar, was da liegt – sogar aus dieser Entfernung. Komisch, ich habe schon immer gewusst, dass ich hier eines Tages so etwas finden würde. Man sieht das ja oft genug in den Nachrichten – angespülte tote Körper. Und jetzt habe ich so einen entdeckt.

Ich schnappe mir mein Fernglas. Ein großes Teil mit zehnfacher Vergrößerung, das sich nur schwer ruhig halten lässt. Obwohl ich es fest gegen das Fensterglas drücke, sehe ich eigentlich nur verwackelte Hautfetzen, ein gespenstisch weißes Stück Bauch und helles Rot, wo eine Wunde ihr den Rücken aufreißt. Definitiv eine »sie«. Sogar das kann ich erkennen. Weiblich, noch jung, liegt sie tot in einer Pfütze aus Blut und Meerwasser mitten auf dem Strand. Meinem Strand.

Plötzlich bemerke ich meinen Atem als kleine Wölkchen in der Kälte meines Zimmers. Bilde ich mir das Ganze vielleicht nur ein? Vielleicht schlafe ich, und das hier ist nur ein Traum? Aber der Rest meines Zimmers sieht echt aus. Mein Schrank steht offen, und meine Schuluniform hängt darin. Die Bilder an meiner Wand stimmen; das Periodensystem, mein »Meeresfische«-Poster mit all den lateinischen Namen. Das schaue ich mir genauer an. Würde ich träumen, wären sie falsch, denn man kann sie sich nur schwer merken. Ich schaue mir den Felsenbarsch an – *Morone saxatilis*. Das kann kein Traum sein.

Wieder werfe ich einen zehnfach vergrößerten Blick nach draußen. Diesmal fallen mir die Möwen auf. Einige kreisen über den angeschwemmten Überresten, andere stehen darauf, als wären sie ein neuer Fels, der über Nacht aufgetaucht ist. Dann sehe ich, dass sie nicht nur dort stehen, sondern sich auch herunterbeugen – und picken. Am Fleisch zerren. Eine Möwe bohrt ihren Schnabel tief in ein Auge hinein. Ich lasse das Fernglas sinken und überlege.

Ich sollte Dad Bescheid sagen. Ich weiß, dass ich das sollte. Aber irgendetwas hält mich zurück. Dad war in letzter Zeit irgendwie seltsam. Schon wegen Kleinigkeiten wird er wütend. Und bei so etwas wie dem hier tauchen bestimmt Polizei und Journalisten auf, und Dad hasst solche Leute. Wenn ich ihm von der Sache erzähle, besteht er vielleicht darauf, dass wir uns da raushalten. Vielleicht beschließt er sogar, dass wir heute Morgen gar nicht rausgehen, und dann bekäme ich keine Gelegenheit, diesen Fund zu untersuchen. Und wie oft bietet sich schon so eine Gelegenheit? Für jemanden wie mich ist das eine unglaubliche Chance. Ich meine, es ist natürlich auch traurig. Aber es hat keinen Sinn, bei solchen Dingen zu gefühlsduselig zu werden. In erster Linie ist es eine großartige Gelegenheit.

Also habe ich zwar ein leicht schlechtes Gewissen, aber mir ist sofort klar, dass ich Dad nichts sagen werde.

Übrigens, ich bin Billy. Ich bin elf Jahre alt, aber doch ein bisschen anders als die meisten Elfjährigen. Zumindest im Vergleich zu denen, die mit mir in die Schule gehen. Ich bin mir ziemlich sicher, Sie würden mir zustimmen, wenn Sie sie kennenlernen würden.

Zum Glück ist heute aber Samstag, also kein Schultag. An den Wochenenden haben wir einen ziemlich festen Tagesablauf. Als Erstes geht Dad immer surfen. Das tut er früh morgens, weil es am Strand später voller wird und er es nicht mag, mit anderen Menschen im Wasser zu sein. Ich gehe zwar immer mit, aber surfen tue ich nicht. Dafür müsste ich ins Wasser, und da gehe ich nicht rein. Aber ich sitze auch nicht die ganze Zeit im Pick-up und warte auf ihn. Das wäre wirklich langweilig. Ich habe immer viele Projekte am Laufen. Wie mein Baumhaus zum Beispiel. Das habe ich letztes Jahr gebaut, aus Zeugs, das Dad von der Arbeit übrighatte. Es liegt im Wald hinter den Dünen. Aber Sie würden es niemals finden, weil ich die Wände mit einem Tarnmuster bemalt habe. Das hat ewig gedauert. Und ich habe festgestellt, dass man Tarnfarbe gar nicht so kaufen kann. Was auch einleuchtet, wenn man darüber nachdenkt – die ganzen verschiedenen Farben würden sich im Eimer ja vermischen. Aber wie auch immer, das war letztes Jahr mein Projekt. Jetzt habe ich andere am Start. Bessere.

Heute aber denke ich natürlich überhaupt nicht an meine Projekte. Heute liegt etwas am Strand, was ich genauer anschauen will. Ich beschließe, Dad aufzuwecken und ihn so schnell wie möglich aus dem Haus zu bugsieren. So kann ich als Erster dort sein. Ich kann derjenige sein, der es entdeckt.

Dad steht normalerweise nach mir auf. Er kommt dann nach unten und macht sich einen Kaffee. Wenn es nicht regnet oder zu windig ist, trinkt er ihn immer draußen. Dann steht er in unserem kleinen Garten oben auf der Klippe und schaut über den Strand, um zu entscheiden, an welcher Stelle er an dem Tag surfen geht. Bei starker Dünung gehen wir normalerweise zu unserem Ende des Strandes nahe der Klippe, weil die Wellen dort kleiner und nicht so kraftvoll sind. Ist die Dünung flacher, fahren wir nach Silverlea, dem Ort in der Mitte der Bucht. Dort ist es zum Meer hin offener. Und wenn es gar keine Wellen hat oder der Wind zu stark ist, gehen wir natürlich überhaupt nicht surfen. Aber das ist meistens nicht so gut, denn dann ist Dad den ganzen Tag lang launisch.

In unserem Haus wohnen nur Dad und ich. Ich habe keine Geschwister. Auch keine Mutter. Nicht mehr. Und Dad erlaubt mir nicht, Haustiere zu halten. Nicht nach dem, was mit den Möwenküken passiert ist. Wir sind also nur zu zweit. Und wir wohnen hier oben in unserem Häuschen auf der Klippe schon, solange ich denken kann.

Heute Morgen mache ich aber den Kaffee. Und ich mache ihn mit möglichst viel Lärm, damit Dad aufwacht. Dabei schlage ich die Schranktüren zu und wühle mich auf der Suche nach einem Löffel laut klappernd durch das Besteck. Schließlich muss er sich beeilen, wenn ich derjenige sein soll, der den Körper entdeckt, verstehen Sie?

Wir haben einen dieser silbernen Kaffeekocher für den Herd, die man mit dem Kaffee in der Mitte zusammenschraubt. Ich weiß nicht, wie viel Kaffeepulver da hineingehört, aber ich weiß, dass Dad seinen Kaffee gern stark trinkt. Also fülle ich das Ding bis zum Rand. Es dauert nicht lange, und schon faucht und blubbert es, und das Zimmer füllt sich mit Kaffeeduft. Ich hole für Dad eine Tasse aus dem Schrank und knalle wieder die Schranktür zu. Dann höre ich, wie Dad oben ins Bad geht – sein übliches ausgiebiges Plätschern. Als es endlich verebbt, rufe ich nach oben.

»Dad, Kaffee!«

Dann gehe ich nach draußen, um noch einmal zu gucken. Sie liegt immer noch da, bis jetzt hat noch niemand sie entdeckt. Aber dann wird mir klar, dass es ein weiteres Problem gibt: die Wellen. Heute Morgen sind sie klein. Das bedeutet, dass Dad nach Silverlea fahren wollen wird, wo die Wellen größer sind. Normalerweise würde mir das nichts ausmachen, weil meine Projekte so verteilt sind, dass es keine Rolle spielt, wo Dad hin will. Aber der Körper liegt hier, an *unserem* Ende des Strandes. Wenn wir nach Silverlea fahren, muss ich die ganze Strecke zurücklaufen, und dann besteht die Gefahr, dass er in der Zwischenzeit von jemand anderem entdeckt wird. Und das möchte ich nicht. Ich will derjenige sein, der ihn findet.

Als Dad also mit dem Kaffee in einer Hand zu mir nach draußen kommt, denke ich bereits darüber nach, wie ich das Problem lösen könnte. Unauffällig schaue ich ihn an. Letzte Nacht ist er spät nach Hause gekommen, und ich glaube, er hat auch getrunken, denn er sieht etwas mitgenommen aus.

»Was sollte denn der ganze Lärm heute Morgen, Billy?« Dad reibt sich die Augen. »Ich dachte, du wirst umgebracht oder so.« Er lacht und trinkt einen Schluck.

»Lieber Gott. Der weckt ja Tote auf«, sagt er dann, und ich runzle die Stirn, weil ich nicht weiß, ob das nun gut oder schlecht ist.

Dad stellt die Tasse auf die vordere Mauer. Dann gähnt er und streckt die Arme über den Kopf. Er trägt nur Jeans und T-Shirt, die jetzt auseinanderklaffen, sodass ich alle seine Bauchmuskeln sehen kann. Er ist immer noch braun vom Sommer, obwohl es schon spät im Jahr ist. Das Gras ist nass vom Tau, und trotzdem hat er keine Schuhe an. Dad spürt Kälte nicht wirklich.

Wir stehen einen Moment lang schweigend da und schauen hinaus auf die Landschaft. Direkt vor unserer Mauer verläuft der alte Klippenpfad. Er wurde vor einer Weile gesperrt, weil er zu gefährlich ist, aber ich kenne immer noch einen Weg hinunter. Hinter dem Pfad geht es einfach steil nach unten zum Strand, der sich über sieben Meilen an der kleinen Stadt Silverlea vorbei bis hinauf nach Northend erstreckt. Auf der rechten Seite sieht man den Wald. Auf der linken Seite ist überall nur Meer. Die Aussicht von unserem Garten ist schon ziemlich toll.

»Sieht ganz okay aus, hm?«, sagt Dad und nimmt seinen Kaffee wieder in die Hand.

Was er meint, ist, die Wellen sehen okay aus. Von hier oben hat man einen Blick auf alles Mögliche, aber Dad hat nur Augen für die Wellen. Deswegen denke ich, dass mein Plan funktionieren wird. Ich warte ein paar Momente ab, bevor ich spreche, und lasse ihn beobachten, was unter uns passiert. Wie die Wellen heranrollen.

Vom Strand aus gesehen sind die Wellen nicht unbedingt alle gleich groß. Sie kommen immer in Gruppen, oder Sets. Zuerst kann es also so aussehen, als wären die Wellen wirklich hoch, aber dann, ein paar Minuten später, sind sie vielleicht schon viel kleiner. Jetzt gerade, während ich Dad noch schauen lasse, sind sie ziemlich groß. Eigentlich habe ich Glück, denn es sind wahrscheinlich die größten Wellen, die ich heute Morgen bisher gesehen habe. Perfekt für meinen Plan.

»Ja, scheint recht groß zu sein«, sage ich so beiläufig wie möglich. »Im Moment sehen die Wellen zwar eher klein aus, aber gerade bevor du rauskamst, waren sie ziemlich groß. Ich denke Littlelea.«

Hätte Dad die Wellen so lange beobachtet wie ich, wäre es sonnenklar, dass ich lüge. Offensichtlich wäre es zum Surfen weiter oben am Strand bei Silverlea, wo es weniger geschützt ist, viel besser. Aber der Körper liegt in Littlelea. Also muss ich Dad zu der Entscheidung bewegen, heute Morgen dort surfen zu gehen. Und dazu muss ich ihn davon überzeugen, dass die Wellen größer sind, als es tatsächlich der Fall ist.

Dad antwortet nicht sofort. Wir stehen gemeinsam da und schauen aufs Meer. Mein Fund müsste ihm eigentlich schon auffallen, wenn er denn hinschauen würde. Aber er schaut nicht auf den Strand. Seine Augen scannen den Horizont ab, um festzustellen, wo die heranrollende Dünung sich zu steilen Brechern aufzutürmen beginnt. Er wartet und nippt an seinem Kaffee. Und er hat Geduld. Die Minuten verstreichen, die brechenden Wellen laufen aus und das Wasser wird fast spiegelglatt. Ich versuche, möglichst überrascht auszusehen.

»Ich finde, die Wellen sind ein bisschen klein«, sagt Dad schließlich mit einem seltsamen Klang in der Stimme. »Ist alles klar bei dir heute Morgen, Billy?« Er dreht sich zu mir, und einen Moment lang befürchte ich, dass er wieder in eine seiner komischen Stimmungen verfällt. Aber er lächelt – irgendwie.

»Komm, wir fahren in die Stadt. Wir können nachher frühstücken gehen.«

Die *Stadt* ist Silverlea. Wir werden also zwei Meilen nach Norden fahren, am Fundort vorbei, und dann muss ich den ganzen Weg nach Littlelea wieder zurücklaufen. Klar bin ich enttäuscht. Aber die Aussicht auf ein Frühstück später ist ein kleiner Trost – wegen des Cafés, in das wir dafür gehen werden. Und jetzt kann ich ihn sowieso nicht mehr umstimmen, also sollte ich einfach das Beste daraus machen.

Dad trinkt seinen Kaffee aus, verzieht das Gesicht und wirft mir einen Blick zu.

»In fünf Minuten geht's los«, sagt er und geht ins Haus, um sich umzuziehen. Ich folge ihm hinein und fahre in der Küche eilig meinen

Computer herunter. Dann schnappe ich mir mein Fernglas, ein neues Notizbuch und meine Kamera und stopfe alles in meinen Rucksack. Als ich gerade meine Wanderschuhe anziehe, geht Dad an mir vorbei und sagt, ich solle mich beeilen. Als ich aus dem Haus komme, schwingt Dad bereits seinen Neoprenanzug auf die Ladefläche des Pick-ups. Mit einem feuchten *Platsch* landet er auf dem geriffelten Metall. Dads Surfbrett ist schon aufgeladen; eigentlich bleibt es sowieso immer im Auto. Ich zögere. Wenn er gut gelaunt ist, darf ich auf der Ladefläche mitfahren, auch wenn das eigentlich verboten ist. Wenn er schlecht drauf ist, muss ich vorne mit drinsitzen. Ich gehe das Risiko ein und klettere zum Brett hinten drauf, ohne ihm in die Augen zu schauen. Zuerst sagt er nichts, öffnet nur die Fahrertür. Aber dann, bevor er einsteigt, höre ich: »Wenn du irgendwo Polizei siehst, Kopf runter, okay?«

Dann steigt er ein, und ein paar Sekunden später springt der Motor an und schüttelt den Pick-up durch. Der Geruch unverbrannten Benzins steigt auf. Wir holpern unsere kleine Zufahrt zur Hauptstraße hinunter, von wo Dad dann sehr zügig den Hügel hinunterfährt und die ganze Straßenbreite ausnutzt, um die Kurven zu schneiden.

Von der Straße aus kann man vom Strand nicht viel sehen, nur manchmal blitzt er zwischen den Bäumen auf. Hat man erst den Fluss überquert, ist man schon ziemlich weit unten und die Dünen blockieren die Sicht. Die Fahrt dauert aber nur zehn Minuten und wir treffen unterwegs keine anderen Autos. Ich denke, das ist ein gutes Zeichen.

Wir fahren über einen Schleichweg in die Stadt und halten knirschend vorne auf dem Parkplatz am Strand an. Hier ist auch das Sunrise Café, wo wir zum Frühstücken hingehen. Es ist aber noch geschlossen.

Trotzdem sind wir nicht die Ersten hier. Schon vier andere Autos sind da; ich erkenne zwei von ihnen, sie gehören Dads Surfkumpeln. Die anderen beiden sind wahrscheinlich Gassigänger. Hoffentlich sind sie nach Norden gegangen, Richtung Northend, und nicht nach Süden in Richtung Littlelea, wo meine Entdeckung liegt. Von hier aus kann man den Körper wohl nicht sehen, deshalb bin ich zuversichtlich. Aber sicher kann ich erst sein, wenn ich an den Strand komme.

»Um zehn wieder hier«, sagt Dad. Vor ein paar Jahren hat er immer versucht mich zu überreden, mit ihm surfen zu gehen. Das tut er nicht mehr. Inzwischen hat er verstanden, dass ich nicht ins Wasser gehe.

»Alles klar«, sage ich. »Bis später.« Ich lasse ihn auf der Ladefläche des Pick-ups sitzend zurück, wo er in seinen Neoprenanzug steigt. Wenn sonst niemand in der Nähe ist, macht er sich nicht die Mühe, sich mit einem Handtuch zu bedecken.

Schnell laufe ich den schmalen Weg zum Strand hinunter. Am Anfang ist das noch leicht, weil es einen Bohlenweg gibt. Aber dann hören die Bohlen auf, und meine Füße versinken im weichen Sand. Endlich erreiche ich die Steine. Sie liegen in einer Reihe da – tellergroße, flache Steine. Dort halte ich an und ziehe mein Fernglas aus der Tasche. Noch bevor ich scharf stellen kann, erkenne ich, dass etwas nicht stimmt.

Da sind Menschen am Strand. Genau dort, wo der tote Körper liegt. Auf diese Entfernung kann ich nicht erkennen, wer das ist oder was sie da machen, aber es ist deutlich erkennbar, dass sie direkt daneben stehen.

Eine maßlose Enttäuschung packt mich. Es sind die Gassigänger. Warum konnten die nicht in die andere Richtung laufen? *Ich* habe den angeschwemmten Körper zuerst gesehen, schon vor über einer Stunde, und ich wollte der Erste sein, der bei ihm ankommt. Jetzt weiß ich nicht einmal mehr, ob ich ihn überhaupt zu Gesicht bekomme. Ich denke, die Küstenwache wird bald eintreffen. Oder die Polizei. Die ist in letzter Zeit überall in der Stadt unterwegs.

Ich stehe eine Weile da und lasse das Gefühl der Enttäuschung zu. Aber es hält nicht lange an. Denn wer auch immer dort aufkreuzt, kann schließlich den Körper nicht einfach so wegschaffen. Dafür ist er ein bisschen zu schwer. Ich nehme an, sie werden versuchen, den Bereich abzusperren, aber auch darauf deutet bisher nichts hin. Wenigstens noch nicht. Wenn ich mich beeile, kann ich ihn vielleicht doch noch untersuchen. Ich muss nur schnell sein.

Also laufe ich weiter, gerade unterhalb der Hochwasserlinie. Hier läuft es sich am besten, denn der Sand ist immer fest und eben. Außerdem findet man hier manchmal Dinge, die von der Flut angespült werden, was immer interessant ist. Heute aber schaue ich nicht auf den Boden. Ich halte meinen Blick nach vorn gerichtet und versuche beim Näherkommen mit jedem Schritt weitere Einzelheiten auszumachen. Dann, ich bin etwa auf halber Strecke, sehe ich einen Polizeiwagen, der langsam über den Strand zum Körper fährt. Ich blase meine Backen auf und seufze.

Ich weiß, was Sie denken. Es ist nicht wirklich normal für einen Elfjährigen, etwas Totes, das am Strand angespült wurde, untersuchen zu wollen. Aber wie ich schon sagte, ich bin nicht wie die meisten anderen Elfjährigen. Wahrscheinlich würden ein paar der Kinder in meiner Schule ein Selfie damit machen wollen oder so was Blödes. Aber an so etwas bin ich nicht interessiert. Ich will es einfach nur genau untersuchen. Wie ein richtiger Wissenschaftler.

Wenn Sie Silverlea kennen – falls Sie hier schon einmal Urlaub gemacht haben oder so –, dann wundern Sie sich wahrscheinlich auch über ein Polizeiauto, das so schnell und so früh am Morgen hier auftaucht. Aber so sind die Dinge hier im Moment nun mal. Diesen Herbst sieht man sie wirklich überall. Und das alles nur wegen dieses Mädchens. Dem aus den Nachrichten. Und wenn man bedenkt, dass nicht nur die Regionalnachrichten hier auf der Insel über sie berichten, sondern die *richtigen* Nachrichten, die mit Beiträgen über den Präsidenten, Erdbeben und solche Dinge, dann können Sie sich bestimmt vorstellen, wie es hier zugeht. Die ganze Insel redet von nichts anderem mehr. Wie konnte ein junges Mädchen einfach so verschwinden – von *hier*? Das scheint unmöglich.

Ich habe sie kennengelernt, das vermisste Mädchen: Olivia Curran. Eigentlich kann ich Ihnen das auch gleich erzählen, denn obwohl ich schnell den Strand entlanggehe, dauert es noch eine Weile, bis ich zum Körper komme. Also, sie hat in einem der Ferienhäuschen gewohnt, um die Dad sich kümmert. Ihre Familie hat hier Urlaub gemacht: sie, ihre Mutter, ihr Vater und ihr Bruder. Sie hatten eins der Seafield Cottages gemietet. Die sind teuer, liegen direkt am Strand, und man hat von den Schlafzimmern aus einen Blick aufs Meer. Tatsächlich liegen sie nicht weit von unserem Parkplatz von heute früh entfernt.

Eigentlich habe ich sie nur zufällig getroffen. Ich war gerade im Häuschen nebenan, um den WLAN-Empfang zu reparieren, als sie anreisten. Die Gäste der Woche davor hatten sich über häufige Ausfälle beschwert. Das ist noch etwas, um das ich mich kümmere: die WLAN-Konfiguration all der Ferienhäuschen, die Dad verwaltet. Mr. Matthews, Dads Chef, weiß, dass ich ein Händchen für Computer habe. Also lässt er mich das machen.

Aber egal. Ich hatte gerade das Problem behoben, als sie eintrafen. Sie kamen mit einem Jeep oder SUV oder so was an, vollgepackt mit Fahrrädern hinten und einem Dachkoffer obendrauf. Natürlich habe ich nicht mit ihnen gesprochen. Alle Seafield Cottages sind für Selbstversorger, und wenn Gäste anreisen, nehmen Sie sich den Schlüssel aus einem an der Wand befestigten metallenen Schließkasten mit Kombinationsschloss. Ich habe sie also, wie sonst auch alle Gäste, ignoriert. Aber dann beschloss ich, mir einen Snack aus dem Lagerraum der Cottages zu holen. Auf dem Grundstück der Häuschen steht eine kleine steinerne Hütte, in der wir die Bettwäsche und Handtücher zum Wechseln aufbewahren, und dort lagern auch kleine Packungen Kekse, die wir in die Begrüßungskörbe legen. Auf dem Weg dorthin, um mir ein paar Kekse zu stibitzen, trug ich also meinen Laptop vor mir her. In dem Moment muss sie mich gesehen haben. Denn als ich wieder herauskam, mein Laptop immer noch offen, kam dieses Mädchen aus ihrem Häuschen direkt auf mich zu.

»Entschuldige«, sagte sie etwas unsicher. »Wohnst du zufällig nebenan oder so? Wir sind gerade eben angekommen und kriegen das WLAN nicht zum Laufen.«

Ich sagte nichts. Ich konnte nicht, denn ich hatte einen Keks im Mund.

»Es ist nur so, ich habe deinen Computer gesehen. Und da habe ich mich gefragt, ob du vielleicht weißt, wie das geht.« Sie hatte blondes Haar, das an ihrem Hinterkopf zu einem Pferdeschwanz zusammengebunden war. Ein paar Strähnen flogen ihr aber lose ums Gesicht, die sie sich aus den Augen wischen musste.

»Hey, schon gut. Vergiss einfach, dass ich gefragt habe«, sagte sie und wandte sich schon halb ab. Ich nahm den Keks aus meinem Mund.

»Ich lebe hier. Ich muss nicht in den Ferienhäusern wohnen. Aber ich konfiguriere das WLAN für alle Häuschen, die Mr. Matthews gehören.«

Sie drehte sich wieder um und musterte mich von oben bis unten mit einem etwas zweifelnden Blick. »Oh. Okay. Na, das ist ja praktisch. Denn es scheint ja, ähm, *nicht* zu funktionieren«, sagte sie und lächelte. Sie hatte ein wirklich hübsches Lächeln.

»Es funktioniert. Ich habe es gerade eben repariert«, sagte ich zu ihr.

»Oh … Na ja, ähm, ich habe es eben gerade ausprobiert und es funktioniert eben irgendwie nicht.«

»Hast du das Passwort eingegeben?«, fragte ich sie. Viele Touristen sind ziemlich doof. Deshalb müssen wir für alles Gebrauchsanweisungen und Anleitungen in eine Begrüßungsmappe tun – selbst für so Dinge wie die Bedienung des Elektroherdes. »Es steht in der Begrüßungsmappe auf der …«

»Ja. Das habe ich gefunden. Es verbindet sich auch erst problemlos, aber dann bricht es dauernd ab.«

Das ärgerte mich, denn ich hatte davor genau das gleiche Problem gehabt und gedacht, ich hätte es behoben.

»Hast du an den Einstellungen irgendwas verändert?«, fragte ich hoffnungsvoll.

»*Nein.* 'türlich nicht.« Sie warf mir einen komischen Blick zu. »Wir sind doch gerade erst hier angekommen.«

Ich runzelte die Stirn. Hätte ich mir doch bloß keinen Keks geholt, dann hätte sie mich nicht erwischt. Ich überlegte, ins Cottage 2 zu gehen und von dort die Verbindung herzustellen, aber ich fürchtete, das Mädchen würde mitkommen wollen. Und es wäre einfach schneller, die Verbindung per Kabel direkt zu ihrem Router herzustellen.

»Ich muss wohl zu euch reinkommen und mich in den Router einstöpseln. Ist das okay?« Insgeheim hoffte ich, sie würde Nein sagen. Aber das tat sie nicht. Das Mädchen – da wusste ich noch nicht, dass sie Olivia hieß – machte eine schwungvolle, ausladende Bewegung mit ihrem Arm, als würde sie Theater spielen oder so was.

»Bitte sehr, nach dir.«

Sie hatte wirklich ein sehr hübsches Lächeln.

Der Router in Cottage 1 steht auf der Anrichte neben dem Küchentisch. Ich konnte sofort sehen, dass das LED-Lämpchen orange blinkte. Es sollte aber eigentlich durchgehend grün leuchten. Die Seafield Cottages sind alle offen gestaltet, und der Vater des Mädchens war auch da. Er räumte gerade Lebensmittel in den Kühlschrank ein.

»Oh, he, hallo?«, sagte er zu mir, als ich hereinkam, aber ich musste gar nicht antworten, denn das tat das Mädchen für mich. »Schon gut, er ist nur hier, um das WLAN zu reparieren.«

Ich stellte meinen Laptop auf den Tisch und wühlte in meiner Tasche nach dem Netzwerkkabel.

Der Vater räumte weitere Sachen weg, aber ich spürte, dass er etwas sagen wollte. Was er schließlich auch tat.

»Du bist noch recht jung dafür, dass du Computer reparierst«, sagte er mit einem Ton in der Stimme, den Erwachsene haben, wenn sie Kinder gönnerhaft behandeln. Ich drehte mich etwas weg und antwortete nicht.

»Weißt du, es macht nichts, wenn du das nicht hinkriegst«, fuhr er fort. »Wir werden eh die meiste Zeit am Strand sein, oder, Livvie?«

»Wie jetzt. Natürlich macht das was«, unterbrach ihn das Mädchen. »Vielleicht macht es dir nichts aus, aber es hieß, dieses Ferienhaus hätte WLAN. Was wäre denn, wenn du hier ankommst und es gäbe kein Badezimmer, aber es wurde als Haus mit Badezimmer angepriesen? Das würde dir ja auch nicht gerade gefallen, oder?«

»Schon gut«, sagte ich. Ich wollte den beiden nicht beim Streiten zuhören. »Das passiert leider manchmal. Aber wenn ich das System vom Administratorenbereich aus reboote, löst sich das Problem.« Ich klang zuversichtlicher, als ich war, denn eigentlich wusste ich auch nicht, warum die Verbindung immer wieder abbrach.

»Na, wenn das stimmt, würde mich das ziemlich beeindrucken. Und Olivia wäre dir sehr dankbar.« Er pausierte, und ich hoffte, dass er weggehen würde, aber er befüllte weiter den Kühlschrank.

»Du bist also der *Computerexperte von Silverlea?*« Er sagte das so, als wäre es eine richtige Jobbezeichnung oder so. »Hörst du das, Will?« Er sprach lauter, um die Aufmerksamkeit eines Jungen, etwa 14 Jahre alt, zu bekommen, der auf der anderen Seite des Wohnzimmers am Fernseher herumspielte. Der Vater wandte sich wieder mir zu. »Wir kriegen William morgens kaum aus dem Bett, geschweige denn dazu, einer verantwortungsvollen Arbeit nachzugehen!« Der Vater lachte, und ich nutzte die Gelegenheit, ihn zu ignorieren.

Es gelang mir, das Administratorenfenster auf meinem Bildschirm zu öffnen, und ich sah, dass ich recht hatte: Eine der Einstellungen war falsch. Das war leicht zu reparieren, aber ich wusste immer noch nicht, warum das andauernd passierte. Ich behob das Problem und nahm mir vor, es später zu googeln. Dann startete ich den Router neu. Ich wollte am liebsten direkt gehen, wusste aber, dass ich warten sollte, bis er wieder vollständig hochgefahren war, nur um sicherzugehen, dass jetzt auch alles funktionierte.

»Was gibt es denn für junge Leute hier so zu unternehmen?«, fragte mich der Vater, immer noch mit seiner »freundlichen« Stimme.

Ich mag es nicht, wenn Touristen mir solche Fragen stellen. Wie ich schon sagte, ich bin ein wenig anders als die anderen, ich weiß also gar nicht so genau, was die gerne machen. Einmal hatten mich Touristen das Gleiche gefragt, und ich hatte ihnen dann von meinem Projekt erzählt, bei dem ich die Anzahl der Eier von Mantelmöwen auf den Klippen untersuchte. Sie hatten mich damals angeschaut, als wäre ich durchgeknallt. Ich hatte ihnen zu erklären versucht, dass dies die größte Möwenart der Welt sei, mit der Flügelspannweite eines Adlers. Aber ich hatte es ihren Gesichtern angesehen, dass sie einfach dachten, ich sei komisch. Ich hätte Mr. Curran also niemals von meinem Krebsprojekt erzählt. Aber plötzlich hatte ich einen Einfall. Ich erinnerte mich an ein paar Plakate, die ich im Ort gesehen hatte.

»Nächsten Samstag findet eine Disco des Surf Lifesaving Clubs statt«, sagte ich. »Zum Ausklang der Sommersaison.«

»Ah. Die Surf Lifesaving *Club Disco*«, sagte er. Als wäre das genau die Art von Event, die er in einer so kleinen Stadt erwartete. »Siehst du, Livvie, ich habe dir doch gesagt, dass es hier Sachen zu tun gibt.«

Sie verdrehte ihre Augen, wandte sich aber auch an mich.

»Braucht man dafür Eintrittskarten?«, fragte sie und klang überraschend interessiert.

»Weiß ich nicht.« Ich wusste, dass *ich* keine brauchte, weil ich von hier komme. Aber wie das für Touristen war, wusste ich nicht. Mir wurde die Antwort erspart, weil genau in dem Moment das grüne Licht am Router aufleuchtete.

»Du kannst jetzt mal testen«, sagte ich zu dem Mädchen. Sie hatte ihr Telefon schon in der Hand. Sie hatte es die ganze Zeit über in der Hand gehabt, als hätte sie es gar nicht abwarten können, endlich ins Internet zu kommen. Und nun tippte sie ein paar Augenblicke lang auf dem Display herum.

»Hey, es geht«, sagte sie, ohne aufzuschauen. Sie tippte noch kurz weiter mit ihren Daumen auf dem Bildschirm herum. Dann schaute sie plötzlich auf.

»Da haben wir's. Silverlea Surf Lifesaving Club Disco zum Sommerende. Karten im Vorverkauf oder an der Abendkasse.«

Dann schaute sie mich mit einem richtig breiten Lächeln im Gesicht an. »Das ist echt cool, danke.« Sie war *wirklich* hübsch, wenn sie lächelte.

All das erzählte ich später der Polizei. Außer dass sie hübsch war, natürlich. Das behielt ich für mich. Aber trotzdem machte ich mir Sorgen, dass ich vielleicht Probleme bekommen könnte. Denn wenn sie an jenem Abend nicht zur Disco gegangen wäre, hätte sie auch nicht *von* der Disco verschwinden können. Aber die Polizistin, die meine Aussage zu Protokoll nahm, war wohl nicht der Meinung, das sei wichtig. Sie sagte, Olivia hätte so oder so davon gehört, wegen der ganzen Plakate, die in der Stadt hingen, und überhaupt. Andererseits war sie auch keine gute Kriminalbeamtin. Sie konnte gar nicht gut sein, denn sie merkte nicht einmal, dass ich sie anlog.

Das erklärt aber vielleicht ein wenig, warum ich mich in die ganze Olivia-Curran-Sache irgendwie verwickelt fühlte. Von Anfang an.

* * *

JETZT BIN ich schon fast bei der Gruppe am Strand angekommen. Sie ist in der Zeit, die ich zum Herlaufen brauchte, schon größer geworden. Jetzt parken neben dem angeschwemmten Körper ein Polizeiwagen *und* ein Pick-up der Küstenwache. Und aus der Nähe sehen die Wunden ziemlich schockierend aus: Sie schneiden tief durch die Haut, und man kann die darunterliegende Fettschicht sehen. Ich gehe näher heran, um mir die Verletzungen genauer anzusehen. Ich möchte herausfinden, was wohl die Todesursache war.

»Hey, Billy«, höre ich es rufen, und jemand steht plötzlich direkt vor mir und schneidet mir den Weg ab.

ZWEI

»Hi, Dan«, sage ich wenig begeistert, denn ich mag Daniel Hodges nicht besonders. Er arbeitet als Rettungsschwimmer. Er kennt Dad ziemlich gut, weil sie zusammen surfen gehen. Aber ich glaube, nicht einmal Dad kann ihn besonders gut leiden. Der Grund, weshalb ich ihn nicht mag, ist der, dass er immer so tut, als würde der Strand ihm gehören. Wie jetzt, als er mich daran hindern will, näher an den Körper heranzukommen.

»Ich weiß nicht, ob du dir das anschauen solltest, Billy. Es ist ziemlich gruslig.«

»Ist sie tot?«, frage ich und ärgere mich sofort über mich selbst. Es ist offensichtlich, dass sie tot ist. Aber manchmal kommen einfach Dinge aus meinem Mund, die ich nicht wirklich sagen will.

»Ja, mausetot, Billy«, entgegnet er schmunzelnd.

Ich versuche, um ihn herumzuspähen. Jetzt bin ich auch nah genug dran, um die anderen Unterhaltungen zu hören. Ein Mann, den ich nicht kenne, spricht mit dem Polizisten.

»Wissen Sie, um welche Art es sich handelt?«, fragt er. Er klingt wie ein Tourist. Im Winter kommen nicht viele hierher, aber ein paar schon.

»Wir sind uns nicht ganz sicher. Wir warten auf einen Experten vom Festland«, antwortet der Polizist. Er trägt Uniform. Polizeiuniformen sehen in echt immer so seltsam aus. Wirklich unpraktisch. »Der kann uns das dann vielleicht sagen.«

Ich unterbreche sofort und bin froh über die Gelegenheit, um Dan herumlaufen zu können.

»Es ist ein Zwergwal«, sage ich.

Der Polizist redet irgendwas davon, erst auf den Experten zu warten, aber der Tourist wendet sich mir zu.

»Woher weißt du das?«

»Das erkennt man an dem Abstand zwischen der Finne und dem Blasloch, und daran, wie aufrecht die Finne steht. Es ist ein Weibchen. Ein junges noch dazu.«

»Ja, na ja«, sagt der Polizist. »Wie ich schon sagte, wir werden sehen.«

»Zwergwale kommen normalerweise nur auf der nördlichen Hemisphäre vor, aber Südliche Zwergwale findet man auch im Südpolarmeer und rund um die Antarktis. Dieser hier ist aber kein Südlicher Zwergwal, weil die anders gezeichnet sind. Dies hier ist also nur ein normaler Zwergwal«, fahre ich fort. Ich war mir bei der Bestimmung der Art schon recht sicher, als ich ihn entdeckt hatte. Und jetzt aus der Nähe betrachtet gibt es gar keinen Zweifel.

Dan macht nun Platz, um mich einen genaueren Blick auf den Kadaver werfen zu lassen. Gleich hinter dem Kopf befindet sich eine große Wunde, die tief durchs Fleisch schneidet. Dicht unter der Haut ist sie dunkelrot, tiefer innen ist die Farbe heller. Der Wal liegt in einer Kuhle im Sand, die mit Blut und Meerwasser gefüllt ist. Er ist ziemlich klein für einen Wal, nicht viel länger als der Pick-up der Küstenwache.

»Was meinst du, was mit ihm passiert ist?«, fragt der Tourist. »Glaubst du, das könnte ein Hai gewesen sein?« Er klingt von dieser Idee ziemlich angetan, mit seinem Festlandakzent. Daher weiß ich, dass er ein Tourist ist. Wegen seines Akzents. Außerdem schwafeln Touristen andauernd von Haien.

Ich schaue mir die Wunde näher an. »Nein. Wir haben hier normalerweise keine Haie, die groß genug sind, um sich mit einem Wal anzulegen. Nicht mal mit einem Waljungen. Und es sieht nicht nach Bissspuren aus, eher nach einer Verletzung durch eine Schiffsschraube. Wahrscheinlich wurde es von seiner Mutter getrennt, als es in der Nähe eines Schiffes zum Atmen auftauchte.«

»Du scheinst dich mit Walen gut auszukennen«, sagt der Mann zu mir.

»Ich kenne mich mit allen Tieren gut aus, die auf Lornea Island leben«, sage ich ihm. »Wenn ich älter bin, werde ich Meeresbiologe. Ich führe jetzt schon Studien durch.« Plötzlich strotze ich vor Selbstbewusstsein, und so frage ich den Polizisten: »Wann kommt denn der Walexperte?«

Hoffentlich kann ich lange genug bleiben, um ihn oder sie kennenzulernen. Vielleicht findet er ja meine Einsiedlerkrebsstudie interessant. Es sei denn, er ist Experte nur für Wale. Es gibt Wissenschaftler, die sich nur auf eine Art oder eine Gattung spezialisieren. Andere sind etwas breiter aufgestellt. Es kann also für ihn interessant sein – oder auch nicht. Je nachdem.

»Er ist gerade auf der Fähre und sollte etwa um die Mittagszeit hier sein«, sagt mir der Polizist, und ich schaue auf meine Uhr. Ich muss um zehn wieder bei Dads Pick-up sein. Eine Weile kann ich zwar warten, aber so lange nicht.

DREI

ICH BLEIBE, so lange ich kann, und der Polizist lässt mich Fotos von dem Wal machen. Aber dann muss ich los. Während ich zurückjogge, hüpft der Rucksack auf meinem Rücken hin und her. Ich schaue, ob Dad noch im Wasser ist. Er wäre bestimmt sauer, wenn ich zu spät komme. Aber es sollte kein Problem sein. Die Wellen sind noch gut, er bleibt also wahrscheinlich ein bisschen länger im Wasser, als er gesagt hat.

Am Ende komme ich nur kurze Zeit nach ihm wieder beim Pick-up an. Die Tür steht offen und Musik schallt über den Parkplatz. Dad hat seinen Neoprenanzug bis zur Hüfte abgeschält und trocknet sich die Haare mit einem Handtuch ab. Er lächelt und pfeift, also hat das Surfen seiner Stimmung wohl gutgetan.

»Da liegt ein toter Wal am Strand«, erzähle ich ihm. »Unten bei Little-lea. Es ist ein Zwergwal.«

»Okay, Billy, und wie geht's dir?«, fragt Dad. Er meint das sarkastisch und will mir damit deutlich machen, dass ich nicht Hallo gesagt habe. »Hattest du Spaß?«

»Hallo, Dad«, antwortete ich, von vorne beginnend. »Ja, hatte ich, danke. Da liegt ein toter Wal am Strand.«

»Wie du schon sagtest.« Sein Lächeln ist bereits verschwunden. »Ich hab mich schon gewundert, was da los ist. Ich habe die Polizeiwagen am Strand gesehen.« Er sagt weiter nichts, aber seine Miene verdüstert sich etwas. Er mag die Polizei nicht sonderlich. Mochte sie noch nie.

»Es ist ein Weibchen. Ein wirklich junges noch dazu«, fahre ich fort.

»Hast du Lust auf Frühstück?«, fragt Dad und ignoriert einfach, was ich ihm erzähle. Er interessiert sich nicht besonders für die Tierwelt. Er geht arbeiten und er surft gern, und das war's auch schon. Aber das stört mich nicht allzu sehr. Hätte er nichts gesagt, hätte ich ihn daran erinnert, dass wir ins Café wollten. Ich habe eigentlich immer Hunger. Aber selbst wenn nicht, ins Sunrise Café gehe ich immer gern.

Das Café ist jetzt geöffnet. Es befindet sich im oberen Stockwerk des Surf Lifesaving Clubs, und von da oben hat man einen echt tollen Blick aufs Meer. Als Dad sich umgezogen hat, steigen wir die hölzerne Treppe hinauf und setzen uns an das Fenster, an dem wir immer sitzen. An den Wänden hängen einige Fotos von Surfern mit wirklich riesigen Wellen. Dad ist auch auf ein oder zwei davon zu sehen, obwohl man eigentlich nur schwer erkennen kann, wer das ist, weil er im Vergleich zur Welle so winzig ist. Die Fotos sind alle zu verkaufen. Manchmal kaufen also Touristen ein Foto von Dad und hängen es sich zu Hause an die Wand, als wäre er berühmt oder so. Man könnte meinen, dass ihm das nicht so gefallen würde, aber anscheinend stört es ihn nicht. Heute aber achte ich nicht auf die Bilder. Ich hole die Kamera aus meiner Tasche, bereit, ihm meine Walfotos zu zeigen.

»Hi, Leute, was kann ich euch bringen?« Als ich die Stimme höre, stelle ich die Kamera ab. Emily kommt mit ihrem kleinen Bestellblock und Stift zu uns herüber. Sie lächelt mich an, und ich kann ihr Parfüm riechen. Wie warme, weiche Blüten. Emily arbeitet im Sunrise Café, aber sie ist nicht bloß Kellnerin. Sie arbeitet nur hier, um sich etwas dazuzuverdienen, während sie ihren Doktor macht. Sie studiert Meeresbiologie. Sie ist eine echte Wissenschaftlerin. Ich mag Emily. Sehr sogar.

»Du kannst mir ein großes Frühstück bringen«, sagt Dad und reibt sich den Bauch. »Und Kaffee.«

»Das Surfen war also gut heute Morgen?« Sie lächelt ihn an, aber nicht lange. Sie ist nur höflich. Dann wendet sie sich mir zu.

»Und Billy. Du nimmst das Übliche?« Das ist ein Brötchen mit zwei Würstchen drin und viel Ketchup.

»Ja, bitte, Emily.«

»Und *Kaffee?*«, fragt sie. Sie zwinkert zwar nicht, wirft mir aber einen schelmischen Blick zu. Einmal habe ich Kaffee bestellt. Ich wollte sie irgendwie beeindrucken. Aber dann hat er mir nicht geschmeckt. Sie hat das bemerkt und mir dann stattdessen eine heiße Schokolade gebracht. Jetzt sagt sie also immer *Kaffee* dazu.

»Ja, bitte. Hast du den Wal gesehen? Es ist ein Zwergwal, ein Baby.«

»Ich habe davon gehört«, sagt sie. »Hatte aber noch keine Chance, ihn mir anzugucken.«

»Ich hab ein paar Fotos. Sie schicken einen Walexperten vom Festland her. Er kommt heute Nachmittag an. Vielleicht könnte Dad uns später alle hinfahren? Wenn Emilys Schicht zu Ende ist?« Ich schaue Dad hoffnungsvoll an. Es ist ein Schuss ins Blaue, aber man kann es ja mal probieren, wenn er gerade gut gelaunt ist.

»Tut mir leid, Billy. Ich muss arbeiten. Fensterrahmen streichen.«

Manchmal verstehe ich die Erwachsenen einfach nicht. Warum die Eile? Es ist doch schon fast Winter. Vor dem nächsten Jahr gibt es nicht mal Buchungen für dieses Häuschen. Sicher kann er die Fensterrahmen auch dann streichen, wenn nicht gerade ein Walexperte in der Stadt ist?

Emily spürt meine Enttäuschung und versucht, es mir etwas leichter zu machen. »Ich habe hier leider auch ein paar Dinge zu erledigen.« Sie wirft Dad einen kurzen Blick zu, als wollte sie ihm damit etwas mitteilen.

»Aber Dan wird dort sein. Ich meine, falls du möchtest, dass jemand ein Auge auf Billy hat?« Ihr Ausdruck ist offen und hoffnungsvoll.

Sie erinnern sich an Dan Hodges, den Rettungsschwimmer? Also, da gibt es etwas, das ich Ihnen noch nicht über ihn erzählt habe. Er und Emily sind irgendwie ein Paar. Vielleicht ist das auch ein bisschen Grund dafür, dass ich ihn nicht leiden kann. Es ist aber nichts Ernstes. Sie ist nur mit ihm zusammen, weil es hier niemand Besseren gibt. Ich bin mir sicher, wenn sie mit ihrem Doktor fertig ist, wird sie einen berühmten Forscher heiraten und keinen doofen Rettungsschwimmer. Vielleicht heiratet sie ja sogar mich, wenn ich ein berühmter Wissenschaftler bin. Wir könnten gemeinsam Forschung betreiben.

Dad denkt einen Moment lang nach. »Okay. Wenn du willst, kannst du da hingehen, Billy. Triff dich mit dem Wal-Typ und geh von da aus dann gleich nach Hause.«

Ich bin enttäuscht, dass Emily nicht mit mir kommen kann, aber auch nicht wirklich überrascht. Und unglücklich bin ich auch nicht, weil das immer noch tausendmal besser ist, als Dad beim Streichen zu helfen. Ich muss dann immer abschleifen, was nicht so viel Spaß macht wie das Malen.

»Lass dir bloß von der Flut nicht den Weg abschneiden, ja? Weißt du, wann Hochwasser ist?«

»Ich kann das schnell nachschauen, wenn du willst«, sagt Emily und zieht ihr Telefon hervor. Sie hat eine App mit den Uhrzeiten für Hoch- und Niedrigwasser. Ich brauche keine App. Ich lebe schon so lange am Strand, da habe ich die Gezeiten im Gefühl.

Ich wende mich wieder Emily zu. Sie lächelt, weil sie es mag, wenn sie mir helfen kann.

»Schon gut«, sage ich. »Ich habe ein paar Fotos von dem Wal. Möchtest du sie sehen?«

»Klar. Aber warte kurz. Ich bringe euch erst noch eure Bestellung.«

Dad und ich schauen ihr nach, wie sie zurück zur Küche geht. Sie trägt eine schwarze Hose, durch die sich ihr Hintern abzeichnet. Als ich Dad einen Blick zuwerfe, schaut er immer noch.

»Da war ein Tourist dort, der dachte, er wurde vielleicht von einem Hai getötet«, erzähle ich, als Emily mit unseren Getränken wiederkommt. »Aber ich habe ihm erklärt, dass solche Haie hier nicht vorkommen. Ich denke, er ist mit einem Schiff oder so was zusammengestoßen.«

Emily lacht über die Vermutung, dass es ein Hai gewesen sein könnte. Ein klares, frisches Lachen, das den Raum erfüllt und nach dem sich die anderen Gäste umdrehen. Das ist es, was ich so sehr an Emily mag. Sie weiß, dass die Haie, die hier vorkommen, zu klein sind, um einen Wal anzugreifen. Sie weiß fast alles über die Tierwelt von Lornea Island, auch wenn sie nicht wirklich eine Einheimische ist. Emily ist wie Dad und ich. Sie lebt jetzt hier, wurde aber nicht hier geboren. Früher kam sie immer im Urlaub her und wohnte bei ihrer Großmutter, bis die starb. Und jetzt lebt Emily die ganze Zeit hier. Vielleicht ist das noch ein Grund, warum ich sie mag. Wir sind beide keine richtigen Einheimischen, aber über die wichtigen Dinge wissen wir mehr als die.

»Es kann sein, dass das Sonar eines U-Boots ihn verwirrt hat. Ich habe darüber gelesen«, sage ich. »Wie sie davon völlig durcheinandergeraten. Dann kann es sein, dass er zu nah an einem Schiff aufgetaucht ist und von der Schraube getroffen wurde.«

Sie denkt kurz darüber nach.

»Ja, das könnte sein«, sagt sie. »Vielleicht brauchen sie diesen Walexperten gar nicht. Du hast das schon ziemlich gut durchschaut.«

Darauf bin ich ein bisschen stolz. Dann ruft der Typ in der Küche ihren Namen, weil unser Essen fertig ist.

Als sie weggeht, schaut Dad ihr diesmal nicht hinterher. Stattdessen greift er nach der Zeitung, die jemand auf dem Tisch hat liegen lassen. Es ist die *Island Times*. Einmal habe ich gesehen, dass sie ein Foto von einem toten Delfin gedruckt haben, der in Northend gestrandet war. Die Frau, die ihn gefunden hatte, war auch drauf. Deshalb wollte ich eigentlich derjenige sein, der den Wal findet, weil ich in die Zeitung hätte kommen können. Obwohl, wenn man es bedenkt, steht in der *Island Times* in letzter Zeit fast nichts anderes als diese Olivia-Curran-Sache drin. Vielleicht machen sie sich diesmal dann sowieso nicht die Mühe, ein Foto zu drucken. Auch in der Zeitung von dieser Woche handelt die Schlagzeile wieder von Olivia. Da steht:

Olivia – nach 3 Monaten immer noch keine Spur

Meiner Meinung nach ist das keine gute Schlagzeile, weil sie schon aussagt, dass es nichts Neues gibt. Sie hätten auch gleich schreiben können: »Heute nichts Neues!« Aber so was drucken die jetzt schon wochenlang. *Olivia – ist sie vielleicht noch auf der Insel? Der Fall Olivia: Polizei glaubt an Tod durch Ertrinken. Das Rätsel um Olivia: Polizei sucht weiter.* Dad schlägt die Zeitung auf und überfliegt die ersten drei Seiten, auf denen nur Zeugs über Olivia steht. Ich scrolle derweil durch die Fotos auf meiner Kamera. Zoome rein und raus. Dann kommt Emily zurück und bringt uns unser Essen.

»Bitte schön.« Sie stellt erst Dads Essen ab und dann meins. Da ist superviel Ketchup drin, und die Butter ist dick aufgetragen und schmilz dort, wo sie mit den Würstchen in Berührung kommt. Emily bemerkt, dass Dad die Zeitung aufgeschlagen hat.

»Gibt's was Neues?«, fragt sie.

Er schaut überrascht zu ihr auf und schüttelt dann den Kopf. »Nein. Ich verstehe nicht, warum die Polizei nicht einfach akzeptiert, dass sie ertrunken ist.« Dad sagt das immer. Er denkt, Olivia Curran habe an dem Abend beschlossen, schwimmen zu gehen, und habe dann Probleme bekommen.

»Ich schätze, ihre Eltern hoffen immer noch, dass sie lebend wieder auftaucht«, sagt Emily. »Die Ungewissheit muss schrecklich für sie sein. Ich wünschte, jemand würde herausfinden, was mit ihr passiert ist.«

Diese Art von Unterhaltung hört man hier in letzter Zeit häufig. Es ist fast so, als wären die Leute vom Fall Olivia Curran besessen. Ich weiß auch nicht warum. Es ist auch nicht das erste Mal, dass ein Tourist ertrunken ist. Jeder weiß, dass das Wasser gefährlich ist. Deshalb gibt es ja einen Wasserrettungsclub hier. Die Leiche von Ertrunkenen wird aber meist am nächsten Tag oder so angespült. Und das war bei Olivia nicht der Fall, also weiß man es nicht mit Sicherheit.

Normalerweise redet aber mit *mir* niemand über Olivia. Es ist, als dürften nur Erwachsene diese Unterhaltung führen. Wenn sie mit mir reden, tun sie so, als wäre es – was auch immer *es* ist – nie passiert. Und ich weiß auch warum: weil *eigentlich* alle denken, dass sie entführt und ermordet wurde. Oder dass sie vielleicht noch gar nicht tot ist und irgendwo in einem Keller festgehalten und jede Nacht vergewaltigt wird. Aber Emily ist anders. Sie behandelt mich wie einen Erwachsenen. Ich bin also nicht überrascht, als sie zu mir sagt: »Vielleicht solltest du deine detektivischen Fähigkeiten im Fall Olivia Curran einsetzen, Billy? Schließlich hast du das Rätsel um den toten Wal innerhalb von etwa fünf Minuten gelöst.« Ihr Lächeln macht deutlich, dass sie das nicht wirklich ernst meint.

Dad greift nach dem Ketchup und wirft ihr einen Blick zu. Als könnte er dieser Idee nichts Gutes abgewinnen.

»Setz ihm bloß keinen Floh ins Ohr. Er hat genug mit dem Zählen seiner Adlereier zu tun.« Er verdreht die Augen, aber sie schaut weg und lächelt mich an. Sie weiß von den Mantelmöwen. Ich habe ihr alles darüber erzählt. Auch Dad habe ich davon erzählt, aber er verwechselt sie immer noch.

Emily lässt uns mit unserem Essen allein, denn sie muss sich auch um andere Gäste kümmern. Ich beiße ein großes Stück von den Würstchen und dem Brötchen ab, sodass das Fett auf meinen Teller tropft. Mir ist klar, dass sie nur eine beiläufige Bemerkung gemacht hat, aber ich fange bereits an, darüber nachzudenken. Vielleicht sollte ich *tatsächlich* meine detektivischen Fähigkeiten auf den Fall Olivia Curran ansetzen. Der Gedanke überwältigt mich irgendwie. Denn schauen Sie doch mal in die Zeitung. Die Polizei scheint nicht weiterzukommen, und ich weiß aus eigener Erfahrung, wie inkompetent die sind. Vielleicht kann ich ja das Rätsel lösen? Ich male mir aus, was die *Island Times* schreiben würde: *Einheimischer Junge löst das Rätsel um Olivia!*

Das wäre sogar noch besser als das Foto von mir mit einem toten Wal in der Zeitung.

Und überhaupt. Niemand kennt diesen Strand so gut wie ich.

VIER

NACH DEM FRÜHSTÜCK zieht Dad los, um seine Streicharbeiten zu erledigen, und ich renne zurück an den Strand zu dem Wal. Jetzt ist die Flut schon viel weiter hereingekommen, fast bis dort, wo die kleine Gruppe immer noch um den Kadaver herumsteht. Als ich näher komme, sehe ich, dass jetzt ein zweites Polizeiauto da ist. Ich hoffe, dass damit der Walexperte angekommen ist.

Aber als ich schließlich da bin, werde ich enttäuscht. Es ist nicht der Walexperte. Es ist Mr. Matthews. Er ist Dads Chef. Ihm gehören all die Ferienhäuschen, um die Dad sich kümmert, und noch das große Hotel auf der anderen Seite der Stadt. Ich mag ihn nicht sehr, aber Dad verteidigt ihn immer. Er verdient bestimmt ein Vermögen, obwohl Dad die ganze Arbeit erledigt. Er fährt ein richtig dickes Auto, das man oft am Golfclub auf dem Parkplatz sieht. Heute ist es nicht da. Er wollte es wahrscheinlich nicht auf den Strand fahren und mit Sand verschmutzen.

Mr. Matthews unterhält sich mit einem anderen Polizisten. Der ist älter als der erste, und plötzlich fällt mir ein, wer er ist. Wann immer im Fernsehen eine Presseerklärung zu Olivia Curran kommt, ist er mit dabei. Er ist wohl ziemlich wichtig. Ich weiß, dass er es ist, weil er einen komischen Schnauzbart trägt, der nur den unteren Teil seiner Oberlippe bedeckt, als würde sich dort eine Raupe ausruhen. Und weil er dunkelhäutig ist. Denn auf der ganzen Insel gibt es kaum Schwarze. Jetzt streicht er sich über den Schnurrbart, während er mit Mr. Matthews spricht.

Ein weiterer Polizist kommt dazu. Es ist der, mit dem ich vorhin gesprochen habe. Er erzählt, dass er denkt, es sei ein Zwergwal, und wie er womöglich durch eine Schiffsschraube getötet wurde. Dann zieht Mr. Matthews den leitenden Polizeibeamten zur Seite, dahin, wo ich stehe. Mr. Matthews schenkt mir eine Art anerkennendes Lächeln, denn er weiß, dass ich mich um das WLAN kümmere. Aber er sagt nichts zu mir.

»Larry«, sagt er zum Polizeichef. »Wir haben hier wegen dieses Mädchens schon mit jeder Menge schlechter Presse zu tun. Ich möchte das nicht noch verstärken mit einem ...« Er schaut zu dem Wal hinüber. »Mit einem *Kadaver*, der am Strand verrottet.« Den letzten Teil sagt er sehr leise, aber ich habe gute Ohren. Der wichtige Polizist streicht sich noch immer über den Schnurrbart, so als würde er sich Mr. Matthews' Worte durch den Kopf gehen lassen.

»Das verstehe ich, Jim. Wirklich. Wir haben jemanden von der Uni hergebeten, der jetzt mit der Fähre kommt. Sobald der fertig ist, kümmern wir uns darum, dass er wegkommt.«

Mr. Matthews seufzt und schaut sich auf dem Strand um. Inzwischen lungern etwa zehn Touristen um den Wal herum und beobachten, was passiert. Einige machen Fotos. Und fünf oder sechs weitere Personen kommen von der Stadt her über den Strand gelaufen.

»Ich weiß nicht, ob du das wirklich verstehst, Larry. Er wird in etwa einer halben Stunde eh vom Hochwasser bedeckt sein. Wie wäre es, wenn ich ein Boot organisiere? Wir könnten ihn weit hinaus ins Meer ziehen und ihn so schnell und sauber loswerden. Bevor die Presse hier aufkreuzt. Die Stadt kann wirklich keine blutigen Bilder gebrauchen.«

Auch das kann ich alles hören, aber kaum glauben. Ich möchte sie am liebsten unterbrechen und ihnen erklären, dass der Experte Tests und eine Autopsie durchführen wollen wird. Aber ich weiß, dass ich Mr. Matthews und den wichtigen Polizisten nicht einfach unterbrechen kann. Dad könnte seinen Job verlieren. Ich könnte festgenommen werden.

»Komm schon, Larry. Die verdammte Flut wird ihn noch direkt vor die Stadt spülen, wenn wir nichts unternehmen. Dann wird es nur noch schlimmer aussehen. Du kannst sagen, es sei eine Gefahr für die öffentliche Gesundheit. Da wird niemand mit dir diskutieren.«

Der Polizist steht einen Moment lang da. Er streicht sich immer noch über den Schnauzer.

»Kannst du rechtzeitig ein Boot herkriegen?«

»Klar.«

Der Polizist trifft eine Entscheidung.

»Okay. Wenn du ihn wegschaffen kannst, dann tue es. Es ist einfacher, ihn von hier aus abzuschleppen. Vor der Stadt ist die Brandung höher. Wir nehmen einfach das als Begründung, falls sich jemand beschwert.«

»Geht doch, Larry«, sagt Mr. Matthews. »Geht doch.« Er klopft ihm auf den Rücken, zieht sein Handy hervor und wählt sogleich eine Nummer.

Ich bin entsetzt, aber ich kann nichts machen, außer hoffen, dass der Walexperte hier eintrifft, noch bevor sie den Wal abschleppen können. Keine Ahnung, vielleicht kann er sich ja über den Polizeichef hinwegsetzen. So wie der Haiexperte im Film *Der weiße Hai*. Allerdings ist *Der weiße Hai* jetzt auch kein sehr realistischer Film. Besonders der Teil, wo der Hai versucht, das ganze Boot aufzufressen. Das würde so niemals passieren. Er würde mal in ein Boot hineinbeißen, um herauszufinden, was das ist. Sobald er aber feststellt, dass es nichts Essbares ist, würde er abziehen und eine Robbe oder so verspeisen. Das sind meine Gedanken, während Mr. Matthews sich ein wenig entfernt und eine Weile am Handy spricht. Dann kommt er zurück und redet wieder leise mit dem Polizisten.

»Alles klar. Kevin wird in vierzig Minuten hier sein.« Dann schüttelt er den Kopf und sagt noch etwas anderes, aber diesmal redet er wohl nur mit sich selbst.

»Das fehlte noch. Erst das Mädchen und jetzt das hier. Wir können von Glück reden, wenn in der nächsten Saison noch irgendjemand herkommt.«

Danach gehen die beiden Polizisten zum Kofferraum des Polizeiwagens und kommen mit zwei Schaufeln in der Hand zurück. Sie fangen an, auf beiden Seiten des Walschwanzes Löcher zu graben. Viele denken, der Schwanz eines Wals werde als Fluke bezeichnet. Dabei ist es nur die Schwanzflosse, die so genannt wird. Wie ich schon sagte, ist die korrekte Bezeichnung für den ganzen Schwanz einfach *Schwanz*. Ich stelle mich so dicht daneben, wie ich mich traue, und versuche mit den Füßen den Sand wieder in das Loch zurückzuschieben. Aber das ärgert sie bloß und sie fordern mich auf, Abstand zu halten. Es gibt also nichts, was ich danach noch tun kann. Immerhin sind es *Polizisten*. Stattdessen schaue ich auf meine Uhr und lege immer wieder die Stirn in Falten. Die Fahrt hierher von Goldhaven, wo die Fähre anlegt, dauert vierzig Minuten. Aber ich weiß nicht, mit welcher Fähre der Walexperte ankommt. Hoffentlich beeilt er oder sie sich.

Ich bin so sehr mit diesen Gedanken beschäftigt, dass ich gar nicht mitkriege, wie die Polizisten ein Seil unter die Fluke legen. Sie wickeln es zweimal drum herum und verknoten es. Ärgerlicherweise machen sie das ganz gut. Als sie fertig sind, steht das Wasser schon sehr nah, und ein Fischerboot wartet gleich hinter der Brandungszone. Wie ich Ihnen schon gesagt habe, sind die Wellen heute an diesem Ende des Strandes nicht sehr hoch. Ich schaue zu, wie die Männer auf dem Boot eine mit einer Leine am Heck befestigte Boje hinter sich herziehen, und es dauert nicht lange, bis sie an den Strand gespült wird und die Polizisten sie einsammeln können. Dann befestigen sie die Boje an dem am Walschwanz angebrachten Seil. Und dann warten wir alle.

Etwa fünfzehn Minuten später steht die Flut so hoch, dass der Wal vollständig von Wasser umgeben ist und nun wie ein Fels aus den Wellen herausragt. Das Boot versucht ein paarmal an ihm zu ziehen, noch bevor er überhaupt aufschwimmt, und hat keine Chance. Aber sie versuchen es immer wieder, mit viel Geschrei, und dann, zehn Minuten später, bewegt sich der Wal plötzlich. Für den Bruchteil einer Sekunde denke ich fälschlicherweise, dass er nie tot war. Aber dann wird mir klar, dass er nun schwimmt, und das Boot zieht ihn langsam ins tiefere Wasser. Eine Welle bricht über ihm, und er verschwindet für einen Moment. Als er wieder auftaucht, sieht er glänzend und sauber aus. Dann dreht er sich um und wir können die weiße Unterseite sehen. Und langsam wird er aufs Meer hinausgezogen.

Eine halbe Stunde später ist er kaum noch zu erkennen: Das Boot zieht ihn nun um die Landzunge herum. Ich weiß nicht, wo sie ihn hinschaffen. Weg von der Insel, denke ich. Dem Boot schaue ich nach, bis es hinter den Felsen verschwunden ist. Dann drehe ich mich um, immer noch wütend darüber, was da passiert ist. Und da sehe ich einen Mann auf den Dünen beim Parkplatz stehen. Ich kenne ihn nicht, aber nach der Art zu schließen, wie er angezogen ist, dem Rucksack, den er trägt, und der komischen runden Brille, die er auf der Nase hat, glaube ich, dass er der Walexperte sein muss.

FÜNF

ALS ICH NACH HAUSE KOMME, ist Dad nicht da. Also zünde ich den Holzofen an und mache das Abendessen. Normalerweise schalte ich beim Kochen den Fernseher ein, aber heute nicht. Ich bin zu sehr mit meinen Gedanken beschäftigt.

Was mit dem Wal passiert ist, macht mich wirklich wütend. Nicht nur, weil ich den Walexperten nicht treffen oder ihm von meiner Einsiedlerkrebsstudie erzählen konnte, sondern weil ich weiß, dass die Polizei falsch gehandelt hat. Hätten sie gewartet, bis der Experte da war, hätte er die Wunden vermessen, Proben nehmen und alle möglichen anderen Dinge machen können, die für die Wissenschaft nützlich gewesen wären. Aber jetzt geht das nicht mehr. Sie haben das größte Beweisstück weggeschmissen, das sie hatten.

Ich kann nicht anders, als einen Zusammenhang dazu herzustellen, dass die Polizei nicht herausfinden konnte, was mit Olivia Curran passiert ist. Die Polizistin, die mich befragte, hat meine Informationen darüber, wie Olivia Curran von der Surf Lifesaving Club Disco gehört hatte, praktisch ignoriert. Wenn sie schon diese Art von Fehler machen, was haben sie dann sonst noch alles übersehen? Dann denke ich an Emily und daran, wie ihre Miene immer ganz besorgt wird, wenn sie von diesem Mädchen spricht. Ich weiß warum. Weil sie befürchtet, dass das, was auch immer Olivia Curran widerfahren ist, auch ihr zustoßen könnte. Vielleicht sollte ich also *doch* in dem Fall ermitteln? Vielleicht könnte ich ihn lösen, nachdem die Polizei es doch nicht geschafft hat? Schließlich sagt Dad ja auch immer, die Polizei sei unfähig und korrupt.

Komischerweise glaube ich, es könnte durchaus auch hilfreich sein, dass ich ein Kind bin. Schauen Sie nur mal, wie sich Mr. Matthews und der Polizist heute am Strand unterhalten haben. Sie sind von den anderen Erwachsenen weggerückt, weil sie nicht belauscht werden wollten, haben aber kaum bemerkt, dass *ich* in der Nähe stand. Viele im Ort behandeln mich so, als wäre ich irgendwie unsichtbar. Also ist es vielleicht doch keine so verrückte Idee, dass ich versuche, den Fall zu lösen? Ich arbeite schließlich auch an all meinen anderen Projekten, und darin bin ich richtig gut.

Auf der anderen Seite habe ich schon so viel um die Ohren, allein mit meinem Projekt und auch mit der Schule und so.

Ich weiß es nicht. Beim Kochen ändere ich sowieso immer wieder meine Meinung. Ich mache Spaghetti Bolognese, weil Dad und ich das gerne essen.

Aber dann sagt Dad, als er nach Hause kommt, er sei müde, und er hat wieder eine seiner komischen Launen. War wohl zu viel Streicharbeit für ihn. Als Erstes macht er sich ein Bier auf. Dann nimmt er sich, ohne ein Wort zu sagen, sein Abendessen und setzt sich vor den Fernseher. Manchmal schaue ich mit ihm mit, aber heute Abend bin ich immer noch irgendwie von allem genervt und denke viel nach. Also esse ich in der Küche. Dann gehe ich auf mein Zimmer. Ich müsste noch Hausaufgaben machen, aber meine Bücher hole ich nicht heraus. Stattdessen öffne ich eine neue Word-Datei auf meinem Computer und schreibe alles auf, was ich noch vom Fall Olivia Curran weiß. Ich notiere Folgendes:

Datum des Verschwindens: 26. August

Ort: Silverlea Surf Lifesaving Club (Disco zum Sommerende)

Zusammenfassung:

Olivia Curran war ein sechzehnjähriges Mädchen, das mit ihrem Bruder (14) und den Eltern (Alter unbekannt, aber recht alt) zwei Wochen lang im Seafield Cottage 1 gewohnt hat. Nach etwa einer Woche Aufenthalt besuchte sie die Silverlea Surf Lifesaving Club Disco, etwa 50 Meter von ihrem Haus entfernt am Strand. Ihre Eltern behaupten, sie sei in dieser Nacht oder am nächsten Morgen nicht nach Hause gekommen.

Am Sonntag, dem 27. August, wurde eine polizeiliche Suchaktion gestartet, mit Polizisten von der Insel und später auch vom Festland. Es waren viele Polizeiwagen da (einmal habe ich sieben an einem Ort gezählt). Manche Polizisten hatten Hunde dabei, und es kam ein Hubschrauber, der auf dem Strand landete. Auch viele Einheimische aus der Stadt halfen bei der Suche, aber Dad nicht (und ich auch nicht). Niemand fand auch nur eine Spur von Olivia.

Am Montag, dem 28. August (da waren noch Ferien, also musste niemand zur Schule), ging die Suchaktion weiter und wurde sogar noch größer. Jetzt waren ziemlich viele Polizisten da, und auch die Küstenwache war mit ihren kleinen Booten und mit Tauchern in der Bucht unterwegs. Und ein zweiter Hubschrauber kreiste den ganzen Tag lang über der Stadt. Die Geschichte war in allen Zeitungen zu lesen. Bei einigen landete sie sogar auf der Titelseite. Bei einigen überregionalen Zeitungen meine ich, nicht nur bei der *Island Times*.

Am Dienstag, dem 29. August, ging die Suche noch weiter. Morgens kam eine Polizistin zu unserem Haus, um mit Dad zu sprechen, weil die Familie in einem von uns verwalteten Haus wohnte. Aber Dad sagte, er habe sie nicht einmal kennengelernt. An dem Punkt stellte ich meine Informationen darüber zur Verfügung, wie Olivia von der Disco gehört hatte. Am Nachmittag beobachteten Dad und ich von unserem Garten aus, wie die Polizei in den Dünen nach Spuren suchte. Auch als es schon dunkel war, machten sie weiter; man konnte den Schein der Taschenlampen sehen, die sie in der Dunkelheit herumschwenkten.

Ich fange mit dem Eintrag für Mittwoch an, bemerke aber, dass ich nicht viel zu sagen habe, außer dass die Suche weiterging und niemand etwas herausfand. Und das Gleiche könnte ich für jeden Tag sagen, der seither vergangen ist.

Ich entscheide, dass der wahrscheinlich wichtigste Teil die Nacht ist, in der sie verschwand. Also gehe ich ins Internet und auf die Webseite der *Eastern Daily News*. Ein paar Wochen nach Olivias Verschwinden war darin eine Zeitachse mit ihren letzten bekannten Aufenthalten veröffentlicht worden. Ich kopiere sie und füge sie in meine Datei ein:

Zeitachse

Samstag, 20:30 Uhr – Olivia trifft mit ihrer Mutter, ihrem Vater und Bruder auf der Silverlea Surf Lifesaving Club Disco zum Sommerende ein. Sie schließt sich sofort einer Gruppe junger Mädchen an, die sie in der Woche davor kennengelernt und mit denen sie sich angefreundet hat.

Samstag, 21:00 Uhr – Olivia und ihre Freunde holen sich Essen vom Grill, und es wird beobachtet, wie die Gruppe gemeinsam trinkt und lacht.

Samstag, 22:00 Uhr – Olivia und Freunde gehören mit zu den Ersten, die tanzen, und tun dies etwa eine Stunde lang. Dabei halten sie sich im vorderen Teil des Saals auf. Olivia scheint entspannt zu sein und Spaß an der Party zu haben.

Samstag, 22:37 Uhr – Olivias Familie verlässt die Party, um zu ihrem

Ferienhaus zurückzukehren, das keine 100 Meter von dem Saal entfernt liegt. Olivias Mutter spricht mit ihrer Tochter und sagt ihr, dass sie bis Mitternacht wieder bei der Familie sein solle, was Olivia auch verspricht zu tun. Dies ist das letzte Mal, dass Olivia von einem Familienmitglied gesehen wird.

Samstag, 23:00 Uhr – Olivia und ihre Gruppe von Freunden gehen nach draußen, bleiben aber auf dem Gelände der Party, unterhalten sich und trinken weiter.

Zwischen 23:00 Uhr und 01:00 Uhr wird Olivia mehrere unbestätigte Male gesehen, sowohl am Strand als auch im Saal.

Sonntag, 01:15 Uhr – Die Party geht langsam zu Ende. Viele der Gäste sind zu diesem Zeitpunkt schon gegangen. Diejenigen, die noch da sind, sind junge Leute und Teenager, viele davon sehr betrunken.

Sonntag, 01:30 Uhr – Die Disco ist offiziell zu Ende, der Saal wird geschlossen und die Türen werden verriegelt. Eine Gruppe junger Gäste bleibt noch eine Weile draußen stehen. Viele gehen dann weiter zu einer Party, die in einem von Mitgliedern des Silverlea Surf Lifesaving Clubs gemieteten Apartment in der Princes Street 45 stattfindet. Es gibt widersprüchliche Berichte darüber, ob Olivia diese After-Party besuchte oder nicht.

Sonntag, 04:00 Uhr – Die spontane Party in der Princes Street Nr. 45 geht zu Ende, und die meisten Partygäste gehen entweder nach Hause oder in ihre Ferienunterkünfte oder übernachten im Apartment in der Princes Street.

Sonntag, 08:00 Uhr – Susan Curran stellt fest, dass ihre Tochter Olivia nicht zum Ferienhaus zurückgekehrt ist, nimmt aber zu diesem Zeitpunkt an, dass sie woanders übernachtet hat. Die Familie verständigt die Polizei erst kurz vor dem Mittag.

Sonntag, 11:45 Uhr – Joseph Curran kontaktiert die Polizeiwache in Silverlea, um seine Tochter Olivia als vermisst zu melden.

Inzwischen ist es schon spät geworden. Ich lese mir alles noch mal durch, was ich aufgeschrieben habe, und bin mir irgendwie unsicher. Ich beschließe, dass Emilys Idee, ich solle im Fall Olivia Curran ermitteln, doch ein wenig zu schräg ist. Außerdem bin ich ziemlich müde. Ich klicke auf das »x«, um die Datei zu schließen, und der Computer fragt mich, ob ich sie speichern möchte. Fast lehne ich ab, aber im letzten Moment ändere ich meine Meinung. Nachdem ich kurz nachgedacht habe, erstelle ich einen neuen Ordner mit der Bezeichnung »Napfschneckengehäuse« und speichere sie dort ab. Ich habe festgestellt, dass nicht viele Menschen an Napfschneckengehäusen interessiert sind. Wenn also mein Computer jemals gehackt werden sollte, ist es weniger wahrscheinlich, dass in einem Ordner mit einer Bezeichnung wie dieser herumgeschnüffelt wird. Anschließend schütze ich die Datei noch mit einem Passwort, so wie ich das bei all meinen Sachen mache. Man kann ja nie vorsichtig genug sein.

Dann schlüpfe ich in meinen Schlafanzug und gehe ins Bett.

SECHS

DAD WACHT SPÄTER auf als sonntags üblich. Wir fahren wieder nach Silverlea, weil die Wellen immer noch klein sind. Als er ins Wasser gegangen ist, überlege ich, vielleicht herauszufinden, ob der Wal irgendwo angespült wurde. Aber ich konnte ihn vorhin von oben auf der Klippe aus nirgends sehen, also ist eine Suche wohl nicht wirklich sinnvoll. Vielleicht ist er ja untergegangen. Stattdessen beschließe ich, ein bisschen an meinem Einsiedlerkrebsprojekt weiterzuarbeiten. Also laufe ich den Strand entlang hoch nach Northend.

Northend ist ein komischer Ort. Vor Jahren wurde auf der Landzunge dort Silber abgebaut. So hat die Stadt ihren Namen erhalten: Silverlea. Das Silber konnte sich sehen lassen, dort wurden richtige Nuggets ausgegraben. Die Klippen waren von Tunneln durchzogen, die mancherorts bis an den Strand reichten. Aber dann kam eines Tages ein richtig schwerer Sturm, und die Wellen rissen die Klippen weg. Fast die gesamte Mine stürzte ein. Es war wirklich schlimm, und viele der Minenarbeiter kamen dabei ums Leben. Aber das ist lange her, es ist also nicht mehr wirklich von Bedeutung. Was ich sagen will, ist, dass die ganzen Silbernuggets, die dort ausgegraben und für den Versand aufs Festland gelagert wurden, auch alle an den Strand gespült wurden. Dort waren sie dann im Sand und in den Spalten zwischen den Felsen da oben versteckt.

Auch jetzt soll man bei Northend in den Gezeitentümpeln und im Sand noch Silbernuggets finden können.

Als ich klein war, haben mein Dad und ich viele Stunden in Northend

verbracht. Ich mit meinem kleinen Eimer und Kescher und er mit hochge-
krempelten Ärmeln und offenem Hemd. Wir haben die Gezeitentümpel
durchsucht, in der Hoffnung, unseren Silbernugget zu finden. Jedes Mal,
wenn ich etwas gefunden hatte, rief ich nach meinem Dad, und er kam
dann rüber und schaute es sich an. Es war aber natürlich kein Silber,
sondern die Aufreißlasche einer Getränkedose oder die Innenfolie einer
Chipstüte. Aber er lächelte trotzdem und sagte mir, ich müsse weitersu-
chen und eines Tages würden wir schon was finden. Mir machte die Suche
nach Silber so viel Spaß, dass ich nie nach Hause gehen wollte. Dad
musste mich später immer Huckepack zurücktragen, während ich vor
lauter Müdigkeit auf seinen Schultern einschlief.

Silber haben wir aber nie gefunden, nicht einmal ein klitzekleines
Stückchen. Und heute suchen wir auch nicht mehr. Ich glaube, ich bin
inzwischen einfach zu alt dafür. Dad geht jetzt lieber surfen, aber ich kann
da natürlich nicht mitmachen, wegen dieser Sache mit dem Ins-Wasser-
Gehen. Ich sehe aber immer noch Touristen dort, im Sommer. Mit ihren
speziellen »Silverlea-Silbernugget«-Eimern und den »Nugget-Keschern«,
die eigentlich bloß einfache Kescher an Rohrstöcken für Kinder sind, die
man überall kaufen kann, nur halt ein bisschen teurer. Die Touristen
finden auch nie was. Ich bin mir ziemlich sicher, dass das ganze Silber
verschwunden ist.

Aber das heißt nicht, dass es in Northend nichts Interessantes mehr
gibt. Es ist perfekt für mein Projekt.

Es dauert etwa eine halbe Stunde, über den Sand nach Northend zu
laufen, und durch die Bewegung ist mir schon recht warm, als ich näher
komme. Ich kann sehen, dass die Gezeit noch abläuft. Das ist gut, aber ich
schaue etwas skeptisch. Diesmal, weil ich mir nicht sicher bin, ob sie schon
niedrig genug ist. Die Ebbe muss so niedrig sein, dass ich um die Landzunge herumlaufen kann. Dort gibt es einen weiteren kleinen Strand, und
da möchte ich hin. Dad nannte ihn immer den »geheimen Strand«, obwohl
er nicht wirklich geheim ist. Man kommt nur schwer dort hin, und manche
sagen, es sei dort gefährlich. Ein Schild warnt davor. Ich gehe gerade
daran vorbei. Darauf steht:

Gefahr!
Bei auflaufendem Wasser
nicht weitergehen!

Als Kind ging ich nicht gerne an diesem Schild vorbei. Ich hatte immer
Angst, dass wir abgeschnitten und ertrinken würden. Dad sagte mir

immer, es sei schon okay, solange man das Wasser im Auge behalte. Aber trotzdem schafften wir es ein paarmal fast nicht mehr zurück. Er ging gerne an dem Schild vorbei. Zum einen, weil er dachte, wir hätten aufgrund der wenigen Touristen dort bessere Chancen, in den Gezeiten-tümpeln hinter der Landzunge Silber zu finden. Zum anderen, weil Dad eben so ist.

Inzwischen fühle ich mich aber viel sicherer. Ich weiß, dass man bei Niedrigwasser etwa eine Stunde Zeit hat, bevor die Flut einem den Weg abschneidet. Solange man also die Uhrzeit im Auge behält, ist es nicht wirklich gefährlich. Ich bin mir ziemlich sicher, dass das Niedrigwasser heute um elf Uhr ist. Aber ganz sicher bin ich mir nicht, weil ich mit meinen Gedanken immer noch bei dem Wal war, als ich nachgeschaut habe. Ich muss also einfach nur aufpassen, das ist alles.

An der Spitze der Landzunge ist gerade genug Strand vorhanden, um sie zu umrunden, ohne über die Felsen kraxeln zu müssen. Auf der anderen Seite verdecken ebendiese Felsen, an denen ich gerade vorbeige-gangen bin, den Blick auf den gesamten Strand von Silverlea. Der Strand hier ist ein bisschen seltsam. Es gibt keinen anderen Weg hierher, keinen Trampelpfad von der Klippe hinunter. Man kann ihn noch nicht einmal von oben auf der Klippe aus sehen. Deshalb ist es so gefährlich, wenn man hier eingeschlossen wird. Bei Hochwasser ist der Strand überflutet, und die Klippe ist zum Hochklettern zu steil und zu brüchig.

Heute kann ich niemanden sonst am geheimen Strand entdecken. Ich weiß also, dass ich komplett alleine bin. Und da auch niemand hinter mir den Strand entlanglief, weiß ich, dass die einzigen Fußstapfen auf dem Sand hier bei dieser Ebbe meine sein werden.

Aber viel Zeit habe ich nicht. Ich gehe ein bisschen schneller über den festen, nassen Sand zum anderen Endes des Strandes. Zum Eingang zu den versteckten Tümpeln.

Die habe ich vor Jahren mit Dad gemeinsam entdeckt. Wir dachten erst, es wären Höhlen, aber später hat Emily mir erzählt, dass sie Teil der Silberminen gewesen seien. Es sind alte Schächte und Kammern, die damals auf Strandebene ausgegraben wurden. Jetzt allerdings füllen und leeren sie sich im Rhythmus des Meeres mit dem Auf- und Ablaufen der Gezeiten. Allerdings weiß kaum jemand davon. Es gibt nur einen kleinen Eingang, bei dem man sich unter einem Felsvorsprung hindurchducken muss, und dann ist man drin. Man muss aber die Schuhe ausziehen, weil es innen nass ist. Und dunkel.

Ich schaue lange auf das Meer hinaus, bevor ich hineingehe. Im Moment gibt es Nipptiden, glaube ich, bei denen das Wasser nicht so weit abläuft. Eigentlich ein bisschen riskant. Besonders weil ich, wenn ich einmal mit meinen Projekten anfange, manchmal die Zeit aus den Augen verliere. Ich knabbere an meinen Fingernägeln, während ich nachdenke. Dann beschließe ich, nur mal schnell schauen zu gehen.

In meinem Rucksack wühle ich nach meiner speziellen Taschenlampe. Ich schalte sie ein und tauche unter dem Felsen hindurch in die Dunkelheit. Lange werde ich ja nicht bleiben. Ich will nur schnell gucken, wie viele ich finden kann.

SIEBEN

Mɪᴛ ʙɪs ᴢᴜ den Knien aufgerollten Jeans wate ich durch kaltes, stehendes Wasser. Den Kopf halte ich gesenkt, damit ich ihn mir nicht an den niedrigen Stellen der Felsdecke stoße. Danach kommt ein Abschnitt mit höherer Decke, wo ein Felsbrocken heruntergefallen war, und dann wieder ein niedriger. Viel kann ich nicht erkennen. Von meiner Taschenlampe geht kein Strahl sichtbaren Lichts aus. Aber das heißt nicht, dass sie kaputt ist. Als ich tiefer in die eigentliche Höhle vordringe, leuchte ich damit umher. Ein paar Farbkleckse strahlen mich schwach aus der Dunkelheit an. Dann huscht etwas Rötliches über den Boden. Das einzige Geräusch ist das langsame *Plitsch, Platsch* fallender Wassertropfen.

Ich sollte vielleicht etwas zu meinem Einsiedlerkrebsprojekt erzählen und warum ich dafür hierherkommen muss.

Alles begann mit Emily. Für ihren Kurs an der Uni erforscht sie Quallen, eine spezielle, giftige Art, die vor der Küste Südamerikas vorkommt (also jedenfalls in wärmeren Gewässern, sie leben ja da, wo sie gerade hintreiben, es sind ja Quallen). Egal. Letztes Jahr war sie sechs ganze Wochen auf einem Forschungsschiff unterwegs, um diese Quallen zu erforschen. Die meisten kleinen Fische werden getötet, wenn sie in den Tentakeln dieser Qualle gefangen werden. Die Qualle löst sie auf und verspeist sie. Aber einige besondere Fische können zwischen den Tentakeln gefahrlos umherschwimmen. Emily sagt, sie hätten ein spezielles Gegengift in ihrem Blut. Und das ist es, was sie untersucht. Bald fährt sie wieder los, mit demselben Schiff, der *Marianne Dupont*. Das ist französisch. Oder kanadisch. Oder irgendwas, keine Ahnung. Aber wie auch immer, ich war ein bisschen neidisch und auch ein bisschen traurig, weil sie für so lange wegfuhr. Ich konnte natürlich nicht mit, ich musste ja zur Schule, und überhaupt wäre das Ganze sehr teuer gewesen. Dann aber erzählte mir Emily von einem anderen Forschungsprojekt, das eine Freundin von ihr an ihrer Universität durchführte. Und das Coole daran war, dass diese Wissenschaftlerin nach freiwilligen Helfern suchte.

Es geht um Einsiedlerkrebse. Ihre Reviergröße und Populationsdichte. Wissen Sie, darüber ist noch gar nicht viel bekannt, weil das noch niemand wirklich erforscht hat. Jedenfalls nicht, bis Dr. Ribald sich dazu entschlossen hat. So heißt sie – die Wissenschaftlerin, Emilys Freundin. Dr. Susan Ribald. Sie suchte nach Freiwilligen überall auf der Welt, die in der Nähe von Felsküsten leben und die den Strand beobachten und die Anzahl und Verteilung von Einsiedlerkrebsen aufzeichnen. Natürlich können das nicht irgendwelche Personen sein. Es müssen professionelle, wissenschaftlich begabte Menschen sein. Und Emily hat vorgeschlagen, dass *ich* das machen könnte, weil ich sehr wissenschaftlich motiviert sei. Also mache ich das. Ich helfe Dr. Ribald bei ihrer Studie.

Rund um die Welt arbeiten viele von uns daran, oder so war es jedenfalls mal. Ich glaube, etliche haben mittlerweile wieder aufgehört. Die Idee war ursprünglich die, dass wir die Häuser aller Einsiedlerkrebse aus einem bestimmten Gezeitentümpel während eines Niedrigwassers mit einem Farbpunkt markieren und dann zählen, wie viele wir davon beim nächsten Niedrigwasser im gleichen Tümpel wiederfinden, um festzustellen, wie weit die anderen sich entfernt haben. Tja, das habe ich wohl versucht, aber es war wirklich schwierig, denn das nächste Mal, als ich die Krebse zählen wollte, konnte ich überhaupt keine mit Markierung wiederfinden.

Dann hatte ich meine Idee. Die versteckten Tümpel bei Northend liegen in einer Höhle, in der es *dunkel* ist. Ich wusste bereits, dass es darin Einsiedlerkrebse gibt, weil ich schon welche gesehen hatte, als ich mit Dad hineinging. Als Kind machten sie mir wirklich Angst, wie sie so in der Dunkelheit umherkrabbelten.

Meine Idee war also, mir ultraviolette Farbe zu besorgen; das Zeugs, das im Dunkeln leuchtet. Und dann einen dieser Scanner, wie sie in Läden benutzt werden, um zu testen, ob die Geldscheine, mit denen die Kunden bezahlen, echt sind oder nicht. Dann musste ich also nur noch die Häuser der Krebse mit der im Dunkeln leuchtenden Farbe bemalen, und dann würde ich sie ganz leicht finden können, wenn ich feststellen wollte, wo sie hingewandert waren.

Ich erzählte Emily davon, und sie half mir dabei, an Dr. Ribald zu schreiben. Und *die* schrieb zurück, dass das eine »sehr interessante Idee« sei, und bat mich darum, ihr mitzuteilen, wie es lief. Also ging ich ins Internet, um das ganze Zeugs zu kaufen. Den Scanner konnte ich nicht selbst kaufen, dafür war ich noch zu jung. Aber ich habe herausgefunden, dass man ultraviolette Taschenlampen kaufen kann. Die sehen wie ganz normale Taschenlampen aus, nur wenn man sie einschaltet, meint man, sie funktionierten nicht. Und die Spezialfarbe gibt es in vielen verschiedenen Farbtönen.

Das war Anfang des Jahres. Jetzt haben sich die Dinge weiterentwickelt. In den Gezeitentümpelhöhlen bei Northend habe ich jetzt über zweihundert verschiedene Einsiedlerkrebse. Einige leuchten im Dunkeln blau, andere gelb, manche grün und wieder andere rot. Und weil sie nicht raus können, finde ich jedes Mal mehr, wenn ich wieder in die Höhlen gehe.

Ich leuchte mit meiner Taschenlampe umher. Einige Krebse leuchten zurück, aber nicht so viele wie sonst. Das wird Dr. Ribald interessieren. Ich fange an, die Krebse zu zählen, und als ich fertig bin, setze ich sie wieder in den Tümpel zurück, aus dem sie kamen. Alle orangefarbenen Krebse in den Tümpel mit dem orangefarbenen Fels, alle blauen in den mit dem blauen Fels und so weiter.

Das ist es also, worum es bei meinem Einsiedlerkrebsprojekt geht. Ich hatte Ihnen ja gesagt, dass es seriöse wissenschaftliche Forschungsarbeit ist. Und übrigens – weil das hier so wichtig ist – habe ich beschlossen, den Fall Olivia Curran doch nicht zu untersuchen. Es würde mir nur bei meiner Forschung im Weg stehen, und ich bin mir sicher, Dr. Ribald wäre darüber enttäuscht. Sie sagt, mein Vorgehen sei »ungewöhnlich hartnäckig«.

Eine Stunde später habe ich zweiunddreißig Krebse gezählt. Zwölf rote, zehn orangefarbene, acht gelbe und die anderen beiden sind blau (die blauen sind immer am schwersten zu finden, weil die blaue Farbe nicht so hell leuchtet). Das sind *viel* weniger als letztes Mal. Ich bin versucht, etwas tiefer in die Höhlen hineinzugehen, um dort nachzuschauen. Aber zu tief gehe ich auch nicht gern hinein. Es ist, als würde man das Gewicht der ganzen Klippe über sich spüren, wenn man zu weit hineingeht.

Und plötzlich, mit einem Anfall von Panik, erinnere ich mich an die Flut.

Während ich die Krebse gezählt habe, musste ich anhalten und meine

Jeans immer höher aufkrempeln, weit über die Knie, weil das Wasser in den Höhlen angestiegen war. Aber ich war so beschäftigt damit herauszufinden, wo meine ganzen Krebse waren, dass ich überhaupt nicht daran gedacht habe, wieso das Wasser stieg. Jetzt ist es mir klar – die Flut kommt. Draußen steht das Wasser bestimmt schon am Eingang zur Höhle, und vom Strand wird nicht mehr viel übrig sein. Ich schnappe mir eilig meine Tasche von dem Felsvorsprung, auf dem ich sie zurückgelassen habe, und mache mich auf den Weg zum Eingang. Als ich dort ankomme, steht mir das Wasser bis über die Knie, und die Brandung strömt herein. Das Meer kann ich nicht sehen. Überhaupt kann ich nicht viel sehen, nur den schwachen Schein des Lichts durch das Wasser. Noch nie bin ich so spät von hier aufgebrochen, und einen Moment lang zögere ich und wünschte, es gäbe einen anderen Ausweg. Oder dass ich hier drin bleiben und bis zur nächsten Ebbe warten könnte. Aber ich weiß, das geht nicht. Die Höhlen füllen sich bis unter die Decke mit Wasser. Das kann ich an den Seepocken erkennen, die auch an der Decke wachsen.

Ich habe also keine Wahl. Mein Rucksack ist wasserdicht, aber nur, wenn ich ihn von oben mehrere Male einrolle. Ich ziehe meine Jeans aus und stecke sie in die Tasche. Jetzt habe ich nur noch meine Unterhose an. Es ist zwar sonst niemand da, aber ich käme mir etwas blöd vor, sie auch noch auszuziehen. Meine Hände zittern, als ich es dann doch tue. Ich weiß, ich muss mich beeilen. Dann schaue ich zum Ausgang, ein enger Knick im Felsen, durch den das Wasser hineindrückt. Wenn ich den falschen Zeitpunkt erwische, werde ich gerade dann durchwaten wollen, wenn eine große Welle hereinströmt. Aber ich kann das Meer nicht sehen; ich habe keine Möglichkeit, den richtigen Zeitpunkt abzupassen. Ich warte einfach, bis es so aussieht, als fließe das Wasser ab, und dann wage ich es.

Wenn Sie unter Platzangst leiden, wäre Ihnen dieser Höhleneingang nicht geheuer. Er ist wirklich eng. Einmal stolpere ich über einen unter Wasser liegenden Felsen, aber die Wände stehen zu dicht zusammen, als dass ich umfallen könnte. Stattdessen stoße ich mir den Arm an den Steinen an. Ist aber nichts passiert. Wenig später bin ich im Freien – zurück in der Welt mit ihrem weiten, grauen Himmel und den Klippen über mir. Ich bin schockiert, wie wenig Strand nur noch übrig ist. Ich muss wohl zurückrennen, um es noch um die Landzunge zu schaffen, sonst bin ich hier auf dem Strand gefangen. Gott sei Dank sind die Wellen heute nicht so groß.

Ich muss zwar um die Landzunge herum durchs Wasser waten, aber ich schaffe es gerade noch rechtzeitig. Keine zehn Minuten später bin ich wieder wohlbehalten an dem Schild mit der Aufschrift vorbeigelaufen:

Gefahr!
Bei auflaufendem Wasser
nicht weitergehen!

Ich ziehe alles bis auf meine Schuhe wieder an und laufe den Rest der Strecke auf dem nassen Sand zurück, wo die Wellen gerade noch meine Füße kitzeln.

ACHT

HEUTE IST ETWAS PASSIERT, wodurch ich meine Meinung wieder geändert habe. Ich möchte zwar nicht, dass Sie denken, ich wäre unentschlossen, aber jetzt werde ich *doch* nachforschen, was mit Olivia Curran passiert ist.

Heute ist Montag, also ein Schultag. Als ich jünger war, ging ich in die Grundschule von Silverlea. Aber letztes Jahr bin ich in die Lornea Island Highschool gekommen. Die ist in Newlea, der Hauptstadt der Insel. Die Fahrt dorthin dauert zwanzig Minuten mit dem Auto oder eine halbe Stunde mit dem Schulbus. In den steige ich unten an unserer Straße ein. Dort wartet außerdem noch ein anderes Mädchen auf ihn. Sie heißt Jody. Sie ist zwar ein Jahr älter als ich, aber wir sind irgendwie befreundet. Manchmal unterhalten wir uns, wenn wir auf den Bus warten und dann nach Silverlea fahren. Da hört sie dann immer auf zu sprechen, weil in Silverlea andere Kinder in den Bus einsteigen. Und sie möchte nicht, dass jemand sieht, wie sie mit mir redet. Aber das ist okay. Ich verstehe das. Es ist nicht gerade cool, dabei gesehen zu werden, wie man sich mit mir unterhält.

Aber jetzt bin ich etwas voreilig. Das kommt von der Aufregung. Weil ich eine *Spur* habe.

Heute Morgen, beim Warten auf den Bus, hat sich Jody nicht mit mir unterhalten. Sie war mit ihrem Handy beschäftigt. Als der Bus kam, setzte ich mich vorne hin und sie ging nach hinten durch. Ich holte wie immer mein Buch hervor. Ich lese ein neues Sachbuch mit dem Titel *Meeresbiologie: Funktion, Ökologie, Biodiversität* von Jeffery S. Levinton. In der Schulbibliothek hatten sie es nicht da, aber ich habe immer mal wieder danach gefragt. Irgendwann hat Mrs. Smith, die Bibliothekarin, es dann für mich bestellt. Ich glaube, sie weiß, dass es wichtig ist, junge Talente zu fördern. Das Buch ist eigentlich ziemlich schwierig zu lesen, aber es sind auch viele Bilder drin. Egal. Was ich sagen will, ist, dass ich beim Lesen nicht über Olivia Curran nachdachte, oder wenigstens *dachte* ich, dass ich nicht über sie nachdächte. Aber so richtig gelesen habe ich auch nicht. Stattdessen gingen mir jede Menge Gedanken durch den Kopf. Zum Beispiel: Falls Olivia Curran entführt oder ermordet wurde, wer hätte das wohl am wahrscheinlichsten getan? Und ich ging alle möglichen Verdächtigen durch. Dann riefen von hinten im Bus ein paar der älteren Jungs plötzlich: »*Pädo! Pääääädo!*«, und lachten sich dann darüber kaputt, wie witzig sie doch waren.

In dem Moment habe ich dem keine große Aufmerksamkeit geschenkt. Aber später, als wir an der Schule ankamen, wurde mir die Bedeutsamkeit dessen klar.

Schule ist überwiegend nicht mein Ding. Ich interessiere mich nicht für Sport oder Musik oder für irgendetwas von dem, worüber sich die anderen Kids unterhalten. Ich kenne weder die Fußballer noch die Sänger, über die sie ständig reden. Der Unterricht stört mich nicht so sehr, besonders die Naturwissenschaften. Und ein paar von den Lehrern sind auch okay. Aber oft sind überhaupt gar keine Lehrer in der Nähe, wie in den Pausen, vor allem der Mittagspause. Und wenn das der Fall ist, machen mir ein paar der Kinder manchmal das Leben schwer.

Auch heute war das wieder so, während der Mittagspause. Ich war auf dem Weg zur Schulbibliothek, um dort zu lesen, aber ein paar der älteren Jungs verstellten mir im Flur den Weg. Erst schlugen sie mir den Rucksack vom Rücken und fragten, was drin sei. Tatsächlich war da nicht viel drin, außer *Meeresbiologie: Funktion, Ökologie, Biodiversität*, aber das wollte ich ihnen nicht zeigen. Weil – ganz ehrlich – genau so etwas einem mit Jungs wie diesen Probleme beschert. Und dann begann einer von ihnen, mir Beleidigungen an den Kopf zu werfen. Auch das ist nicht ungewöhnlich. Sie nennen mich oft genug »Verlierer« und »Außenseiter«, was mich gar nicht mal so sehr stört, weil ich eh nicht mit denen rumhängen will. Aber heute hat mich der eine, der auch morgens im Bus war, noch etwas anderes genannt.

»Billy, du bist so ein verdammter Pädo, weißt du das?« Es war Jared Carter. Er wohnt in Silverlea. Er ist zwei Klassen über mir und strohdoof. Einmal habe ich sein Englisch-Arbeitsheft gesehen: Ein Lehrer hat es in meiner Klasse korrigiert, und ich war früher mit meinen Aufgaben fertig.

Ich habe versucht, in Jareds Heft etwas zu lesen, aber ganz ehrlich – er ist praktisch ein Analphabet. Eigentlich echt erschreckend.

»Er ist ein was?« Einer von Jareds Freunden lachte ihn aus. Ein großer Junge mit dunklem Haar. Wie er heißt, weiß ich nicht.

»Ein Pädo«, sagte Jared und klang schon nicht mehr so selbstsicher. Er meinte übrigens »Pädophiler«.

»Wie kann *der* denn ein Pädo sein? Er ist ein Kind. Er ist vielleicht … weiß auch nicht, die *Nutte* von einem Pädo oder so. Aber *er* kann ja wohl kein Pädo sein, oder?«

»Warum nicht?«

Der große Junge zog Jared plötzlich eine von hinten über den Kopf. Ziemlich fest sogar. Ich nutzte die Gelegenheit, um etwas weiter wegzugehen.

»Hey! Wofür war das denn«, rief Jared und klang gekränkt.

»Weil du so ein verdammter Idiot bist, dafür. Du weißt ja nicht mal, was ein ›Pädo‹ überhaupt ist, oder?«

»Weiß ich wohl.«

»Was denn?«

Da ging mir ein Licht auf. Gerade als Jared dichtmachte. Sehen Sie, als er das heute Morgen im Bus sagte, tat er das nicht, weil er wusste, was es bedeutet – dafür ist er zu blöd. Er tat es, weil er den humpelnden Typ gesehen hat. Und alle Jungs aus Silverlea rufen das, wenn sie den sehen. Es ist wie ein Pawlowscher Reflex bei denen. Normalerweise versuche ich immer, die Jungs aus Silverlea so gut es geht zu ignorieren. Also habe ich nie wirklich aufgepasst. Ich hatte aber bisher auch nie über mögliche Mörder oder Kidnapper nachgedacht.

So wie der Typ humpelt, wirkt er schon irgendwie unheimlich. Ich habe wohl einfach immer angenommen, dass nur das der Grund dafür sei, warum die Jungs auf ihm herumhacken. Aber jetzt musste ich mir ganz sicher sein.

»Hey, Jared«, sprach ich ihn an, in der Hoffnung, keinen Ärger zu bekommen. »Warum sagst du eigentlich immer, dass der humpelnde Typ ein Pädo ist?«

Alle Jungs hielten inne und starrten mich an, als hätten sie gar nicht gewusst, dass ich auch sprechen kann.

»Du weißt schon, der Typ mit dem kaputten Bein. Du hast ihm das heute früh vom Bus aus zugerufen.«

»Ey, was sagst du da? Pädo-Boy?«, knurrte der Große und stellte sich wieder gegen mich.

Ich hatte einfach losgeredet, ohne groß darüber nachzudenken. Jetzt war ich mir nicht mehr so sicher, ob das so eine gute Idee gewesen war.

»Ich frage mich nur, warum du ihn so nennst«, sagte ich mit etwas wackliger Stimme.

»Weil er verdammt noch mal einer ist. Darum«, antwortete Jared, froh, wieder festen Boden unter den Füßen zu haben. Er kam erneut auf mich zu.

»Ja, aber … *warum?*«, fragte ich und wich noch ein wenig weiter zurück.

Einen Moment lang dachte ich, Jared würde mir eine reinhauen, aber der große Junge unterbrach ihn.

»Den hatten sie mal eingelocht. Hat mein Alter erzählt. Auf dem Festland. Sie haben ihn erwischt, als er es mit einer Schülerin getrieben hat.«

Ich speicherte diese Information für später ab, und da gerade eh schon alle den großen Jungen ansahen, nutzte ich die Gelegenheit, um nachzuhaken.

»Hat er sie umgebracht?«, fragte ich hoffnungsvoll.

»Nein. Er hat sie einfach nur, also, gefickt. Oder so. Weiß nicht. Vergewaltigt, glaube ich.«

Von der Antwort war ich etwas enttäuscht. Aber wenn er sie umgebracht hätte, wäre er wohl gar nicht erst auf die Insel gelassen worden. Er wäre längst im Gefängnis.

»Weißt du, wie der heißt?«, fragte ich. Wenn ich seinen Namen wüsste, so meine Idee, könnte ich ihn googeln und alles andere herausfinden, was ich noch brauchte. Dann hätte ich das Ganze noch heute Abend in trockenen Tüchern gehabt. Aber leider schien er den Namen nicht zu kennen.

»Nein, weiß ich verdammt noch mal nicht. Spinner«, sagte der große Junge jetzt und kam auch einen Schritt auf mich zu. Nun hatte ich also ihn *und* Jared vor mir, die aussahen, als ob sie mich schlagen wollten. Eigentlich wollen solche Mobber meiner Erfahrung nach gar nicht *wirklich* zuschlagen, weil sie dann Ärger bekommen könnten. Aber wenn sie von anderen beobachtet werden, tun sie das manchmal doch, weil sie nicht wissen, wie sie sonst eine Unterhaltung beenden sollen.

»Verpisst du dich jetzt mal oder soll ich dir doch noch eine überziehen?«, fragte Jared.

Ich entschied, dass ich wohl keine weiteren Informationen aus Jared und seinen Freunden herausholen konnte. Also schulterte ich meinen Rucksack und wählte die erste Option.

Im Gegensatz zu Jared und seinen Freunden bin ich kein vollkommener Schwachkopf. Nur aufgrund von zwei Informationen denken sie also, der Typ sei ein Pädophiler: Er humpelt komisch, und sie haben Gerüchte gehört, dass er in der Vergangenheit jemanden vergewaltigt haben soll. Ich aber habe jetzt drei Informationen, weil ich noch etwas anderes über ihn weiß. Etwas, das direkt mit Olivia Curran zu tun hat. Ich weiß, *dass er in der Nacht, in der sie verschwand, dort war.* Das weiß ich, weil ich auch da war und ihn gesehen habe, als er sich in der Dunkelheit versteckt hat.

* * *

DAS IST ALSO DER GRUND, warum ich mich am Ende doch dazu entschlossen habe, den Fall zu untersuchen. All diese Gedanken, die mir im Kopf herumgeschwirrt waren, wer möglicherweise verdächtig sein könnte. Und plötzlich hatte ich jemanden. Einen echten Verdächtigen. Einen Verdächtigen, der Olivia Curran tatsächlich gekidnappt haben könnte. Und ich könnte derjenige sein, der bei ihrer Rettung geholfen hat. Also hatte ich keine wirkliche Wahl. Und der Anfang war auch ganz leicht. Wegen Jody.

Ich sitze nämlich gerade im Bus auf dem Heimweg von der Schule. Ich warte, bis alle Kids aus Silverlea ausgestiegen sind, bis nur noch Jody und ich übrig sind. Dann frage ich sie, denn ich weiß, dass sie weiß, wer der Pädo-Typ ist. Also, ihr Vater weiß es jedenfalls. Ich habe sie schon gemeinsam aus der Kirche kommen sehen. Dad und ich kommen manchmal etwa zur selben Zeit vom Strand zurück, zu der ihr Gottesdienst zu Ende ist. Und dann sehe ich Jody und ihre Mutter, schick angezogen, und manchmal auch Jodys Vater, wie er sich mit dem Pädo-Typ mit dem komischen Humpeln unterhält.

Endlich kommt der Bus in Silverlea an, und die letzten Kinder steigen aus, sodass nur noch Jody und ich drinsitzen. Wir müssen erst an der letzten Haltestelle raus, also gehe ich durch den Bus nach hinten, wo Jody sitzt.

»Hey, Jody«, sage ich total lässig.

Sie schaut für einen Moment von ihrem Handy auf.

»Oh … Hey, Billy.«

Aber dann schaut sie gleich wieder auf das Display. Vorhin, als ich noch auf diesen Moment wartete, schien das alles ganz einfach. Jetzt, da ich sie tatsächlich fragen will, ist es schon schwieriger. Aber mir bleibt nicht viel Zeit bis zu unserer Haltestelle. Sie blickt wieder auf.

»Kann ich dir helfen?«

Auch wenn sie das nicht wirklich ernst meint, lege ich los.

»Ich habe mich nur etwas gefragt«, sage ich zögernd. »Du kennst doch diesen Typ, den mit dem komischen Bein, der unten in Silverlea wohnt?«

Sie schaut mich mit gerunzelter Stirn verständnislos an.

»Du weißt doch, wen ich meine. Er angelt immer spät abends. Dein Vater kennt ihn. Ich habe sie schon zusammen vor der Kirche gesehen.«

»Mr. Foster?« Sie verzieht ihr Gesicht.

»So heißt er?«

»Ich denke schon. Warum?«

»Weißt du auch, wie er mit Vornamen heißt?«

»Nein. Warum?«

»Nur so«, sage ich. Dann fahre ich fort. »Weißt du viel über ihn?«

»Was denn zum Beispiel? Was sollen denn die ganzen Fragen?«

Ich habe schon beschlossen, dass ich Jody nichts von meinen Nachforschungen zu Olivia Currans Verschwinden erzähle. *So* eng sind wir nun auch nicht befreundet. Ich weiß also nicht recht, wie ich ihr antworten soll.

»Ich war nur neugierig.«

»Warum?«

»Einfach so.«

Jetzt blickt sie mich lange finster an. Schließlich schüttelt sie den Kopf.

»Du bist schon echt seltsam, Billy Wheatley.«

Einen Moment lang denke ich scharf nach, ob ich es vielleicht mit einem anderen Ansatz versuchen könnte, lasse es dann aber. Wie ich schon sagte, Jody vergisst manchmal, dass wir Freunde sind. Aber egal. Ich habe, was ich brauche. Seinen Namen. *Mr. Foster.*

NEUN

ICH MUSS ein bisschen zurückspulen und Ihnen erklären, wie es dazu kam, dass ich Mr. Foster in jener Nacht am Strand sah. Ich sagte ja schon, dass ich auch dort war.

Eigentlich mag ich Partys oder Discos und so was ja gar nicht, aber Dad schon. Also muss ich eben manchmal mitgehen. Und eigentlich ist die Disco des Surf Lifesaving Clubs vergleichsweise gut, weil es da auch immer einen Grill gibt, und ich mag gegrilltes Essen. Mir gefällt auch, dass es eine Feier zum Ausklang der Sommersaison ist. Danach wird es wieder leer in der Stadt, und ich kann meinen Strand wieder für mich alleine haben. Fast die ganze Stadt kommt zur Disco, Einheimische und Touristen, und irgendwie vermischen sich diese zwei Gruppen dann viel besser als mitten im Sommer, wenn alle nur möglichst viel Kohle machen wollen.

Am Nachmittag der Disco musste Dad ein paar Lautsprecher abliefern. Wir sind also mit denen auf der Ladefläche des Pick-ups zum Club gefahren. Es war ein heißer Tag. Der Strand war voll und es war kein Platz mehr zum Parken frei. Dad musste den Pick-up in der Lücke abstellen, die man eigentlich für den Krankenwagen frei halten soll, damit er im Notfall an den Strand kann. Normalerweise ist es Dad ziemlich egal, wo er parkt, aber mit Rettungswegen nimmt er es doch genau. Während er die Lautsprecher nacheinander hineintrug, blieb ich also mitsamt Schlüssel im Pick-up sitzen, falls wir umparken müssten.

Zu dem Zeitpunkt war es aber schon Spätsommer und die Menschen verließen langsam den Strand. Es dauerte also nicht lange, bis ein richtiger Parkplatz frei wurde. Ich beschloss, den Pick-up selbst umzuparken.

Eigentlich darf ich ja nicht fahren, aber ich weiß, wie es geht. Dad hat es mir letzten Winter auf dem Parkplatz in Littlelea beigebracht, als so gut wie niemand da war. Ich konnte das auch ganz gut, außer als ich einmal den Lack verkratzt habe. Es war aber nur ein kleiner Kratzer und auch nicht meine Schuld – der Pfosten war zu niedrig. Aber Dad wurde trotzdem richtig wütend.

Diesmal passte ich auf. Ich fuhr langsam rückwärts aus der Lücke heraus, in der Dad den Wagen abgestellt hatte. Und dann, gerade als ich vorwärts einparken wollte, rauschte dieser Van an mir vorbei und fuhr auf meinen Parkplatz.

Vielleicht war dem anderen Fahrer nicht klar, dass ich da parken wollte. Schließlich habe ich ein, zwei Minuten zum Rückwärtsfahren gebraucht und stand vielleicht auch etwas schief da. Aber trotzdem, das war ärgerlich und zog meine Aufmerksamkeit auf den Fahrer. Es war der komische Typ, der mit dem Humpeln. Ich erinnere mich daran, sauer auf ihn gewesen zu sein, dann aber ein schlechtes Gewissen bekommen zu haben, weil Dad immer sagt, ich solle andere nicht aufgrund ihres Aussehens beurteilen. Aber dank dieses Typs musste ich mitten auf dem Parkplatz warten, bis ein anderer Platz frei wurde. Also beobachtete ich ihn, wie er den Kofferraum des Vans öffnete und seine Angelausrüstung herausholte.

Deswegen wusste ich später, dass er es sein musste, der sich da im Dunkeln versteckte.

»Hey, rutsch rüber«, sagte Dad. Die Lautsprecher hatte er mittlerweile abgeliefert. »Ich werde den Pick-up am Strand abstellen. Parken nur für Einheimische, hm?« Er grinste mich an. Ihm gefällt die Vorstellung, dass die Gesetze nur für Touristen gelten.

Ich rutschte auf den Beifahrersitz, und Dad fuhr uns den kleinen Weg über den weichen Sand und die Steine hinunter auf den festen Teil des Strandes. Man kann dort wirklich gut mit dem Auto fahren, aber erlaubt ist es nicht. Nur im Notfall, zum Beispiel wenn ein toter Wal angeschwemmt wird, dürfen die Polizei und die Küstenwache dort fahren. Oder wenn man Dad ist und es nirgendwo sonst einen Parkplatz gibt. Aber egal. Dad fuhr ein wenig den Strand entlang, sodass der Pick-up vom Parkplatz aus nicht so leicht zu sehen war und er keinen Strafzettel bekam.

Dann gingen wir zurück zum Festsaal. Ich erinnere mich, wie viel da drinnen los war. Es wurden Banner und Dekorationen aufgehängt, Bierdosen in Kisten mit Eis gesteckt und Tische aus dem Weg geschoben. Auch ich bekam sofort etwas zu tun. Ich sollte die Surfbretter und den Ständer mit den Neoprenanzügen hinaus und hinter das Gebäude bringen. Dafür habe ich ziemlich lange gebraucht, denn die Neoprenanzüge sind schwer und sie riechen echt schlecht, wenn Leute da reinpinkeln. Als ich fertig war und mir die Hände gewaschen hatte, fächerte Dad dem großen Grill mit einem Pappteller in jeder Hand Luft zu, und Emily lachte über ihn, weil er im Gesicht schon ganz rot wurde. Dad hatte ein geöffnetes Bier auf dem Tisch vor ihm stehen. Da wurde mir klar, dass wir eine ganze Weile dort sein würden.

Schnell wurde es proppenvoll, und als die Sonne unterging, fing die Band an zu spielen. Ich bekam noch einen anderen Job. Im Preis für die Disco waren ein Burger und ein Getränk enthalten – eine Dose Bier oder ein Plastikbecher Wein für die Erwachsenen und Pepsi oder Fanta für alle unter einundzwanzig. Mein Job war es, entweder ein Burgerbrötchen oder ein Hotdogbrötchen auszugeben. Mrs. Roberts, die normalerweise im Laden arbeitet, stand neben mir und kümmerte sich um die Getränke, weil ich zum Ausschenken von Alkohol noch zu jung bin. Hinter ihr grillte Dad das Fleisch, und Emily half ihm dabei und reichte den Leuten die Soßen. Allerdings kam der Grill bei dem Andrang nicht hinterher, sodass sich eine Schlange bildete. Das war das zweite Mal, dass ich mit Olivia Curran sprach.

Sie war mit ihrer Familie da, aber sie war nicht *bei* ihrer Familie, wenn Sie wissen, was ich meine. Sie standen zwar direkt nebeneinander, waren aber in verschiedenen Gruppen unterwegs – die Mutter, der Vater und der Bruder waren eine, und Olivia hatte bis dahin schon ein paar Freundinnen gefunden und war mit denen in einer Gruppe etwas weiter hinten, so als wollte sie lieber nicht mit ihren Eltern gesehen werden.

Als der Vater vorbeikam, erinnerte er sich an mich und sagte irgendwas in der Art, dass ich wohl all die wichtigen Jobs im Ort habe, ich weiß auch nicht mehr genau. Da fiel mir dann wieder ein, dass ich dieses WLAN-Problem gar nicht im Internet nachgeschaut hatte.

Olivia sah anders aus, ganz schick gemacht für die Party. Sie trug Make-up, und ihr Haar war hochgesteckt. Fast hätte ich sie nicht erkannt – bis sie lächelte. Daran erinnerte ich mich.

Zunächst war sie damit beschäftigt, sich mit den anderen Mädchen zu unterhalten. Alle kicherten und warfen verstohlene Blicke zu den Rettungsschwimmern herüber. Die tranken Bier und taten so, als würden sie nicht zurückschauen, dabei taten sie das doch. Olivia sagte nichts zu mir, als sie mir ihre Eintrittskarte hinhielt. Aber dann erkannte sie mich und stutzte etwas.

»Oh, hallo«, sagte sie. Das war, als sie lächelte. »Du musst dich hier aber auch wirklich um alles kümmern, was?«

Ich nickte. »Manchmal. Möchtest du einen Burger oder einen Hotdog?«

»Was ist besser?«

»Wenn du Hunger hast, der Burger ist größer.«

»Dann Hotdog, bitte.« Sie hielt ihren Teller hin, und ich legte mit der Zange ein Brötchen drauf.

»Danke«, sagte sie.

Und schon war sie wieder mit ihren Freundinnen und den Rettungsschwimmern beschäftigt. Auch das habe ich alles der Polizistin geschildert – der Kriminalbeamtin, von der ich Ihnen erzählt habe –, aber auch das sah sie nicht als »relevant« an. Aber das sagte ich ja auch schon: Sie war keine wirklich gute Kriminalbeamtin.

Etwas später löste sich die Essensschlange auf, und ich konnte endlich auch etwas essen. Ich aß zwei Burger mit Ketchup und danach noch einen Hotdog, wovon mir aber ein bisschen übel wurde. Da war es schon dunkel und die Musik richtig laut. Im Saal fingen viele an zu tanzen, und etliche Erwachsene wurden langsam betrunken. Emily versuchte auch einmal, mich zum Tanzen zu bewegen. Aber Tanzen macht mir nicht wirklich Spaß. Schließlich musste ich so viel gähnen, dass ich mich auf die Suche nach Dad machte, um ihm zu sagen, dass ich nach Hause wollte.

Dad war draußen. Er unterhielt sich mit seinen Surfkumpeln und hatte Spaß. Er wollte also noch nicht gehen. Letztlich willigte er aber ein, mich heimzubringen, doch dann konnten wir trotzdem nicht los, weil er jemandem seine Jacke geliehen hatte, dem kalt gewesen war und den er jetzt nicht wiederfand. Und die Autoschlüssel waren in der Jacke. Ich sagte zu ihm, dass ich hinten im Pick-up schlafen könne. Das machte mir nichts aus. Ich schlafe öfter dort, wenn Dad ausgehen will, aber Dad meinte, in dieser Nacht sei es zu kalt dafür. In dem Augenblick kamen Jody und ihre Mutter vorbei. Sie wollten auch gerade gehen, und Jodys Mutter bot an, mich mitzunehmen und nach Hause zu bringen. Dad fand die Idee klasse, weil er dann noch bleiben und mehr Bier trinken konnte. Er sagte, er sei in einer halben Stunde oder so auch zurück.

Also brach ich mit Jody und ihrer Mutter auf. Gerade denke ich an den Moment zurück, als wir aus dem Saal nach draußen kamen. Ich erinnere mich, wie still es da war. Ich meine, man konnte die Party zwar noch hören, aber die Musik klang jetzt so, als käme sie von weit entfernt, und sie dröhnte nicht mehr in den Ohren. Und es fühlte sich auch so leer an. Irgendwie kam es einem so vor, als ob wirklich jeder – die ganze Stadt – auf dieser Party wäre. Als wir aber gerade in das Auto von Jodys Mutter einstiegen, bemerkte ich ein Licht am Strand, ein einzelnes Licht. Und ich sah, wer das war – es war der komische humpelnde Typ. Es sah so aus, als befestigte er einen Köder an einem Angelhaken, und als er fertig war, machte er das Licht aus und verschwand in der Dunkelheit. Aber das ist gar nicht das Seltsamste daran. Das Seltsamste war: Mr. Foster war so ziemlich der Einzige in der ganzen Stadt, der nicht auf diese Party gegangen war. Sogar *ich* war hingegangen. Aber der komische Typ mit seinem seltsamen Humpeln, der Typ, der früher Mädchen vergewaltigt haben soll, *ging nicht hin*. Aber er war trotzdem *da*. Er war allein da und angelte im Dunkeln am Strand. Oder vielleicht *tat er nur so*, als ob er angelte, und beobachtete eigentlich nur, wer da kam und ging. Und suchte sich sein Opfer aus. Und ich bin der Einzige, der von ihm weiß.

ZEHN

Es IST JETZT Dienstagabend und ich habe etwas Kopfschmerzen. Weil ich so viel nachgedacht habe. Ich habe versucht, mich noch an andere Dinge von diesem Abend zu erinnern, und habe mich gefragt, was ich dann damit anfangen soll. Am Ende traf ich diese wichtige Entscheidung:

Obwohl ich weiß, dass Mr. Foster in jener Nacht am Strand war, und obwohl ich von seiner Vergangenheit als Vergewaltiger weiß, glaube ich nicht, dass das reicht, um zur Polizei zu gehen. Noch nicht. Ich brauche mehr Beweise. Und auch wenn ich nicht weiß, wie die Polizei sich Beweise verschafft, habe ich aus Filmen, die ich gesehen habe, eine ganz gute Vorstellung davon. Und was ich da gesehen habe, ist nicht viel anders als die Vorgehensweise von Wissenschaftlern, wenn die sich ihre Nachweise beschaffen. Und wie ich Ihnen schon gesagt habe, bin ich ein ziemlich guter Wissenschaftler. Alles, was ich also tun muss, ist ausreichend Material zusammenzutragen, welches beweist, dass es Mr. Foster war.

So ganz bereit, der Polizei davon zu erzählen, bin ich aber noch nicht. Denn wenn ich ihr sage, dass Mr. Foster ein Pädophiler ist *und* am Strand war, wollen die dort wahrscheinlich den Fall gleich wieder übernehmen. Sie werden sagen, dass ich nicht mitarbeiten könne, weil ich erst elf bin. Und dann würde ich diese Gelegenheit verpassen. Dabei habe ich doch gerade erst angefangen. Oder – denken Sie daran, was mit dem Wal passiert ist – sie finden etwas anderes nicht heraus, und dann würde Olivia nie gefunden werden. Also, angesichts dessen habe ich viele gute Gründe für meine Entscheidung.

Meine Hausaufgaben liegen unbeachtet in meiner Tasche, während ich meine Möglichkeiten überdenke. Ich habe noch nicht mal meine Daten für das Krebsprojekt mit denen vom Wochenende aktualisiert, und Dr. Ribald wird nicht begeistert sein, wenn Daten fehlen. Emily hat mir einmal erzählt, dass sie einen etwas schwierigen Charakter habe. Aber statt mich einer dieser beiden Sachen zu widmen, öffne ich meinen geheimen Napfschneckengehäuse-Ordner und ein neues Fenster mit der Wikipedia-Seite über den Fall Olivia Curran. Nachdem ich dort ein wenig gelesen habe, ergänze ich die folgenden Informationen in meiner Datei:

VERMUTUNGEN, *was mit Olivia Curran passiert sein könnte*

1. Unfall

Manche glauben, es sei am wahrscheinlichsten, dass Olivia die Party irgendwann am Abend verlassen hat, um schwimmen zu gehen. Das Wasser ist Ende August am wärmsten, und es ist nicht ungewöhnlich, dass Leute abends schwimmen gehen, besonders, wenn sie Alkohol getrunken haben. Angeblich haben mehrere Partygäste gesehen, dass Olivia an dem Abend Alkohol getrunken hat. Die Vermutung ist, dass sie wohl zu weit hinausgeschwommen ist und von einer Strömung erfasst oder von einem Hai gefressen wurde (was erklären würde, warum ihre Leiche nie gefunden wurde). Oder dass sie vielleicht nicht gut schwimmen konnte und dies durch den Alkoholkonsum vergessen hat.

Mit dieser Theorie gibt es allerdings ein paar Probleme. Erstens ist niemand mit Olivia schwimmen gegangen oder kann sich daran erinnern, dass sie sagte, sie würde schwimmen gehen (aber auch hier haben sie das vielleicht aufgrund des Alkohols vergessen?). Zweitens, die Polizei hat keinen Kleiderhaufen gefunden, wie ihn Leute normalerweise am Strand zurücklassen, wenn sie schwimmen gehen. Ging sie vielleicht mit ihren Kleidern schwimmen? (Wieder der Alkohol?) Drittens, ihre Leiche wurde nicht gefunden, und die Strömungen hier spülen normalerweise Dinge an den Strand bei Silverlea, anstatt sie weiter hinauszutragen. So wie den Walkadaver.

ICH GLAUBE ALSO NICHT, dass dies das wahrscheinlichste Szenario ist, aber ich will es auch noch nicht völlig von der Hand weisen. Also ist es, denke ich, wichtig, dass ich es zu meiner Datei hinzufüge. Dann mache ich Notizen zur zweiten Vermutung.

• • •

2. Selbstmord

Eine der Zeitungen, die die Geschichte brachte, schrieb, dass Olivia einen Freund gehabt habe, der sich Anfang des Sommers von ihr getrennt habe (zu Hause, nicht hier in Silverlea), und sie vermutete, dass Olivia vielleicht depressiv gewesen sei und beschlossen habe, sich umzubringen. Das hätte sie durch das Hinausschwimmen in die Bucht erreichen können. Und es würde erklären, warum am Strand keine Kleidung zurückgelassen wurde. (Wenn man ins Meer hinausschwimmt, um sich umzubringen, würde man sich wohl keine Gedanken darüber machen, dass die Kleider trocken bleiben, oder?)

Wie auch immer. Olivias Eltern gaben anschließend eine Erklärung über ihren Unmut mit der Zeitung heraus und machten deutlich, dass Olivia und ihr Freund sich nicht getrennt haben und sie sich schon wieder auf die Rückkehr nach Hause und das Wiedersehen mit ihm gefreut habe. Und – wie auch bei Vermutung Nr. 1 – was ist mit ihrer Leiche passiert, falls das alles so abgelaufen ist?

VON DIESER THEORIE bin auch ich nicht sehr überzeugt. Olivia kam mir nicht besonders depressiv vor, als ich sie gesehen habe, jedenfalls nicht, nachdem ich das WLAN repariert hatte oder in der Disco. Ich mache weiter.

3. Mord/Entführung

Die letzte Vermutung ist, dass jemand sie entführt haben könnte.

Die meisten Beweise sprechen dafür, und junge Mädchen werden tatsächlich häufiger mal entführt. Das würde auch erklären, warum sie ohne Vorwarnung verschwand und warum keine Leiche gefunden wurde. Aber das Problem mit dieser Theorie ist, jedenfalls laut Wikipedia, dass es keine offensichtlichen Verdächtigen gibt. Aber sowohl der sehr öffentliche Ort, von dem Olivia verschwand, als auch die schlechte Beleuchtung am Strand und auf dem Parkplatz bedeuten, dass es jede Menge potenzielle Täter gibt.

BEI WIKIPEDIA HEISST ES WEITER, dass diese Ermittlung die umfassendste sei, die jemals auf Lornea Island durchgeführt wurde, dass aber bisher weder Olivia Curran noch irgendwelche glaubwürdigen Hinweise gefunden worden seien. Ich höre auf zu lesen und denke an jene Nacht zurück. Ich versuche mich daran zu erinnern, wie Mr. Foster ausgesehen hat, an seinen Gesichtsausdruck, als ich ihn entdeckte, angeleuchtet vom Schein seiner Angellaterne. Jetzt, da ich darüber nachdenke, stand er gar nicht mal so nah am Wasser. Nicht so nah, wie er hätte sein müssen, wenn er tatsächlich am Angeln gewesen wäre. Und ich erinnere mich jetzt: Als er seinen Köder an den Haken gesteckt hatte, oder was auch immer er da getan hatte – *oder als er mich zu ihm hat herschauen sehen* –, machte er sein Licht aus und man konnte ihn überhaupt nicht mehr erkennen. Er versteckte sich einfach in der Dunkelheit. Aber trotzdem hätte er *mich* noch sehen können. Er hätte alle noch sehen können. Wenn Olivia aus dem Festsaal herausgegangen wäre, hätte er sie im Schein der Lampen draußen sehen können. Und er hätte sich sehr nah an sie heranschleichen können. Und mit seinem Anglermesser hätte er sie packen können und … Ich höre auf, mir das weiter auszumalen. Irgendwie wird mir kalt, wenn ich darüber nachdenke.

Etwas halbherzig beschließe ich, den Namen »Mr. Foster« zu googeln. Viel Erfolg verspreche ich mir davon nicht, denn der Name ist recht geläufig. Mir wird Folgendes präsentiert:

»Ungefähr 3.240.000 Ergebnisse (0,67 Sekunden).«

Ich versuche es noch einmal, diesmal füge ich »Silverlea« zur Suche hinzu. Aber das hilft auch nicht viel. Dann versuche ich es mit »Lornea Island« und fange schon an mich zu freuen, weil ein *James* Foster aufgelistet wird, der ein Altenheim in Newlea leitet. Aber als ich einigen Links folge und ein Bild von ihm finde, sehe ich, dass das nicht der richtige Mr. Foster ist.

Eine Stunde lang suche ich, aber mir ist klar, dass ich nicht weiterkomme. Falls Mr. Foster Olivia Curran entführt hat, versteckt er sie wahrscheinlich entweder in seinem Keller oder zerstückelt in seinem Gefrierschrank. Jedenfalls nicht im Internet auf dem Präsentierteller.

Nein. Wenn ich Beweise finden soll, mit denen ich zur Polizei gehen kann, dann muss ich bei meinen Recherchen zu Mr. Foster schon etwas kreativer sein.

ELF

SILVERLEA IST NICHT SEHR GROß. Und auch mit den zusätzlichen Polizisten im Ort ist zu dieser Jahreszeit nicht viel los. Trotzdem weiß ich nicht, wo Mr. Foster wohnt, und ich kann ja auch nicht jede Straße abklappern, bis ich seinen Van finde. Ich *könnte* Jodys Vater fragen, da er ja Mr. Foster kennt. Aber das ist etwas schwierig, weil ich noch nie mit Jodys Vater gesprochen habe und er dann bestimmt wissen will, wieso ich frage. Wenn ich ihm sage, dass ich Mr. Foster verdächtige, Olivia Curran entführt und ermordet zu haben, will er sicher zur Polizei gehen. Und dann habe ich dasselbe Problem wie vorher. Ich muss mehr Beweise haben, bevor ich irgendwem davon erzähle.

Aber ich habe einen Plan. Ich weiß, dass Mr. Foster gern nachts angelt. Nicht nur von der Nacht, in der Olivia verschwand, sondern weil ich ihn oft beim Angeln sehe. Oder besser gesagt, an den Wochenenden, wenn Dad surfen geht, ist Mr. Foster auch häufig da und packt humpelnd seine Sachen in den Van. Wenn wir gerade am Strand ankommen, geht er vom nächtlichen Angeln heim.

Wenn ich also weiß, dass ich ihn höchstwahrscheinlich am Strand antreffen werde, kann ich ihn verfolgen. Mit meinem Fahrrad. Einem Mountainbike. Dad hat es mir gekauft. Und sich auch gleich eins. Seins hat aber einundzwanzig Gänge und meins nur fünfzehn. Als er die Räder kaufte, hatte er vor, gemeinsame Radtouren zu unternehmen. Aber nach der ersten Fahrt beschloss Dad, dass ihm das keinen Spaß mache, weil die Leute hier auf den schmalen Straßen einfach zu schnell fahren. Seitdem haben wir sie nicht mehr viel benutzt. Aber sie stehen noch in unserem kleinen Schuppen. Ich muss nur die Kette ölen und dann ist meins startklar.

Der Plan ist simpel, ich weiß, aber das bedeutet auch, dass weniger schiefgehen kann. Mein Fahrrad habe ich bereits flottgemacht, und es liegt schon einsatzbereit auf Dads Pick-up. Wenn Dad morgen surfen geht, folge ich Mr. Foster nach Hause und finde heraus, wo er wohnt.

ZWÖLF

Der Samstag lief nicht so gut. Dad wollte nicht mal zum Strand fahren, weil es ziemlich windig und der Wind auflandig war, was die Wellen chaotisch macht. Und weil er am Abend davor bis spät in die Nacht aus war. Aber schließlich habe ich ihn überredet, und wir sind nach Littlelea gefahren, wo es ein bisschen geschützter war.

Dann war Mr. Fosters Van nicht auf dem Parkplatz. Dad wollte aber trotzdem surfen, weil er nun schon mal da war. Während er sich umzog, schob ich mein Fahrrad runter an den Strand und radelte auf dem festen Sand am Wasser entlang bis nach Silverlea. Es war anstrengend, und ich hatte Angst, dass, selbst wenn Mr. Foster in Silverlea geangelt hatte, er schon wieder weg sein würde, bis ich dort war. Und als ich endlich durchgeschwitzt dort ankam, war der Parkplatz in Silverlea auch leer. Ich radelte dann ein wenig in der Stadt umher, man weiß ja nie. Aber gefunden habe ich ihn nicht. Dann musste ich auch schon zurück, um mich wieder mit Dad zu treffen. Er war sauer, weil er schon auf mich gewartet hatte, und ich war von der ganzen Tour ziemlich erschöpft.

Aber das war am Samstag. Heute ist Sonntag, und der Tag läuft etwas besser. Heute Morgen war nicht viel Wind, also wollte Dad surfen gehen. Wir sind direkt nach Silverlea gefahren. Ich musste also nirgendwo hinradeln. Und wessen Van, denken Sie, sehe ich jetzt, als wir auf den Parkplatz fahren?

Genau. Mr. Fosters.

Jetzt muss ich schnell sein. Ich kann Mr. Foster sogar sehen. Er humpelt den Strand herauf, den Angelkasten in der einen Hand, sein Bündel Angelruten in der anderen.

Dad parkt den Pick-up vorne auf dem Parkplatz, unweit von Mr. Fosters Van. In Gedanken ist er schon im Wasser, wo die Brandung heute Morgen seiner Meinung nach »total abgeht«, und denkt über die Wellen nach, die er nachher reiten wird. Er bemerkt also nicht, dass ich mich auf das Beobachten von Mr. Foster konzentriere. Ich schaue zu, wie er seine Angelruten abstellt, um seine Schlüssel hervorzuholen und wie er dann die zerbeulte Hecktür des Vans aufzieht.

»Schau dir das an, Billy«, sagt Dad. Er steht da und schaut aufs Meer hinaus. Ich werfe einen schnellen Blick herüber – ein Set Wellen rollt heran und es weht fast kein Wind, die Wasseroberfläche spiegelt silbrig.

»Ich bleibe etwa zwei Stunden«, sagt Dad, aber ich höre ihn kaum. »Es ist perfekt da draußen.« Er lacht, als die Wellen beginnen zu brechen und glatt über den Strand streichen.

»Weißt du, vielleicht solltest du heute Morgen mal ein bisschen hierbleiben und zuschauen, anstatt immer gleich abzuhauen, wie du es sonst immer tust.«

»Okay«, sage ich. Es ist aber eigentlich klar, dass ich gerade überhaupt keine Zeit für Dad habe. Er muss jetzt bloß schnell surfen gehen, damit ich Mr. Foster folgen kann, wenn der wegfährt. Mein Fahrrad steht bereit. Ich atme tief durch und versuche, meine Lungen mit Luft zu füllen. Mir ist auch schon in den Sinn gekommen, dass Mr. Foster vielleicht gar nicht in Silverlea wohnt. Sollte das der Fall sein, werde ich ganz schön in die Pedale treten müssen, um mit ihm mithalten zu können.

»Das wird bestimmt eine gute Show. Du kannst ja ins Café hochgehen. Von dort aus zuschauen. Hol dir was zu trinken. Sag Emily, dass ich später komme und bezahle, okay?«

Ich *könnte* natürlich Dads Pick-up nehmen. Er versteckt die Schlüssel in der Radfeder auf der Fahrerseite. Aber ich habe eben keinen Führerschein. Dabei *darf* man im Notfall fahren. Ob das hier wohl als Notfall durchgeht? Obwohl – ich bin auf meinem Fahrrad wahrscheinlich eh schneller.

»*Billy*«, unterbricht mich Dad kopfschüttelnd. »Hast du mich gehört? Ich habe gesagt, du kannst hoch ins Café gehen, wenn dir langweilig wird.« Ein sorgenvoller Blick huscht über sein Gesicht. »Himmel, Kind, was ist in letzter Zeit nur mit dir los? Du bist so in deine verrückten Projekte vertieft. Was ist es denn heute wieder?«

Es kommt fast nie vor, dass Dad mich fragt, was ich so mache. Ich bin also völlig unvorbereitet. Jetzt ist nun wirklich kein guter Zeitpunkt für eine detaillierte Beschreibung meines Krebsprojektes. Mr. Foster hat schon sein Angelzeug eingeladen und schlurft um das Auto herum zur Fahrertür. Er steigt ein – ich höre die Tür zuschlagen.

»Nichts Besonderes.«

Einen Moment lang sagt Dad nichts, aber ich spüre, wie er mich ansieht.

»Hör mal, es ist Zeit, dass du mit ins Wasser kommst, Billy. Wir könnten zusammen surfen. Würde dir das nicht gefallen?«, sagt Dad.

Nicht jetzt, Dad, denke ich mir. Ich kann nicht glauben, dass er sich ausgerechnet jetzt mit mir darüber unterhalten will. Um ihn loszuwerden, sage ich:

»Okay. Aber du solltest jetzt los. Die Wellen sind echt gut, das hast du selbst gesagt. Und das willst du doch nicht verpassen.« Ernst meine ich das nicht. Nie im Leben werde ich ins Wasser gehen. Aber Mr. Foster ist dabei, wegzufahren. Ich würde Gott weiß was sagen, nur damit Dad Ruhe gibt.

Aber Dad rührt sich immer noch nicht vom Fleck. Er beobachtet mich. »Okay«, sagt er gedehnt. »Na, vielleicht kann ich dir ja Unterricht geben? Wie wär's damit?«

Der Auspuff von Mr. Fosters Van klappert, als er den Motor anlässt. Die Räder setzen sich knirschend in Bewegung.

»Okay, Dad, aber wir sehen uns später.«

Zu meiner Erleichterung scheint Dad sich für den Moment damit zufriedenzugeben. Er schnappt sich sein Surfbrett vom Wagen.

»Geh ins Café, ja? Wenn dir kalt wird.« Er schaut über den Strand auf die Brandung. Eine weitere Welle beginnt sich zu kräuseln, von der Wasseroberfläche aufsteigend wie ein glatter Hügel aus Glas, kurz davor zu brechen. Dad pfeift.

»Schau dir das an. Diese Wellen wirst auch du im Handumdrehen reiten können.«

Schon ist er weg. In Gedanken, meine ich. Er kann einfach nicht anders. Er liebt es, wenn die Wellen so glatt sind wie heute. Ich muss ihm also nicht mal antworten. Er dreht sich um und joggt schon bald leichtfüßig den Strand hinunter in Richtung Meer. Und das auch gerade rechtzeitig, denn Mr. Foster fährt seinen Van jetzt rückwärts aus der Parklücke und legt dann mit kreischendem Getriebe den ersten Gang ein.

Ich trete in die Pedale und komme gerade an der Ausfahrt des Parkplatzes an, als der Van auf dem Kies an mir vorbeifährt. Also gebe ich Gas und versuche, mich nicht abhängen zu lassen.

DREIZEHN

DER VAN BIEGT vom Parkplatz aus nach Norden ab und fährt am Wasser entlang. Schon falle ich zurück. Dann biegt er landeinwärts in die Claymore Street ein, die Einkaufsstraße von Silverlea. Er biegt ab, bevor ich überhaupt auf der Uferstraße ankomme. Er ist so viel schneller als ich. Mit diesem Problem habe ich nicht gerechnet.

Und was noch schlimmer ist: Die Claymore Street geht leicht bergauf. Nach noch nicht einmal einer Minute habe ich den Van fast aus den Augen verloren. Ich trete auf dem Fahrrad stehend so fest ich kann in die Pedale und bin schon völlig außer Atem – lange kann ich dieses Tempo nicht durchhalten. Schon kriege ich Panik, dass meine Verfolgungsjagd ganz schnell zu Ende sein könnte.

Doch dann habe ich Glück. An der Kreuzung zur Alberton Avenue ist die Ampel rot, und Mr. Fosters Van muss anhalten. Er steht dort eine Weile, während ich noch so schnell wie möglich hinter ihm den Hügel hinaufradle, immer noch im Stehen auf dem Rad, das unter mir hin und her schwankt. Aus den Augenwinkeln heraus beobachte ich die Ampel. Sie bleibt rot, und ich komme recht nah an ihn heran. Aber das bleibt nicht lange so. Die Ampel wird gelb und dann grün, und schon gibt er wieder Gas, geradeaus, weiter die Claymore Street hinauf. Als er anfährt, schlägt mir eine Abgaswolke ins Gesicht.

Aber dann habe ich das Glück wirklich auf meiner Seite. Als er an der Ampel stand, war ein anderes Auto vor ihm auf die Straße eingebogen. Mit einem wohl echt alten Fahrer, denn es fährt total langsam. Es dauert daher auch nicht lange, bis Mr. Foster zu ihm aufgeschlossen hat. Überholen tut er aber nicht. Ich glaube, weil er keine Aufmerksamkeit erregen will. Trotzdem ist er immer noch schneller, als ich radeln kann, aber wenigstens verschwindet er jetzt nicht mehr vor meinen Augen am Horizont. Etwa drei Minuten lang geht das so. Ich trete immer noch so fest ich kann in die Pedale, und Mr. Fosters Van und der alte Fahrer fahren davon, aber nicht sehr schnell. Trotzdem ist mir bewusst, dass ich das nicht mehr lange durchhalten kann. Falls der alte Fahrer abbiegt, oder falls Mr. Foster weiter aus der Stadt hinaus auf die lange und schnurgerade Straße fährt, auf der man gut überholen kann, habe ich keine Chance mehr, ihn einzuholen.

Ich lege mich noch mal so richtig ins Zeug. Aber ich spüre, dass meine Beine müde werden – meine Reserven sind aufgebraucht. Vor uns liegt eine Kurve, und danach sind wir schon nicht mehr im Ort. Ich werde ihn verlieren. Wahrscheinlich werde ich vom zu schnellen Radfahren tot umfallen, und abhängen wird er mich trotzdem. Aber dann leuchtet der Blinker von Mr. Fosters Van auf. Er verlässt die Hauptstraße.

Den Namen der Straße, auf die er einbiegt, kenne ich nicht. Ich komme auch erst eine ganze Minute später dort an. Und dann muss ich wirklich erst einmal anhalten. Ich lasse mein Fahrrad fallen und stütze mich mit beiden Händen an einem Laternenpfahl ab. Dann sacke ich auf die Knie – auf dem Seitenstreifen. Mir ist speiübel. Wie bei den Wettläufen in der Schule – die 400-Meter-Strecke ist die schlimmste. Manchmal müssen sich bei diesem Lauf tatsächlich ein paar Schüler übergeben.

Endlich erhole ich mich genug, um wieder aufzuschauen. Ich finde mich in einer kleinen Straße wieder, die ich nicht kenne. Geschäfte gibt es hier keine, nur Wohnhäuser. Den Van kann ich nirgendwo entdecken. Es sieht so aus, als wäre er mir doch noch entwischt.

Nachdem ich mich noch etwas mehr erholt habe, steige ich wieder auf mein Rad und fahre los. Ich kann mich ja wenigstens einmal umschauen, auch wenn ich nicht wirklich weiß, wo genau ich suchen soll. Silverlea ist nicht groß, und gleich hinter den Häusern hier fangen die Felder und Wiesen an. Vielleicht kann ich ihn also doch noch finden. Die Häuser hier am Ortsrand sind recht klein und nicht die Sorte, die sich gut an Touristen vermieten lässt. Ich glaube, manche stehen sogar leer. Jedenfalls scheint es so.

Von der Straße, in die Mr. Foster eingebogen ist, zweigen mehrere Nebenstraßen ab. Ich wähle willkürlich eine aus, biege ab und fahre in der Hoffnung, dass der Van hier irgendwo parkt, bis zu ihrem Ende. Meine Suche ist erfolglos, also fahre ich zur Hauptstraße zurück. Dann radle ich durch eine zweite Nebenstraße, mit dem gleichen Ergebnis. Ich denke, das Ganze ist doch hoffnungslos. Ich könnte zurückfahren und im Café eine heiße Schokolade trinken. Und Emily über mein Projekt auf dem Laufenden halten. Aber es gibt nur noch eine weitere Nebenstraße, also sollte ich da vielleicht auch noch schauen. Ich fahre langsam an den Häusern vorbei und spähe in jede Einfahrt. Die meisten sind leer, und dort, wo Autos stehen, sind die meist ziemlich alt. Dann kommt vor mir eine Kurve. Fast schon beschließe ich, vorher wieder umzudrehen, denke dann aber, ich sollte auch dort noch nachschauen. Und da steht er: Mr. Fosters Van.

Ich kann es kaum glauben. Mein Herz rast noch immer von der Anstrengung, und jetzt auch noch aus irgendeinem anderen Grund. Nervosität wahrscheinlich. Ich halte an einem Baum an und schaue herüber. Der Van parkt in der Einfahrt eines einstöckigen Hauses ganz am Ende der Straße. Es sieht heruntergekommen aus und liegt ein wenig versteckt. Dahinter steht eine Gruppe hoher Bäume, wie ein kleiner Wald.

Im Vorgarten steht ein Anhänger mit einem Fischerboot darauf. Ein altes, offenes Boot. Die Lichter im Haus sind alle ausgeschaltet. Überhaupt sieht es wirklich verdächtig aus. Genau so, wie man sich das Zuhause eines pädophilen Mörders eben vorstellen würde.

Als ich so dastehe, überkommt mich ein schauriges Gefühl, als wenn mir Spinnen über die Haut krabbeln würden. Und es ist noch schlimmer, weil ich weiß, dass Mr. Foster sich gerade in diesem Haus aufhält. Vielleicht beobachtet er mich ja, so wie er Olivia Curran in jener Nacht am Strand beobachtet hat. Oder er schleicht sich gerade durch die Hintertür nach draußen, sein Anglermesser gezückt. Ich meine, *wenn* er sie entführt hätte, dann wäre er jetzt doch sicherlich vorsichtig und würde nach Dingen Ausschau halten, die ihm seltsam vorkämen. Nach allem, was ihm verraten würde, dass ihm jemand auf der Spur ist. Jetzt fällt mir auch auf, dass dies eine *sehr* ruhige Straße ist. Seit ich von der Claymore Street abgebogen bin, habe ich niemanden mehr gesehen. Es sind keine Nachbarn in den Gärten, es stehen kaum Autos in den Einfahrten. Er könnte sich in der Deckung der Bäume jetzt gerade an mich anschleichen. Ich bekomme Angst. Ich will nur noch auf mein Fahrrad springen und hier weg. Fast tue ich das auch, aber dann reiße ich mich zusammen. Ich muss doch Beweise für die Polizei sammeln. Es ist beängstigend, aber ich muss einfach vorsichtig sein. Das ist alles.

Ich atme tief durch. Mein Fahrrad lege ich wieder auf dem Grasstreifen ab und pirsche mich weiter vor, verdeckt von einem Baumstamm direkt neben seinem Grundstück. Jetzt kann ich zwischen den Bäumen hindurchsehen und mit Sicherheit sagen, dass er dort nicht ist. Ich bin nun fast bei seinem Van. Nah genug, um das Klicken des sich abkühlenden Motors zu hören.

Ich riskiere noch einen Blick auf das Haus und suche nach Lebenszeichen. Aus dieser Nähe kann ich alles besser erkennen. Vorne hat das Haus zwei Fenster. Bei dem größeren sind die Vorhänge zugezogen, weshalb ich nicht hineinschauen kann. Das kleinere Fenster gehört zur Küche, und es hat keine Vorhänge. Ich kann ein Stück der Arbeitsfläche erkennen, einen Wasserkocher und einen von diesen Holzbäumen, an die man Kaffeebecher hängt. Einer dieser Becher hat ein Bild mit einem Fisch. Es ist zu dunkel, um weiter in den Raum hineinblicken zu können. Die Lichter sind immer noch aus.

Ich halte nach Hinweisen Ausschau, ob es einen Keller gibt. So ziemlich alle Mörder nutzen einen Keller. Und sollte Olivia noch leben, wird sie bestimmt in einem Keller sein. Aber ich weiß nicht, woran man erkennen kann, ob ein Haus einen Keller hat oder nicht. Der hätte ja keine Fenster, weil er unter der Erde liegt. Ich beschließe, dass es wohl einen gibt – und ich ihn nur nicht sehen kann.

Wieder schlüpfe ich hinter meinen Baum und denke einen Moment lang nach. Ich bin gut weitergekommen: Ich weiß, wo Mr. Foster wohnt und somit wahrscheinlich auch, wo sich Olivia aufhält, ob nun tot oder lebendig. Das ist schon mal ganz gut. Aber ich brauche mehr. Wenn ich jetzt zur Polizei ginge, würden sie mir immer noch nicht glauben. Ich bin ja bloß ein Kind, und sie würden nicht einsehen, dass ich eigentlich ein Wissenschaftler bin. Selbst wenn ich sie dazu bringen könnte, mir zuzuhören, würden sie mir vielleicht nur ein kleines bisschen glauben und dann einen Polizisten herschicken, um Mr. Foster ein paar Fragen zu stellen. Und dann würde der Polizist wahrscheinlich auch gekidnappt, im Keller versteckt oder umgebracht werden. Es ist also definitiv zu früh für die Polizei. Ich muss das tun, wofür ich hergekommen bin. Ich muss Mr. Fosters Haus observieren.

Man sieht das ja immer in Filmen. Die Leute, die irgendetwas observieren, dürfen immer irgendwelches mitgebrachtes Fastfood oder Donuts oder so was essen. Normalerweise streiten sie sich ein bisschen oder sprechen sich mal richtig aus, sodass man ihre Hintergrundgeschichten kennenlernt. Aber es funktioniert immer. Sie sehen immer irgendetwas Wichtiges. Ich weiß also, dass eine Observierung das Richtige ist. Natürlich kann ich aber nicht einfach auf der Straße hocken und Donuts essen und Mr. Fosters Haus beobachten. Aber keine Sorge, wie ich Ihnen schon gesagt habe: Ich habe ja vor Kurzem abends sehr viel nachgedacht.

Ich werfe noch einen Blick auf den Vorgarten. Da ist wieder das Boot. Ein offenes Boot, recht klein, wie die, die zum Angeln in Flussmündungen benutzt werden, nicht auf offener See. Es steht mit dem Heck zum Haus, und weil der Vorgarten nicht sehr groß ist, verschwindet der Bug fast in der Hecke. Das Boot ist mit einer ausgebleichten blauen Persenning bedeckt, die dort Lücken hat, wo der Wind die Schnürbänder gelockert hat. Der rostige Anhänger mit dem ganzen Unkraut, das drum herum wächst, wurde wohl schon länger nicht mehr bewegt. Bald ist außerdem Winter, und normalerweise wird so ein Boot nur im Sommer benutzt. Also wird Mr. Foster wohl nicht so bald damit rausfahren. Es ist daher perfekt für meinen Plan. Ich schließe mein Fahrrad an einen Laternenpfahl an, sodass ich mir darum keine Sorgen machen muss, und schleiche mich wieder an Mr. Fosters Haus heran. Als ich direkt davorstehe, mehr oder weniger hinter dem Boot versteckt, renne ich herüber und hebe die Persenning an.

Mein Herz schlägt mir bis zum Hals, als ich am Boot ankomme. Ich muss auf den Anhänger klettern, weil es doch höher ist, als ich dachte. Und die Persenning sitzt nicht so locker wie gehofft. Eine Sekunde lang denke ich, dass ich es doch nicht hineinschaffe. Aber jetzt gibt es kein Zurück mehr – ich stecke mit Kopf und Schultern schon im Boot und mit den Füßen in der Hecke. Sofort schlägt mir der Geruch von Schimmel und Moder entgegen. Und plötzlich kriege ich Panik. Ich könnte ja direkt auf Olivias verwesender Leiche landen. Hektisch zapple und winde ich mich wieder rückwärts aus dem Boot heraus und hüpfe schwer atmend aufs Gras, von den Fenstern aus in voller Sicht. Halb verstecke ich mich unter dem Boot und versuche, meinen Atem unter Kontrolle zu bringen. Ich muss mich beruhigen.

Es riecht doch nur nach Boot. Nach Fischgedärmen und abgestandenem Wasser. Alle Boote riechen so, wenn sie alt sind oder nicht gepflegt werden. Ich schaue zu Mr. Fosters Fenstern und auch zu den Nachbarhäusern ringsum. Ich habe Glück. Noch scheint niemand etwas bemerkt zu haben. Aber jeder könnte mich sehen, wie ich hier unter Mr. Fosters Boot hocke. Wenn ich nichts unternehme, riskiere ich, jeden Moment entdeckt zu werden. Ich atme also noch einmal tief durch und versuche es erneut. Wieder klettere ich auf den Anhänger und schlüpfe ein zweites Mal unter die Persenning. Diesmal bin ich ruhiger und ziehe mich am Sitz ins Boot hinein. Mein Rucksack verhakt sich für einen Moment, löst sich dann aber, und ich flutsche mit einem *Plumps* auf den Boden des Boots.

Zuerst wackelt es, beruhigt sich dann aber. Es stinkt wirklich teuflisch hier drinnen. Es ist so schlimm, dass es mir fast den Atem raubt. Meine

Augen brauchen ein bisschen, um sich an die Dunkelheit zu gewöhnen. Dann aber stelle ich erleichtert fest, dass hier keine Leiche liegt, sondern nur schleimige Bodenbretter, und dass ich in einer etwa zwei Zentimeter tiefen Pfütze aus Dreckwasser liege. Ich versuche mich da herauszuheben, fühle aber, wie das Wasser an den Knien meine Hose durchnässt. Ich ignoriere es, schlüpfe aus den Trägern meines Rucksacks und hole meine Kamera heraus. Dann arbeite ich mich zum Heck des Boots vor, von wo aus ich das Haus am besten beobachten kann. Dort gibt es eine Aussparung für den Motor, durch die Licht ins Boot fällt. Durch das Loch kann ich perfekt die Vorderseite des Hauses sehen. Mit immer noch klopfendem Herzen mache ich es mir bequem und warte ab, was als Nächstes passiert. Und es dauert auch nicht lange, bis ich etwas Interessantes entdecke.

VIERZEHN

Es sieht wirklich verdächtig aus, sein Haus. Von den Mauern fällt schon der Putz, und die Farbe blättert von den Fensterrahmen ab. Und jetzt sehe ich auch, dass eine der Fensterscheiben sogar einen Sprung hat. Und sie sind echt dreckig. Die Vorhänge dahinter sind auch dreckig und verblichen, und der am großen Fenster hat einen großen gelben Fleck. Und wo ich gerade darüber nachdenke, wieso sind die Vorhänge überhaupt am helllichten Tag zugezogen? Jetzt ist es doch sehr offensichtlich, dass Mr. Foster etwas zu verbergen hat. Ich beschließe, nur schnell alles aufzubauen, und dann nichts wie weg hier. Wie gefährlich das Ganze ist, weiß ich nicht. Und wohl fühle ich mich hier drin auch nicht.

Aber dann geht in der Küche das Licht an. Ich erstarre. Jetzt kann ich weiter in den Raum hineinsehen. Ein Mann tritt durch die Tür und kommt herein. Es ist Mr. Foster. Das erkenne ich an dem Humpeln.

Ich mache mich kleiner, damit er mich nicht sieht. Aber dadurch wackelt schon wieder das ganze Boot auf dem Anhänger. Wenn er jetzt aus dem Fenster schaut, wird er das bestimmt bemerken. Aber ich habe wieder Glück – als ich mich traue aufzuschauen, kann ich erkennen, dass er immer noch in der Küche ist. Er scheint nichts bemerkt zu haben. Dann verlässt er den Raum. Noch bevor ich es überhaupt geschafft habe, ein Foto zu machen. Ich ärgere mich über mich selbst. Was ist, wenn ich ihn nicht noch einmal zu Gesicht bekomme?

Einen Moment später erscheint jedoch ein Lichtstreifen zwischen den Vorhängen am anderen Fenster. Sie öffnen sich langsam. Jetzt erkenne ich, dass dort das Wohnzimmer ist. Es ist ziemlich groß, aber seltsam leer – die einzigen Gegenstände darin sind ein Sessel direkt neben einem Gaskamin und ein großer Fernseher. Und es ist dreckig. Überall auf dem Boden liegen Pizzakartons und Bierdosen verteilt. Ein Aschenbecher quillt über mit Zigarettenstummeln. Und dort humpelt, mit einem schwarzen Müllsack in der Hand, Mr. Foster umher. Zuerst verstehe ich nicht, was er da tut. Aber dann wird es mir klar: Er räumt auf. Er sammelt die Bierdosen ein und zerdrückt sie, bevor er sie in den Müllsack steckt. Ich werde ganz aufgeregt. Ich habe recht, ich weiß, dass ich recht habe. *Exakt so* würde ein Mörder leben. Allein in einem verdreckten, unheimlichen Haus. Und was tut er jetzt?

Er versucht, Beweise zu vernichten.

Ich vergewissere mich doppelt, dass der Blitz an meiner Kamera ausgeschaltet ist. Dann mache ich ganz vorsichtig ein paar Fotos und versuche, Mr. Fosters Gesicht zu erwischen. Ein paar gute Aufnahmen sind dabei. Als er das Zimmer verlässt, schaue ich mir die Bilder auf der Kamera an und warte ab, in welchem Zimmer er als Nächstes auftaucht.

Dann passiert die Katastrophe. Plötzlich geht die Haustür auf, und noch bevor ich Gelegenheit habe, mich zu ducken, steht Mr. Foster da, nur ein oder zwei Meter entfernt. Er kommt direkt auf mich zu, und vor lauter Panik schreie ich fast auf. Ich kann mich gerade noch auf den Boden des Boots kauern und spüre, wie das Wasser an meinem Bein hochkriecht. Er muss mich durchs Fenster gesehen haben, oder vielleicht hat er gesehen, wie sich das Boot bewegt hat. Ich überlege, um Hilfe zu rufen. Aber ich weiß gar nicht, ob die Nachbarn mich hören würden. In dieser Gegend kann man sich wahrscheinlich sowieso nicht auf die Nachbarn verlassen. Die Kamera halte ich wie einen Stein in meiner Hand. Sie ist meine einzige Hoffnung. Wenn er die Persenning zurückschlägt, haue ich ihn damit, springe aus dem Boot und renne so schnell ich kann weg. Eine Sekunde lang stelle ich mir vor, wie es wohl in seinem Kellerverlies sein würde, angekettet neben Olivia. Obwohl ich gerade gar keine Zeit dafür habe, habe ich Angst.

Dann höre ich ihn *direkt neben* dem Boot. Er macht ein Geräusch – erst kann ich es gar nicht einordnen, aber dann stelle ich fest, dass er pfeift. Mr. Foster pfeift ein Liedchen, während er kommt, um mich zu holen. Ich versuche, möglichst leise zu atmen, und packe meine Kamera fester, bereit, mit ihr zuzuschlagen. Ich warte. Jede Sekunde dauert eine Ewigkeit. Aber anstatt dass die Persenning plötzlich aufgerissen wird und behaarte Hände nach mir greifen, hört das Pfeifen auf. Dann ist da ein neues Geräusch, ein metallenes Klopfen und dann ein Krachen. Und dann Stille draußen. Eine Zeit lang höre ich nur noch meinen Atem – kurze, schnelle Atemzüge, die furchtbar laut sind. Ist er noch da? Ich weiß es nicht. Dann höre ich, wie die Haustür wieder ins Schloss fällt.

Mir ist klar, dass es wahrscheinlich eine Falle ist. Ich mache keinen Mucks. Ich warte auf dem Boden des Boots. Aber die Sekunden vergehen, dann die Minuten, und ich frage mich, warum Mr. Foster nichts unternimmt, um mich zu fangen. Jeden Moment wird sein Gesicht in der Lücke zwischen der Bootswand und der Persenning erscheinen. Aber dann passiert etwas ganz anderes. Der Motor des Vans heult auf. Ich ändere meine Position, um wieder nach draußen schauen zu können, und gerade noch rechtzeitig sehe ich Mr. Foster hinter dem Lenkrad sitzen und rückwärts aus der Einfahrt fahren. Er schaut nicht zu mir. Ich sehe ihm nach, als er auf der Straße wendet und dann wegfährt.

Was zur Hölle ist da los? Ich strecke den Kopf unter der Persenning des Boots hervor und atme erleichtert die nicht nach totem Fisch stinkende Luft ein. Ich schaue mich im Garten danach um, wo die Geräusche herkamen, und finde wenigstens darauf eine Antwort. Als ich ins Boot kletterte, war es mir nicht aufgefallen, aber in einer Ecke des Gartens steht eine metallene Mülltonne. Da Mr. Foster vorhin mit einem Müllsack unterwegs war, muss ich nur noch eins und eins zusammenzählen: Er hat den Müll rausgebracht.

Das Beweismaterial entsorgt.

Um nachzuschauen, klettere ich aus dem Boot heraus. Vorsichtig hebe ich den Deckel der Mülltonne an. Da liegt der schwarze Müllsack. Er riecht nach kalten Zigaretten. Behutsam öffne ich den Sack. Darin finde ich nur Bierdosen und Pizzakartons. Was das genau bedeutet, weiß ich nicht, aber ich zücke trotzdem meine Kamera und mache ein paar Fotos.

Dann fühle ich mich doch irgendwie unwohl. Plötzlich wird mir bewusst, dass ich jetzt eine Gelegenheit habe, Olivia tatsächlich zu retten. Mr. Foster ist weg. Für wie lange, weiß ich nicht – er hat die Lichter angelassen. Aber weggefahren ist er auf jeden Fall. Wenn ich also in das Haus einbrechen kann, könnte ich sie vielleicht finden und ihr helfen zu entkommen. Aber der Gedanke daran macht mir wirklich Angst. Was ist, wenn er zurückkommt, während ich noch im Haus bin? Vielleicht *hat* er mich ja gesehen, und all das hier ist Teil der Falle, die er mir stellt? Meine Unentschlossenheit lähmt mich für einen Moment. Aber ich reiße mich ein zweites Mal zusammen. Wenn er zurückkäme, würde ich den Van die Straße entlangfahren hören. Ich *muss* einfach versuchen, Olivia zu retten. Ich muss meinen ganzen Mut zusammennehmen. Langsam gehe ich zur Haustür.

Als ich davorstehe, fühle ich mich beobachtet. Fast spüre ich jemanden direkt hinter mir stehen. So, wie wenn man als Kind davon überzeugt ist, dass ein Monster unter dem Bett lauert, man aber mutterseelenallein ist und zu viel Angst hat, um nachzuschauen. Bereit, mich jedem zu stellen, der da sein mag, drehe ich mich um. Aber da ist niemand. Ich bin allein in dieser Straße. Die Fenster von Mr. Fosters Nachbarn sind alle leer. Ich beobachte meine Umgebung lange, aber nichts bewegt sich, außer die im Wind hin und her schaukelnden Äste der Bäume.

Ich drehe mich wieder zur Tür und drücke leicht dagegen. Nichts passiert. Dann drehe ich am Türknauf und drücke etwas fester, aber sie geht immer noch nicht auf. Ich versuche es mit mehr Kraft, aber nun ist klar, dass sie abgeschlossen ist. Ein Hauch von Erleichterung überkommt mich, dennoch frage ich mich, ob ich es energisch genug probiert habe. Als Nächstes gehe ich zum Küchenfenster. Ich fahre mit meinen Fingern am Rahmen entlang und versuche, es aufzuziehen. Zu dieser Jahreszeit ist es schon zu kalt, um die Fenster offen zu haben, aber vielleicht wurde es ja nicht verriegelt. So sieht es aber aus, oder vielmehr öffnet er es einfach sowieso nie. Kurz denke ich darüber nach, die Scheibe einzuschlagen und mir so Zutritt zu verschaffen, entscheide mich dann aber dagegen. Ich weiß zwar, dass er ein Pädophiler und wahrscheinlich ein Mörder ist. Trotzdem gehört es sich nicht, die Fenster anderer Leute einzuschlagen.

Stattdessen gehe ich zum Wohnzimmerfenster und versuche es dort. Aber auch da klappt es nicht – es ist ebenfalls verriegelt. Ich inspiziere die gesprungene Fensterscheibe. Es sieht so aus, als wäre das passiert, als jemand versucht hat es zuzuziehen. Der Rahmen steht noch ab. Mit meinem Taschenmesser könnte ich es aufhebeln. Vielleicht sogar einsteigen. Aber dann fällt mir etwas ein. Mr. Fosters Van werde ich nur dann hören können, wenn er auch tatsächlich damit zurückkommt. Was ist, wenn er nur um die Ecke geparkt hat und sich vielleicht sogar in diesem Moment leise wieder anschleicht, um mich zu packen? Bei diesem Gedanken wird mir eiskalt. Und dann fällt mir etwas ins Auge.

FÜNFZEHN

Es LIEGT auf dem Fußboden hinter der Tür. Vielleicht ein bisschen versteckt, aber definitiv völlig fehl am Platz in Mr. Fosters komischem, heruntergekommenem Haus. Ein rosa Rucksack. Die Marke kenne ich. Ein paar der Mädchen in der Schule haben den gleichen. Er hat ein großes rotes Herz vorne drauf. Was fängt Mr. Foster wohl mit so einem rosa Mädchenrucksack wie diesem an?

Eine Weile starre ich ihn wie festgefroren an. Ich weiß nicht, was es bedeutet – dass der Rucksack da liegt –, aber ich bekomme ein schlechtes Gefühl, ein bisschen wie eine Vorahnung. Es ist, als würde mein Verstand im Dunkeln tappen und versuchen, die Tragweite zu begreifen. Aber es gelingt mir nicht ganz. Nur dass es nichts Gutes heißt. Gar nichts Gutes.

Und da ist noch etwas. Bis jetzt hat sich das alles noch wie ein Spiel angefühlt. Oder wie eine von meinen wissenschaftlichen Studien. Wichtig, klar, aber vielleicht nichts, was wirklich ganz real ist. Aber das ist jetzt anders. Mit Blick auf den rosa Rucksack, der hier so gar nicht hinpasst, weiß ich, dass das hier alles echt ist. Und ich weiß, dass Mr. Foster jeden Moment zurück sein kann. Er könnte sich tatsächlich anschleichen, um mich zu fangen. Ein erwachsener Mann, doppelt so groß wie ich, und keine Nachbarn weit und breit, die sehen könnten, wie er mich ins Haus zerrt. Ich will nur noch weg von hier. Sofort. So schnell wie möglich.

Ich versuche also gar nicht mehr, ins Haus zu kommen. Stattdessen mache ich mit dem weiter, weswegen ich hergekommen bin. Ich wollte nämlich nie selbst das Haus observieren, verstehen Sie. Mir war von

Anfang an klar, dass ich höchstens zwei Stunden Zeit haben würde, und die Chancen, in dieser Zeit etwas zu entdecken, sind nicht sehr hoch. Ich muss es viel länger beobachten können. Aber das ist kein Problem. Ich verfüge über Technik, die das für mich erledigen kann.

Ich hatte gehofft, dass es hier einen Baum oder ein Gebüsch geben würde, aber das Innere des Boots ist noch viel besser. Es ist gut versteckt, aber nah genug am Haus, sodass die Linse alles einfangen kann, was sich da tut. Außerdem ist sie dort vor Regen geschützt, was auch hilfreich ist. Also, die Kamera ist natürlich wasserdicht, aber manchmal tropft der Regen auf die Linse, und dann wird es schwierig, etwas zu erkennen.

Mit ein paar Klemmen befestige ich die Kamera innen am Heck des Boots, sodass sie aufs Haus gerichtet ist. Es ist meine neueste und beste Kamera. Eine Denver WCT-3004 Wildkamera. Sie wird durch Bewegung ausgelöst, und als ich sie gekauft habe, hatte sie 258 Online-Bewertungen mit vier oder fünf Sternen. Es gab zwar auch ein paar Ein-Sterne-Bewertungen, aber meistens von Leuten, die nicht verstanden hatten, wie man die Kamera richtig einstellt. Über die machte ich mir keine Gedanken, weil ich diese Art von Kamera mittlerweile richtig gut einrichten kann. Ich hatte schon viel damit zu tun. Sie war aber echt teuer. Ich habe dafür den Großteil des Geldes ausgegeben, das ich für das Konfigurieren der WLAN-Netzwerke bekommen habe. Aber es hat sich wirklich gelohnt, schon allein wegen einer Sache: Die Denver WCT-3004 hat eine *Infrarot-Nachtsicht-Funktion*. Das heißt, selbst wenn Mr. Foster sich mitten in der Nacht aus dem Haus schleicht, sehe ich ihn trotzdem.

Als ich zufrieden bin, dass alles für die Aufnahmen vorbereitet ist und die Klemmen fest sitzen, ziehe ich mich langsam zurück und passe auf, dass ich nichts hinterlasse, was meine Aktivitäten hier verraten könnte. Dann klettere ich wieder aus dem Boot und gehe zu meinem Fahrrad zurück. Dabei schaue ich mich gut um, falls sich Mr. Foster irgendwo versteckt, aber ich entdecke ihn nirgends. Als ich wegradle, fühle ich mich viel besser. Gut sogar. Wenigstens einer, der etwas Konstruktives unternimmt, um die arme Olivia Curran zu finden. Und dann habe ich dieses vertraute Gefühl, das ich immer bekomme, wenn ich eine Kamera aufgestellt habe: Ich kann es kaum erwarten, mir die Aufnahmen durchzusehen.

SECHZEHN

Das gute Gefühl hält nicht lange an.

»Billy, wo zum *Teufel* warst du?«

Dad ist sauer. Ich habe nicht einmal den halben Parkplatz überquert, da schreit er mich schon an.

»Ich warte schon seit einer halben Stunde auf dich. Ich habe im Café und überall nach dir gesucht.«

Ich ziehe meine Bremsen an und kapiere direkt, was passiert ist. Es ist der Wind: Er hat gedreht. Heute Morgen wehte er noch ablandig, was gut für die Wellen war, aber jetzt kommt er aus der entgegengesetzten Richtung. Jetzt bläst er auflandig, und Surfer mögen das nicht so gern, weil das die Wellen ruiniert. Dad steht mit seinen Händen in die Hüften gestemmt da, und hinter ihm herrscht ein chaotischer, unruhiger Seegang, wo sich vorhin noch glatte, hübsche Wellen auftürmten.

»Du solltest doch nicht so weit weggehen. Das habe ich dir doch *gesagt*. Jetzt pack dein verdammtes Fahrrad hinten rein und ab geht's.«

Gerade öffne ich den Mund, um ihm von Mr. Foster und seinem unheimlichen Haus zu erzählen und wie ich beweisen werde, dass er Olivia Curran entführt oder ermordet hat oder was auch immer er mit ihr angestellt hat. Aber die Worte kommen nicht heraus. Stattdessen lasse ich Dad mein Fahrrad nehmen und hinten auf den Pick-up schmeißen, sodass es den Lack verkratzt. Würde ich das so machen, wäre er stinksauer. Dann steigt er vorne ein und lässt den Motor viel zu laut aufheulen, bis ich neben ihm sitze. Ich versuche gar nicht erst, hinten draufzuklettern. Wenn er schlechte Laune hat, darf ich dort nicht sitzen.

»Gott, Junge«, fährt er fort, sobald ich die Tür zugemacht habe. »Was habe ich bloß falsch gemacht mit dir?« Er schüttelt den Kopf. »Kennst du Craigs Sohn James?«, fragt er. Die Gelegenheit, zu sagen, dass ich ihn kenne, bekomme ich nicht. »Der geht jedes Wochenende mit Craig surfen. Auch wenn die Wellen hoch sind, er versucht es wenigstens. Er *versucht* es. Und du? Dich kriege ich noch nicht mal in die Nähe des Wassers.« Dad schüttelt wieder den Kopf. »Was habe ich denn so falsch gemacht?«

Der Vergleich ist nicht wirklich fair. James ist *zwei* Jahre älter als ich und wirklich sportlich. Er spielt sogar im Footballteam der Schule. Und überhaupt, Dad hat doch jede Menge Freunde, mit denen er surfen gehen kann. Warum will er also unbedingt, dass *ich* mitgehe? Ich schnalle mich schweigend an und warte ab, dass der Sturm vorbeizieht.

»Wo bist du überhaupt hin?«, fragt Dad ein paar Minuten später, während wir durch die Stadt nach Hause fahren. »Jedes Wochenende gehen wir an den Strand, und du hast immer etwas zu tun. Wo gehst du hin? Was treibst du die ganze Zeit?« Wir halten an der Ampel, an der auch Mr. Foster vorhin anhalten musste.

»Los, Billy, jetzt sag schon.«

Diesmal scheint er wirklich eine Antwort haben zu wollen. Ich überlege schnell. Er ist immer noch zu schlecht gelaunt, um ihm die Wahrheit zu sagen.

»Das habe ich dir doch schon erzählt«, sage ich. »Ich führe eine Studie über das Revierverhalten von Einsiedlerkrebsen durch«, beginne ich, aber er unterbricht mich.

»Ach Gott. Das machst du immer noch? Lieber Himmel. Du bist doch kein kleines Kind mehr, Billy. Du kannst nicht einfach ...« Er nimmt beide Hände vom Lenkrad und hält inne. Mit aufgeblasenen Backen schlägt er sich die Hände vors Gesicht.

»Scheiße. *Scheiße. Scheiße. Scheiße.*« Er überrascht mich damit, dass er das Lenkrad boxt. Die Ampel wird grün, aber wir fahren nicht los. Dann hupt hinter uns jemand. Dad kurbelt stinksauer das Fenster herunter und lehnt sich heraus.

»Willst du dich vielleicht mal verpissen, Freundchen?«, ruft er dem Auto hinter uns zu. Aber dann fährt er sowieso los. Ich habe zu viel Angst, mich nach hinten umzudrehen, falls der andere Fahrer aussteigt und eine Prügelei anfangen will. Dann schaue ich aber doch und sehe gerade noch, wie das andere Auto abbiegt. Dad und ich fahren eine Weile langsam weiter, schweigend, und ich tue so, als schaue ich aus dem Fenster.

Ein paar Minuten später, außerhalb von Silverlea, hält Dad am Straßenrand an. Außer uns ist weit und breit niemand zu sehen. Dad sagt lange Zeit gar nichts. Er sitzt bloß da und starrt durch die Windschutzscheibe.

»Billy, es tut mir leid«, sagt er schließlich. Sein Ton ist jetzt anders. Viel ruhiger. Er klingt erschöpft.

»Ich wollte nicht so ausrasten.« Er seufzt und sagt weiter nichts. Da ist nur das Brummen des Motors vor uns.

»Ich mache mir einfach manchmal Sorgen. Weißt du das, Billy?« Plötzlich redet er weiter. »Ich mache mir Sorgen, weil wir ja nur zu zweit sind, und dass … dass ich vielleicht gar kein so guter Vater bin. Ich mache mir Gedanken, weil du immer alleine unterwegs bist.« Er schaut zu mir herüber und wartet, bis ich ihn auch ansehe. »Ich weiß noch nicht mal, ob das nicht gefährlich ist. Seit dieses Mädchen verschwunden ist.«

Ich antworte nicht. Ich bewege mich nicht mal. So überrascht bin ich, dass er plötzlich davon anfängt.

»Verstehst du, was ich meine? Ich weiß, dass es schwierig ist hier, nur wir zwei. Aber wir müssen zusammenhalten. Wir müssen das hinkriegen.«

Ich antworte nicht.

»Ich mache es wieder gut. Okay, Billy?«

Er schaut mich an, und ich sage immer noch nichts. Ich schaue nicht mal zurück.

»*Billy!*«

Ich wende mich ihm zu und sehe ihn an. Aber sagen tue ich immer noch nichts.

Während ich ihn so anschaue, öffnet und schließt Dad ein paarmal den Mund, so als würde er überlegen, was er als Nächstes sagen soll. Schließlich findet er noch ein paar Worte.

»Also hör zu, Kumpel, heute auf dem Wasser habe ich Pete gesehen. Kennst du Big Pete? Er betreibt den Surfshop drüben in Newlea. Als der Wind drehte, haben wir uns ein bisschen unterhalten. Wie wär's, sollen wir heute Nachmittag mal da rüberfahren? Wir könnten ein Brett für dich aussuchen. Dein eigenes Surfbrett? Wir könnten dich komplett ausstatten. Das wäre doch klasse, hm?«

Wenn Dad so drauf ist, ist es das Beste, einfach alles abzunicken, was er sich gerade ausdenkt. Aber *das* hatte ich nicht erwartet.

SIEBZEHN

Iᴄʜ sᴏʟʟᴛᴇ Ihnen wohl von meiner Mutter erzählen. Jetzt kennen wir uns ja schon etwas besser. Also ich meine, ich sollte Ihnen erzählen, was ich über Mom *weiß*, was nicht sonderlich viel ist. Ich war noch sehr jung, als das alles passiert ist, und Dad spricht nicht gerne darüber. Und ich meine, *wirklich* nicht gerne.

Ich rede ehrlich gesagt auch nicht gern darüber, aber vielleicht wundern Sie sich inzwischen, warum sie nicht mit Dad und mir in unserem Haus wohnt.

Mom hat als Krankenschwester in einem Krankenhaus gearbeitet. Nicht hier. Nicht auf Lornea Island. Damals haben wir auf dem Festland gewohnt, weit weg. Ich weiß noch nicht einmal genau wo, weil Dad ganz komisch wird, wenn ich ihn danach frage. Jedenfalls erzählt Dad die Geschichte so: Eines Abends fuhr Mom von der Arbeit nach Hause. Sie war alleine im Auto und es hat sehr stark geregnet. Es war schon so spät, dass kaum jemand sonst auf der Autobahn unterwegs war. Und wahrscheinlich war sie auch müde, weil sie ja von der Arbeit kam, wo sie Leuten das Leben rettete. Weiter vor ihr auf der Straße hatte sich ein Sattelschlepper quergestellt. Er hatte einen dieser stählernen Schiffscontainer geladen, der irgendwie quer auf der Fahrbahn stand. Der Fahrer hatte keine Zeit, irgendetwas zu unternehmen. Alle seine Lichter waren ausgegangen und er befand sich auf einem unbeleuchteten Straßenabschnitt. Er war einfach da. Dieser Stahlcontainer blockierte die ganze Autobahn. Einfach Pech. Moms Auto war das erste, das dort ankam. Dad erzählte mir mal, dass es für sie wohl schnell vorbei gewesen war. Aber manchmal zweifle ich daran. Wenn Dad mich nach Newlea fährt, suche ich mir hin und wieder einen Baum oder ein Gebäude am Straßenrand aus und zähle, wie viele Sekunden es dauert, bis wir dort sind. Und dann versuche ich mir vorzustellen, wie es wohl für Mom war. Als sie auf die Bremsen getreten ist und nichts passierte, außer, dass das Auto auf der nassen Fahrbahn weiterrutschte. Ich frage mich, ob sie es wusste. Und wie sich das angefühlt haben muss.

Ich weiß also nicht genau, was passiert ist. Manchmal habe ich das Gefühl, Dad erzählt mir nicht alles. Ich weiß nicht wirklich, ob sie versucht hat zu bremsen oder drum herumzufahren. Ich weiß auch nicht, was in dem Container war, oder ob sie im Moment des Aufpralls starb oder in ein Krankenhaus gebracht wurde und dort langsam ihren Verletzungen erlag.

An die Beerdigung kann ich mich nicht erinnern. Vielleicht bin ich gar nicht hingegangen? Ich erinnere mich hauptsächlich an Dinge von hier, von Lornea Island. Wir sind wohl hergezogen, kurz nachdem das passiert ist, aber ich weiß nicht, *warum* Dad gerade hierher wollte. Ich glaube nicht, dass wir vorher schon einmal hier gewesen waren. Wir haben keine Verwandten hier. Wir haben überhaupt keine Verwandten, soweit ich weiß. Ich glaube, Dad wollte einfach noch mal neu anfangen. Vielleicht dachte er, es sei besser, an einem Ort ohne Autobahnen zu wohnen. Ich weiß es nicht. Wie schon gesagt, Dad spricht nicht darüber, und ich habe schon lange aufgehört, ihn zu fragen.

Wir fahren nie zurück. Dorthin, wo wir mit Mom gewohnt haben, meine ich. Dad möchte an nichts aus dieser Zeit erinnert werden, und es ist sowieso viel zu weit weg. Wir fahren also nie zurück, und wir sprechen nicht darüber. Und wenn ich doch mal frage, oder wenn mich etwas aus dem Fernsehen an früher und an das, was passiert ist, erinnert, sagt Dad nur, wir müssten nach vorne schauen und einfach unser Leben weiterleben.

Jetzt wissen Sie also Bescheid und brauchen sich keine weiteren Gedanken zu machen.

ACHTZEHN

»Hey, *Sammmmm*, na Mann, wie läuft's?«

»Hey … Alter. Wie läuft's bei dir? Alles cool?«

Gerade sind wir in den Surfshop *The Green Room* hineingegangen, und das sind Dad und der Verkäufer, die sich unterhalten und einander abklatschen, wie Surfer es tun. Ich sage nichts, weil ich beim Erzählen über Mom doch ein wenig traurig geworden bin. Das wird aber gleich wieder besser werden.

Der Verkäufer hat schulterlanges blondes Haar und trägt Shorts, obwohl es kalt ist. Die blonden Haare an seinen Beinen stehen wie Fell zu Berge. Er freut sich aber wirklich, Dad zu sehen. Das ist oft so. Weil Dad für die einheimischen Surfer so eine Art Star ist. Manchmal finden Surfwettbewerbe statt, und wenn die Leute Dad zum Mitmachen überreden, ist er meistens der Gewinner. Besonders, wenn es große Wellen gibt. Also versuchen alle, mit ihm abzuhängen.

Im Geschäft riecht es sehr stark nach Gummi von den ganzen Neoprenanzügen, und ein Fernseher an der Wand zeigt ein Surfvideo. Ich kann den Reiz an Surfvideos nicht nachvollziehen. Es ist immer dasselbe – Leute, die immer und immer wieder auf Wellen reiten. Vielleicht ist das ja der Grund, warum der Verkäufer bei unserer Ankunft so aufgeregt ist: Er ist von dem Video total gelangweilt.

»Warst du heute Morgen draußen?«, fragt der Verkäufer. »War ziemlich *geil*, oder?«

»Ja, war ganz okay. Bis der Wind kam jedenfalls.«

»Oh ja, das war echt mies, Mann. Also, willst du was kaufen? Oder nur abhängen?« Er schaut beiden Optionen gleichermaßen hoffnungsvoll entgegen.

»Also, genau genommen ...« Dad sieht einen Moment lang etwas verlegen aus. Er kratzt sich am Ohr. »Pete hat mir gesagt, er würde mir ein gutes Angebot machen ... Hat er dir Bescheid gesagt?«

»Ja, klar. Er hat gesagt, dass du vielleicht vorbeikommst.«

»Cool. Also eigentlich suche ich nach einem Brett für meinen Sohn hier.«

Da bemerkt mich der Verkäufer überhaupt erst. Oder vielleicht hat er mich schon gesehen, als wir reinkamen, nahm aber an, dass ich aus Versehen hier reingestolpert war. Ich sehe in Surfshops eben etwas fehl am Platz aus.

»Ja ... Cool.« Ich spüre den Blick des Verkäufers auf mir, und irgendwie erkennen wir einander wieder.

»Hey, Kumpel«, sagt er zu mir. Die ersten Worte, die er *je* zu mir gesagt hat. »Ich wusste gar nicht, dass du *Sam Wheatleys* Sohn bist.« Er legt den Kopf schief, als käme er damit nicht so recht klar. Ich sage nichts.

»Du willst also auch mal so 'ne örtliche Legende werden wie dein alter Herr, hm?« Ich höre die gekünstelte Begeisterung in seiner Stimme und sage immer noch nichts.

»Wirst du auch mal die Island Championships gewinnen, wenn du groß bist? Vielleicht auf Tour gehen, ja?«

Ein paarmal habe ich Zuschauer nach einem Surfwettbewerb sagen hören, dass Dad eine Championship Tour hätte mitmachen können. Also, wenn er sich nicht um ein Kind hätte kümmern müssen.

»Nein«, sage ich schließlich, nur, damit er Ruhe gibt. Ich schaue Dad an. Er ist derjenige, der mich hier reingeschleppt hat.

»Ja, also, wir suchen doch nach einem Brett, stimmt's, Billy? Sag mal Hallo zu ... ähm.« Plötzlich ist klar, dass Dad den Namen des Verkäufers gar nicht kennt. Der Typ springt schnell ein, um die Sache einzurenken, als wäre es ihm sogar peinlicher als Dad.

»Shane. Weißt du doch noch, oder? Shane.«

»Ja, ja, sorry, Kumpel.« Dad klopft sich seitlich gegen den Kopf, als wäre es ihm nur kurz entfallen. »Ja, sag Shane mal Hallo, Billy.«

»Hi, Shane«, sage ich und hebe eine Hand zum Winken. Dann stürzt sich Shane in sein Verkaufsgespräch. Und obwohl er mich anschaut, ist es Dad, den er beeindrucken will.

»Du suchst also nach einem neuen Brett? Na, dann bist du hier ja genau richtig. Für Grommets haben wir diese neuen Boards von Micromachine. Oder denkst du eher an einen Thruster? Oder Quad ...«

Zum Glück unterbricht Dad ihn.

»Billy ist ... Er ist noch nicht wirklich auf so einem Level«, sagt er. »Wir suchen eher etwas für Anfänger. Aber was Gutes. Es soll was Ordentliches sein.« Dad schaut mich an und lächelt.

In dem Moment kommt Big Pete persönlich in den Laden. Er sieht Dad, und sie fangen an, sich über die Wellen von heute Morgen zu unterhalten. Ein paar Minuten lang stehen Shane und ich also nur da, bis Pete vorschlägt, dass Shane mir die Bretter zeigt.

»Ja, klar. Cool.« Shane nickt begeistert. »Billy, willst du mal mitkommen und dir anschauen, was wir haben?«

Mir bleibt ja nichts anderes übrig, also folge ich ihm in den Raum mit den Brettern. Dort sind die Wände ringsum mit Halterungen versehen, in denen die Surfbretter senkrecht auf ihrem Tail stehend untergebracht sind. Er geht zu einer Wand und beginnt damit, Bretter herauszuziehen und sie sich anzuschauen. Ich weiß nicht, wonach genau er schaut; sie sehen alle ziemlich gleich aus. Nebenan unterhält Dad sich mit Big Pete.

»Also, erzähl doch mal, Billy. Ich meine, wie kommt's, dass du jetzt erst surfen lernst?«, fragt mich Shane. »Also, das ist natürlich voll okay und so. Kein Problem, ich frag mich das nur, weil dein alter Herr ja ... du weißt schon.«

Ich zucke mit den Achseln und antworte nicht. Jemandem wie Shane werde ich bestimmt nichts von meiner Sache mit dem Ins-Wasser-Gehen erzählen. Nicht, weil es mir peinlich ist. Es ist keine große Sache. Es ist nur so – Shane ist ein Idiot. Aber *Ihnen* kann ich es ja erzählen, wenn Sie möchten.

Die Sache ist die: Ich habe halt ein bisschen Angst vor dem Meer, das ist alles. Ich weiß, das ist wahrscheinlich etwas seltsam für jemanden, der auf einer Insel wohnt und so. Besonders für jemanden, der in einem Haus mit Blick auf den Strand wohnt und der später mal Meeresbiologe wird. Aber eigentlich ist so etwas doch nicht *so* ungewöhnlich. Wussten Sie zum Beispiel, dass Neil Armstrong Höhenangst hatte? Genau wie die meisten Piloten.

Es ist nicht so, als hätte ich Angst vor dem Wasser an sich. Ich möchte nur nicht so tief reingehen, dass ich nicht mehr stehen kann. Also eigentlich nicht tiefer als bis zu meiner Taille. Alles andere ist kein Problem. Die Gezeitentümpel sind okay. Und wenn ich muss, kann ich auch ganz gut schwimmen. Dafür hat Dad gesorgt. Jahrelang hat er mich zum Schwimmunterricht geschleppt. Im Pool, wo es Bademeister gibt, habe ich keine

Angst, und ich gehe eigentlich auch nicht so tief rein, dass ich nicht mehr stehen kann. Ich mag eben nur das offene Meer nicht. Es hat damit zu tun, wie groß es ist und wie tief es ist und mit den Strömungen, die einen hinausziehen können. Davor graust es mir. Ich mag es einfach nicht.

Ich spüre, wie mein Puls schneller wird, wenn ich nur daran denke. Und mir ist auf einmal auch irgendwie heiß. Der Raum und diese ganzen Surfbretter verschwimmen vor meinen Augen. Und Shanes Gesicht – plötzlich sieht er so aus, als wäre er über irgendetwas richtig besorgt. Nicht dass er panisch herumwirbelt oder so was, jedenfalls noch nicht, aber ich ahne, dass es in diese Richtung geht. Grelle weiße Lichtpünktchen erscheinen vor meinen Augen, und mein Atem klingt komisch: Er ist jetzt schnell und geht schwer. Plötzlich spüre ich eine Hand auf meiner Schulter.

»Hey, Billy, geht's dir gut? Hast du was gesehen, was dir gefällt?« Mein Dad ist wieder da. Seine Stimme klingt aber weit weg. Dann spricht er mit Shane. »Billy ist ein bisschen nervös im Wasser. Aber nicht der Rede wert. Er kann gut schwimmen, und wir fangen eben ganz langsam an. Oder, Billy?« Er geht neben mir in die Hocke. Dann klopft er mir auf den Rücken. »Wir kriegen das schon hin. Suchen dir ein paar gute Wellen.«

Langsam kann ich wieder normal sehen, und meine Atmung beruhigt sich auch wieder. Dads Hand liegt immer noch auf meiner Schulter und drückt fest zu. Er stützt mich ab und schiebt mich vorwärts.

»Wie wäre es mit dem da?«, sagt er und zeigt auf eines der Bretter. Shane zieht es für uns zum Anschauen heraus. Es ist blau mit drei Delfinen obendrauf. Als ich jünger war, war ich von Delfinen total begeistert. Ich frage mich, ob er sich daran erinnert.

»Ja, das sieht cool aus«, sagt er. »Was meinst du, Billy?«

Eine Stunde später bin ich mit neuem Surfbrett und Neoprenanzug ausgestattet. Wir fahren zurück nach Hause, und Dad erzählt mir immer wieder, was für tolle Rails das Brett hat und wie cool der Aufdruck ist. Ich hingegen frage mich, wie zum Teufel ich es anstellen soll, dieses Zeug gar nicht erst benutzen zu müssen.

Ach, und außerdem werden Delfine meiner Meinung nach völlig überbewertet. Nur so zur Info.

NEUNZEHN

Es ist jetzt spät am Freitagabend. Die ganze Woche war Schule. Ich hatte gehofft, dass ich eine Gelegenheit bekomme, zu Mr. Fosters Haus zurückzukehren, um die Speicherkarte aus der Kamera zu holen. Aber wegen der Schule, und weil es jetzt schon früher dunkel wird, habe ich das nicht geschafft. Und das Wetter war auch schlecht; es hat praktisch die ganze Woche über geregnet. Jetzt gerade spielt das Wetter sogar völlig verrückt. Auf dem Hausdach habe ich eine Wetterstation, die mir die durchschnittliche Windgeschwindigkeit und maximalen Windböen anzeigt. Heute Abend weht der Wind mit durchschnittlich vier Knoten, und die stärkste Bö war fünfundfünfzig Knoten. Das gilt nach der Beaufortskala schon als Sturm.

Hier oben auf der Klippe sind Stürme schon ziemlich beängstigend, aber auch faszinierend. Die starken Böen schütteln das ganze Haus durch, und der Wind heult, als wären wir von einem Rudel Wölfe umzingelt. Manchmal gehe ich nach draußen und stemme mich gegen den Wind. Natürlich nicht zu nah am Abhang. Die Wolken jagen wie im Zeitraffer über den Himmel, und sogar nachts ist das Meer vor lauter Schaum eher weiß als schwarz.

Der Wind soll etwa jetzt am stärksten sein und dann schnell wieder abflauen. Hoffentlich, weil ich sonst nicht schlafen kann. Nicht wenn die Wölfe weiter so heulen. Und ich muss wirklich schlafen, weil Dad morgen bestimmt früh zum Surfen aufstehen will. Und das bedeutet, dass ich endlich wieder zu Mr. Fosters Haus fahren kann. Eine ganze Woche an

Aufnahmen warten dort auf mich. Vielleicht wird Dad ja auch den ganzen Tag lang surfen. Dann kann ich mir morgen Nachmittag die Aufnahmen durchsehen und die Stellen raussuchen, die ich der Polizei geben kann. Dann können sie Mr. Foster verhaften, Olivia retten, und alles kann wieder zur Normalität zurückkehren.

Ich überlege fast schon, ob ich später vielleicht Kriminalbeamter *und* Meeresbiologe werden soll. Schlecht fände ich das nicht, aber ich weiß gar nicht, ob man zwei Berufe gleichzeitig ausüben darf. Ich kenne niemanden, der das macht. Außer Emily natürlich. Sie ist Kellnerin und Forscherin. Obwohl, ihre Arbeit im Café ist kein richtiger Job für jemanden, der so clever ist wie sie. Und wenn ich so darüber nachdenke, wäre ich doch lieber Meeresbiologe als Polizist. Polizisten sitzen die meiste Zeit nur im Auto rum und essen Donuts.

Jetzt bin ich müde. Ich hatte es diese Woche in der Schule nicht gerade leicht. Ehrlich gesagt mache ich mir auch ein bisschen Sorgen, weil dies das erste Wochenende ist, nachdem Dad mir das Surfbrett gekauft hat. Irgendwann muss ich ihm sagen, dass ich es nicht benutzen werde. Bei dem Gedanken schaudert es mich ein bisschen. Durch das Wolfsgeheul kann ich das Brüllen des Meeres hören, als wollte es mich die ganze Zeit daran erinnern. Dann rappelt mein Fenster, als wäre gerade jemand dabei einzubrechen. Natürlich ist da aber niemand. Es ist nur der Sturm. Ich schaue auf die Anzeige meiner Wetterstation. Die letzte Bö kam mit achtundfünfzig Knoten. Bis dieser Sturm sich legt, kann ich bestimmt nicht einschlafen.

ZWANZIG

DER STURM HAT sich etwa um drei Uhr gelegt, aber Dad war schon bei Tagesanbruch auf den Beinen. Es bläst zwar kein Wind mehr, aber die Wellen sind *riesig*. Natürlich werde ich keinen Fuß auch nur in ihre Nähe setzen, aber von hier oben auf der Klippe aus ist die Bucht trotzdem irgendwie beeindruckend. Draußen auf dem Meer sehen die Wellen wie große Falten aus, die sich über die ganzen sieben Meilen der Bucht erstrecken. Näher am Strand, wo die Wellen brechen, türmen sie sich zu riesigen runden Hohlräumen auf, die länger in der Luft bleiben, als es möglich erscheint. Dann schließlich brechen sie mit einem brüllenden *Krachen* in sich zusammen, das die Fenster durchrüttelt. Am Ende stürzt rasendes weißes, schäumendes Wasser wie ein Tsunami in Richtung Strand. Sogar der Strand sieht wild aus. Er ist mit langen, wie Wackelpudding schwabbelnden Schaumfäden bedeckt.

Man könnte meinen, heute sei ein Tag, an dem nur Verrückte ins Wasser gingen. Aber Sie sollten sich Dad mal anschauen. Er trällert mit weit aufgerissenen Augen ein Liedchen vor sich hin. Also, vielleicht sieht er wirklich aus wie ein Verrückter. Aber er liebt Tage wie diesen. Tage wie dieser sind genau sein Ding.

Nach dem Sturm ist es kälter. Ich zittere in meinem Pullover und ziehe mir meine Socken und Schuhe an, bevor ich nach unten gehe. Dad aber steht barfuß und nur in Jeans da.

»Hey, Kumpel! Hast du die Wellen gesehen?« Er isst gerade eine große Schüssel Müsli, als ich in die Küche komme. Ich blicke nervös in die Ecke des Zimmers, in der mein Surfbrett an der Wand lehnt, seit wir es aus dem Surfshop mitgenommen haben. Dad folgt meinem Blick.

»Ah, mal langsam. Tut mir leid, mein Großer. Ich weiß, ich habe dir versprochen, dass wir dieses Wochenende zusammen surfen gehen, aber ich glaube nicht, dass heute der richtige Tag für dich ist. Es ist ziemlich heftig da draußen.«

Von der Bucht unter uns schallt ein *Krachen* herauf, als eine weitere Welle brüllend bricht. Wir schauen beide zum Fenster, das in seinem Rahmen wackelt. Draußen können wir tatsächlich die Reihen von Wellen sehen – sie brechen schon so weit draußen. Dad pfeift.

»Vielleicht in ein paar Jahren, hm? Da kriegen wir dich dann auch auf so 'ne große. Ich sag dir, das ist ein wirklich einzigartiges Gefühl. Sogar besser als …« Er führt den Satz nicht zu Ende, sondern schaufelt sich stattdessen die letzten Löffel Müsli in den Mund.

»Vielleicht können wir morgen gehen. Später am Tag«, sagt er, nachdem er fertig gekaut hat. »Diese Wellen bleiben nicht lange so. Vielleicht kriegen wir dich morgen ins Wasser, hm?«

Ich sage nichts dazu. Es würde nicht viel bringen, weil Dad mir nicht wirklich zuhört. Es ist, als wäre er gar nicht mit mir in der Küche. Er hat nur das Eine im Sinn.

»Wie auch immer, wir gehen besser los. Damit wir an den Strand kommen, bevor der Wind wieder zunimmt. Bist du fertig?«

Ich habe noch nicht gefrühstückt, aber ich nicke trotzdem. Wenn ich ihn aufhalte, frustriert ihn das bloß.

Ich habe gerade noch Zeit, mir meinen Rucksack und ein Stück Brot zu schnappen, bevor ich den Motor des Pick-ups höre. Dann gehe ich nach draußen. Es steht außer Frage, wo wir hinfahren. Niemand könnte durch die riesigen Wellen paddeln, die auf Silverlea einstürmen. Nicht einmal Dad. Aber in Littlelea werden die Wellen durch die Flussmündung besser geformt, und die Klippe bietet mehr Schutz, sodass sie dort etwas kleiner sind – es ist eben genau der Ort, an den die Leute gehen, wenn die Wellen so groß sind wie heute. Ich werfe also mein Fahrrad auf den Pick-up, weil ich weiß, dass ich den Strand entlangfahren muss, um zu Mr. Fosters Haus zu gelangen und meine Speicherkarte zu holen.

Ich klettere hinten auf den Pick-up und beiße ein Stück von meinem Brot ab. Wie sonst auch will ich mich mit dem Rücken gegen die Fahrerkabine lehnen, aber mein Fahrrad ist im Weg. Stattdessen muss ich mich längs an die Seite quetschen. Und Dads Boardbag drückt irgendwie gegen mich, also schiebe ich ihn aus dem Weg, um mehr Platz zu haben. Und dann fällt mir etwas ins Auge.

Zunächst kann ich nicht erkennen, was es ist, aber es blitzt mich im Licht an, ein bisschen wie ein Spiegel. Es ist irgendetwas Kleines, das da zwischen der Seitenwand und dem Boden des Pick-ups feststeckt. Ich versuche, näher heranzukommen, um es besser sehen zu können. Aber in dem Moment rumpelt der Pick-up durch ein Schlagloch und ich haue mir den Kopf an der Seite des Wagens an. Dad fährt zu schnell. Ich reibe mir den Kopf und blinzle. Fast will ich gar nicht mehr wissen, was das Ding ist, aber dann blitzt es mich wieder an. Etwas Glänzendes, das im Licht funkelt.

Ich versuche es noch einmal, und diesmal bin ich vorsichtiger. Es ist wahrscheinlich nur ein Nagel oder eine Schraube – hier fliegt immer so ein Zeugs von Dads Arbeit herum –, aber dafür glänzt es dann doch etwas zu sehr. Ich versuche, mit meinen Fingern dranzukommen, aber sie sind zu fett, um in die Lücke zu passen. Ich kann es noch nicht einmal berühren, vom Herausholen, um es genauer zu betrachten, ganz zu schweigen. Da ich aber jetzt schon etwas näher dran bin, wird mir klar, warum es mir so bekannt vorkommt. Und warum es hier so gar nicht hingehört. Es ist eine Haarklammer für Mädchen. Das, was im Licht so glitzert, ist ein Diamant an einem Ende.

Natürlich haben Dad und ich nicht gerade viele Haarklammern im Haus. Aber die Mädchen in der Schule tragen sie, daher weiß ich also, wie sie aussehen. Und ich weiß auch, dass sie nicht mit echten Diamanten bestückt sind. Das ist auch nicht der Grund, warum mich diese Klammer so interessiert. Mir ist klar, dass ich hier keinen Schatz gefunden habe. Ich schaue mich nach einem Stück Draht oder einem Stöckchen um, mit dem ich sie herausfischen könnte, finde aber nichts. Und dann biegen wir auch schon auf den Parkplatz in Littlelea ein. Es stehen schon vier oder fünf andere Autos da, alles Surfkumpel von Dad. An Tagen wie diesem kommen sie alle an den Strand, auch wenn viele von ihnen an Land bleiben und nur zuschauen, wenn die Wellen so hoch sind.

Wir kommen auf dem losen Schotter schlitternd zum Stehen, und Dads Tür ist schon offen, bevor der Motor ganz aus ist.

»Hi, Jungs«, ruft er der Gruppe zu, in der alle die heranrollenden Wellen beobachten. Sie sind heute so hoch, dass man nicht einmal auf die Dünen klettern muss, um sie zu sehen.

»Bester Tag des Jahres, hm? Bester Tag!« Dad lässt einen kleinen Jubelschrei los und dreht sich zu mir um. »Los, raus jetzt, Billy, ich brauch mein Brett.«

Ich habe also keine Chance, die Haarklammer – wenn es denn tatsächlich eine ist – herauszupfriemeln. Das frustriert mich zwar ein wenig, aber nicht lange. Ich habe heute Wichtiges zu tun. Ich muss meine Speicher-karte aus der Kamera vor Mr. Fosters Haus holen und meine Beweise sichern. Ich denke also erst mal nicht mehr an die Haarklammer und mache mein Fahrrad startklar. Eine Weile bleibe ich noch, bis Dad sich umgezogen hat. Das ist irgendwie höflich, finde ich, weil ja alle so aufge-regt sind. Dann schiebe ich mein Fahrrad durch die Dünen davon.

EINUNDZWANZIG

DER STRAND IST RECHT VOLL. Wenn das Meer so rau ist, kommen die Menschen her, um sich das anzusehen. Außerdem ist fast Hochwasser, weshalb alle etwas gedrängt bei den Dünen stehen müssen.

Ich mag Stürme. Die großen Wellen spülen immer seltsame Dinge an. Das ganze Treibgut, das im Meer herumschwimmt, wird an Land gewaschen. Und der Seewurf auch. (Der Unterschied ist der, dass das eine aus Versehen im Meer landet und das andere absichtlich von Schiffen hineingekippt wird. Ich weiß auch nicht, warum man verschiedene Bezeichnungen dafür braucht.) Einmal war nach einem Sturm der ganze Strand mit Butterdosen aus Plastik übersät, und die Butter konnte man sogar noch essen! Ich habe so viele eingesammelt wie ich konnte, und wir haben wochenlang davon gegessen. Ein Containerschiff musste sie verloren haben. Das gilt als Treibgut, schätze ich, obwohl es doch sinnvoller wäre, es einfach Butter zu nennen. Oder Plastik. Ein anderes Mal fand ich eine alte Fischerboje voller wirklich seltsam aussehender Tiere. So etwas hatte ich vorher noch nie gesehen: Sie sahen wie Schlangen aus. Oder vielleicht wie Außerirdische. Oder wie außerirdische Schlangen. Sie klebten an dieser Boje fest, aber ihre Köpfe wanden sich, als versuchten sie, wieder ins Wasser zu gelangen. Ich habe nachgeschlagen, was für Kreaturen das waren – sie heißen Entenmuscheln. Drüben in Europa sind sie eine Delikatesse und richtig teuer. Seitdem halte ich immer Ausschau nach ihnen. Nicht um sie zu essen, sie sehen wirklich eklig aus. Sondern um sie zu verkaufen. Aber ich habe keine mehr gesehen.

Heute finde ich nur zwei Kokosnüsse, die ich aber nicht einsammle, weil ich von denen schon so viele habe. Oh, und einen großen toten Krebs, der mich an meine Einsiedlerkrebsstudie erinnert. Es wird gut sein, wenn diese Olivia-Sache endlich geklärt ist und ich dann wieder an die Arbeit gehen kann.

Als ich nach Silverlea komme, beeile ich mich ein bisschen beim Radeln durch die Stadt zu Mr. Fosters Haus. Sogar von dort oben kann ich das Meer noch tosen hören. Ansonsten ist es aber unheimlich still. Mir fällt auf, dass viele der Häuser in Mr. Fosters Nachbarschaft leer stehen. Als ich mich umschaue, sehen tatsächlich alle Nachbarhäuser noch genauso aus wie letzte Woche, als ich hier war: Die Vorhänge genau gleich zugezogen, die Einfahrten immer noch leer. Bei dem Gedanken daran kriege ich eine Gänsehaut.

Aber Mr. Fosters Van *steht* in der Einfahrt. Ich hatte gehofft, dass er nicht zu Hause sei, weil es dann einfacher wäre, die Speicherkarte auszutauschen. Aber niemand hat gesagt, dass Detektivarbeit einfach ist. Ich schließe wie beim letzten Mal mein Fahrrad ab und beobachte das Haus eine ganze Weile von hinter einem Baum. Die Vorhänge sind offen, aber diesmal sind die Lichter aus und ich sehe im Innern keine Bewegungen. Schließlich renne ich los, wieder zum Bug des Boots hinüber, wo ich ein bisschen versteckt bin, falls doch jemand aus dem Haus nach draußen schaut, und dann schlüpfe ich unter die Persenning und ins Boot hinein. Sofort sehe ich, dass mein Kameraaufbau noch da ist, und ich krieche dorthin, wo sie festgeklemmt ist.

Ich bewege meine Hand vor der Kamera auf und ab, um zu prüfen, ob ich das leise Geräusch hören kann, das sie macht, wenn sie sich einschaltet, aber nichts passiert. Die Akkus sind leer. Aber unglücklich bin ich darüber nicht. Wie lange die Akkus halten, hängt davon ab, wie viel die Kamera aufnimmt. Wenn es nichts aufzunehmen gibt, halten sie fast zwei Wochen. Jetzt haben sie nicht einmal eine Woche durchgehalten. Das bedeutet, dass sie jede Menge Aufnahmen gemacht hat.

Ich löse die Klemmen an der Kamera, nehme die alten Akkus und die Speicherkarte heraus und tausche sie gegen neue aus. Dann setze ich die Kamera wieder an ihren Platz. Das Haus ist immer noch dunkel. Vielleicht ist Mr. Foster doch nicht da? Vielleicht ist er spazieren gegangen. Ich bleibe eine Weile sitzen, aber es tut sich nichts. Und was ich jetzt wirklich tun will, ist, meine Videos herunterladen. Nach einer Weile wälze ich mich also wieder aus dem Boot heraus und schleiche mich davon.

ZWEIUNDZWANZIG

ICH RADLE die ganze Strecke durch Silverlea wieder zurück und am Strand entlang nach Littlelea. Jetzt ist die Flut komplett hereingekommen, sodass kein Streifen fester Sand mehr da ist, auf dem man fahren könnte. Als ich den Pick-up erreiche, bin ich ziemlich ausgelaugt.

»Yo, Billy. Wir haben auf dich gewartet«, sagt Dad, als ich bei ihm ankomme. Er hat gute Laune und sitzt auf dem Beifahrersitz von Petes Pick-up; dasselbe Modell wie Dads, nur ist an seiner Seite überall Werbung für seinen Laden, *The Green Room,* zu sehen.

»Die Flut wurde zu hoch. Wir wollen was frühstücken und dann später noch mal rausgehen, wenn das Wasser wieder niedriger ist«, sagt Dad. Oder er sagt irgendetwas Ähnliches. Das Wichtige daran ist das Wort »frühstücken«.

Ich lege mein Fahrrad wieder in Dads Pick-up, und wir fahren den ganzen Weg nach Silverlea zurück, nachdem ich mich doch gerade so abgestrampelt habe, um von dort hierherzuradeln. Ganz ehrlich, manchmal kann ich es echt nicht abwarten, endlich erwachsen zu sein und dann meine eigenen Entscheidungen zu treffen. Ich würde lieber nach Hause gehen und die Daten von meiner Speicherkarte herunterladen, aber es würde nichts nützen, darüber zu diskutieren.

Im Sunrise Café ist nicht viel los, wir sitzen also alle zusammen am Fenster. Dad und seine Freunde reden endlos davon, wie viele »Drops« sie gemacht haben und wie sauber die »Faces« der Wellen waren und wie anstrengend das Paddeln war, und natürlich höre ich nicht zu, denn ich höre bei solchen Unterhaltungen nie zu. Ich frage mich, ob ich vielleicht damit durchkomme, meinen Computer hier zu öffnen und das Videomaterial von Mr. Fosters Haus zu sichten, beschließe dann aber, dass das wohl nicht geht. Dann plötzlich bemerke ich, dass sie aufgehört haben, über das Surfen zu reden, und sich jetzt über Olivia Curran unterhalten. Bevor ich aber verstehen kann, was genau sie sagen, kommt Emily herüber, um unsere Bestellungen aufzunehmen.

»Hi, Leute«, sagt sie und zwinkert mir zu. Dann sieht sie überrascht aus. »Was sind denn das für lange Gesichter? Ich dachte, ihr wärt alle von diesen Wellen begeistert?«

»Ja, sind wir auch«, sagt Big Pete. »Aber Karl hier hat gerade erwähnt, dass wohl letztendlich an einem Tag wie heute die Leiche dieses Mädchens angeschwemmt würde.« Karl arbeitet bei der Küstenwache hier auf der Insel. Aber wirklich gut kenne ich ihn nicht, weil er ein bisschen seltsam ist.

»Die Suche nach der Leiche wird intensiviert. Nächste Woche …«, fährt Pete fort, hält dann aber inne. Alle denken darüber nach, und es herrscht einen Moment lang Stille. Dann winkt Pete ab, als wollte er das Thema damit beenden.

»Hey, vergesst, was ich da gesagt habe. Der Tag ist einfach zu schön. Du hast heute Morgen also Pfannkuchen für uns, Schätzchen?«

Emily lächelt ihn an, als wäre sie froh darüber, weitermachen zu können.

»Und ob.« Sie notiert sich alle Bestellungen auf ihrem Block und geht zur Küche zurück. Ich bin mir ziemlich sicher, dass sie sich bewusst ist, von Dads Freunden beobachtet zu werden, als sie weggeht, denn sie läuft ein bisschen komisch. Als sie außer Hörweite ist, fängt Karl wieder an.

»Ist sie immer noch mit diesem Rettungsschwimmer zusammen?«

»Glaub schon«, antwortet Pete, der ihr immer noch nachschaut. »Warum? Willst wohl auch mal dein Glück versuchen, hm?« Und dann lacht er. Ich muss auch ein bisschen kichern, weil Emily niemals mit so jemandem wie Karl gehen würde.

»Nein, danke. Ich höre, sie wäre eher anstrengend«, sagt Karl. Wie ich schon sagte, Karl ist ein bisschen merkwürdig.

* * *

EINE HALBE STUNDE SPÄTER, ich habe kaum mein Würstchensandwich aufgegessen, klopft mir Dad auf die Schulter.

»Okay, Billy«, sagt er. Es ist das Erste, was er seit einer ganzen Weile sagt, und seine Stimme ist angespannt. Als hätte seine gute Laune von vorhin sich jetzt komplett verflüchtigt. »Wir müssen los. Ich muss zur Arbeit.«

»Ich dachte, du wolltest noch mal surfen gehen?«, frage ich, etwas überrascht. Ich dachte, wir würden nach Littlelea zurückfahren, von wo aus ich über die Klippe oben nach Hause laufen und die Speicherkarte auswerten könnte.

»Keine Zeit. Ich muss die Holzhütten am Hotel oben streichen.« Gerade will ich ihn unterbrechen, um ihn zu erinnern, dass er doch gesagt habe, er wolle noch mal surfen gehen, aber er redet einfach weiter, mit falsch klingender Fröhlichkeit: »Und *du* musst mir diesmal helfen.«

Auch Big Pete schaut ihn jetzt verdutzt an. Aber er sagt nichts. Ich denke schnell nach. Ich muss diese Daten so schnell wie möglich herunterladen. Aber man muss beim Diskutieren mit Dad gut aufpassen. Besonders in der Öffentlichkeit.

»Wäre es okay, wenn ich stattdessen meine Hausaufgaben mache? Ich hab noch so viel Mathe zu machen.«

»Mach's heute Abend«, sagt Dad.

»Da wollte ich Erdkunde machen.«

Dad sagt dazu zwar nichts, schaut aber seine Freunde an und seufzt. Die meisten sind verheiratet, und manchmal beschwert er sich, dass sie nicht verstehen, wie es ist, die Verantwortung zu haben, die er hat.

»*Scheiße*. Egal, Billy. Wie du willst.« Er schüttelt den Kopf, als wäre mein Einwand völlig unvernünftig. Dann legt er ein paar Geldscheine auf den Tisch.

»Pete, kannst du das Emily geben, wenn sie rauskommt?« Dann steht er auf und wir gehen, Dad und ich, obwohl die anderen sich bald wieder direkt zum Strand aufmachen.

Wir fahren gemeinsam zum Hotel hoch. Unterwegs fragt Dad mich, was ich eigentlich so mache in Mathe, so als täte es ihm leid, dass er sauer war, aber als wollte er das nicht aussprechen. Ich erwähne Algebra, und dann weiß er auch nicht mehr, was er sagen soll, denn mit Algebra kennt er sich überhaupt nicht aus. Dad hat noch nicht einmal die Highschool zu Ende gemacht. Wahrscheinlich ist das gar nicht mal seine Schuld, aber deshalb ist er eben nur ein Handwerker. Aber darum geht es nicht wirklich. Eigentlich habe ich gar keine Matheaufgaben zu erledigen.

Wir erreichen das Hotel und parken direkt vor den Holzhütten, die in zwei Reihen mit jeweils fünf Häuschen angelegt sind. Als er mit seinen Pinseln und dem Malerkram in eine der Hütten hineingeht, ist er immer noch in dieser komischen Stimmung. Ich gehe in eine der anderen und richte mich an einem kleinen Tisch ein.

Ich stecke die Speicherkarte in den Computer und lade die Videos herunter. Ein Fenster springt auf und sagt mir, dass 118 Videoclips mit insgesamt fünf Stunden Material auf der Karte gespeichert sind. Das klingt, als wäre es viel, aber eigentlich ist es weniger als normalerweise. Wenn man solche Kamerafallen aufstellt, fängt eine Aufnahme manchmal schon dann an, wenn sich durch den Wind nur ein paar Blätter bewegen. Es ist wirklich eine Qual, sich das alles anzuschauen. Um es sich leichter zu machen, kann man es sich immerhin auch mit doppelter Geschwindigkeit ansehen. Aber ich habe tatsächlich längst einen Haufen Filmmaterial, den ich mir noch nie angesehen habe.

Ich fange also an, einen Clip nach dem andern durchzusehen, und denke mir, dass ein Mountain Dew aus dem Kühlschrank dazu vielleicht nicht schlecht wäre. Außerdem entdecke ich eine Packung Kekse auf dem Regal. Das ist eben einer der Vorteile, wenn man Zugang zu Ferienwohnungen überall in der Stadt hat. Egal wo ich bin, ich komme fast immer irgendwie an Kekse. Aber an meine Limo komme ich nicht. Denn plötzlich sehe ich einen Clip, bei dem ich alles andere ganz schnell vergesse.

DREIUNDZWANZIG

Iᴄʜ ʜᴀᴛᴛᴇ ʀᴇᴄʜᴛ, dass die meisten Clips ziemlich nutzlos sind. Vor dem Heck des Boots wuchs irgendein Unkraut in die Höhe – ich sagte ja schon, dass dort alles überwuchert war – und der obere Teil muss im Wind geschaukelt haben. Das hatte zwei Dinge zur Folge: Erstens, die Kamera wurde ständig ausgelöst, sodass die Clips nur diese doofe Pflanze zeigen, die ihre Blätter vor der Linse umherwedelt, und sonst nichts. Zweitens, noch schlimmer, manchmal blieb die ganze Pflanze einfach direkt vor der Linse kleben, sodass man das Haus gar nicht sehen kann. Nur Nahaufnahmen von verschwommenem Grünzeug.

Erst befürchte ich, dass alle anderen Clips auch nur grün sein werden, aber dann bewegt sich die Pflanze wieder. Wahrscheinlich hat der Wind gedreht.

Der erste Clip, in dem überhaupt etwas passiert, ist der: Mr. Foster öffnet die Haustür, zieht sie hinter sich zu, schließt ab und humpelt zu seinem Van. Dann sieht man, wie die Nase des Vans sich langsam rückwärts aus dem Bild bewegt. Dreißig Sekunden später hört die Aufnahme auf, was bedeutet, dass sonst nichts weiter passiert ist. Ich speichere diesen Clip in meinem Fahndungsordner, obwohl ich noch nicht weiß, wie relevant er wirklich ist. Dann kommt, da die Pflanze im Weg ist, wieder ziemlich viel Grün, und als die Kamera endlich wieder funktioniert, ist der Van zurück und die Lichter im Haus sind an. Die Kamera hat offenbar nur dann Bewegungen im Haus erkannt, wenn Mr. Foster ganz nah am Fenster war. Auf anderen Clips kann man gerade eben erkennen, dass sich jemand im Haus bewegt. Aber die speichere ich nicht ab, weil ich ungeduldig werde und dann noch einen anderen, späteren Clip durchsehe. Und das ist der Clip, bei dem mir fast der Atem stockt.

Er wurde am Sonntagnachmittag um 16:37 Uhr aufgenommen, noch am selben Tag, an dem ich die Kamera aufgestellt habe. Der Bildschirm zeigt, dass es gerade dunkel wird. Die Lichter im Haus sind an, sowohl in der Küche als auch im Wohnzimmer. Man kann also alles sehr deutlich erkennen. Die Kamera wird schließlich durch die sich bewegenden Vorhänge im Wohnzimmer ausgelöst. Jemand zieht sie zu. Aber es ist nicht Mr. Foster. Es ist ein Mädchen.

Der Clip ist nur kurz. Die meiste Zeit über kann man ihr Gesicht nicht gut erkennen, aber man kann sehen, dass sie ein Teenager ist und langes, blondes Haar hat. Dann, kurz bevor sie die Vorhänge vollständig schließt, hält sie inne und schaut nach vorn aus dem Fenster. Und in diesem Moment kann man genau sehen, wer sie ist.

Ich habe Olivia Curran gefunden. Ich habe sie wirklich gefunden.

VIERUNDZWANZIG

»DA BIN ICH ANDERER MEINUNG, Sir. Ich glaube nicht, dass sie ertrunken ist.«

Detective Jessica West war vom Festland und saß nur in dem Meeting, weil man höflich sein wollte. Sie sollte eigentlich gar nichts sagen, geschweige denn ihren Vorgesetzten unterbrechen, während dieser die Fortschritte aus dem Monat seit Olivia Currans Verschwinden zusammenfasste. Lieutenant Langley redete weiter und nahm an, dass ihr dies klar werden und sie dann den Mund halten würde. Aber Chief Collins hob die Hand, um ihn zu stoppen, und wandte sich an sie.

»Warum nicht?«, fragte er.

Jetzt wurde es in dem kleinen Raum ganz still, und aller Augen ruhten auf ihr.

Die meisten Polizisten der Insel waren der Meinung, West hätte überhaupt nicht dort sein sollen. Das Lornea Island Police Department war klein, aber kompetent, und hatte ein besseres Verständnis von der Art der Straftaten, die auf der Insel begangen wurden, als sonst irgendjemand. Für diesen speziellen Fall aber hatte der Polizeichef sehr bald schon von benachbarten Revieren Unterstützung angefordert. Wie sich herausstellte, war das eine gute Entscheidung gewesen. Da fast ganz Silverlea zugegen gewesen war, als das Mädchen verschwand, war es wirklich schwierig, all die Aussagen zu Protokoll zu nehmen und die Suche zu organisieren, sogar mit Hilfe von außen. Aber genau deswegen war der Chief ja der

Polizeichef – er hatte ein Händchen dafür, bei großen Entscheidungen richtigzuliegen.

»Mir leuchtet einfach nicht ein, warum sie sich plötzlich entschieden haben soll, schwimmen zu gehen«, begann West und wünschte sich, sie hätte ein besseres Argument zur Hand. »Ohne irgendjemandem etwas davon zu erzählen.«

Langley sah aus, als wollte er einfach mit seiner Zusammenfassung fortfahren. Er schüttelte den Kopf.

»Danke für Ihren Input, Detective, wird zur Kenntnis genommen.« Er schaute seine Notizen durch, bis er etwas fand. Dann las er weiter vor.

»In den letzten fünf Jahren hatten wir auf der Insel neun Badeunfälle mit Todesfolge durch Ertrinken. Knapp die Hälfte davon waren Personen, die nachts schwimmen gegangen sind. In einem Fall auch, ohne jemandem Bescheid zu sagen, dass der Betreffende ins Wasser ging.« Er wandte sich West zu, als hoffte er, sie damit zufriedenzustellen. »Die Leute unterschätzen die Strömungen. Sie betrinken sich. Sie denken, das Meer sieht so schön aus. Ihnen ist aber nicht bewusst, wie gefährlich es sein kann.«

»Und bei diesen anderen Fällen, wie oft wurde da die Leiche nicht angespült?« Das war Detective Rogers. Er kam auch vom Festland, war als Hilfe für diesen Fall herbeordert und zur Zusammenarbeit mit West angewiesen worden. Da er aber mehr Erfahrung mitbrachte, war es ihm leichter gemacht worden, sich einzugliedern. Und vielleicht auch, weil er ein Mann war. Langley zögerte mit seiner Antwort.

»Normalerweise verbleiben sie etwa eine Woche im Wasser. Offensichtlich ist es in diesem Fall länger. Aber so ungewöhnlich ist das auch nicht. Die gesamte Ostküste der Insel ist ein Albtraum aus steilen Klippen und Meeresgrotten. An diesem Küstenabschnitt könnte sie überall sein.« Jetzt wandte er sich an den Polizeichef. »Bei der weiteren Suche müssen wir uns auf diese Gegend konzentrieren. Nicht auf die Verfolgung irgendeines Hirngespinsts.«

Der Chief saß an seinem Schreibtisch und hörte zu, sein Kinn in die Hand gestützt. Mit den Fingern seiner anderen Hand trommelte er ein paarmal auf den Tisch, und er beobachtete seine Polizisten.

»Okay. Erzählen Sie mir noch mal was über Joseph Curran. Sind Sie überzeugt, dass da nichts ist?«

»Er hat keine Vorstrafen, nicht mal einen Strafzettel wegen zu schnellen Fahrens. Wir haben mit seinen Freunden und Kollegen gesprochen. An der Beziehung zu seiner Tochter gibt es nichts Ungewöhnliches. Ein ganz normaler Familienvater eben.« Langley schüttelte den Kopf. »Wir haben ihn komplett auseinandergenommen, auch die Mutter. Da gibt es nichts. Falls es die Currans waren, sind sie gottverdammte kriminelle Genies ohne Motiv.«

Der Chief nickte. »Der Freund?«

»Luke Grimwald. Sie waren seit ein paar Monaten zusammen. Die Freunde sagten, es wäre nichts Ernstes gewesen. Er war auf dem Festland. Er hätte es unmöglich hierhergeschafft.«

»Was ist mit dem Bruder? Haben Sie den unter die Lupe genommen?«

»William Curran? Er ist erst vierzehn, Sir.«

»Alles schon mal vorgekommen.«

Langley zögerte eine Sekunde lang. »Die Currans haben die Party verlassen, um ihn in ihre Ferienwohnung zurückzubringen. Nachdem sie gegangen waren, wurde Olivia noch mehrmals gesehen. Die Mutter gab an, nach ihrem Sohn geschaut zu haben, bevor auch sie ins Bett gegangen ist.«

»Okay.« Der Chief schien sich damit zufriedenzugeben. »Und sonst gibt es niemanden hier auf der Insel, den sie kannte?«

»Nein.«

»Und Sie verfolgen auch sonst gerade keine weitere Spur? Hat sich nichts weiter ergeben?«

»Nein.«

Der Chief dachte einen Moment lang darüber nach.

»Dann haben wir also zwei Möglichkeiten. Entweder hat ihr jemand etwas angetan – sie wurde von einer ihr unbekannten Person entführt, die allerdings auch niemand sonst gesehen hat, obwohl die ganze Stadt vor Ort war. Oder sie ist aus irgendeinem Grund allein ins Wasser gegangen.« Er trommelte wieder mit seinen Fingern.

»Sie ist ins Wasser gegangen«, sagte Lieutenant Langley. »Das hier ist Lornea Island. Hier wird niemand *entführt*.«

Eine kurze Stille trat ein. Es war West, die sie brach.

»Was ist mit ihrer Kleidung? Wo ist die, wenn sie schwimmen gegangen ist?«

Langley wandte sich ihr wieder zu. »Es war Ebbe. Sie hätte sie ungefähr dort abgelegt, wo sie ins Wasser gegangen ist. Von oben vom Strand ins Wasser zu laufen ist zu weit. Als sie dann nicht mehr aus dem Wasser kam, wurden ihre Sachen von der Flut weggespült.«

»Und sind dann genau wie die Leiche auch einfach so verschwunden?«

»Entweder das, oder sie hat sich gar nicht erst ausgezogen.«

»Es deutet nichts darauf hin, dass sie selbstmordgefährdet war.«

Langley zuckte mit den Achseln. »Eltern verheimlichen so was gerne.«
Detective West und Langley starrten einander finster an.

»Aber warum hat sie *niemandem* erzählt, dass sie schwimmen geht?«,
hakte West noch einmal nach.

»Sie müssen den Charakter der Insel verstehen lernen, Detective.«
Langley klang langsam ein wenig verärgert. »Das hier ist nicht das Festland. Wir jagen hier keine Serienmörder, egal wie aufregend Sie das vielleicht finden würden.«

West wollte gerade zu einer Antwort ansetzen, aber Detective Rogers
warf ihr einen warnenden Blick zu. Sie schloss den Mund wieder.

»Ich denke, das reicht, Lieutenant, Detective«, unterbrach der Polizei-
chef alle Anwesenden. »Wir drehen uns gerade nur noch um Kreis.« Eine
Weile herrschte Stille, abgesehen von dem schabenden Geräusch, als der
Polizeichef über die Enden seines Schnurrbarts strich.

»Wie Sie alle wissen, sollte in diesem Meeting eine Entscheidung
getroffen werden, ob wir an diesem Fall mit den momentan verfügbaren
Ressourcen weiterarbeiten, oder ob wir das Ganze auf ein Level zurückfahren, das länger aufrechtzuerhalten ist. Im Idealfall würden wir natürlich jedem Verbrechen und auch jedem mutmaßlichen Verbrechen bis zur
Aufklärung nachgehen. Ich lasse es Sie dann wissen, wenn wir diesen
Idealfall erreicht haben.« Der Witz half auch nicht, die Stimmung zu
heben. Aber der Polizeichef bemerkte das anscheinend gar nicht.

»Die Currans haben mit diesem Fall viel Medienaufmerksamkeit
erregen wollen – und sie auch bekommen. Als Reaktion darauf habe ich
sämtliche Ermittlungskapazitäten auf diesen Fall angesetzt. Und von
außen Unterstützung herangezogen.« Er nickte Rogers und West zu. »Es
ist frustrierend, wenn sich ein solcher Aufwand nicht auszahlt.« Der Polizeichef trommelte wieder mit seinen Fingern auf den Tisch. »Das Fazit ist
jedoch: Ohne irgendeine konkrete Spur habe ich keine andere Wahl, als
alles auf ein vertretbareres Level zurückzuschrauben. Ich tendiere
außerdem dazu, mich der Vermutung von Lieutenant Langley anzuschlie-
ßen, dass das Mädchen ins Wasser gegangen und nicht mehr zurückgekommen ist.« Er machte eine Pause und wandte sich West zu.

»Trotz Ihrer Bedenken, Detective.«

Langley nickte mit dem Kopf.

»Die Entscheidung ergibt sich also von selbst.« Der Chief wandte sich
an die beiden Polizisten vom Festland. »Ich werde Ihre beiden Vorgesetzten wissen lassen, dass Sie uns hier eine große Hilfe waren. Allerdings
werde ich ihnen auch sagen, dass ich Sie Ende dieser Woche gehen lasse.

Ich möchte Ihnen beiden meinen Dank dafür aussprechen, dass Sie sich bereit erklärt haben, hierherzukommen und auszuhelfen. Ich spreche im Namen aller Kollegen hier.« Er verstummte und ordnete die Unterlagen auf seinem Tisch. Das Meeting war zu Ende.

FÜNFUNDZWANZIG

DETECTIVE WEST und Detective Rogers saßen an der fast leeren Bar, als die Spätnachrichten kamen. Der Fernseher war ein kleines Flatscreen-Modell, das zwischen den Spiegeln, blitzblanken Gläsern und dem dunklen Holz der Bar des Silverlea Hotels etwas zu billig aussah. Weder West noch Rogers waren in der Stimmung, sich zu unterhalten, also drehten sie sich um und hörten zu. Der Ton war leise, aber an der Bar war es so ruhig, dass man alles problemlos verstehen konnte.

Die Moderatorin war so übertrieben herausgeputzt, wie man es eigentlich nur von den Nachrichten in Regionalsendern kannte. Sie saß auf einem limettengrünen Sofa neben einem Stapel Zeitungen. Eine davon hielt sie in die Kamera.

»Heute gab es etwas Neues im Fall des verschwundenen Teenagers Olivia Curran.« Die Moderatorin hatte den für die Einheimischen von Lornea Island typischen Akzent: Diese lang gezogenen Vokale, an die West sich immer noch nicht gewöhnt hatte.

»Es sieht so aus, als hätten die Eltern des Mädchens überall im Land ganzseitige Anzeigen in den großen Zeitungen geschaltet. Sie bitten die Öffentlichkeit um jeden möglichen Hinweis dazu, was mit ihrer Tochter geschehen sein könnte. Jim, was kannst du uns noch darüber erzählen?« Sie drehte sich um, und das Bild wechselte zu einem Mann, der auf der Straße neben einem Zeitungsstand in irgendeiner Stadt stand.

»Das stimmt, Jenny«, sagte er, drückte sich eine Hand ans Ohr und ignorierte die irritierten Blicke der Passanten hinter ihm, die vom Bürgersteig treten mussten, um an ihm vorbeizukommen. »Dieser Fall ist sowieso schon einer der größten, die Lornea Island je gesehen hat, und mit diesen ganzseitigen Anzeigen in den meisten überregionalen Zeitungen sieht es ganz so aus, als würden die Ermittlungen noch andauern. Wie wir wissen, gab es bisher *keine* Festnahmen, und die Polizei scheint immer noch nicht zu wissen, was mit Olivia passiert ist oder ob sie überhaupt noch lebt.«

Der Reporter stand dort und hörte sich die nächste Frage der Moderatorin an.

»Wir haben ja schon vom Chef des Lornea Island Police Departments Collins gehört, dass die Ermittlungen aufgrund fehlender Hinweise zurückgefahren werden. Sind diese Anzeigen auf irgendeine Art ein Aufbegehren der Eltern gegen diese Entscheidung?«

»Nun, Jenny. Explizit haben Olivias Eltern dies nicht gesagt. Der einzige Kommentar ihrerseits dazu war, dass sie einfach alles ihnen Mögliche versuchen wollen, um ihre Tochter zu finden. Das Timing dieser Anzeigen scheint aber doch ein bemerkenswerter Zufall zu sein.«

Die Regie schaltete zurück ins Studio und auf das limettengrüne Sofa. Die Moderatorin drehte sich wieder zur Kamera. »Und selbstverständlich können auch Sie sich unter der eingeblendeten Nummer an die Polizei auf Lornea Island wenden, falls Sie *irgendwelche* Hinweise zu Olivia Curran oder zu dem, was mit ihr geschehen sein könnte, haben.« Sie lächelte einige Sekunden lang mitleidig in die Kamera. Dann hellte sich ihr Gesicht wieder auf und sie fuhr mit einer Geschichte über eine Mädchen-Fußballmannschaft fort.

West wandte sich ab. Sie hatte diese Anzeige schon morgens gesehen. Alle auf der Polizeiwache hatten sie gesehen. Sie war schlicht gehalten, zeigte ein großes Foto von Olivia Currans Gesicht und die Worte:

Haben Sie Olivia gesehen?

Dann kamen noch eine kurze Zusammenfassung der Geschehnisse der Nacht, in der sie verschwunden war, und eine Telefonnummer.

»Weißt du, das ist echt clever, was die machen«, sagte Rogers. Er war etwa Mitte vierzig, ein stämmiger Mann, aber nach allem, was West nach der bisherigen Zusammenarbeit mit ihm sagen konnte, ehrlich. Einer von den Guten. »Ich weiß nicht, wie viel solche Anzeigen wohl kosten, aber schon die Tatsache, dass sie so viel Geld ausgegeben haben, macht daraus *Nachrichten.* Bringt es ins Fernsehen. Wodurch sie richtig viel Reichweite bekommen. Wirst schon sehen.«

West dachte einen Moment lang nach.

»Na ja, denen gehört ja schließlich ein PR-Unternehmen«, antwortete sie schließlich. »Da ist das nicht wirklich verwunderlich.«

Rogers schien sie gar nicht zu hören.

»Sogar Kleinigkeiten, wie nur ihren Vornamen in der Anzeige zu benutzen. Ist dir das aufgefallen? Hast du mal bemerkt, dass die berühmtesten Persönlichkeiten nur unter einem Namen bekannt sind? Elvis? Cher. Wer noch … O. J. Das Gleiche versuchen sie jetzt mit dem Curran-Mädchen.« Er schüttelte den Kopf. »Die geben nicht auf. Die sind verdammt hartnäckig.«

»Hartnäckig?«, fragte West. »Sie haben ihre Tochter verloren. Sie sind verzweifelt. Und alle wissen, dass wir nichts herausgefunden haben. Würdest du nicht auch alles versuchen, damit die Ermittlungen weiterlaufen?«

»Wir haben nicht nichts herausgefunden. Wir sind allen Hinweisen nachgegangen, und die sind ins Leere gelaufen. Was darauf hindeutet, dass sie ziemlich wahrscheinlich schwimmen gegangen und ertrunken ist. Irgendwann muss man eben aufgeben.«

»Bloß dass es keinerlei Beweise dafür gibt, dass sie tatsächlich schwimmen gegangen ist. Keine Kleidung am Strand, niemandem Bescheid gesagt, dass sie ins Wasser geht, und – ganz klar – keine Leiche.«

Rogers schaute sie an. West fuhr fort.

»Ich sage das nur dir, weil mir sonst niemand zuhören will.«

»Man muss hier die Wahrscheinlichkeiten abwägen. Die sind in diesem Fall – dass sie wohl schwimmen gegangen ist.«

West antwortete nicht und presste die Lippen zusammen.

»Ich habe dir das schon gesagt, als wir hier angekommen sind: Der Trick daran, Kriminalbeamter zu sein, ist, die Fälle zu lösen, die man lösen kann, und den Rest loszulassen. Das ist hart, aber so ist es nun mal.« Rogers nahm einen Schluck von seinem Bier und drehte sich wieder zum Fernseher um.

West beobachtete ihn weiter, irgendwie hin- und hergerissen. Sie mochte Rogers. Sie hatte ihn von dem Moment an gemocht, als sie zusammen auf derselben Fähre angekommen waren und vorübergehend Partner im Fall Curran wurden. Es war nicht so, als hätten alle anderen sie schlecht behandelt. Im Gegenteil, obwohl sie jung war. Obwohl alle wussten, dass sie erst seit Kurzem fertig ausgebildete Kriminalbeamtin war, hatte man sie zu Zeugenbefragungen und zum Protokollieren von Aussagen geschickt. Als aber die Hinweise verebbt waren, hatte man ihr mehr und mehr die eintönigen Aufgaben zugewiesen, die sonst niemand erledigen wollte. Ihr und auch Rogers. Den beiden vom Festland.

Sie nippte an ihrem Wein.

»Es könnte alles ein Bluff sein«, sagte sie – mit wenig Überzeugung in der Stimme. »Zieh alle Register in der Öffentlichkeit, damit alle denken, dass du verzweifelt deine Tochter vermisst, dann kommt niemand auf die Idee, dass du derjenige bist, der sie entführt hat.«

Rogers schüttelte den Kopf. »Er war es nicht.«

»Wie war das mit der Statistik? In vier von fünf Fällen von Kindesentführung war es der Vater.«

»Dann bleibt aber immer noch einer von fünf Fällen, wo er es nicht war. Und wahrscheinlich wurde sie nicht mal entführt.«

Plötzlich lachte West. Rogers sah sie überrascht an und leerte dann den Rest seines Biers. Er stellte das Glas zurück auf den Tresen.

»Möchtest du noch einen?«

Sie zögerte – es war schon ihr drittes Glas an diesem Abend, und sie trank nur selten mehr als eins.

»Komm schon, es ist unser letzter verdammter Abend hier auf Lornea Island. Und wir haben es uns verdient.«

»Haben wir das? Ich glaube nicht, dass wir viel zu feiern haben.«

»Sag so was nicht, Detective. Das Erste, was du in diesem Job lernen musst, ist: Man kann nicht alle Fälle lösen. Wenn du dir das nicht vor Augen hältst, wirst du verrückt.«

West lächelte. In dem Monat, seit sie mit Rogers zusammenarbeitete, hatte es bestimmt zehn solcher »erster Sachen« gegeben, die sie lernen musste. Es machte ihr aber nichts aus. Er hatte über zehn Jahre Erfahrung mit großen Fahndungen, während das hier für sie der erste richtige Fall war.

»Also gut. Noch einen«, sagte sie und schob ihm ihr leeres Glas hin.

Rogers hob die Hand, und der Barkeeper kam herüber. Er war etwa Mitte zwanzig, trug ein schneeweißes Hemd und war es eher gewohnt, Touristen zu bedienen als die beiden Kriminalbeamten, die den letzten Monat über im Hotel gewohnt hatten. Schon seit ihrer Ankunft hatte der Barkeeper gehofft, aus den Polizisten etwas über den Fall herauszubekommen, aber bis zu diesem Abend hatten sie es so gut wie nie in die Bar geschafft. Heute, das wusste er, war seine letzte Chance.

»Das Gleiche noch mal, Detective Rogers?«

»Ja, gerne.«

Der Barkeeper zog den Korken aus der Flasche, die er früher am Abend für West geöffnet hatte, und goss den Rest der goldenen Flüssigkeit schwungvoll in ihr Glas. Als die Menge das Maß nicht ganz voll machte, zog er den Korken aus einer anderen Flasche und füllte das Glas bis weit über den Eichstrich auf. Dann, während er Rogers' Bier zapfte, fragte er so beiläufig wie möglich:

»Ich habe gehört, Sie sind morgen wieder auf der Fähre?«

West wartete darauf, dass Rogers ihm mitteilte, sie könnten nicht über den Fall reden, aber er sagte nichts dergleichen.

»Das stimmt.«

»Warum das denn?«, fragte der Barkeeper weiter.

Rogers zuckte mit den Achseln. »Wie im Fernsehen gesagt wurde. Man kann nicht unbegrenzt Ressourcen auf einen Fall verwenden. Ganz gleich wie einflussreich ihre Eltern sind oder was für Aktionen sie starten.«

Der Barkeeper wischte mit einem breiten Holzstab die Schaumkrone vom Bier, sodass sie flach und bündig mit dem Glas abschloss.

»Das war's dann also? Sie geben einfach so auf?«

»Niemand gibt auf. Es sind immer noch Polizisten mit dem Fall beschäftigt. Bloß nicht wir.«

Der Barkeeper stellte das Bier vorsichtig vor Rogers ab und runzelte dann die Stirn. »Ich kapiere das immer noch nicht«, sagte er.

Auf Rogers' Gesicht zeigte sich ein irritierter Ausdruck, und West lächelte in sich hinein. Diesen Blick hatte sie über die letzten Wochen nur zu gut kennengelernt.

»Was denn genau?«

»Alles. Warum Sie hier sind … Warum Sie wieder gehen, obwohl der Fall noch nicht gelöst ist …«

Rogers seufzte. »Schauen Sie, es ist so. Lornea Island ist ziemlich klein, oder? Wenn also ein großer, schwieriger Fall wie dieser daherkommt, muss die Polizei von den umliegenden Dienststellen Unterstützung anfordern. Deshalb sind wir hier.« Er zeigte auf West und sich selbst. »Wir sind hergekommen, um zu Beginn der Ermittlungen auszuhelfen. Aber die Kriminalität hört anderswo nicht einfach auf. Wir haben hier getan, was wir konnten, und jetzt müssen wir eben zurück. So einfach ist das.«

Der Barkeeper legte den Kopf schief, als er darüber nachdachte.

»Sie sind also so was wie Sonderermittler, Supercops?«, fragte er. West schaute sich ihn jetzt genauer an, als sie es bisher getan hatte. Sie bemerkte ein Tattoo, das halb unter dem Ärmel seines Hemds versteckt war. Sie vermutete, dass der Typ ziemlich viele Comics las.

»Supercops würde ich nicht unbedingt sagen«, erwiderte Rogers. »Aber ja, schon so was Ähnliches.«

»Eigentlich stehen wir eher ganz unten in der Rangordnung«, sagte West unvermittelt. »Wir sind die Polizisten, auf die unsere eigenen Abteilungen verzichten konnten.« Sie lächelte den Barkeeper an und bemerkte, dass Rogers bei dieser Beschreibung missmutig das Gesicht verzog.

»Es geht eher darum, wer gerade verfügbar ist. Man muss Leute haben, die jederzeit alles stehen und liegen lassen können. Die dürfen nicht mitten in einer Ermittlung stecken. Und brauchen eine verständnisvolle Familie«, hüstelte er. »Oder es darf ihnen nichts ausmachen, die Familie für eine Weile zurückzulassen.« Der Barkeeper nickte nun.

»Ich verstehe. Sie müssen also jetzt wieder zurück? Andere Kriminalfälle lösen?«

»So ist es.« Rogers sah einen Moment lang ganz fröhlich aus.

»Bevor Sie herausgefunden haben, was mit Olivia Curran passiert ist?« Beide Polizisten wurden still.

»Ja«, sagte Rogers schließlich.

West zog ihr Glas näher heran und strich über den Stiel. Der Barkeeper zog sich ans andere Ende der Bar zurück und machte langsam mit dem Abwasch weiter.

»Ich weiß, du hast recht. Aber es fühlt sich nicht gerade toll an, bei meinem ersten Fall versagt zu haben«, sagte West. »Abzuziehen, ohne zu wissen, was mit ihr geschehen ist.«

Rogers zuckte mit den Achseln. »So ist der Job, Detective. Man bearbeitet einen Fall. Vielleicht löst man ihn, vielleicht auch nicht.«

»Es stört dich also gar nicht? Nicht mal ein kleines bisschen?«, fragte sie.

»Nö. Und dich sollte es auch nicht stören.«

»Ich weiß.« West schaute in ihr Glas; die Hotelbar spiegelte sich in der Oberfläche des Weins. »Tut es aber trotzdem. Ich würde wohl einfach gern wissen, was mit ihr passiert ist.«

Rogers schaute sie einen Moment lang an und lachte dann. »Na, ich denke, das wirst du schon noch. Mit der Menge an Berichterstattung, die ihre Eltern gerade gekauft haben, wird dieser Fall durch die gesamte Presse gehen, falls sie jemals wieder auftaucht.«

Sie schaute zu ihm auf, überrascht, wie schön sein Lachen klang.

»Wie auch immer. Wir sollten über etwas anderes reden«, sagte Rogers und strengte sich an, seine Stimme etwas heiterer klingen zu lassen. »Freust du dich nicht, wieder aufs Festland zu kommen? Zurück zur *Zivilisation*?«

West überlegte, zu was sie am nächsten Tag eigentlich zurückkehren würde. Sie stellte sich ihr Einzimmerapartment vor, in einer billigen Gegend der Stadt. Den Vertrag hatte sie eilig unterschrieben, nachdem mit Matthew alles in die Brüche gegangen war. Immerhin ihre Arbeit war besser, fand sie. Nach fünf Jahren beim Hartford Police Department hatte sie ihre Prüfung zum Detective auf Anhieb bestanden. Die Stadt war eine kuriose Mischung – viele große Versicherungsunternehmen hatten dort ihren Sitz, aber zugleich stieg sie schnell in der Rangliste der ärmsten Städte auf. Fälle von häuslicher Gewalt waren nichts Ungewöhnliches. Genau wie Schießereien. War das wirklich so viel zivilisierter als hier, wo sie draußen das wilde Heidekraut riechen und nichts als das Rauschen des Meeres hören konnte?

»Ich habe meinen Kühlschrank gar nicht ausgeräumt«, sagte sie gedankenverloren. »Bevor ich hergekommen bin, meine ich. Ich habe schon Angst, auf was für Zivilisationen ich da drinnen stoßen werde.«

Rogers verzog das Gesicht. Dann beobachtete er sie genau, als er fortfuhr.

»Was ist denn eigentlich mit deinem Freund?« Nun schaute er weg, als würde er sich gar nicht so sehr dafür interessieren. »Wie hieß er noch? Matthew? Kümmert der sich nicht um solche Dinge?«

West fiel auf, dass er im gleichen Ton redete, wie wenn er Aussagen zu Protokoll nahm und dachte, die befragte Person habe vielleicht gleich etwas Interessantes zu erzählen. Sie biss sich kurz auf die Lippen und beschloss dann, auszupacken.

»Er ist nicht *wirklich* mein Freund. Jedenfalls nicht mehr.« Beim Sprechen beobachtete sie ihn. Sie wusste, dass ihre Offenheit dem Wein zu verdanken war, aber es störte sie nicht sehr. Rogers runzelte wieder die Stirn. Auf seinem großen, bärenartigen Gesicht war die Mühe erkennbar, die es ihn kostete, das gerade Gesagte einzuordnen. Jetzt klang ihre Beschreibung ganz anders als damals, als er sie zum ersten Mal nach ihrer Situation gefragt hatte.

»Wir haben uns schon vor einer Weile getrennt. Als ich hierherkam, habe ich halt gesagt, wir wären noch zusammen, weil ich dachte, es wäre einfacher so. Ich wollte keine Komplikationen. Verstehst du?« Sie forschte in seinem Gesicht nach Anzeichen, dass er sie verstand.

Für diese Lüge schien es gute Gründe gegeben zu haben. Sogar in Hartford gab es viermal mehr Polizisten als Polizistinnen, und das Lornea Island Police Department hing fünfzehn Jahre hinterher. Es bestand ausnahmslos aus männlichen Beamten, von denen die meisten sich gar keine Mühe gegeben hatten zu verbergen, dass sie sie bei ihrer Ankunft auscheckten. Die Dienststelle war außerdem recht klein. Ein Ort, an dem jeder über den anderen Bescheid wusste oder erwartete, Bescheid zu wissen.

»Verstehe«, sagte Rogers und nickte, aber noch immer mit gerunzelter Stirn, weil er es eigentlich nicht verstand. Er wartete kurz und fragte dann: »Was ist denn passiert? Mit diesem Matthew, meine ich?«

Normalerweise hätte West die Unterhaltung auf ein anderes Thema gelenkt, aber dies war ihr letzter Abend auf Lornea Island. Es war mit ziemlicher Sicherheit das letzte Mal, dass sie Detective Rogers sehen würde. Und, dachte sie sich, sie war bereit, darüber zu reden.

»Bevor ich zur Polizei kam, hatte ich ein komplett anderes Leben. Er war sozusagen ein Überbleibsel aus dieser Zeit. Wir haben es wirklich versucht, aber ...« Sie hielt inne und änderte dann doch ihre Meinung darüber, ins Detail zu gehen. »Wir haben uns auseinandergelebt. Genau genommen ist das auch einer der Gründe, warum ich mich freiwillig gemeldet habe, für diesen Fall hierherzukommen. Es fiel ihm schwer zu akzeptieren, dass es vorbei war.«

»Wie, schwer? Wurde er gewalttätig?« Rogers kniff die Augen zusammen.

Sie lächelte und schüttelte den Kopf. »Nein, nichts dergleichen. Mein Leben hat sich einfach ziemlich verändert, nachdem ich zur Polizei gegangen bin. Er hatte daran zu knabbern.«

Rogers brummte, schien die Erklärung aber hinzunehmen. Er fragte nicht danach, was sie vor der Polizei gemacht hatte. Es war ja eigentlich auch gar nicht so wichtig, dachte sich West. Einmal Polizist, immer Polizist.

»Und was ist mit dir«, fragte sie. »Warum hast du dich freiwillig gemeldet, um hierherzukommen? Damit du ein *Supercop* sein kannst?«

Bei diesem Wort schaute Rogers kurz auf, dann lächelte er.

»Ich bin als Kind öfter hergekommen.« Rogers schaute sich um. »Wir haben sogar hier in Silverlea übernachtet.« Er zuckte mit den Achseln. »Ich glaube, das hat mein Interesse geweckt. Außerdem hat meine Ex-Frau in letzter Zeit beschlossen, mir bei jeder Gelegenheit das Leben zur Hölle zu machen.«

»Das tut mir leid.«

»Muss es nicht. Aber werde bloß nicht so wie ich. Ich bin ein wandelndes Klischee. Meine Ex-Frau will nicht mit mir sprechen, und mein Kind sehe ich vielleicht einmal im Monat.« Er grinste sie an, und sie ertappte sich dabei, wie sie den Mann, der ihr gegenübersaß, erneut in Augenschein nahm. Er sah nicht schlecht aus – das hatte sie schon festgestellt, als sie mit ihm in ein Team gesteckt worden war. Blonde Haare, leichte Geheimratsecken. Vielleicht zehn Kilo zu viel, aber die standen ihm ganz gut. Als sie ihn sich so anschaute, erinnerte er sie wieder an einen Bären. Einen freundlichen Bären mit riesigen Händen.

Zwischen ihnen machte sich Schweigen breit, aber ein angenehmes Schweigen. Sie sahen einander an. Dass Rogers seine Frau erwähnt hatte, löste in West etwas aus. Bisher hatte sie ihn nur als Partner und Kollegen betrachtet. Nun rückte ein anderer Aspekt an ihm in den Vordergrund. Dass er ein Mann war. Ein Mann, der anscheinend zu haben war.

West wandte sich ab. Was zum Teufel dachte sie sich dabei? Während ihrer kurzen Laufbahn als Polizistin und der noch kürzeren als Detective war sie oft von älteren Kolleginnen davor gewarnt worden, sich mit einem Arbeitskollegen einzulassen. Die Klatschmäuler im Büro würden schon dafür sorgen, dass man ihr das nie wieder vergaß. Bis heute hatte sie sich an diesen Rat gehalten. Aber damals war sie auch noch mit Matthew zusammen gewesen. Und die warnenden Stimmen ließen sich leicht abtun. Nach dem morgigen Tag würde sie Detective Rogers nie wiedersehen. Genau wie die anderen Kollegen im Lornea Island Police Department. Morgen früh würde sie ihre Sachen packen und zum Hafen fahren, die Fähre nehmen und zu ihrem alten Leben zurückkehren. Lornea Island würde sie nie mehr betreten. Und so, wie sie sich bei diesem Gedanken fühlte, wäre ein bisschen zwischenmenschlicher Kontakt eigentlich ganz schön.

Sie seufzte. Als sie zu ihm herüberschaute, fragte sie sich, ob er auch nur annähernd dasselbe dachte wie sie. Sie trank ihren Wein aus.

»Lust auf einen Absacker?«, fragte sie.

SECHSUNDZWANZIG

Es DAUERTE EINE WEILE, bis West klar wurde, woher ihr trockener Hals und der bittere Geschmack in ihrem Mund kamen. Es war schon länger her gewesen, dass sie so viel getrunken hatte. Und trotzdem verstand sie nicht ganz, warum ihr Hotelzimmer ihr so anders vorkam. Es sah zwar mehr oder weniger gleich aus, aber irgendwie so, als hätte es sich über Nacht in ein Spiegelbild seiner selbst verwandelt. Dann erinnerte sie sich. Es war gar nicht *ihr* Hotelzimmer. Es lag auf der anderen Seite des Flurs, gegenüber von dem Zimmer, in dem sie den letzten Monat über gewohnt hatte. Sie schaute auf die andere Seite des Betts und seufzte.

»*Oh Mist*«, entfuhr es ihr, aber so leise, dass sie ihn nicht aufweckte.

Die Erinnerungen an die letzte Nacht kamen langsam wieder, und sie schlug sich die Hände vors Gesicht. Er hatte ihrem Vorschlag mit dem Absacker zugestimmt. Daraus waren dann noch weitere geworden, und am Ende hatten sie eine Flasche Jack Daniels von der Bar mit aufs Zimmer genommen. Sie erinnerte sich auch vage daran, auf dem Bett gesessen und Rogers' Koffer angestarrt zu haben, die fertig gepackt bereitstanden. Was danach geschehen war, daran wollte sie lieber gar nicht denken. Sie blickte zu der fast leeren Flasche hinüber.

Ach, was soll's. Ich werde ihn sowieso nie wiedersehen. Ich werde keinen von denen wiedersehen.

Sie setzte sich im Bett auf und schaute in den Spiegel an der Wand gegenüber. Sie ließ ihr müdes Gesicht und die verkrumpelten Klamotten rund um das Bett auf sich wirken.

Schwimmen. Ich muss eine Runde schwimmen.

Zehn Minuten später, immer noch vom Alkohol in ihrem Blut angetrieben, spazierte sie den Strand entlang. Von der frischen Oktoberluft bekam sie eine Gänsehaut auf ihren unbedeckten Armen und Beinen, und die noch tief stehende Sonne blieb hinter einer dicken Wolkendecke verborgen. Auf der einen Meile nach Norden und den fünf Meilen nach Süden war keine andere Menschenseele am Strand zu sehen. Sie sog die Frische in sich auf, stellte ihre geistige Gesundheit infrage und lauschte dem leisen Rauschen der Wellen.

Das Hotel hatte ein beheiztes Hallenbad, das sie hätte nutzen können. Aber das war winzig, nach gerade einmal fünf Zügen musste sie schon wieder wenden. Und das Wasser war auch zu warm, ganz anders als in den Schwimmbädern, die sie sonst kannte. Nein – wenn West mit Lornea Island Frieden schließen wollte, mit dem Scheitern bei ihrem ersten großen Fall und mit was auch immer das für ein Schlamassel war, in das sie letzte Nacht geschlittert war, dann brauchte sie das Meer.

Sie erreichte den unteren Teil des Strandes, wo lange Wogen über den nassen Sand strichen, die letzten Ausläufer der Wellen, die schon viel weiter draußen gebrochen waren. Sie legte ihr Handtuch dort ab, wo das Wasser vermutlich nicht hingelangen würde, und hoffte, dass gerade Ebbe war. Sie atmete zweimal tief durch und schritt los, noch immer etwas tollpatschig vom Alkohol. Augenblicke später war sie im Wasser, und die Kälte schwappte an ihr hoch. Sie musste nach Luft schnappen, zwang sich aber weiterzugehen, sich nur darauf zu konzentrieren, dass ihre Beine in Bewegung blieben.

Als das Wasser ihr bis zum Bauch stand, beugte sie sich vor und tauchte unter. Die Kälte raubte ihr den Atem, und sie tauchte sofort wieder auf. Nach ein paar hektischen Atemzügen probierte sie es noch einmal. Diesmal zwang sie sich nach dem Eintauchen dazu, mehrere Sekunden lang unter Wasser dahinzugleiten. Sie schwamm mit offenen Augen und beobachtete, wie der grün-gelbe Sand unter ihr vorbeiglitt. Dann richtete sie den Blick nach oben und schob sich durch die vielen Grüntöne hindurch zur Oberfläche empor, wo sie automatisch in geschmeidigen, kraftvollen Zügen zu schwimmen begann.

Unter Wasser führte sie die Arme nach hinten und schob sich in einem angenehmen Rhythmus vorwärts. Ihre Atmung ging wie von selbst mit den kleinen Seitwärtsbewegungen ihres Kopfes erst auf die eine, dann auf die andere Seite einher. Ihre Bewegungen waren geschmeidig, und alle Anzeichen der Tollpatschigkeit von vorhin waren verschwunden. Als wäre sie ganz in ihrem Element.

West schwamm geradeaus aufs Meer hinaus und tauchte dabei schwungvoll durch die ihr entgegenkommenden kleinen Brecher hindurch. Sie schwamm, bis ihr Körper die Kälte des Wassers nicht mehr spürte. Dann hielt sie inne. Wasser tretend schaute sie zum Hotel zurück. Die letzte Nacht war schon fast weggespült.

Dann blickte sie sich weiter um. Von hier draußen aus war der Strand atemberaubend schön. Ein riesiger Streifen Sand, die kleine Ortschaft Silverlea in seiner Mitte und rechts die niedrigen Klippen von Northend, die näher schienen, als sie es tatsächlich waren. Natürlich hatte West keine Zeit gehabt, wie die Touristen dort nach Silber zu suchen. Na ja, vielleicht musste sie doch eines Tages noch mal zurückkommen. Sie wandte sich dem anderen Ende des Strands zu. Die höheren, steileren Klippen von Littlelea waren vom Nebel halb verhüllt.

Nur ein paar Tage nachdem sie hier angekommen war, hatte sie oben auf diesen Klippen gestanden. Sie hatte einen Jungen und seinen Vater besucht, die auch auf der Party gewesen waren. Sie hatte ihre Aussagen zu Protokoll genommen. Ein seltsamer Junge – wie hieß er noch gleich? Billy. *Billy Wheatley.*

Bei dem Gedanken verzog sie das Gesicht und schwamm weiter, diesmal parallel zum Strand. Als sie ihren Kopf zur Seite drehte, fiel ihr eine Person auf, die zum Wasser hinunterlief. Dorthin, wo sie ihr Handtuch und ihre Kleidung zurückgelassen hatte. Die Person winkte mit einem Arm. Wieder im Hier und Jetzt angekommen, hörte sie auf zu schwimmen. Aus einer Laune heraus holte sie tief Luft und ließ sich Füße voran nach unten sinken. Als sie ganz untergetaucht war, atmete sie aus und schaute nach oben, wo die Luftblasen über ihr zur Oberfläche aufstiegen und ihr Haar umherwirbelte, bis das Wasser zu dunkel wurde, um etwas erkennen zu können. Sie ließ sich immer tiefer sinken und einen kurzen Moment lang hatte sie Angst, dass sie vielleicht nie auf den Grund stoßen und endlos weitersinken würde. Doch dann spürte sie Sand unter den Füßen. Sie beugte die Knie, bis sie auch mit den Armen den Boden berührte, und griff in der völligen Dunkelheit mit beiden Händen in den Sand. Einen Augenblick lang verharrte sie dort. Ihre Augen waren geöffnet, aber sie konnte nichts sehen. Sie fragte sich, welche Kreaturen sie wohl aus dem Schatten heraus beobachteten. Sie fragte sich, ob Olivia Currans tote Augen sie hier unten von irgendwoher anstarrten.

Als sie wieder auftauchte, schwamm sie schnell an den Strand zurück und genoss das Gefühl, dass die Wellen sie mitrissen und noch schneller an Land trugen. Nachdem sie wieder den Grund spürte, watete sie aus dem Wasser. Durch die Kälte schien ihre Haut zu glühen.

»Danke«, sagte sie und nahm das Handtuch entgegen, das Rogers ihr hinhielt. Sie beugte sich nach vorne und rubbelte sich das Haar trocken.

»Du kannst ziemlich gut schwimmen, Detective West.« Während sie sich in das Handtuch wickelte, bemühte Rogers sich, nicht auf den dünnen Stoff ihres Badeanzugs zu starren.

»Ich bin mit dem Schwimmen aufgewachsen«, sagte sie.

»Ich auch. Aber *so* gut kann ich nicht schwimmen.« Er schaute ihr wieder ins Gesicht und lächelte sie an.

»Nein, ich meine, dass ich buchstäblich schwimmend aufgewachsen bin. Als ich fünf Jahre alt war, hat mein Vater beschlossen, dass ich Schwimmerin werden würde. Wir sind jeden Morgen vor der Schule ins Schwimmbad gefahren. Und als ich sieben wurde, auch noch jeden Tag nach der Schule.«

»Echt jetzt? Du hast das wirklich ernsthaft betrieben?«

»Eher mein Dad. Er träumte davon, dass ich ihm eine olympische Medaille nach Hause bringe.«

Er beobachtete sie kurz, um zu sehen, ob sie vielleicht Witze machte.

»Und, hast du?«

Wests Kindheit zog vor ihren inneren Augen vorüber. Die frühen Jahre, als es bloß Dad gewesen war, der ihr mit der Stoppuhr in der Hand vom Beckenrand aus zubrüllte. Dads Volvo, mit dem sie zu Wettkämpfen fuhren und der von ihren ewig nassen Haaren und Handtüchern nach Chlor stank. Dann später, als sie nicht mehr allein gewesen war, sondern es noch Sarah gegeben hatte, und es nicht mehr nur Dad, sondern ein Team aus Trainern, Ernährungsberatern und Physiotherapeuten gewesen war. Vielleicht hätte es mit einem olympischen Erfolg enden können – obwohl sie wusste, dass Sarah schon immer die besseren Chancen gehabt hatte. Aber so war die Geschichte nicht ausgegangen. Es war aber zu kompliziert, um es Rogers zu erklären. Und wollte sie das überhaupt?

»Nein«, sagte sie und schaute weg.

»Warum nicht? Was ist passiert?«

Unwillkürlich ließ West die Schultern kreisen und wartete wie nach einem Wettkampf auf das Brennen der Muskeln, an das sie sich immer noch erinnerte.

»Ich war einfach nicht gut genug.« Sie wandte sich ab, um ihr Gesicht vor ihm zu verbergen.

Rogers ließ das nicht gelten. »Also meiner Meinung nach bist du ziemlich gut. Ich hatte ja keine Ahnung, dass ich mit einer Athletin zusammenarbeite.«

So eine Reaktion war West schon öfter untergekommen. Und es nervte sie jedes Mal.

»Ich habe als Jugendlicher nie irgendwas erreicht. Ich war viel zu sehr damit beschäftigt, Alkohol zu trinken und Mädels nachzujagen«, fuhr Rogers fort und grinste sie verschmitzt an.

»Können wir das Thema bitte einfach lassen«, antwortete West.

Es wurde still, nur der Wind surrte über den Sand.

Sie liefen eine Weile schweigend nebeneinander her, aber West war frustriert. Die Gedanken an ihre Vergangenheit verstärkten noch das Gefühl, versagt zu haben – schon wieder. Wenn sie Lornea Island verließ und den Fall nicht gelöst hatte, versagte sie erneut. Genau wie damals, als sie ihren Dad enttäuscht hatte. Genau wie damals, als sie Sarah im Stich gelassen hatte. Damals hatte sie nicht wirklich viel tun können, aber jetzt hätte sie helfen *sollen*. Sie war eine Kriminalbeamtin. Diesmal hätte sie die Dinge in Ordnung bringen sollen. Dennoch blieb ein Mädchen weiterhin verschwunden. Noch eine weitere Familie lebte in der Unwissenheit, ob ihre Tochter tot war oder lebte. Das war kein gutes Gefühl.

Sie zuckte zusammen, als ihr klar wurde, dass Rogers wieder redete.

»Wie auch immer, ich nehme an, du hast heute Morgen nicht auf dein Handy geschaut, oder? Es liegt ja noch auf dem Fußboden in meinem Hotelzimmer herum.«

West kehrte wieder in die Gegenwart zurück.

»Nein. Warum?«

»Der Chief will uns sehen.«

Sie blieb stehen.

»Warum?«

»Weiß ich nicht.«

»Wie meinst du das?«

»Er hat nichts gesagt. Nur, dass wir kommen sollen.«

»Wann?«

Rogers schaute auf seine Uhr. »Er sagte, wir sollten um neun dort sein. Das ist in etwa zehn Minuten. Deswegen bin ich hier an den Strand gekommen, um dich abzuholen. Dachtest du etwa, ich wollte einfach nur spazieren gehen?«

»Er hat nicht gesagt, warum er uns sehen will?«

»Nein. Nur, dass es dringend ist. Vielleicht möchte er sich verabschieden und sich für unsere harte Arbeit bedanken.«

»Hat er das nicht gestern schon getan?«

»Vielleicht ist einmal nicht genug?«

West antwortete nicht. Aber sie dachte noch einmal an das Meeting. Es gab noch einen Funken Hoffnung.

SIEBENUNDZWANZIG

WEST SCHAFFTE es in nur zehn Minuten, sich zu duschen und anzuziehen. Dann fuhren sie gemeinsam die zwanzig Minuten zur Polizeiwache. Dort saßen ein paar Uniformierte und genossen ihre Pause. Einer von ihnen, ein Polizist namens Deaton, knuffte Rogers im Vorbeigehen freundlich.

»Du kannst dich einfach nicht von uns trennen, was?«

Rogers grinste zurück, zuckte aber nur mit den Achseln, als Deaton fragte, was sie vorhätten. West sagte nichts, und niemand sprach sie an. Aber Lieutenant Langley schaute zu ihr auf, als sie an ihm vorbeiging. Er nickte ihr grüßend zu.

»Detective Rogers, Detective West …«, sagte der Chief vom Fenster aus. Er deutete auf zwei Stühle vor seinem Schreibtisch und goss ihnen Kaffee aus dem Kaffeebereiter ein, den er für seinen eigenen Bedarf im Zimmer behielt. Sie setzten sich. West sah sich in seinem Büro um – sie hatte nicht erwartet, es noch einmal wiederzusehen.

Er hielt Ordnung in diesem kleinen Raum. Es gab ein gut bestücktes Bücherregal, und die Bücher darin sahen sogar benutzt aus. Vielleicht wollte er sich damit die letzten paar Jahre vor seiner Pensionierung vertreiben? Auf seinem Schreibtisch lag eine Zeitung.

»Also, Sie haben, soweit ich weiß, beide Fahrkarten für die Mittagsfähre?«, sagte Chief Collins, während er sich setzte und sie anlächelte.

»Bestimmt können Sie es kaum erwarten, wieder bei Familie und Freunden zu sein.« Er hob die Augenbrauen. West spürte, dass Rogers zu ihr hinüberschaute. Sie nickte unverbindlich.

»Sie wissen aber bestimmt auch schon von der letzten kleinen Entwicklung gestern.« Sein Blick wanderte zu der Zeitung, die auf der Seite mit der Anzeige der Currans aufgeschlagen war. Sein Gesichtsausdruck blieb neutral, und er trank einen Schluck von seinem Kaffee.

»Gestern Nachmittag habe ich mit Joseph Curran telefoniert«, fuhr der Chief fort. »Er informierte mich darüber, dass er beabsichtigt, nächste Woche eine neue Runde Anzeigen zu kaufen, und danach *jede Woche* eine, bis seine Tochter gefunden wurde oder ihm das Geld ausgeht. Was auch immer zuerst eintritt.« Er hielt inne und schenkte den Polizisten ein müdes Lächeln.

»Wie Sie wissen, haben die Currans ziemlich viel Geld.« Diesmal lachte er ein wenig. Dann legte er die Hände an den Fingerspitzen zusammen, als wollte er beten.

»Seit heute Morgen acht Uhr, als ich ins Büro kam, haben wir siebenundzwanzig Anrufe gezählt. Hinweise von Bürgern aus dem ganzen Land, die meinen, sie gesehen zu haben.« Der Chief beobachtete die beiden Polizisten, während er sprach.

»Irgendetwas Sachdienliches dabei, Sir?«, fragte Rogers, dessen Stimme im Vergleich zu dem schneidigen, klaren Ton des Chiefs rau und leise klang.

»Nichts Offensichtliches, nein. Langley und Strickland sind gerade dabei, den Hinweisen nachzugehen. Und wenn Langley richtigliegt – und das Mädchen ins Wasser gegangen ist –, wird auch nichts Relevantes dabei sein. Es wird nur ein Haufen Arbeit sein, diesen ganzen Spuren, die am Ende doch ins Leere führen, auf den Grund zu gehen. Sollte Langley aber falschliegen …« Der Chief hob kurz die Augenbrauen an. »Nun, dann besteht vielleicht die Chance, dass etwas dabei herauskommen könnte. Was mich zu dem Grund führt, warum ich Sie hergebeten habe.« Seine Finger trommelten auf den Tisch.

»Ich komme gleich zur Sache. Gestern Abend habe ich mit Ihren beiden Vorgesetzten gesprochen. Ich habe ihnen erklärt, wie sich unsere Umstände verändert haben, und dass wir davon profitieren würden, wenn Sie uns noch etwas länger aushelfen könnten. Schlussendlich waren beide damit einverstanden – wenn auch Sie bereit wären, noch länger zu bleiben, versteht sich.«

West bemerkte, dass sie ihren Atem angehalten hatte. Sie schnappte nach Luft.

»Sie fahren die Ermittlungen also doch nicht zurück?«, fragte sie.

»Offiziell, nein. Inoffiziell, ja. Selbstverständlich kann ich meine komplette Ermittlungskommission nicht weiterhin nur für einen einzigen

Fall abstellen. Auf Lornea Island mag zwar nicht viel passieren, aber wir haben trotzdem noch andere Straftaten, denen wir nachgehen müssen.« Er lächelte.

»Die Ermittlung wird weiterhin von Lieutenant Langley geleitet, zumindest namentlich, aber wenn Sie einverstanden sind, werden Sie beide die wichtigste aktive Untersuchungseinheit bilden. Die Suchaktion an den Klippen von Silverlea wird außerdem mithilfe der Küstenwache fortgeführt.«

»Wir würden also den Spuren nachgehen, die als Reaktion auf die Anzeigen der Currans reinkommen?«, fragte Rogers.

Der Chief nahm einen weiteren Schluck von seinem Kaffee.

»So ist es im Prinzip. Ich schlage vor, Sie gehen noch einmal den gesamten Fall durch. Überprüfen Sie alles. Es ist möglich, dass etwas übersehen wurde.«

»Aber unwahrscheinlich?«, hinterfragte Rogers die Aussage. Der Chief antwortete nicht.

»Wir können Ihnen leider kein Hotelzimmer mehr anbieten, aber zu dieser Jahreszeit werden in Silverlea einige Apartments frei. Da haben Sie etwas mehr Platz.« Er lächelte wieder. »Sie werden aber immer noch Nachbarn sein.«

»Von welchem Zeitraum reden wir denn hier?«, fragte Rogers.

Chief Collins zuckte mit den Achseln. »Angenommen, wir finden nichts, und die Currans sind auch immer noch nicht der Meinung, dass sie ihr Geld zum Fenster rauswerfen, dann würde ich die Lage nach drei Monaten erneut überdenken. Jeder Fall hat seine Grenzen. Auch wenn die Eltern des Opfers eine erfolgreiche PR-Agentur betreiben.«

Im Raum blieb es still.

»Ich weiß, mit einem so langen Aufenthalt auf der Insel haben Sie nicht gerechnet. Und wahrscheinlich können Sie es kaum erwarten, wieder zu Familie und Freunden zurückzukehren.«

Zwei Bilder schossen West durch den Kopf. Ihr Apartment in Hartford und Matthew. Aber genauso schnell, wie sie gekommen waren, verschwanden sie auch wieder. Die Enttäuschung, die auf ihr gelastet hatte, nahm ab. Dies war eine zweite Chance. Eine Gelegenheit, nicht zu versagen. Dann kam ihr ein weiterer Gedanke. Ein anderes Bild tauchte auf. Diesmal war es der behaarte Rücken von Rogers, der neben ihr in der flauschigen, weißen Bettwäsche des Hotels lag. Würde das ein Problem werden?

Sie fragte sich, ob Rogers bleiben würde. Er hatte ziemlich deutlich zum Ausdruck gebracht, dass dies ein hoffnungsloser Fall sei. Wenn er abreisen würde, wäre es einfacher, überlegte sie sich. Sie müsste sich keine Sorgen machen, dass sich die gemeinsam verbrachte Nacht herumsprach.

Aber Rogers' Stimme unterbrach ihre Gedanken.

»Ich könnte noch eine Weile hierbleiben, Sir. Im Moment wartet zu Hause nicht viel auf mich.«

»Guter Mann. Ausgezeichnet. Detective West?« Die Aufmerksamkeit des Chiefs schwenkte nun zu ihr.

Ihre Gedanken rasten. Die Vorstellung, dass jeder auf der Polizeiwache von ihrer Nacht mit Rogers erfahren würde, konnte sie kaum ertragen. Aber sie schob diesen Gedanken schnell beiseite. Wen kümmert das schon wirklich? Es stand nicht infrage, wie ihre Antwort lauten würde.

»Ich auch, Sir. Ich würde gerne so lange bleiben wie nötig.«

Sie spähte zu Rogers, und ihre Blicke trafen sich kurz, bevor sie beide schnell wieder wegschauten.

ACHTUNDZWANZIG

MEIN HERZ SCHLÄGT mir bis zum Hals, als ich am Tisch sitze und auf das Bild auf dem Laptop starre. Ich habe das Video angehalten, sodass das Gesicht auf dem Monitor eingefroren ist und mir entgegenstarrt. Das Mädchen, nach dem ganz Amerika sucht. Olivia Curran.

Ich habe sie gefunden. Ich habe sie mit meiner Wildkamera aufgenommen. Ich zwicke mich selbst, weil es sich nicht real anfühlt. Ich zwicke mich in beide Arme, bis es wehtut. Aber danach ist sie immer noch da, eingefroren auf dem Bildschirm meines Laptops, wie sie aus dem Fenster direkt in die Kamera schaut. Dann rasen mir tausend Fragen durch den Kopf. Sie sieht so normal aus. Warum ist sie nicht im Keller eingesperrt?

Ich schaue auf das Datum der Aufnahme. Vor sechs Tagen. Ich spule vorsichtig ein paar Einzelbilder vor. Das Video ist tatsächlich nicht *so* deutlich. Die Fenster sind schmutzig, und da die Lichter im Haus an sind, wird sie von hinten beleuchtet. Ihr Gesicht liegt also im Schatten, während sie hinausschaut. Und im Verlauf dieser paar Bilder ändert sich auch ihr Ausdruck.

Ich zoome ganz nah heran und versuche festzustellen, ob sie verängstigt aussieht oder nicht. Es ist schwer zu sagen, aber lächeln tut sie definitiv nicht.

Was bedeutet das jetzt? Wenn sie im Wohnzimmer ist, heißt das vielleicht, dass sie gerade aus dem Keller – oder wo auch immer er sie gefangen hielt – entkommen ist? Aber wenn man gerade vor einem Mörder geflohen ist, würde man ja nicht losgehen und die Vorhänge schließen, oder? Warum rennt sie nicht weg? Warum rennt sie nicht zur Tür und flieht?

Dann wird mir noch etwas anderes bewusst. Etwas Offensichtliches, das Sie wahrscheinlich schon längst begriffen haben, aber es macht mich wirklich froh. *Olivia Curran lebt.* Auch wenn die Nachrichten im Fernsehen immer so klingen, als wäre sie irgendwo am Leben, war es schon seit Monaten klar, dass keiner so richtig daran glaubt. Sogar ihren Eltern merkt man an, dass selbst sie nicht daran glauben. Wenn sie in die Kameras starren und so tun, als würden sie direkt mit Olivia sprechen und sagen, wie sehr sie sie lieben und wie sehr sie einfach nur möchten, dass sie nach Hause kommt. Man kann an ihren verweinten Gesichtern erkennen, dass sie eigentlich glauben, sie sei schon tot.

Aber sie ist nicht tot. Sie lebt, und ich bin derjenige, der sie gefunden hat!

Ich spiele das Video noch ein paarmal ab und denke über alles nach. Vielleicht hätte die Polizei gern, dass ich ihr auch bei anderen Fällen helfe? Kann ich das auch mit der Schule vereinbaren? Werde ich vielleicht berühmt? Wie dieser Franzose, Tim? Als ich klein war, habe ich die Tim-und-Struppi-Geschichten gerne gelesen. Aber die sind natürlich erfunden. Nicht wie das hier.

Dann plötzlich fällt mir etwas auf in dem Video. Mr. Fosters Van steht in der Einfahrt. Sehen kann ich Mr. Foster nicht, aber das heißt, dass er wohl auch im Haus sein muss. Das holt mich wieder auf den Boden der Tatsachen zurück. Wieder frage ich mich, was sie denn da macht. Ein Schauer läuft mir über den Rücken.

Mein nächster Gedanke ist, dass ich das sofort der Polizei sagen muss. Aber es sind nicht mehr viele Clips übrig, also beschließe ich, die auch noch schnell anzuschauen, bevor ich etwas anderes anfange. Und ich bin froh darüber, weil der nächste Clip alles verändert. Aber nicht auf eine gute Art und Weise.

Clip Nummer 00753 beginnt damit, dass sich die Haustür öffnet. Das muss die Bewegung sein, die die Kamera ausgelöst hat, weil die Aufnahme erst dann beginnt, als die Tür schon halb offen steht. Aber sofort erkennt man, dass etwas Seltsames passiert. Das Innere des Hauses leuchtet rot, wie in einem Vulkan, und rund herum ist alles schwarz. Es dauert einen Moment, bis mir klar wird, was da los ist. Es ist eine *Nacht-aufnahme.* Die Kamera zeichnet mit Infrarot auf. Das Haus leuchtet so rot, weil die Luft drinnen wärmer ist als draußen. Dann erscheint ein Monster mit grell-weißen Händen und Gesicht und humpelt ins Bild. Aber natür-lich ist das nicht wirklich ein Monster. Es ist Mr. Foster. Seine Konturen sind durch das Wärmebild völlig verzerrt. Er kommt nach draußen und hält die Tür mit etwas offen, das vor dem roten Hintergrund schwarz aussieht – vielleicht ein Stein vom Weg draußen. Dann geht er aus dem Bild zum Van. Ich glaube, er öffnet die hinteren Türen des Vans, weil es in der Ecke des Bildes ein bisschen rot wird. Das kommt wahrscheinlich vom Inneren des Wagens, das ein wenig Wärme abgibt. Dann kehrt Mr. Foster zum Haus zurück, hält auf der Türschwelle inne und schaut sich lange und gründlich um. Dann verschwindet er im Haus und – ab hier wird es wirklich interessant – erscheint kurz darauf wieder. Aber diesmal trägt er etwas mit sich.

Also, tragen ist eigentlich nicht das richtige Wort. Er *schleppt* etwas hinter sich her. Etwas Großes, wie einen leicht gebogenen Baumstamm. Man kann nicht wirklich erkennen, was es ist, weil die Farben so seltsam aussehen. Aber ich habe schon einige Infrarot-Videos gesehen, seit ich diese Kamera habe, also finde ich es heraus. Es ist ein Teppich. Ein schlecht zusammengerollter Teppich. Er ist größer als Mr. Foster, der ein Ende festhält und Mühe hat, den Teppich aus der Haustür zu bugsieren. Dann schleift er ihn direkt an der Kamera vorbei und verschwindet langsam nach links aus dem Bild. Einen Moment später wird die Tür des Vans wieder geschlossen.

Was sich im Teppich befindet, kann ich nicht sehen. Aber da er so bucklig zusammengerollt ist, muss auf jeden Fall etwas darin versteckt sein.

Der Clip endet damit, dass Mr. Foster zum Haus zurückgeht, die Haustür zuschließt, in den Van einsteigt und wegfährt. Dann kommt dreißig Sekunden lang nichts mehr, während die Kamera noch weiterläuft, für den Fall, dass es noch etwas anderes einzufangen gibt.

Ich bin geplättet. Ich schaue mir den Clip dreimal an, und beim dritten Mal mache ich immer dann Screenshots, wenn er mit dem Teppich besonders deutlich zu erkennen ist. Es ist offensichtlich, dass sich darin eine Leiche befindet. Es *muss* das Mädchen sein. Es *muss* Olivia sein. Irgendwann zwischen 16:37 Uhr am Sonntagnachmittag und diesem Clip von 02:12 Uhr am Montagmorgen muss er sie umgebracht haben. Meine ganze Aufregung von vorhin verfliegt. Stattdessen überkommt mich ein irgendwie unwirklicher Horror.

Und dann kommt mir ein furchtbarer Gedanke. Wäre ich kein Kind und hätte ich eine echte Observierung von einem Auto aus durchgeführt, mit Kaffee und Donuts, dann hätte ich sie retten können. Ich hätte sie am Fenster stehen sehen. Ich hätte dann gleich die Polizei gerufen. Aber so lief es leider nicht. Stattdessen habe ich meine Kamera verwendet, und jetzt ist Olivia tot. Ich hatte eine Gelegenheit, sie zu retten, und habe versagt.

Es ist meine Schuld, dass sie tot ist.

Das Gefühl, das diese Gedanken in mir auslösen, kann ich nicht beschreiben. So etwas habe ich noch nie gefühlt. Niedergeschmettert, vielleicht. Leer. Und entsetzt. Aber auch voller Panik. Mein nächster Gedanke ist, dass ich unbedingt das Beweismaterial verstecken muss. Bevor jemand herausfindet, dass ich davon wusste, und mir die Schuld an ihrem Tod gibt. Meine Hand schwebt über der Löschtaste.

NEIN! Denk nach, Billy. Denk nach.

Für die Rettung von Olivia Curran ist es zu spät. Aber Mr. Foster hat ja eine *Vorgeschichte.* Er hat so etwas schon mal getan, also wird er es auch wieder tun. Es sei denn, jemand hindert ihn daran.

Mein Mund ist richtig trocken, also hole ich mir doch noch die Limo. Die Kekse esse ich auch. Ich versuche, mich zusammenzureißen. Ich muss professionell handeln. Es ist doch wie in der Forschung. Man muss möglichst viele Daten und Informationen sammeln und so präsentieren, dass andere Wissenschaftler sehen können, was genau man gemacht hat, und dann ebenfalls zu den gleichen Schlussfolgerungen kommen. Bei Kriminalfällen muss es doch ganz ähnlich laufen. Die Polizei muss alle Informationen von mir bekommen, damit sie dieselben Schlüsse ziehen und Mr. Foster verhaften können. Ich werde ihnen nur nicht sagen, wer ich bin. So können sie mir die Schuld nicht in die Schuhe schieben. Es ist ja auch nicht so, als hätte ich sie wirklich umgebracht – ich habe mein Bestes getan. Ich bin eben nur ein Kind, und zumindest habe ich sie *aufgespürt.* Das ist schon mehr, als die Polizei geschafft hat.

Sobald ich den Beschluss gefasst habe, geht es mir wieder besser. Meine Atmung wird wieder ruhiger und meine Finger funktionieren langsam wieder normal. Ich öffne die Word-Datei und beginne, meine Notizen einzutragen. Alle wichtigen Videoclips beschrifte ich und lege die Screenshots unter den entsprechenden Dateinamen ab. Ich trage jedes Vorkommnis auf einer Zeitachse ein und finde heraus, zu welcher Uhrzeit Mr. Foster sie umgebracht haben muss. Dann erinnere ich mich daran, dass ich noch nicht alle Clips angesehen habe. Ich schaue mir also auch die letzten paar noch an, und – siehe da – Mr. Foster kehrt am nächsten Tag zu seinem Haus zurück. Ich notiere die Zeit: 05:55 Uhr. Ich bin so in meine Arbeit vertieft, dass ich nicht merke, wie sich die Tür der Hütte hinter mir öffnet.

»Billy, kannst du …«, höre ich eine Stimme. Und dann: »*Was ist denn das? Was zum Teufel machst du da?*«

Dads Stimme wechselt innerhalb von zwei Sätzen von ruhig zu wütend.

NEUNUNDZWANZIG

IN DER ECKE meines Bildschirms ist der Videoplayer offen. Ich minimiere ihn zwar ziemlich flott, aber dadurch wird vor allem die darunterliegende Fahndungsdatei in Word besser sichtbar. Hektisch auf der Tastatur herumfingernd versuche ich, das Fenster zu schließen. Aber es ist wohl lange genug offen, dass Dad den Titel lesen kann:

ERMITTLUNGEN ZUM ~~RÄTSEL UM/~~MORDFALL OLIVIA CURRAN

»Was zum *Teufel* ist das, Billy? Du hast gesagt, du musst Matheaufgaben machen. Du musstest mir nur deshalb nicht helfen, weil du Mathe zu erledigen hattest. Hast du mich angelogen?«

Es ist wirklich schwierig, nach dem, womit ich mich gerade beschäftigt habe, wieder in Dads Welt anzukommen, und ich verstehe nicht, warum er so *sauer* ist. Ich könnte ihm sagen, dass ich fertig bin, aber dann wäre er bloß verärgert, dass ich nicht zu ihm rausgekommen bin, um zu helfen. Aber diese Idee kommt mir sowieso nicht schnell genug.

»*Ermittlungen zum Rätsel um Olivia Curran?* Das ist doch kein Mathe. Was genau tust du hier eigentlich, verdammt noch mal?«

»Ach nichts«, sage ich und klappe meinen Laptop zu. Ich spüre, wie ich rot anlaufe. »Das ist nur ein Projekt, was ich machen muss. Für … PD.«

Ich weiß nicht, warum ich ihm das sage; es ist wohl einfach das Erste, was mir in den Sinn kommt. Keine gute Ausrede, aber bestimmt immer noch besser, als ihm die Wahrheit zu sagen. Ich mag mir nicht vorstellen, wie sauer er wäre, wenn er wüsste, dass sie tot ist und ich sie hätte retten können.

»PD? Dieser Personal-Development-Schrott? Du nimmst den Fall dieses Mädchens als Projekt für *Personal Development*? Das ist ja abartig.« Wie sich herausstellt, war diese Ausrede doch gar nicht so schlecht, weil Dad immer sauer wird, wenn er von PD hört. Ich glaube, das kommt daher, dass es das zu seiner Zeit in der Schule nicht gab, und er wohl einfach nicht versteht, wofür es nützlich sein soll.

»Lieber Himmel. Das … das ist wirklich nicht in Ordnung.«

Dad scheint das ziemlich aus dem Konzept zu bringen, also mache ich weiter.

»Ja, es geht darum, auf sich aufzupassen und sich vor, na ja, du weißt schon, Pädos und so zu schützen.«

»Pädos?«

»Pädophilen. Menschen, die gern …«

»Ich weiß schon, was ein verdammter Pädophiler ist, Billy«, fällt Dad mir ins Wort.

»Ich bin mir nur nicht so sicher, ob die Schule euch wirklich Projekte über solche Leute geben sollte.« Er hält einen Moment inne und blickt auf den zugeklappten Computer. Dann schaut er mich wieder an.

»Du lügst mich auch bestimmt nicht an, oder, Billy?«

Ich zögere nur eine Sekunde. Vielleicht sollte ich es ihm doch einfach erzählen. Schließlich ist das, was ich hier mache, wirklich nicht für Kinder gedacht. Ich sollte ihm das doch bestimmt sagen können? Dann überkommt mich aber eine weitere Welle von Schuldgefühlen, weil ich zu spät dran war, um Olivia zu retten, und ich schiebe jeglichen Gedanken, es ihm zu erzählen, beiseite. Ich werde es der Polizei erzählen. Dann können die sich weiter darum kümmern. Dad muss es eigentlich nie erfahren. Niemand muss je erfahren, dass ich sie hätte retten können. Ich schüttle den Kopf.

»Nein.«

Für eine kurze Weile ist das einzige hörbare Geräusch Dads Atem – unregelmäßig, weil er immer noch sauer ist. Ich denke bereits, ich hätte es geschafft, aber er lässt nicht locker.

»Dann lass mich mal sehen. Lass mich sehen, woran du gerade gearbeitet hast. Mach den Laptop auf. Sofort.«

Er hat meinen Bluff durchschaut. Ich kann ihn die Details nicht sehen lassen – alles dreht sich um Mr. Foster und darum, wie er sie umgebracht hat. Und jetzt ist es für Ehrlichkeit außerdem eh zu spät. Jetzt wo ich Dad gerade ins Gesicht gelogen habe. Er darf nicht in meinen Computer schauen, aber er lehnt sich über mich und hebt den Laptopdeckel an. Der Bildschirm wacht auf.

Willkommen zurück, Nutzer: Billy Wheatley

Kennwort:

»Was ist dein Passwort, Billy? Gib es ein. Ich will sehen, was du so treibst.«

Ich zögere. Irgendetwas an der Art, wie Dad über mir steht, macht mir wirklich Angst.

»Gib das verdammte Passwort ein, Billy. JETZT SOFORT.«

Seine Stimme ist so laut, dass meine Finger davon auf die Tastatur hüpfen. Aber kurz bevor ich das Wort eintippe, das mir im Kopf herumgeistert, halte ich inne. Alle meine Passwörter sind Variationen zweier Wortstämme, die unterschiedliche Endungen und Ziffern haben, um sie sicherer zu machen. Aber Dad kennt die Stämme nicht. Ich beginne zu tippen.

Passwort ungültig.

»Hm«, sage ich. Und versuche es noch einmal. Ich tippe dasselbe Wort ein zweites Mal ein. Der Computer macht dasselbe Fehlergeräusch, und ich komme immer noch nicht rein.

»Was zum Teufel machst du da, Billy?«

»Ich komm nicht rein. Ich habe neulich Abend das Passwort geändert, und jetzt kann ich mich nicht mehr daran erinnern.«

»So ein *Bullshit* …« Dad schlägt mit seiner Hand auf den kleinen Tisch, sodass die leere Limo-Dose auf den Boden fällt. Ich erstarre und weiß nicht, was ich machen soll. Aus Dads Wut wird Frust. Er weiß nicht recht, was er mir als Nächstes befehlen soll.

»Ich habe es zu Hause aufgeschrieben«, sage ich. »Ich kann den Laptop da noch mal öffnen. Ich ändere meine Passwörter ständig, aus Sicherheitsgründen, und jetzt habe ich es eben vergessen.« Ich tue so, als würde ich es noch einmal versuchen, tippe aber immer noch das falsche Passwort ein, denn – ganz klar – ich habe es ja nicht wirklich vergessen. Das würde mir nie passieren.

»Billy, lügst du mich an? Ist das, was mit dem Mädchen passiert ist, wirklich Thema in PD?«

Mir bleibt nicht viel anderes übrig, als zu nicken.

»Ich schwöre es, Dad.« Er seufzt einmal tief.

»Das ist einfach … Die ganze verdammte Stadt ist wegen dieses Mädchens völlig am Durchdrehen.« Er kratzt sich am Kopf, und ich bemerke, dass er weiße Farbe an den Händen hat. Ein bisschen davon bleibt in seinem Haar kleben. »Das ganze verdammte Land. Sie ist einfach nur schwimmen gegangen. Sie ist ertrunken. Das ist alles. Ich weiß nicht, wieso die Leute es nicht *verdammt noch mal* ruhen lassen können.«

»Soll ich dir beim Streichen helfen?«, frage ich wenig später. Natürlich kann ich jetzt nicht mehr weiter am Computer arbeiten, und wenn ich ihm helfe, vergisst er vielleicht eher, mich später noch mal nach meinen PD-Hausaufgaben zu fragen. Dad seufzt wieder.

»Ja, warum nicht. Ich bin in Haus 6. Du kannst ein bisschen was abschleifen.«

DREISSIG

Es ist schon spät, und Dad schläft. Als wir nach Hause kamen, hat er gar nicht mehr daran gedacht, noch einmal nach meinen Hausaufgaben zu fragen. Ich habe viel für ihn abgeschliffen. Deswegen hat er es vergessen, und mir tun jetzt die Arme weh. Kaum zu Hause musste ich trotzdem noch schnell nach oben rennen und ein paar Hausaufgaben fälschen, die ich ihm hätte zeigen können, falls er sich doch noch daran erinnert hätte. Nur eine kurze Zusammenfassung darüber, dass die Polizei nichts herausgefunden hat. Das meiste habe ich von Wikipedia kopiert. Als ich dann aber nach unten kam, saß Dad auf dem Sofa vor dem laufenden Fernseher, ein geöffnetes Bier vor sich und ein weiteres schon auf der Armlehne des Sessels parat. Also sparte ich mir die Mühe, es noch mal zu erwähnen. Stattdessen ging ich wieder nach oben und machte mit dem weiter, was ich heute Abend wirklich zu tun hatte: die Informationen ordnen, um sie der Polizei zu übergeben.

Ich weiß, wohin ich sie schicken muss. In den Zeitungen sind schon seit Wochen Anzeigen mit der Bitte nach Hinweisen zu ihr abgedruckt, inklusive Telefonnummer und einer E-Mail-Adresse. Da steht, dass man anonym bleiben darf. Aber wenn man einfach eine reguläre E-Mail schickt, ist man ja nicht wirklich anonym, oder? Sie könnten einfach antworten und fragen, wer man ist, oder zumindest die E-Mail-Adresse sehen. Aber ich weiß, wie man das umgehen kann. Man kann sich eine E-Mail-Adresse besorgen, die nicht zurückverfolgt werden kann. Und dann kann man die eigentliche E-Mail auch noch über alle möglichen verschiedenen Länder schicken, wie zum Beispiel Russland und Australien oder auch so komische Länder wie Bolivien und Polen. Wie genau das funktioniert, weiß ich momentan noch nicht. Aber ich habe etwas darüber gelesen und verstehe die Grundlagen.

Folgendes schreibe ich der Polizei:

DRINGEND

Zu Händen von Chief Larry Collins.

Ich schreibe Ihnen, um Ihnen mitzuteilen, dass Olivia Curran tot ist. Sie wurde im Speyside Drive Nr. 16 gefangen gehalten, von Mr. Foster, der als Pädophiler in der ganzen Stadt bekannt ist. Die meiste Zeit war sie im Keller eingesperrt. Aber leider entkam sie letzten Sonntag, also brachte er sie um. Hier ist ein Bild von ihr, wie sie die Vorhänge zuzieht, bevor er sie umgebracht hat.

Hier ist noch ein Bild von ihm, wie er die Leiche in irgendeinem Teppich versteckt und sie mitten in der Nacht aus dem Haus schafft. Es ist leider nicht sehr scharf, weil es im Infrarot-Modus einer Denver WCT-3004 Wildkamera aufgenommen wurde (leider nicht das neueste Modell mit höherer Auflösung).

Ich habe auch gesehen, dass Mr. Foster einen rosa Mädchenrucksack in seinem Haus hat, der wahrscheinlich Olivia gehört. Es tut mir leid, dass ich davon kein Foto habe, weil ich vergessen habe, eins zu machen. Ich nehme aber an, dass Sie ihn im Haus finden werden, wenn sie es durchsuchen.

Ich denke, sie sollten Mr. Foster sofort verhaften, damit er nicht noch andere Mädchen umbringt.

Gezeichnet,

HK

Ich denke darüber nach, als »Anonym« zu unterzeichnen, aber das Wort ist ja doch recht umständlich zu schreiben. Stattdessen nehme ich also nur diese zwei zufällig hingetippten Initialen, hänge die beiden Screenshots an und mache die E-Mail versandfertig. Nach ein wenig mehr Recherche lade ich ein Remailer-Programm aus dem Internet herunter. Dann erstelle ich ein VPN (ein »Virtual Private Network«, falls Sie das noch nie gehört haben) und installiere einen neuen Browser, der IP-Adressen nicht verfolgt. Zum Schluss benutze ich einen Dienst namens Guerrilla Mail, um eine temporäre E-Mail-Adresse zu erstellen, mit der ich unter falschem Namen (Harry King; falls man sie also jemals doch zurückverfolgen sollte, passt das mit meinen Initialen zusammen) ein *dauerhaftes* Gmail-Konto einrichte. Der letzte Schritt wäre nicht unbedingt notwendig gewesen, ich hätte die E-Mail auch einfach direkt von dem Guerrilla-Konto schicken können. Aber mir gefiel das Logo für dieses Konto nicht so sehr. Es war ein Mann mit Bandana und Gewehr. Man fragt sich, warum sie nicht gleich einen Affen genommen haben.

Das war jedenfalls alles viel Arbeit. Jetzt ist es fast Mitternacht, und endlich habe ich unter meiner Nachricht auf »Senden« klicken können. Die Polizei wird sie morgen früh bekommen. Also, eigentlich wird sie sie jetzt gleich bekommen. Auch wenn die Mail um die ganze Welt reist, braucht sie nur ein paar Sekunden länger als eine normale E-Mail. Ich denke aber nicht, dass jetzt um diese Uhrzeit noch jemand da ist. Was ich sagen will, ist, dass die Polizei morgen das Haus von Mr. Foster durchsuchen und ihn verhaften wird.

Es ist so schade, dass ich zu spät dran war, um Olivia zu retten, aber wenigstens geht er ins Gefängnis, und dann kann die Stadt endlich wieder zur Normalität zurückkehren. Und der Strand auch. Ich habe mir schon Sorgen gemacht, dass die Suchteams der Küstenwache mein ganzes Einsiedlerkrebsprojekt platt trampeln. Daran würde ich auch gerne wieder weiterarbeiten. Mir gefällt es, ein Ermittler zu sein, aber ich denke, ich bin lieber Meeresbiologe.

Ich ziehe mich aus und schlüpfe in meinen Pyjama. Während ich mir die Zähne putze, kann ich Dad schnarchen hören. Als ich mich dann ins Bett lege, schwirren mir noch tausend Gedanken im Kopf herum, die mich nicht einschlafen lassen. Aus irgendeinem Grund denke ich wieder über mein Passwort nach. Ich beschließe, dass ich Ihnen doch sage, wie es lautet. Natürlich nicht, damit Sie meine Dateien hacken können, und auch nicht das *ganze* Passwort. Den letzten Teil mit den Sonderzeichen werde ich Ihnen nicht verraten. Der ist sowieso nicht sehr interessant. Ich sage Ihnen nur den Anfang, weil ich das Gefühl habe, wir kennen uns jetzt ja schon recht gut. Und ich habe sonst eigentlich niemanden, mit dem ich reden kann. Aber Sie müssen mir *versprechen*, dass Sie es niemandem weitersagen.

Versprochen, okay?

Der erste Teil von meinem Passwort lautet: **BabyEva.**

EINUNDDREISSIG

ICH SCHAUE mir direkt nach dem Aufstehen die Lokalnachrichten im Fernsehen an, aber wirklich viel verspreche ich mir davon noch nicht. Wahrscheinlich sitzen die Polizisten noch beim Frühstück. Meine E-Mail werden sie noch nicht gelesen haben. Ich versuche also, erst mal nicht mehr daran zu denken, auch wenn das nicht einfach ist.

Dad geht wieder surfen, bei Silverlea, und weil das Wasser niedrig steht, beschließe ich, dass ich in die Höhlen gehen und meine Einsiedlerkrebse zählen kann. Ich sehe zu, dass ich meine ganze Ausrüstung dabei habe, und renne den Strand hoch nach Northend, sobald wir ankommen. Ich habe mein Projekt ein bisschen vernachlässigt. Hoffentlich stört es Dr. Ribald nicht. Wenn sie den Grund dafür wüsste, würde sie es bestimmt verstehen.

Es ist ein wunderschöner Tag, das erste gute Wetter seit langer Zeit. Die Sonne wärmt meinen Rücken, fast wie im Sommer. Ich renne auf dem Teil mit dem festen Sand direkt am Wasser entlang und muss ab und zu abrupt landeinwärts ausweichen, wenn große Wellen auf den Strand spülen. Das macht Spaß, und bis ich in Northend angekommen bin, habe ich aufgehört mich zu fragen, ob die Polizei schon Mr. Fosters Haus durchsucht hat.

Dann ziehe ich meine Schuhe und Socken aus, lege sie auf denselben Felsen wie immer und kremple vorsichtig meine Jeans hoch. Irgendwie will ich gar nicht in die kalten, dunklen Höhlen hineingehen. Es ist so wunderschön hier draußen. Aber ich tue es trotzdem. Ich steige in das kalte, klare Wasser der Gezeitentümpel am Eingang. Sie glitzern in der

Sonne, und ein Schwarm winziger Fische schimmert silbern, als er vor meinem Fuß davonschwimmt. Fast schon will ich versuchen, sie zu fangen. Das erinnert mich an meine Kindheit, als wir nach Silbernuggets gesucht haben. Aber ich bin kein Kind mehr. Ich muss arbeiten.

Vorsichtig wate ich durch den Seetang bis zur Wand der Klippe, wo ein kleines, schwarzes Loch den Eingang zu den Höhlen markiert. Das Wasser ist am Eingang ziemlich tief, und man muss sich ducken. Es ist also ein wenig bedrohlich, aber ich bin schon so oft hier durchgegangen, dass ich jetzt nicht einmal mehr zögere. Ich ducke mich unter dem Felsvorsprung hindurch, gehe mit gebeugtem Rücken weiter und richte mich im Innern der Höhle wieder auf. Vor mir ist alles zunächst pechschwarz. Man könnte meinen, dass niemals ein Lichtstrahl bis hierher reicht, aber in Wahrheit kommt durch den Höhleneingang doch ein bisschen Sonnenlicht hindurch. Langsam gewöhnen sich meine Augen an die Dunkelheit, und die Form der Höhle wird erkennbar. Diese erste Kammer ist fast rund, mit glatten Höckern an den Wänden und der Decke, als wäre der Fels hier drinnen gewachsen. Sie ist etwa so groß wie ein halber Tennisplatz – also, die erste Kammer. Die Höhle zieht sich noch weiter durch das Gestein, aber die Gezeitentümpel tun es nicht. Also muss ich auch nicht so weit hineingehen.

Ich schalte meine UV-Taschenlampe an und leuchte damit auf das Wasser, in dem ich stehe. Wie sonst auch mache ich mir ein wenig Sorgen, dass sie nicht funktioniert, weil sie eben nicht wie eine normale Taschenlampe einen Lichtstrahl aussendet. Nur wenn man etwas anleuchtet, das unter UV-Licht reflektiert, weiß man sicher, dass sie an ist.

Ich richte den Blick wie üblich auf den Grund der Tümpel, aber alles, was ich zunächst sehen kann, sind meine Füße, die im Licht der Taschenlampe blau leuchten. Und dann entdecke ich ein paar Seeanemonen. In diesem Licht sehen sie violett aus, leuchten aber recht dunkel, sodass sie nicht ganz so einfach auszumachen sind. Ich schwenke die Taschenlampe weiter von links nach rechts und versuche, die helleren gelben, roten und grünen Farbtöne der Krebse zu finden.

Ich suche wirklich lange – bis meine Füße kalt und vom Wasser verschrumpelt sind. Aber ich finde nichts. Eine Zeit lang befürchte ich, dass ich *gar* keine von meinen Krebsen finden werde. Das wäre eine Katastrophe. Dann aber leuchte ich mit der Taschenlampe unter einem Felsvorsprung hindurch bis weit in das Höhleninnere hinein, und ein seltsames blaues Licht wird im dunklen Wasser sichtbar. Dort ist es ziemlich tief. Ich muss also meinen ganzen Arm ins Wasser stecken und mein Ärmel wird nass, aber ich hebe den Krebs auf und hole ihn heraus, um ihn mir genauer anzuschauen. Er sieht aus, als wäre es nur ein Gehäuse – die kleinen Scheren und Beinchen hat er fast komplett eingezogen. Ich muss gar nicht die auf das Haus gemalte Nummer 13 sehen, um ihn als einen meiner Lieblingskrebse zu identifizieren. Aus irgendeinem Grund habe ich ihn auf den Namen Gary getauft.

Ich notiere Garys Standort auf einem Notizblock, der um meinen Hals hängt. Dann setze ich ihn wieder an seinen Platz zurück und suche weiter. Schließlich finde ich noch zwei andere Krebse, die Nummer 27 und einen ohne Nummer, weil ich noch nicht dazu gekommen bin, wirklich alle zu markieren. Dann läuft mir die Zeit davon. Das bedeutet, dass jede Menge Krebse verschwunden sind. Ich bleibe noch etwas und versuche sie zu finden, aber heute bin ich aus irgendeinem Grund gar nicht gerne in der Höhle. Lange bevor es wirklich notwendig wäre, ducke ich mich aus der Höhle wieder hinaus ans Tageslicht.

Ich setze mich auf den Felsen, auf dem ich meine Schuhe zurückgelassen habe. Die Sonne wärmt angenehm meine Füße, und ich beschließe, meine Schuhe zusammenzubinden und sie mir über die Schulter zu hängen. Dann sitze ich eine Weile lang nur da und grüble. Drei Krebse von zweihundert ursprünglich von mir bemalten sind nicht sehr viele, und ich frage mich, was da schiefgelaufen sein könnte. Das erste Mal, als ich das Experiment in den Gezeitentümpeln bei Littlelea durchführte, hatte ich das gleiche Problem mit den verschwundenen Krebsen. Ich dachte, meine Idee mit dem UV-Licht wäre die Lösung, aber jetzt bin ich mir da nicht mehr so sicher. Ich frage mich, ob es eine wertvolle wissenschaftliche Erkenntnis ist zu sagen, dass Einsiedlerkrebse viel mobiler sind als gedacht. Sollte ich Dr. Ribald eine E-Mail schreiben? Aber sie hat meine letzte noch gar nicht beantwortet, und ich hatte gehofft, ich könnte ihr erst ein paar konkrete Ergebnisse schicken, bevor ich sie wieder belästige.

Meine Stimmung ist also etwas gedämpft, während ich über den Strand zurücklaufe, um mich wieder mit Dad zu treffen. Aber weil die Sonne noch so schön scheint, spiele ich wieder mein altes Spiel mit dem Wasser, bei dem ich so nah wie möglich herangehe, ohne mich davon nass machen zu lassen. Dann, etwa auf halber Strecke, ändere ich mein Spiel und hüpfe nun in die im Strand übrig gebliebenen Wasserpfützen, die von der Sonne schön aufgewärmt sind. Es ist, als würde man in kleine, sandige Badewannen springen. Und langsam bessert sich meine Laune. Das Problem mit meiner Studie ist, beschließe ich, dass ich ihr nicht die Aufmerksamkeit schenken konnte, die sie braucht. Es ist ziemlich schwierig, eine wissenschaftliche Studie durchzuführen *und* zur Schule zu gehen.

Und wenn dann noch die Jagd auf einen Mörder dazukommt, ist es wirklich kein Wunder, dass die Dinge nicht so gut laufen.

Aber jetzt kann ich mich wieder darauf konzentrieren. Inzwischen wird die Polizei Mr. Foster bestimmt schon geschnappt haben. Und als ich so darüber nachdenke, fällt mir ein, dass ich ja noch meine Kamera aus Mr. Fosters Boot holen muss. Ich freue mich schon darauf, weil bestimmt die ganze Hausdurchsuchung aufgenommen ist. Vielleicht könnte ich die ja auf YouTube stellen. Unter falschem Namen.

Als ich aber nach Hause komme (es ist Sonntag und Dad arbeitet mal nicht) und mir die Lokalnachrichten anschaue, kommt da nichts über eine Durchsuchung. Sie bringen sogar überhaupt gar nichts über den Olivia-Curran-Fall. Auf meinem Computer in meinem Zimmer schaue ich auf allen möglichen Internetseiten nach, die mir einfallen, aber ich kann immer noch nichts finden. Ich denke eine Weile nach und komme dann zu dem Schluss, dass die Informationen wohl die Befehlskette nach oben wandern. So ist das mit wichtigen Hinweisen. Und vielleicht kommen auch erst speziell ausgebildete Polizisten vom Festland. Vielleicht das FBI. Sonntags kommt die Fähre um zwei Uhr nachmittags an, vielleicht schnappen sie ihn also danach?

ZWEIUNDDREISSIG

Es ist jetzt Mittwochabend. Vier Tage, seit ich meine Beweise zur Polizei geschickt habe. Vier Tage, und sie haben *immer noch* nichts unternommen. Was mir Sorgen macht, ist, dass Mr. Foster ganz einfach weitermorden könnte.

Wenn Sie sich Dad und mich jetzt gerade ansehen würden, würden Sie denken, dass wir einfach nur zusammen fernsehen. Tatsächlich aber formt sich gerade eine neue Idee in meinem Kopf. Die Sendung, die wir uns ansehen, ist eine von diesen Late-Night-Shows, in denen sich Erwachsene über Nachrichten und Politik unterhalten. Normalerweise wäre ich jetzt oben im Internet. Aber ich bin enttäuscht, dass ich nichts über die Durchsuchung von Mr. Fosters Haus gefunden habe. Heute Abend wollte ich sehen, ob es vielleicht in der Show ein Update gibt. Gibt es nicht. Aber trotzdem kommt mir dabei eine Idee.

Das Thema ist nicht interessant. Es geht um ein Krankenhaus, in dem Leute sterben – häufiger als sonst, meine ich. Interessant ist aber, *wie* sie auf dieses Thema gekommen sind. Anscheinend war jemand, der in diesem Krankenhaus gearbeitet hat, ein »Whistleblower«. Diese Person hat lange versucht, alle über die schlechten Ärzte zu informieren, aber keiner hat zugehört. Schließlich ist er damit an die Presse gegangen. Dann druckten die Zeitungen einen Artikel darüber, und *dann* wurden die schlechten Ärzte entlarvt. So kamen sie also auch dazu, sich in dieser Sendung darüber zu unterhalten. Und so komme ich zu meiner Idee. Es ist ja genau wie bei mir. Wenn die Polizei Mr. Foster nicht von selbst verhaftet, kann ich sie dazu zwingen, indem ich auch zum Whistleblower werde. Ich kann meine Beweise einfach zur *Island Times* schicken. Die machen dann eine Geschichte daraus, und dann *muss* die Polizei etwas tun.

Zunächst denke ich nicht ernsthaft darüber nach. Mir gefällt nur die Vorstellung davon. Mir gefällt die Vorstellung, überhaupt etwas zu unternehmen. Aber je mehr ich nachdenke, desto mehr bin ich davon überzeugt, dass es das Richtige wäre, es zu tun. Sie müssen das so sehen: Wenn ich der *Island Times nichts* sage und die Polizei *nichts* unternimmt, dann könnte Mr. Foster ganz einfach noch ein anderes Mädchen umbringen. Vielleicht schmiedet er dafür ja schon einen Plan. Einen Fehler habe ich bereits gemacht, und am Ende war Olivia tot. Wenn ich jetzt das Richtige tue, könnte ich das Leben eines anderen Mädchens retten.

Und dann ist da die Frage des Timings. Die *Island Times* kommt einmal pro Woche heraus, am Freitag. Ich habe also nicht viel Zeit, um hier rumzusitzen und darüber nachzudenken. Wenn ich die Fotos jetzt nicht schicke, heute Abend, schaffe ich es nicht mehr in die Ausgabe von dieser Woche. Dann hätte Mr. Foster eine weitere Woche Zeit, um noch ein Mädchen umzubringen.

Je mehr ich darüber nachdenke, desto überzeugter bin ich. Ich *muss* ein Whistleblower sein, und *ich muss es jetzt sofort tun*, noch bevor ich ins Bett gehe. So haben es die Journalisten morgen früh auf dem Tisch, und dann haben sie den ganzen Tag Zeit, es in die Freitagsausgabe der Zeitung zu setzen. Dann muss die Polizei losziehen und Mr. Foster verhaften.

Oben öffne ich meinen Laptop und mache mich an die Arbeit. Aus der Sendung wurde nicht klar, ob es illegal ist, ein Whistleblower zu sein oder nicht, aber ich beschließe, wieder mein neues Harry-King-Gmail-Konto zu benutzen, um anonym zu bleiben. Dann entscheide ich mich, dass es vielleicht doch sicherer ist, mir noch eine andere Adresse einzurichten, damit es nicht dieselbe wie die für die Polizei ist. Bis ich das alles eingerichtet habe und die E-Mail durch fünfzehn verschiedene Länder geleitet habe, ist es schon ziemlich spät. Ich habe also nicht mehr lange, um die eigentliche E-Mail zu schreiben. Ich weiß aber, was ich verschicken muss: Dieselben Bilder, die ich auch der Polizei geschickt habe. Olivia Currans Gesicht am Fenster, und dann das Bild von ihrer Leiche, die aus Mr. Fosters Haus geschleift wird, dessen Gesicht grell weiß erscheint, als wäre er ein Monster.

Kurz bevor ich sie abschicke, zweifle ich einen Moment, ob dies auch wirklich das Richtige ist. Was ist, wenn ich Ärger bekomme? Aber ich rede mir diese Gedanken wieder aus. Ein Whistleblower zu sein ist beängstigend. Das wurde jedenfalls in der Fernsehsendung deutlich. Wenn ich es aber nicht tue, könnte noch jemand sterben.

Mein Finger schwebt über der Taste. Ein Klick, und meine Nachricht fliegt zweimal um die Welt, um dann im Postfach der *Island Times* zu landen. Dann gibt es kein Zurück. Ich kneife die Augen zu und drücke auf die Taste. Als ich die Augen wieder öffne, ist die E-Mail verschickt.

DREIUNDDREISSIG

WEST ERWACHTE zum Prasseln der Regentropfen gegen das Fenster des kleinen, feuchten Apartments, das zu ihrem neuen Zuhause geworden war. Sie war allein in ihrem Doppelbett, eingemummelt in eine Bettdecke und zwei Sofadecken. Solange sie einen Pyjama trug, war es gerade warm genug. Sie stand auf, zog die dünnen Vorhänge über ihrem Bett auf und schaute nach draußen auf die tief hängenden Wolken. Dicke Regentropfen liefen am Fenster herab, und dahinter verschwammen die Häuser, die ihr die Sicht auf das Meer versperrten.

Sie stolperte in die Duschkabine, wo sie sich die Ellbogen an den Seiten anstieß und fast die dünnen Plastikwände eindellte. Aus dem Duschkopf tröpfelte nur ein dünnes Rinnsal heraus, das sie sich über ihre Hand laufen ließ, bis es so heiß war, wie es je werden würde. Sie zog eine Grimasse und stieg ein.

So schnell wie möglich wusch sie sich die Haare. Als sie das Shampoo einmassierte, hörte sie das Plätschern der Dusche nebenan. Dann wurde drüben die Tür der Duschkabine geschlossen, und das Wasser prasselte in eine identische Plastikwanne. Und dann, irritierend deutlich – erklang ein fröhliches Pfeifen.

Das war neu, diese morgendliche Beschwingtheit von nebenan. Sie legte den Kopf schief und überlegte kurz, was das wohl zu bedeuten hatte. Sie war nur ein paarmal in Rogers' Apartment gewesen, aber das hatte schon gereicht, um zu wissen, dass es für den anstehenden Winter genauso ungeeignet war wie ihres. Und mit den Ermittlungen waren sie auch nicht wirklich weitergekommen. Die Currans hatten ihr Versprechen gehalten und erst zwei Tage zuvor ihre siebte Runde an Anzeigen geschaltet. Aber dabei war bisher nur heiße Luft herausgekommen – nichts Hilfreiches. Das erklärte also nicht, warum Rogers so gut drauf war. Sie wusch sich das Shampoo aus dem Haar.

Er war schon okay, dieser Rogers. Er hatte ihre gemeinsame Nacht nicht mehr erwähnt, weder ihr gegenüber noch – was viel wichtiger war – irgendjemand anderem gegenüber. Und sie waren beide schnell wieder zu ihrer kollegialen Beziehung zurückgekehrt, die sie auch vorher schon gehabt hatten. Meistens konnte sie vergessen, dass sie eine durchzechte Nacht miteinander verbracht hatten, wenn sie ihn ansah. Und wenn sie es nicht konnte, fühlte es sich eigentlich ganz gut an. Es gehörte jetzt der Vergangenheit an, aber bereuen tat sie es auch nicht wirklich. Das bedeutete aber nicht, dass seine gute Stimmung sie nicht irritierte.

Als sie sich angezogen und ihre Sachen zusammengepackt hatte, fand sie Detective Rogers beim Entspannen auf dem Plastikliegestuhl auf ihrer kleinen Veranda vor. Er sah dem Regen zu, der vom Dach über ihm herabtröpfelte, und rauchte seine erste Zigarette des Tages. Er begrüßte sie mit einem schnellen Anheben der Augenbrauen und drückte dann seine Zigarette aus.

»Morgen«, sagte er. »Bereit für den Tag?« West fiel auf, wie munter seine Stimme klang, und sie versuchte herauszufinden, was an ihrem Partner heute so anders war. Er stand auf. Die Schlüssel lagen auf dem Tisch neben ihm.

»Willst du heute Morgen fahren?«, fragte er, als er ihren Blick bemerkte. Rogers fragte sonst nie, ob sie fahren wollte.

Wests erste Aufgabe am Tag bestand darin, den Postsack von Sergeant Wiggins abzuholen. Er war eine Frohnatur und zählte mit Vorliebe jeden Morgen die Briefe durch. Da Rogers und sie an den Wochenenden nicht arbeiteten, waren die Montage immer am schlimmsten. Heute war ein Montag.

»Heute nur zwölf. Es wird definitiv schon weniger«, sagte Wiggins. Und das stimmte. Trotz Joseph und Susan Currans letzter Runde an Zeitungsanzeigen und des Auftritts in einer beliebten Talkshow ließ das öffentliche Interesse am Fall ihrer Tochter langsam nach. West bedankte sich bei Wiggins und trug den Postsack zu ihrem Schreibtisch, wo sie erst zwei Kaffeebecher abräumte, bevor sie sich hinsetzte. Rogers saß ihr bereits gegenüber und schaute stirnrunzelnd auf seinen Bildschirm.

West riss den Klettverschluss des Postsacks auf und zog die Briefe heraus.

»Wie viele sind es heute?«, fragte Rogers.

»Zwölf. Bei dir?«

Er fuhr mit dem Finger den Bildschirm entlang und zählte im Kopf.

»Siebenundzwanzig«, sagte er schließlich. Er schaute nicht vom Bildschirm auf, und sie erwartete auch nicht, dass er noch irgendetwas sagen würde. Aber seine gute Stimmung von heute früh machte ihn offenbar etwas geselliger. Er lehnte sich in seinem Stuhl zurück und fuhr fort.

»Es ist unglaublich, oder? Selbst jetzt, zwei Monate nach ihrem Verschwinden, haben wir hier noch siebenundzwanzig Verrückte, die uns e-mailen, dass sie Olivia Curran gesehen haben. Ich meine, es ist doch klar, dass sie nicht sie gesehen haben, sondern bloß irgendein Teenager-Mädchen, das so ähnlich aussah wie sie.« Er warf einen Blick auf ihren Stapel Briefe und sah dann West an. »Denkst du immer noch, es hat sich gelohnt, hierzubleiben?«

Sie biss sich auf die Lippe, bevor sie antwortete.

»Es gibt immer noch eine Chance.«

Sie hatten ein einfaches Screening-System entwickelt. Grün bedeutete, dass der Hinweis kaum glaubwürdig war. Sie steckten dann gerade so viel Arbeit hinein, dass sie den Status als unbrauchbar bestätigen konnten, um ihn dann auszurangieren und zu vergessen. Fast alle Hinweise, die reinkamen, waren grün.

Gelegentlich war einer dabei, der orangefarben markiert wurde. Orange bedeutete, dass es vielleicht einen mageren Grund gab, dass die Information glaubwürdig sein *könnte*. Orangefarbene Hinweise wurden für eine weitere Untersuchung vorgesehen, aber sie landeten dafür in einer Warteschlange. Eventuell musste ein orangefarben markierter Hinweis telefonisch überprüft und dadurch verifiziert – oder eher falsifiziert – werden. Manchmal, wenn sie wirklich Glück hatten, mussten sie für einen orangefarbenen Hinweis sogar das Büro verlassen. Echte Detektivarbeit, wie Rogers es nannte. Meistens aber konnten die orangefarbenen Hinweise recht schnell auf grün heruntergestuft werden.

Und dann gab es da noch die roten Hinweise. Besser gesagt, es gab die hypothetische Möglichkeit, dass rote Hinweise existieren könnten. Ein roter Hinweis – falls ein solcher denn jemals eintreffen würde – wäre einer mit Informationen, die offensichtlich glaubwürdig waren oder die Ermittlungen direkt vorantreiben würden. Aber auch nach fast einmonatiger Suche war noch immer kein roter Hinweis eingegangen. Niemand auf der Polizeiwache glaubte wirklich daran, dass jetzt noch einer auftauchen würde. Es war einfach zu viel Zeit vergangen. Außer West. Auch nach all dieser Zeit gab sie die Hoffnung nicht auf, dass sie, wenn sie einen Brief oder eine E-Mail öffnete oder eine Nachricht auf dem Anrufbeantworter abhörte, doch noch auf eine echte Spur geführt würden. Rogers zog sie deswegen gern ein wenig auf, aber er tat es mit einem gewissen Respekt für ihre Hingabe.

Der erste Umschlag, den West öffnete, enthielt nur eine handgeschriebene Notiz auf einem Blatt Papier mit dem Wasserzeichen des *City Garden Grand Hotel*. Die krakelige schwarze Schrift war erst schwer zu lesen, aber nach kurzer Zeit konnte West die Worte entziffern. Ein anonymer Absender behauptete, er hätte Olivia Curran in einem Freibad in Manila auf den Philippinen gesehen. Details waren keine angegeben, nicht einmal das Datum, an dem sie gesehen worden sein sollte. Wests Bauchgefühl sagte ihr, dass dieser Hinweis wertlos war, aber sie tippte dennoch an ihrem PC »Manila« in die Suchleiste der Ermittlungsdatenbank. Keine Ergebnisse. Sie versuchte es mit »Philippinen«, dann »City Garden Grand Hotel«, mit ähnlichem Erfolg. Sie versuchte es auch mit verschiedenen falsch geschriebenen Versionen, so wie manche Leute es möglicherweise falsch tippen könnten. Nichts. Auf den Philippinen war Olivia Curran bisher nicht gesehen worden.

Aus einer Laune heraus tippte sie »Schwimmbad« ein, und fünf Einträge wurden gefunden. Fünf andere Leute glaubten, dass sie das verschwundene Mädchen in einem Schwimmbad gesehen hätten. Drei in den Vereinigten Staaten, einer in Argentinien und einer in Frankreich. Zufrieden klickte sie auf die Schaltfläche für das Erstellen eines neuen Eintrags. Sie scannte den Brief ein, fügte die digitale Version davon an den Eintrag an und legte dann das Original in der Tagesakte ab – falls es doch irgendwann noch einmal benötigt werden würde, wäre es anhand des Datums zu finden. Sie tippte die Einzelheiten der »Sichtung« ab, fügte die Suchbegriffe »Manila«, »Philippinen« und »Schwimmbad« hinzu und markierte den Eintrag als grün. Dann nahm sie sich den nächsten Umschlag vor.

Drei Stunden vergingen.

»Wie läuft's bei dir? Ich kriege langsam Hunger.« Rogers' Stimme unterbrach ihre Arbeit.

Sie blätterte durch die restlichen Umschläge. »Ich habe noch drei übrig. Die würde ich gerne noch vor der Mittagspause fertig machen«, sagte sie und nahm an, dass er sie in Ruhe weiterarbeiten lassen würde. Tat er aber nicht.

»Ich habe zwei weitere Sichtungen in Paris.«

»Paris?«, fragte sie. Sie dachte nach. Paris war doch schon mal vorgekommen, gab es da nicht ... irgendetwas?

»Ja, aber freu dich nicht zu früh. Die sind nutzlos. Beide haben Fotos
gemacht. Falsches Alter, falsche Körpergröße. Eine war fett. Wie soll sie
denn in zwei Monaten so fett werden? Denken die, sie hätte sich oben im
Eiffelturm versteckt und die ganze Zeit Croissants gefuttert?«

»Ja, aber Frankreich ...«, sagte West und versuchte sich zu erinnern.
»Vor ein paar Tagen hatte ich auch ein paar Hinweise aus Frankreich.« Sie
schaute nachdenklich.

»Und du fragst dich immer noch, ob das wirklich Zufall sein kann? Ist
es nicht. Ich sag dir, was es ist.« Rogers lehnte sich nach vorn.

»Wir haben hier 320 Millionen Amerikaner, die wissen, dass dieses
Mädchen verschwunden ist, und denken, das wäre so tragisch, weil sie
hübsch ist. Und dann, wenn diese Leute in den Urlaub fahren, was sie
manchmal ja tun, dann schauen sie nicht mehr bloß auf den Boden,
sondern nehmen zur Abwechslung mal ihre Umgebung wahr. Und dann
bemerken sie plötzlich, dass da noch andere Leute sind. Darunter auch
hübsche Mädchen, die ein bisschen wie Olivia Curran aussehen. Glaub
mir. Das ist der Grund, warum ständig so was aus Frankreich kommt.
Viele Amerikaner fahren zu dieser Jahreszeit nach Europa in den Urlaub.«

West hatte diese Theorie schon öfter von Rogers gehört, aber er
schmückte sie jedes Mal ein bisschen mehr aus. Sie musste zugeben, dass
die Beweise, die sie ansammelten, darauf zu passen schienen.

»Ich dachte, du wolltest im Frühjahr auch nach Paris reisen?«, fragte
sie, aber er ignorierte sie. Da sie nun schon abgelenkt war, fragte sie noch
etwas.

»Egal. Warum hast du eigentlich heute Morgen in der Dusche gepfiffen? Ist deine nicht kalt?«

Er schaute auf und tat so, als wäre er überrascht, konnte sich aber ein
Grinsen nicht verkneifen.

»*Kalt?*«

»Ja.«

»Nein.«

»Wie meinst du das – ›*nein*‹?«

»Ich meine, sie ist nicht kalt. Also, jedenfalls nicht mehr. Ich habe
Tommys Bruder darum gebeten, sich das mal anzuschauen. Er ist Klemp-
ner. Wenn überhaupt, ist sie jetzt eher zu heiß.« Er tat so, als würde er sich
fast an heißem Wasser verbrühen.

»Tommy? Wer ist Tommy?«

»Tommy! Du weißt doch, der schlaksige Typ von der Streife. Wir waren neulich in der Bar, und ich habe mich über die Dusche beschwert. Er hat gesagt, sein Bruder könnte sich das Problem mal für mich anschauen.«

West dachte einen Moment lang nach und fühlte sich etwas übergangen, weil niemand sie eingeladen hatte. Allerdings bemühte sie sich auch nicht wirklich mit den Jungs.

»Du hast ihm nicht gesagt, dass er sich meine auch mal anschauen soll?«

»Ich wusste nicht, dass deine kalt ist.« Rogers verzog das Gesicht so, als wäre das offensichtlich gewesen. »Habe ich echt gepfiffen?«

Sie ignorierte das.

»Hast du die Telefonnummer von dem Typ?«

»Nein.« Rogers zuckte mit den Achseln. »Du hast mich *gehört*? Du hast mich in der Dusche belauscht?«

»Nein, ich habe dich nicht belauscht. Ich war zur selben Zeit am Duschen und habe da eben gehört, dass du am Pfeifen warst.«

»Hast du deinen Zahnputzbecher an die Wand gehalten, um besser zu hören?«

»Jetzt red keinen Stuss.«

Rogers grinste sie an.

West schüttelte den Kopf und schaute weg.

»Los, komm«, sagte Rogers.

»Los komm wohin?«

»Es ist Zeit fürs Mittagessen. Mir knurrt der Magen.«

VIERUNDDREISSIG

DIESMAL FUHR ROGERS DEN WAGEN, auch wenn das Diner nur ein paar Minuten zu Fuß entfernt war. Sie saßen an ihrem Stammplatz, und Rogers kaute sich genussvoll durch sein übliches Putensandwich. West beobachtete ihn. Sie war nicht hungrig genug für die von ihr bestellte Hühnersuppe.

»Kann ich dich was fragen?«, sagte West nach einer Weile.

»Keine Ahnung. Kannst du?«, fragte Rogers zurück, ohne zu ihr aufzuschauen. West war seinen Sarkasmus gewöhnt und hörte ihn kaum.

»Wenn du dir so sicher bist, dass wir hier unsere Zeit vergeuden, warum bist du dann geblieben?«

Rogers antwortete zunächst nicht. Er nahm seine Papierserviette und wischte sich das Fett vom Mund, faltete sie dann und steckte sie unter den Rand seines Tellers. Er schaute West an.

»Wer behauptet, wir vergeudeten unsere Zeit?«

»Du. Die ganze Zeit. Du beschwerst dich darüber, dass alle Hinweise nur Müll sind.«

»Sind sie ja auch.«

»Warum bist du also noch hier?«

Rogers zuckte mit den Achseln.

»Das habe ich dir doch erzählt.«

»Wann?« West runzelte die Stirn.

»An dem Abend.« Er blickte sie kurz an und schaute dann weg. Schnell redete er weiter.

»Ich hab dir doch erzählt, dass ich es nicht eilig habe, nach Hause zurückzukommen und mich wieder mit meiner Ex-Frau rumzuärgern.« Einen Moment lang sah er nachdenklich aus. »Und vielleicht habe ich etwas von dir gelernt.«

»Was denn?«

»Ich weiß nicht. Nicht aufzugeben vielleicht? Dass es immer eine Chance gibt? Du scheinst jedenfalls daran zu glauben.«

West legte die Stirn in Falten, und Rogers musste lachen.

»Wird dir endlich auch klar, dass Ermittlungsarbeit gar nicht so glamourös ist? Nicht wie im Film. Datenbanken füttern und hoffen, dass man die Nadel im Heuhaufen findet. *Das* ist der Job. Und der ist überall der gleiche, egal ob hier oder daheim in New York. Und hier kann man wenigstens erholsame Spaziergänge am Strand machen.« Er lächelte. Sie wussten beide, dass er bisher noch keinen einzigen Spaziergang am Strand unternommen hatte.

»Im Ernst. Ich bin kein komplizierter Typ. Mir gefällt es hier. Ich mag die Leute. Es ist eine schöne Abwechslung zur Stadt. Und meine Ex-Frau ist meilenweit entfernt.«

»Du glaubst also nicht, dass es irgendeine Chance gibt, den Fall zu lösen?«

Er nahm sich einen Zahnstocher und schabte in einer Zahnlücke herum. »Das hängt davon ab, ob es überhaupt einen Fall zu lösen gibt.« West schaute weg.

»Was ist mit dir? Wirst du mir je erzählen, warum du noch hiergeblieben bist?«

Die Frage überraschte sie.

»Was meinst du?«

»Damals am Strand hattest du angefangen, mir irgendetwas zu erzählen. Aber dann hast du komplett dichtgemacht.«

Sie spürte, dass sie leicht rot anlief.

»Nein, habe ich nicht.«

»Doch, hast du. Du hast erzählt, dass du kurz davor warst, Profischwimmerin zu werden. Aber dann hast du aufgehört und bist zur Polizei gegangen. Das ist nicht unbedingt ein naheliegender Karrierewechsel. Und dann bist du außerdem noch eine der entschlossensten Personen, die ich je getroffen habe. Da muss also etwas dahinterstecken.«

West war kurz davor, ihm zu sagen, dass er falschliege. Aber schließlich war sie es ja gewesen, die mit dieser Aussprache angefangen hatte. Es schien also nur fair, auch ihren Teil beizutragen.

»Raus damit«, sagte Rogers, der immer noch in seinen Zähnen herumstocherte.

»Na gut«, gab West langsam nach. »Wenn du es wirklich wissen willst. Es passierte, als ich neunzehn war. Ich war ziemlich erfolgreich. Ich nahm an den nationalen Meisterschaften teil. In dem Jahr fanden sie in Florida statt. Wir sind dort geschwommen ...« West hielt inne und senkte ihren Blick für einen Moment auf den Tisch. Rogers kniff die Augen zusammen, ließ ihr aber Zeit.

»Ich war mit meiner besten Freundin da, Sarah. Wir sind zusammen aufgewachsen. Also, wirklich, wir waren nie getrennt. Niemals. Wir sind auf dieselbe Schule gegangen. Wir sind beide zum Schwimmen gegangen. Wir haben uns immer gegenseitig angespornt. Wir waren uns ... nah. Sehr nah.«

Rogers wartete.

»Sarah Donaldson. Sagt dir der Name was?«

»Sollte er?«

»Vielleicht. Hätte sein können. Sie hätte unter Garantie in Peking eine Medaille geholt.« Plötzlich brach West ab. Es gab keinen Grund, weshalb sie die Geschichte erzählen sollte, mit der sie gerade begonnen hatte. Es war einfach nur schmerzhaft.

»Hätte sein können? Was ist passiert?«, hakte Rogers nach.

West sagte lange nichts. Sie überlegte, ob sie ihn wieder abspeisen sollte. Aber ihr war auch klar, dass er jetzt, nachdem sie schon angefangen hatte, nicht mehr lockerlassen würde.

»Wir teilten uns damals ein Zimmer. Das haben Sarah und ich immer so gemacht. Am Abend vor dem Wettkampf war sie rastlos, total energiegeladen. Sie war vor einem Wettschwimmen immer so. Normalerweise wäre sie ins Fitnessstudio oder so gegangen, um sich auszupowern. Aber dieses Hotel hatte kein Fitnessstudio. Also entschloss sie sich, joggen zu gehen. Sie hat mich gefragt, ob ich mitkommen will, aber ich habe mich vor Wettkämpfen lieber ausgeruht.« West schaute an die Decke des Diners, als würde die Geschichte sie immer noch schmerzen. Dann sah sie erneut Rogers an und erzählte weiter.

»Es war nicht spät oder so. Das Hotel lag in einer guten Gegend der Stadt. Es gab keinen Grund, sich Sorgen zu machen. Keinen Grund, es sich anders zu überlegen. Aber als sie nach einer Stunde nicht wieder da war, fing ich an, mir Sorgen zu machen. Ich sagte meinem Coach Bescheid. Wir haben gemeinsam auf sie gewartet. Und als sie um Mitternacht immer noch nicht zurück war, haben wir die Polizei gerufen.

Ich werde diese Nacht nie vergessen. Keiner konnte schlafen. Wir warteten die ganze Zeit. Beteten, dass sie wieder durch die Tür kommen würde. Und dass alles wieder normal wäre.« West machte eine lange Pause. Rogers ließ ihr Zeit.

»Wurde es aber nicht. Ihre Leiche wurde am nächsten Tag gefunden. In einem Park, hinter irgendwelchen Büschen. Der Typ – das Monster – hatte sie vergewaltigt und dann erwürgt.« Die letzten Worte brachte West nur mit brüchiger Stimme hervor.

»Haben sie ihn geschnappt?«, fragte Rogers nach einer Weile.

West nickte. »Nicht gleich. Ein paar Jahre später haben sie ihn gefunden. Ein Verkehrspolizist hat ihn auf frischer Tat ertappt. Aber in der Zwischenzeit hatte er es noch vier Mal getan.«

»Großer Gott.«

»Es war aber nicht nur das«, sagte West einen Moment später. »Sarah ist nicht direkt der Grund, warum ich zur Polizei gegangen bin. Das wäre … zu einfach. Aber dann wieder … könnte man sagen, dass ich danach nie mehr mit der gleichen Konzentration bei der Sache war. Ich habe mein Potenzial nie ausgeschöpft.« Sie zuckte mit den Achseln. »Aber das ist ja auch egal.«

Diesmal sah Rogers verwirrt aus.

»Schwimmen. Ich habe mich nicht qualifiziert. Meine Zeiten haben sich drastisch verschlechtert. Irgendwann haben sie mich aus dem Team geworfen. Danach hatte es einfach keinen Stellenwert mehr.«

»Scheiße«, sagte Rogers.

»Was ist mit dir?«, fragte West und versuchte, ihre Stimme wieder heiterer klingen zu lassen. »Warum bist du zur Polizei gegangen?«

»Mein Vater war ein Cop. Mein Großvater auch. Als Kind hatte ich nicht viel Fantasie.«

»Guter Grund. Besser als meiner«, sagte West.

»Oh Mann, Jessica, es tut mir wirklich leid. Ich hätte dich nicht so aufziehen sollen. Dass du so entschlossen bist. Du hast ja allen Grund dazu.«

Sie lächelte ihn kurz an und atmete tief durch.

»Willst du weitermachen? Wollen wir weiter nach der Nadel suchen?«, fragte Rogers, und West nickte.

FÜNFUNDDREISSIG

SIE FANDEN die E-Mail gleich nach dem Mittagessen. West arbeitete sich noch durch ihre letzten Hinweise und schaute dann auf, um Rogers ihre Hilfe anzubieten. Sie musste jedoch warten, weil Rogers Kaffee holen gegangen war. Im Flur stand ein Kaffeeautomat, mit dem ihn eine Art Hassliebe verband. Er kam zurück und stellte einen Pappbecher vor West auf den Tisch.

»Wie viele verdammte Hemden muss ich mir noch ruinieren, bis ich endlich mit dieser Maschine klarkomme?«

West lächelte ihn mitfühlend an und nahm ihr Getränk. »Ich bin jetzt fertig hier«, sagte sie. »Soll ich dir bei deinen helfen?«

»Gerne.«

Sie zog ihren Stuhl um die zwei Schreibtische herum, sodass sie mit auf seinen Bildschirm schauen konnte. Rogers war noch immer mit seinem Hemd beschäftigt, also klickte sie auf die nächste E-Mail und begann, sie ihm laut vorzulesen.

»Okay. Los geht's. Dringend, in Großbuchstaben geschrieben. *Zu Händen von Chief Larry Collins.* Ja nee, ist klar. Als ob er das hier persönlich lesen würde. *Ich schreibe Ihnen, um Ihnen mitzuteilen, dass Olivia Curran tot ist. Sie wurde im Speyside Drive Nr. 16 gefangen gehalten ...*« Plötzlich blieben ihre Hände still und sie las leise weiter. Rogers erstarrte neben ihr.

»Shit. Ollie, was ist das denn?«

Der Text der E-Mail füllte die obere Hälfte des Bildschirms aus, ein Bild den Großteil der unteren. Es war zu dunkel, um gleich erkennen zu können, was darauf zu sehen war, aber es sah unheimlich aus. Die beiden schauten es sich näher an. Es zeigte einen Mann, der einen Teppich aus einem Bungalow schleppte, und das, wie es aussah, mitten in der Nacht. Das Bild war von einer Infrarotkamera aufgenommen worden.

»Was zur Hölle ist das?«, fragte Rogers und beugte sich näher heran. Beide lasen den Rest der E-Mail.

DRINGEND

Zu Händen von Chief Larry Collins.

Ich schreibe Ihnen, um Ihnen mitzuteilen, dass Olivia Curran tot ist. Sie wurde im Speyside Drive Nr. 16 gefangen gehalten, von Mr. Foster, der als Pädophiler in der ganzen Stadt bekannt ist. Die meiste Zeit war sie im Keller eingesperrt. Aber leider entkam sie letzten Sonntag, also brachte er sie um. Hier ist ein Bild von ihr, wie sie die Vorhänge zuzieht, bevor er sie umgebracht hat.

Hier ist noch ein Bild von ihm, wie er die Leiche in irgendeinem Teppich versteckt und sie mitten in der Nacht aus dem Haus schafft. Es ist leider nicht sehr scharf, weil es im Infrarot-Modus einer Denver WCT-3004 Wildkamera aufgenommen wurde (leider nicht das neueste Modell mit höherer Auflösung).

Ich habe auch gesehen, dass Mr. Foster einen rosa Mädchenrucksack in seinem Haus hat, der wahrscheinlich Olivia gehört. Es tut mir leid, dass ich davon kein Foto habe, weil ich vergessen habe, eins zu machen. Ich nehme aber an, dass Sie ihn im Haus finden werden, wenn sie es durchsuchen.

Ich denke, sie sollten Mr. Foster sofort verhaften, damit er nicht noch andere Mädchen umbringt.

Gezeichnet,

HK

»Scroll runter«, sagte West, und als Rogers das tat, erschien ein zweites Bild. Das Gesicht eines Mädchens an einem Fenster, diesmal bei Tageslicht aufgenommen, aber im selben Bungalow.

»Lieber Himmel!« Rogers verschüttete noch mehr von seinem Kaffee. »Ist sie das? Ist das Olivia Curran?«

SECHSUNDDREISSIG

»WIR SOLLTEN SO WAS ÖFTER MACHEN«, sagte die Frau, den Kopf an die Schulter des Mannes gelegt. Sie war Ende dreißig, er Anfang vierzig. Ihr Haaransatz zeigte das erste Grau, und er war nicht mehr so schlank und fit wie damals, als sie sich kennengelernt hatten, sondern hatte einen kleinen Bauch angesetzt. Ihre Töchter, jetzt vier und sechs Jahre alt, rannten auf den Strand und ließen sich von dem kalten Wetter nicht beeindrucken.

»Es tut gut, mal rauszukommen«, sagte er und ließ ihren Kopf eine Weile dort ruhen. »Wir müssen alle ab und zu mal abschalten.«

Die Mädchen hatten sich wirklich bemüht auf der Fahrt, aber drei Stunden im Auto und dann noch zwei auf der Fähre waren lang gewesen. Jetzt waren sie wie wilde Tiere, die nach Monaten der Gefangenschaft wieder in die Wildnis entlassen wurden. Sie rannten erst dahin, dann dorthin, bückten sich nach Kieseln und buddelten mit den Händen Löcher in den Sand.

»Und, was möchtest du machen?«, fragte die Frau. Der Mann beobachtete eine Weile seine Kinder, bevor er antwortete. »Ich denke, wir sollten sie sich richtig auspowern lassen und sie dann früh ins Bett stecken«, sagte er schließlich. Sie hob den Kopf, um ihm ins Gesicht schauen zu können.

»Ach ja?« Neugierig hob sie eine Augenbraue an. »Und warum genau sollten wir das tun?«

»Immer langsam. Ich rede von einem schönen Essen im Hotelrestaurant mit einer guten Flasche Wein. Was danach passiert, lasse ich offen.«

Sie lächelte und sprach kurz darauf erneut.

»Wann war das letzte Mal, dass wir zusammen essen gegangen sind?«

»Oh, vielleicht vor zehn Jahren. Oder mehr. Los, komm.« Er stand auf und schritt über den Sand zu seinen Töchtern. »Wer hat Lust auf einen Wettstreit? Wer kann mir drei verschiedene Muscheln finden? Der Gewinner kriegt ein Stück Schokoladenkuchen.«

Es dauerte keine zehn Sekunden, da zeigte das ältere Mädchen ihrem Vater drei verschiedene Muscheln, zwei weiße und eine blaue. Die Jüngere fing bei der Vorstellung, vielleicht keinen Kuchen zu bekommen, fast an zu weinen. Er löste die Situation aber, indem er ihnen eine neue Aufgabe gab.

»Okay, jetzt müsst ihr mir noch sagen, welche *Arten* von Muscheln das sind.«

»Welche Arten von Muscheln?«, fragten die Mädchen verwirrt.

»Ja, ich helfe euch mit der ersten.« Er nahm die blaue Muschel aus der Hand des Mädchens und hielt sie so, dass beide sie sehen konnten. »Das ist die Schale einer Miesmuschel. Wenn sie leben, haben sie zwei davon, etwa so.« Er suchte eine zweite blaue Schale im Sand und hielt beide zusammen.

»Das ist das Haus des kleinen Tiers. Wenn es Hunger kriegt, öffnet es so die Schalen und lässt das Meerwasser herein, aus dem es dann kleine Futterstückchen herausfiltert.«

»Daddy?«

»Ja, Chloe?«

»Was ist das da für eine Muschel?«

Sie hielt eine zweite Schale hoch. Er schaute sie an und war sich unsicher. Dann zog er ein iPhone aus seiner Tasche und begann, auf dem Bildschirm herumzutippen.

»Ich schau mal nach. Ihr könnt so lange noch mehr Muscheln suchen«, sagte er, während er sich mit dem Telefon beschäftigte, und die Mädchen, an solche Unterbrechungen gewöhnt, machten sich davon.

Seine Frau hatte sich auf einen Abschnitt mit Kieselsteinen gesetzt, damit ihre Hose nicht sandig wurde, und beobachtete ihn. Sie war ein wenig enttäuscht, dass er schon so bald wieder sein Telefon zur Hand nahm. Aber es war wahrscheinlich eine geschäftliche E-Mail. Die sollte er doch besser beantworten, damit er sich dann wieder ganz auf die Familie konzentrieren konnte. Es machte ihr Spaß, ihn mit den Mädchen zu beobachten – wenn er denn die Zeit dazu fand.

»Chloe«, rief er.

»Ja?«

»Es ist eine Pantoffelschnecke.« Er zeigte ihr den Bildschirm seines iPhones. »Siehst du? Anscheinend leben sie in großen Ansammlungen wie hier auf dem Bild. Die unterste ist immer ein Weibchen – also das Mädchen –, und die kleinen obendrauf sind die Jungs. Wenn sie stirbt« – er hielt inne und korrigierte sich – »oder einfach aus irgendeinem Grund weggeht, dann wird einer der Jungs das neue Mädchen. Was sagst du dazu? Stell dir das mal vor. Alle Pantoffelschneckenmädchen waren also früher mal Jungs.«

So seltsam diese Tatsache auch sein mochte, Chloe war es gewohnt, dass die Welt keinen Sinn ergab, und so hielt sie nur einen Moment lang ihren Kopf schief, um kurz darüber nachzudenken, dann fragte sie weiter.

»Wo leben die denn?«

Der Mann fragte wieder sein Telefon, konnte aber die Antwort nicht sofort finden. Also riet er: »In den Gezeitentümpeln, denke ich. Passt mal auf. Jetzt machen wir einen richtigen Wettstreit. Wir ziehen alle unsere Schuhe aus, und derjenige mit dem interessantesten Fundstück aus den Gezeitentümpeln gewinnt das Stück Schokokuchen.«

Dieser Vorschlag wurde mit aufgeregtem Geschrei begrüßt. Die Mädchen zogen ihre Schuhe und Socken aus und suchten sich vorsichtig ihren Weg über die Kieselsteine zu den größeren Felsen. Nur die Frau blieb, wo sie war, streckte die Beine aus und ließ sich von der Novembersonne das Gesicht wärmen.

Der Kurzurlaub auf Lornea Island war ihre Idee gewesen. Sie war als Kind ein paarmal hergekommen, und ihr gefiel die Vorstellung, dies auch mit ihren Kindern zu tun. Aber es hatte sich früher nie ergeben. Dann war ein hübsches Hotel mit Hallenbad in ihrem Facebook-Feed aufgetaucht. Es hatte wirklich sehr schön ausgesehen, und als sie auf die Anzeige klickte, sah sie, dass es auf Lornea Island lag. Schon komisch manchmal mit den Zufällen, dachte sie, auch weil Lornea in letzter Zeit andauernd in den Nachrichten war. Also buchte sie es. Ihre einzige Bedingung war, nicht nach Silverlea zu gehen – dem Ort, an dem das arme Mädchen verschwunden war. Stattdessen besuchten sie die andere Seite der Insel mit Blick auf das Festland. Das Meer hier war ruhig und nicht sehr bedrohlich. In der Nebensaison kamen nicht viele Touristen nach Lornea, weshalb das Hotel günstig war. Das Familienzimmer bestand eigentlich aus zwei Zimmern, eines davon hatte ein Stockbett für die Kinder und war vom anderen Zimmer durch eine Tür getrennt. Sie und Peter konnten im Hotelrestaurant essen, während die Mädchen schliefen. Eine seltene Gelegenheit für einen gemeinsamen Abend. Von dem, was danach noch passieren könnte, hatte sie genauso lange geträumt wie er anscheinend auch.

Sie beobachtete die drei, wie sie über die Felsen staksten, an den vielen Tümpeln haltmachten und sich herunterbeugten, um zu sehen, was es wohl darin zu finden gab. Ihr Mann hatte seine Hosenbeine bis zum Knie hochgekrempelt, und ihre jüngere Tochter, Sarah, hatte ihre Leggings sogar komplett ausgezogen. Sie schüttelte frustriert den Kopf, weil das Mädchen sich verkühlen könnte. Aber ihr aufgeregtes Lachen schallte über den ganzen Strand bis zu ihr zurück, also drückte sie ein Auge zu. Sie sog den Duft des Strands in sich ein – das Salz in der Luft und den schlammigen Geruch des Seetangs.

Plötzlich gellte ein Schrei durch die ruhige Atmosphäre. Und anstatt aufzuhören, wie wenn zum Beispiel eines der Mädchen einen großen Krebs entdeckt hätte oder nass geworden wäre, wurde er immer lauter und durchdringender. Panischer.

Die Frau sprang auf und rannte los, ehe sie überhaupt wusste, was sie tat. Sie rannte über den Sand und war bereit, sich auf jede Gefahr zu stürzen, die ihren Mädchen drohte, ohne überhaupt zu wissen, welche das sein könnte. Sie konzentrierte sich auf Chloe, die mitten in einem tiefen Tümpel stand und sich vor Angst zitternd die Hände vors Gesicht hielt. Der Mann rannte ebenfalls zu ihr, so gut es eben ging auf dem unebenen Boden.

»Was ist los?«, rief die Frau, aber keiner antwortete. Das einzige Geräusch war das Schreien. Sie erreichte die Felsen und hielt nicht an, um ihre Schuhe auszuziehen. Sie lief weiter und stolperte direkt in den ersten Tümpel hinein. Sie schaute auf und sah, wie ihr Mann Chloe unter den Achseln packte und sie von dort, wo sie gestanden hatte, zu einem großen, flachen Felsen brachte. Wenig später kam auch die Frau dazu, zu Tode erschrocken von dem Ausdruck auf den Gesichtern ihrer Familie. Ihr Mann hielt Chloe immer noch fest, und sie nahm nun Sarah auf den Arm, während sie immer und immer wieder fragte: »Was ist los? Was ist passiert?«

Das Gesicht ihres Mannes war schreckensbleich. Bevor er antwortete, schaute er einen Moment lang seine Kinder an, so als würde er nicht wollen, dass sie irgendetwas mitkriegten. Allerdings waren es ja sie gewesen, die es gefunden hatten.

»Es sieht aus wie eine Hand. Eine menschliche Hand. Chloe hat in dem Tümpel da drüben eine Hand gefunden.«

SIEBENUNDDREISSIG

Es ist jetzt Freitag, und es steht immer noch nichts in der *Island Times*.

Ich habe heute Morgen im Internet gecheckt. Nichts. Dann, nach dem morgendlichen Durchgehen der Anwesenheitsliste, habe ich mich noch vor dem Unterricht zur Bibliothek hochgeschlichen. Ich musste die Dame einfach fragen, ob die Zeitung von heute schon da war. Sie schaute mich komisch an, denn sie saß an ihrem Tisch und war gerade dabei, sie zu lesen. Ich sagte ihr, dass ich sie für ein Schulprojekt bräuchte. Sie seufzte, ließ mich aber hineinschauen. Schnell überflog ich die ganze Zeitung, aber da war nichts über Olivia Curran. Ich verstehe das nicht.

Jetzt sitze ich im Matheunterricht und versuche mir das alles zu erklären. Es gibt zwei Möglichkeiten. Die erste ist, dass ich die E-Mail nicht korrekt verschickt habe. Immerhin könnte ich das heute Abend direkt nachschauen. Obwohl es ein bisschen komplizierter ist, als nur schnell in den »Gesendet«-Ordner meines geheimen Gmail-Kontos zu gucken. Es hat mehr mit der Nachverfolgung zu tun, um herauszufinden, ob sie vielleicht von irgendeinem der Server im Ausland, durch die ich sie geschickt habe, abgewiesen wurde. Es ist schwierig zu erklären, aber glauben Sie mir ruhig. Die zweite Möglichkeit ist, dass ich die E-Mail zwar korrekt verschickt habe, aber eben zu spät für die *Island Times*, um sie in der Zeitung von dieser Woche noch abzudrucken. Man könnte zwar denken, dass sie das schon irgendwie schaffen würden. Aber eine Sache, die mir an Erwachsenen immer wieder auffällt, ist, dass sie für alles eine *Ewigkeit* brauchen. Auch für wichtige Dinge.

Es ist wie mit der Mathematik. Ich mag Mathe, aber das Zeug, das wir in der Schule durchnehmen, ist so simpel. Heute machen wir Bruchrechnen. Ich konnte schon mit Brüchen rechnen, als ich sechs war. Die Stunde ist erst halb um, und ich habe schon beide Arbeitsblätter fertig. Gerade will ich die Hand heben, um nach weiteren Aufgaben zu fragen, als die Tür zum Klassenzimmer aufgeht.

Ich schaue automatisch auf, nicht wirklich, um zu sehen, wer es ist. Aber bei dem Geräusch schaut man halt hin. Wahrscheinlich bloß einer der Jungs, der von der Toilette wiederkommt. Die tun ständig alle so, als müssten sie dauernd aufs Klo. Ich glaube, die machen sich einen Spaß draus. Aber das ist es nicht. Es ist der Schuldirektor, Mr. Simms. Und er schaut direkt zu mir.

Er flüstert meiner Lehrerin etwas zu. Ich glaube, etwas wie: »Muss Sie kurz sprechen.« Mrs. Walker, meine Lehrerin, geht zur Tür herüber, wo sie im Flüsterton miteinander reden. Dann schaut sie zu *mir* – diesmal bin ich mir absolut sicher. Und hinter ihnen sehe ich noch mehr Personen stehen. Einen Mann und eine Frau. Ich kenne sie nicht.

»Billy«, sagt Mrs. Walker schließlich. Ihre Stimme klingt seltsam. »Kannst du für einen Moment herkommen, bitte?«

Ich bekomme plötzlich Panik. Einige der Kinder in meiner Klasse schauen jetzt zu mir herüber und fragen sich, was ich angestellt habe. Aber ich kann nichts machen. Ich schiebe meinen Stuhl zurück. Er quietscht auf dem Boden und erregt noch mehr Aufmerksamkeit. Auf dem Weg zur Tür spüre ich die Blicke der Klasse auf dem Rücken.

Als ich an der Tür ankomme, legt Mr. Simms mir die Hände auf die Schultern und steuert mich nach draußen auf den Flur. Dann schließt er die Tür zum Klassenzimmer, und dann sind da nur noch er, ich und die beiden Fremden im Korridor. Mr. Simms nickt ihnen zu.

»Billy Wheatley?«, fragt einer der beiden, der Mann. Er ist wirklich groß, mit blonden Haaren auf den Handrücken. »Mein Name ist Detective Rogers, und das ist meine Kollegin, Detective Jessica West. Ich glaube, ihr beide habt euch schon kennengelernt?« Es liegt eine Härte in seiner Stimme, als wäre er sarkastisch.

Ich bemühe mich, meine Panik zu unterdrücken. Detectives? Die Polizei? Tausend Gedanken rasen mir durch den Kopf, während ich versuche herauszufinden, was hier eigentlich vor sich geht. Dann registriere ich, was der Mann gesagt hat, und schaue die Frau an. Ich erkenne sie nicht. Ich verstehe nicht, was hier los ist.

»Hallo, Billy. Ich habe deine Aussage zu Protokoll genommen, damals, als Olivia Curran gerade verschwunden war. Erinnerst du dich?«

Ich starre auf ihr Gesicht. Vielleicht kann ich mich doch ganz vage an sie erinnern. Sie war diejenige, die meinte, meine Beweise seien nicht von Bedeutung. Die nicht so gute Polizistin. Sind sie deswegen jetzt hier? Haben sie endlich begriffen, was sie falsch gemacht haben?

Ich nicke und schaue auf den Boden, warte ab, was als Nächstes passiert.

»Billy«, sagt der Mann. Also der Polizist – seinen Namen habe ich schon wieder vergessen. »Wir würden dir gerne ein paar Fragen zu einer E-Mail stellen, die du an das Lornea Island Police Department und später auch an die Zeitung, die *Island Times,* geschickt hast. Wir würden das gerne auf der Polizeiwache tun. Dein Schuldirektor hat sich bereit erklärt, dich dorthin zu begleiten, bis wir deinen Vater verständigen können und der dann bei dir sein kann. Ist das okay für dich?«

Eine bedrückende Stille legt sich über den Flur. Ich weiß nicht, was mir mehr Angst macht: Der Gedanke, auf die Polizeiwache zu müssen, oder dass Mr. Simms mitkommt. Ich habe noch kein einziges Mal mit ihm gesprochen.

»Muss das sein?«, frage ich mit krächzender Stimme. Die Polizisten schauen einander an.

»Komm schon, Billy. Wir müssen uns nur kurz unterhalten«, sagt die Frau. Sie streckt den Arm aus, als wollte sie mich dazu einladen, mit ihr mitzugehen, und widerwillig setze ich mich in Bewegung.

ACHTUNDDREISSIG

Es ist kein echter Streifenwagen, nur ein roter Ford. Aber sie setzen mich hinein, wie man es aus den Filmen kennt, mit Kopf runterdrücken und so, damit ich ihn mir nicht stoße, obwohl ich schon problemlos in unzählige Autos eingestiegen bin. Die Polizistin nimmt neben mir Platz. Mr. Simms sitzt auf dem Beifahrersitz. Er sagt nichts. Er tut nur so, als wäre er an der Aussicht interessiert.

Wir fahren zur Polizeiwache in Newlea. Sie liegt an der Hauptstraße. Ich bin schon tausendmal mit Dad daran vorbeigefahren, aber reingegangen sind wir noch nie. Wir fahren durch das große, schwarze Tor, und überrascht stelle ich fest, dass dahinter bloß ein kleiner Parkplatz ist. Ich weiß auch nicht warum, aber ich hatte irgendwie mehr erwartet. Dort stehen allerdings jede Menge echter Streifenwagen mit der schwarz-weißen Aufschrift des Lornea Island Police Departments. Der Mann fährt bis zum Ende durch, aber alle Plätze sind besetzt. Also sagt die Polizistin, dass sie mit uns schon mal hineingeht, und er fährt weg, um das Auto woanders zu parken. Mir war nie klar, dass die Polizei das überhaupt machen muss. Ich hatte immer angenommen, sie könne einfach überall parken, wo sie will.

Die Polizistin führt uns in das Gebäude zu einem kleinen Empfangsbereich, wo ein Polizist in Uniform hinter einem großen Schreibtisch sitzt. Die Frau steht neben mir, während er nach meinem Namen und meiner Anschrift fragt und sich meine Antworten notiert. Dann fragt er Mr. Simms nach seinem Namen und seiner Anschrift. Mr. Simms darf sich nicht bloß Mr. Simms nennen, und so finde ich heraus, dass sein Vorname Paul ist. Der Polizist schreibt alles in einem Buch auf – einem echten Buch, nicht in einem Computer. Dann spricht die Polizistin mit Mr. Simms.

»Wir werden jetzt von Billy die Fingerabdrücke nehmen. Damit können wir ihn ausschließen, falls er sie an irgendwelchen Tatorten hinterlassen hat.«

Mr. Simms nickt, als wäre er der Meinung, dass dies eine gute Idee sei, und wir gehen in ein anderes Zimmer. Mein Gehirn arbeitet ziemlich schnell, aber ich verstehe das trotzdem nicht. Warum wollen die meine Fingerabdrücke haben? Glauben sie etwa, ich sei irgendwie in die Sache verwickelt? Denken sie, ich sei Mr. Fosters Komplize? Ich versuche mich daran zu erinnern, was ich alles berührt haben könnte. Da war das Boot, klar, und die Fenster – als ich getestet habe, ob sie verriegelt waren. Warum habe ich bloß keine Handschuhe angezogen? Ich habe doch so viele davon.

»Billy, kommst du bitte mit?« Die Stimme der Polizistin schneidet durch mein Gedankenchaos.

Im Fingerabdruckzimmer steht auch kein Computer. Die Polizistin sagt mir, ich solle meine Ärmel hochkrempeln. Dann drückt sie jeden meiner Finger auf ein Stempelkissen und anschließend auf ein Blatt Papier mit einem kleinen Kästchen für jeden Finger. Das macht sie mit meinen beiden Händen, und dann nimmt sie auch noch Abdrücke von meinen Handflächen.

»Okay Billy, du kannst dir jetzt die Hände waschen.« Sie zeigt auf ein Waschbecken an der gegenüberliegenden Wand, und ich wasche mir sehr gründlich alles ab. Die Tinte an meinen Händen fühlt sich nicht gut an. Damit fühle ich mich irgendwie schuldig.

Dann kommt der Polizist zurück. Er steckt den Kopf durch die Tür. Er muss also einen Parkplatz für das Auto gefunden haben.

»Der Vater ist unterwegs. Wir bringen ihn dann sofort rein.«

Ich werde zu einem Zimmer mit der Aufschrift »Verhörzimmer 4« auf der Tür gebracht, mit einer Glühbirne in einem kleinen Gitter über dem Eingang. Im Moment ist sie aus. Der Raum ist fast leer, nur ein Tisch mit einem altmodischen Tonbandgerät und Stühle stehen darin. Es gibt keine Fenster.

Noch bevor wir uns hinsetzen, spricht der Polizist mit Mr. Simms.

»Vielen Dank, dass Sie mitgekommen sind, Sir. Aber Billys Vater ist auch gerade angekommen, sodass wir Sie jetzt doch nicht mehr benötigen. Ich kümmere mich darum, dass jemand Sie zur Schule zurückfährt.«

Mr. Simms nickt. Ich blicke zu ihm herüber und finde, dass er plötzlich irgendwie enttäuscht aussieht. Dann wird Dad von einem anderen Polizisten ins Zimmer gebracht, und ich kann nicht mehr gut auf Mr. Simms achten, denn Dad ist richtig schlecht drauf. Ich meine, klar ist das hier keine normale Situation, aber Dad ist wirklich wütend.

»Was zum Teufel soll das hier?«, schießt es sofort aus ihm heraus. Dann registriert er den Polizisten, der immer noch in der Tür steht.

»Sie. Was ist hier los? Warum wurde mein Sohn auf die Polizeiwache geschleppt?«

»Er wurde nicht geschleppt, Sir. Er hat sich freiwillig bereit erklärt, einige Fragen zu beantworten.«

»Er wurde nicht festgenommen? Dann können sie ihn auch nicht hierbehalten, er ist eh nur ein Kind. Was auch immer er angestellt hat. Komm, Billy. Wir gehen – *jetzt sofort*.« Dad läuft um den Tisch herum zu mir und will schon meine Hand ergreifen, als der Polizist es schafft, dazwischenzugehen.

»Es wäre uns lieber, wenn Sie dies freiwillig tun«, sagt die Frau. »Aber wenn Sie das ablehnen, können wir Billy auch wegen versuchter Behinderung der Justiz und polizeilicher Ermittlungen verhaften.«

Eine kurze Zeit lang sagt niemand etwas.

Dann redet der Polizist.

»Sir, Sie müssen sich bitte beruhigen. Nehmen Sie Platz.«

Kurz denke ich, dass Dad sich trotzdem an ihm vorbeidrängeln wird. Ich halte den Atem an.

»*Jetzt sofort, Sir.*«

So habe ich Dad noch nie gesehen. Er schaut sich im Raum um, als würde er sich überlegen, ob man vielleicht aus dem Fenster entkommen könnte oder so, und dann starrt er mich einfach nur kopfschüttelnd an. Langsam lässt er sich auf den Stuhl sinken.

Die Polizisten setzen sich auf der anderen Seite des Tisches, gegenüber von uns, ebenfalls hin. Beide atmen aber immer noch schwer. Dann drückt der Polizist ein paar Tasten auf dem Tonbandgerät.

»Für das Band«, sagt er. »Die anwesenden Polizisten sind Detective Oliver Rogers und Detective Jessica West.« Diesmal strenge ich mich an, diese Information nicht zu vergessen. Als er auch unsere Namen genannt hat, schiebt er mir über den Tisch ein Blatt Papier zu.

»Billy. Diese E-Mail wurde am Sonntag, dem 19. November, an Chief Larry Collins vom Lornea Island Police Department verschickt. Kommt sie dir bekannt vor?«

Ich schaue auf das Papier. Es ist ein Ausdruck meiner E-Mail. Darunter sind die beiden Fotos, die ich mitgeschickt hatte. Alles unterzeichnet mit

»HK«. Ich versuche, schnell ein paar Gedanken zu fassen, zu verstehen, warum sie meinen, dass ich sie verschickt hätte. Ob es doch irgendeine Möglichkeit gibt, sie bis zu mir zurückzuverfolgen? Ich bin ziemlich sicher, dass ich die E-Mail korrekt weitergeleitet habe. Ich blicke kurz zu Detective Rogers. Er sieht immer noch wütend aus. Die Frau sieht ein bisschen freundlicher aus. Ich kann mich jetzt besser an sie erinnern. Sie lächelt mich kurz an, als wollte sie mich ermutigen. Aber ich schüttle den Kopf.

»Nein? Du erkennst sie nicht? Bist du dir sicher?« Während Detective Rogers spricht, greift er nach einer durchsichtigen Plastiktüte auf dem Boden. Sie war mir bis jetzt noch gar nicht aufgefallen. Aber als er an dem Ziplock-Verschluss herumfummelt, bekomme ich ein mulmiges Gefühl im Magen.

»Das mit der E-Mail hast du richtig gut hingekriegt, Billy, das muss man dir lassen. Wir haben sie zurückverfolgt, die ganze Strecke über …« Er schaut auf seine Notizen. »Lass mal sehen. Aserbaidschan, Russland, Bulgarien … In Kolumbien haben wir sie dann verloren. Dann haben wir stattdessen Philip Foster besucht, um zu ermitteln, ob er irgendjemanden bemerkt hat, der das Haus beobachtet.« Er fummelt wieder mit der Tüte.

»Und dann haben wir das hier gefunden.« Er zieht meine Kamera aus der Tüte und dreht sie in seinen Händen hin und her. Schließlich hört er auf, damit zu spielen, und das Etikett zeigt jetzt gut sichtbar nach oben. Er hält das Gerät hoch und zeigt es Dad. Ich habe das Etikett für meine Tieraufnahmen aufgeklebt. Falls jemand die Kamera findet und vielleicht denkt, jemand hätte sie verloren. Darauf steht:

Eigentümer: Billy Wheatley
Clifftop Cottage, Littlelea
WICHTIGE WISSENSCHAFTL. ARBEIT
NICHT BERÜHREN!!!

»Bisschen ein Anfängerfehler, meinst du nicht auch?« Er lächelt mich an, aber ich schaue nur auf den Tisch.

»Und dann war da noch diese zweite E-Mail. Bei der hast du dich nicht ganz so sehr angestrengt. Die *Island Times* konnte sie bis nach Venezuela zurückverfolgen, bevor sich die Spur verloren hat. Zum Glück hat der Redakteur eine gute Beziehung zum Chief hier und hat sie dann an ihn weitergeleitet. Wenn die das gedruckt hätten …« Er schüttelt den Kopf und schaut zu Dad. »Wenn die das gedruckt hätten, säßen wir alle heute hier und würden eine ganz andere Unterhaltung führen.« Er sagt eine Weile lang nichts.

»Billy … Schau mich an.« Widerwillig blicke ich auf und nicke schließlich.

»Billy, die Situation ist wirklich sehr ernst. Wir reden hier vielleicht von Jugendgericht, Jugendstrafanstalt. Aber wenn du kooperierst, wird die ganze Sache um einiges einfacher. Also noch mal, hast du diese E-Mail verschickt?«

Diesmal nicke ich.

»Noch einmal für die Tonbandaufnahme, Billy Wheatley nickt.«

»Und diese zweite E-Mail …« Detective Rogers hält ein weiteres Blatt Papier hoch. »An den Redakteur der *Island Times*. Hast du diese E-Mail auch verschickt?« Rogers schiebt sie mir zu, damit ich sie besser sehen kann. Aber das brauche ich gar nicht. Diesmal nicke ich sofort und bin überrascht, als eine Träne vor mir auf den Tisch platscht.

»Ich wollte doch nur helfen«, sage ich. »Ich wollte Olivia Curran finden, weil sonst niemand sie finden konnte. Bloß, als ich sie dann gefunden hatte, war es zu spät, aber das war nicht meine Schuld. Ich war es nicht, ich habe ihm nicht geholfen, sie umzubringen. Sie glauben mir doch, oder?«

»Noch mal, für die Tonbandaufnahme, Billy Wheatley nickt.«

»Ich habe die zweite E-Mail doch nur verschickt, weil Sie nichts unternommen haben. Ich weiß, dass sie zu der Zeit schon tot war, aber er könnte immer noch unterwegs sein und sich ein anderes Mädchen schnappen. Haben Sie ihn denn schon verhaftet? Er könnte jetzt gerade dabei sein, jemanden zu töten …«

»Ist das das verschwundene Mädchen?«, fragt Dad plötzlich. Er schaut perplex auf die E-Mail. »Was zur Hölle geht hier vor, Billy?«

Die zwei Polizisten schauen einander an. Detective Rogers bricht das Schweigen.

»Wenn ich darf, würde ich Ihnen das gerne erklären, Sir. Ihr Sohn hier ist der Meinung, dass Philip Foster etwas mit dem Verschwinden von Olivia Curran zu tun hat. Mit diesen E-Mails hier hat er der Polizei jede Menge unsinnige Arbeit verursacht. Hätte die *Island Times* diese Bilder gedruckt, hätte das jeder aus diesem Fall resultierenden Gerichtsverhandlung erheblich und irreparabel schaden können. Das ist der Grund, warum er heute hier ist.«

»Aber das ist sie doch, oder? Das ist Olivia Curran«, unterbricht ihn Dad. »Wenn er sie finden konnte, ist es doch egal, wie er das geschafft hat, oder?«

Erneut legt sich Stille über den Raum, und ich ergreife die Gelegenheit, sie zu brechen.

»Sie war in diesem Haus. Ich habe sie am Fenster gesehen. Deswegen habe ich die E-Mails verschickt.« Ich schiebe die E-Mails wieder über den

Tisch zurück zu den Polizisten, sodass das Bild von Olivia Curran direkt vor ihnen liegt.

Detective Rogers schaut es nicht einmal an. »Billy. Philip Foster hat eine sechszehn Jahre alte Tochter. Wir haben überprüft und bestätigt, dass das Mädchen am Fenster auf deinem Foto Mr. Fosters Tochter ist. Du hast auch die rosafarbene Tasche erwähnt, die du gesehen hattest. Die gehört auch Mr. Fosters Tochter.«

Ich starre Detective Rogers an und weiß, dass mein Mund offen steht. Aus dem Augenwinkel heraus sehe ich, wie Dad sich das Gesicht reibt.

»Was ist mit dem Keller? Konnten Sie im Keller nichts finden?«

»In dem Haus gibt es keinen Keller, Billy.«

»Hm …« Ich verziehe verwirrt das Gesicht. »Dann eben der Teppich. Was hat er mitten in der Nacht mit dem Teppich gemacht, wenn nicht eine Leiche weggeschafft?«

Detective Rogers seufzt tief und schenkt sich ein Glas Wasser ein.

»Der mysteriöse Teppich.« Er schüttelt den Kopf. »Möchtest du etwas trinken, Billy? Mr. Wheatley?« Er schaut Dad an, der nickt, und dann schenkt er uns auch jeweils ein Glas ein. Als er wieder spricht, richtet er sich mehr an Dad als an mich.

»Das Haus in Silverlea ist Philip Fosters Zweitimmobilie, die er gerade zu einem Ferienhaus umbaut, das er vermieten möchte. Anscheinend wollte er sich um die Gebühren drücken, die er für die Entsorgung des Teppichs auf der Mülldeponie hätte bezahlen müssen.« Er nimmt einen Schluck Wasser.

»Mr. Foster hat also den Teppich mitten in der Nacht zur Mülldeponie gebracht und ihn vor dem Tor abgeladen. Das wurde uns auch von der Mülldeponie bestätigt. Sie haben den Teppich am Morgen, nachdem Ihr Sohn dieses Bild gemacht hat, gefunden. Er wurde von Mitarbeitern hineingetragen, als sie zur Arbeit kamen. Sie sind sich sicher, dass keine Leiche darin eingewickelt war. Außerdem hat ein Team von Polizisten sich durch den Müll gewühlt, um diesen Teppich zu finden.« Er pausiert.

»Durch ziemlich viel Müll. Wir haben ihn schließlich gestern ausfindig machen können. An ihm fanden wir weder Blutspuren noch sonst irgendetwas Verdächtiges.« Rogers wendet sich wieder Dad zu. »Es sieht so aus, als hätte Mr. Foster feuchten Gipskarton darin eingewickelt. Deswegen sah er auf dem Bild, das Ihr Sohn verschickt hat, so schwer aus.«

»Also, Billy, du hast schon irgendwie unsere Aufmerksamkeit auf eine Straftat gelenkt. Aber nur die Straftat der illegalen Müllentsorgung. Nicht Mord. Wir mussten also deswegen zwischenzeitlich Kapazitäten unseres

Fahndungsteams von der Verfolgung gerechtfertigter Hinweise abziehen und auf diese Katz-und-Maus-Jagd ansetzen.«

Eine lange Pause entsteht, während alle das Ganze auf sich wirken lassen. Dann wendet sich Detective Rogers wieder an mich.

»Du hast ziemlich vielen Leuten ziemlich viel Stress bereitet. Und du hast einen Mann beschuldigt, der nichts getan hat.« Detective Rogers lehnt sich zurück und legt die Finger zu einem Dach zusammen. Als Detective West mir dann eine Frage stellt, schaut er etwas genervt.

»Wie bist du denn darauf gekommen, dass er etwas mit dem Fall zu tun haben könnte, Billy? Philip Foster, meine ich.«

Dies ist die erste Frage, die ich tatsächlich beantworten soll, und ich bin nicht darauf vorbereitet. Ich hatte so viele Gründe, aber in meinem Kopf schwirren sie alle wirr umher.

»In der Schule«, sage ich, bevor ich richtig darüber nachgedacht habe. »In der Schule nennen sie ihn einen Pädophilen. Und ich habe ihn in der Nacht am Strand gesehen. Er war beim Angeln. Und er humpelt, wenn er läuft. Irgendwie seltsam.« Das Letzte wollte ich eigentlich gar nicht sagen. Ich schaue auf den Tisch.

West seufzt. Sie blickt zu Rogers hinüber, der den Kopf schüttelt.

»Schau mal, Billy«, sagt sie. »Wir verstehen, dass du helfen wolltest. Du hast das zwar einfach völlig falsch angestellt, aber es ist für uns erkennbar, dass du in guter Absicht gehandelt hast.«

Sie blickt wieder zu Detective Rogers. Er nickt, bevor sie fortfährt.

»Philip Foster war Lehrer. Auf dem Festland. Und nach allem, was man so hört, an einer sehr schwierigen Schule. Es gab da ein Kind, ein vierzehnjähriges Mädchen, das eine Anschuldigung gegen ihn vorbrachte.« Sie pausiert, um kurz durchzuatmen.

»Wir sind dem nachgegangen. Da war nichts. Keine Beweise, keine Zeugen, keine Vorgeschichte in dieser Hinsicht, nichts. Und das betreffende Mädchen hatte den Ruf, sich gern Dinge auszudenken.« Sie schaut zu Dad. »Vielleicht hatte das Mädchen aus irgendeinem Grund einfach etwas gegen ihn? Wir wissen es nicht. Aber es wurden keine Maßnahmen gegen ihn ergriffen. Die Beschwerde wurde nicht aufrechterhalten.«

Sie atmet erneut tief durch, als würde es jetzt schwierig werden.

»Allerdings scheint es so, als wäre der Vater des Mädchens damit nicht zufrieden gewesen. Eines Tages folgte er Philip Foster nach der Schule mit einem Baseballschläger nach Hause. Er schaffte es, ihm das Bein ziemlich schlimm zu zertrümmern, bevor ihn jemand wegziehen konnte. Mr. Foster und seine Frau sind auf die Insel gezogen, um noch einmal neu anzufangen.«

Nun geht Detective Rogers dazwischen. »Aber dann kamst du, Billy.«
Er schaut mich streng an. Gerade will er noch etwas anderes sagen, als
mir etwas einfällt.

»Aber ich habe ihn *gesehen*«, höre ich mich ihn unterbrechen. »Auch
wenn er das auf dem Festland nicht war, ich habe Mr. Foster in der Nacht,
in der Olivia verschwand, *gesehen*. Und seine Anglerlampe am Strand. Er
war allein, am Strand, wo sie verschwunden ist. Im Dunkeln. Wie können
Sie sich also so sicher sein, dass er es nicht war?«

Detective Rogers starrt mich lange an. Dann wühlt er sich durch den
Stapel Papiere vor sich, bis er findet, wonach er gesucht hat.

»Philip Foster *war* an dem Abend am Strand von Silverlea. Er war bis
22:30 Uhr beim Angeln. Dann gab er auf, weil er nichts gefangen hatte.
Zwischen 22:30 Uhr und 23:15 Uhr trank er mit mehreren anderen Gästen
etwas auf der Strandparty. Mit von der Partie war auch ein Brian
Richards.« Rogers schaut kurz zu Dad. »Ich glaube, das ist ein Nachbar
von Ihnen, Mr. Wheatley?« Dad sagt nichts.

»Mr. Fosters Tochter war auch auf der Party. Sie sind gemeinsam nach
Hause gegangen, etwa um 23:15 Uhr. Sie sind direkt zu ihrem Wohnsitz in
Newlea gefahren und kamen kurz vor Mitternacht zu Hause an. Seine
Frau hat bestätigt, dass er die restliche Nacht dort verbracht hat. Philip
Foster ist nicht in den Fall Olivia Curran verwickelt.«

In diesem Moment klopft es an der Tür. Ich bemerke es kaum, aber
Detective West steht auf. Detective Rogers behält mich fest im Blick.

Wir sitzen eine gefühlte Ewigkeit lang schweigend da. Und dann,
gerade als Detective Rogers den Mund öffnet, um wieder zu sprechen, ruft
ihn Detective West nach draußen vor die Tür.

»Rogers. Komm mal her. Es gibt was Neues.«

NEUNUNDDREISSIG

WEST UND ROGERS konnten sich gerade noch schnell einen Kaffee holen, bevor sie zu dem offenbar vollständig versammelten Team des Lornea Island Police Departments im kleinen Besprechungsraum stießen. An einer Wand war eine ausziehbare Leinwand aufgestellt worden, auf die das blasse Bild einer Hand projiziert war, die etwa an der Hälfte des Unterarms abgetrennt worden war. Obwohl der Raum brechend voll war, herrschte Stille. Lieutenant Langley und Chief Collins standen vorne und warteten, bis sich alle eingefunden hatten.

»Können wir bitte diese Jalousien schließen«, befahl Langley, während der Chief sein Team beobachtete. »Und zwar schnell.«

Der Raum wurde dunkel. Das Bild auf der Leinwand wechselte von einem blassen, kontrastarmen Foto zu einem, das die tiefen Gelb-, Violett- und Grüntöne der Haut deutlich hervorhob. Die Farben waren alle unnatürlich. Das Bild abscheulich.

»Okay, ich glaube, ich habe jetzt wohl ihre Aufmerksamkeit«, sagte Langley. Er wartete nicht darauf, dass irgendjemand antwortete.

»Wie einige von Ihnen wissen, wurden heute früh die Hand und ein Teil des Unterarms einer jungen Frau auf den Felsen an der Westseite des Strands von Goldhaven gefunden. Bis zum vollständigen pathologischen Gutachten dauert es noch. Aber aufgrund dieses Leberflecks auf dem Handgelenk hier« – er tippte auf die Leinwand, wodurch diese zu wackeln begann und das Bild verzerrte –, »besteht wenig Zweifel, dass es sich um die Hand von Olivia Curran handelt.

Außerdem brauchen wir nicht auf die Pathologie zu warten, um sagen zu können, dass die Hand vorsätzlich abgetrennt wurde. Was bedeutet, dass unsere Untersuchung nun zu einer Mordermittlung wird.«

Ein leises Raunen ging durch den Raum, aber Langley redete einfach weiter.

»Dem fortgeschrittenen Verwesungszustand nach ist auch klar, dass Olivia etwa zum Zeitpunkt ihres Verschwindens gestorben ist, am 28. August dieses Jahres. Der Arm wurde allerdings erst später abgetrennt, vermutlich während der letzten Woche. Wir erhalten demnächst noch genauere Zeitangaben.«

Langley pausierte und schaute seine Zuhörer an. »Damit eines klar ist. Dies hat in keiner Weise etwas mit den Informationen zu tun, die Detective Rogers und Detective West bezüglich des Einwohners von Silverlea, Philip Foster, erhalten haben. Ich weiß, dass viele von Ihnen hart an dieser Sache gearbeitet haben, aber wir müssen jetzt eine andere Richtung einschlagen.« Er warf Rogers einen verständnisvollen Blick zu, der sich, bis er durch den Raum gewandert und bei West gelandet war, irgendwie verhärtet hatte.

»Also. Hat jemand hierzu erste Gedanken?«

Kurze Stille. Dann redeten alle auf einmal.

»Wie wurde die Hand abgetrennt?«, fragte einer der Polizisten.

Langley wandte sich ihm zu. »Wir werden das später selbstverständlich genauer wissen, aber ich denke, mit einer Säge oder einem gezahnten Messer irgendeiner Art.«

»Ein Tier hätte das nicht sein können? Dass ein Hai sie abgebissen hat?«

»Nein.«

»Ein Boot oder so was? Von der Schraube durchtrennt?«

»Nein. Man kann die Schnittspuren von hier aus sehen.« Langley zeigte auf die Leinwand – es *war* offensichtlich. »Wer auch immer das getan hat, war kein Experte. Außer, er hat mit verbundenen Augen gearbeitet.«

»Wo genau wurde sie gefunden?«, kam es von einem der Streifenpolizisten.

»Halb vergraben in den Gezeitentümpeln. Ein paar Kinder haben sie entdeckt. Sie waren ziemlich verstört.«

»Wo war das genau?«, unterbrach West.

»Am Strand von Goldhaven«, erwiderte Langley.

»Das ist doch der Fährhafen, oder?«, fragte Rogers.

»Ja.« Langley klang genervt. Als hätte das doch jeder wissen müssen.

Dann meldete sich der Streifenpolizist wieder zu Wort. »Die Küste hinter Goldhaven ist durchzogen von Schluchten und Klippen. Ein idealer Ort, um eine Leiche zu verstecken.«

»Und noch viel toller, um dort nach einer zu suchen«, sagte ein anderer.

»Es wird noch viel schlimmer werden, wenn wir nach lauter einzelnen Körperteilen suchen müssen«, sagte Langley.

Die Streifenpolizisten sahen einander an. Ihnen war klar, dass sie diejenigen sein würden, die mit der Suche beschäftigt sein würden.

»Wie sind denn dort die Strömungen?«, fragte der erste. »Ich meine, könnte sie auch von der anderen Seite der Insel her dort angespült worden sein?«

Der andere Streifenpolizist antwortete mit einem Kopfschütteln. Er war der Älteste der Truppe und ein erfahrener Fischer. Er kannte die Meeresströmungen. »Würde ich nicht sagen. Alles, was hier ins Wasser geht, wird entweder nach Norden oder Süden abgetrieben, nicht um die Rückseite der Insel herum.«

»Das möchte ich überprüft haben. Fragen Sie bei der Küstenwache deswegen noch mal nach«, unterbrach Chief Collins mit diesem Befehl an Lieutenant Langley, der nickte.

»Ich möchte nicht, dass noch mehr Zivilpersonen irgendwelche Körperteile finden«, sagte Collins. Wieder legte sich Stille über den Raum. Diesmal länger.

»Was ist, wenn da *nur* ein Arm war?«, fragte West in das Schweigen hinein. »Was ist, wenn es keine anderen Körperteile zu finden gibt?«

Langley schaute sie an.

»Was?«

»Ich meine, warum sollte jemand einfach einen Arm abschneiden? Und dann noch den Arm mit dem Leberfleck«, fragte West. Sie war sich bewusst, dass aller Augen auf sie gerichtet waren.

»Was willst du damit sagen?«, mischte sich Rogers ein. »Das verstehe ich nicht.«

»Ich weiß es auch nicht. Aber warum würde man Wochen, nachdem man jemanden umgebracht hat, einen Arm abschneiden?«, fragte West. »Was soll das bezwecken?«

»Der Mörder ist zurückgekommen und wollte aufräumen?«, antwortete Rogers, klang dabei aber nicht sehr überzeugt.

Dann wieder eine Pause. Jetzt war es Langley, der sie unterbrach.

»Wir brauchen zweifelsohne mehr Informationen. Der Chief und ich haben besprochen, wie wir am besten als Nächstes vorgehen. Erstens …«

Er streckte einen Finger in die Höhe. »Wir müssen sie finden, entweder die restliche Leiche oder jegliche Leichenteile, die irgendwo noch im Wasser herumschwimmen könnten. Sprechen Sie mit der Küstenwache. Sprechen Sie mit den einheimischen Fischern oder auch den Ozeanologen an der Uni, wenn es sein muss. Zeichnen Sie mir ein plausibles Gebiet auf, aus dem der Arm stammen könnte, und dann einen Plan für die Suchaktion dort. Ich möchte, dass sie gefunden wird, bevor uns jemand anderes zuvorkommt.

Zweitens. Goldhaven ist jetzt ein Ort von besonderem Interesse. Bisher hatten wir keinen Grund, uns darauf zu konzentrieren. Das ändert sich jetzt. Wir müssen alle Haustüren abklappern und herausfinden, ob jemand etwas Verdächtiges gesehen hat. Entweder in den vergangenen zwei Wochen, als vermutlich der Arm abgetrennt wurde, oder zu dem Zeitpunkt, als sie verschwand. Rogers. West. Ich möchte, dass Sie das machen.

Drittens. Dieser Fall hat für uns jetzt oberste Priorität. Alles andere wird auf Eis gelegt. Alles. Dank Mr. und Mrs. Curran schaut uns schon die ganze Nation auf die Finger. Wenn diese Neuigkeiten rauskommen, können wir davon ausgehen, dass diese Aufmerksamkeit noch explosionsartig zunimmt. Und ich möchte, dass die nächsten Schlagzeilen davon berichten, wie wir ihren Mörder gefasst haben. Ist das klar?«

Niemand rührte sich, als er verstummte. Er ließ die Stille ein paar Sekunden wirken.

»Also, was ist? Durch Rumsitzen fangen wir niemanden. Organisieren Sie sich und legen Sie los.« Er schaltete den Projektor aus, und das Bild verblasste langsam auf der weißen Leinwand.

VIERZIG

ROGERS FUHR mit West nach Goldhaven. Sie saßen schweigend nebeneinander, jeder mit seinen eigenen Gedanken beschäftigt. Als sie ankamen, war der Strand abgesperrt, und vom Festland angereiste Streifenpolizisten waren etwa alle fünfzig Meter auf der kurzen Promenade stationiert. Sie wiesen die paar Touristen ab, die noch immer auf der Insel waren.

Mittlerweile war Hochwasser. Die Gezeitentümpel, in denen der Arm gefunden worden war, waren überflutet. Trotzdem arbeitete sich ein Polizeiteam in einer Reihe durch die Hochwasserlinie, wo eine Mischung aus getrockneten Seetanglocken, Treibholz und Plastikteilen herumlag. Es war kein hübscher Strand: Ein paar Flecken Sand und dann Felsen, die sich bis zu der mächtigen Steinmauer erstreckten, die die Hafeneinfahrt bildete. West war seit ihrer Ankunft auf der Insel zum ersten Mal wieder in Goldhaven. Es machte ihr bewusst, wie schön Silverlea war, mit seinem kilometerlangen Strand, der sich ununterbrochen in beide Richtungen erstreckte.

»Los, komm. Lass uns lieber anfangen«, sagte Rogers.

Jeder hatte eine Liste an Straßen abzuarbeiten. Sie trennten sich, und West begann damit, an die Haustüren zu klopfen. Etwa die Hälfte der Häuser war leer. Wenn doch jemand zu Hause war, wusste der nichts. Dann bat eine Frau sie herein. Sie erzählte West im Flüsterton, dass ihr ein grüner Van aufgefallen sei, der etwa eine Woche lang vor ihrem Haus geparkt gewesen war, etwa zu der Zeit, als Olivia verschwand.

»Warum kam Ihnen das komisch vor?«, fragte West.

»Weil ich den Wagen hier noch nie gesehen hatte«, flüsterte die Frau zurück.

»Wissen Sie, wem er gehörte?«

»Nein.«

»Gibt es noch irgendeinen anderen Grund, warum Sie meinen, das sei relevant?«

Die Frau verzog nachdenklich ihr Gesicht. »Nein«, sagte sie.

»Okay … Sie haben sich nicht zufällig das Nummernschild aufgeschrieben, oder?«, fragte West.

Die Frau schüttelte traurig den Kopf, als würde dieser Fehler die Polizei noch teuer zu stehen kommen.

Es war wahrscheinlich nichts. Ganz *offensichtlich* war es nichts, aber es musste alles aufgeschrieben werden, wie alles andere auch. Automarke, Farbe. Alles musste in eine neue Datenbank eingegeben werden, so wie die, die West und Rogers in den letzten drei Monaten so gewissenhaft gepflegt hatten und die jetzt völlig nutzlos war.

Und so ging es weiter. Eine Tür nach der anderen, ein Bewohner nach dem anderen. Stundenlang.

»Und?«, fragte Rogers, als sie sich wiedertrafen, nachdem es schon zu spät geworden war, um noch an irgendwelche Türen zu klopfen.

»Mhm«, sagte West.

»Geht's dir gut?«, fragte Rogers.

»Klar.«

Auf der Fahrt zurück nach Silverlea wechselten beide kaum ein Wort. Nach einer Weile schaltete Rogers das Radio an. Eine Stimme erklärte aufgeregt, dass er sich auf Lornea Island befinde, wo die Polizei sich jetzt auf die Hafenstadt Goldhaven konzentriere.

»Wie heute bereits von Polizeichef Larry Collins bestätigt, steht nun fest, dass der vermisste Teenager Olivia Curran am oder um den Zeitpunkt ihres Verschwindens zu Tode gekommen ist – die denkbar schlimmste Nachricht für ihre Eltern. Und es war auf genau diesem Strand, wo gestern die grausige Entdeckung von Olivias Hand gemacht wurde.

Chief Collins konnte nicht sagen, ob die Polizei der Lösung dieses Falls, der die Insel während der letzten Monate fest im Griff hatte, durch den Fund näher gekommen ist. Es steht jedoch außer Frage, dass diese Entdeckung den Druck auf eine schon aufgrund fehlender Fortschritte in diesem Fall schwer in der Kritik stehende Polizeiabteilung noch weiter erhöhen wird.«

Rogers schaltete das Radio aus und seufzte.

»Ich brauch ein Bier. Sollen wir eins trinken gehen?«

West ließ ihren Kopf zur Entspannung so weit kreisen, wie es die Kopfstütze des Autos erlaubte.

»Du kannst gehen. Wenn du willst, kannst du mich an der Polizeiwache absetzen.«

»Komm schon. Nur ein Bier.«

West antwortete nicht.

»Bist du dir sicher, dass alles okay ist mit dir? Du bist so still irgendwie. Ich dachte, du wärst jetzt glücklich. Wir haben eine Spur. Endlich ist das hier ein echter Fall geworden.«

»Glücklich?«, entgegnete West scharf. »Das Mädchen ist tot. Wir sind zu spät.«

Rogers trommelte mit seinen Fingern auf das Lenkrad.

»Komm schon, Jess. Das haben wir schon vor drei Monaten gewusst. Aber jetzt haben wir einen richtigen Fall zu lösen. Und eine richtige Spur zu verfolgen. Jetzt haben wir eine Chance, den Typ zu finden.«

»Ach ja? Vielleicht ist das ja das Problem«, sagte West, plötzlich ein bisschen lauter. »Was machen wir hier eigentlich, dass wir von Tür zu Tür gehen? Und warum macht Langley das nicht? Wir sind diejenigen, die diesen Fall bearbeitet haben. Und dann kommt er einfach wieder mit dazu und reißt alles an sich …« Sie hielt inne.

»Langley war schon die ganze Zeit über der Leiter dieser Ermittlungen. Was hast du denn erwartet? Das Ding hier bläst sich zum wichtigsten Fall auf, den diese Insel je gesehen hat, und er übergibt ihn einfach an zwei vom Festland? Komm schon. Komm mit auf ein Bier. Du siehst aus, als könntest du auch eins gebrauchen.«

West antwortete wieder nicht.

»Ich sage ja nicht, dass ich dir nicht zustimme. Aber wenigstens kommt jetzt Bewegung in die Sache. Los komm. Lass uns ein Bier trinken, und dann können wir gemeinsam schlecht drauf sein.«

»Ich kann nicht«, antwortete West. »Ich muss auf die Wache und den Papierkram von dem Kind noch fertig machen.«

Roger runzelte die Stirn. »Was musst du noch machen?«

»Einen Bericht schreiben«, seufzte West. »Und die Fingerabdrücke des Jungen in das System einpflegen. Ich denke nicht, dass das jetzt noch wichtig ist, aber der Chief hat mich gebeten, das zu tun, für den Fall, dass das Kind seine Nase in den Tatort eines Verbrechens gesteckt hat.«

»Himmel, Jess, das musst du doch nicht machen. Das Erste, was man in diesem Job lernt: Wenn die Kacke am Dampfen ist, *delegiert* man. Lass Diane eine Notiz da. Sie soll das für dich erledigen. Na komm. Ein Bier.« Er spürte, dass er sie fast überzeugt hatte, und lächelte sie erschöpft an.

»Nur ein mickriges Bierchen.«

»Ach, was soll's«, sagte West. »Okay, ein Bier.«

Rogers lachte.

»Was denn?«, fragte West.

»Nichts. Ich dachte nur gerade daran, dass wir diesem armen Kind wohl ganz schön Angst eingejagt haben.«

EINUNDVIERZIG

ALS SIE WIEDER IN den Raum zurückkehren, setzt sich Detective Rogers noch nicht einmal hin, bevor er wieder zu sprechen beginnt.

»Billy. Ich will dir eins klipp und klar sagen. Ich will dich nicht wiedersehen. Ich will nichts mehr von dir hören. Du gehst *nicht mehr auch nur in die Nähe* von Philip Foster und hältst dich aus dieser Ermittlung raus. Komplett. Für immer. Hast du mich verstanden?«

Ich sage nichts. Was sie draußen vor dem Zimmer besprochen haben, erzählen sie uns nicht, aber plötzlich scheinen sie es eilig zu haben.

»Und Sie, Mr. Wheatley. Sie nehmen Ihr Kind ab jetzt besser mal ein bisschen an die Kandare, sonst verlieren Sie ihn. Verstehen wir uns?« Ich schaue zu Dad, und nach einer Weile nickt er.

»Gut. Detective West wird Sie abmelden.« Er verlässt das Zimmer. Als Nächstes geleitet die Polizistin Dad und mich zum Ausgang. Dad muss ein paar Unterlagen unterschreiben, und dann gehen wir nach draußen. Und plötzlich sind da nur noch Dad und ich. Ich kann nicht glauben, wie schnell das auf einmal ging.

Im Freien fühle ich mich etwas besser. Aber ich habe auch Angst, weil Dad natürlich immer noch wütend ist, und jetzt ist niemand mehr da, der ihn beruhigen kann. Dad hat seinen Pick-up nicht dabei, weil die Polizei ihn hergebracht hat. Wir müssen also ein Taxi nehmen. Dad fragt den Fahrer, wie viel es kosten werde, und erhält als Antwort »Dreißig Dollar«. Ich sehe es Dad an, dass er dadurch noch viel wütender wird, und er spricht auf dem Weg nach Hause kein einziges Wort mit mir. Ich sitze also nur da und schaue die ganze Fahrt über auf meine Füße und versuche, ein Schniefen zu unterdrücken. Als wir heimkommen, mache ich den Versuch, nach oben zu gehen, aber Dad lässt mich nicht.

»Setz dich *verdammt noch mal* hin, Junge. Jetzt bin ich an der Reihe, ein paar Dinge klarzustellen.«

Ich tue, was er sagt, und setze mich auf den am weitesten entfernten Stuhl am Küchentisch. Dad setzt sich nicht hin. Er läuft auf und ab. Zitternd. So habe ich ihn noch nie gesehen.

»Ist dir klar, was du heute getan hast? Du hast uns beinahe alles verbockt. *So* sieht's aus.«

Er setzt sich hin, aber irgendwie scheint er sich gar nicht beherrschen zu können, wenn er still sitzt. Er steht wieder auf und läuft weiter auf und ab. Jetzt schlägt er jedes Mal mit der Hand gegen die Wand, wenn er dort ankommt.

»Die Polizei. Die *verdammte* Polizei. Ich weiß nicht, warum zum Teufel sie uns einfach so haben ziehen lassen. Ich dachte, wir sind geliefert. Gottverdammte Scheiße noch mal. Ich dachte, sie würden …« Er hält inne und kommt ganz nah zu mir.

»Du *kannst nicht* einfach so herumlaufen und die Aufmerksamkeit auf uns ziehen, Billy. Das geht echt *gar* nicht. Nicht solange …« Plötzlich dreht er sich um und schmettert seine Faust gegen den Hängeschrank, in dem wir die Tassen aufbewahren. Er hebelt ihn aus der Waagerechten, und drinnen scheppert, klirrt und kracht es gewaltig. Für einen Moment wird Dad in seiner Wut unterbrochen. Er steht da und starrt den Schrank an, und dann seine Faust. Seine Knöchel sind blutig. Dann hören wir weiteres Klirren, als ein paar Gläser sich auf den Weg zum Schrankboden machen. Keiner von uns sagt irgendetwas dazu.

»Das geht einfach nicht, Billy. Du kannst uns nicht so ins Rampenlicht rücken. Habe ich dir das nicht beigebracht? Habe ich dir nicht schon hundertmal gesagt, dass wir uns ruhig verhalten müssen? Du kannst *nie wissen*, wer vielleicht nach uns sucht.«

Ich weiß nicht, was er damit meint. Mir ist nicht danach, irgendetwas zu sagen, aber die Stille gefällt mir auch nicht.

»Wer sucht nach uns?«

Dad antwortet mir erst nicht. Stattdessen setzt er sich wieder hin und schlägt sich die Hände vors Gesicht, sodass ich es nicht sehen kann. Er bleibt auch so sitzen, als er wieder spricht.

»Niemand. Niemand sucht nach dir, Billy. Niemand sucht nach uns.«

Ich verstehe nicht, was los ist, also sage ich auch nichts. Dann, nach einer gefühlten Ewigkeit, nimmt Dad die Hände vom Gesicht und schaut mich wieder an.

»Warum hatte ich keine Ahnung, was du eigentlich so treibst? Habe ich mich denn nicht gut um dich gekümmert?«

Ich bin mir nicht sicher, ob Dad möchte, dass ich antworte, und weiß daher nicht, was ich sagen soll. Es ergibt eigentlich keinen Sinn. Dad kümmert sich nicht um mich. Ich kümmere mich um mich selbst. Verwirrt verziehe ich das Gesicht.

»Ich habe versucht, dir gerecht zu werden, Billy. Es ist nur so, du bist … Du bist einfach anders, als ich es erwartet hatte. Weißt du? Wenn du wüsstest, was ich alles für dich aufgegeben habe.« Dad schüttelt den Kopf und lacht leise. Auf dem Tisch haben seine Knöchel eine kleine Blutspur hinterlassen.

»Aber ab jetzt werden wir es besser machen. Du und ich. Wir werden alles viel besser machen. Wir werden Sachen zusammen *unternehmen*. So wie früher. Erinnerst du dich daran, wie wir oben in Northend nach Silber gesucht haben? Solche Sachen werden wir wieder machen.« Sein Blick wandert zu dem Surfbrett, das er mir gekauft hat und das immer noch ungenutzt – und ich hatte gehofft, auch irgendwie vergessen – in der Ecke steht. »Wir werden surfen gehen. Genau das machen wir. Ich werde dir das Surfen beibringen. Ich kann zwar nicht viel im Leben gut, Billy, aber surfen, das kann ich wirklich.« Und dann fängt Dad an zu weinen. Dicke, fette Tränen treten ihm in die Augen und laufen ihm über die Wangen. Zuerst scheint es ihn nicht zu stören, aber dann wischt er sie ab und schnieft laut.

»Los, Billy, hau ab nach oben. Ich muss hier dieses beschissene Chaos aufräumen.« Er geht zum Schrank und öffnet ihn. Ein Schwall an Scherben regnet ihm entgegen, auf die Arbeitsfläche und dann auf den Fußboden. Er flucht schon wieder, lacht dann aber.

»Wir reden nachher weiter, okay?«

Völlig perplex gehe ich nach oben, bevor er es sich anders überlegt.

ZWEIUNDVIERZIG

Eben habe ich die Nachrichten gesehen. Vielleicht lag ich mit Mr. Foster falsch, aber ich hatte recht damit, dass Olivia Curran tot ist. Soeben wurde ein Teil ihrer Leiche in Goldhaven gefunden. Das muss der Grund gewesen sein, warum die Polizei meine Vernehmung so abrupt beendet hat. Da müssen sie gerade davon erfahren haben.

Ich weine fast die ganze Nacht lang. Ich kann einfach nicht aufhören. Ich denke daran, was auf der Polizeiwache passiert ist und was Dad gesagt hat. Und obwohl ich nicht verstehe, warum ich eigentlich weine, kommen immer noch mehr Tränen. Ich schlafe überhaupt nicht.

Am nächsten Morgen gehe ich gar nicht nach unten. In die Schule gehe ich auch nicht, und überraschenderweise kommt Dad auch nicht nach oben, um mir zu sagen, dass ich mich anziehen soll. Als ich schließlich in die Küche hinuntergehe, ist Dad schon weg. Er hat versucht, etwas Ordnung zu schaffen. Den Schrank hat er von der Wand abgehängt und auf dem Boden abgestellt. Ich nehme an, er wird ihn später reparieren. Der Müll ist voller Scherben der zerbrochenen Tassen. Auf der Arbeitsfläche steht eine geöffnete Dosensuppe, an der eine Notiz von Dad lehnt. Ich setze mich an den Tisch und lese sie mir durch.

Hey Billy,

es tut mir leid, dass ich gestern so ausgeflippt bin. Ich war einfach schockiert, das ist alles. Heute muss ich zwar etwas erledigen, aber wir werden später noch Zeit miteinander verbringen, nur du und ich. Dann machen wir dein neues Surfbrett nass, okay?

Liebe Grüße
Dad

Ich esse die Suppe, und mir läuft immer noch ab und zu eine Träne über die Backen. Ich versuche nachzudenken. Alles zu verarbeiten, was passiert ist.

Zuerst kommt mir Olivia Curran in den Sinn. Sie *ist* tot, aber es ist nicht so passiert, wie ich gedacht hatte. Mr. Foster war es nicht. Da hatte ich mich wirklich geirrt. Und nur der Gedanke daran lässt mir jetzt die Schamesröte ins Gesicht steigen. Wie konnte ich das nur so verbocken? Aber dann war es nicht wirklich meine Schuld – es gab einfach so viele Beweise, die dafür sprachen. Nur, wenn Mr. Foster sie nicht getötet hat, wer war es dann?

Meine Gedanken wandern nun zu Dad. Warum war er so wütend? Ich meine, ich kann verstehen, dass er nicht gerade happy über die ganze Sache war, aber so wie gestern habe ich ihn noch nie erlebt. Er flucht eigentlich nie vor mir und hat noch *nie* so viele Schimpfwörter benutzt. Und dann die Sache mit dem Schrank. Das war fast so, als hätte er *mich* schlagen wollen. *Warum?* Ich verstehe das nicht. Und wo ist er jetzt überhaupt hin?

Den ganzen Tag über bleibe ich im Haus. Ich sitze nur da und denke nach. Irgendwann fühle ich mich unten nicht mehr wohl und gehe zurück in mein Zimmer. Die Tür hat kein Schloss, aber ich schiebe meinen Schreibtisch so davor, dass er sie blockiert. Ich sitze den ganzen Tag nur da und denke nach. Sitze und grüble. Und manche Dinge werden mir nach und nach ein bisschen klarer.

DREIUNDVIERZIG

HEUTE HAT Dad mich wieder zur Schule geschickt. Das war aber auch okay. Niemand weiß, was auf der Polizeiwache abgelaufen ist, und ganz ehrlich, Olivia Curran ist den meisten hier sowieso egal. Zu Hause ist es schwieriger. Dad versucht immer wieder, mit mir zu reden. Als wäre er plötzlich an allem total interessiert, was ich so mache. Irgendwie komisch. Und irgendwie auch unheimlich.

Es ist jetzt Samstagmorgen. Besser gesagt, wenn ich aufstehe, wird es Samstagmorgen sein. Dad wird surfen gehen wollen, aber mitgehen werde ich nicht. Ich werde mich davonstehlen, bevor er aufsteht. Bis ich verstanden habe, was hier eigentlich los ist, werde ich versuchen, ihm so gut es geht aus dem Weg zu gehen. Ich glaube, es ist das Beste so. Also stehe ich eine Stunde vor ihm auf und schleiche mich so lautlos wie möglich die Treppe hinunter. Ich muss ja den Tag über auch irgendetwas essen, also schütte ich mir Frühstücksflocken in eine Schüssel. Gerade als ich die Milch dazugetan habe, merke ich, dass er in der Tür steht und mich beobachtet.

»Hey, Billy«, sagt Dad. »Du bist aber früh auf.«

Seine Stimme klingt seltsam. Als wäre er mir gegenüber misstrauisch. Mit meinem vollen Löffel in der Hand erstarre ich zur Salzsäule, während Cheerios und Milch wieder in die Schüssel tropfen.

»Ich wollte es dir gestern schon sagen«, fährt er fort. »Heute geht's ab ins Wasser. Dein neues Brett austesten.« Sein Ton ändert sich. Jetzt hört es sich nach geheuchelter Fröhlichkeit an, als täte er so, als wäre nichts gewesen, obwohl die letzten paar Tage in Wirklichkeit schrecklich waren.

»Es gibt nicht viele Tage im Jahr wie diesen, wo die Bedingungen okay für dich sind. Also machen wir das jetzt. Okay? Du und ich.«

Nun bereue ich, dass ich gerade frühstücke, denn bei dieser Vorstellung wird mir schlecht. Langsam lege ich den Löffel zurück.

»Ich wollte mich um mein Einsiedlerkrebsprojekt kümmern«, schaffe ich zu sagen. Meine Stimme klingt heiser. Aber Dad ignoriert mich einfach.

Seine Stimme bleibt ruhig, aber ich höre seinen unterschwelligen Ärger. So als hätte er genau geplant, was er sagen würde, falls ich dagegen zu protestieren versuche. »Hör zu, Billy. Was du da angestellt hast, mit der Polizei, das ist eine ernste Angelegenheit, klar? Das heißt, dass sich hier ein paar Dinge grundlegend ändern werden. Kein Rumstreunen mehr auf eigene Faust. Keine blödsinnigen *Projekte* mehr. Du kommst heute mit mir mit, und du wirst auch mit mir surfen. Und weißt du was? Es wird dir gefallen. Du und ich. Zusammen. Okay?«

Ich weiß nicht, was ich ihm antworten soll. In seiner Stimme liegt eine Härte, die ich so nicht kenne. Und das macht mir aus irgendeinem Grund Sorgen. Es macht mir Angst. Normalerweise würde ich ihm jetzt zu erklären versuchen, dass ich noch Hausaufgaben machen muss, oder das Dr. Ribald meine Ergebnisse noch heute Nachmittag braucht ... oder sonst irgendetwas. Aber heute sage ich gar nichts. Vielleicht bin ich von den ganzen Ereignissen einfach zu erschöpft.

»Ich weiß, dass du Angst vorm Wasser hast. Wirklich, das tue ich. Aber du wirst schon klarkommen. Dafür sorge ich schon. Ich kümmere mich um alles.« Dad redet immer noch. Was er sonst noch sagt, höre ich gar nicht mehr, bis er damit abschließt:

»Also, keine Diskussion, ja? Kein ›Mir ist schlecht‹. Keine dringenden Schulaufgaben. Wir gehen heute Morgen surfen. Das war's.«

Ich esse nichts mehr. Stattdessen warte ich im Garten, bis er die Ausrüstung fertig gemacht hat und sie auf den Pick-up lädt. Ich schaue über die Bucht und mir wird bewusst, dass ich aus dieser Sache wohl nicht herauskomme. Die Wellen sind heute nicht sehr groß, jedenfalls nicht riesig, und das Wetter ist seit einer ganzen Weile auch wieder milder. Aber der Gedanke, dass ich da raus ins Wasser muss, fühlt sich an, als hätte mir jemand in den Magen getreten. Ich höre das Krachen und Rauschen der Wellen, wie sie brechen und an den Strand rollen. Ich stelle mir vor, wie ich da hinauswate und das Wasser tiefer und tiefer wird, bis ich den

Grund nicht mal mehr mit den Zehen berühren kann. Wieder wird mir leicht schwindelig, und ich höre dieses Sirren.

»Steig ein, Billy«, sagt Dad.

VIERUNDVIERZIG

IRGENDETWAS VERANLASST MICH, ein klein wenig zu rebellieren, und so klettere ich hinten auf den Pick-up neben die Surfbretter. Ich habe wohl einfach keine Lust, vorne neben ihm zu sitzen, wenn er in dieser Stimmung ist.

Er hat mir schon die Beifahrertür aufgemacht, und als ich sie ignoriere, seufzt er zwar irgendwie, sagt aber nichts. Er schlägt die Tür einfach zu, vielleicht ein bisschen zu schwungvoll, und steigt auf seiner Seite ein.

Der Pick-up vibriert, als der Motor anspringt, und dann fahren wir aus der Einfahrt heraus, den holprigen Weg hinunter zur Hauptstraße und biegen dann nach Littlelea ab. Wenigstens darüber bin ich erleichtert. Die Wellen sind dort kleiner. Im Handumdrehen sind wir schon auf dem Parkplatz. Wir sind so früh da, dass noch niemand sonst hier ist. Dad stößt die Tür auf und springt aus dem Wagen.

»Zieh deinen Anzug an, Billy«, schnauzt er mich an.

»Wollen wir nicht erst mal schauen, wie es aussieht? Damit es auch bestimmt okay ist?«, frage ich, weil Dad das manchmal macht und dann doch beschließt, dass die Wellen nicht gut genug sind.

»Nein, nicht nötig. Für dich ist es perfekt.«

Ich rühre mich nicht.

»Mein Gott, Billy, du bist fast zwölf Jahre alt. Jetzt zieh endlich deinen verdammten Anzug an.«

Ich versuche, mir irgendeine Ausrede auszudenken, aber mir fällt nichts ein. Also zupfe ich langsam an meinen Schnürsenkeln. Dad redet weiter. Aber ich höre nicht wirklich zu.

»Kennst du Donny? Der ist erst acht, vielleicht neun Jahre alt und hat's *voll drauf*. Der ist echt am Rippen.« Dad zieht mein Brett vom Pickup, legt es auf das Gras und redet dabei immer weiter. Und dann sehe ich es wieder. Das Ding, das mir vor einiger Zeit schon einmal aufgefallen war, eingeklemmt zwischen der Seitenwand des Pick-ups und der Ladefläche. Damals dachte ich, es sei eine Haarklammer. Vielleicht haben die Hubbel auf der Straße sie etwas mehr losgerüttelt, denn diesmal ist sie besser zu sehen. Und es *ist* eine Haarklammer. Jetzt kann ich das deutlich erkennen.

»Billy. *Steig in deinen Anzug!*«, drängt Dad noch einmal. Er wirft mir den Anzug zu und geht dann zu seinem Sitz, um in seinen einzusteigen. Ich tue, was er sagt, aber während ich mir den Neoprenanzug über die Beine ziehe, scanne ich den Boden um mich herum nach einem Stück Draht oder einem Nagel oder irgendetwas, womit ich die Haarklammer heraushebeln könnte. Ich weiß gar nicht, warum ich plötzlich der Meinung bin, dass sie so wichtig sei. Obwohl, das stimmt nicht ganz. Ich habe das schreckliche Gefühl, dass ich es doch weiß.

In den letzten paar Tagen, als ich so viel über alles nachgedacht habe, war ich auch viel im Internet und habe die ganzen Nachrichten zum Fall Olivia Curran durchgelesen. Jetzt, nachdem sie einen Teil ihrer Leiche gefunden haben, redet wieder jeder darüber. In einem Artikel sah ich ein Foto von ihr, aufgenommen an dem Tag, an dem sie verschwunden ist. Einer ihrer Freunde hatte es gemacht, von denen, die sie in der Woche hier kennengelernt hatte. Es zeigt Olivia neben einem anderen Mädchen, Arm in Arm. Ich weiß nicht warum, aber irgendwie wollte ich mir dieses Foto genauer ansehen. Etwas zog meinen Blick auf ihr Haar. Es war hochgesteckt. Hochgesteckt mit einer Haarklammer mit einer diamantbesetzten Blume als Dekoration. Und ich erkenne sie von der Party an dem Abend wieder, als ich ihr den Hotdog gereicht habe. Und sie sieht genauso aus wie die, die in Dads Pick-up feststeckt.

»Okay, Billy«, unterbricht mich Dad. »Hör zu, das ist jetzt wichtig. Wir gehen ins Wasser, bis es dir etwa zur Hüfte steht, und dann paddeln wir beide bis ganz nach draußen. Wir lassen uns von der Strömung des Flusses bis hinter die Linie tragen, wo die Wellen brechen. Okay? Du musst vielleicht unter ein oder zwei Wellen hindurchtauchen, aber nicht vielen. Alles klar?« Er starrt mich an, und seine Stimme verändert sich, wird leiser.

»Mensch, Billy, jetzt spiel mir nicht vor, dass dir schlecht ist. Ich weiß nicht, wie du es schaffst, so bleich auszusehen, aber reiß dich einfach zusammen, ja?« Dann setzt er sich dort, wo ich meine Neoprenboots anziehe, neben mich. Er versucht es noch einmal anders.

»Schau mal, Kumpel. Ich weiß, dass du vor dem Wasser ein bisschen Angst hast. Das ist aber völlig okay. Wirklich. Ich werde die ganze Zeit bei dir sein. Und solange du mir zuhörst und nicht in die brechenden Wellen gerätst, passiert dir überhaupt nichts. Es wird dir gefallen.«

Ich sage nichts. Mein Gehirn knüpft Verbindungen schneller als jemals zuvor. Ich denke immer noch an diese Haarklammer. Was es bedeutet, dass sie da feststeckt. Ich bekomme das seltsame Gefühl, dass ich kurz davor bin, die ganze Sache zu durchschauen. Dass in Kürze alles klar werden wird. Es ist, als wäre die Welt um mich herum plötzlich glasklar, stimmig und verständlich geworden. Aber dann liegt wieder diese Härte in Dads Stimme, wie schon den ganzen Morgen.

»Billy. Du hast in letzter Zeit einen *Riesenhaufen* Ärger gemacht, und ich strenge mich hier wirklich an mit dir. Im Ernst, ich gebe mein Bestes. Also, du wirst heute da ins Wasser gehen und dich so richtig ins Zeug legen. Hast du verstanden? Kein verda…« Er hält mitten im Schimpfwort inne, als er sieht, wie ein weiteres Auto auf den Parkplatz fährt. Es hält ein paar Meter von uns entfernt an. Ein Mann steigt aus und pfeift nach seinem Hund. Wir kennen ihn nicht, aber er winkt uns freundlich zu, als er die Autotür schließt. Dann beugt sich Dad dicht zu mir herunter, seine Stimme ein leises Knurren.

»Himmelherrgott. Blamier mich verdammt noch mal einfach nicht. Okay, Billy?«

Mir ist wieder zum Weinen. Ich spüre, wie meine Unterlippe anfängt zu zittern und das Gefühl des Verstehens verpufft. Ich nehme mir vor, nicht zu weinen. Ich schniefe ein bisschen, nicke dann aber. Dad legt mir seine Hand auf den Kopf und wuschelt mir durchs Haar.

»Guter Junge. Das wird Spaß machen. Ich versprech's dir. Saubere Wellen in einer guten Größe. Keine Menschenmengen, über die man sich Gedanken machen muss. Das ist das Schöne daran, wenn man so früh herkommt. Es ist sonst fast niemand hier. Nicht wie später. Komm, ich wachse dir dein Brett ein.«

Dad hüpft vom Wagen und geht neben meinem Brett in die Hocke. Sein Brett ist schon gewachst und startklar, die Schlüssel des Pick-ups liegen hinter dem Rad. Während er mir den Rücken zukehrt, nutze ich meine Chance. Auf dem Boden gleich hinter dem Pick-up liegt ein kleines Stück Draht. Ich hüpfe herunter und schnappe es mir, klettere dann wieder auf die Ladefläche und versuche auf allen vieren, damit in die Lücke hinter der Haarklammer zu kommen. Es ist aber nicht ganz lang genug, und so kann ich sie zuerst nur etwas bewegen. Ich ziehe den Draht heraus und versuche, ihn wieder gerade zu biegen und ein wenig länger zu bekommen. Fast klappt es. Zweimal verhakt sich die Haarklammer daran und ich denke, jetzt würde sie sich lösen, aber irgendetwas hält sie fest. Ich versuche es noch einmal mit nervös zitternden Händen, weil ich weiß, dass Dad jeden Moment fertig sein wird. Und dann erwische ich sie: Mein Draht verhakt sich in der Deko-Blume mit den Diamanten.

»*Billy!* Was zur Hölle machst du denn jetzt schon wieder? Komm da runter!« Dads Stimme ist laut. Er steht direkt hinter mir. Ich habe keine Zeit mehr, mir die Haarklammer anzuschauen, sondern drücke sie mir in meine Handfläche und drehe mich um, sodass er nicht sehen kann, was ich da habe oder was ich gerade gemacht habe. Er ist so nah, sein Gesichtsausdruck fast schon wieder wütend.

»Billy. Los jetzt. Komm da runter. Wir gehen *jetzt sofort*.«

Ich klettere wieder von dem Pick-up, die Haarklammer fest in meiner Hand. Dad schiebt mir mein Brett schwungvoll zu, und ich kann nicht anders, als es aufzufangen und zu versuchen, es mir unter den Arm zu klemmen. Er hebt auch seins auf und schiebt mich vom Pick-up weg.

Zuerst ist Dad hinter mir, und ich wage es nicht, die Hand zu öffnen und zu schauen, was ich da festhalte. Ich kann seinen Atem direkt hinter mir hören, und dann stößt sein Brett an meins.

»Verdammte Scheiße«, flucht Dad, der fast über mich stolpert. »Musst du unbedingt direkt vor mir anhalten, verflucht noch mal?« Er überholt mich und inspiziert sein Brett, dort, wo es mit meinem zusammengestoßen ist, auf Schäden. Aber da ist nichts, es war ja nur ein kleiner Stoß.

»Komm schon, beeil dich mal.«

Da Dad jetzt vor mir geht, habe ich endlich eine Gelegenheit, die Haarklammer zu betrachten. Ich öffne die Finger und schaue sie an. Es ist einfach eine silberne Haarklammer für Mädchen, mit einer Blumendekoration, die dort, wo die Blütenblätter wären, Diamanten hat. Ich denke an das Foto zurück, das ich neulich gesehen habe. Es ist das gleiche Design, da bin ich mir sicher. Die gleiche Haarklammer, wie Olivia Curran sie getragen hatte. Aber was noch schlimmer ist: Jetzt, da ich sie herausgelöst habe, kann ich sehen, was sie in der Rille im Pick-up festgehalten hat. Am anderen Ende der Haarklammer klebt ein kleiner, aber deutlich erkennbarer Klumpen aus Haut und Haaren, von getrocknetem Blut schwarz verfärbt.

FÜNFUNDVIERZIG

DAS ARCHIV des Lornea Island Police Departments hatte zwei Angestellte: Sharon Davenport, eine junge technische Mitarbeiterin in ihren Dreißigern, und ihre Chefin, Diane Pittman, eine ältere Frau, die schon seit Urzeiten hier arbeitete und einen Ruf unschlagbarer Effizienz genoss. Wäre Mrs. Pittman die Aufgabe zugefallen, den durch Billy Wheatleys Aktivitäten verursachten Papierkram zu bearbeiten, hätte sie mit ziemlicher Sicherheit schneller gehandelt. Und das hätte den entscheidenden Unterschied machen können.

Leider arbeitete Diane Pittman samstags nicht. Es war also Sharon Davenport, die die Karte mit Billy Wheatleys Fingerabdrücken in ihrem Postfach fand, zusammen mit der handgeschriebenen Anweisung von Detective West, sie in die nationale Fingerabdruckdatenbank einzupflegen. Die Polizistin hatte nicht erwähnt, dass dies dringend sei, also ließ sich Sharon mit der Bearbeitung Zeit, bis sie eine lange E-Mail an ihre Schwester geschrieben hatte, in der sie eine Reihe von Fragen zu den Plänen für ihre anstehende Hochzeit beantwortete.

Danach kümmerte sich Sharon um die Karte mit den Fingerabdrücken. Sharon hatte das meiste von dem mitbekommen, was sich mit Billy Wheatley zugetragen hatte, und hieß das nicht unbedingt gut. Ihrer Ansicht nach schien er einfach ein netter Junge zu sein, der versucht hatte zu helfen. Dass man ihn dafür zur Belohnung auf die Polizeiwache geschleppt hatte und diese zwei Polizisten vom Festland ihm eine Standpauke gehalten hatten, fand sie ein bisschen übertrieben. Der Junge war den Tränen nahe gewesen, und der Vater hatte so wütend ausgesehen, als hätte er ihn fast abmurksen wollen. Und jetzt würden seine Fingerabdrücke in der Datenbank unter Verschluss gehalten werden, bis er sechszehn Jahre alt war.

Sie verstand jedoch, *warum* sie eingepflegt werden mussten – weil die Möglichkeit bestand, dass er sie an einem Tatort zurückgelassen haben könnte, besonders jetzt, da sich herausgestellt hatte, dass dieses arme Mädchen wirklich tot war. Es stand also nicht infrage, dass Sharon ihre Aufgabe erledigen würde. Und so nahm sie sich um etwa halb zehn die Fingerabdrücke von Billy vor und ging mit der Karte zum Scanner.

Der Computer, mit dem in der Polizeiwache von Lornea Island die Fingerabdrücke eingepflegt wurden, stand ganz hinten im Büro der Technikerin. Es war nicht gerade das neueste Modell. Es sah aus wie ein normaler Computer mit angeschlossenem Scanner, und das war er auch – der einzige Unterschied war die aufgespielte Software. Der Scanner wandelte die Tintenabdrücke in digitale Dateien um, und der Computer lud sie dann in die zentrale Datenbank hoch. Dort wurden sie ins Verzeichnis gesetzt und archiviert und waren dann von jedem autorisierten und mit dem Internet verbundenen Computer aus auffindbar. Sollte ein Fingerabdruck mit dem gleichen Muster an Schleifen und Wirbeln gefunden werden, der mit irgendeinem Verbrechen oder einer Ermittlung in den USA oder auch in vielen anderen Ländern in Verbindung stand, wurde das innerhalb von Minuten angezeigt. Sharon musste nur eine neue Datei mit den Angaben zu Billy Wheatley erstellen, wie sie auf der Karte notiert waren. Als sie dies aber versuchte, erschien eine Fehlermeldung, die sie vorher noch nie gesehen hatte. Schließlich griff sie zum Telefon.

»Langley. Um was geht's?«

»Oh, entschuldigen Sie bitte, Lieutenant Langley. Hier spricht Sharon von der Technik. Bei der Akte von Billy Wheatley ist etwas Eigenartiges aufgetaucht.«

»Wheatley? Wer soll das denn sein?«

»Billy Wheatley. Der Junge, den Detective West und Detective Rogers vor ein paar Tagen hergebracht hatten.«

»Dann müssen Sie mit Detective West oder Detective Rogers sprechen.« Langley war schon dabei aufzulegen, als Sharon weitersprach.

»Ich glaube, es könnte wichtig sein.«

Ein Seufzer war zu hören. »So wichtig wie die Suche nach der Person, die Olivia Currans Arm abgeschnitten hat? Weil Sie die nämlich gerade hier unterbrechen.«

Sharon überlegte, wie sie am besten fortfahren könnte, realisierte dann aber, dass der Lieutenant noch am anderen Ende der Leitung war.

»Es ist nur so – ich war gerade dabei, seine Fingerabdrücke in die Datenbank einzupflegen, und dabei ist etwas Merkwürdiges passiert.«

Noch ein Seufzer, dann: »Was denn?«

»Nun, es ist wirklich seltsam. Er ist schon in der Datenbank eingetragen, aber unter einem anderen Namen, und die Notiz darunter ergibt einfach keinen Sinn.«

»Wie ich schon sagte, ich bin gerade beschäftigt. Kommen Sie irgendwann mal zum Punkt?«

»Na ja, es ist so … Da steht, er sei als vermisste Person aufgeführt. Und dass er in Gefahr sei, weil sein Vater ihn schon mindestens einmal umzubringen versucht hat.«

SECHSUNDVIERZIG

ICH HABE DAS GEFÜHL, die Welt müsste eigentlich stehen bleiben, aber das tut sie nicht. Meine Beine funktionieren noch – ich folge Dad immer noch zum Wasser hinunter. Jetzt sind wir am Fuß der Dünen und betreten den harten, nassen Sand des Strandes. Vor uns erstreckt sich das Meer, und ein Set Wellen kommt herein und bricht mit diesem steten Tosen, wie Flugzeuge, die von einem weit entfernten Flughafen starten.

Ich kann meinen Atem hören, schnell und verängstigt. Die Haarklammer brennt in meiner Hand. Entsetzt von dem Blut will ich sie am liebsten fallen lassen und sie *einfach loswerden*. Aber ich kann es nicht. Wenn ich das tue, wird Dad sie sehen und dann *Bescheid wissen*. Er wird wissen, dass ich es weiß.

Aber was weiß ich eigentlich *genau*? Gedanken schießen mir wie Blitze durch den Kopf. Zu schnell, um sie zu begreifen. Was bedeutet das hier jetzt?

Hat Dad Olivia Curran umgebracht?

Nein. Nein. Das ist total absurd.

Meine Beine laufen wie von selbst. Ihm hinterher, den Strand hinunter zum Wasser. Zum offenen Meer, das ich so sehr hasse. Das mir so viel Angst macht.

Hat Dad Olivia Curran umgebracht?

Das würde schon einiges erklären. Die Stimmungsschwankungen. Warum er auf der Polizeiwache so sauer war.

Nein.

Ich schüttle den Kopf, und der Gedanke verschwindet. Fast lache ich, so bekloppt ist der. Aber ich spüre, wie mir die Tränen kommen.

»Ich halte mich also ganz dicht bei dir, okay?« Dad dreht sich zu mir um und wartet einen Moment, sodass wir nebeneinander hergehen können. Er sieht plötzlich irgendwie anders aus. So groß und stark, so ganz in seinem Element, während er sich bereit macht, ins Wasser zu gehen. Dies ist seine Welt. Bestimmt sieht er den Ausdruck auf meinem Gesicht, aber sollte das tatsächlich so sein, ignoriert er ihn absichtlich.

»Du musst am Anfang ziemlich feste paddeln. Wir müssen durch diese kleinen Wellen durchkommen.«

Wir erreichen das Wasser. Dad legt sein Brett auf den Sand, um sich seine Leash anzulegen. Ich kann das nicht, weil ich immer noch die Haarklammer in meiner Hand halte. Verzweifelt schaue ich mich nach einem Ort um, an dem ich sie ablegen kann. Nicht, um sie jetzt noch wegzuwerfen, und nicht nur, weil er sie sehen könnte, sondern weil mir jetzt klar ist, wie wichtig sie ist. Aber ich finde keinen passenden Ort. Im Moment steht das Wasser etwa auf mittlerer Höhe, und der ganze Strand um mich herum wird bald überflutet sein. Wenn ich sie hier irgendwo zurücklasse, werde ich sie nie wiederfinden, und eine Ausrede dafür, warum ich noch mal den Strand hoch zurückgehen müsste, um ein Versteck für die Haarklammer zu finden, fällt mir auch nicht ein. Moment – da gibt es doch noch etwas.

»Dad, ich muss aufs Klo«, sage ich.

»Mach einfach in deinen Anzug«, antwortet er.

»Nee, nicht klein«, sage ich und weine nun schon fast sichtlich los.

Das lässt ihn für einen Atemzug oder zwei innehalten, aber nicht länger.

»Nichts da. Echt nicht, Billy. Du gehst da jetzt rein. Keine Ausreden. Wir treiben dir diese bescheuerte Phobie jetzt endlich aus, jetzt gleich. Du verkneifst dir das jetzt, oder du kackst halt in deinen Anzug. Im Moment ist mir das ziemlich egal. Jetzt leg deine Leash an.«

Dad steht da und beobachtet mich, und ich habe keine Wahl. Ich bücke mich, lege das Brett auf den Sand und versuche, das Klettband um meinen Knöchel zu wickeln. Das geht aber nicht mit der Haarklammer in meiner Hand. Also tue ich das einzig Mögliche. Ich fasse meinen Anzug oben am Kragen an, wo er eng am Hals anliegt, tue so, als würde er unangenehm kneifen, sodass ich ihn richten muss, und lasse dabei die Haarklammer in meinen Anzug fallen. Dabei sehe ich kurz wieder das Ende mit dem Klümpchen Haar, Haut und Blut. Ich spüre, wie sie da feststeckt, zwischen dem Anzug und meiner Brust.

»Also los. Jetzt lass uns ein paar Wellen reiten.« Dad versucht ein letztes Mal so zu klingen, als würde diese Sache hier Spaß machen, und dann waten wir ins Wasser.

Ich trage Neoprenboots, aber trotzdem tritt das Wasser ein und steigt mir die Beine hoch. Es ist kalt, aber so richtig merke ich das nicht. Es ist, als würde ich jemand anderem dabei zuschauen, wie er ins Wasser watet. Dann trifft mich die erste Welle. So nah am Strand ist sie nur eine Linie aus schaumigem, weißem Wasser, aber sie reicht immerhin bis über meine Oberschenkel. Es fühlt sich an, als wollte sie mich packen und tiefer hineinziehen. Mein Atem geht schnell. Plötzlich trifft mich die Kälte. Es ist eisig. Ich spüre Panik in mir aufsteigen.

Denk nach. Ich muss nachdenken. Was hat die Haarklammer zu bedeuten? Die Frage hämmert in meinem Kopf. Heißt das, Dad hat etwas damit zu tun? Heißt das, Dad hat sie getötet? *Hat Dad Olivia Curran umgebracht?*

Mir ist klar, dass das schlüssig ist. In der Nacht, als sie verschwand, war er da. Er hatte seinen Pick-up außer Sichtweite auf dem Sand geparkt. Er hatte gesagt, das mache er, damit er keinen Strafzettel bekommt. Aber was, wenn es da noch einen anderen Grund gab?

Und dann wollte er mich nicht heimbringen, als ich nach Hause wollte. Er wollte noch bleiben. Ich bin mit Jodys Mutter nach Hause gefahren. Vor der Polizei aber hat er mich sagen lassen, dass wir gemeinsam nach Hause sind. Dad hat mich dazu gebracht, die Polizei anzulügen.

Die Gedanken stürzen so schnell auf mich ein, dass ich sie gar nicht alle denken kann. Ich spinne total. Dad hat mir gesagt, er wäre eine halbe Stunde nach mir zu Hause gewesen, etwa um elf. Olivia Curran wurde danach noch etliche Male gesehen. Dad kann es also doch nicht gewesen sein. Außer er lügt. Ich habe geschlafen und weiß nicht, wann er tatsächlich zurückkam.

Meine Hand wandert zu meiner Brust. Ich ertaste die Umrisse der Haarklammer mit meinen Fingern. Die Haarklammer von Olivia Curran. Die hinten in seinem Pick-up feststeckte, angeklebt mit getrocknetem Blut. Mir wird schlecht.

Dad hat Olivia Curran umgebracht.

Eine weitere Welle trifft mich. Hier ist es jetzt schon tiefer. Sie reißt mich fast von den Füßen, aber ich spüre seine Hand in meinem Kreuz, die mich stützt und gleichzeitig weiterschiebt. Ich versuche mich ihr zu entwinden, aber ich schaffe es nicht. Dad steht hinter mir und schiebt mich weiter in Richtung der Wellen da draußen. Furchtbare, eiskalte Wellen, die an mir zerren und versuchen, mich unter Wasser festzuhalten.

Eine dritte Welle trifft mich und reißt mir das Brett aus den Fingern. Ich spüre, wie sich Dads Hand schnell zu meinem Kopf bewegt und wie meine Füße auf dem Sand wegrutschen. Dad drückt mich unter Wasser, und als mein Gesicht untertaucht, ist plötzlich alles um mich herum grün und voller Luftblasen. Ich nehme einen Atemzug Salzwasser. Voller Panik trete ich wild um mich. Mein Fuß berührt den Grund und ich stoße mich ab. Jetzt ist mein Kopf wieder über Wasser, und Dad ist ganz nah bei mir. Und mit einem Schlag wird mir alles klar. Plötzlich packt mich der blanke Horror dieser Geschichte. Natürlich hat Dad Olivia Curran umgebracht. Das ist jetzt offensichtlich. Und er weiß, dass ich es weiß. Deshalb sind wir hier. So früh am Morgen hier, damit uns sonst niemand sieht. Hier, in seiner Welt. Er wird mich ertränken. Er wird mich umbringen, damit ich es niemandem erzählen kann.

Er sagt etwas, aber ich höre es nicht. Meine Gedanken rasen plötzlich wieder, flackern in meinem Kopf umher wie die Funken beim Finale eines Feuerwerks. Vielleicht ist es mein Leben, das sich vor meinen Augen als Film abspult, bevor ich sterbe. Dann sehe ich auf einmal Moms Gesicht. So deutlich, als wäre sie wirklich hier. Ich sehe ihre Augen, kalt und leer. Ich kann mir nicht mehr helfen. Ich schreie. Salzwasser strömt mir in den Mund.

Ich huste und spucke und versuche, mich durch das Wasser zu kämpfen, um von Dad wegzukommen, aber ich bin schon zu tief drin: Die Strömung des Flusses zieht uns schnell aufs Meer hinaus. Und dann kommt wieder eine Welle. Ein paar von Dads Worten schaffen es an mein Ohr.

»Tauch unter. Es ist einfacher, wenn du unter der Welle durchtauchst.« Aber das mache ich nicht. Ich versuche zu stehen und gegen die nahende Wand aus Wasser hochzuspringen. Dieses Mal haut es mich komplett um, und ich werde rückwärts mitgerissen und unter Wasser gedrückt. Mein Hintern prallt auf den Grund, bevor die Kraft der Welle über mich hinwegrauscht und ich mich wieder an die Oberfläche kämpfen kann. Nur um zu sehen, wie Dad entschlossen durch das für ihn nur knapp hüfthohe Wasser schreitet – auf mich zu. Er nimmt meinen Arm und zieht mich vorwärts.

»Hier gibt es eine Rippströmung. Leg dich auf dein Brett und fang an zu paddeln.«

Ich zögere. Ich frage mich, ob ich an den Strand rennen könnte, um ihm zu entkommen. Aber was dann? Und während ich noch zögere, reagiert mein Körper auf seine Ansage fast von alleine. Vielleicht das Resultat meines Lebens mit Dad. Immer auf ihn hören, tun, was er sagt.

Mein Dad nimmt mich mit ins Meer, um mich zu ertränken. Und ich tue brav alles, was er sagt.

SIEBENUNDVIERZIG

Iᴄʜ ʟɪᴇɢᴇ auf meinem Brett und fange an zu paddeln. Fast rutsche ich herunter, aber meine Brust haftet an dem Wachs. Wieder drückt die Haarklammer an meiner Haut, aber dann lenkt mich die Ankunft der nächsten Welle ab. Aus der liegenden Position heraus sieht sie plötzlich noch viel größer aus. Eine Wand aus weißem Wasser, die über mir aufragt.

»Tauch! Jetzt ducken!«, ruft Dad. Meine Arme versuchen zu tun, was er sagt, nachzuahmen, was ich ihn und tausend andere Surfer habe tun sehen, wenn sie beim Hinauspaddeln unter den Wellen durchgetaucht sind. Ich drücke die Nase meines Bretts herunter, aber es reagiert kaum. Und als die Welle mich erwischt, bricht sie genau in die Lücke zwischen dem Brett und mir, als ich es mit einer Art seltsamer Liegestütz nach unten zu drücken versuche. Sie spült mich sofort vom Brett, ich bekomme einen zweiten großen Schluck Wasser in den Mund, und plötzlich rolle ich Hals über Kopf umher. Ich weiß nicht, wo oben und unten ist. Mein Kopf streift den Sand und mein Brett zerrt an meinem Fuß. Ich tauche wieder auf und höre meine eigene Stimme schreien. Aber dann ist Dad schon wieder da. Ich spüre seine Kraft, als er mich wieder auf das Brett hebt. Höre seine Stimme, die mir sagt, dass wir das jetzt durchziehen. Dass er mich nicht aufgeben lässt.

»Paddeln. Los, Billy. Beweg einfach die Arme.«

Nach Luft schnappend tue ich, was er sagt, direkt auf eine weitere Welle zu. Aber diesmal gibt Dad mir einen kräftigen Stoß gegen den Rücken, kurz bevor sie mich trifft, und dieser Schub drückt mich zunächst in und dann durch die Wasserwand. Dieses Mal bin ich weder am Paddeln noch am Tauchen. Ich kralle mich nur noch mit aller Kraft am Brett fest.

»Jetzt! Wieder paddeln, ein bisschen nach links. Da ist die Rippströmung.«

Meine Angst vor Dad wird von dem Grauen vor diesem brüllenden, wirbelnden Wasser überboten, also tue ich, was er sagt. Und es geht jetzt etwas besser. Um mich herum blubbert und sprudelt das Wasser, wie ich es noch nie gesehen habe, und die nächste Welle ist noch nicht gebrochen: Sie kommt wie ein kleiner Hügel auf mich zu. Ich erstarre und mache mich wieder auf einen Sturz gefasst, aber jetzt hebt mich die Welle nur sanft hoch und ich gleite auf ihrer Rückseite hinunter, während sie unter mir hindurchrollt. Dad ist immer noch bei mir, nur etwas weiter hinten. Ab und zu werde ich im Wasser schneller, wenn er mich von hinten anschubst. Zwei weitere ungebrochene Wellen kommen auf uns zu und rollen unter uns hinweg. Jetzt kann ich die Kraft der Rippströmung spüren, die uns wie auf einem Fließband hinauszieht.

Dad ist inzwischen neben mir und ermutigt mich, weiterzumachen. Mein Hals schmerzt vom Schlucken des Salzwassers. Meine Arme brennen vom Paddeln. Es ist die Rippströmung, die mich hinauszieht, nicht mein Paddeln. Aber trotzdem kann ich erkennen, dass wir vorankommen.

Dad hat mich überholt und hält einen Moment lang an, um sich auf sein Brett zu setzen und sich umzusehen.

»Komm Billy, noch ein kleines bisschen weiter. Wir sind fast da.« Meine jämmerlichen Paddelzüge bringen mich näher zu ihm – jeder einzelne ist jetzt ein Kampf. Ich bin außer Atem und halte an, als wir nebeneinander sind. Ich schaue in sein Gesicht. Einerseits möchte ich mich beruhigt fühlen, dass er bei mir ist, aber andererseits habe ich einfach nur Angst. Wird er mich wieder unter Wasser drücken? Wie fühlt es sich an, wenn man ertrinkt?

»Hör nicht auf. Paddel weiter, falls noch ein Set reinkommt.« Er schubst mich wieder an, weiter aufs Meer hinaus, weiter weg vom sicheren Strand. Diesmal senke ich einfach den Kopf und versuche zu tun, was er sagt. Ich versuche, das Brennen in den Armen zu ignorieren. Ich schlage mit den Beinen, wie ich es im Schwimmbad gelernt habe, obwohl ich spüre, dass sie gar nicht im Wasser und damit nutzlos sind. Langsam, qualvoll, kriechen wir weiter aufs Meer hinaus.

Endlich lässt Dad uns anhalten.

»Das reicht jetzt. Ruh dich aus.«

Ich höre auf zu paddeln und bleibe auf meinem Brett liegen, schwer atmend von der Anstrengung und der Panik.

»Setz dich auf, versuch langsamer zu atmen.«

Ich ignoriere ihn. Wenn überhaupt wird meine Atmung schneller.

»*Setz dich hin, Billy.* So wie ich. Setz dich auf dein Brett.«

Seine Stimme holt mich zurück, und ich versuche mich so hinzusetzen wie er, die Füße im Wasser baumelnd. Es ist schwierig. Nachdem ich ein paarmal nach links und rechts getaumelt bin, falle ich schließlich vom Brett und mein Kopf taucht erneut unter. Um mich wieder aufzurichten, strecke ich die Beine aus in der Erwartung, den Sand unter meinen Füßen zu spüren. Aber diesmal ist da nichts. Ich sinke weiter in die Tiefe und fühle ihn immer noch nicht, und dann, wieder voller Panik, komme ich spuckend und weinend wieder an die Oberfläche.

»Schon gut. Versuch's noch mal. Du kriegst das schon hin«, höre ich Dad sagen.

Ich halte mich an meinem Brett fest wie ein ertrinkender Seemann, dessen Schiff untergegangen ist. Als ich wieder besser atmen kann, klettere ich erneut hinauf und versuche mich wieder so hinzusetzen wie Dad. Dieses Mal schaffe ich es, obwohl ich mich nicht sicher fühle, so als könnte ich jeden Moment wieder herunterfallen. Aber ich schaue mich um. Versuche herauszufinden, wo wir sind.

Wir sind etwa vierhundert Meter von den Felsen entfernt und vielleicht die gleiche Entfernung vom Strand – obwohl es eher wie mehrere Meilen aussieht. Hier draußen sind keine anderen Surfer. Vom Strand aus würde mich auch niemand sehen können – ich habe schon tausendmal versucht, Dad vom Strand aus zu beobachten. Mit den Wellen kann man einfach nichts erkennen. Dad könnte mich jetzt gleich unter Wasser drücken. Niemand würde es sehen. Niemand würde ihn aufhalten können.

Das einzig Gute ist, dass das Meer komplett glatt geworden ist. Es ist die Zeit zwischen den Sets. Während wir hinausgepaddelt sind, kam es mir so vor, als würden die Wellen niemals aufhören. Aber jetzt ist es wie an einem windstillen Tag.

Dad sitzt nur da. Er schaut aufs Meer hinaus. Er scheint mich zu ignorieren. Vielleicht könnte ich von ihm wegpaddeln? Mir ist aber bewusst, dass ich keine Kraft mehr in den Armen habe.

Stattdessen sitze ich nur da und grüble. Warum hat er Olivia Curran umgebracht? Was nützt ihm das? Vielleicht ist er einfach einer von denen, die Spaß am Töten haben. Vielleicht tötet er dauernd irgendwelche Leute. Vielleicht ist unser Garten voll mit Leichen, die er da vergraben hat.

Vielleicht hat er Mom umgebracht.

Dieser Gedanke durchzuckt mich wie ein Stromschlag. Vor einer Weile habe ich versucht, im Internet mehr über Mom herauszufinden. Er erzählt mir ja nichts, also habe ich die ganzen Zeitungsarchive durchforstet. Ich überlegte mir alle Suchwörter, die verwendet worden sein könnten, als über den Unfall berichtet wurde. *Krankenschwester, Autobahn, quer stehender Lastwagen, Unfall, umgekommen, Laura Wheatley.* Ich wollte eigentlich nur wissen, wie sie aussah. Dad hat keine Fotos von ihr, und ich wollte ihr Gesicht sehen.

Aber ich konnte nichts finden. Okay, das stimmt nicht ganz. Ich habe viel über Krankenschwestern gefunden, die im Laufe der Jahre auf Autobahnen Unfälle hatten. Aber niemanden mit dem Namen Laura Wheatley. Damals habe ich das nicht begriffen. Aber jetzt weiß ich Bescheid. Mom ist gar nicht auf der Autobahn ums Leben gekommen. Dad hat sie umgebracht. Und jetzt will er mich töten.

Ich schaue ihn an. Er beobachtet noch immer den Horizont, wo sich jetzt ein paar Hubbel zu bilden beginnen – ein neues Set Wellen rollt heran. Und diesmal bewegen sich meine Arme, ohne dass ich irgendetwas denke. Dad ist abgelenkt, und dies ist meine einzige Chance, vor ihm zu fliehen. Schon paddle ich so schnell ich kann. Ohne darüber nachzudenken, in welche Richtung. Ich bin mir noch nicht mal sicher, ob ich überhaupt irgendetwas denke. Ich paddle einfach nur weg von dem Mann, der mich umbringen will. Aber es dauert keine zehn Paddelzüge, bis er mich sieht.

»Hey! Was machst du da? Billy!«, schreit er mir nach. Ich nehme wahr, wie er sich auf seinem Brett wieder in die Paddelposition bringt. Im Handumdrehen, nur mit ein paar Zügen, halbiert er den Abstand, den ich aufgebaut hatte.

»Billy! Wo willst du hin? Da kommt ein Set! Bleib bei mir!«

Aber das tue ich nicht. Ich strenge mich noch mehr an. Die Panik muss meinen Körper mit Adrenalin fluten, denn jetzt spüre ich keinen Schmerz mehr, meine Hände greifen im Wasser besser und ich ziehe mich kraftvoller vorwärts als zuvor. Was Dad als Nächstes sagt, bekomme ich nicht richtig mit. Ich höre nur ein paar Wortfetzen wie Stiche in meinem Kopf.

»Falsche Richtung … wirst angespült … Stopp …«

Ich schaue auf und sehe, dass ich mich in Richtung Strand bewege. Das reicht mir. Wenn ich es bis an den Strand schaffe, kann ich zu den Felsen rennen. Ich kenne die Felsen. Dort gibt es Stellen, an denen ich mich verstecken kann, wo er mich vielleicht nicht finden wird. Das ist meine einzige Chance.

Eine seltsame halbe Minute lang paddeln wir beide durchs Wasser, ich mit ein paar Metern Vorsprung. Ich kann Dad hinter mir hören, seine

Stimme wird immer aufgebrachter. Wenn er mich jetzt einholt, ist es um mich geschehen. Er wird mich unter Wasser drücken, bis ich ertrinke.

»Billy, da kommt eine Welle! Dreh dich um!«

Aber ich drehe mich nicht um. Es ist eine Falle. Und dann heben sich meine Beine über meinen Kopf und alles läuft wie in Zeitlupe ab. Die Welle trifft mich von hinten und von der Seite und zieht mich an ihrer Front hoch. Aber jetzt ist es weder eine übergeschlagene Wand aus Weißwasser noch ein glasklarer, glatter Hügel. Diesmal bricht die Welle genau über mir. Von einer Sekunde auf die nächste hebt sie mich an, saugt mich ein, dreht mich kopfüber, wirft mich nach vorne und schleudert mich wieder hinunter ins Wasser. Mit einer betäubenden Gewalt. Ich hatte keine Zeit, noch einmal Luft zu holen, und jetzt ist es zu spät. Ein Strudel aus tosendem Wasser hält mich fest, wirbelt mich hierhin und dorthin. Diesmal berühre ich den Grund überhaupt nicht. Ich stecke einfach nur unter Wasser fest, drehe mich in alle Richtungen, ohne Luft in meinen Lungen.

Meine Augen sind offen. Kaskaden aus Luftblasen hüllen mich ein – ich habe keine Ahnung, wo oben und unten ist. Ich drehe mich einfach weiter um mich selbst. Rudere hilflos mit den Armen durch die Blasen.

Eine Ewigkeit vergeht. Es fühlt sich an, als würde ich minutenlang festgehalten, das Wasser tost mir um den Kopf. Und dann spüre ich, wie es passiert. Ich kann tatsächlich spüren, wie ich ertrinke. Mir fällt auf, dass ich die Augen geschlossen habe. Ich reiße sie wieder auf, um zu sehen, in welcher Richtung die Oberfläche sein könnte. Aber es ist schwarz hier unten. Nichts von dem grünen Wasser, dass ich vorhin noch gesehen habe. Ich nehme einen halben Atemzug voll Wasser, ich muss einfach atmen, aber mein Körper lässt mich nicht. Erbrochenes steigt in meinen Hals und Mund auf. Mir geht langsam der Sauerstoff aus. Ich werde sterben. Ertrinken. Ich kann es spüren. Aber irgendwie bin ich zwiegespalten: Der einen Hälfte von mir ist das total egal, sie will eine Lunge voll Meerwasser einatmen und es einfach geschehen lassen, aber die andere Hälfte kämpft voller Furcht vor dem weiter, was als Nächstes kommt. Voller Grauen vor der Dunkelheit, der ich entgegensinke.

Und dann berührt mich etwas. Mein Brett? Dad? Ich weiß es nicht. Was auch immer es ist, es drückt mich nieder und befördert mich tiefer nach unten. Dann aber rutscht es ab, und ich bin wieder allein. Jetzt ist es zu spät. Ich öffne den Mund ein wenig. Er läuft sofort voll, und ich schließe ihn wieder reflexartig. Und vielleicht spüre ich, wie die Kraft des Zyklons aus Wasser ein ganz klein wenig nachlässt. Um mich herum kann ich in der Schwärze Luftblasen erkennen. Aber anstatt nach oben zu steigen, fallen sie nach unten. Hinunter, in Richtung Meeresgrund.

Und dann verstehe ich. *Ich stehe auf dem Kopf.* Ich bin kopfüber. Auf der Suche nach der Oberfläche bin ich immer weiter zum Grund hinabgeschwommen. Ich strenge mich an, um meinen Körper im Wasser umzudrehen und die Richtung zu wechseln. Das ist mein letzter Kampf. Wenn das nicht funktioniert, gebe ich auf. Ich werde dem Schreien meiner Lungen nachgeben und einen letzten Atemzug salzigen Meerwassers nehmen, und dann sterben. Ich bin fast so weit.

Aber ich kämpfe noch. Nach oben zu schwimmen geht leichter, das Wasser ist nicht mehr schwarz, sondern wieder grün. Das gibt mir neue Kraft. Dann wird es fast weiß vom Schaum und den Blasen, und plötzlich durchbricht mein Kopf die Oberfläche. Ich schnappe nach Luft, bevor ich wieder untergehe, aber es ist genug, dass ich wie verrückt mit den Beinen treten kann. Das nächste Mal, als mein Kopf aus dem Wasser auftaucht, bleibt er dort, und hustend und spuckend atme ich eine Mischung aus Wasser und Luft ein. Etwa eine Minute lang bleibe ich so und halte mich an der Seite meines Bretts fest, das immer noch, festgebunden an meiner Leash, bei mir ist. Dann sehe ich Dad. Die Welle muss mich eine ganz schöne Strecke in Richtung Strand mitgerissen haben, denn er ist jetzt etwa dreißig Meter entfernt weiter draußen und kurz davor, von einer neuen Welle getroffen zu werden. Ich sehe ihm zu, wie er sich zu ihr umdreht und gekonnt unter ihr durchtaucht. Dann verliere ich ihn hinter der rollenden Wand aus Wasser aus den Augen.

Mir ist klar, dass ich diese Gelegenheit nutzen muss. Ich klettere auf das Brett und beginne wieder zu paddeln. Direkt auf den Strand zu. Wenn ich an Land gelangen kann, schaffe ich es zu den Felsen. Dort kenne ich ein paar gute Verstecke. Was ich danach machen werde, weiß ich nicht. Aber daran denke ich gerade nicht. Ich will nur nicht ertrinken.

Wieder hebt mich eine Welle von hinten an, aber diese ist nicht so gewaltig. Einen Augenblick lang reite ich auf dem Schaum, falle dann aber wieder vom Brett. Die Panik kehrt zurück. Aber diesmal halte ich den Mund geschlossen, und die Welle spuckt mich direkt wieder an der Oberfläche aus. Am anderen Ende der Leash wartet auch mein Brett auf mich, und so klettere ich wieder hinauf und paddle weiter in Richtung Strand. Dad ruft nach mir, aber er ist weit entfernt. Ich kann es schaffen. Ich weiß, dass ich es kann. Dann kommt wieder eine Welle. Dieses Mal bin ich vorbereitet. Ich klammere mich an den vorderen Teil meines Bretts. Die Welle holt das Surfbrett ein, hebt es an und lässt mich auf ihr entlanggleiten, und plötzlich rase ich auf den Strand zu und lege die Strecke schnell zurück. Ich habe schon gesehen, wie andere Surfer das gemacht haben, wenn sie an Land kommen wollten. Sie liegen bloß da und warten, während die Welle sie reinträgt. Jetzt mache ich das auch so und schaffe es etwa zwanzig Sekunden lang, mich festzuhalten, bevor ich zur Seite geworfen werde und wieder ins Wasser platsche. Jetzt allerdings treffe ich sofort auf Grund. Die letzte Welle habe ich bis ins flache Wasser geritten. Ich wage es nicht, mich nach Dad umzudrehen und zu schauen, wo er ist. Stattdessen rapple ich mich auf und versuche zu rennen, aber das Wasser ist dick wie Sirup und läuft außerdem zurück ins Meer. Also bewege ich mich wie in Zeitlupe. Dann höre ich Dad wieder. Er schreit. Er muss auch auf einer Welle zum Strand geritten sein. Ich blicke mich kurz um. Er ist etwa dreißig Meter von mir entfernt. Ich muss rennen. Ich muss die Felsen erreichen. Ich muss es dort hinschaffen, bevor mich Dad einholt.

Endlich bin ich aus dem Wasser und habe wieder Strand unter den Füßen. Ich strenge mich ein letztes Mal so richtig an. Mit gesenktem Kopf versuche ich einen Sprint. Aber ich komme nur ein paar Schritte weit, bis mich etwas am Bein festhält und ich nach vorne falle. Meine Arme rudern durch die Luft, und ich stürze schwer. Grober Sand zerkratzt mir das Gesicht und gerät in meinen Mund. Worüber bin ich denn gestolpert? Hat er mir etwas zwischen die Beine geworfen? Ich versuche, mich zu bewegen, aber schon höre ich Dads Schritte näherkommen. Mir tut alles weh. Ich versuche zu krabbeln, aber irgendetwas zieht wieder an meinem Bein. Ich schaue nach und folge der schwarzen Schnur der Leash zurück bis dort, wo sie mich am Brett verankert. Das hat mich also zum Stolpern gebracht. Gerade will ich sie abmachen, aber ich habe keine Zeit mehr. Dad rennt schon auf mich zu. Ich krieche trotzdem los zu den Felsen, schleife das Brett hinter mir her, aber er schließt innerhalb von wenigen Sekunden zu mir auf. Er tritt auf die Leash, packt mein Bein und zieht mich zu ihm zurück. Ich schreie. Es ist niemand da, der mich hören könnte, aber ich tue es trotzdem.

Still und leise werde ich bestimmt nicht abtreten.

ACHTUNDVIERZIG

»KÖNNEN Sie das bitte noch mal sagen?«, fragte Lieutenant Langley.

»Da steht, er ist als vermisst gemeldet. Und er sei in Gefahr, weil sein Vater schon mindestens einmal versucht hat …«, begann Sharon Davenport.

»Wo sind Sie gerade?«

»Im Archiv.«

»Warten Sie da. Ich komme sofort runter.«

Zwei Minuten später beugte sich Langley über die jüngere Frau, die vor ihrem Computer saß. Er starrte auf den Bildschirm.

»Sehen Sie hier, wo ich versucht habe, eine neue Datei für William Wheatley anzulegen, aber seine Fingerabdrücke sind schon im System gespeichert? Unter dem Namen Benjamin Austin …«, versuchte Sharon Davenport es erneut. Sie drehte ihren Stuhl etwas, damit der Lieutenant besser sehen konnte.

»Ja. Mhm. Wer ist der Vater? Das sehe ich hier nicht.«

Sharon Davenport tippte schnell etwas in die Suchleiste. Ein Stundenglas erschien, rotierte, und kurz darauf lud der Bildschirm neu.

»Jamie Stone«, las Sharon Davenport vor. »Gesucht von der Polizei in Oregon wegen Mordes, versuchten Mordes, Behinderung der Justiz und – oh Gott – Kindesentführung.« Sie drehte sich um und schaute den Lieutenant an.

»Drucken Sie das aus. Sofort«, befahl Langley und griff zu dem Telefon, das auf dem Schreibtisch der Frau stand.

* * *

DIE ERSTEN BEIDEN Polizeiwagen trafen um kurz nach elf Uhr am Häuschen auf den Klippen ein, neunzig Minuten nachdem Lieutenant Langley sein Telefongespräch beendet hatte. West saß im zweiten Wagen, ihr freies Wochenende war kurzfristig abgesagt worden. Nicht, dass sie irgendwelche Pläne gehabt hätte. Sie war in Silverlea abgeholt und dann mit Blaulicht bis zu der Brücke gebracht worden, die zu dem weitläufigen Örtchen Littlelea führte. Dort schalteten sie die Sirenen ab, um die Bewohner des Häuschens auf der Klippe nicht davor zu warnen, was jetzt passieren würde.

Der am Steuer sitzende Streifenpolizist bog zu schnell in die lange Einfahrt ein und kratzte mit der Seite des Streifenwagens an einer Böschung voller Brombeerbüsche entlang. Aber keiner der Insassen sagte etwas dazu oder schien es überhaupt zu bemerken. Allen schlug das Herz schon bis zum Hals. Man konnte das Adrenalin in der Luft fast schon riechen.

Der erste Polizeiwagen fuhr direkt bis vor das Haus, während der Fahrer von Wests Wagen etwas entfernt auf der Zufahrt anhielt und sie blockierte, falls Stone einen Fluchtversuch unternahm. West stieß die Tür auf und ging zu Fuß weiter, ihre Pistole fest im Griff. Sie erreichte den kleinen Vorgarten des Häuschens, als die Insassen des ersten Wagens gerade an die Tür klopften. Schnell verschaffte sie sich einen Überblick über die Situation, wobei ihr Herz so laut klopfte, dass das Geräusch allein schon eine Ablenkung war. Sie wartete schwer atmend und machte sich bereit, Deckungsfeuer zu geben, wie sie es gelernt hatte.

Auf Langleys Rufe antwortete niemand. Er hämmerte noch einmal gegen die Holztür. Dann gab er einem uniformierten Polizisten neben ihm ein Zeichen und zog sich zurück. Der Uniformierte stand mit einem schweren Stahl-Rammbock bereit, der knallrot angemalt war. West kannte ihn aus ihrer Ausbildung. Dort nannten sie ihn den GS oder den »großen Schlüssel«. Zuerst hielt die Tür noch Stand, aber beim zweiten Stoß splitterte das Holz und sie flog nach innen auf. Langley betrat zuerst das Haus, die Pistole nach vorne ausgestreckt. West erinnerte sich wieder an ihre Ausbildung, an das Betreten halbfertiger Gebäude, in denen Schurken und Schulkinder aus Sperrholz mechanisch auf sie zu schwangen, die sie dann entweder abschießen oder ignorieren musste. Ihre Gedanken rasten. Würde der Junge hier sein? Diesmal nicht als Simulation, sondern jemand aus Fleisch und Blut.

Sie nickte Rogers zu, der inzwischen neben ihr stand. Dann ging sie durch die Tür.

Sie führte direkt in die Küche, die kleiner war, als sie sich erinnerte. Ein paar Tassen und Schüsseln standen noch auf der Anrichte. Ein Hauch von Kaffee lag in der Luft. Einer der Wandschränke stand auf dem Boden, ein ausgebleichter Fleck an der Wand darüber zeigte deutlich, wo er bis vor Kurzem noch gehangen hatte. Direkt von der Küche aus führte eine Treppe nach oben, von wo sie die Männer, die vor ihr den Rest des Häuschens durchsucht hatten, »Gesichert« rufen hörte. Die Treppe knarzte nun, als Langley wieder herunterkam und mit seinen Schuhen auf dem bloßen Holz aufstampfte.

»Keiner da.« Er schüttelte den Kopf. Dann wandte er sich an den Streifenpolizisten. »Melde das über Funk.« Langley ging nach draußen.

»Und, wo zum Teufel ist er dann, hm?«, fragte Rogers in die Runde. »*Scheiße.*«

Sie durchsuchten das ganze Haus, und dann ließ Langley sie draußen warten, während er vor Ort alles organisierte. Sie standen an der niedrigen Mauer und schauten auf den Strand. Im Wasser konnten sie Punkte erkennen – Schwimmer vielleicht, wahrscheinlich aber eher Surfer.

»Was für ein verdammtes Desaster!«, fluchte Rogers und kickte gegen die Wand. »Ich kann nicht glauben, dass wir diesen Dreckskerl schon hatten. Direkt vor unserer Nase.«

West runzelte die Stirn. »Du glaubst, er war's? Meinst du, Stone ist auch der, der Curran auf dem Gewissen hat?«

»Glaubst du das etwa nicht? Du hast ihn gesehen. Er war …« Rogers wedelte mit der Hand auf der Suche nach dem richtigen Wort. »Er war *angespannt,* als wir mit ihm gesprochen haben. Als ob er etwas verschweigen würde. Hast du das nicht bemerkt?«

West antwortete nicht.

»Ich denke, er hat nur darauf gewartet, dass wir ihn mit etwas konfrontieren. Ich wette mit dir, er konnte sein Glück kaum fassen, als wir ihn einfach so haben ziehen lassen.«

West dachte an die Vernehmung mit Sam und Billy Wheatley zurück – wie sie damals jedenfalls noch hießen.

»Er kam mir wirklich etwas nervös vor«, sagte sie.

»Er ist bestimmt schon halb in Mexiko«, antwortete Rogers, ohne ihr wirklich zuzuhören. Er blies seine Backen auf wie ein Hamster.

»Vielleicht«, antwortete West.

»Nicht vielleicht. Ganz sicher. Wärst du das nicht?«

»Ich sag nur, dass ich es nicht weiß.« Sie sah sich um. »Das hier sieht mir nicht wie ein Ort aus, der für immer verlassen wurde.«

»Wie müsste das Haus denn deiner Meinung nach aussehen? Sollten die etwa einen Abschiedsbrief für uns dagelassen haben?« Rogers wandte sich ab und starrte in den Abgrund, der sich vor der Klippe auftat. Ein Schweigen hing in der kalten Luft.

»Nein«, erwiderte West schließlich. »Ich versuche nur, das Ganze zu verstehen. Dieser Typ tötet Olivia Curran, und sein Sohn kommt mit einem sorgfältig ausgearbeiteten, abgefahrenen Hinweis an, dem zufolge jemand anders sie umgebracht hat. Ergibt das wirklich einen Sinn?«

Rogers musste darauf nicht antworten, denn Lieutenant Langley stieß zu ihnen.

»Stone arbeitet für den Typ, dem das große Hotel im Ort gehört. James Matthews. Vielleicht arbeitet er sogar heute. Ich werde das Haus hier komplett auseinandernehmen. Sie machen sich auf den Weg zum Hotel. Schauen Sie mal, was Sie rausfinden können.«

Sie wandten sich schon zum Gehen um, aber Langley hatte ihnen noch etwas auf den Weg mitzugeben.

»Oh. Und wenn sie das Arschloch finden. Dann lassen Sie ihn diesmal nicht wieder laufen, klar?«

NEUNUNDVIERZIG

SIE STIEGEN in den Streifenwagen und fuhren den Hügel hinunter nach Silverlea. Als sie sich der Brücke näherten, mussten sie langsamer fahren. Vor ihnen parkte ein weiterer Streifenwagen quer und blockierte die Straße. Zwei uniformierte Polizisten standen auf der Straße, hielten alle Fahrzeuge an und überprüften die Insassen. Rogers schaltete für ein, zwei Sekunden die Sirene an, bis die Zivilfahrzeuge vor ihnen Platz gemacht hatten.

»Und?«, fragte er, während er langsam an dem Polizisten vorbeifuhr.

»Von beiden keine Spur, Sir«, entgegnete der kopfschüttelnd.

»Okay, suchen Sie weiter.« Rogers biss sich auf die Lippe und fuhr weiter.

Schweigend fuhren sie die hübsche kleine Straße hinunter, die zum Silverlea Lodge Hotel führte.

»Meinst du, die erinnern sich an uns?«, überlegte Rogers, als sie vor dem Gebäude anhielten. West antwortete nicht. Stattdessen öffnete sie ihre Tür und joggte die Stufen hoch.

Die Rezeptionistin schaute von ihrem Schreibtisch auf und lächelte.

»Guten Morgen, Detective Rogers, wie schön …«, begann sie fröhlich, aber Rogers unterbrach sie.

»Hi, Wendy. Das hier ist leider kein privater Besuch. Wir müssen mit dem Manager sprechen. Wissen Sie, wo er ist?«

»Mr. Matthews?« Einen Moment lang sah sie etwas verwirrt aus, fasste sich dann aber.

»Nun, normalerweise spielt er samstags immer Golf, aber ich habe ihn heute schon vorbeischauen sehen. Soll ich nachsehen, ob er noch in seinem Büro ist?«

»Ja. Tun Sie das«, bat Rogers und wartete direkt vor ihr, während sie den Telefonhörer abnahm.

»Kleiner Ort.«

»Was?«

»Kleiner Ort. Lornea Island. Alles ist irgendwie miteinander verknüpft.«

Bevor West antworten konnte, sprach Wendy wieder.

»Sie haben Glück, Detective Rogers. Mr. Matthew ist noch in seinem Büro.« Sie hielt inne und bedeckte den Hörer mit ihrer Hand. »Möchten Sie jetzt gleich zu ihm?«

»Ja, das möchten wir. Hier entlang, oder?« Rogers wartete nicht auf ihre Antwort, sondern ging um den Schreibtisch herum und dann in den dahinterliegenden Flur. West folgte ihm, und die leicht verstörte Wendy lief ein paar Schritte hinter ihr. Nach einigen Metern kamen sie zu einer Tür mit dem Schild »Manager«. Rogers klopfte dreimal an und wollte gerade ein viertes Mal klopfen, als eine Stimme von innen sie aufforderte, einzutreten. Das taten sie auch, ohne zu zögern.

»James Matthews?«, bat Rogers den hinter dem Schreibtisch sitzenden Mann um Bestätigung. Matthews trug Golfkleidung und hielt immer noch das Telefon in der Hand. Mit einem verwirrten Gesichtsausdruck legte er den Hörer auf.

»Detective Rogers und –«

»Detective West, Sir«, stellte West sich vor. Sie zückte ihre Dienstmarke und zeigte sie ihm. Rogers tat es ihr nach.

»Gibt es ein Problem?«

»Das könnte man so sagen«, erwiderte Rogers. »Können Sie bestätigen, dass ein Sam Wheatley hier in diesem Hotel arbeitet? Er hat ihren Namen als seinen Arbeitgeber genannt.«

»*Sam*? Worum geht es denn hier?«

»Könnten Sie bitte nur die Frage beantworten«, sagte Rogers.

»Ja, das könnte ich schon, aber Sie müssen mir erst sagen warum.«

»Wir ermitteln im Mordfall Olivia Curran. Können Sie mir sagen, ob Sam Wheatley für Sie arbeitet?«

Matthews sah aus, als wäre er kurz davor, ärgerlich zu werden. »Schauen Sie, Detective Rogers, ich denke, Sie sollten wissen, dass ich sehr eng mit Ihrem Vorgesetzten, *Chief* Larry Collins, befreundet bin.«

»Und Sie sollten wissen, dass ich gerade sehr schnell die Geduld verliere. Also, arbeitet Sam Wheatley in Ihrem Hotel oder nicht?«

James Matthews starrte Rogers an und wurde ganz rot im Gesicht. West unterbrach die beiden Männer.

»Mr. Matthews. Es ist dringend. Und wichtig.«

Mr. Matthews starrte Detective Rogers noch eine ganze Weile an, schaute dann aber zu West hinüber und schüttelte kaum merklich den Kopf.

»Natürlich. Bitte setzen Sie sich.«

Vor dem Tisch stand nur ein Stuhl. Rogers deutete grummelnd mit dem Kopf auf ihn, und West nahm darauf Platz. Matthews atmete tief ein und langsam wieder aus.

»… Detective West …« Matthews hielt einen Finger hoch, als hätte er ihr Gesicht gerade wieder einordnen können. »Sie sind die beiden Polizisten, die zu Beginn der Ermittlungen im Fall Curran hier übernachtet haben.« Er legte den Kopf schief.

»Das stimmt.«

»Ich hoffe, dass Sie einen angenehmen Aufenthalt hatten? Ich hatte die Zimmer der Polizei zur Verfügung gestellt. Ich wollte meinen Teil beitragen.«

»Das wissen wir sehr zu schätzen, Sir. Nun, was Sam Wheatley betrifft: Können Sie bestätigen, dass er für Sie arbeitet, und wissen Sie womöglich, wo er sich momentan aufhält?«

Matthews hob beide Hände, als würde er sich geschlagen geben.

»Er arbeitet für mich, aber nicht hier. Er kümmert sich um die Instandhaltung meiner Ferienhäuser. Ich bin mir aber sicher, dass er nichts mit der Sache zu tun hat.«

»Und arbeitet er heute?«

»Schauen Sie. Ich habe mit Larry gesprochen. Ich weiß alles über den Fund der Hand dieses armen Mädchens in Goldhaven. Und ich bin mir sicher, dass Sam Wheatley nichts damit zu tun hat.«

»Könnten Sie bitte einfach nur unsere Fragen beantworten«, sagte Rogers, der ungeduldig im hinteren Teil des Büros auf und ab tigerte. Dort befand sich noch ein Stuhl, den Rogers nun an den Schreibtisch zog und sich setzte.

Matthews runzelte erneut die Stirn. Er wandte sich an Detective West.

»Leider weiß ich das nicht. Er arbeitet häufig an den Wochenenden, aber eigentlich stellt er sich seinen eigenen Dienstplan zusammen. Wenn Sie möchten, kann ich ihn gerne anrufen.«

»Welche Nummer haben Sie für ihn?«, mischte sich Rogers ein. Eine kurze Pause entstand.

»Ich schau mal nach«, antwortete Matthews. Während er auf seinem Computer und dann seinem Handy suchte, warteten die beiden Polizisten schweigend. Er fand eine Nummer und zeigte sie Rogers, der sie in einem Notizbuch, das er aus seiner Tasche zog, notierte. Rogers nickte zum Telefon hin.

»Versuchen Sie es.«

Matthews wählte die Nummer und lauschte eine kurze Zeit lang stumm in den Hörer. Dann legte er auf.

»Kein Empfang.«

»Okay«, begann West ein paar Augenblicke später. »Wir brauchen eine Liste mit allen Orten, an denen er arbeiten könnte. Die Häuschen, die Sie erwähnt haben. Können Sie uns die sofort geben? Dann können wir die überprüfen lassen.«

Matthews seufzte leise, nahm aber wieder sein Telefon in die Hand, wählte eine einzelne Nummer auf dem Tastenfeld und gab kurze, klare Anweisungen an die Person am anderen Ende der Leitung.

»Sie bekommen sie in ein paar Minuten.« Er lächelte die beiden Polizisten etwas gezwungen an.

»Danke, Sir.«

Rogers fischte sein Handy aus einer Tasche und schaute, ob Nachrichten eingegangen waren. Als er nichts fand, schüttelte er den Kopf in Wests Richtung.

»Was können Sie uns über Sam Wheatley erzählen? Wie lange kennen Sie ihn schon? Wie kam es, dass Sie ihn angestellt haben?«, wollte West wissen.

Der Manager nahm sich einen Moment Zeit, bevor er antwortete.

»Ich würde nicht sagen, dass ich ihn *gut* kenne. Ich habe ihn vielleicht vor … sieben, acht Jahren kennengelernt. Vielleicht früher. Wenn ich mich recht erinnere, kam er ins Hotel und fragte nach Arbeit. Zu dem Zeitpunkt ging unser voriger Hausmeister gerade in den Ruhestand. Also sagte ich ihm, ich würde ihm hier eine Chance geben.«

»Und haben Sie irgendwelche Background-Checks durchgeführt? Seine Referenzen überprüft?«

Matthews dachte nach. »Das ist alles lange her. Aber für so eine Anstellung würde ich normalerweise keine so gründliche Überprüfung durchführen. Darf ich fragen, warum Sie das wissen wollen?«

Beide Polizisten ignorierten seine Frage.

»Und kennen Sie ihn auch privat?«, erkundigte sich West. »Können Sie uns die Namen irgendwelcher Angehörigen nennen, die hier auf der Insel leben? Oder von engen Freunden?«

Matthews schüttelte den Kopf. »Wir haben uns nie wirklich privat getroffen.« Er dachte einen Moment lang nach. »Ich glaube, er ist ein Surfer. Sie könnten bei denen mal nachfragen.«

West blickte kurz zu ihrem Partner.

»Sagt der Name Jamie Stone Ihnen irgendetwas?«

»Nein. Sollte er?«

Wieder ignorierten die Polizisten die Frage.

»Gibt es sonst noch etwas, das Sie uns über Sam Wheatley erzählen könnten? Irgendetwas, wodurch wir herauskriegen könnten, wo er sich gerade aufhält?«

Matthews schüttelte wieder den Kopf. »Ich weiß nur, dass er äußerst zuverlässig ist und mir nie irgendwelche Probleme bereitet hat. Um ehrlich zu sein, ich kenne seinen Sohn etwas besser. Er ist so etwas wie ein kleines Computergenie. Er repariert die Internetverbindungen in vielen unserer Häuser.«

West warf Rogers wieder einen schnellen Blick zu, der bei dieser Aussage von seinem Telefon aufschaute.

»Billy Wheatley?«

»Genau.«

Es klopfte an der Tür, und sie ging einen Spalt weit auf. Eine junge Frau stand draußen und hielt ein Blatt Papier in der Hand. Matthews winkte sie herein. Sie ging zum Schreibtisch und warf einen kurzen Blick auf die beiden Polizisten, ohne jedoch Blickkontakt herzustellen.

»Danke, Cheryl«, sagte Matthews und wartete dann, bis sie das Zimmer wieder verlassen hatte. Er las sich das Papier einen Moment lang durch, nahm sich dann einen Stift und begann, darauf herumzukritzeln. Als er fertig war, hielt er es Detective Rogers hin.

»Dies ist eine Liste all unserer Häuser. Ich habe die eingekreist, an denen Sam im Moment arbeitet.«

Rogers nahm das Blatt und schaute es sich an. Dann wählte er eine Nummer auf seinem Handy und begann damit, Streifenpolizisten anzu-weisen, die von Matthews markierten Häuser aufzusuchen. Als er fertig war, piepste sein Handy laut.

»Danke sehr, Mr. Matthews. Sie haben uns wirklich sehr geholfen«, bedankte sich West und stand von ihrem Stuhl auf.

»Nun, das hoffe ich. Hoffentlich finden Sie ihn. Obwohl ich noch einmal sagen möchte, dass ich nicht glaube, dass Sam Wheatley irgend-etwas mit dem Mord an der armen Olivia zu tun hat.«

»Ja. Trotzdem vielen Dank.« Sie machte sich zum Gehen bereit, aber Rogers blieb in seinem Stuhl neben ihr sitzen. Er starrte auf den Bildschirm seines Handys.

»Wir haben ihn«, sagte Rogers zu ihr.

Sie antwortete nicht, aber er schaute kurz zu ihr auf und sprach dann weiter.

»Langley hat seinen Pick-up gefunden. Verlassen am Fluss.«

FÜNFZIG

Es WAR SCHON SPÄT am Sonntagabend, als Chief Collins das Meeting einberief. Er schickte einen der Streifenpolizisten los, um etwas zu essen für sie zu holen, und dann saßen die vier – Langley, Rogers, West und der Chief – in seinem kleinen, ordentlichen Büro und aßen schweigend ihre Pizza. Es war ein langer Tag ohne Pausen zum Essen gewesen. Als sie fertig waren, begann der Chief mit einer Zusammenfassung der Dinge, die sie bisher über Jamie Stone herausgefunden hatten.

»Heute habe ich mit einem Randy Springer telefoniert. Er ist Polizeichef oben in Crab Creek, wo sich all das zugetragen hat. Er hat sich zwar geärgert, dass ich ihn an einem Sonntag angerufen habe, aber er erinnert sich recht gut an Stone.

Springer ist sich sicher, dass Stone unser Mann ist. Er sagte, dass er sich schon gedacht hatte, dass er früher oder später wieder auftauchen würde. Stone sei einer von der Sorte, die immer wieder zuschlagen wird.« Der Chief hielt inne und schien einen Moment lang nachzudenken.

»Er sagte, Stone sei gewalttätig und extrem gefährlich. Er würde bewaffnet sein und sich, falls er in die Ecke getrieben wird, ohne Zögern den Weg frei schießen.« Collins hörte wieder eine Zeit lang auf zu sprechen.

»Springer hat das sehr betont. Er sagte, wir sollten erst schießen und dann Fragen stellen.« Der Chief schaute sich sein Team an. »Ich will also nicht, dass irgendjemand ein unnötiges Risiko eingeht. Besonders, wenn der Junge dabei ist. Vorausgesetzt, der Junge ist noch am Leben.«

Der Raum blieb still, während die Polizisten dies auf sich wirken ließen. Obwohl sie den ganzen Tag lang nichts gegessen hatte, hatte West die Pizza nicht angerührt. Sie hatte mit wachsendem Entsetzen dem Bericht darüber zugehört, was Stone alles angestellt hatte. Sie überlegte, wie es wohl für den Jungen gewesen sein musste, mit ihm zu leben. Aber mehr noch dachte sie daran, dass sie zwei Gelegenheiten verpasst hatte, ihn zu retten. Es drehte ihr den Magen um. Der Chief fuhr fort.

»Okay, schauen wir uns ein paar Details an. Langley. Der Pick-up. Was wissen wir momentan darüber?«

Langley stieß sich von der Wand ab, an die er sich gelehnt hatte, und las von seinem Notizblock ab. »Es ist ein roter Ford mit Schildern aus dem Jahr '97. Er wurde auf einem abgelegenen Parkplatz am Fluss entdeckt, nicht abgeschlossen. An der Seite klebte frischer Schlamm, als wäre er heute Morgen durchs Gelände gefahren. Im Fußraum stand Flusswasser.«

»War irgendetwas drin? Irgendeine Spur von dem Kind?«

»Hinten drauf lagen Surfbretter und Neoprenanzüge. Die sahen so aus, als wären sie heute Morgen auch benutzt worden. Ansonsten gab es nicht viel. Wir haben aber Fußabdrücke gefunden, von einem großen Männerschuh und einem Kinderturnschuh. Die führten direkt zur Schnellstraße hoch. Ich denke, sie sind heute Morgen surfen gegangen, dann nach Hause zurückgekehrt und haben gesehen, dass wir dort waren, und sind dann über Schleichwege geflohen. Als sie bemerkten, dass wir Straßensperren aufgestellt hatten, ließen sie den Pick-up zurück.«

»Okay.« Collins dachte einen Moment lang nach. »Da hinten raus gibt es keine Kameras, nehme ich an?«

Langley schüttelte den Kopf.

»Spurensicherung?«

»Auf der Insel gibt es kein Labor, das groß genug wäre, um den Wagen zu untersuchen. Also wird er gerade für die Überfahrt mit der Fähre heute Abend verpackt. Morgen Nachmittag sollten wir mehr wissen.«

»Okay. Bleiben Sie da dran. Ich möchte sofort benachrichtigt werden, wenn Sie etwas hören. Was ist mit den Ferienhäusern, um die er sich kümmert? Gab es da irgendwas? Rogers?«

»Dort versteckt er sich nicht. Wir halten ein Auge drauf.«

»Bleiben Sie auch da dran. Es wird kalt heute Nacht. Falls sie auf der Flucht sind, brauchen Sie irgendwo einen Unterschlupf. Leerstehende Gebäude werden da sehr verlockend sein«, erklärte Collins. »Fluchtwege von der Insel?«

Zu diesem Punkt meldete sich Langley. »Wir beobachten den Hafen und gehen durch die Videos der Überwachungskameras. Niemand, der auf ihre Beschreibung passt, ist heute an Bord der Fähre gegangen. Natürlich könnte er auch ein privates Boot haben, von dem wir nichts wissen, aber dafür gibt es keine Anzeichen. Und bisher wurde nichts als gestohlen gemeldet. Wir arbeiten unter der Annahme, dass er sich noch immer irgendwo auf der Insel befindet.«

»Was ist mit dem Haus? Gibt es da irgendetwas?«

Langley schüttelte den Kopf. »Nichts. Wir suchen aber weiter. Wir werden es komplett auseinandernehmen.«

»Okay. Dafür wird sich schon Zeit finden.«

Collins schwieg kurz, ohne irgendeinen der Anwesenden anzusehen. Er strich sich über seinen Schnauzbart.

»Okay. Lassen Sie uns noch mal über sein Alibi nachdenken. West, Sie haben damals seine Aussage zu Protokoll genommen, nicht wahr? Was hat er gesagt?«

Detective West hatte Kopien ausgedruckt und reichte diese nun herum. Sie räusperte sich.

»Er hat behauptet, dass er die Currans zu Beginn ihres Urlaubs nicht kennengelernt hätte. Den Schlüssel zu ihrem Häuschen hätten sie sich aus einem Schließfach geholt. Er behauptete zudem, dass er nicht einmal wusste, wer ihre Tochter war, bis die Nachrichten über sie berichteten. Allerdings *war* er auf der Party.« Sie zögerte.

»Er erzählte uns, dass er etwa um 23:00 Uhr ging. Um seinen Sohn nach Hause zu bringen. Olivia wurde auch nach dieser Uhrzeit noch gesehen, also wurde dies nicht weiterverfolgt.«

»Hat der Sohn bestätigt, dass beide gemeinsam die Party verlassen haben?«

»Damals hat er das«, bestätigte West. »Aber dann habe ich das hier gefunden. Schauen Sie.« Sie reichte eine zweite Aussage herum.

»Das ist von Linda Richards. Sie wohnt in der Nähe der Wheatleys. Sie sagte, dass sie ihre Tochter von der Party nach Hause bringen wollte und angeboten hat, Billy Wheatley dann gleich mitzunehmen. Stone sei dabei gewesen, sich mit Freunden zu unterhalten, und wollte noch länger bleiben. Also kehrte der Junge tatsächlich zu der Zeit nach Hause zurück, die er angegeben hat. Aber Stone nicht.«

Langley lehnte sich nach vorn, um das Papier selbst kurz zu überfliegen. »Wie konnte das übersehen werden?«

Niemand antwortete.

»Wer hat Linda Richards Aussage zu Protokoll genommen?«, wollte der Chief nun wissen.

»Strickland, Sir«, antwortete West.

Der Chief strich sich wieder über seinen Schnauzbart und bauschte seine Backen auf. Stille erfüllte den Raum.

»Ihnen ist an Stone nichts Seltsames aufgefallen? Als Sie diese Aussage aufgenommen haben?«, erkundigte sich Langley.

»Was denn zum Beispiel?«, fragte West nach.

»Na, dass alles *erstunken und erlogen* war.« In Langleys Stimme schwang Wut mit.

»Nein, nicht zu dem Zeitpunkt«, entgegnete West. »Es gab keinen Grund dafür.«

»Und was war, als er direkt vor Ihnen saß? Hier auf der Wache. Ist Ihnen da auch nichts aufgefallen?«

»Wir haben uns auf den Jungen konzentriert. Es gab auch zu dem Zeitpunkt keinen Grund, seinen Vater zu verdächtigen.«

»Was für ein Schlamassel – nicht zu fassen«, kam es von Langley.

West setzte gerade zu einer Antwort an, als der Chief sie unterbrach.

»Das reicht. Dem hier müssen wir nachgehen. Wenn Stone nicht um elf Uhr gegangen ist, wann dann? Wer hat ihn danach noch gesehen? Wir müssen Beweise gegen den Typ sammeln und ihn gleichzeitig finden.«

West hörte zu, wie der Chief seine Befehle erteilte, aber richtig konzentrieren konnte sie sich nicht. Ihr ging Langleys Wut nicht aus dem Kopf. War es etwa ihre Schuld, dass Stone ihnen durchs Netz gegangen war? Hätte sie bemerken müssen, dass mit Billy und seinem Vater etwas nicht stimmte?

»Okay, das war's erst mal«, unterbrach der Chief ihre Gedanken. »Langley, Rogers, gehen Sie heim und ruhen Sie sich aus. Ich will, dass die Suche bei Tagesanbruch weitergeht. West, Sie warten hier bitte einen Moment. Ich möchte mit Ihnen reden.«

Die Polizisten packten ihre Sachen zusammen und gingen nacheinander an ihr vorbei. Langley starrte sie im Vorbeigehen an. Rogers lupfte die Augenbrauen. Als sie gegangen waren, schloss Collins leise die Tür. Dann setzte er sich wieder an seinen Schreibtisch.

»Sir?«, fragte West ein paar Augenblicke später mit besorgtem Gesicht.

Der Chief antwortete zunächst nicht. Schließlich schaute er zu ihr auf.

»Detective West. Es gibt da etwas, das Sie wissen müssen. Außer dem Telefonat mit Chief Springer heute Nachmittag wurde ich noch von zwei Journalisten angerufen. Es ist nur eine Frage der Zeit, bis sie herausfinden, dass wir vor zwei Monaten eine Aussage von Jamie Stone zu Protokoll genommen und nichts unternommen haben, und ihn dann diese Woche auf der Wache noch mal vor uns sitzen hatten. Und ihn laufen ließen.« Er schaute West an. Sein Gesicht war düster.

»Sir …«

»Wenn das passiert«, fiel Collins ihr ins Wort, »werden die uns in der Luft zerreißen. Und wenn die Ihren Namen herausfinden – und das kann ich möglicherweise nicht verhindern –, kann es sein, dass *Sie* das Ganze abbekommen.« Er sah West lange an. Sie konnte seine Gedanken nicht lesen.

»Falls es sich herausstellen sollte, dass Sie tatsächlich einen Mörder vernommen haben – und das sogar zweimal –, wird es Leute geben, sowohl innerhalb als auch außerhalb der Wache, die Ihnen das zur Last legen werden.«

West spürte, dass ihr Gesicht rot anlief. Sie konnte nichts dagegen tun. Als sie den Mund öffnete, um etwas zu erwidern, hob er die Hand.

»Verstehen Sie mich nicht falsch, Detective West. Mir ist schon klar, dass Mörder sehr gute Lügner sein können. Mir ist aber auch bewusst, dass diese Wache unter extremem Druck steht.« Er pausierte. Dann drehte er sich mit seinem Stuhl um und schaute aus dem Fenster.

»Wissen Sie, als ich hierherkam, dachte ich, ich könnte meine letzten Jahre bei der Polizei außerhalb des Rampenlichts verbringen«, sagte er mit einer plötzlich viel freundlicher klingenden Stimme. »Ich hatte die Nase voll von psychopathischen Kindsmördern und dem Medienzirkus, den sie für sich nutzen. Nach einer Weile realisiert man einfach, dass es, egal wie viele man erwischt, immer wieder neue geben wird. Es ist etwas Krankes in unserer Gesellschaft.« Er drehte sich wieder zu ihr um.

»Dies hier ist eine kleine Polizeiwache, Detective. Auf einer kleinen, abgelegenen Insel. Die Leute hier haben meist konservative Ansichten. Eine Polizistin. Ein schwarzer Polizeichef. Für einige Menschen hier ist das nur schwer zu verstehen. Darüber müssen wir uns beide im Klaren sein.«

West antwortete nicht. Sie verstand nicht ganz, was der Chief ihr sagen wollte, und er gab ihr nicht die Zeit, das Gesagte zu verarbeiten.

»Detective. Ich denke, es wäre besser, wenn Sie sich für eine Weile zurückziehen würden, nur so lange, bis wir Stone geschnappt haben. Sollte das länger dauern, als ich hoffe, besteht die Gefahr, dass sich die Haltung gegen Sie verhärtet.«

West verstand immer noch nicht.

»Zurückziehen? Was meinen Sie damit?«

Der Chief strich wieder über seinen Schnauzbart. »Ich habe ein paar Dinge arrangiert. Ich möchte, dass Sie Stones Vorgeschichte aufarbeiten. Sprechen Sie mit der Mutter des Jungen, dem Rest der Familie. Versichern Sie sie, dass wir alles tun, um ihn zu finden. Das Letzte, was wir gebrauchen können, ist, dass die sich jetzt auch noch aufspielen. Und sie kannten

Stone. Vielleicht weiß jemand von denen etwas, was uns dabei helfen kann, sein Versteck zu finden.«

West runzelte die Stirn. Das schien kaum Erfolg zu versprechen.

»Aber Sir, ich möchte ihn finden. Ich möchte hier weitermachen.«

Collins entgegnete ihr scharf: »Nein. Langley wird sich darum kümmern. Er wird die ganze verdammte Insel absuchen. Wenn Stone noch hier ist, wird Langley ihn finden. In der Zwischenzeit möchte ich jemanden auf dem Festland haben. Ich will aus erster Hand hören, was dieser Typ angestellt hat.«

»Aber …« West wollte schon zu einem weiteren Einwand ansetzen, aber Collins unterbrach sie.

»Kein Aber, Detective. Ich habe Chief Springer gesagt, dass er morgen Mittag mit Ihnen rechnen kann. Sie sollten zuerst mit ihm sprechen. Er scheint die Art von Mann zu sein, die das erwarten würde.«

»*Morgen Mittag*? Wie soll ich das denn überhaupt schaffen?«

Dann, fast wie gerufen, klopfte es an der Tür. Chief Collins antwortete, und Diane Pittman steckte den Kopf herein. Kurz sah sie zu West, um festzustellen, wer sie war, bevor sie sprach.

»Der Hubschrauber ist unterwegs, Sir. Sie sagen, etwa eine halbe Stunde. Und sie fragen, wo sie hinsollen?«

Collins schaute West an.

»Sie wohnen noch in Silverlea, oder?«

»Ja, Sir.«

»Können Sie in einer halben Stunde ihre Sachen gepackt haben und abreisebereit sein?«

Nach einer kurzen Pause antwortete sie: »Ja, Sir.«

»Gut.« Er wandte sich wieder der älteren Frau zu, die immer noch in der Tür stand und diese halb offen hielt. »Sie können am Strand landen.« Der Chief schaute wieder zu West. »Sie werden dort abgeholt.«

Einen Moment lang begriff sie nicht, dass er sie damit entließ. Dann kapierte sie es und stand langsam mit schwirrendem Kopf auf. Aber er rief sie zurück.

»Oh, und Detective?«

»Ja?«

»Falls Ihnen da drüben irgendwas komisch vorkommt, dann lassen Sie es mich wissen, ja?«

EINUNDFÜNFZIG

VOR DEM BÜRO des Chiefs war es ruhig im Gebäude, aber nicht so wie sonst an einem Sonntagabend. Heute fühlte sich der Ort schon fast verlassen an, da die gesamte Belegschaft tagsüber an der Suchaktion beteiligt gewesen war. Tassen mit kaltem Kaffee standen auf Schreibtischen herum. Die noch eingeschalteten Computer zeigten in einer Endlosschleife die Bildschirmschoner des *Lornea Island Police Department*.

Detective West ging in einem Schockzustand in ihr Büro. Fast sah sie Rogers gar nicht, der dort auf sie wartete. Er lehnte sich gemütlich in einem Stuhl zurück, der nicht seiner war, und spielte mit einem Stift.

»Was war das denn gerade? Der ist doch nicht sauer, dass wir Stone nicht durchschaut haben, als wir den Jungen vernommen haben?«

»Nein.«

»Es war auch nicht wegen dem, was Langley gesagt hat, oder? Der Typ kann nämlich manchmal ein richtiges Arschloch sein. Und das warst ja auch nicht nur du. Wenn es hier ein Problem gibt, dann stecken wir beide drin. Und mir macht es nichts aus, ihm das auch zu sagen.« Rogers stand unter Dampf. West unterbrach ihn.

»Er will, dass ich nach Crab Creek fahre, wo Stone seinen ersten Mord begangen hat. Ich soll mir das alles da anschauen, falls es dort irgendetwas gibt, was uns hier helfen könnte.«

Rogers runzelte die Stirn.

»Und was soll das bringen? Er ist *hier*. Wir müssen ihn hier dingfest machen.«

West antwortete nicht.

»Okay. Und wann?«

»Jetzt. Buchstäblich jetzt. Heute Abend. Der Hubschrauber holt mich in einer halben Stunde ab.«

Rogers verzog überrascht das Gesicht.

»Ich glaube, dann brauchst du wohl eine Mitfahrgelegenheit.«

Gemeinsam fuhren sie zu den Apartments. West packte schnell ihre Sachen und stopfte zwei Garnituren Wechselkleidung in eine Tasche. Als sie sie zumachte, piepste ihr Handy mit einer Nachricht, in der ihr Pittman die Flugdaten mitteilte. Dann fuhr Rogers sie hinunter zum Surf Lifesaving Club und direkt auf den Strand. West wartete auf dem Beifahrersitz, ihre Tasche zwischen den Beinen. Sie sagten kaum etwas.

Kurze Zeit später erschien von Norden her ein grelles Licht am Himmel über der Landzunge. Erst als es schon recht nah war, konnte man die Rotorblätter und die Form des Hubschraubers erkennen. Dann wurde er langsamer und sank fast genau über ihnen mit tosendem Lärm zu Boden und wirbelte winzige Tornados aus Meerwasser auf. Vom Auto aus sah es ein bisschen ungeschickt aus, irgendwie unwirklich. Die linke Kufe berührte den Sand zuerst.

»Also, ich halte dich auf dem Laufenden«, sagte Rogers, als der Hubschrauber gelandet war. Die Rotoren drehten sich weiter, und er musste laut sprechen, um gegen den Lärm anzukommen. Im Hubschrauber gab der Pilot ihnen ein Zeichen.

Sie nickte und schaute zu Rogers. Sein Blick war irgendwie abwesend, als könnte er es kaum erwarten, mit der Suche nach Stone weiterzumachen.

»Ja, ich dich auch«, sagte sie schließlich. Sie streckte die Hand aus, um die Tür zu öffnen.

»Wir werden ihn für dich schnappen«, fügte Rogers noch schnell hinzu. »Wir werden den Dreckskerl erwischen.«

West zögerte kurz, ohne etwas zu erwidern, und drückte dann die Tür auf.

Draußen war der Lärm ohrenbetäubend. Ein heißer Schwall von Abgasen und Sand rauschte ihr entgegen und brannte auf ihrem Gesicht. Sie machte sich klein und bedeckte ihren Kopf, um ihn vor dem Wind zu schützen. Die kleinen Pfützen von Meerwasser vor ihren Füßen zitterten, als wären sie lebendig. Sie rannte zum Hubschrauber, erreichte seine glänzend lackierte Seite und schob die Hintertür auf. Sie stieg ein und zog die Tür wieder zu, brauchte aber beide Arme, um sie überhaupt zu bewegen. Als sie zuschlug, war der Lärm nur noch halb so schlimm. Und innen war es außerdem warm. Der Pilot drehte sich zu ihr um und sagte etwas, das sie nicht verstand. Dann zeigte er auf die Kopfhörer, die an einem Haken über ihrem Sitz hingen. Sie nahm sie ab und setzte sie auf.

»Willkommen an Bord, Detective«, sagte eine Stimme in ihren Ohren. »Würden Sie sich bitte anschnallen? Wir heben sofort ab.« Sein Festland-Akzent überraschte sie. Sie hatte sich mittlerweile schon an die Aussprache der Inselbewohner gewöhnt.

»Boston Logan, korrekt?«, versicherte sich der Pilot, und diesmal nickte sie ihm zu.

»Um wie viel Uhr geht Ihr Flug?«

»Um 22:45 Uhr.«

»Das wird knapp, aber wir geben unser Bestes. Ist das Ihr erstes Mal in einem Hubschrauber?«, fügte er hinzu, und sie nickte wieder.

»Woher wissen Sie das?«

»Das sieht man immer an dem angstvollen Ausdruck auf den Gesichtern.« In der spärlich beleuchteten Kabine meinte sie, ein Lächeln auf seinem Gesicht zu sehen, aber dann drehte er sich wieder um und beschäftigte sich mit seinen Steuerelementen. Kaum hatte sie ihren Gurt angepasst, wurde der Motor auch schon lauter. Erst langsam, dann immer schneller stieg der Hubschrauber auf. Der Boden, der Strand, das Meer – alles wurde unter ihnen immer kleiner. Es fühlte sich ein bisschen an, wie betrunken Aufzug zu fahren. Dann wirbelten sie herum, und der Ausblick aus Wests Fenster änderte sich. Die Stadt verschwand. Stattdessen konnte sie die dunklen Dünen und dann das Meer sehen. Sie bemerkte, dass sie sich an der Armlehne festkrallte, und zwang sich, ihre Hand zu entspannen. Sie flogen immer schneller, hinaus auf das Meer und um die Klippen herum. Es fühlte sich zwar nicht so an, aber sie mussten schon ziemlich schnell unterwegs sein, denn sie waren bereits über Littlelea. West versuchte, oben auf der Klippe das Haus des Jungen auszumachen, aber sie konnte es nicht finden. Dann bemerkte sie, dass sie an der falschen Stelle suchte. Man konnte von hier aus wirklich die Orientierung verlieren.

Schließlich entdeckte sie es. Billy Wheatleys Häuschen auf der Klippe – das Zuhause, das er schon so lange mit einem Mörder, einem Kindsmörder teilte. Von hier oben sah seine Lage direkt am Rand der Klippe noch gefährlicher aus. Aber irgendwie passte es auch. Der Junge hatte bisher ein gefährliches Leben geführt. War dieses Leben womöglich schon ausgelöscht?

Jetzt waren sie auf der Höhe des Häuschens, und sie konnte die Lichter des Suchteams erkennen, das noch immer arbeitete. Zwei – nein, drei Streifenwagen in der schmalen Zufahrt. Dann legte der Pilot den

Hubschrauber stark in die Kurve und steuerte direkt aufs Meer hinaus, sodass die schwarzen Felsen der Klippen an ihrer linken Seite vorbeirasten. West zuckte zusammen und rückte vom Fenster weg, so als würde das helfen, falls der Pilot die Kontrolle über den Hubschrauber verlor und sie an der dunklen Felswand zerschellten.

Sie ließen die Klippen hinter sich und rauschten an der glatten Struktur des Leuchtturms vorbei, der vorn auf den Felsen hockte. Und dann war nur noch Wasser unter ihnen. Ein dunkles Meer, mit weißen Punkten gesprenkelt, wo die Lichter des Hubschraubers sich im Wasser spiegelten. West drehte sich um und schaute nach hinten. Die Insel und die Lichter der Ortschaften wurden immer kleiner. Der Pilot nahm eine weitere Kurskorrektur vor und gab noch mehr Gas. Der Motor klang nun anders. Die Hydraulik heulte auf. Dann ein Klacken. Die Stimme des Piloten tönte wieder durch die Kopfhörer, klar und vertraut, ohne diesen gedehnten Inselakzent, aber irgendwie fehlte auch etwas darin.

»Ich werde der Flugsicherung in Boston Ihre Situation erklären. Sie sollten uns eine gute Flugroute zuweisen, aber versprechen kann ich nichts.« Er justierte ein Bedienelement über seinem Kopf. »Wer auch immer den Flug für Sie gebucht hat, scheint wirklich dringend dafür sorgen zu wollen, dass Sie da hinkommen, wo Sie hinsollen«, fuhr er fort. »Oder er will Sie vielleicht nur von hier wegbekommen.«

Es war nur eine scherzhaft gemeinte Bemerkung, aber West war nicht nach einer Antwort zumute. Und in der Kabine war es dunkel genug, dass sie mit ihrem Schweigen durchkam. Draußen blinkten die Navigationslichter in der Dunkelheit, und sie beobachtete die Muster in den rollenden Wogen unter ihnen. Sie fragte sich, ob es irgendeinen ernsthaften Grund gab, weshalb sie diese Reise antrat. Oder ob sie einfach nur abgeschoben wurde.

ZWEIUNDFÜNFZIG

NACH DER DREIMONATIGEN Isolation auf Lornea Island fühlte sich das Festland riesengroß an. Die beiden Landebahnen des Bostoner Flughafens erstreckten sich auf zwei gigantischen Armen hinaus in die Bucht voller Schiffe, deren beleuchtete Aufbauten wie eine auf dem Wasser schwimmende Erweiterung der Wolkenkratzer des Stadtzentrums wirkten. Die Stadt selbst dehnte sich hinter dem Flughafen ins Landesinnere aus, durchzogen von den gelben Bändern der Autobahnen. Ein Meer aus Millionen winziger Lichtpunkte, und jeder einzelne stand für ein menschliches Leben wie ihres, das auf seinem einzigartigen Pfad auf diesem sich drehenden Planeten unterwegs war. Sie war zurück in der Zivilisation, und sie war sich nicht sicher, ob sie das überhaupt sein wollte.

Der für Hubschrauber reservierte Bereich des Flughafens lag im Norden, etwa eine Meile vom Terminal entfernt. Aber West wurde von einem Wagen der Flughafenpolizei in Empfang genommen. Er raste mit orangefarbenem Blinklicht über den Asphalt, ein winziges Fahrzeug verglichen mit den Jets, die sich langsam auf ihre Positionen schoben, um entweder ihre Passagiere in das Terminal zu entlassen oder sie mit auf ihre Reise durch die Lüfte zu nehmen. Das Auto setzte sie an einem Nebeneingang ab, und der Fahrer stieg aus, um ihn für sie aufzuschließen. Als die Tür hinter ihr wieder zufiel, fand sie sich im Check-in-Bereich wieder, der so hell erleuchtet war, dass es ihre Augen schmerzte. Sie schulterte ihre Tasche und rannte zum Schalter.

Auch als sie dort ankam, hielt das Gefühl an, fehl am Platz zu sein. In ihrer Schlange stritt eine Familie über das Gewicht ihrer Koffer. Überall waren Menschenmengen. Menschen, die alle ihr eigenes Leben lebten. Menschen, die zu beschäftigt waren, um sich über Lornea Island, die merkwürdige, beschauliche Insel in der Dunkelheit des Atlantiks irgend-welche Gedanken zu machen. Die gerade außer Sichtweite hinter dem Horizont lag.

Sie wusste, dass sie die Familie unterbrechen und dem Mitarbeiter am Check-in-Schalter erklären sollte, dass sie kurz davor war, ihren Flug zu verpassen. Aber sie zögerte. Plötzlich mit den enormen Ausmaßen des Flughafens konfrontiert zu sein, verunsicherte sie. Zu ihrer Erleichterung wurde ein zweiter Schalter geöffnet, und sie wurde nach vorn gerufen.

Als sie in ihr Flugzeug stieg, fühlte sich West schon besser. Vielleicht hatte es etwas damit zu tun, von dem Flughafen und der schieren Menge an Menschen dort wegzukommen. Vielleicht war es nur die Erleichterung, dass sie ihren Flug doch noch erreicht hatte. Wie auch immer, das Flug-zeug hob ab, und sie ertappte sich wieder dabei, wie sie sich bemühte, durch das kleine Fenster noch einen letzten Blick auf Lornea Island zu erhaschen. Sie glaubte, sie hätte die Insel noch einmal kurz gesehen, bevor sie durch die Wolkendecke hindurchruckelten und in den klaren Nacht-himmel darüber aufstiegen.

Der Flug nach Washington Dulles war kurz, und zurück auf dem Boden wartete Nieselregen auf sie. West musste eine Stunde lang zwischen Beton und Marmor auf ihren Anschlussflug warten. Jetzt wurde sie nur noch von Zeitungen an ihren vorherigen Aufenthaltsort erinnert, in denen ein paar kurze Meldungen über die Entwicklungen im Fall Olivia Curran abgedruckt waren. Als sie erneut abhob, versuchte sie zu schlafen. Aber in ihrem engen Sitz konnte sie sich einfach nicht entspannen. Stattdessen las sie also die komplette Akte durch, von vorne bis hinten. Dann blätterte sie durch das Bordmagazin, und endlich fühlten sich ihre Augen schwer genug an, um einschlafen zu können. Sie lehnte den Kopf ans Fenster, während die riesigen Triebwerke draußen sie quer über den gewaltigen amerikanischen Kontinent schoben.

Ihr Flug landete morgens um zwei Uhr dreißig, Pacific Time. Auf Lornea Island, an der Ostküste, war es aber fünf Uhr dreißig, sodass West schon wieder ausgeruht genug war, um sich gleich ein Auto zu mieten und die vierstündige Fahrt ins südlich gelegene Crab Creek anzutreten. Sie traf dort um sieben Uhr morgens ein und nahm sich ein Motelzimmer. Da war es ihr dann auch schon egal, dass das Zimmer modrig roch. Sie stellte ihren Wecker auf neun Uhr, streckte sich auf der durchgelegenen Matratze aus und schlief sofort ein. Sie atmete wegen der trockenen Flugzeugluft noch durch eine leicht verstopfte Nase, und neben diesem Geräusch hörte man nur das Brummen des Kühlschranks.

DREIUNDFÜNFZIG

»ICH WEISS NICHT, was Sie sich von ihrer Reise hierher erwartet haben, Detective. Wie ich schon Ihrem Chef gesagt habe, es steht alles in der Akte.«

Der Polizeichef von Crab Creek, Randy Springer, war ein korpulenter Mann mit Speckrollen, die gerade so vom Hemd seiner Uniform im Zaum gehalten wurden. Auf seiner Stirn glitzerten Schweißperlen. Er schüttelte den Kopf, oder er versuchte es wenigstens, denn die Beweglichkeit war durch seinen dicken Nacken eingeschränkt.

»Chief Collins wollte, dass ich herkomme und mit Ihnen persönlich spreche. Es ist ein sehr prominenter Fall.«

»Ja. Das weiß ich alles schon«, sagte Springer und schaute genervt. »Ich denke bloß, dass sie dort drüben besser aufgehoben wären, um bei der Suche nach dem Mistkerl zu helfen, anstatt hier rumzusitzen.« Er starrte sie an, schien ihrem Blick dann aber doch nicht standhalten zu wollen. Dann machte er ein röchelndes Geräusch, als wäre ihm etwas aus dem Hals in den Mund geraten.

»Tja. Ich werde Ihnen sagen, was ich Ihrem Boss schon erzählt habe: Jamie Stone ist ein kranker Hurensohn. Einer der schlimmsten, denen ich je begegnet bin. Viele hier wären froh, wenn Sie ihn sofort erschießen würden, wenn Sie ihn sehen.« Jetzt schniefte er und schaute sich um. West fragte sich, ob er wohl ausspucken würde, was immer er da im Mund hatte.

»Könnten Sie mir mehr darüber erzählen?«, hörte sie sich fragen.

»Ich hab's Ihnen doch gesagt. Es steht in der Akte. Sie *haben* sie doch gelesen?«

»Ja. Ich habe sie auf dem Flug durchgelesen, aber es wäre trotzdem hilfreich, es von Ihnen zu hören. Sie haben doch an diesem Fall mitgearbeitet, oder?«

»Wenn Sie die Akte gelesen haben, warum fragen Sie mich das? Wir haben hier auch noch andere Verbrechen aufzuklären, wissen Sie.«

West wartete, unsicher, was sie als Nächstes sagen sollte. Sie fragte sich, ob er sich wirklich weigern würde, ihr etwas zu erzählen.

»Okay.« Er schien nachzugeben. »Wo soll ich denn anfangen?«

Sie dachte schnell nach. Die Akte war schlecht verfasst. Darin wurde angenommen, dass der Leser über Hintergrundwissen und manchmal auch interne Informationen verfügte.

»Vielleicht mit der Familie. Die ist in dieser Gegend allgemein bekannt, stimmt das?«

Chief Springer atmete tief durch, nahm aber erst sein Telefon auf dem Schreibtisch zur Hand, bevor er ihr antwortete.

»Laura, bring mir mal einen Kaffee, ja? Ich werde hier eine Weile beschäftigt sein.« Er formulierte es so, dass es klang, als hätte er keine Wahl, und fragte West nicht, ob sie auch einen haben wollte. Er legte den Hörer auf und sah sie an.

Plötzlich lächelte er. West erwiderte das Lächeln nicht.

»Ja, das könnte man so sagen, dass die Familie hier bekannt ist.« Er sagte es so, als wüsste nur ein Idiot das nicht. »Die Austins besitzen zahlreiche Immobilien in der Gegend. Hotels, zwei Einkaufszentren. Bill Austin war außerdem Bürgermeister. Ist letztes Jahr abgetreten. Das wäre dann der Großvater des Jungen.«

»Also eine sehr einflussreiche Familie?«

»Eine angesehene Familie. Eine gute Familie. Erklären Sie mir noch mal, warum Ihnen das so wichtig ist?«

»Ich … versuche mir nur ein Bild zu machen.«

Er seufzte. »Ein Bild zu machen«, wiederholte er vor sich hin und blies seine Backen auf.

»Was ist mit der Mutter?«, erkundigte sich West. »Was wissen Sie über sie?«

»Christine?« Er hob mit einem Achselzucken zwei rosafarbene, fettige Hände. »Sie war sehr anständig. Hat nie Probleme gemacht.«

»Kannten Sie sie? Bevor es passiert ist?«

»Sie war mir bekannt. Ein bisschen zumindest. Wie den meisten anderen auch. So eine hübsche Frau … ist nicht so leicht zu übersehen.«

Chief Springers Blick streifte über Wests Gesicht und er musterte sie beiläufig. Was er sah, schien ihm nicht zu gefallen.

»In der Akte steht, dass sie danach in eine psychiatrische Klinik eingewiesen wurde. Ist sie immer noch dort oder wurde sie mittlerweile entlassen?«

»Warum wollen Sie das wissen?«

»Wie bitte?«

»Warum ist das von irgendwelcher Bedeutung?«

West entgegnete mit gerunzelter Stirn: »Ich möchte mit ihr sprechen. Daher versuche ich herauszufinden, wo sie sich aufhält. In der Akte wird der Name der Klinik nicht erwähnt …« Sie blätterte durch die Akte, um es ihm zu zeigen, aber er zuckte nur mit den Achseln. West hörte auf zu suchen.

»Sie ist also noch dort?«

»Das weiß ich nicht.«

»Okay, wie ist der Name?«

Er zuckte wieder mit den Achseln. »Das müssen Sie wohl die Familie fragen, denke ich.«

Eine kurze Pause entstand. West atmete tief durch und befahl sich, bloß nicht frustriert zu werden.

»Sie war jung, oder? Als es passiert ist? Einundzwanzig, zweiundzwanzig, so was um den Dreh?«

»Wenn es so in der Akte steht …«

»Und er auch?«

Als Antwort zeigte der Polizeichef auf den Ordner, den sie in der Hand hielt.

West schaute auf ihren Schoß und strich den Rock über den Knien glatt.

»Vielleicht könnten Sie mir einfach erzählen, was passiert ist? Mit Ihren eigenen Worten?«

»Das könnte ich, Detective West. Und das werde ich auch, sobald ich meinen Kaffee habe.« Er grinste sie an.

Ein paar quälende Momente später klopfte es an der Tür. Die junge Frau kam herein, die West vor dem Büro hatte sitzen sehen, und brachte ein Papptablett mit zwei Kaffeebechern zum Mitnehmen herein. Einer der Becher war mit dem Wort »Chief« beschriftet. Chief Springer zog ihn aus dem Tablett und schnippte den Deckel ab, während Laura West den anderen Becher reichte und sie dabei verschwörerisch angrinste. Sobald sie gegangen war, machte der Chief ein großes Ding daraus, seine Schreibtischschublade aufzuziehen und Süßstoff in seinen Kaffee zu geben. Erst dann fing er wieder an zu sprechen.

»Okay. Also dann. Ja, er war jung. Und er war nicht unbedingt einer von den Typen, die man als Eltern gerne mit der Tochter zusammen sehen wollte. Schon gar nicht jemand aus den Kreisen eines Bill Austin. Stone war ein Niemand. Einer, der die Schule hingeschmissen hat. Der am Strand rumgammelte, verstehen Sie? Ohne Job. Und der dachte, er würde sich seinen Lebensunterhalt mit Surfen verdienen können. Aber das waren Spinnereien. Er hatte keine Zukunft, nichts. Aber dann hatte er das Glück, Christine Austin zu schwängern. Und auch das schaffte er, komplett zu vermasseln.«

Er hielt einen Moment inne und nahm einen Schluck Kaffee. West wartete ab, dass er fortfuhr.

»Nie im Leben wollte die ein Kind von ihm haben, aber dann hat sie zu lange nichts unternommen, bis es zu spät dazu war. Und bei der Geburt stellte sich heraus, dass es zwei waren. Zwillinge. Zweieiige. Es war ja klar, dass *er* nicht für sie sorgen konnte – ohne Arbeit oder Geld von der Familie, auf das er sich hätte stützen können. Also ist alles den Bach runtergegangen. Christine und die Kinder zogen wieder bei ihren Eltern ein. Ein riesiges historisches Anwesen außerhalb der Stadt. Richtig schick. Und dort befindet sich auch der See. Wo er es getan hat. Er wohnte immer noch ... ich weiß auch nicht mehr, irgendwo im Ort.« Er wedelte mit seinen Händen, als wäre es ein unwichtiges Detail.

»Er hat sie zu Hause besucht, aber es war immer schwierig, verstehen Sie? Stone hat sich mit der Familie nicht gut verstanden. Man kann es ihnen aber auch nicht übelnehmen. Ein Typ wie er, der das Leben der Tochter ruiniert hatte und dann immer noch da rumlungerte. Wie ein schlechter Geruch.« Der Chief pausierte wieder, als er darüber nachdachte.

»Ich habe festgestellt«, sagte West, um ihm auf die Sprünge zu helfen, »dass in der Akte nichts dazu stand, was sein Motiv gewesen sein könnte.«

Er blickte sie mürrisch an.

»Motiv? Gelegenheit? Nach so was sucht man, wenn man keine zuverlässigen Zeugen hat, die einem sagen, wer es war.«

»Ja ...«, antwortete sie langsam. »Aber wir fragen uns, ob uns das im Fall Curran helfen würde, besser zu verstehen, was da passiert ist.«

Durch die Anstrengung des Sprechens schien der Chief aus der Puste gekommen zu sein. Er keuchte fast schon, und auf seiner Stirn glänzten kleine Schweißperlen.

»Wie wäre es, wenn Sie mich auch ausreden lassen, nachdem Sie mich schon nach der ganzen Sache gefragt haben?«

West war von dem offenen Missfallen in seiner Stimme überrascht, nickte aber schnell.

»Also, wie ich schon sagte. Das ging eine Weile so weiter, er nervte die Familie und sie versuchte, das Ganze hinter sich zu lassen. Aber es war nicht tragbar, Sie wissen, was ich meine?«

West nickte wieder.

»Christine hat einen Bruder. Ein cleverer Typ. Paul Austin. Er arbeitet für eine Anwaltskanzlei in der Stadt.« Chief Springer nahm wieder einen Schluck von seinem Kaffee. Dann seufzte er.

»An einem Wochenende kam er zu Besuch, und als er am Haus eintraf, war die Haustür nicht abgeschlossen. Das kam ihm komisch vor. Das war sonst nie so. Er geht also rein, sucht das ganze Haus ab, aber es ist niemand da. *Das ist ja seltsam*, denkt er sich. Und dann hört er Schreie, die vom Grundstück kommen. Er rennt nach draußen, und dann sieht er es. Er sieht den Typ, der schon die ganze Zeit seine Schwester belästigt hat. Diesen *Jamie Stone*. Der steht da im See. Er drückt Christine Austin unter Wasser und versucht sie zu ertränken. Einer der Zwillinge steht festgeschnallt im Kinderwagen am Ufer – das ist Ben. Seine Schwester, Eva, treibt mit dem Gesicht nach unten im See. *Stone hatte sie schon im See ertränkt.*«

Das alles hatte West schon in der Akte gelesen, aber die Geschichte in Worte gefasst zu hören, verlieh ihr eine Kraft, die sie vorher so nicht gespürt hatte. Es war warm im Zimmer, aber ihr fröstelte. Ihr Gehirn lieferte das Foto aus der Akte dazu. Das Foto des toten Babys am Ufer des Sees mit gelblich verfärbter Haut, außer dort, wo die violetten Blutergüsse hervortraten. Das Mädchen hatte offensichtlich um ihr Leben gekämpft. West sagte nichts und wartete.

»Paul rennt direkt in den See hinein, um zu versuchen, Stone von seiner Schwester wegzuzerren. Aber Stone sieht ihn kommen. Er passt einen Schlag ab und trifft Paul damit am Kopf. Es kommt zu einem Kampf zwischen den beiden, in dem Paul letztlich die Oberhand gewinnt. Er zieht Christine ans Ufer. Sie ist bei Bewusstsein, aber nicht in der Verfassung, irgendetwas zu tun. Zu dem Zeitpunkt berappelt sich Stone, aber Paul sieht das andere Kind, Eva, in den See hinaustreiben. Er weiß, dass Stone abhauen könnte, aber welche Wahl hat er schon? Er springt ins Wasser, um das Baby zu holen, aber als er bei ihr ankommt, ist es schon zu spät für sie. Und als er wieder ans Ufer zurückkehrt, ist Stone verschwunden. Und das andere Kind hat er mitgenommen. Ben ist weg.

Wir haben den ganzen Bundesstaat nach ihm abgesucht. Überall nachgeschaut, wo er vielleicht eine Leiche verscharrt haben könnte. Aber wir haben nichts gefunden. Er ist entwischt.« Chief Springer schaute einen

Moment lang weg, mit einem schwermütigen Ausdruck auf seinem Gesicht.

»Ich war der Erste, der am Tatort eintraf.«

West sagte nichts. Der Chief schaute wieder zu ihr. »Also, wie ich schon sagte. Hier gibt es eine Menge Leute, die sich sehr freuen würden, wenn Sie Jamie Stone finden und ihm eine Kugel durch seinen kranken Schädel jagen würden.«

VIERUNDFÜNFZIG

EINIGE AUGENBLICKE lang hören wir nur unseren Atem. Wir müssen beide erst wieder Luft holen. Langsam öffne ich die Augen, um Dad anzusehen. Sein Gesicht ist in einem irren Grinsen erstarrt. Dann lacht er und wirft dabei den Kopf in den Nacken.

»Das war ein echt krasser Wipeout, Kumpel! Ich dachte für eine Weile, du würdest nicht mehr wieder auftauchen da draußen!«

Er lacht wieder. Das Geräusch passt irgendwie zum leeren Strand, an dem nur wir beide sind, in unseren glitschigen Neoprenanzügen.

»Komm her, Kleiner. Komm her.« Er packt mich und zieht mich eng an sich, sodass wir wie zwei Seehunde aneinanderkleben.

»Hey, hör schon auf. Komm schon. Hör auf zu weinen.« Er löst sich und sieht mich an, seine Hände immer noch auf meinen Schultern.

»Ich glaube, da draußen war es doch ein bisschen heftiger, als ich gedacht habe.« Er lacht wieder und klopft mir dann auf die Schulter. »Aber das hast du echt gut gemacht. Du bist da raus. Du hast eine Welle geritten. Nur schade, dass du am Ende den Strand hochrennen wolltest. Aber es ist schon ein Fortschritt.«

Langsam hebe ich den Kopf und schaue meinen Dad an. Mir ist nicht ganz klar, was hier gerade vor sich geht. Eben wollte er mich noch umbringen. Die Wut stand ihm ins Gesicht geschrieben. Jetzt tut er so, als wäre nichts passiert. Jedenfalls nicht so etwas.

Als er mich wieder drückt, bin ich schlaff wie eine Puppe.

»Aber ich habe es jetzt kapiert. Ich verstehe es jetzt. Ehrlich. Du magst einfach kein Wasser. Das kommt bei manchen Leuten vor. Und wenn du so bist, dann bist du eben so.« Er lacht wieder. »So wie du da draußen Panik geschoben hast … Ich habe noch nie jemanden so reagieren sehen. Du sahst aus, als hätte ich dich umbringen wollen.« Er lacht und drückt mich noch fester.

Dad kniet sich neben mich und nimmt mir die Leash ab, die noch immer um meinen Knöchel gewickelt ist. Dann hebt er mein Brett auf und auch seins, klemmt sie sich beide unter den einen Arm und legt den anderen um meine Schulter.

»Los, wir ziehen uns um und essen dann ein leckeres Frühstück. Nicht im Café. Heute gehen wir mal woanders hin. Irgendwohin, wo's schöner ist.«

Ich gehe mit ihm mit, unsicher, was ich denken soll. Es fühlt sich an, als hätte ich plötzlich meinen alten Dad wieder. Den Dad, an den ich mich aus meiner Kindheit erinnere. Den Dad, mit dem ich zu den Gezeitentümpeln gegangen bin, der Zeit für mich hatte. Den Dad, der in meinem Zimmer saß, weil ich Angst hatte, die Monster unter meinem Bett würden mich auffressen, während ich schlief. Dann, mit einem plötzlichen Gefühl der Leere in meiner Magengegend, erinnere ich mich. Ich lege die Hand auf meine Brust und taste nach der Haarklammer. Der Klammer mit dem Klumpen aus blutigem Haar, die ich aus der Ladefläche seines Pick-ups gepfriemelt hatte. Der Beweis, dass diese Version meines Dads für immer verschwunden ist. Ich spüre, wie ich mich seinem Griff wieder entziehe, und er sieht mich besorgt an. Dann lächelt er, als ob mich das beruhigen würde. Ich behalte die Hand auf meiner Brust und versuche weiter, nach dem Hubbel unter meinem Anzug zu tasten, der mir sagt, dass die Klammer noch da ist. Aber ich spüre nur das Heben und Senken meines Brustkorbs im Rhythmus meiner viel zu schnellen Atmung.

Wir kommen wieder am Pick-up an, und Dad dreht das Radio auf. Ein Song von Jay-Z wird gespielt, und er stellt ihn lauter. Dad mag immer noch Musik, die eigentlich für jüngere Leute gedacht ist. Er wirft mir ein Handtuch zu und zieht dann seine Tür auf, um sich auch umzuziehen.

Ich klopfe wieder meine Brust ab und suche den Hubbel der Haar-klammer. Ich finde nichts. Also ziehe ich hinten am Rücken den Reißver-schluss meines Anzugs herunter. Vorsichtig schäle ich das Neopren von meinen Schultern und schaue dann vorne in den Bereich des Anzugs, der eben noch an meiner Brust saß. Da ist keine Haarklammer. Ich schaue meine Brust genau an. Ich sehe bleich und dürr aus, mehr noch als sonst, als hätte das Meerwasser mich noch mehr einschrumpeln lassen. Nun entdecke ich eine leichte Druckstelle, an der wahrscheinlich die Haarklammer gesessen hat, aber jetzt ist sie nicht mehr da. Eilig ziehe ich den Rest meines Anzugs aus und wickle mir ein Handtuch um die Hüften, obwohl sonst niemand auf dem Parkplatz ist. Immer noch keine Haarklammer. Ich drehe meinen Anzug auf links und untersuche ihn gründlich, dann schaue ich auf den Boden um mich herum. Aber mir ist klar, dass sie nicht da ist. Sie muss aus meinem Anzug gespült worden sein, als ich unter Wasser umhergewirbelt wurde. Sie ist irgendwo da draußen, auf den Meeresgrund gesunken, für immer verloren.

Dann spüre ich plötzlich Druck in der Nase, und gerade noch rechtzeitig schaffe ich es, mich vorzubeugen. Aus meiner Nase kommt ein ganzer Schwall Wasser, nicht nur ein paar Tropfen – genug, um eine Tasse zu füllen. Dad sieht es und lacht.

»Der ist gut, Billy. Du hast das halbe Meer da draußen geschluckt, Mann.«

Ich antworte nicht. Ich schaue wieder auf meine Brust. Da, wo vorhin noch die kleine Druckstelle von der Haarklammer war, ist jetzt nichts mehr. Nur noch eine leichte Rötung der Haut. Die bedeutet vielleicht gar nichts. Es könnte einfach nur sein, dass der Neoprenanzug dort gescheuert hat. Als ich mich anziehe, schaue ich noch einmal im Pick-up nach, ob dort, wo ich die Klammer gefunden hatte, vielleicht noch etwas anderes ist. Die kleine Lücke, in der sie feststeckte, ist noch da. Und wenn ich die Augen schließe, kann ich die Haarklammer vor mir sehen, als sie noch da drinsteckte. Aber als ich sie wieder öffne, ist sie verschwunden. Für immer.

»Hey Billy, pass mal auf. Ich muss nachher eh nach Newlea fahren. Wie wär's, wenn wir uns da einfach ein frühes Mittagessen besorgen? Wir laden die Bretter zu Hause ab und holen uns dann ein paar Burger. Wie klingt das?«, fragte Dad, und ich nicke langsam. Ich weiß einfach nicht mehr, wo mir der Kopf steht. Als wir also umgezogen sind, lädt Dad die Bretter hinten auf den Pick-up und schmeißt die nassen Neoprenanzüge hinterher. Dann steigen wir ein und fahren den Hügel hinauf zurück, um die Bretter abzuladen. Und ab da läuft dann alles komplett aus dem Ruder.

FÜNFUNDFÜNFZIG

DAD PFEIFT WÄHREND DER FAHRT. Warum seine Laune sich so verbessert hat, verstehe ich nicht. Erst wollte er mich umbringen, und jetzt will er mit mir Mittagessen gehen. Und ich sitze hier neben ihm und sage kein Wort. Es kommt mir so vor, als schwebte oder träumte ich oder so. Ich sitze neben Dad, aber gleichzeitig sitze ich auch neben einem Mörder. Halb will ich die Tür aufreißen und fliehen. Und halb will ich ihm einfach alles erzählen und mich umarmen lassen und hören, dass ich verrückt geworden sei. Am Ende tue ich gar nichts. Außer die Arme um mich selbst zu schlingen, weil mir kalt ist. Ich zittere am ganzen Körper.

Wir biegen von der Straße ab in unsere kleine Zufahrt. Sie führt nur zu unserem Haus, aber etwa auf halber Strecke macht sie eine Kurve, hinter der das Haus von der Hauptstraße aus gesehen verborgen liegt. Wir fahren nun um diese Kurve, und Dads Pfeifen hört abrupt auf. Er tritt in die Bremsen.

Weiter vorne stehen zwei Autos. Beide schwarz-weiß lackiert und mit langsam rotierenden Blaulichtern auf dem Dach, obwohl niemand in den Fahrzeugen sitzt.

»Was zum Teufel …?«, entfährt es Dad, und einen Moment lang sitzen wir nur da. Etwas weiter vorne in der Hecke ist eine Lücke, durch die man gerade so das Haus erkennen kann. Dad fährt den Pick-up leise weiter vor, bis wir genau danebenstehen, und dann spähen wir beide durch die Lücke. Da stehen noch mehr Autos, einige davon Streifenwagen, andere Zivilfahrzeuge, und Leute gehen im Haus ein und aus.

»Scheiße«, flucht Dad und legt den Rückwärtsgang ein.

Ich denke nach. Die Gedanken rattern, aber nicht schnell genug. Die Polizei ist hier. Das ist kein Traum. Das ist echt, muss echt sein. Und ich muss handeln. Die Polizei ist hier. *Die können mich retten.*

Ich schaue auf den Türgriff und frage mich, was passieren würde, wenn ich ihn öffne. Hätte ich genug Zeit, um zu den Polizisten zu rennen? Oder würde Dad mich vorher erwischen?

Aber ich bin schon zu spät dran. Wir fahren bereits wieder rückwärts.

»So eine Scheiße«, sagt Dad. Er ist schlagartig wieder sauer. »Die verdammten Bullen.« Er fährt in seinem Sitz herum, um besser nach hinten sehen zu können, und gibt Gas. Ich habe Angst, dass wir direkt in die Hecke rauschen.

Er wird auch dort nicht langsamer, wo die Zufahrt in die Straße mündet. Die Kreuzung ist schon heikel, wenn man vorwärts fährt. Aber er brettert trotzdem einfach drauflos und schleudert den Pick-up rückwärts auf die Straße. Wir haben Glück, dass gerade niemand kommt. Dann haut er den ersten Gang rein und beschleunigt so stark, dass es mich in meinen Sitz drückt. Er schaut die ganze Zeit immer wieder in seinen Rückspiegel. Auch ich drehe mich jetzt um, in der Erwartung, dass die Blaulichter hinter uns herjagen. Aber da ist nichts. Die Straße ist leer. Er sagt nichts. Er sagt nicht, wo wir hinfahren, oder warum wir abhauen. Er sagt nicht, warum die Polizei bei uns zu Hause ist. Und ich frage auch nicht. Keiner von uns sagt irgendetwas. Das Schweigen sagt schon alles.

Als wir zum Wald kommen, biegt er von der Straße ab und fährt zu einem Bereich mit Picknicktischen und einem Parkplatz, von dem aus man spazieren gehen kann. Er fährt hinter ein paar Bäume und hält an. Aber er lässt den Motor laufen. Ich schaue zu ihm herüber und frage mich, was er wohl denkt. Dann wird mir klar, dass er wieder die Straße beobachtet. Wir können sie zwar nicht deutlich sehen, weil ein paar Äste im Weg hängen, aber vorbeifahrende Autos könnten wir sehen. Schließlich sage ich etwas, aber eigentlich nur, weil es komisch wäre, wenn ich nichts sagen würde.

»Warum ist die Polizei in unserem Haus, Dad?«

Er schaut mich überrascht an, als hätte er vergessen, dass ich auch im Auto sitze. Gerade will er etwas antworten, da hören wir eine Sirene. Einen Moment lang sitzen wir beide nur da und versuchen herauszufinden, wo sie herkommen könnte. Dann fährt Dad den Pick-up etwas weiter vor, damit wir noch besser hinter den Büschen versteckt sind. Erst dann macht er den Motor aus. Jetzt kann ich das Blaulicht sehen, das grell durch das Dämmerlicht im Wald blinkt. Das Auto fährt schnell vorbei. Es kommt nicht von unserem Haus, es fährt dorthin.

»Was ist hier los, Dad?«, frage ich.

Er starrt mich wieder an, als könnte er immer noch nicht glauben, dass ich neben ihm sitze. Er dachte wohl, dass ich inzwischen schon tot sein würde und er sich meinetwegen keine Gedanken mehr zu machen bräuchte.

»Billy ... Das klingt jetzt vielleicht etwas seltsam, aber wir müssen für eine Weile woanders hin.«

»Warum?«, frage ich.

»Wir müssen weg von der Insel.«

»Warum?«, frage ich noch einmal. Auch wenn ich die Antwort kenne, spüre ich, wie die Panik in mir aufsteigt. Ich höre sie in meiner Stimme.

»Ich habe jetzt keine Zeit, dir das zu erklären. Vertrau mir einfach.« Dad macht den Motor wieder an. »Wir versuchen jetzt, die Fähre zu erwischen.«

Erneut wenden wir schwungvoll, und diesmal schaut Dad zu beiden Seiten, bevor er wieder auf die Hauptstraße abbiegt. Er fährt langsamer und schaut mindestens genauso oft in den Rückspiegel wie er nach vorne schaut.

»Wenn wir es nach Goldhaven schaffen, sollten wir es hinkriegen, auf die Mittags-Fähre zu gelangen. Die kommt dann etwa um sechzehn Uhr an. Dann suchen wir uns irgendwo ein Motel und überlegen, was wir als Nächstes tun.« Dad scheint mehr mit sich selbst zu reden, aber dann hält er plötzlich inne. Wir sind jetzt nicht mehr im Wald. Um uns herum nur offene Landschaft, und vor uns die Brücke über den Fluss. Und da, die Straße in beiden Richtungen sperrend, stehen zwei weitere Polizeiwagen.

»Verdammte Scheißkerle«, schimpft Dad. Er hält an, legt wieder den Rückwärtsgang ein und fährt die Hauptstraße zurück in den Wald. Dann hält er wieder an und sitzt nur grübelnd da, mit laufendem Motor.

»Meinst du, die suchen nach ...?« Ich weiß nicht, wie ich meine Frage beenden soll. *Dir? Uns?*

Dad antwortet sowieso nicht. Dann schlägt er plötzlich mit seinen Fäusten auf das Lenkrad ein und flucht wieder. Dann lächelt er mich an – ein irres Lächeln.

»Willst du eine kleine Offroadtour machen, Billy?«, fragt er.

Er wartet meine Antwort nicht ab. Schwungvoll wendet er den Pick-up, sodass wir wieder in Richtung Wald stehen, und dann fahren wir eine halbe Meile, bis wir zu einem Feldweg auf der linken Seite kommen. Es ist keine richtige Straße. Man soll dort eigentlich gar nicht fahren, aber er ist breit genug für den Pick-up. Wir holpern den Weg entlang und kommen schließlich aus den Bäumen heraus. Die Landschaft ist ein wenig sumpfig.

Hier kommt eigentlich nie jemand her, außer vielleicht ein paar Vogelbe-obachter.

Am Ende kommen wir beim Fluss raus, etwa eine Meile stromaufwärts von der Brücke, an der die Polizei wartet. Der Fluss ist nicht sehr breit. Im Sommer trocknet er manchmal aus, aber zu dieser Jahreszeit, nachdem es viel geregnet hat, führt er ziemlich viel Wasser.

»Was hast du vor?«, frage ich.

»Wie ich dir gesagt habe. Wir nehmen die Fähre.«

»Was, wenn die dort auch warten?«, frage ich, und Dad schaut mich einfach nur an. Wir fahren eine Weile am Fluss entlang und kommen dann an einen Abschnitt mit flacherem Ufer. Im Sommer kann man den Fluss hier ganz einfach durchqueren. Jetzt bin ich mir da nicht so sicher. Dad fährt den Pick-up langsam zum Wasser hinunter. Er zögert nicht und fährt direkt hinein.

Der Wagen schwankt von einer Seite zur anderen, da die Räder unter Wasser in Kuhlen versinken. Ich halte mich an der Tür fest und habe Angst, dass wir irgendwann auf die Seite kippen könnten. Vorne am Wagen steht das Wasser jetzt bis zum Kühlergrill, und auf meiner Seite sehe ich das Wasser fast schon bis zum Fenster reichen. Dad lässt den Motor aufheulen, und wir pflügen uns mit einer Bugwelle vorneweg durch das Wasser.

»Komm, komm, komm«, murmelt Dad, während wir uns durch den Fluss kämpfen. Durch den Spalt an seiner Tür dringt Wasser ein, aber er ignoriert es. Als Nächstes bemerke ich, dass dasselbe auch auf meiner Seite passiert. Dann fahren wir gegen irgendetwas und bleiben ruckartig stehen. Der Pick-up wackelt vor und zurück. Dad flucht wieder, dreht das Lenkrad bis zum Anschlag, und irgendwie schaffen wir es um das Hindernis herum. Jetzt haben wir schon über die Hälfte des Flusses durch-quert und fahren wieder bergauf. Wir sind fast am anderen Ufer. Dad murmelt noch immer vor sich hin. Beschwört den Motor, nicht aufzuge-ben. Jetzt sehe ich auch, dass wir es schaffen werden. Wir erreichen das Ufer, und der große Pick-up klettert nur mühsam die Böschung hoch. Aber mit heulendem Motor schaffen wir es aus dem Wasser und auf das schöne Gras, auf dem im Sommer die Menschen picknicken. Auch hier gibt es einen kleinen Parkplatz und einen Weg, der zur Hauptstraße führt, aber hinter der Stelle, an der die Polizei wartet.

Auch auf dieser Flussseite gibt es Wald, obwohl der nicht ganz so dicht ist. Aber die Bäume schützen uns vor der Polizei an der Brücke. Wir werden es schaffen. Doch plötzlich hören wir ein Donnern über uns und das Rattern von Rotorblättern in der Luft. Der Hubschrauber scheint aus dem Nichts aufzutauchen. Wahrscheinlich hat er vom Strand abgehoben und fliegt jetzt stromaufwärts den Fluss entlang, direkt auf uns zu. Dad gibt noch einmal Gas, bis wir zwischen den Bäumen sind. Dann hält er an, starrt durch die Windschutzscheibe nach oben und versucht, den Hubschrauber zu erspähen. Wir sehen ihn beide gleichzeitig, wie er über uns hinwegfliegt und dann abdreht. Deutlich sehen wir ihn nicht, wir erhaschen nur ein paar kurze Blicke zwischen den Ästen hindurch, aber es scheint, als hätte er uns entdeckt. Doch anstatt über uns stehen zu bleiben, fliegt er weiter. Er folgt der Straße aus dem Ort hinaus – der Straße, die wir nehmen müssen, um quer über die Insel nach Goldhaven zu kommen. Ich muss Dad nicht erst fragen, ob er meint, dass auch der Hubschrauber hinter uns her ist.

Eine ganze Weile bewegt Dad sich überhaupt nicht. Jetzt schwebt der Hubschrauber an einer Stelle, nicht allzu weit von uns entfernt. Es scheint, als behalte er den Verkehr auf der Hauptstraße im Auge. Wahrscheinlich weiß die Polizei, was für ein Auto Dad fährt, und sucht nun danach.

»Komm«, sagt Dad plötzlich. Er öffnet die Tür und steigt aus. Ich rühre mich nicht, also sagt er es noch einmal.

»Komm schon, Billy. Wir gehen zu Fuß weiter.«

»Nach Goldhaven?«, will ich wissen, aber er schüttelt den Kopf. »Nein. Die sind bestimmt auch am Hafen. Wir nehmen einen Schleichweg in die Stadt. Ich kenne einen Ort, an dem wir uns verstecken können. Bis ich einen Weg gefunden habe, wie wir aus dieser Sache rauskommen.«

Ich bewege mich immer noch nicht, aber er steht schon neben mir und öffnet die Tür.

»Komm jetzt, Junge. Wir müssen los.« Ich schnalle mich ab und steige aus dem Pick-up. Dann beugt er sich noch einmal ins Auto und öffnet das Handschuhfach. Darin liegen ein Portemonnaie und ein Telefon, und unter der Mappe mit den Fahrzeugpapieren sehe ich schwarzes Metall hervorblitzen. Mir fällt die Kinnlade herunter. Eine Pistole. Ich habe Dad noch nie mit einer Pistole gesehen. Er hasst die Dinger. Kurz versucht er sie zu verstecken, aber dann wird ihm klar, dass es schon zu spät ist. Er zuckt mit den Achseln – wie um zu sagen: *Was hast du denn erwartet?* – und steckt sie sich dann in den Bund seiner Jeans.

Es ist kalt, aber Dad treibt uns an, immer unter der Deckung der Bäume. So kommen wir im Handumdrehen zur Hauptstraße. Ich bin diese Straße schon unzählige Male in Dads Pick-up entlanggefahren, aber zu Fuß war ich noch nie hier. Die Geschwindigkeit, mit der die Autos an uns vorbeirauschen, überrascht mich. Es ist nicht viel los, aber man kann immer ein oder zwei Autos sehen. Auch der Hubschrauber ist noch sichtbar, auch wenn er etwa eine Meile entfernt ist. Dad nimmt meine Hand, als wäre ich noch ein Kind, und zieht mich dann über die Straße.

»Wohin gehen wir?«, frage ich und stolpere hinter ihm her, als wir durch das Unterholz in den Wald auf der anderen Seite verschwinden.

Aber er antwortet mir nicht.

SECHSUNDFÜNFZIG

DETECTIVE WEST FUHR die Küstenautobahn wieder zurück, auf der sie nur ein paar Stunden zuvor hergekommen war. Diesmal war es Tag und wunderschön – die Sonne spiegelte sich im Wasser und tanzte auf den Wellen des Pazifiks. Das Klima hier war trockener als auf Lornea Island, das Meer schien frischer, die Luft sauberer.

Nach einer Stunde schlängelte sich die Straße durch riesige Felder ins Landesinnere. Turmhohe Hochspannungsleitungen säumten den Weg auf Wests Fahrt und führten sie zu den Randgebieten der Stadt. Zunächst hatte sie die Straße noch ganz für sich, aber je näher sie Portland kam, desto dichter wurde der Verkehr. Schon bald musste sie sich richtig konzentrieren, und ihre Hände krallten sich an das Lenkrad ihres Mietwagens. Sie folgte dem Navigationssystem ins Stadtzentrum, wo der Verkehr etwas ruhiger wurde, bis fast nur noch Taxis unterwegs waren. Über ihr ragten Hochhäuser aus Glas und Stahl empor, die Geschichten von Geld und Macht erzählten. Sie fuhr in eine Tiefgarage, stellte das Auto ab und ging zu Fuß weiter.

Die Büros von Austin, Laird & James beanspruchten zwei Etagen für sich, hoch oben in einem Wolkenkratzer aus getöntem Glas. Der Innenhof war so groß, dass ausgewachsene Bäume darin Platz fanden, wahrscheinlich, damit es sich ein bisschen natürlicher anfühlte, unter den wachsamen Augen des Sicherheitspersonals durch die Metalldetektoren zu gehen. Falls dem so war, funktionierte es nicht. Als West mit dem Aufzug zu den Anwaltskanzleien nach oben fuhr, fühlte es sich für sie wie ein Umfeld an, das die Reichen und Mächtigen schützen und allen anderen eine Botschaft übermitteln sollte: Leg dich nicht mit uns an. Du gehörst nicht hierher.

Die Empfangsdame war hübsch und sah sehr gelangweilt aus. Sie war gerade mit dem Feilen ihrer Nägel beschäftigt, als West ihr die Dienstmarke und ihren Polizeiausweis vorhielt. Sie schien von West nicht im Geringsten beeindruckt zu sein, denn sie pflegte einfach weiter ihre Nägel.

»Ich bin hier, um mit Mr. Paul Austin zu sprechen«, sagte West und versuchte, selbstbewusst zu lächeln. »Ich hatte vorhin angerufen.«

Die junge Frau hob eine ihrer akkurat gezupften Augenbrauen und nahm Wests Ausweis. Sie schaute ihn sich gründlich an und machte dann irgendetwas an ihrem Computer. Das Geräusch eines Druckers ertönte, und sie zog eine Besucherkarte mit Wests Daten hervor. Sie steckte die Karte in eine Plastikhülle und bat West, sie sich ans Revers zu klemmen.

»Mr. Austin befindet sich momentan in einem Meeting. Leider ist es mir nicht möglich, ihn da zu stören.« Sie lächelte, als bereitete ihr das ein gewisses Vergnügen.

West schaute auf ihre Uhr.

»Wir hatten ein Treffen um drei Uhr vereinbart. Er sagte, er könne mich dazwischenschieben«, erklärte sie mit Nachdruck.

»Aber Sie haben den Termin erst heute Morgen gemacht. Normalerweise wäre es überhaupt nicht möglich, Mr. Austin so kurzfristig zu treffen.« Sie lächelte wieder. »Wenn Sie warten möchten, kann ich Ihnen gerne einen Kaffee bringen lassen.« West schaute sich um und fragte sich, wer das denn machen würde, wenn die Empfangsdame sich nicht selbst in Bewegung setzte. Sie lehnte das Angebot dankend ab und begab sich zum Warten zu einer Sitzgruppe aus schwarzen Ledersofas und Tischen aus getöntem Glas, die perfekt zu den Fenstern passten. Zu lesen gab es nichts, außer Firmenbroschüren, in denen die Spezialgebiete der Kanzlei erklärt wurden. Oder eher nicht erklärt wurden, denn West blieb schon bei den Ausdrücken *Derivatmanipulationen, Disintermediation, Gläubigerschutz von Discretionary Trusts* und *Efficient Frontiers bei Immobilien* stecken. Sie blätterte durch das Hochglanzdokument, warf es dann wieder auf den Tisch und beobachtete die Empfangsdame, die sich jetzt um ihre andere Hand kümmerte. Nach zwanzig Minuten ging West wieder zur ihr, nur um noch einmal zu hören, dass Mr. Austin sie so bald wie möglich empfangen werde, sie aber nicht sagen könne, wann das wäre. West lehnte ein weiteres Angebot eines Kaffees ab.

Zurück auf dem Sofa piepte ihr Handy, und sie zog es aus ihrer Tasche, froh über die Ablenkung. Eine SMS von Rogers.

Ruf mich an, wenn du eine Minute Zeit hast.

Da sie anscheinend viele Minuten Zeit hatte, drückte sie auf die Anruf-taste, um mit ihm zu sprechen. Er nahm sofort ab, und seine raue Stimme transportierte sie direkt wieder nach Lornea Island.

»Ich dachte, du würdest es vielleicht gleich wissen wollen«, sagte er müde. »Es ist Stones Pick-up. Das Labor hat Spuren von Blut und Haaren hinten auf der Ladefläche gefunden.«

»Von Olivia Curran?«

»Die Blutgruppe stimmt. Und das Haar hat die richtige Farbe. Die Ergebnisse der DNA-Analyse sollten in ein, zwei Tagen da sein. Aber es sieht ganz so aus. Und das brächte Stone definitiv mit unserem Fall in Verbindung. Falls es daran überhaupt je Zweifel gegeben hat.« In der Leitung wurde es kurz still. »Findest du da drüben irgendetwas Nützli-ches raus? Wo bist du gerade?«

West sprach leiser. »Ich warte gerade auf ein Treffen mit einem Paul Austin. Er ist der Bruder von Billys Mutter, Christine. Er ist derjenige, der Stone gestört hat, als er gerade die Familie im See ertränken wollte. Also, ich hoffe jedenfalls, dass ich ihn treffen werde. Er ist schon eine Stunde zu spät.«

»Behandeln die dich da draußen nicht gut?«

»Der Chief hier denkt, dass ich allen die Zeit stehle. Dass wir lieber alles dransetzen sollten, Stone zu schnappen.«

»Na ja, wenn er ihn geschnappt hätte, wäre Stone erst gar nicht dazu gekommen, Curran umzubringen. Erinnere ihn mal daran, wenn er dir das nächste Mal blöd kommt«, entgegnete Rogers.

Eine kurze Zeit lang sagten sie gar nichts. West bemerkte, dass die Empfangsdame am Telefon war. Sie hatte es gar nicht klingeln hören.

»Wie auch immer, ich halte dich auf dem Laufenden. Ich dachte nur, dass du das vielleicht gerne wissen wollen würdest.« Rogers klang, als würde er gleich auflegen.

»Eine Sache bereitet mir aber Kopfzerbrechen«, warf West schnell noch ein. Sie wollte das Gespräch noch nicht beenden.

»Was denn?«, fragte Rogers nach einer kurzen Pause.

»Ich verstehe einfach nicht, warum Stone eins seiner Kinder ertränkt haben soll, mit dem anderen aber abgehauen ist und es offenbar möglichst normal aufziehen wollte. Ergibt das für dich irgendwie Sinn?«

Es war wieder still zwischen den beiden, während Rogers sich das durch den Kopf gehen ließ. Gleichzeitig legte die Empfangsdame den Hörer auf und erhob sich, um zu West herüberzukommen.

Rogers seufzte. »Irgendein psychopathisches Schuldgefühl? Du denkst zu viel darüber nach, Detective. Wenn er ein Typ ist, der ein Baby ertränken und eine Schülerin umbringen und Letzterer auch noch nachträglich den Arm abschneiden kann, brauchen wir uns über das, was ihn antreibt, nicht allzu viele Gedanken machen. Der Typ ist ein krankes Arschloch. Das ist alles.«

Die Empfangsdame blieb kurz vor der Sitzgruppe stehen, wo West saß, und wartete. Sie war nah genug, um das Gespräch zu belauschen, und West spürte einen Hauch von Verärgerung.

»Ich muss los. Schreib mir eine SMS, wenn du wegen des Bluts was hörst«, sagte West noch schnell, aber laut genug, dass es die Empfangsdame auch hören konnte. Sie beendete das Gespräch und schaute mit einem Lächeln auf.

Die Empfangsdame lächelte zurück, aber etwas weniger selbstzufrieden als zuvor. West spürte einen kleinen Triumph, dass das »Blut« sie vielleicht doch etwas beunruhigt hatte.

»Mr. Austin wird Sie jetzt empfangen.«

»Oh, na vielen Dank«, erwiderte West.

Das Büro von Paul Austin war mindestens viermal so groß wie das von Chief Springer, aber die Aussicht war mindestens hundertmal besser. Durch die bodentiefen Wände aus Glas eröffnete sich eine atemberaubende Aussicht auf die halbe Stadt und den Fluss, der sich zwischen den Gebäuden hindurchschlängelte. Am Horizont versteckte sich eine nebelverhangene, sanfte Hügellandschaft. Es war fast verstörend schön. Dann sah sie Paul Austin und war noch verstörter. Er sah nicht nur gut aus, sondern war unverschämt attraktiv. Wie ein Model aus einer Parfümwerbung zur Weihnachtszeit.

»Bitte entschuldigen Sie, dass ich Sie habe warten lassen, Detective West.« Seine Stimme schnurrte, weich und sinnlich. »Mein Zwei-Uhr-Meeting hat sich etwas in die Länge gezogen.« Er zuckte mit einem um Verständnis heischenden Blick die Achseln. Dabei wurden seine Gesichtszüge etwas weicher und verliehen ihm etwas leicht Verletzliches. West musste sich anstrengen, um ihn nicht anzustarren. Er war in ihrem Alter, hochgewachsen und gebräunt. Seine weißen Zähne waren perfekt, die Lippen ungewöhnlich rot. Seine Augen leuchteten so hell und waren so blau, dass sie fast schon unecht aussahen, wie bei einem retuschierten Filmstar auf einem Poster. Er trug einen dunkelblauen Anzug, der perfekt zu seinen Augen passte, und darunter ein dickes, beigefarbenes Baumwollhemd mit schmalen silbernen Manschettenknöpfen, die unter den Ärmeln hervorlugten.

»Ich bin normalerweise schon Wochen im Voraus ausgebucht«, erklärte er. »Aber das hier ist wichtig, also habe ich mein 15:30-Uhr-Meeting abgesagt. Ich hoffe, das ist okay? Bitte nehmen Sie doch Platz.« Er deutete in Richtung eines informellen Sitzbereichs in seinem Büro mit weiteren Sofas. West ließ sich in das Polster sinken, und jeglicher Unmut, den sie draußen im Wartebereich verspürt hatte, war wie weggeblasen. Paul Austin nahm ein Telefon in die Hand und bestellte mit leiser Stimme Kaffee. Dann setzte er sich West gegenüber hin und beugte sich zu ihr vor.

»Also. Wenn ich es richtig verstanden habe, ist Jamie Stone endlich wieder aufgetaucht?« Er saß so nah bei ihr, dass West nicht umhin konnte, den Duft seines Aftershaves wahrzunehmen. Frisch und moschusartig. Sie musste sich zusammenreißen, um ihn nicht in sich aufzusaugen.

»Das glauben wir zumindest«, sagte sie.

»Und jetzt ist er in den Mordfall Olivia Curran verstrickt?«

West bemühte sich, einen wachen Verstand zu behalten. »Diese Information wurde noch nicht veröffentlicht. Darf ich fragen, wie Sie darauf kommen?«

»Chief Springer. Er hat mich heute Morgen angerufen. Er dachte, dass ich mir keinen Platz in meinem Terminkalender freischaufeln würde, wenn ich nicht wüsste, wie wichtig dieses Treffen ist.« Er verdrehte kaum merklich die Augen, so als wollte er damit die Defizite des Polizeichefs quittieren. »Die Familie hat sehr gute Beziehungen zur Polizei beibehalten.« Seine blauen Augen ruhten auf ihrem Gesicht.

»Ich verstehe.«

»Wir haben nie aufgehört, nach Stone zu suchen. Damit Christine Gerechtigkeit widerfährt. Es ist einfach furchtbar, dass wir ihn nicht lokalisieren konnten, bevor er wieder zugeschlagen hat. Ich habe gehört, er hätte sich als Hausmeister getarnt?«

Sie antwortete ihm, bevor sie bemerkte, dass er die Rollen getauscht hatte, sodass er nun derjenige war, der die Fragen stellte.

»Er hat für ein Hotel in dem Badeort Silverlea auf Lornea Island gearbeitet. Sagt Ihnen das etwas?«

»Leider nicht.« Austin schüttelte den Kopf und fuhr mit seinen Fragen fort.

»Und wenn ich mich nicht irre, haben Sie einen elfjährigen Jungen vernommen, von dem Sie glauben, er sei Benjamin Austin? Christines Sohn?«

Seine Stimme war so weich, dass sie nicht sagen konnte, ob er mit »Sie« das Lornea Island Police Department oder sie persönlich meinte. »Das stimmt«, bestätigte sie vorsichtig.

Er sagte nichts. Stattdessen hob er eine Hand an den Mund und drückte die Knöchel an die Lippen. Dann schaute er weg. West glaubte, eine Träne in seinem Augenwinkel zu sehen, aber als er sich ihr wieder zuwandte, war sie verschwunden.

»Entschuldigen Sie bitte, Detective. Ich habe erst heute Morgen von alldem erfahren. Es ist gerade alles ein bisschen viel. Können Sie mir sagen, wie er auf Sie wirkte? Hatten Sie das Gefühl, er wäre misshandelt worden? War er gesund?«

»Körperlich schien ihm nichts zu fehlen. Er wirkte gesund. Er … Sie wissen vielleicht, dass er die Polizei anonym mit Informationen bezüglich des Mordes an Curran kontaktiert hat. Am Ende war der Hinweis falsch, aber angesichts der späteren Entwicklungen, dass sein Vater jetzt darin verwickelt ist …« Sie hielt inne. »Ich bin keine Expertin, aber ich würde annehmen, dass das auf einige … psychologische Probleme hinweisen könnte.«

»Natürlich«, entgegnete Paul Austin. Dann fuhr er mit einer gemessenen Stimme fort, die West nicht ganz einordnen konnte.

»Und Sie wissen nicht, wo die beiden jetzt sind?«

Sie versuchte, möglichst positiv zu antworten.

»Wir suchen überall, wo wir können. Die Suchaktion, die derzeit läuft, ist die größte in der Geschichte der Polizei auf der Insel. Wir haben Dutzende Polizisten vom Festland hinzugeholt«, erklärte West, während sie sich bewusst wurde, wie unzulänglich das in einer solch feudalen Umgebung klingen mochte.

Er nickte. »Wir würden gerne alles tun, um zu helfen. Das möchte ich direkt vorwegnehmen. Wenn Ben zu uns zurückgeführt werden könnte, wäre dieser furchtbaren Situation wenigstens noch etwas Gutes abzugewinnen. Das hat für die Familie Priorität.« Austin hielt inne. In seinen Worten schwang ein Unterton mit, der suggerierte, dass er, sollte Ben nicht zu ihnen zurückgebracht werden können, weitere Schritte nicht ausschließen würde. Oder vielleicht kam es West auch nur so vor, weil sie von der Zurschaustellung von Reichtum ringsum verunsichert war. Dann lächelte Austin. »Baby Ben«, sagte er. Plötzlich sah er ganz gedankenverloren aus.

»So nannten wir ihn immer. Und seine Schwester. Baby Ben und Baby –« Er konnte nicht weiterreden und kniff die Augen zusammen, als ein Klopfen an der Tür ihre Unterhaltung unterbrach. Die Empfangsdame kam herein und brachte ein silbernes Tablett mit Kaffee.

»Danke, Janine«, sagte er mit etwas belegter Stimme. West fiel auf, wie sie ihn ansah. Ein Ausdruck, der verriet, dass diese kurzen Blicke der Grund waren, warum sie jeden Morgen zur Arbeit kam. Und wahrscheinlich auch der Grund, warum sie so viel Zeit auf ihr Aussehen verwendete.

Als sie den Kaffee einschenkte, schien sie sich wie magnetisch angezogen zu ihm hinzulehnen. Falls er das bemerkte, versteckte er es ziemlich gut.

»Danke, Janine«, sagte er erneut und wartete dann, bis sie das Zimmer verlassen hatte. »Wie auch immer. Wie genau kann ich Ihnen behilflich sein, Detective?«

Diese Frage war West nicht gerade willkommen, denn sie kannte die Antwort selbst nicht genau.

»Ich bin hier, um mit allen zu sprechen, die irgendwie mit dem ersten Fall zu tun hatten. Ich möchte herausfinden, ob es irgendetwas gibt, was uns dabei helfen könnte, ihn jetzt zu lokalisieren.«

»Was denn zum Beispiel?«

Sie zögerte. Welche Anhaltspunkte konnte ein zehn Jahre alter, eindeutiger Fall schon hergeben?

»Es geht eher darum, ein besseres Verständnis der Verbrechen zu bekommen, derer er hier verdächtigt wird.«

»*Verdächtigt?* Das ist eine interessante Wortwahl, Detective.«

West zögerte. »Das sage ich nur, weil er noch nicht verurteilt wurde. Es ist nur eine Frage des Ablaufs.«

»Ich war Zeuge seines Versuchs, meine Schwester umzubringen. Und es gibt keinen Zweifel daran, was für eine Art Mensch er ist. Er ist ein kaltblütiger Mörder.« West spürte den Blick der auf sie fixierten blauen Augen, und sie musste nach unten schauen, um ihm zu entkommen. Sie zog ein Notizbuch und einen Stift hervor. Es waren eher Requisiten, als dass sie die Dinge jetzt brauchte, aber sie halfen ihr dabei, das Gespräch in eine andere Richtung zu lenken.

»Kannten Sie Jamie Stone gut?«, erkundigte sie sich. »Bevor er verschwand?« Sie drückte hinten auf den Stift, damit er einsatzbereit war.

»Nein.«

»Aber er war mit Ihrer Schwester zusammen? Sie bekamen die Zwillinge?«

»Offensichtlich.«

»Nun, dann müssten Sie ihn doch kennengelernt haben? Häufiger mit ihm gesprochen haben – hätte ich jedenfalls gedacht?«

Einen Moment lang glaubte West, er würde nicht antworten.

»Ja«, gab er letztendlich zu. Er schien plötzlich angespannt, zwang sich dann aber dazu, sich zu entspannen. Er lächelte sie an.

»Er kam ein- oder zweimal zum Haus, als ich auch da war. Zu Gartenpartys und so. Wir waren sehr verschieden.«

»Wie meinen Sie das?«

»Er war ... derb. Keiner von uns hätte je erwartet, dass Christine sich mit einem solchen Mann einlässt. Er war ... eher so ein Typ, den man in einer Kneipe trifft. Jemand, der sich prügelt.«

»Er war gewalttätig?«

»Ganz offensichtlich. Mörderisch gewalttätig.«

»Aber haben Sie je gesehen, dass er Gewalt angewandt hat?«

»Ich habe gesehen, wie er versucht hat, meine Schwester zu ertränken.«

West blickt kurz von ihrem Notizbuch auf.

»Entschuldigung.«

Paul Austin hielt den Kopf hoch erhoben. Sie schaute wieder nach unten.

»Mr. Austin, wo ist Ihre Schwester jetzt?«, fragte sie weiter, auf ihre Notizen blickend. »Ich habe gehört, sie sei in einer privaten Einrichtung, aber ich weiß nicht, in welcher.«

»Warum wollen Sie das wissen?«

Die Härte in seiner Antwort überraschte sie. »Wie schon gesagt, ich versuche nur, mit allen zu sprechen, die Stone kannten, bevor er verschwunden ist. Er hat keine Familie, also kannte Ihre Schwester ihn besser als sonst irgendjemand. Ich würde sie gerne fragen, ob sie sich an irgendetwas erinnert, das uns weiterhelfen könnte.«

»Ich fürchte, das wird nicht möglich sein.«

West reagierte zunächst nicht. Als sie es schließlich tat, wählte sie ihre Worte mit Bedacht.

»Mr. Austin. Ich ermittle im Mordfall an einer Jugendlichen. Es könnte sein, dass Ihre Schwester uns dadurch helfen könnte, dass –«

Austin unterbrach sie.

»Das geht nicht.«

»Wie bitte?« West merkte, wie ihre Stimme vor Empörung lauter wurde. Sie redete sich zu, sich zusammenzureißen.

»Sie kann Ihnen unmöglich helfen. Sie weiß nicht, wo Stone hin ist, nachdem er weg war. Glauben Sie mir, ich habe sie tausendmal gefragt.«

»Nichtsdestotrotz möchte ich sie auch selbst fragen.« West stellte wieder Blickkontakt her. Es kostete sie Kraft, sich trotz der durchdringenden Intensität seiner blauen Augen zu konzentrieren.

Paul Austin schaute zuerst wieder weg.

»Detective«, begann er und hielt dann einen Moment inne, in dem er sich einen kleinen Seufzer erlaubte.

»Ich bezweifle, dass irgendjemand wirklich nachvollziehen kann, was meine Schwester durchgemacht hat. Stone hat ihre Tochter *ertränkt*, vor ihren Augen. Er war gerade dabei, auch sie zu ertränken, als ich zufällig dazustieß. Christine wäre fast gestorben. Manche können vielleicht über so etwas hinwegkommen, aber Christine nicht. Meine Schwester hat die Sache leider noch nicht verarbeitet. Ihr Zustand lässt es nicht zu, Fragen zu beantworten. Und wahrscheinlich wird das auch immer so bleiben.«

Ein Handy begann zu surren, und West schaute den Anwalt erwartungsvoll an. Aber der hob nur die Augenbrauen.

»Ihres, glaube ich«, sagte er.

Sie begriff, dass er recht hatte, und fummelte hektisch nach ihrem Telefon, nur um dann noch nervöser festzustellen, dass es bloß eine SMS war und sie sich nicht hätte beeilen müssen. Sie ließ das Telefon gerade wieder in die Tasche gleiten, als der Inhalt der Nachricht auf dem Bildschirm erschien.

Blut in Stones Pick-up eindeutig zugeordnet. Es ist Currans.

Sie zögerte kurz. Verarbeitete die Worte. Dann schob sie das Telefon wieder in ihre Tasche zurück. Austin beobachtete sie aufmerksam. Ihr Kopf war nun völlig leer, und es war Austin, der als Nächstes das Wort ergriff.

»Detective, ich verstehe, dass das vielleicht nicht einfach zu akzeptieren ist. Aber ich habe heute Morgen schon mit meinem Vater gesprochen. Er war ebenfalls der Meinung, dass wir zum Wohle von Christine – und auch dem meiner Mutter – so wenig wie möglich mit diesem Fall zu tun haben möchten. Was auch immer diese Kreatur Stone jetzt wieder angerichtet hat – es hat Gott sei Dank nichts mit meiner Familie zu tun. Aus diesem Grund werde ich ein Team zusammenstellen, das sich darum kümmern wird, die Familie Austin aus jeglichen Gerichtsverfahren und Presseanfragen herauszuhalten. Ich hoffe, Sie können unsere Gründe für dieses Anliegen verstehen.« Paul Austin lehnte sich nach vorn und faltete die Hände. West sog noch einen Atemzug seines Duftes ein.

»Was ist mit dem Jungen? Billy – Ben?«

Der Anwalt antwortete ihr unverzüglich. »All unsere Überlegungen drehen sich nur um den Jungen. Er wird hierher zur Familie zurückgebracht. Genau deshalb bestehen wir darauf, dass unsere Familie aus dieser Sache so gut es geht herausgehalten wird. Es ist von entscheidender Bedeutung, dass er vor jeglicher unerwünschter Medienaufmerksamkeit geschützt wird.« Austin hielt inne. »Das versteht sich natürlich unter der Annahme, dass Sie ihn von Stone wegholen können, bevor er umgebracht wird.«

Dann schaute er auf seine Uhr. Ein schmales, in Gold eingefasstes Modell. West erinnerte sich an das Bordmagazin, über dem sie am Abend zuvor eingeschlafen war. Es war voller Werbeanzeigen für teure Marken gewesen, mit Models, die Persönlichkeiten wie Paul Austin verkörperten. Plötzlich stellte sie fest, wie müde sie eigentlich war.

»Ich weiß es zu schätzen, dass Sie persönlich vorbeigekommen sind, Detective West. Und ich wüsste es außerdem zu schätzen, wenn Sie mich persönlich auf dem Laufenden halten würden. Allerdings habe ich jetzt ein weiteres Meeting.«

Noch bevor sie sich davon abhalten konnte, bemerkte West, wie sie aufstand. Aber wenigstens schaffte sie es, nicht gleich zur Tür zu gehen.

»Mr. Austin. Könnten Sie mir vielleicht den Namen der Klinik nennen, in der sich Ihre Schwester aufhält?«

»Wie ich schon sagte, lässt es ihr Zustand nicht zu, Fragen zu diesem Fall zu beantworten.«

Austin drängte sie weiter aus seinem Zimmer, aber irgendetwas veranlasste West innezuhalten. Es kam ihr so vor, als wäre das gesamte Treffen trotz ihrer Anstrengungen nur nach seinen Bedingungen abgelaufen. Sie schüttelte den Kopf und weigerte sich zu gehen.

»Sir, sollte Stone lebend gefunden werden, wird Ihre Schwester beim Gerichtsverfahren als Kornzeugin vorgeladen. Ich *muss* sie sehen.«

Der Anwalt antwortete schnell, ohne seine Worte sorgfältig auszuwählen.

»Detective. Wir beide wissen, dass Sie in diesem Staat keine Gerichtsbarkeit haben und in keiner Position sind, um auf irgendetwas zu bestehen.«

Sie starrten einander an, beide atmeten schwer.

»Die örtliche Polizei hat mir ausdrücklich erlaubt, in diesem Fall zu ermitteln. Es kommt mir aber so vor, als würden Sie nicht mitwirken wollen«, hörte West sich sagen.

Austin schaute weg. Erneut seufzte er.

»Detective. Sie versuchen, Ihre Arbeit zu tun – ich versuche, meine Schwester zu beschützen.« Er schaute auf den Boden, als überlegte er, was er als Nächstes sagen sollte. Dann schien er eine Entscheidung getroffen zu haben.

»Ich bitte um Entschuldigung. Wie ich schon sagte, es war ein sehr harter Vormittag. Meine Schwester ist in der Paterson Medical Facility. Eine Privatklinik. Wenn Sie möchten, kann ich einen Besuch für Sie arrangieren.«

»Vielen Dank, Sir.« West war nervös, unruhig. »Ich tue *tatsächlich* nur meine Arbeit«, erwiderte sie. Sie verstand nicht ganz, woher diese plötzliche Sinneswandlung bei ihm kam. Überhaupt fand sie, dass ihr Austausch gerade nicht so verlaufen war, wie sie gehofft hatte. Aber

Austin nickte, als wäre das Thema jetzt zur beiderseitigen Zufriedenheit erledigt.

»Ich werde ihren Arzt anrufen und einen Termin vereinbaren. Janine wird Ihnen die Wegbeschreibung geben.«

»Vielen Dank, Sir.«

West wollte gerade gehen, als ihr noch eine andere Frage einfiel. Eine von vielen, die sie eigentlich hatte stellen wollen.

»Weiß sie es? Weiß Ihre Schwester von Billy, meine ich? Dass er noch lebt?«

Nun passierte etwas Seltsames mit Austins tiefblauen, ausdrucksstarken Augen. Sie füllten sich mit Tränen. Er blinzelte und wandte schnell den Blick ab. Als er sie wieder ansah, waren seine Augen jedoch wieder normal, und sie war sich gar nicht mehr sicher, ob sie überhaupt Tränen gesehen hatte.

»Detective West. Wenn Sie diese Frage für uns beantworten können, wäre meine Familie Ihnen überaus dankbar.«

SIEBENUNDFÜNFZIG

DAD TREIBT UNS VORAN. Wir reden also nicht viel und bleiben im Wald. Der Lärm des Hubschraubers verklingt, und bald hören wir nur noch die trockenen Blätter und Äste unter unseren Füßen knacken. Andere Menschen begegnen uns auch nicht, obwohl es fast zwei Stunden dauert, bis wir auf Schleichwegen nach Silverlea kommen.

Als wir wieder auf richtigen Straßen unterwegs sind, sieht Dad noch nervöser aus. Hier und da tauchen Leute auf, aber sie achten nicht auf uns, und Polizisten entdecken wir auch keine. Sollte ich vielleicht jemandem etwas zuschreien, nach Hilfe rufen? Aber ich traue meiner Stimme nicht, und Dad hat immer noch die Pistole im Hosenbund unter dem Saum seiner Jacke versteckt.

Einmal sehe ich Mrs. Roberts vom Laden. Sie sitzt in ihrem Auto. Dad sieht sie ebenfalls und dreht mich dann abrupt zum Schaufenster eines Immobilienmaklers um. Ich beobachte in der Spiegelung des Fensters, wie das Auto vorbeifährt, und erst als wir es nicht mehr sehen können, gehen Dad und ich weiter. Dann biegen wir von der Hauptstraße ab und sind wieder in einem ruhigeren Wohngebiet.

»Wo gehen wir hin?«, frage ich. Langsam werde ich müde und mein Gesicht fühlt sich vom Weinen vorhin ganz aufgedunsen an. Und ich glaube, ich fange gleich wieder damit an.

»Wir sind fast da«, ist alles, was Dad mir als Antwort anbietet.

Ein paar Häuser weiter öffnet Dad ein kleines Tor, und wir gehen den

Weg zur Haustür eines kleinen Bungalows entlang. Allerdings verstehe ich das nicht. Ich weiß, wer hier wohnt.

»Wieso sind wir hier?«, will ich wissen, aber Dad drückt einfach auf den Klingelknopf, bevor er ungeduldig mit der Faust gegen die Tür hämmert.

Von innen höre ich eine Stimme, die Dad sagt, er solle sich beruhigen, sie komme ja.

ACHTUNDFÜNFZIG

»SAM? Was zum Teufel machst du …«, setzt Emily an, als sie die Tür öffnet. Dann bemerkt sie mich. »*Billy?*«

»Bist du allein?«, fragt Dad, aber sie antwortet nicht. Sie verzieht nur verwirrt das Gesicht, noch immer die Türkante in der Hand.

»*Bist du allein hier?*«, fragt Dad wieder, und diesmal nickt Emily.

Dad sagt nichts. Stattdessen nimmt er wieder meine Hand und zieht mich an Emily vorbei ins Haus, wobei er sie dabei aus dem Weg drängt.

»Mach die Tür zu«, sagt er.

»*Was zum Teufel?* Was ist denn hier los, Sam?«, fragt Emily.

Dad antwortet nicht. Er lässt meine Hand los und geht im Flur auf und ab. Dann verschwindet er in einem der Zimmer und ich höre, wie er alle Vorhänge zuzieht. Ich bleibe bei Emily und warte ab, was wohl als Nächstes passiert.

»Hi, Emily«, sage ich.

Sie atmet aufgebracht und starrt mich eine Weile nur an.

»Hi, Billy. Weißt du, was hier los ist?«

Ich zucke mit den Achseln. »Dad hat Olivia Curran umgebracht und rennt jetzt vor der Polizei davon. Er hat auch versucht, mich umzubringen.«

Sie starrt mich an, als wäre ich komplett übergeschnappt. Gerade will sie mir etwas antworten, aber da kommt Dad wieder in den Flur.

»Emily, ich brauche deine Hilfe. Ich würde dich nicht darum bitten, wenn es nicht unbedingt notwendig wäre. Aber bei uns zu Hause wartet ein Haufen Polizei und an der Brücke gibt's eine Straßensperre. Sogar mit dem Hubschrauber suchen sie nach mir. Du musst uns helfen, hier wegzukommen. Wir müssen von der Insel runter. Kannst du uns nach Goldhaven fahren? Jetzt sofort?«

Emily atmet immer noch heftig, reißt ihren Blick mühsam von mir los und nimmt nun Dad ins Visier.

»*Goldhaven*? Warum?«

»Das erkläre ich dir unterwegs. Jetzt haben wir keine Zeit.«

Ein, zwei Mal öffnet sie noch den Mund, um etwas zu entgegnen, schließt ihn aber jedes Mal. Schließlich schafft sie es, einen Satz herauszubekommen.

»Das geht nicht. Ich treffe mich mit Dan«, sagt sie und wirft einen Blick auf ihre Uhr. »In etwa einer halben Stunde. Heute ist mein freier Tag.«

»Scheiß auf Dan«, sagt Dad mit leiser Stimme, als hoffte er, ich würde es nicht hören. »Das hier ist wichtig. Es ist ernst.«

Sie starren einander an.

»Aber meinst du nicht, die beobachten auch den Fährhafen, wenn sie das alles mobilisiert haben, um nach dir zu suchen?«, fragt sie schließlich.

Ich will sagen, dass ich das auch schon zu bedenken gegeben habe, aber ich verkneife es mir.

Dad sagt auch nichts. Er schaut sich nur um, als fühlte er sich plötzlich von den Wänden ringsum gefangen.

»Was ist los?«, fragt Emily. »Billy hat gesagt –«

»Das erzähl ich dir später. Ich erkläre dir alles. Aber nicht jetzt.« Dad schaut dabei betont zu mir, und mir wird klar, dass er nichts erklären wird, solange ich dabei bin. Er will nicht zugeben, dass er versucht hat, mich umzubringen.

»Du musst uns helfen, Emily. Ich habe sonst niemanden, an den ich mich wenden kann.«

Eine Weile stehen wir alle schweigend im Flur.

»Ich rufe Dan an und sage ihm, dass es mir nicht gut geht. Du kannst hierbleiben und dir etwas überlegen. Hier wird niemand nach dir suchen«, sagt Emily. Ihre Stimme klingt immer noch überrascht, als könnte sie nicht glauben, dass wir gerade zur Tür hereingestolpert sind.

Dad nickt. »Okay. Und wir müssen uns dein Auto ausleihen. Wir lassen es in Goldhaven stehen. Da kannst du es später abholen –«

»*Sam!*«, unterbricht ihn Emily forsch, und Dad verstummt.

»*Sie werden am Hafen auf euch warten. Du kannst nicht einfach so abhauen. Du musst nachdenken, Sam. Clever sein.*«

So habe ich Emily bisher noch nie reden hören. Sie klingt furchteinflößend, und Dad wird mucksmäuschenstill.

»Setz dich hin. Ich mach uns Kaffee. Dann rufe ich Dan an und sage ihm, dass ich Kopfschmerzen habe.«

Wir gehen alle in die Küche. Dad und ich setzen uns an den Tisch und beobachten Emily, wie sie in der Küche umhergeht und Kaffee macht. Zwischendurch schaut sie zu mir und lächelt.

»Was ist mit dir, Billy? Möchtest du das, was du immer nimmst? Ich glaube, ich habe hier noch irgendwo Kakao.«

Ich nicke und lächle zurück. Das sagt sie so, als säßen wir im Café und alles wäre normal. Sie sagt mir das, damit ich mich sicher fühle. Aber mein Lächeln hält nicht lange. Ich habe so viele Fragen, und obwohl ich mich davor fürchte, die meisten zu stellen, ist die Verwirrung noch viel schlimmer.

»Dad«, beginne ich vorsichtig. »Warum sind wir hier bei Emily?«

Dad löst seinen Blick von der Wand, die er bis dahin gedankenverloren angestarrt hat. Er schaut zu mir und lacht halbherzig. Dann schüttelt er den Kopf. Zu Emily sagt er:

»Hör dir das an. Die halbe Inselpolizei ist hinter mir her und er will ausgerechnet das wissen. Willst du es ihm sagen oder soll ich?«

»Ich glaube, das machst besser du.«

Ich schaue beide völlig verwirrt an. »Mir was sagen?«, frage ich.

Kurze Zeit später stellt Emily einen Becher heiße Schokolade vor mich hin und schiebt Dad eine Tasse Kaffee zu. Dann setzt sie sich ebenfalls, nimmt einen Schluck von ihrem Kaffee und hält sich an der Tasse fest, während sie den Dampf wegbläst. Sie sagt nichts, aber sie sieht Dad an.

»Okay. Billy …«, setzt Dad an. Aber dann hält er inne und schaut auf den Tisch. »Ich weiß nicht, wie viel sie euch darüber in der Schule beigebracht haben. Ich glaube, das passt wohl in diesen Personal-Development-Unterricht, oder?« Er verdreht die Augen. Ich warte nur ab.

»Die Sache ist die, Emily und ich, wir … also …« Er kratzt sich am Kopf. »Wir sehen uns öfter. Schon seit einer Weile.« Er schaut mich an, um abzuschätzen, wie ich das aufnehme.

»Im Café?«, frage ich.

»Nein. Also, natürlich auch, ja … Aber ich rede nicht vom Café. Meistens haben wir uns hier getroffen, in Emilys Haus, wenn Dan nicht da war.« Er wartet und schaut mich an.

»Du weißt, was ich damit meine, mit *öfter sehen*?«

Ich weiß schon, was das heißt, wenn zwei Leute einander »sehen«, aber auf Dad und Emily bezogen ergibt das für mich irgendwie keinen Sinn.

»Meinst du, Emily und du, ihr *geht miteinander*?«, frage ich, auch wenn das völlig unmöglich klingt.

Dad wirkt erleichtert. »Ja. So ist es. Irgendwie. Damit kommst du doch klar, oder?«

»Aber Emily geht doch mit *Dan*«, sage ich.

Dad sieht Emily an. Sie schaut weg.

»Ja. Das stimmt. Aber manchmal wollen Leute gar nicht wirklich mit der Person gehen, mit der sie zusammen sind. Manchmal wollen sie sich auch mit anderen Leuten treffen. Um zu schauen, ob das vielleicht besser funktioniert«, sagt er. Dann klingt er etwas selbstsicherer.

»Deswegen konnte ich dir das nicht erzählen. Ich wollte es nicht vor dir verheimlichen, das schwöre ich, Billy.«

»Mir tut es auch leid, Billy«, sagt Emily.

Ich schaue sie an und ihre blauen Augen beobachten mich, ihr Gesicht halb hinter der Kaffeetasse versteckt. All die Dinge, für die wir uns beide interessiert haben, fallen mir wieder ein. Die vielen Male, die wir über meine Projekte und ihre Forschung geredet haben. Sie stellt die Tasse ab. Dabei sieht sie so hübsch aus. Ich muss an meine Tagträume zu denken, von denen ich ihr nie erzählt habe. Von denen ich bisher niemandem erzählt habe. Aber manchmal kann ich Stunden damit verbringen, mir vorzustellen, wie es wäre, wenn ich älter wäre und wenn Emily und ich um die Welt reisen und forschen würden. Wie wir vielleicht mal heiraten würden. Ich spüre, dass ich rot anlaufe. Ich bin – ich weiß auch nicht – sauer? Sauer, und es ist mir peinlich und ich schäme mich ein bisschen. Vielleicht bin ich aber auch nur durcheinander.

»Du bist Dads *Freundin*?«

Jetzt lächelt sie mich an und nickt. »Nicht wirklich, aber man könnte es wohl so sehen.« Sie lächelt mich mit großen Augen an. »Ach Billy, es tut mir so leid, dass ich es dir nicht sagen konnte. Erwachsene sind manchmal eben wirklich komische Geschöpfe.« Sie langt über den Tisch und nimmt meine Hand. Ihre fühlt sich weich an, und sie hat hübsche, schlanke Finger. Ich lasse sie eine Weile meine Hand drücken.

»Und was ist mit Dan?«, frage ich schließlich. Emily drückt noch einmal fest zu und zieht ihre Hand weg.

»Dan weiß nichts davon«, sagt sie. »Niemand weiß es. Außer dir jetzt, natürlich. Wir mussten es erst noch geheim halten, um herauszufinden, ob es funktioniert.« Sie sieht Dad an. »Wenn ja, dann sagen wir es den anderen vielleicht auch. Dir jetzt … und später auch Dan.«

Immer noch beunruhigt schaut Dad sie kurz an. Aber vor allem beobachtet er mich. Mir ist nach Weinen zumute, also schaue ich nach unten auf meine heiße Schokolade. Ich versuche die Tasse anzuheben, aber meine Hand zittert, und so kleckert etwas auf den Tisch.

»Entschuldigung«, murmle ich, während Emily mit einem Lappen und viel Aufhebens die Pfütze aufwischt. Dann sitzen beide wieder da und schauen mich an. Wieder versuche ich, etwas von dem Kakao zu trinken, aber er schmeckt nicht. Er schmeckt alt. Ich schaue auf die Packung und erkenne das alte Logo wieder. Das wurde schon vor Jahren geändert. Jetzt hat es andere Farben und so. Überhaupt fällt mir jetzt auf, dass die ganze Küche irgendwie altmodisch ist. Der Flur auch. Das Haus sieht aus, als würde eine alte Dame hier wohnen, nicht Emily.

»Warum ist deine Küche so alt?«, frage ich unvermittelt.

Emily sieht einen Moment lang etwas verdutzt aus, lacht dann aber. Es ist unglaublich, wie sehr dieses Lachen die Stimmung in dieser bedrückenden Atmosphäre hebt. Ihr Gesicht ist so hübsch, wenn sie lacht.

»Das ist das Haus meiner Großmutter, Billy. Oder das war es wenigstens mal. Sie ist Anfang des Jahres gestorben. Und ich bin noch nicht dazu gekommen, mich hier um irgendwas zu kümmern.«

Dann herrscht Stille im Raum, und der Zauber ihres Lächelns verschwindet wieder. Nun schaltet Dad sich ein.

»Okay, Billy. Emily und ich müssen uns allein unterhalten. Schau doch mal, ob du den Discovery Channel oder so was findest und lass uns ein bisschen in Ruhe reden.«

Am liebsten würde ich Nein sagen. Ich will fragen, was hier vor sich geht und warum wir hier sind. Warum er plötzlich so tut, als wäre er nett zu mir. Aber ich komme noch nicht mit dem klar, was Emily mir gerade erzählt hat. Normalerweise könnte ich mit ihr reden. Ich kann ihr alles sagen. Zumindest konnte ich das. Jetzt bin ich nur noch verunsichert. Ich brauche etwas Zeit, um mir das alles durch den Kopf gehen zu lassen. Und die Pistole in Dads Jeans habe ich auch nicht vergessen.

Ich sehe Emily in der Hoffnung an, dass sie vielleicht hilft, aber sie nickt nur zustimmend. Also tue ich, was er gesagt hat. Ich nehme meinen Kakao in beide Hände und stehe vom Tisch auf.

»Guter Junge«, sagt Dad und schließt die Tür hinter mir.

NEUNUNDFÜNFZIG

ICH GEHE INS WOHNZIMMER, wie Dad es wollte. Irgendwie hatte ich gehofft, hören zu können, worüber die beiden reden, aber sie sprechen zu leise. Das Wohnzimmer ist genauso eingerichtet wie der Rest des Hauses. Die Wände sind mit einem Blumenmuster verziert, das aber gelblich verfärbt ist. Der Boden ist mit braunem Teppich ausgelegt. Es gibt ein Fenster, aber wie ich feststelle, ist es verriegelt, und den Schlüssel finde ich nirgends. Wahrscheinlich war Emilys Großmutter eine von diesen alten Leuten, die dauernd Angst vor Einbrechern haben. Viele alte Leute sind so.

Ob ich trotzdem versuchen sollte zu entkommen? Ich könnte einfach durch die Haustür abhauen. Vielleicht könnte ich zu einem der Nachbarn gehen und darum bitten, dass der die Polizei ruft. Ich denke lange darüber nach. Aber es ist beängstigend. Vielleicht jagt Dad mir dann nach. Vielleicht erschießt er mich bei der Gelegenheit. Und jetzt, da wir bei Emily sind, bin ich vielleicht wieder in Sicherheit. Vielleicht hat er beschlossen, mich doch nicht mehr umzubringen. Ich weiß es nicht. Es ist alles zu viel, ich kann darüber nicht nachdenken. Also lasse ich es. Ich setze mich aufs Sofa und warte ab, was als Nächstes passiert.

Meinen Kakao trinke ich aber nicht. Mit dem stimmt irgendetwas nicht. Wahrscheinlich ist er zu alt. Wahrscheinlich hatte ihre Großmutter ihn jahrelang im Schrank stehen. Mir wird ein wenig übel, wenn ich daran denke, dass ich davon getrunken habe. Aber ich will Emily auch nicht vor den Kopf stoßen, also gieße ich ihn in einen Blumentopf, der in einer Zimmerecke steht. Ich mansche ein bisschen in der Erde herum, damit man nicht sieht, wo ich den Kakao hingeschüttet habe, und dann wische ich die Hände am Teppich ab. Der ist sowieso braun.

Ich sollte wohl besser tun, was Dad gesagt hat, also suche ich nach der Fernbedienung für den Fernseher. Stattdessen entdecke ich aber Emilys Laptop auf dem Sofa, halb unter einem Kissen versteckt. Ich starre den grell blauen Deckel einen Moment lang an. Normalerweise würde mir nicht im Traum einfallen, ihn aufzumachen. Aber kann ich damit nicht ins Internet gehen? Vielleicht finde ich ja so heraus, was los ist. Ich blicke kurz zur Tür, um sicherzugehen, dass Emily nicht hereingekommen ist, dann klappe ich ihn schnell auf. Emilys Benutzerkonto-Icon ist ein Seestern. Ich schaue ihn eine Weile an, bis ich den Cursor bemerke, der mich blinkend zur Eingabe des Passworts auffordert. Ich habe keine Ahnung, wie ihr Passwort lautet, also schließe ich den Laptop wieder und habe ein schlechtes Gewissen, dass ich es überhaupt versuchen wollte. Ich schiebe ihn wieder unter das Kissen und lehne mich auf der Couch zurück. Plötzlich stürzt alles auf einmal auf mich ein und ich bin von dem Gefühl völlig überwältigt.

Dad und Emily sind so was wie *Freund und Freundin*. Ich erinnere mich an Dinge, die vorgefallen sind. Dinge, die zu dem Zeitpunkt irgendwie seltsam waren. So wie damals, als ich wollte, dass sie mit mir den Wal anschauen kommt, und sie sagte, sie müsse arbeiten. Emily arbeitet samstagnachmittags nicht. Hat sie nie getan. Wollte sie nicht mit mir zu dem Wal gehen, weil sie mit Dad zusammen war? Wie oft ist Dad in letzter Zeit spät von der Arbeit gekommen? Also, wirklich spät. Ich spüre, wie ich bei dem Gedanken rot anlaufe. Er war mit ihr zusammen. Und was mich wirklich fertigmacht, ist, dass ich währenddessen zu Hause saß und tagträumte, wie sie und ich gemeinsam auf eine Forschungsreise gehen. Mein Gesicht glüht jetzt richtig.

Stopp. Eigentlich habe ich diesen Tagtraum wirklich nur sehr selten gehabt. Und ernst gemeint war der auch nicht. Endlich finde ich die Fernbedienung und schalte den Fernseher ein. Ich zappe durch die Kanäle, um irgendetwas mit wissenschaftlichen Themen zu finden, wie Dad es mir gesagt hat. Stattdessen bleibe ich aber bei einem Cartoon hängen. Es ist Jahre her, seit ich das letzte Mal den Kinderkanal geschaut habe, aber irgendwie schaffe ich es nicht, den Sender zu wechseln. Der Ton ist leise gestellt, aber da rennen sowieso nur ein paar Zeichentricktiere herum, ein Hund und ein Kaninchen. Ich lege die Fernbedienung hin und bleibe bei der Sendung. Überrascht merke ich, dass meine Backen plötzlich nass sind. Ich schnappe mir ein Kissen und wische mir das Gesicht ab. Dann umarme ich das Kissen und drücke es fest an mich. Und lasse den Tränen freien Lauf.

Ein paar gefühlte Stunden später kommt Emily herein. Ich liege mit angezogenen Beinen auf der Couch und schaue mir immer noch Cartoons an. Abwechselnd auf Cartoon Network und Disney Junior. Fast habe ich schon vergessen, wo ich bin. Emily hat das Haar hinten zusammengebunden und sich umgezogen. Sie trägt einen Schlabberpulli und Leggings. Und sieht immer noch schön aus.

»Hey Billy, wie geht's dir?«, fragt sie mit sanfter Stimme.

Sie streckt den Arm aus und verwuschelt mir das Haar.

»Das ist alles ein bisschen viel, oder? Wie fühlst du dich?«

Da ich nicht weiß, was ich sagen soll, sage ich nichts. Und sie redet weiter.

»Was du da vorhin gesagt hast. Über deinen Vater …, dass Sam irgendetwas mit dem Tod dieses Mädchens zu tun hat. Das stimmt nicht. Darum geht es hier nicht.«

Ich schaue noch einen Moment lang die Cartoons an, denn ich bin noch nicht bereit, darüber zu reden.

»Woher willst du das wissen?«, frage ich dann, weil ich sie ja nicht komplett ignorieren kann.

»Sam hat mir alles erzählt. Es geht nicht um Olivia Curran. Und ich verspreche dir, Billy, es geht auch nicht um dich. Er hat nicht versucht, dich umzubringen, Billy. Das ist schlicht verrückt. Er würde dir nie etwas antun.«

Ich höre ihre Worte, aber sie kommen kaum gegen die Anziehungskraft des Fernsehers an. Mit der Welt der Cartoons komme ich gerade viel besser zurecht. In Wahrheit aber bin ich von allem erschöpft. Ich will mich am liebsten von Emily wegdrehen und so tun, als wäre das alles nicht passiert. Aber dann schießen mir die Ereignisse von heute Morgen durch den Kopf. Ich kann mich nicht verstellen.

»Ich habe Beweise.«

Sie macht ein komisches Gesicht, weil sie mich beruhigend anlächeln will, aber gleichzeitig die Stirn runzelt.

»Was für Beweise, Billy?«

Plötzlich läuft meine Nase und ich muss schniefen. »Ich habe Olivias Haarklammer auf der Ladefläche von Dads Pick-up gefunden. Da war Blut und so dran.«

Emily fasst sich hinten ins Haar. Es ist anders als das von Olivia. Emily hat braune Haare. Sie tastet mit den Fingern nach ihrer Haarklammer.

»Billy, das ist unmöglich.« Ihre Stimme klingt ruhig und vernünftig.

Ich zucke mit den Achseln. »Es ist aber so.«

Sie lächelt mich an, aber das Lächeln sieht unsicher aus.

»Billy. Manchmal bilden Menschen sich Dinge ein, die nicht wirklich da sind, oder sie machen Fehler und denken, etwas wäre von Bedeutung, obwohl das gar nicht stimmt. Zum Beispiel, wenn wir heftig unter Druck stehen.«

»Das habe ich mir nicht eingebildet.« Meine Stimme klingt plötzlich wütend. Das überrascht mich. »Es war die Klammer, die sie an dem Abend getragen hat. Da war Blut dran.«

Emily sagt einen Moment lang nichts.

»Kannst du sie mir zeigen, Billy? Ich bin mir sicher, dass es dafür eine Erklärung gibt. Wenn du sie mir zeigst, kann ich es vielleicht erklären.«

Ich schüttle den Kopf und schaue weg. »Ich hatte sie in meinen Neoprenanzug gesteckt. Dann wurde sie rausgespült, als Dad mit mir ins Wasser gegangen ist.«

»Sie ist also weg?«, fragt sie langsam. Dann ist sie wieder eine Weile still und denkt nach. Ich weiß schon, was sie als Nächstes sagen wird: Das bedeutet wahrscheinlich, dass ich es mir nur eingebildet habe. Aber das sagt sie nicht.

»Hast du am Strand danach gesucht?«

Ich bin überrascht. »Dazu bin ich nicht gekommen«, antworte ich. »Aber ich habe sie im Wasser verloren. Jetzt wird sie niemand mehr finden.«

Sie nickt, bekommt ganz große Augen und lächelt dann. Schnell setzt sie sich neben mich aufs Sofa, legt den Arm um mich und zieht mich an sich. Das hat sie noch nie getan, und ich fühle mich etwas unwohl, weil mein Gesicht ganz nah an ihren Brüsten ist. Irgendwie weiß ich, dass sich das nicht gehört, aber ich versuche mir zu merken, wie sie sich anfühlen. Weich und warm. Ich kann ihr Parfüm jetzt deutlich riechen. Blumen.

»Pass auf, Billy.« Sie drückt mich noch fester an sich, sodass mein ganzes Gesicht an sie gepresst wird. »Weißt du noch, wie das mit Mr. Foster gelaufen ist? Du warst dir so sicher, dass er irgendetwas mit der Sache zu tun hatte. Und dann ... war das alles falsch. Und mit dieser Haarklammer – falls es sie überhaupt gab – ist es wahrscheinlich ähnlich. Ich weiß zwar nicht genau, was es damit auf sich hat, aber ich glaube, du bist da auf dem falschen Dampfer.«

Das möchte ich ihr gerne glauben. Ich möchte glauben, dass ich mit allem komplett falschliege. Ich möchte nur das Gesicht an sie drücken, und dass dann alles wieder gut wird. Aber das funktioniert nicht. Ich bin hier. In diesem fremden Zimmer. Alles hat sich verändert, alles ist anders. Ich schiebe mich von ihr weg.

»Aber ich habe sie gesehen, Emily. Ich habe sie *gesehen*.« Aus irgendeinem Grund klingt meine Stimme jetzt flehend. »Ich hab sie in der Hand gehabt.« Ich reiße meinen Pullover hoch und zeige ihr meine Brust, wo die Druckstelle war. »Ich habe sie genau hier hingetan. An ihr klebte Blut und *Haar*, also, ein kleines Büschel blonder Haare. Es war die gleiche Haarklammer, die Olivia Curran hatte. Und nachdem ich sie gefunden habe, hat Dad direkt versucht mich zu ertränken. Er hat mich unter Wasser gedrückt. Gerade, als eine Welle kam. Er hat mich gejagt.« Jetzt strömen mir die Tränen übers Gesicht, aber es ist mir egal. Ich wische sie nicht einmal ab.

»*Billy, nein.* Hör auf. Dein Dad würde das niemals tun. So war das nicht.«

»Ich habe es doch gesehen, Emily. Ich habe den Beweis gesehen.«

»Und wo ist er dann jetzt?« Ihre Stimme klingt nun etwas schärfer. »Hat sonst noch jemand die Klammer gesehen? Hast du ein Foto gemacht?«

Dazu sage ich nichts. Ich schüttle nur den Kopf.

Sie beißt sich auf die Lippe.

»Hör zu. Dein Dad hat mir jede Menge Dinge erklärt, die durchaus einen Sinn ergeben. Aber er hat ein bisschen Angst, sie dir zu erzählen. Und glaub mir, ich kann gut verstehen warum. Er macht uns gerade etwas zu essen. Wenn wir gegessen haben, wird er dir alles sagen. Und dann …«

»Da ist noch etwas, womit ich es beweisen kann«, unterbreche ich sie. »Sag mir dein Passwort und ich zeige es dir.«

»Was?« Emily sieht erschrocken aus. Ich ziehe ihren Laptop unter dem Kissen hervor.

»Sag mir dein Passwort«, wiederhole ich, während ich den Deckel aufklappe.

Sie schaut verunsichert auf ihren Computer. Dann beugt sie sich, ohne etwas zu sagen, herüber und tippt schnell ein Wort ein. Ich versuche zu erkennen, was es ist, aber ich bin zu langsam. Der Computer fährt hoch. Als Hintergrundbild erscheint das Unterwasserfoto eines Korallenriffs, das sie selbst aufgenommen hat. Sie hat mir dasselbe Bild per E-Mail geschickt, als sie das letzte Mal auf der *Marianne Dupont* unterwegs war. Sie sieht mich an.

»Geh ins Internet«, sage ich.

Das tut sie, und wir warten gemeinsam.

»Und was jetzt?«

»Gib her.«

Ich ziehe den Laptop auf meinen Schoß und gebe die Adresse für meine Wetterstation ein. Dann logge ich mich in mein Administratorkonto ein. Das ist nicht bloß so ein Online-Ding. Die Wetterstation habe ich tatsächlich auf unserem Hausdach installiert. Sie hat ein Anemometer, das die Geschwindigkeit und Richtung des Windes misst, ein Thermometer und – das Beste am Ganzen – eine Webcam. Ich war der Erste, der am Strand von Silverlea eine Webcam eingerichtet hat. Anfangs kamen jede Menge Klicks, weil Leute die Surfbedingungen checken oder einfach nur den Strand anschauen wollten, bevor sie herkamen. Aber dann hat der Surf Lifesaving Club meine Idee geklaut und eine eigene Wetterstation eingerichtet. Und weil der Club eine bessere Kamera hat und man von dessen Standort aus die Wellen besser sehen kann, kriegt der jetzt die ganzen Klicks. Aber ich lasse meine Webcam trotzdem weiterlaufen, weil man die Daten ja immer noch zu Forschungszwecken nutzen kann.

Die Webcam nimmt alle fünfzehn Minuten ein Bild auf. Jedes Foto wird in eine Datenbank hochgeladen, die online zugänglich ist. Man kann also genau sehen, wie der Strand zu einem beliebigen Zeitpunkt aussah, und das in den letzten drei Jahren.

Aber leider konnte ich mir, als ich das alles gekauft habe, keine wirklich gute Webcam leisten. Meine macht nur Standbilder mit einem Weitwinkelobjektiv. Das heißt, man sieht mehr als nur das Meer. An dem einen Bildrand kann man auch einen Teil des Hausdachs sehen, und am anderen bis in den Garten schauen.

Das Backend der Webseite ist geladen. Ich klicke auf die Suchleiste und gebe ein, dass die Bilder des 29. Augusts dieses Jahres geladen werden sollen.

»Das ist der Blick von unserem Haus an dem Abend, an dem Olivia Curran verschwunden ist«, erkläre ich Emily. »Weißt du noch? Wir waren alle bei der Disco vom Surf Lifesaving Club.«

Emily nickt und beobachtet, was ich da mache.

»Gegen halb elf bin ich müde geworden und habe Dad gebeten, mich nach Hause zu fahren. Aber er wollte noch dableiben und weiter Bier trinken. Also hat Jodys Mom angeboten, mich nach Hause zu bringen. Später hat mich die Polizei danach gefragt, und Dad wollte, dass ich sie anlüge. Er hat gesagt, dass er sonst Ärger bekommt, wenn sie herausfänden, dass ich allein zu Hause war.«

»Erzähl weiter, Billy«, sagt Emily. Ich wähle die richtige Uhrzeit aus. Das Bild der Kamera sieht wieder normal aus, dunkel und leer.

»Das ist um 23:00 Uhr. Kurz bevor Jody mich zu Hause abgesetzt hat.«
Ich klicke weiter. Im nächsten Bild sieht man Licht im Garten.

»23:15 Uhr. Das Licht kommt vom Küchenfenster. Ich hatte es für Dad
angelassen, weil er ja gesagt hat, dass er auch gleich kommt.«

Ich klicke zum nächsten Bild ... und zum nächsten und wieder zum
nächsten.

»1:00 Uhr morgens«, sage ich. »Er ist immer noch nicht zurück. Mir hat
er gesagt, er wäre etwa um halb zwölf zu Hause gewesen.« Ich zeige ihr
die nächsten acht Bilder. Schließlich kommen wir beim 5:00-Uhr-Bild an.
Jetzt ist das Licht im Garten erloschen. Aber noch etwas ist anders. Auch
in der Dunkelheit kann man erkennen, dass Dads Pick-up nun in der
Einfahrt steht.

»Dad hat mir gesagt, dass er in dieser Nacht um halb zwölf nach Hause
gekommen ist. Ich weiß das noch so gut, weil das die Uhrzeit ist, die ich
der Polizistin sagen sollte. Aber *er* hat mich angelogen. Er ist erst um fünf
Uhr morgens heimgekommen. Weil er da draußen irgendwas mit Olivia
Curran angestellt hat. Und dann ihre Leiche versteckt hat.«

Es ist lange still im Zimmer. Emily starrt auf den Laptop. Als sie
endlich etwas sagt, klingt ihre Stimme ruhig und sanft.

»Ach Billy«, sagt sie. »Mein armer Billy.« Sie nimmt den Laptop, und es
sieht so aus, als wollte sie ihn zuklappen. Am Ende stellt sie ihn aber nur
auf den Couchtisch und legt wieder ihre Hand auf mein Haar.

»Ach Billy«, sagt sie noch einmal. »Dein Dad ist in dieser Nacht erst
um fünf Uhr nach Hause gekommen ..., weil er bei mir war. Das war der
Abend, an dem wir zusammengekommen sind.«

SECHZIG

DIE EMPFANGSDAME GAB West die Adresse der Paterson Medical Facility und teilte ihr mit, dass für sie am Nachmittag ein Termin vereinbart worden sei. West ging zu ihrem Mietwagen zurück und machte sich auf die dreistündige Fahrt. Zunächst kam sie noch an mehreren kleinen Ortschaften vorbei, aber während der letzten Stunde schien sie durch eine vollkommen unbewohnte Landschaft zu fahren. Als sie schließlich dort ankam, wo laut Navigationssystem ihr Ziel sein sollte, fand West nur eine gottverlassene, einspurige Straße mit Feldern zu beiden Seiten vor und einen eintönigen Horizont, der nur hier und da von ein paar Bäumen durchbrochen wurde.

Sie hielt an, ohne sich die Mühe zu machen, an den Straßenrand zu fahren, denn sie hatte seit einer halben Stunde kein anderes Auto mehr gesehen. Den Motor ließ sie laufen. Wahrscheinlich war sie ein paar Hundert Meter zu weit gefahren, denn ihr Navi sagte ihr immer wieder, sie solle wenn möglich wenden. Also schaltete sie es aus. Eine Zeit lang hielt sie sich an ihrem Lenkrad fest und dachte nach, bis ihr auffiel, wie müde sie eigentlich war und dass sie deshalb gar nicht richtig denken konnte. Sie machte den Motor aus und stieg aus dem Wagen.

An der frischen Luft ging es ihr gleich etwas besser. Als sie jedoch links und rechts die Straße entlang schaute, fand sie immer noch nichts, was irgendwie nach einem Krankenhaus aussah. Sie zog ihr Handy hervor und hoffte, den Ort googeln zu können, vielleicht eine Nummer zu finden, die sie anrufen konnte, aber sie bekam keine Verbindung zum Internet.

Immerhin hatte sie Mobilfunkempfang, also rief sie Rogers an. Vielleicht konnte der ja den Ort finden und ihr dann sagen, wohin sie fahren musste. Außerdem konnte er ihr dann auch gleich Neues von der Suche nach Stone berichten.

West hielt sich das Telefon ans Ohr und wartete darauf, dass sie sprechen konnte. Aber beim sechsten Freizeichen sprang die Mailbox an. Verärgert brach sie den Anruf ab. Sie lehnte sich an die Motorhaube ihres Wagens und fragte sich, was sie jetzt tun sollte.

Dann bemerkte sie eine kleine asphaltierte Straße, die von der Schnellstraße abzweigte. Sie sah viel zu schmal aus, um von Bedeutung zu sein, aber kurz davor stand ein Schild an der Ecke. Es war halb von einem Baum verdeckt. Da West gerade nichts Besseres zu tun hatte, lief sie zurück und spähte zu diesem Schild hoch. Darauf stand in kleinen Buchstaben:

Paterson Medical Facility
Private Zufahrt

Noch immer etwas verwirrt ging West wieder zu ihrem Mietwagen und setzte zurück. Aus Gewohnheit betätigte sie den Blinker und bog in die kleine Straße ein.

Sie führte zwischen Bäumen hindurch und dahinter in eine kleine Senke. Unten lag die Einrichtung: ein schlichtes, charakterloses Gebäude. Als sie davor anhielt, kam ein Mann in einem weißen Arztkittel heraus und wartete.

Als sie die Autotür öffnete, kam er auf sie zu und streckte ihr die Hand entgegen. »Willkommen. Ich bin Dr. Richards. Wir haben Sie schon erwartet.« Sein Kittel stand offen, und darunter sah West ein teures blaues Hemd. Er trug eine Brille mit Metallgestell und dünnen Gläsern und lächelte.

»Ich bin Detective Jessica ...«, begrüßte West ihn mit Dienstmarke in der ausgestreckten Hand, aber der Arzt winkte ab.

»Detective West. Ja, ich weiß. Paul hat mir alles erklärt. Bitte kommen Sie doch herein.«

Sie stiegen die Stufen hinauf und betraten das Gebäude. Das Foyer war kleiner, als West es erwartet hatte, und darin saß ein Mann, der eine ganze Reihe von Überwachungsbildschirmen beobachtete. Er bewegte sich auch dann nicht, als der Arzt ein Formular aus einer Plastikablage zog und darauf das Datum und die Uhrzeit ihrer Ankunft eintrug.

»Was genau ist das hier für eine Einrichtung?«

»Paterson ist eine private medizinische Einrichtung, in der die Patienten auch wohnen. Wir bieten eine sichere Umgebung für Klienten mit ganz speziellen Bedürfnissen.«

»Sie sind ziemlich schwer zu finden.«

Er schob ihr das Formular über den Tisch zu, damit sie es unterschreiben konnte.

»Das stimmt. Unser Auftreten ist bewusst zurückhaltend«, sagte der Arzt. »Das bekommt unseren Bewohnern besser.«

West zögerte zunächst, unterschrieb dann aber das Formular und schob es wieder zurück.

»Entschuldigung, wie meinen Sie das?«

Der Arzt nahm das Formular auf, schob es in eine Plastikhülle und hielt es ihr wieder hin.

»Wir genießen unter anderem aufgrund unserer Lage einen so guten Ruf. Unser Angebot richtet sich an Bewohner, die nicht gut mit einer unkontrollierten Umgebung zurechtkommen. Ihnen tut es gut, nicht so vielen fremden Menschen zu begegnen.«

»Also wie ein geschlossenes psychiatrisches Krankenhaus?«

»Nein, ganz im Gegenteil. Wir befinden uns so weit draußen, damit unsere Klienten sich fast überall frei bewegen können, wenn sie es möchten, ohne sich in Gefahr zu begeben. Man kann in jede Richtung zehn Meilen laufen, ohne auch nur auf ein Haus oder einen Hof zu stoßen.« Er lächelte.

»Aber bitte, kann ich Ihnen einen Kaffee oder vielleicht etwas zu essen anbieten?«

»Ich habe mir unterwegs etwas geholt.« West lehnte automatisch ab und wusste gar nicht genau, warum sie das sagte.

»*Wirklich*? Ich wüsste gar nicht, wo das möglich wäre.« Dr. Richards sah einen Moment lang etwas verdutzt aus. »Wie gesagt, es gibt hier in der Gegend nicht viel.« Dann lächelte er wieder und schüttelte den Kopf, als wäre diese Feststellung nicht weiter wichtig.

»Wie auch immer. Vielleicht könnten wir uns kurz in meinem Büro unterhalten, bevor wir zu Christine gehen. Wenn ich recht informiert bin, hat Paul Ihnen schon gesagt, dass dieser Besuch reine Zeitverschwendung sein könnte.« Er öffnete eine Tür und führte sie in ein geräumiges Büro mit einem großen antiken Schreibtisch aus Holz. Sie setzte sich hin und wartete.

Bevor der Arzt sich auf seiner Seite des Tisches niederließ, bot er ihr noch einmal Kaffee an. »Ich habe es so verstanden, dass Sie Christine dazu befragen möchten, was mit ihr passiert ist und was sie über den Mann weiß, der sie damals angegriffen hat. Stimmt das?« Der Arzt hob eine Augenbraue.

»Ich hoffe, dass sie vielleicht Informationen hat, die uns dabei helfen ihn aufzuspüren.«

»Das halte ich für sehr unwahrscheinlich.«

»Warum?«

»Christine redet nicht gern über das, was passiert ist …« Dr. Richards hielt inne. »Ich weiß nicht, wie viel Paul Ihnen erklärt hat, aber Christine leidet an einer posttraumatischen Belastungsstörung.« Er wartete, bis sie den Kopf schüttelte.

»Diese Erkrankung wird oft falsch verstanden. Viele denken, es sei eine vorübergehende Reaktion oder dass man sie heilen könne. Beide Annahmen sind, leider Gottes, falsch. Auf Christine zum Beispiel hat sich das Trauma sehr stark ausgewirkt, was zu einer bleibenden Veränderung ihres Gehirns geführt hat. Wir können ihr am besten mit Medikamenten helfen und sie vor Auslösern schützen, indem wir ungewünschte Begegnungen mit anderen Menschen vermeiden.«

»Wollen Sie damit sagen, dass ich sie nicht sehen kann?«, erkundigte sich West.

»Nicht unbedingt. Aber ich sage damit, dass Sie wahrscheinlich nichts Nützliches dabei erfahren werden. Und dass Ihre Fragen sie verstören werden.«

West dachte einen Moment lang nach.

»Ich möchte sie trotzdem sehen. Und sie fragen, ob sie uns helfen kann.«

Der Arzt nickte.

»Ich kann Sie nicht davon abhalten. Aber ich muss dabei bleiben, wenn Sie mit ihr sprechen«.

»Okay«, sagte sie und zögerte kurz. »Kann ich Sie etwas fragen, bevor wir zu ihr gehen?«

»Selbstverständlich.«

»Hat irgendjemand ihr erzählt, dass ihr Sohn noch lebt?«

»Ja«, antwortete der Arzt. »Ja, wir haben versucht, mit ihr darüber zu reden.«

»Und was hat sie gesagt?«

Der Arzt seufzte. »Nicht viel. Wenn der Junge hergebracht würde, ließen sich die beiden vielleicht über einen längeren Zeitraum wieder miteinander vertraut machen. Wie ich höre, gilt er aber im Moment erneut als vermisst. Sehe ich das richtig?«

West zögerte, nickte dann aber.

»Nun ja, vielleicht sollten wir jetzt loslegen, dann können Sie später die Suche nach ihm wieder aufnehmen. Wollen wir?«

Dr. Richards stand auf und führte sie aus dem Büro. Sie gingen durch einen langen Flur mit Landschaftsfotos in Schwarz-Weiß an den Wänden. Schließlich blieben sie vor einer Tür stehen. Darin befand sich ein kleines Fenster mit Drahtglas.

»Sind Sie bereit, Detective?«

EINUNDSECHZIG

»Billy – Billy?«

Ich schaue auf. Wie viel Zeit vergangen ist, weiß ich nicht. Vielleicht fünf Minuten, vielleicht eine Stunde.

»Hast du gehört? Dein Dad hat gerade gesagt, dass das Abendessen fertig ist.«

Ich rühre mich nicht. Hunger habe ich sowieso keinen.

»Komm schon, Billy. Du musst etwas essen. Und dein Dad möchte dir etwas sagen.«

Am liebsten würde ich hier sitzen bleiben, aber dann tapse ich doch wie ein verirrtes Hündchen hinter ihr her in die Küche. Dad trägt eine Schürze mit einem Känguru darauf, und ein junges Känguru lugt aus der Tasche hervor. Er schüttelt sie etwas und schaut mich an, als sollte ich darüber lachen. Ich starre ihn nur an.

»Ich habe Spaghetti gemacht«, sagt Dad. »Na komm, wenn du erst mal was gegessen hast, geht's dir bestimmt besser.« Er zieht eine Schublade auf und wühlt darin nach einem Löffel. Das Essen riecht gut. Dads Hosenbund ist zu sehen und ich frage mich, wo er die Pistole hingetan hat.

Wir setzen uns alle an den Tisch, als wären wir eine glückliche Familie. Dad verteilt die Spaghetti auf den Tellern, als würden wir immer so zusammen essen. Er hat sich ein Bier geöffnet und Emily trinkt Wein. An meinem Platz steht ein Glas Wasser.

»Prost!«, sagt Dad und hebt seine Bierdose. »Das war zwar alles etwas unerwartet, aber vielen Dank an Emily, dass sie uns hilft.« Die beiden stoßen an und ich rühre mich nicht. Sie werfen einander einen komischen Blick zu.

Dann stochere ich in meinem Essen herum, weil das immer noch besser ist, als Dad anzusehen. Ich verstehe immer noch nichts und versuche, mir das alles zu erklären. Wenn er Olivia Curran nicht umgebracht hat, warum ist dann die Polizei hinter ihm her? Was ist hier eigentlich los?

»Also, Emily hat mir erzählt …«, fängt Dad an und klingt ganz beiläufig, als hätte ich ihr gerade von meiner neuen Kamera mit Bewegungsmelder erzählt und nicht, dass ich denke, er sei ein Mörder, »was deiner Meinung nach der Grund für das alles hier ist.«

Er lacht irgendwie halbherzig, aber dann wird seine Stimme ernster.

»Billy. Ich kann verstehen, wie verwirrend das alles sein muss. Was heute mit der Polizei passiert ist.« Er zögert. Noch nicht mal sein Besteck hat er in die Hand genommen.

»Aber ich schwöre dir, es ist nicht so, wie du denkst. Das heute hat überhaupt nichts mit dem Mädchen zu tun.« Er hört auf zu sprechen und beobachtet mich einen Moment lang.

»Ich weiß *überhaupt nichts* über Olivia Curran. Das schwöre ich. Ich habe sie damals nicht mal gesehen. Habe sie nie getroffen, nie mit ihr gesprochen. Ich habe mit ihrem Tod nichts zu tun.«

Seine Stimme klingt wie Honig, dick und süß. Ich möchte ihm glauben. Aber ich weiß, was ich weiß, und während er spricht, denke ich wieder an die Haarklammer. Ich versuche mich zu erinnern, wie sie genau aussah. Aber es ist schwierig. Ich kann sie mir noch irgendwie vorstellen, aber nicht mehr so deutlich. Dann kommt mir ein flüchtiger Gedanke: Emily könnte vielleicht recht haben. Vielleicht habe ich mir wirklich alles nur eingebildet oder bloß einen Fehler gemacht …

»Und diese Sache, dass ich versucht haben soll, dich unterzutauchen …« Dad redet weiter und lächelt mich auf eine Art an, die ich lange nicht mehr gesehen habe.

»Da war ich … einfach nur ein *Idiot*, Billy.« Er wirft Emily schnell einen Blick zu und sieht dann mich wieder an.

»Da kam halt gerade diese große Welle rein. Und so kommt man nunmal durch die Wellen durch, man taucht drunter durch. Das weißt du doch, oder? Natürlich weißt du das. Man muss die Luft anhalten und dann kommt man auf der anderen Seite direkt wieder hoch.« Dad trommelt auf den Tisch.

»Aber du hast Panik gekriegt. Dadurch wurdest du in der Brecherzone festgehalten und da haben dich die Wellen eben erwischt. Aber du hattest recht. Es war einfach viel zu wild da draußen, um mit dir Surfen zu gehen.

Ich war nur ... ich war einfach frustriert. Ich finde, wir sollten mehr zusammen unternehmen. Als Vater und Sohn.« Er hält wieder inne und schüttelt den Kopf.

»Billy. Du musst mir glauben. Ich würde dir *niemals* wehtun. Du bist das Allerwichtigste in meinem Leben. Nichts zählt mehr als du.« Er seufzt. »Schau mich an, Billy. Ich werde dir niemals etwas antun. Das musst du mir einfach glauben.«

Ich möchte ihm glauben. Er ist mein Dad. Ich möchte jedes Wort glauben, das er sagt. Aber ich bin mir nicht sicher. Ich schaue auf meine Nudeln. Der Käse darauf schmilzt. Seit Stunden habe ich nichts mehr gegessen. Appetit habe ich zwar keinen, aber jetzt, mit den Nudeln vor mir auf dem Tisch, fängt mein Magen an zu knurren. Ich nicke, aber hauptsächlich nur, damit er mich in Ruhe lässt.

»Ich esse jetzt mein Abendessen«, sage ich. Er lächelt.

Danach verlieren wir kein einziges Wort mehr darüber. Stattdessen fängt Emily an, von ihrer nächsten Expedition auf der *Marianne Dupont* zu erzählen. Das ist der Name des Forschungsschiffs, mit dem sie immer wieder unterwegs ist. Ich habe Ihnen ja schon davon erzählt. Aber mit allem, was in letzter Zeit los war, habe ich das ganz vergessen – Ende dieser Woche fährt sie wieder weg, zurück in die Karibik, um ihre Quallen noch weiter zu erforschen. Wenn alles normal wäre, dann wäre ich neidisch. Aber jetzt weiß ich auch nicht.

Nach dem Essen helfe ich Emily beim Aufräumen der Küche, während Dad sitzen bleibt und noch mehr Bier trinkt. Danach ist es schon spät und Emily zeigt mir ein Zimmer, in dem ich schlafen kann. Es ist alt und muffig und riecht nach alten Damen. Aber das stört mich nicht wirklich. Da ich keine Zahnbürste habe, muss ich mir die Zähne mit dem Finger putzen. Und dann habe ich natürlich auch keinen Pyjama dabei. Emily gibt mir also eins ihrer T-Shirts, und das duftet tausendmal besser als das Bett. Mit dem Duft ihres blumigen Parfüms wehre ich den Oma-Geruch von Bettwäsche und Kissen ab. Ich bin so unendlich müde, dass ich sofort einschlafe.

ZWEIUNDSECHZIG

CHRISTINE AUSTIN SAß mit einer Decke auf den Beinen in einem Ohrensessel. Sie nickte unentwegt zu der stumm geschalteten Sendung im Fernseher vor ihr. Von ihren Lippen hing ein Speichelfaden herab. Der Arzt bemerkte es und wischte ihn elegant weg. West war vom Alter der Frau schockiert. Sie musste etwa Mitte Dreißig sein, sah aber sehr viel älter aus. Ihre Wangen hingen schlaff herunter und ihre Haut sah blass und kränklich aus. Sie starrte ins Leere, schien nicht zu bemerken, dass die beiden ihr Zimmer betraten, und reagierte auch nicht, als der Arzt ihr mit einem Papiertaschentuch den Mund abwischte. Er warf West einen Blick zu, als wollte er damit ausdrücken: *Jetzt sagen Sie nicht, wir hätten Sie nicht gewarnt.*

»Christine? Hier ist jemand, der Sie sehen möchte. Haben Sie vielleicht heute Lust, sich ein bisschen zu unterhalten?« Dr. Richards sprach laut, aber freundlich. Die Frau drehte den Kopf und schaute in ihre Richtung.

»Christine, das ist Detective West. Von der Polizei. Macht es Ihnen etwas aus, wenn wir uns eine Weile zu Ihnen setzen?« Ohne auf eine Antwort zu warten, setzte sich der Arzt auf ein Sofa neben Christine und bedeutete West, es ihm nachzutun.

»Christine, Detective West ist die Polizistin, die Ben gefunden hat. Die, von der wir Ihnen erzählt haben. Sie würde Ihnen gerne ein paar Fragen stellen.« Die Frau sah langsam mit schweren Lidern zu West auf, aber ihr Blick war leer.

Der Arzt verstummte und lächelte West aufmunternd zu, dass sie nun mit ihren Fragen beginnen könne. Sie öffnete den Mund, um zu sprechen.

»Christine …« Es fühlte sich seltsam an, unter der Beobachtung des anwesenden Arztes zu sprechen. Fast so, als würde sie hier kritisch beäugt. West sprach trotzdem weiter. »Ich gehöre zu einem Team, das im Mordfall an einer Jugendlichen auf Lornea Island ermittelt. Wir glauben, dass Ihr früherer Partner, Jamie Stone, irgendwie damit zu tun haben könnte. Ich möchte wissen, ob er mit Ihnen jemals über Lornea Island gesprochen hat. Hatte er dort Freunde oder Verwandte? Gibt es da einen Ort, an dem er sich verstecken könnte?«

Es war nicht zu erkennen, ob Christine tatsächlich hörte, was sie zu ihr sagte. Sie beobachtete West beim Sprechen, antwortete aber nicht.

»Wir suchen gerade nach ihm. Und nach Ihrem Sohn … Ben. Wenn Sie irgendetwas über Stone wissen, das uns helfen könnte, ihn zu finden …«

Christine sagte immer noch nichts. West blickte kurz zum Arzt, der sie traurig anlächelte. Sie war frustriert. Offensichtlich war das hier reine Zeitverschwendung. Genau wie Paul Austin es gesagt hatte. Und der Arzt. Und wie sie selbst es eigentlich auch geahnt hatte.

»Irgendetwas. Alles könnte uns weiterhelfen. Hat er je davon gesprochen, an einen bestimmten Ort gehen zu wollen? Besitzt er irgendwo Immobilien, in denen er sich aufhalten könnte?«

Christine sagte noch immer nichts und wandte sich wieder dem Fernseher zu. Der Arzt schüttelte den Kopf. Er wollte etwas sagen, und West war klar, dass sie nun zu hören bekam, wie sinnlos das hier sei. Obwohl sie wusste, dass er recht hatte, ärgerte sie der Gedanke.

»Christine. Ich habe Ihren Sohn gesehen, Ben. Letzte Woche. Ich habe mit ihm gesprochen. Er ist jetzt elf Jahre alt.« Sie nahm Christines Hand. »Sie sollen nur wissen, dass wir alles tun, um ihn zu finden. Um ihn wieder zu Ihnen zurückzubringen.« West drückte sanft ihre Hand und beobachtete, wie die Frau sich ihr wieder zuwandte. Hinter dem umwölkten Ausdruck in ihren Augen, tief im Innern, glaubte West, etwas aufblitzen zu sehen.

»Ben?«, fragte Christine schließlich mit schwacher Stimme. West nickte und hielt den Atem an. »Deswegen bitte ich Sie um Hilfe. Wir glauben, dass er immer noch bei Stone ist.«

Die Frau schien darüber nachzudenken. Sie nickte langsam, schien dann aber zu vergessen, warum sie damit angefangen hatte. Trotzdem nickte sie weiter und hörte gar nicht mehr auf. Dann wandte sie sich von West ab und schaute wieder auf den Fernseher.

»Wir versuchen, Ben zu finden«, probierte West erneut, ihre Aufmerksamkeit auf sich zu lenken. »Können Sie uns irgendetwas sagen, was uns dabei helfen würde?« Inzwischen schien Christine sie jedoch zu ignorieren. Eine Pause entstand, die Dr. Richards nach kurzer Zeit leise beendete.

»Ich denke, wir sollten es hier gut sein lassen.« Er wartete nicht auf Wests Antwort, sondern fuhr fort.

»Wie lassen Sie jetzt allein, Christine. Haben Sie noch einen schönen Nachmittag. Detective West geht jetzt wieder.«

Wests Unmut wuchs, aber sie fing keine Diskussion an. Stattdessen zog sie eine ihrer Visitenkarten hervor, um sie Christine zu geben. Aber sie zögerte und schob sie in ihren Händen hin und her. »Dr. Richards, ist sie in der Lage zu telefonieren?«

Er sah ihre Visitenkarte und erriet, was sie vorhatte. »Es ist besser, wenn ich sie nehme. Falls sie einem unserer Mitarbeiter noch irgendetwas Wichtiges mitteilt, kommt der zu mir und dann kann ich Sie anrufen.« Er lächelte.

West nickte und wandte sich wieder Christine zu.

»Ist das so in Ordnung? Wenn Ihnen noch irgendetwas einfällt, das uns helfen könnte, können Sie sich an Dr. Richards wenden, und der ruft mich dann an. Wir werden alles tun, um Ihren Sohn zu finden. Das verspreche ich Ihnen.« Sie wollte noch einmal Christines Hand berühren, aber die Frau schien schon wieder abwesend zu sein, im Sog der stillen Welt ihrer Fernsehsendung. Gerade wollte West ihre Hand wegziehen, als etwas passierte. Mit einer Geschwindigkeit, die für den Zustand der Frau unmöglich schien, fuhr Christine in ihrem Sessel herum. Sie packte West am Arm und riss sie fast von ihrem Stuhl. Noch bevor Dr. Richards reagieren konnte, hatte sie West ganz dicht zu sich herangezogen.

»Sagen Sie ihm, es tut mir leid«, flüsterte sie mit heiserer Stimme. »Sagen Sie ihm das von mir. Sagen Sie ihm, dass es mir leidtut.«

West hatte sich erschrocken. Mit einem Bein kniete sie auf dem Boden vor Christine. Dr. Richards eilte mit alarmiertem Gesichtsausdruck zu ihnen.

Christine konnte West gerade noch ein paar weitere Worte ins Ohr flüstern, bevor Dr. Richards sie abrupt an der Schulter wegzog.

»*Christine*«, zischte er. Als er die beiden Frauen getrennt hatte und Christine wieder in ihren apathischen Zustand verfallen war, entschuldigte er sich bei West.

»Das tut mir wirklich sehr leid, Detective. So etwas tut sie normalerweise nicht. Geht es Ihnen gut?«

West kniete noch immer auf dem Boden. Christine schaute jetzt wieder zum Fernseher und nickte im Rhythmus der Melodie in ihrem Kopf, als wäre nichts geschehen.

»Ja, alles okay. Kein Problem«, sagte West und stand auf. Sie schaute Christine an und wollte sie fragen, was sie ihr da gerade zugeflüstert hatte. Aber irgendetwas hielt sie zurück. Es war die Anwesenheit des Arztes.

»Wir sollten Christine jetzt wirklich alleine lassen. Sie ist offensichtlich müde«, sagte Dr. Richards. West entgegnete nichts mehr. Gemeinsam verließen sie das Zimmer. Während sie den Flur entlang zurückgingen, redete der Arzt immer weiter, und erst als sie das Krankenhaus verlassen hatte, fiel ihr auf, dass sie ihm gar nicht ihre Visitenkarte gegeben hatte. Sie musste auf den Boden gefallen sein, als Christine sie so plötzlich zu sich herangezogen hatte.

DREIUNDSECHZIG

FÜR DEN RÜCKWEG wurde Detective West kein Hubschrauberflug nach Lornea Island gewährt. Sie legte das letzte Stück ihrer Reise also mit der Fähre zurück. Vom Boot aus schrieb sie Rogers eine SMS, und er holte sie ab.

Während der ganzen Fahrt zurück zur Polizeiwache redete er. Er erzählte ihr von der sorgfältigen Durchsuchung der Ferienhäuser, zu denen Stone Zugang hatte, und von der Entdeckung des Baumhauses des Sohnes im Wald hinter dem Strandparkplatz in Littlelea mit seinen tarnfarbenen Außenwänden und der simplen Campingausrüstung. Aber letztendlich erzählte er ihr auch vom Scheitern der Suche nach Stone.

»Irgendetwas übersehen wir immer noch«, sagte er schließlich. »Irgendeinen Zusammenhang, von dem wir noch nichts wissen. Aber wir schnappen ihn schon. Wir kriegen den Dreckskerl.«

West hörte sich alles schweigend an und starrte einfach ausdruckslos durch die Windschutzscheibe.

»Geht's dir gut?«, fragte Rogers.

Sie schüttelte den Kopf, als hätte er sie aus einer Trance geweckt.

»Ja. Ja, mir geht's gut. Bin nur müde.«

»Langer Flug, hm?«

»Alles war lang.«

»Und wie war's bei dir? Hast du irgendetwas Nützliches rausfinden können da draußen? Irgendetwas, das uns helfen könnte, ihn zu finden?«

Sie antwortete zögernd. »Kann ich noch nicht sagen. Zuerst dachte ich, der Chief hätte mich nur da rausgeschickt, um mich für eine Weile loszuwerden.«

»Und? Was denkst du jetzt?«

»Das denke ich immer noch. Aber es ist dort auch etwas Merkwürdiges passiert.«

»Was denn?«, wollte Rogers wissen und bog auf den Parkplatz der Polizeiwache ein. Er fuhr zu schnell um die Ecke und musste scharf bremsen, um einen Streifenpolizisten nicht umzufahren, der auf dem Weg zu einem Auto war. Der Streifenpolizist war schon fast im Ruhestand, ein Mann Anfang sechzig. Er kam zum offenen Fahrerfenster und rief mit gespieltem Ernst: »Glaub bloß nicht, dass ich dich nicht wegen Gefährdung des Straßenverkehrs drankriegen kann, nur weil du eine glänzende Polizeidienstmarke hast.« Er lachte über seinen eigenen Witz.

»Ich teste nur deine Reflexe, Bill. Als Vorbereitung auf deine nächste polizeiärztliche Untersuchung«, konterte Rogers sofort.

Dann bemerkte der Streifenpolizist auch West und nickte ihr steif zu. Er trat zurück, und Rogers fuhr das Auto vorwärts in eine Parklücke.

Er vergaß, West zu fragen, was sie denn so merkwürdig gefunden habe. Aber auch sie erwähnte es nicht mehr.

Schließlich stand sie im hinteren Teil des Büros vor ihrem Schreibtisch. Sie schaute aus dem Fenster mit der vertrauten Aussicht auf den Parkplatz und die Rückseite der gegenüberliegenden Geschäfte. Es sah alles noch genauso aus wie vorher. Was nicht gerade überraschend war, denn sie war ja nur ein paar Tage weg gewesen. Trotzdem fühlte es sich irgendwie nicht richtig an. So als hätte die Entfernung, die sie auf ihrer Reise zurückgelegt hatte, sich doch irgendwie bemerkbar machen müssen.

Auf ihrem Schreibtisch fand sie eine Nachricht, dass sie sich bei Chief Collins melden solle, sobald sie wieder da sei. Als sie ihn aufsuchte, war er gerade mit Lieutenant Langley im Gespräch, der auch blieb, während sie erzählte, wen sie alles aufgesucht hatte. Aber das Interesse der beiden lag eindeutig bei der Suche nach Stone vor Ort. Als West mit ihrem Bericht fertig war, wies Langley sie an, Rogers zu helfen, der den Laptop des Jungen durchsuchte. Langley bemühte sich kaum, seine Meinung zu verbergen, dass sich daraus wahrscheinlich nichts Hilfreiches ergeben würde, und nahm das Gespräch mit dem Chief wieder auf. West verließ das Büro und ging zu Rogers, der zurückgelehnt in seinem Stuhl hing und mit der Maus herumspielte.

»Und, was haben wir hier?«, fragte sie.

»Hol dir einen Stuhl, Detective«, entgegnete Rogers und richtete sich auf. »Hol dir einen Stuhl.«

Sie setzte sich neben ihn, schlug eine neue Seite in ihrem Notizbuch auf und klickte auf ihren Stift, um losschreiben zu können. Rogers lupfte die Augenbrauen.

»Es kann sein, dass du da ein bisschen zu optimistisch bist«, merkte er an. »Das ist alles ein Riesenchaos hier drin.«

»Wie meinst du das?«

»Ich meine, herzlich willkommen in Billy Wheatleys Kopf. Schau dich mal um.«

West beugte sich näher zum Bildschirm vor, auf dem unzählige Ordner zu sehen waren. Sie nahm Rogers die Maus aus der Hand und klickte auf gut Glück ein paar an. Sie öffneten sich, und darin waren neue Ordner, die jeweils genauso voll und chaotisch waren wie die vorigen.

»Wow. Er hat wirklich 'ne Menge Zeugs gespeichert«, sagte sie erstaunt.

»Allerdings. Folgendes ist passiert: Der Laptop des Jungen wurde in seinem Zimmer gefunden. Zuerst konnte sich niemand einloggen, weil er ihn mit einem Passwort gesichert hat. Also haben wir ihn den IT-Jungs gegeben. Kein Problem, die kommen da irgendwie anders rein oder was immer die da machen, deaktivieren das Passwort oder so – keine Ahnung. Was sie aber nicht machen können, ist, die Ordnung wiederherstellen. Jetzt haben wir also ein komplettes Durcheinander an Dateien mit irgendwelchen Namen ohne ein erkennbares System und auch mit ziemlich bunt zusammengewürfelten Inhalten. Schau dir das hier mal an.« Er klickte ein paarmal und öffnete eine Datei mit dem Namen »Wettersensor«. Ein Fenster mit Vorschaubildern öffnete sich.

»Was ist das?«, fragte West, die mit halb zusammengekniffenen Augen auf den Computer schaute.

»Das …«, erklärte Rogers grinsend und öffnete eins der Bilder, »sind Einsiedlerkrebse, die mit fluoreszierender Farbe bemalt sind.« Er beobachtete sie und lachte dann, als sie ungläubig das Gesicht verzog und ihn ansah.

»Das ist irgendeine Studie, an der er gearbeitet hat. Frag mich nicht. Da ist tonnenweise solches Zeugs auf dem Rechner. Er scheint so eine Art schizophrener Charles Darwin zu sein oder so.«

»Ist irgendetwas davon für uns relevant?«

»Genau das versuche ich herauszufinden. Nach dem, was ich bisher so gesehen habe, denke ich, eher nicht. Allerdings habe ich das hier entdeckt.« Jetzt zeigte Rogers auf einen Ausdruck auf dem Schreibtisch. Er trug die Überschrift:

ERMITTLUNGEN ZUM ~~RÄTSEL UM~~/MORDFALL OLIVIA CURRAN

Darunter stand eine Zusammenfassung dessen, was mit Olivia geschehen war. Das meiste sah aus, als wäre es aus dem Internet kopiert worden.

»Was ist das?«

»Er hat Ermittlungen durchgeführt – oder es wenigstens probiert. Das Ding hatte er in einem Ordner über Napfschnecken abgespeichert.«

West schaute ihn fragend an.

»Diese kleinen kegelförmigen Dinger, die an den Felsen kleben.«

»Ich weiß, was eine Napfschnecke ist. Aber ich sehe den Zusammenhang nicht.«

»Ich auch nicht. Der Junge ist verrückt; hab ich dir doch gesagt. Und es geht noch weiter. Denn dann haben wir das hier.« Er drehte sich wieder zum Laptop und öffnete einen neuen Ordner.

»Ich glaube, das wird dir gefallen, Detective«, sagte er.

In dem neuen Ordner lagen sechs Unterordner, und als Rogers den ersten öffnete, erschien eine lange Liste an Videoclips. Rogers klickte irgendeinen an, eine Datei mit der Bezeichnung 00013_07_07_16 12:34. Der kleine Laptop ratterte eine Weile vor sich hin. Dann sprang das Fenster des Videoplayers auf.

»Los geht's«, sagte Rogers.

Das Bild zeigte eine kleine Lichtung in einem Wald. Der Hintergrund war etwas verschwommen, und auf der Linse saßen ein paar Wassertropfen, wodurch man nicht gut erkennen konnte, was genau da vor sich ging. Dann erschien ein kleiner Rotfuchs im Bild und setzte sich vor der Kamera hin. Er kratzte sich mit einem Hinterbein am Ohr. Als er fertig war, schaute er sich entspannt um und stand schließlich wieder auf, ging weiter und verschwand am anderen Bildrand aus der Sicht. Die nächsten dreißig Sekunden änderte sich das Bild nicht mehr. Dann endete der Clip.

»Und? Was soll das?«, fragte West.

»Hey, der ist doch cool«, sagte Rogers. »Ich finde das super.« Er klickte einen anderen an. Im Bild erschien genau dieselbe Waldlichtung, aber diesmal hüpfte eine schwarze Saatkrähe durch das Bild.

»Das sind die Dateien seiner Wildkamera«, erklärte Rogers. »Nachdem wir ihn vernommen hatten, habe ich mich gefragt, wofür er diese Kamerafalle hatte. Na ja, dafür. Das hat er also damit gemacht, wenn er mal keine Leute ausspioniert hat. Er hat Tiere beobachtet.«

»Hast du dir die alle angesehen?«

»Um Himmels willen, nein. Das sind viel zu viele. Tausende. Vielleicht sogar Zehntausende. Er scheint davon ziemlich begeistert zu sein.«

Schnell klickte er sich wieder zum Schreibtisch des Computers zurück. »In einem anderen Ordner habe ich die Dateien von der Observierung von Philip Foster gefunden. Die hat er sich wohl alle angeschaut. Was für ein Spinner ...«

Rogers wechselte jetzt zu seinem Dienstcomputer neben dem Laptop und öffnete einen Ordner. Er scrollte ganz nach unten und klickte auf die letzte Datei. Sie zeigte die Fassade von Philip Fosters Haus mit einem Streifenpolizisten davor. Der schien gerade die Kamera zu bemerken und beugte sich so nah heran, dass sein Gesicht das gesamte Bild ausfüllte. Rogers lachte. »Das war der Moment, als wir die Kamera gefunden haben.« Er schloss die Datei, sodass nur der Ordner sichtbar war. »Hör mal, wie war das, was hast du vorhin draußen gesagt? Es wäre etwas Merkwürdiges passiert ...?«

West war abgelenkt und antwortete nicht. Sie schaute noch immer auf den Laptop des Jungen. Irgendetwas fiel ihr an den Dateien auf, aber sie konnte nicht genau sagen was.

»Also, was war denn das? Das Merkwürdige?«, hakte Rogers nach.

Sie schüttelte kurz den Kopf, um diesen vagen Gedanken loszuwerden, und versuchte sich wieder zu konzentrieren.

»Etwas, was die Mutter des Jungen gesagt hat.«

»Die Mutter? Hast du nicht gesagt, die würde auch spinnen? PTBS? Sie hätte sich nie von dem Angriff erholt?«

»Ich habe nicht gesagt, dass sie spinnt.«

Rogers hob entschuldigend die Hände, aber es wirkte aufgesetzt. Er wartete, dass sie fortfuhr, aber West schwieg.

»Also, was hat sie denn gesagt?«

West verzog das Gesicht.

»Da bin ich mir nicht sicher. Es war wirklich seltsam. Sie wollte es anscheinend so sagen, dass der Arzt es nicht mitbekommt. Sie hat es irgendwie geflüstert, direkt in mein Ohr.«

»Was hat sie geflüstert?«

»Ich bin mir nicht sicher, ich hab es nicht richtig verstanden. Aber vielleicht war es: *Trauen Sie denen nicht.*«

»Trauen Sie denen nicht?«

»Ja.«

»Trauen Sie wem nicht?«

»Ich weiß es nicht.« West zuckte mit den Achseln. »Das habe ich mich während der Rückreise auch die ganze Zeit gefragt. Aber ich bin mir noch nicht einmal sicher, ob ich das überhaupt richtig verstanden habe. Es hätte auch etwas anderes sein können.« West ließ ihren Blick auf dem Bildschirm ruhen. Irgendetwas an diesem Ordner störte sie. Etwas, das sie immer noch nicht benennen konnte.

»Du hast gesagt, sie wäre in einem schlimmen Zustand, vollgepumpt mit Medikamenten oder so was. Wahrscheinlich ist es nichts.«

»Ich weiß.«

»Ich meine, du stellst doch nicht ernsthaft den Fall dort drüben infrage, oder? Wir haben ihn uns alle durchgelesen. Der ist absolut wasserdicht. Zwei Augenzeugen, die ihn kannten. Stone ist damals abgehauen. Und jetzt das, was er hier angestellt hat …«

West antwortete nicht.

»Komm schon, Jess, such jetzt nicht nach Problemen, wo keine sind. Das ist Regel Nummer eins der Polizeiarbeit.«

»Nein, ich stelle den Fall nicht infrage«, sagte West mit angespannter Stimme und fand selbst, dass sie etwas zickig klang. Bevor sie fortfuhr, entspannte sie sich ein wenig. »Es hat mich einfach mitgenommen. Zu sehen, wie viel Schaden man mit einer einzigen durchgedrehten Tat anrichten kann. Sie ist in meinem Alter – Christine Austin. Aber sie sieht doppelt so alt aus wie ich. Und es heißt, dass sie sich nie erholen wird. Sie persönlich so zu erleben macht die ganze Sache für mich einfach noch greifbarer.« West hörte auf zu sprechen und sah Rogers an, als suchte sie in seinem Gesicht nach etwas, nach einem Zeichen, dass er sie verstand. Aber er schaute weg.

»Tja, na ja. Das macht es nur umso wichtiger, dass wir diesen Dreckskerl endlich schnappen.«

West blieb stumm.

»Jess? Hörst du mich?«

»Scheiße. Ollie, gib mir die Maus«, forderte West plötzlich.

»Was? Was ist denn los?«

»Gib sie mir einfach.«

VIERUNDSECHZIG

Wortlos tat Rogers, was West wollte. Sie beugte sich näher an den kleinen Bildschirm und klickte dabei ein paar Dateien an.

»Hier.«

»Was?«

»Schau dir diese Spalte hier an.« Sie zeigte mit dem Finger auf die beiden Dateien, die sie zuvor abgespielt hatten.

»Was?«

»Da steht das Datum, an dem zuletzt darauf zugegriffen wurde. Heute.«

»Und?«

»Na ja, jetzt schau dir die anderen an.«

Rogers schaute. Nach einer Weile sah er West wieder an.

»Ich verstehe nicht ganz.«

»Die sind alle gleich. Alle haben dasselbe Datum. Und auch dieselbe Uhrzeit.«

»Okay. Das sehe ich. Und jetzt?«

»Na ja, entweder hat er sich jede einzelne Datei zur exakt selben Zeit an dem Tag angesehen, an dem er sie von der Kamera heruntergeladen hat – was unmöglich ist –, oder, was wahrscheinlicher ist, Billy hat sich – genau wie du – diese Dateien gar nicht angesehen.«

Rogers lehnte sich mit halb zusammengekniffenen Augen in seinem Stuhl zurück und klopfte nachdenklich mit den Fingern auf den Tischrand.

»Okay. Aber worauf willst du hinaus?«

West zögerte.

»Ich frage mich, ob eine von diesen Kamerafallen auch in der Nacht aufgestellt war, in der Olivia Curran verschwunden ist.«

Rogers drehte sich um und sah sie an. Dann brach er in Gelächter aus.

»Meine Güte, Jess. Ich habe schon von so manchem Schuss ins Blaue gehört, aber das ist wirklich lächerlich.«

»Warum? Das hier sind *versteckte* Kamerafallen an ganz unterschiedlichen Stellen im Ort. Warum sollte er damit nicht irgendetwas eingefangen haben?«

»Weil … Ach, ich weiß auch nicht. Aber wie sollen wir das überhaupt überprüfen?«

»Also, das ist wirklich nicht schwer. Die Clips sind ja alle mit Datum und Uhrzeit versehen.«

Am Ende war es doch schwieriger, als West gedacht hatte. Sie brauchten zwei Stunden, um herauszufinden, dass Billy vier Kameras hatte, von denen zwei nur tagsüber funktionierten und zwei zusätzlich auch mit Infrarot aufzeichneten. Alles in allem hatte er so Zehntausende Videoclips aufgenommen und gespeichert. Der weitaus größte Teil war anscheinend noch gar nicht angesehen worden. Außerdem konnten sie feststellen, dass zwei seiner Kameras in der Nacht, in der die Jugendliche verschwunden war, in Betrieb gewesen waren. Die Detectives erstellten einen neuen Ordner und kopierten alle Clips aus dieser Nacht dort hinein. Dann sortierten sie sie in chronologischer Reihenfolge, angefangen mit denen, die um den Zeitpunkt herum aufgezeichnet worden waren, an dem Olivia das letzte Mal lebend gesehen worden war.

»Also. Detective«, begann Rogers, als sie endlich fertig waren. »Bist du bereit?« Er rieb sich die Hände.

»Ach Olli, hör auf«, entgegnete West. »Wir suchen schon seit drei Monaten nach der Nadel im Heuhaufen. Früher oder später müssen wir sie finden.«

Er hob die Augenbrauen und grinste sie an.

»Jetzt spiel einfach die verdammten Videos ab.«

Das erste Dutzend Clips hatte überhaupt nichts Interessantes zu bieten. Vielleicht war die Kamera durch die im Wind wackelnde Vegetation ausgelöst worden. Der dreizehnte Clip zeigte ein kleines mausartiges Wesen. Rogers überlegte eine Zeit lang laut, ob es eine Hausmaus oder eine Wühlmaus sei. West ignorierte ihn. Dann begann der nächste Clip.

Die Aufzeichnung zeigte eine karge Heidelandschaft. Die Kamera schien an einer Art Trampelpfad montiert zu sein, der sowohl von Tieren als auch von Menschen benutzt wurde. West erkannte plötzlich, wo die Kamera stand.

»Das ist doch irgendwo beim Silverlea Lodge Hotel, oder?«, fragte sie. »Die Gegend kommt mir bekannt vor.« Rogers antwortete nicht, denn genau in dem Moment trat eine Gestalt ins Bild.

Sie war männlich, jung – um die zwanzig Jahre alt – und stolperte den Pfad entlang. Der junge Mann blieb stehen, legte die Hände wie einen Trichter um den Mund, rief etwas, schaute sich überall um und ging dann weiter. Er sah betrunken aus. Die Aufnahme war um 00:27 Uhr entstanden.

Die beiden Polizisten schauten sich den Clip bis zum Ende an. Dann klickte Rogers sofort erneut darauf, um ihn noch einmal abzuspielen.

»Was sagt er da?«, fragte West.

Da bisher nur der Wind zu hören gewesen war, hatten sie den Ton sehr leise gestellt. Rogers fand den Lautstärkeregler des Laptops und stellte ihn höher. Dann spielte er den Clip ein drittes Mal ab. Wieder stolperte die Gestalt ins Bild, schaute sich um und legte die Hände an den Mund. Dieses Mal hörten sie, was der Mann sagte. Er rief laut:

»*Wo bist du?*«

»Ich weiß, wer das ist«, sagte Rogers.

West sah ihn überrascht an. »Wer denn?«

»Das ist Daniel Hodges. Er arbeitet im Surf Lifesaving Club in Silverlea. Ein paar Leute waren der Meinung, dass er sich für Curran interessiert hat, bevor sie verschwunden ist.«

»Und was macht er da?«

»Ich würde sagen, er sucht nach jemandem.«

»Nach wem?« West stellte die Frage ganz automatisch, war aber nicht überrascht, dass Rogers ihr nicht antwortete. Er drehte sich zu seinem eigenen Computer um und tippte den Namen des Mannes in die Ermittlungsdatenbank ein. Nach kurzer Zeit fand er die Aussage von Hodges, die er in den Tagen nach Currans Verschwinden gemacht hatte. Gemeinsam lasen sie sie schnell auf dem Bildschirm durch.

»Er sagt, dass er die ganze Nacht in der Disco war und dann zu der Party in der Princes Street gegangen ist.«

»Er hat nicht erwähnt, dass er auf der Heide herumgelaufen ist und nach jemandem gesucht hat?«

»Nein.«

»Was hat er also zu verbergen?«, fragte West. »Wir müssen zu ihm. Wir müssen herausfinden, nach wem er da sucht.«

»Wir sollten das besser erst Langley zeigen«, sagte Rogers.

West verzog das Gesicht. »Muss das sein?«

Rogers zuckte mit den Achseln. »Es ist schließlich seine Ermittlung.«

* * *

BALD SCHON DRÄNGELTEN sich vier Polizisten um Billys Laptop und sahen sich immer wieder den Clip an.

»Was ist mit den anderen Videos?«, wollte Langley nach einer Weile wissen. »Gibt es da noch mehr zu sehen?«

»Nein. Nur das in diesem hier. Bringt der Ihnen irgendetwas?«

Langley dachte lange nach, schüttelte dann aber den Kopf.

»Ich wüsste nicht, wie das irgendetwas ändern sollte. Wir haben Stone, einen Flüchtigen mit mindestens einem vorherigen Mord in seiner Akte, und Currans Blut in seinem Pick-up. Was soll's also, wenn dieser Typ da betrunken herumrennt?« Er schüttelte den Kopf. »Ich glaube nicht, dass das etwas zu bedeuten hat.« Er richtete sich aus seiner gebeugten Haltung vor dem Bildschirm auf.

West spürte einen Anflug von Ärger. Schon öffnete sie den Mund, um mit ihm zu diskutieren, hielt sich dann aber zurück.

»Würde es Ihnen etwas ausmachen, wenn wir dem trotzdem nachgehen?«, fragte sie ihn mit ruhiger Stimme. »Wenigstens, um herausfinden, nach wem er da gesucht hat? Vielleicht gibt es da ja doch irgendeinen Zusammenhang.«

Langley schaute sie einen Moment lang an, als vermutete er eine Falle, zuckte dann aber nur mit den Achseln.

»Tun Sie sich keinen Zwang an.«

West warf Rogers einen Blick zu und schnappte sich ihren Mantel.

FÜNFUNDSECHZIG

SIE FANDEN ihn gleich an der ersten Stelle, an der sie suchten, im Silverlea Surf Lifesaving Club. Er trug einen Blaumann, der bis zur Hüfte heruntergepellt war, sodass man sein weißes Unterhemd und seine durchtrainierten Arme sah. Im Gebäude war es kalt, denn durch die offene Tür wehte eine kühle Brise vom Meer herein. Der Mann stand an einer Werkbank und befestigte gerade eine Boje an einem glänzenden neuen Schäkel, der in einen Schraubstock eingeklemmt war.

»Daniel Hodges?«, erkundigte sich Rogers.

Er schaute auf und runzelte die Stirn. »Ja?«

»Ich bin Detective Rogers und das ist Detective Jessica West. Wir ermitteln im Mordfall Olivia Curran.« Sie zeigten beide ihre Dienstmarken vor. Hodges rührte sich nicht, aber seine Augen wurden größer.

»Ich habe schon mit der Polizei gesprochen. Damals, als sie verschwunden ist.«

Sie ignorierten ihn, und Rogers fuhr fort.

»Die Tür stand offen. Ich hoffe, es macht Ihnen nichts aus, dass wir einfach reingekommen sind.« Sein Ton vermittelte, dass es ihm egal war, ob es Hodges etwas ausmachte oder nicht. Während ihr Partner sprach, beobachtete West das Gesicht des jungen Mannes genau. Sie bemerkte, dass es kurz einen komischen Ausdruck annahm. Vielleicht war es nur Verärgerung über Rogers' Verhalten – eine normale Reaktion, die wohl jeder bei den Worten »Detective« und »Mordfall« zeigen würde. Aber es schien mehr dahinterzustecken.

Hodges zuckte wenig überzeugend mit den Achseln. »Ja, egal. Und was wollen Sie?«

»Können wir Ihnen ein paar Fragen stellen?«

Hodges legte den großen Schraubenschlüssel ab und wischte sich die Hände an einem Lumpen ab.

»Worüber denn?«

»Was machen Sie da gerade?«, wollte Rogers plötzlich wissen und deutete auf die Boje.

Dan Hodges sah ihn misstrauisch an, als könnte er nicht nachvollziehen, warum die Polizei das wissen wollte.

»Das sind Markierungsbojen für die Badebereiche. Wir holen die im Winter rein. Ich prüfe gerade, ob mit denen alles in Ordnung ist.« Er zeigte auf eine Wand, an der eine Reihe ähnlicher Bojen mit ihren Ketten lagen.

Rogers trat vor, als würde ihn diese Arbeit interessieren. West blieb stehen und beobachtete weiter Hodges' Gesicht.

»Also, um was geht es denn?«, fragte Hodges wieder. »Ich habe schon eine Aussage gemacht, als das Mädchen verschwunden ist. Dabei habe ich gesagt, dass ich darüber nichts weiß. Aber eigentlich habe ich gedacht, Sie hätten den Typ gefunden, den Sie suchten? Sam Wheatley? Das kommt gerade überall in den Nachrichten.«

»Sie sind doch mit Sam Wheatley befreundet, oder? Wissen Sie vielleicht zufällig, wo er sich aufhalten könnte?«

»Nein.« Hodges schien bei diesem Gedanken zurückzuschrecken. »Und wir sind auch nicht befreundet. Ich sehe ihn nur ab und zu. Ich habe den Typ noch nie gemocht.«

»Ach nein?«, warf Rogers schnell ein. »Warum denn nicht?«

Hodges schien zu spüren, dass er einen Fehler gemacht hatte. Er zögerte, dichtete sich dann aber eine Antwort zurecht.

»Ich weiß nicht … Er ist einfach … Er ist irgendwie seltsam. Zu still. Als würde er sich andauernd irgendwas über einen denken, es einem aber nie ins Gesicht sagen.«

Die beiden Polizisten warfen einander einen kurzen Blick zu. West nahm das als Bestätigung, dass ihr Partner ein ebenso schlechtes Gefühl bekam, wie sie es schon seit ihrer Ankunft hier hatte. Hodges schien das noch mehr aus dem Konzept zu bringen. Rogers ließ sich nicht beirren.

»Was genau meinen Sie damit?«

Hodges schien sich immer unwohler zu fühlen. »Er ist irgendwie eingebildet. Denkt, er wäre ein toller Hecht, nur weil er ein paar Surfwettbewerbe gewonnen hat.«

»Haben Sie sich je mit ihm geprügelt?«

»*Geprügelt?* Nein.«

»Haben Sie sich je gestritten?«

»Nein ...«

»Warum nicht? Haben Sie Angst vor ihm?« Rogers beugte sich dicht zu Hodges vor.

»Nein, ich habe keine Angst vor ihm ... Ich ... ich meine ... Wir gehen uns einfach irgendwie aus dem Weg.«

»Sind Sie sich da sicher? Ich meine, Sie sind ja offensichtlich gut in Form.« Rogers deutete mit dem Kopf auf Hodges' nackte Arme. »Aber Wheatley sieht eigentlich auch aus, als könnte er ganz gut auf sich aufpassen.«

»Nein, schauen Sie, Sie verstehen das falsch. Ich kenne den Typ kaum. Es ist nur so, dass ... Nach allem, was ich so gesehen habe, wirkt er wie jemand, der zu so etwas fähig wäre.«

Es war fast still, nur Hodges' zu schneller Atem und das Pfeifen des Windes draußen waren zu hören. Rogers – er stand der Werkbank am nächsten – streckte seine Hand aus und strich mit dem Finger die von der Sonne ausgeblichene Oberseite der Boje entlang über die deutlich sichtbare Wasserlinie bis zu dem Film dunkelgrüner Algen, die sich unten auf der Boje festgesetzt hatten. Dann zog er den Finger zurück und betrachtete die von den Algen grünlich verfärbte Unterseite. Hodges schaute ihm schweigend zu.

»Man kann vom Aussehen einer Person nicht auf ihren Charakter schließen«, sagte Rogers, der plötzlich von den Algen fasziniert zu sein schien. Dann sah er West an und hob den Finger, damit sie ihn auch sehen konnte. Das verstand sie als ihr Stichwort und trat ein paar Schritte vor.

Sie war nervös, als sie ihr Notizbuch aus der Jackentasche zog. Sie spürte, wie wichtig dieser Moment war. Um ein paar Sekunden Zeit zum Nachdenken zu gewinnen, klappte sie das Notizbuch auf und blätterte ein paar Seiten um.

»Mr. Hodges«, begann sie mit sachlicher Stimme, spürte aber ihre unterschwellige Anspannung. »In Ihrer Aussage haben Sie angegeben, den Abend des neunundzwanzigsten Augusts hier im Club bei der Disco verbracht zu haben und anschließend zur Princes Street auf die After-Party gegangen zu sein. Stimmt das?«

Er nickte.

»Sie haben nicht erwähnt, noch irgendwo anders hingegangen zu sein.«

»Nein.«

»Aber Sie sind noch woanders hingegangen, nicht wahr?«

Sie sah ihn an, als würde sie nur eine Tatsache überprüfen, die allen schon bekannt war. Hodges' Gesicht war kreidebleich. Sie gab ihm keine Zeit zum Antworten, sondern fuhr direkt fort.

»Mr. Hodges, als Sie diese Aussage gemacht haben, ging es noch um die Suche nach einer vermissten Person. Daraus ist inzwischen ein Mordfall geworden. Sie sind sich dessen doch bewusst, oder? Sie verstehen also, wie viel schwerwiegender es daher ist, wenn Sie die Polizei belügen?«

»Ich habe nicht gelogen. Ich bin nirgendwo anders hingegangen. Ich weiß nicht, wovon Sie sprechen«, entgegnete Hodges mit heiserer, beschwörender Stimme. Er stand breitbeinig da und nahm aus irgendeinem Grund den Schraubenschlüssel wieder in die Hand, mit dem er gearbeitet hatte – ein schweres, übergroßes Werkzeug, rot lackiert und abgenutzt. Plötzlich schien er sich bewusst zu werden, wie das aussehen musste, und legte es schnell wieder hin. Falls er jedoch gehofft hatte, dass West dies nicht bemerkt hätte, lag er falsch. Was sie als Nächstes tun würde, hatte sie nicht geplant, aber es lag etwas in seinen Augen, ein offensichtlicher Ausdruck von Panik, der sie veranlasste, ein Risiko einzugehen.

»Mr. Hodges, Sie haben auch angegeben, dass Sie nicht wüssten, wer Olivia Curran war. Dass Sie nie mit ihr gesprochen hätten. Aber das stimmt auch nicht, oder?«

Hodges' Antwort darauf war schwer zu verstehen, eine Art abwehrendes Grunzen. West ignorierte es.

»Das Problem ist, Mr. Hodges, dass uns eine Videoaufnahme von Ihnen und Olivia Curran vorliegt, auf der zu sehen ist, wie Sie beide gemeinsam etwa um Mitternacht die Disco verlassen. In Richtung Northend.«

Sie spürte eher, als dass sie sah, wie Rogers sich zu ihr umdrehte und sie anstarrte, aber sie behielt Hodges fest im Blick. Warum diese Lüge plötzlich in ihrem Kopf aufgetaucht war, wusste sie nicht, aber ihr war sofort klar, dass sie richtiglag. Seine Augen wurden größer und er blickte schnell nach links zur Tür. Eine Sekunde lang glaubte sie, er würde tatsächlich versuchen wegzurennen. Ihm klappte der Unterkiefer herunter, und dann schluckte er.

»Wie?«, fragte er.

West musste sich anstrengen, um weiterhin ein ausdrucksloses Gesicht zu machen. Es fühlte sich an, als würde ihr der Boden unter den Füßen weggezogen. Sie hörte sich antworten:

»Eine versteckte Infrarot-Wildkamera hat Sie beide aufgenommen. Dazu wurden die Uhrzeit und die exakten Standortkoordinaten aufgezeichnet. Dumm gelaufen für Sie.« Sie zeigte ein mitfühlendes Lächeln, das mit jedem Moment selbstbewusster wurde.

»Was ist passiert, Daniel? Haben Sie sich gestritten? Hat sie etwas getan, was Sie wütend gemacht hat? War es ein Unfall?«

»Nein. *Nein.*« Hodges fuhr sich mit den Händen erst durchs Haar und zog sie dann langsam über das Gesicht und den Dreitagebart an seinem Kinn. Lange starrte er West nur an.

»Sie verstehen das falsch. Ich war es nicht. Wirklich nicht. Ich habe ihr nichts getan. Sie müssen mir glauben.« Er schaute sich im Raum um. An der hinteren Wand standen mehrere Stapel blauer Plastikstühle.

»Ich muss mich hinsetzen«, sagte Hodges, und West nickte. Schweigend ging Rogers herüber, holte für alle Stühle und stellte sie in der Mitte des Raumes auf. Währenddessen schaffte er es, Wests Aufmerksamkeit zu erhaschen und sie fragend anzusehen.

Hodges setzte sich und beugte sich vor, legte die Hände auf die Knie und ließ die Armmuskeln spielen. Seine Stirn war sorgenvoll in Falten gelegt.

»Sie waren also mit ihr zusammen? Mit Olivia. In jener Nacht?«, fragte West.

Daniel Hodges schluckte wieder. Er blickte an den beiden Polizisten vorbei auf die offene Tür und das Meer dahinter. Wieder fuhr er sich mit einer Hand durchs Haar.

»Ich konnte nichts sagen. Meine Freundin hätte es sonst herausgefunden. Sie ist wahnsinnig eifersüchtig, auch wenn gar nichts ist. Wegen dem hier würde sie mich wahrscheinlich umbringen.« Er lachte ein wenig, als wollte er damit die Stimmung etwas auflockern. Aber dann schien er das schon zu bereuen. »Das war dumm, ich weiß. Aber zuerst hat niemand wirklich geglaubt, dass Olivia irgendetwas Schlimmes passiert ist. Die Leute dachten, sie wäre einfach abgehauen. Wie Teenager das manchmal eben machen. Und als dann alle wussten, dass ihr etwas zugestoßen war, war es schon zu spät. Wenn ich etwas gesagt hätte, hätten die Leute mich verdächtigt. Und ich habe nichts getan. Ich schwöre bei Gott. Ich habe wirklich nichts getan.«

»Was haben Sie also an dem Abend mit Olivia zu tun gehabt?«

Hodges saß lange da und atmete schwer. Schließlich sprach er weiter.

»Es war so. Sie und ihre Freunde hatten die ganze Woche unten beim Rettungsschwimmerturm herumgegangen und sich gesonnt. Und sie hat mir immer solche Blicke zugeworfen.« Er schaute kurz zu Rogers. »Wissen Sie, was ich meine?« Rogers starrte ihn nur an. Hodges schaute weg.

»Na ja, also an dem Abend hat sie das wieder getan. Flirtete mit Blicken. Es war klar, was sie wollte.«

»Was wollte sie denn, Daniel?«, fragte West.

Er sah sie an, immer noch schwer atmend.

»Sie hat gesagt, sie will raus an die frische Luft. Also bin ich mit ihr an den Strand gegangen.«

»Hat sie sich gewehrt?«

»*Nein.* Nein. Es war *ihre* Idee. Wirklich. Ich schwöre es. So war das nicht.« Er schüttelte frustriert den Kopf. »Als sie *raus an die frische Luft* sagte, meinte sie eigentlich … Sie wollte *es tun.* Sie hatte *Kondome* dabei und so.« Den letzten Satz sagte er leise, verstummte dann und starrte an die Decke.

»An dem Abend standen ziemlich viele Leute draußen herum, also hab ich vorgeschlagen, ein bisschen den Strand hochzulaufen in Richtung Northend. Da kann man sich gut in die Dünen schlagen …« Er hielt inne, als ihm bewusst wurde, wie sich das wohl anhörte.

»Nicht, dass … also ich … Ich mache so was nicht dauernd, nur … manchmal.«

»Was ist dann passiert?«

Hodges atmete nun so angestrengt, als wäre er gerade gerannt.

»Wir haben am Strand rumgeknutscht, haben uns auf den Sand gelegt … Dann sagte sie, sie muss kurz weg, um was zu erledigen. Ich dachte, sie meint, sie muss aufs Klo. Also ist sie in die Dünen gegangen – und das war's. Sie ist einfach verschwunden. Ich dachte nach einer Weile, sie hätte es sich anders überlegt. Wäre wieder zur Party zurück, was weiß ich. Im Fernsehen hieß es, sie hätte einen Freund zu Hause. Am Ende hab ich mir einfach gedacht, sie hätte Schuldgefühle bekommen.«

»Und was haben Sie gemacht? Als sie nicht zurückgekommen ist?«, fragte Rogers weiter.

»Ich habe eine Weile gewartet. Dann bin ich los und hab nach ihr gesucht. Als sie aber nicht finden konnte, bin ich wieder zurückgegangen.«

Rogers und West tauschten fragende Blicke. Dann wandte sich Rogers wieder an Hodges.

»Und Sie waren nicht der Meinung, dass irgendetwas von alledem wichtig genug gewesen wäre, um es der Polizei zu erzählen?«, wollte Rogers wissen. »Nicht einmal, nachdem ihre *abgetrennte Hand* gefunden wurde?« Er starrte Hodges an. West hörte die Wut in seiner Stimme.

Hodges sah Rogers an. »Es tut mir leid, Mann. Wie ich schon sagte, ich hatte Schiss. Ich hatte richtig Angst. Aber ich weiß nichts. Das müssen Sie mir glauben.«

Eine lange Pause entstand, niemand sagte etwas. Hodges beendete die Stille.

»Wie geht es jetzt weiter? Müssen Sie mich jetzt festnehmen oder was?« Er schaute sich um, als würde er sich fragen, wer dann den Club abschließen sollte. West notierte sich seine Aussage in ihrem Notizbuch.

»Sie behaupten, Sie hätten sich anfangs nicht gemeldet, weil Sie befürchteten, dass Ihre Freundin alles erfährt?«

»Ja.«

»Wie heißt sie?«

Hodges antwortete zunächst nicht. Er starrte West an.

»Muss sie wirklich davon erfahren?«

»Ich würde sagen, ob Ihre Freundin davon erfährt, ist jetzt wirklich Ihre geringste Sorge.«

Hodges starrte sie weiter an, bevor er den Blick abwandte.

»Emily. Emily Franklin.« Er vergrub das Gesicht in den Händen.

* * *

»Du hast da ganz schön was riskiert, Detective«, sagte Rogers, als Hodges sie nicht mehr hören konnte. Er hatte darum gebeten, sich umziehen zu dürfen, bevor sie ihn mit auf die Wache nahmen. Rogers hatte die Umkleide gründlich überprüft, bevor sie ihre Zustimmung dazu gaben, und jetzt warteten sie draußen vor dem einzigen Ausgang.

»Ich weiß nicht«, sagte West, immer noch mit geweiteten Augen vor Überraschung über das, was sie gerade gehört hatten. »Du hast ziemlichen Druck auf ihn ausgeübt. Aber seine Reaktion passte irgendwie nicht.«

»Tja, es hat funktioniert«, fügte Rogers hinzu. Sie wusste nicht, ob er seine oder ihre Herangehensweise meinte.

»Du glaubst ihm also?«, fragte sie ihn kurz darauf. Ihr war bewusst, dass sie nicht viel Zeit für eine Unterhaltung hatten, bevor Hodges wieder herauskam und sie hören konnte.

»Ich weiß nicht. Du?«

Sie zuckte ratlos mit den Achseln. »Was ich nicht verstehe, ist: Wenn Hodges Curran umgebracht hat, wie kommen dann ihr Blut und Haar in den Pick-up von Stone?«

Rogers runzelte nachdenklich die Stirn, schüttelte dann aber den Kopf.

»Das weiß ich auch nicht. Und da ist noch etwas, das irgendwie komisch ist.«

»Was denn?«

»*Emily Franklin.* Der Name kommt mir bekannt vor. Der Junge, Billy –

auf seinem Computer gibt es ganze E-Mail-Unterhaltungen zwischen ihr und ihm. Als wären die beiden gute Freunde.«

»Und warum ist das komisch?«

»Abgesehen vom Altersunterschied? Weil sie von seiner durchgeknallten Aktion mit Philip Foster wusste. Er hat ihr Updates geschickt. Und sie hat auch nicht gerade versucht, ihn von der Sache abzuhalten. Ich würde fast sagen, sie hat ihn eher noch angespornt.«

Sie dachten beide einen Moment lang nach.

»Du weißt, was jetzt passieren wird?«, fragte West kurze Zeit später. Sie platzte damit heraus, bevor sie überhaupt darüber nachgedacht hatte.

»Wenn wir Hodges mit auf die Wache nehmen, wird Langley den Fall übernehmen. Er wird sich bei uns bedanken, alle Lorbeeren einheimsen, und wir dürfen dann wieder das blöde Büro aufräumen.« Seinem Blick war anzusehen, dass er ihr zustimmte, aber sie erkannte auch etwas Unbehagen in seinem Ausdruck.

»Was genau willst du damit sagen?«

»Na ja, nur dass … dass wir schon so weit gekommen sind. Lass uns noch ein bisschen weitergraben.«

Rogers warf einen Blick auf die Tür der Umkleide. Dahinter waren Schritte zu hören. Hodges hatte sich umgezogen und würde gleich herauskommen.

»Franklin wohnt von hier aus nur eine Straße weiter. Ich habe eben ihre Adresse rausgesucht. Soll ich mit Hodges hier warten und du gehst rüber und sprichst mit ihr?«, schlug er schnell vor. Dann ging die Tür auf und Hodges trat heraus. Jetzt trug er eine Jeans und einen abgetragenen Wollpulli.

West dachte einen Moment lang nach, dann nickte sie. Rogers quittierte das mit einem ernsten Blick.

»Okay. Daniel, es gibt eine Planänderung. Sie und ich warten hier auf einen Streifenwagen, der uns abholt.« Rogers schaute in seinem Notizbuch nach und fand Emilys Adresse. Er kritzelte sie auf eine leere Seite, die er dann herausriss und West reichte.

»Langley wird ausflippen, wenn er davon erfährt«, sagte er mit angehobenen Augenbrauen.

SECHSUNDSECHZIG

ALS ICH AM nächsten Tag aufwache, weiß ich erst nicht, wo ich bin. Ich habe dieses seltsame Gefühl, dass irgendetwas nicht in Ordnung ist. Und als mir dann wieder einfällt, dass tatsächlich gar nichts in Ordnung ist, möchte ich am liebsten wieder einschlafen.

Es klopft an der Tür. Emily öffnet sie einen Spalt weit und fragt, ob sie hereinkommen dürfe. In der Hand hält sie eine Tasse heißen Kakao. Sie lächelt mich an und fragt, wie es mir gehe, stellt die Tasse auf meinen Nachttisch und setzt sich dann auf mein Bett. Es ist dieselbe Sorte Kakao wie gestern Abend, also kann ich ihn nicht trinken.

Etwas später frühstücken wir alle wieder zusammen am Küchentisch. Aber diesmal sitzen wir schweigend da. Dad hat total schlechte Laune, und obwohl ich immer noch ganz viele Fragen habe, traue ich mich nicht, sie zu stellen. Dann sagt Dad zu mir, ich solle wieder in mein Zimmer gehen. Ins Wohnzimmer darf ich nicht, falls jemand von der Straße aus hereinschaut – er denkt, es sähe komisch aus, wenn die Vorhänge ständig zugezogen wären. Ich glaube aber, er will bloß nicht, dass ich fernsehe. Vorhin habe ich ihn Nachrichten schauen sehen, aber als ich dazukam, hat er den Fernseher sofort ausgeschaltet. Also sitze ich nun in meinem Zimmer. Nur ist es gar nicht mein Zimmer, sondern das Zimmer von Emilys Großmutter. Hier liegt ein Stapel alter *National-Geographic*-Zeitschriften, die mit den gelb umrandeten Titelblättern. Sie sind wirklich sehr alt, manche gehen bis ins Jahr 2005 zurück. Da ich aber nichts anderes zu tun habe, schaue ich sie mir schließlich genauer an.

Irgendwann sortiere ich die Zeitschriften in drei Stapel. Der erste sind die, die ich noch nicht durchgeschaut habe. Der zweite sind die, die ich schnell mal durchgeblättert habe und in denen ein interessanter Artikel steht, den ich lesen möchte. Der dritte sind die, in denen ich alle interessanten Artikel schon gelesen habe. Es sind ein oder zwei gute mit dabei, etwas über Hummer und wie sie sich in tieferes Wasser zurückziehen, wenn ein Sturm aufzieht. Sie bilden kleine Reihen, in denen jeder mit seinen Fühlern nach dem Hummer vor ihm tastet. Ich weiß allerdings nicht, woher der erste Hummer weiß, wo er überhaupt hingehen soll.

Dennoch finde ich, dass der Tag sich endlos hinzieht. Ein paarmal gehe ich aus dem Zimmer, nur um von Dad gesagt zu bekommen, dass ich wieder zurückgehen soll. Er macht sich wirklich Sorgen, dass mich jemand von der Straße aus sehen könnte. Er und Emily verbringen den ganzen Tag in der Küche und reden, manchmal wirklich laut, aber nicht deutlich genug, dass ich etwas verstehen könnte. Später lassen sie Essen ins Haus liefern. Ich esse in meinem Zimmer.

Der nächste Tag verläuft ziemlich ähnlich, außer dass Dad aus dem Haus geht. Ich weiß aber nicht wohin. Er leiht sich von Emily eine Baseballkappe und eine Sonnenbrille und fährt mit ihrem Auto weg. Emily sagt ihm, er solle vorsichtig sein, und er schaut sie nur an. Aber wegen der Sonnenbrille kann ich nicht erkennen, wie er sie anschaut. Als er geht, schließt er die Tür von außen ab. Ich frage Emily, ob ich fernsehen dürfe. Sie sagt erst Nein, lässt mich aber dann doch. Wir schauen eine Weile zusammen fern, bis die Nachrichten kommen. Und Dad ist der Aufmacher. Da ist ein Bild von unserem Pick-up, der von einem großen Tieflader auf die Fähre geladen wird. Er ist nicht gut zu erkennen, weil er mit einer Plane verdeckt ist. Der Nachrichtensprecher berichtet, dass er zu einem Labor auf dem Festland gebracht werde, weil Olivia Currans DNA auf der Ladefläche gefunden wurde. Ich möchte weiterschauen, aber Emily schaltet den Fernseher aus. Dann kommt sie mit in mein Zimmer, um mit mir *National Geographic* zu lesen. Ich versuche sie zu fragen, was los ist und wo Dad hin ist, aber sie sagt mir nichts. Stattdessen erzählt sie mir, wie sie als Mädchen ihre Großmutter besucht und sich immer auf die neueste Ausgabe des *National Geographic* gefreut habe, und wie sie durch diese Zeitschrift angefangen habe, sich für Meeresbiologie zu interessieren. Normalerweise fände ich solche Geschichten interessant, aber im Moment ist mir das ziemlich egal.

Dad kommt etwa um vier Uhr nachmittags zurück. Er und Emily verschwinden in der Küche, wo ich sie nicht belauschen kann, und bleiben dort, bis es dunkel wird. Dann kommen sie raus und Emily zieht die

Vorhänge im Wohnzimmer zu. Wir essen vor dem Fernseher zu Abend, aber Dad lässt uns nicht die Nachrichten anschauen. Stattdessen gucken wir Sitcoms.

Wir sitzen alle da, und die einzigen Geräusche im Raum sind das Lachen aus der Konserve und das Klappern unserer Gabeln auf den Tellern. Dann redet Dad unvermittelt los. Es ist schon so lange her, dass jemand irgendetwas gesagt hat, dass es mich überrascht.

»Wir können hier nicht bleiben. Das weißt du doch, oder, Billy?«

Ich blicke kurz auf, schaue dann aber wieder auf mein Essen. Ich bin zum Reden noch nicht bereit. Also esse ich einfach weiter, als hätte ich nichts gehört.

»Ich sagte, wir können hier nicht bleiben, Billy.« Er nimmt die Fernbedienung in die Hand und dreht die Lautstärke ganz herunter. Ich schaue ihn an, und er beobachtet mich nur aufmerksam.

»Bei Emily?«, frage ich.

»Hier. Auf Lornea Island. Wir können hier nicht bleiben. Wir müssen weg.«

Vielleicht sollte ich fragen warum, aber ich habe keine Lust, schon wieder über all das nachzudenken. Es fühlt sich nicht gut an, darüber nachzudenken. Also nicke ich einfach.

»Ich weiß.«

»Emily und ich haben uns einen Plan überlegt, den ich dir erzählen muss«, sagt Dad.

Mein Herz fängt an zu rasen. Ich will nicht darüber sprechen. Ich will einfach nur ins Bett gehen.

»Es wird sich für uns vieles verändern. Aber wir können es schaffen. Der Plan ist gut.«

Dazu sage ich nichts. Ich möchte wieder zum Fernseher schauen, glaube aber, dass Dad dann wütend würde. Schließlich fährt er fort:

»Du weißt ja, dass Emily diese Woche wieder mit dem Schiff auf Forschungsreise geht. Sie fährt an die Küste Mittelamerikas. Hast du das gewusst, Billy?«

»Ja«, antworte ich. »Sie untersucht dort das Gift von Quallen und warum manche Fische es überleben und andere nicht.«

»Ja, kann schon sein. Also, Billy, wie fändest du es, mit ihr mitzugehen?«

Es fühlt sich an, als würde mir die Kinnlade herunterklappen, aber ich weiß nicht, ob das das tatsächlich so ist.

»Was?« Tausend Gedanken schießen mir durch den Kopf. So richtig als

Wissenschaftler? Wie sollte das denn möglich sein? Und was ist mit der Polizei? Und was ist mit *Dad*?

»Das Schiff legt am Donnerstagabend hier auf der Insel an. Emily meint, es wäre nicht sehr schwierig, uns an Bord zu schaffen. Sie hat ihre eigene Kabine, in der wir uns aufhalten würden. Versteckt. Sie kümmert sich darum, dass wir genug zu essen und zu trinken haben. Das wird cool. Wie auf einer Kreuzfahrt.« Dad lächelt bei dem Gedanken daran.

»Und was dann?«

Dads Lächeln verschwindet. Er atmet tief ein und hält dann eine ganze Weile die Luft an.

»Also, Emily denkt, dass es dort, wo wir von Bord gehen könnten, jede Menge kleinerer Ortschaften gibt. Vielleicht in Mexiko, vielleicht in Venezuela. Wir schleichen uns vom Schiff und suchen uns dann einen schönen und sicheren Ort. Wir fangen noch mal von vorne an.«

Ich blinzle ihn an. »Und was ist mit der Schule?«

Er hebt eine Hand. »Wir finden dir eine neue. Ich suche mir Arbeit. Und wir schauen irgendwo nach einem schönen neuen Zuhause.« Er lächelt mich wieder an. »Billy, ich hatte ein paar Reserven – Bargeld und noch ein paar andere Dinge – draußen im Wald versteckt. Da bin ich heute hin und hab alles ausgegraben. Meinen Notgroschen. Damit kommen wir über die nächsten paar Monate. Jedenfalls kommen wir so lange klar, dass wir uns einen schönen Platz suchen können. Wo wir noch mal neu anfangen können.«

»Aber die sprechen *Spanisch* in Venezuela! Ich kann kein Spanisch.«

Ich schaue zu Emily. »Kommst du auch mit?«, frage ich und bin etwas verärgert. Irgendwie habe ich das Gefühl, das Ganze wäre ihre Idee. Sie zögert.

»Der Plan ist der, dass ich wieder hierher zurückkehre und von hier aus versuche zu helfen. Du und dein Dad seid dann an einem sicheren Ort, von dem die Polizei ihn nicht so einfach wieder herholen kann. Ich werde in der Zwischenzeit mit Anwälten und so arbeiten und ihnen dabei helfen aufzuklären, dass die Polizei einen schrecklichen Fehler gemacht hat.«

»Wie lange wird das dauern? Wie lange müssen wir wegbleiben?« Ich wende mich wieder an Dad.

Der braucht ziemlich lange, bis er mir antwortet.

»Nicht für immer, Junge«, sagt er schließlich.

SIEBENUNDSECHZIG

ICH LIEGE im Bett und denke lange nach. Nun werde ich also in Südamerika leben. Dieser eine Gedanke schiebt sich immer wieder in meinen Kopf und verdrängt alles andere. Ich versuche mir vorzustellen, wie es in Südamerika wohl sein mag. Seltsamerweise standen in den *National-Geographic*-Heften viele Artikel über Südamerika – es gibt dort anscheinend nur Regenwald, und die Menschen leben in kleinen Hütten. Kleine braune Kinder in einem Klassenzimmer mit altmodischer Tafel und Fenstern ohne Glasscheiben. Obwohl, das hätte auch Afrika sein können, aber welchen Unterschied macht das schon?

Ich schließe die Augen und versuche mir vorzustellen, wie es dort sein könnte. Dad und ich würden irgendwo in einer Hütte leben. Direkt vor der Haustür wäre ein Strand aus feinem, weißem Sand an einer breiten Bucht mit türkisfarbenem Wasser, geschützt von einem Korallenriff vor der Küste, und das Wetter wäre so warm, dass man das ganze Jahr über barfuß herumlaufen kann. Ich male mir die Hütte aus: ein Bambusdach und eine Veranda mit Hängematte. Im Schatten von Kokospalmen, auf die ich jeden Morgen klettere und Frühstück hole. In der Nähe liegt ein Dorf, aber da gehe ich nicht zur Schule. Wenn Dad mit dem davonkommt, was er getan hat – was immer das ist –, kann er mich nie im Leben zwingen, wieder zur Schule zu gehen. Stattdessen werde ich forschen. Aber das wird dann wirklich wichtige Forschung sein. Etwas mit Meeresschildkröten. Wir werden an einem der Strände leben, an denen sie ihre Eier vergraben, und dann würde ich sie mit Ortungssendern ausstatten und vielleicht ihre Panzer mit der ultravioletten Farbe bemalen. Internet und E-Mail und so sind natürlich auch kein Problem. Vielleicht kommen ein paar Forscher zu Besuch, wohnen bei mir und sitzen dann abends auf der Veranda und hören sich die Geschichte an, wie alles mit Einsiedlerkrebsen in den Silbertümpeln auf Lornea Island begann.

Leider kann ich diesen Tagtraum nicht weiterträumen. Er ist wie ein Fahrradschlauch mit Loch, der langsam Luft verliert. Die Realität sticht immer mehr Löcher hinein, sodass er immer wieder platt wird und ich versuchen muss, ihn wieder aufzupumpen. Ich schaffe es nicht, dass der Traum sich weiter real anfühlt. Also versuche ich, von dem auszugehen, was ich kenne. Emilys Forschungsschiff, die *Marianne Dupont*. Ich habe schon zig Bilder davon gesehen, wie es an Bord aussieht. Die offiziellen von der Webseite und die, die Emily auf ihren Expeditionen gemacht hat. Was auch passiert, ich werde an Bord der *Marianne Dupont* gehen. Ich weiß zwar, dass ich in der Kabine bleiben muss und mir nicht die ganze wissenschaftliche Arbeit ansehen kann, die da gemacht wird, aber es ist doch immerhin etwas, oder? Durch den Gedankenstrudel in meinem Kopf schaffe ich es, mir doch ein wenig Vorfreude darauf einzureden. Beim Einschlafen versuche ich, dieses Gefühl festzuhalten.

Ich muss wohl für eine Weile eingedöst sein, denn irgendetwas weckt mich und bringt mich direkt wieder in das Zimmer zurück. Wie viel Uhr es ist, weiß ich nicht, aber ich höre ein scharfes Klicken und die Tür geht auf, sodass Licht vom Flur ins Zimmer fällt. Dad lugt zu mir ins Zimmer. Schnell tue ich so, als ob ich schlafe. Wenig später zieht er die Tür leise wieder zu. Aber das Schloss schnappt nicht richtig ein, und als er weg ist, steht die Tür einen Spalt breit offen.

In dem ebenerdigen Bungalow liegt Emilys Zimmer gleich neben meinem. Eine Zeit lang liege ich da und lausche den leisen Geräuschen, die Emily und Dad machen, als sie zu Bett gehen. Die Gedanken an Südamerika sind noch frisch, und es ist schön, die Bilder in meinem Kopf abzuspielen. Einfach nur dazuliegen und nicht wirklich über etwas nachzudenken. Dann geht mit einem *Klick* das Licht im Flur aus und im Haus ist es dunkel. Ich drehe mich um und versuche weiterzuschlafen. Aber da ich jetzt wach bin, klappt das nicht. Die Geräusche im Haus von Emilys Großmutter sind so anders als die bei uns zu Hause. Von irgendwoher kommt immer noch Licht herein, wahrscheinlich von den Straßenlaternen. Bei uns gibt es keine. Wenn es bewölkt ist und man keine Sterne oder den Mond sehen kann, ist es zu Hause einfach pechschwarz.

Und ich höre auch Stimmengemurmel von nebenan. Dad und Emily. Irgendwie erwarte ich, dass sie gleich ruhig sein werden, aber das sind sie nicht. Trotzdem versuche ich einzuschlafen, aber jetzt bin ich richtig wach. Vielleicht hilft mir ja ein Glas Wasser. Das mache ich zu Hause manchmal.

Ich versuche, mir die Idee wieder aus dem Kopf zu schlagen, aber nachdem sie nun einmal da ist, kann ich an nichts anderes mehr denken. Eigentlich habe ich gar keinen Durst, habe aber heute auch nicht gerade viel getrunken. Wenn ich jetzt nicht aufstehe, werde ich nicht mehr gut schlafen. Eine ganze Weile sträube ich mich dagegen und versuche, wieder einzuschlafen, aber schließlich gebe ich auf. Ich schlage die Decke zurück, schlurfe zur Tür, ziehe sie auf und gehe in den stillen Flur hinaus.

Allerdings ist er gar nicht so still. Aus irgendeinem Grund haben sie die Tür zu Emilys Zimmer offen gelassen – angelehnt, aber nicht geschlossen. Und ich höre sie immer noch reden. Durch die Tür fällt ein Lichtstreifen in den Flur. Ich will eigentlich gar nicht lauschen. Aber ich muss an ihrem Zimmer vorbei, um zum Bad zu kommen.

»Du musst es ihm früher oder später sagen.« Das ist Emilys Stimme, sanft und besorgt. »Ich verstehe nicht, warum er inzwischen nicht darauf drängt, mehr zu erfahren. Vielleicht ist er einfach ... mit allem überfordert«, sagt sie. Ich erstarre.

»Ich glaube, er hat Angst.« Das ist Dads Stimme, tiefer, rauer. »Angst davor, was er vielleicht herausfinden könnte.«

»Deswegen musst du es ihm sagen, Sam. Er wird es schon verstehen. Du musst ihm die Wahrheit sagen.«

Was Dad darauf antwortet, kann ich nicht verstehen. Ich höre ihn nur mit seiner tiefen Stimme etwas murmeln. Dann redet Emily wieder. Inzwischen bin ich schon direkt vor ihre Tür geschlichen, immer noch außer Sichtweite. Ich lausche, aber ich muss mich anstrengen, um etwas zu verstehen.

»Okay. Okay. Er ist dein Sohn. Du kennst ihn am besten«, sagt Emily. Dann höre ich noch irgendwelche Geräusche, als würden die Bettdecken rascheln.

»Himmel, bist du verspannt.« Emily lacht leise. »Komm her.«

Ich wende mich halb ab, um zum Bad zu gehen, rühre mich dann aber nicht von der Stelle. Mir fällt auf, dass ich durch den Spalt zwischen Tür und Rahmen ins Zimmer spähen kann. Bei ihnen brennt immer noch ein Licht, Dads Nachttischlampe. Ich kann die beiden im Bett sehen. Dad sitzt aufrecht da und starrt an die Decke. Emily liegt neben ihm und trägt ein T-Shirt wie das, was sie mir gegeben hat. Sie massiert ihm die Schultern.

»Emily, nein. Ich glaube, heute Abend kann ich nicht«, höre ich Dad sagen, aber sie macht weiter.

»Komm schon, Sam. Wann bekomme ich dazu noch mal eine Gelegenheit?«

Dann, zu meiner Überraschung, hört sie mit dem auf, was sie gerade gemacht hat, greift nach unten und zieht sich ihr T-Shirt über den Kopf. Für eine oder zwei Sekunden, in denen es mir fast den Atem verschlägt, sehe ich *alles*. Ich muss mir die Hand vor den Mund schlagen, damit ich nicht laut nach Luft schnappe.

Ich habe schon mal Brüste gesehen, im Sommer am Strand. Manchmal nehmen Mädchen ihr Bikini-Oberteil ab, wenn sie sich in den Dünen sonnen. Eigentlich dürfen sie das nicht, also gehen sie dafür immer ziemlich weit weg. Und man soll da ja eigentlich auch nicht hinschauen. Aber manchmal kann man es eben auch nicht vermeiden, oder? Einmal war ich dabei Vögel zu beobachten und hatte mein Fernglas mit, und ganz in der Nähe hat eine Frau sich gesonnt. Ich habe sie lange angeschaut, aber dann kam ich mir dabei doch irgendwie schmutzig vor und habe aufgehört. Und überhaupt. Die Frau lag auf dem Rücken, es war also recht schwer festzustellen, wo ihre Brüste anfingen und der Rest von ihr aufhörte.

Emilys Brüste sind richtig weiß, außer die Dinger in der Mitte, die rosa sind und hervorstehen. Sie schaukeln hin und her. Ich sehe sie nur ein paar Sekunden lang, dann lehnt sie sich zu Dad herüber und schmiegt sich hinten an seinen Rücken. Sie legt die Arme um ihn und lässt die Hände an seinem Bauch heruntergleiten.

»Emily, heute nicht, wirklich«, sagt Dad.

Ich bin immer noch schockiert. Gerade habe ich Emilys Brüste gesehen. Ich habe schon mal gehört, wie Dads Surfkumpel darüber geredet haben, dass sie schöne Brüste habe. Obwohl sie dazu »Titten« gesagt haben, aber das Wort mag ich nicht. Mir fällt jetzt auf, dass ich die Luft anhalte. Ich versuche mir einzuprägen, wie sie aussahen. Wie weiße, wackelige Kokosnüsse. Dann zwinge ich mich, durchzuatmen.

»Emily, nein. Lass das«, sagt Dad wieder, nun schon ein bisschen schroffer. Jetzt starre ich durch den Türspalt, mein Gesicht gegen den Türrahmen gepresst. Emily schiebt sich nun auf ihn. Ihr langes Haar fällt über ihr und auch Dads Gesicht. Mit einer Hand greift sie nach hinten und lockert die Bettdecken.

»Komm schon, Sam.« Ihre Stimme hat sich verändert. Sie klingt tiefer. Gehaucht. Dann seufzt sie tief.

»Ich habe dich vermisst, Sam Wheatley.« Sie streckt wieder die Hand aus. Diesmal macht sie das Licht aus und alles wird schwarz. Ich rühre mich immer noch nicht vom Fleck, und dann höre ich nur noch, wie die beiden sich im Bett bewegen. Es quietscht ein wenig.

Ich bin ja kein Idiot. Ich weiß, was da passiert. Was die beiden da machen. In der Schule reden alle darüber. Wir hatten das sogar im Unterricht, obwohl es dem Lehrer so peinlich war, dass er bloß Arbeitsblätter verteilt und so getan hat, als würde er Hausaufgaben benoten, während wir sie ausgefüllt haben. Und natürlich machen Tiere das ja auch, andauernd, sonst gäbe es sie ja nicht, oder? Ich weiß, *was* die beiden da machen, und ich weiß auch, dass ich nicht zuschauen sollte. Ich sollte mir einfach Wasser holen und wieder ins Bett gehen. Aber jetzt gewöhnen sich meine Augen langsam an die Dunkelheit. Emilys Zimmer liegt zum Garten hin. Dort gibt es keine Straßenlaternen, aber der Mond ist heute sehr hell. Während ich zuschaue, rollt Emily sich von Dad herunter und liegt jetzt auf dem Rücken. Dann hebt sie das Becken, zieht sich ihre Unterhose aus und kickt sie von den Füßen. Ihre Beine leuchten fast weiß im Dämmerlicht, aber dort, wo sie in ihren Bauch übergehen, ist eine dunkle Stelle. Da ist Haar. Ich muss tief Luft holen, als ich es sehe.

Dann macht sie das Gleiche bei Dad und lacht, als seine Shorts hängenbleiben. Ich muss wegschauen, als ich ihn sehe. Er hat nie versucht, beim Umziehen irgendetwas vor mir zu verbergen, aber jetzt sieht er ganz anders aus. Furchtbar. Und riesig. Dann tut Emily etwas Ekelhaftes: Es sieht aus, als ob sie ihn in den Mund nehmen wollte. Das kann ich nicht anschauen. Ich muss den Blick abwenden.

Als ich wieder hinspähe, liegt er auf ihr und keucht. Schnelle, kurze Atemstöße. Er bewegt sich auf und ab; es sieht fast schon lustig aus. Von Emily kann ich nicht viel erkennen, nur ihre Beine, die weit gespreizt sind und im Mondlicht wackeln. Ich weiß, dass ich jetzt wirklich nicht mehr weiter zusehen sollte, aber gerade als ich weggehen will, fängt Dad an zu zucken, als hätte er Schmerzen. Emilys Fingernägel kratzen ihm über den Rücken.

Und dann sehe ich etwas, was ich vorher gar nicht bemerkt hatte. Neben dem Bett steht ein Spiegel, und darin kann ich an Dad vorbeischauen und Emilys Gesicht sehen. Und im Halbdunkel überkommt mich das gruselige Gefühl, dass sie auch in den Spiegel schaut. Nicht zu Dad, nicht zu sich selbst, sondern direkt zu mir. Ich spüre, wie ihr Blick mich festhält, und während ich weiter zusehe, schiebt sie ihre Zungenspitze heraus und fährt sich damit über die Lippen. Ich bin zur Salzsäule erstarrt. Dann schließt sie ihre Augen und beginnt, sich zu drehen und zu winden wie ein Fisch, den man gerade aus dem Wasser zieht. Plötzlich schreit sie so laut, dass Dad aufhört und versucht, sie zu beruhigen. Den Moment nutze ich und renne weg, zurück in mein Zimmer und in mein Bett. Reglos liege ich da, habe nun doch Durst und bin außer Atem und zittere. Ich sehe nur noch ihre Augen im Spiegel vor mir, die mich anstarren. Die Zunge, die über ihre Lippen fährt. Und mit jedem meiner Atemzüge rieche ich die warmen Sommerblumen ihres Parfüms an meinem T-Shirt.

ACHTUNDSECHZIG

Der nächste Tag ist Mittwoch. Einer der längsten Tage meines Lebens, wie sich herausstellt. Am Mittwoch ändert sich alles.

Der Tag fängt schon ziemlich schlecht an. Beim Frühstück bin ich total verlegen. Ich schaffe es nicht einmal, Emily oder Dad in die Augen zu schauen. Also sage ich einfach gar nichts. Aber Dad redet auch nicht viel. Emily versucht, so lieb wie immer zu sein, aber ich sehe sie nicht an. Dann klingelt ihr Handy, und anstatt den Anruf in der Küche anzunehmen, geht sie in ein anderes Zimmer. Sie kommt lange nicht zurück und wir hören, wie ihre Stimme während der Unterhaltung mehr als einmal lauter wird. Als sie wieder zu uns kommt, steht fest, dass irgendetwas nicht stimmt. Sie schaut zu mir, als wollte sie, dass ich weggehe, und sagt zu Dad:

»Sam, wir haben ein Problem.«

»Was?«

»Das war Dan.«

Dad seufzt. Jetzt schaut er mich ebenfalls an, steht aber nicht vom Tisch auf. Wissen Sie noch, wie ich Ihnen erzählt habe, dass die Leute manchmal einfach vergessen, dass ich anwesend bin? Deshalb war ich auf die Idee gekommen, dass ich ein guter Detektiv wäre. Und na ja, das ist auch in etwa das, was jetzt gerade passiert. Oder vielleicht denken sie, weil sie mir von dem Plan erzählt haben, wäre es okay, dass ich zuhöre. Egal. Sie reden jedenfalls einfach weiter, obwohl ich noch hier sitze und alles mithöre.

»Was will er denn?«

»Er will wissen, was los ist. Er will mich sehen.«

»Na, dann sag ihm doch einfach, dass du ihn nicht sehen willst.«

»Sam, das kann ich nicht machen. Ich fahre für fünf Wochen weg. Wir hatten eigentlich geplant, vor meiner Abreise noch ein wenig Zeit miteinander zu verbringen. Ich kann ja nicht ewig Kopfschmerzen haben.«

Dad sieht verärgert aus.

»Dann geh doch und triff dich mit ihm.«

Emily schüttelt den Kopf. »Er will herkommen, Sam. Du kennst doch seine Wohnung ...« Den nächsten Teil sagt sie etwas leiser. »Da hat man überhaupt keine *Privatsphäre*.«

Jetzt steht Dad doch auf und läuft in der Küche auf und ab.

»Tja, aber herkommen kann er nun mal nicht, oder?«, sagt er schließlich. Emily sieht jetzt richtig frustriert aus. Sie hat heute früh schon Kaffee gemacht, bevor ich aufgestanden bin. Sie bemerkt, dass Dads Tasse leer ist, und füllt sie wieder auf.

»Sam ...« Sie hält inne und sieht traurig aus. »Sam, ich möchte dir wirklich helfen. Aber ich habe dich nicht hergebeten. Ich riskiere alles, nur um dir zu helfen. Ich riskiere sogar, ins Gefängnis zu kommen. Und alles nur, weil ich nicht glaube, dass du das getan hast, was man dir vorwirft. Aber du musst auch *mir* helfen. Er ist schon misstrauisch.« Sie verstummt plötzlich und bedeckt das Gesicht mit beiden Händen. Weint sie etwa? Sie setzt sich an den Tisch. Ich frage mich, ob Dad sie jetzt umarmen wird oder so, aber er starrt nur aus dem Küchenfenster.

»Es tut mir leid«, sagt er. »Also. Wann können wir auf das Schiff gehen?«

Emily schnieft ein wenig, aber als sie die Hände vom Gesicht nimmt, sehe ich keine einzige Träne.

»Morgen. Es legt morgen Mittag in Goldhaven an. Dann legt es am Freitag um neun Uhr morgens wieder ab. Wir können morgen Abend zum Hafen fahren und euch an Bord schmuggeln. Eine Sicherheitskontrolle gibt es nicht, nur einen Schlüssel für meine Kabine. Und den kann ich vorher schon holen gehen.«

Dad nickt. »Okay. Und was ist jetzt mit Dan?«

»Er will heute hier vorbeikommen. Ich glaube, er will auch über Nacht bleiben.«

Schweigen macht sich breit, nachdem sie das gesagt hat. Ich denke an das, was ich gestern Abend gesehen habe. Ich kann nicht anders, als mir Dan an Dads Stelle vorzustellen.

»Okay«, sagt Dad. »Okay. Wir können vielleicht in eines der Ferienhäuser gehen. Zu dieser Jahreszeit stehen die meisten leer.«

»Ja«, sagt Emily, aber mit gerunzelter Stirn. »Bloß ...«

»Bloß was?«

»Also, es ist nur – na ja, du hast ja die Nachrichten gesehen. Glaubst du nicht, dass sie auch die Ferienhäuser beobachten? Die wissen ja, dass du die Schlüssel verwaltest.« Emily sieht ihn mit großen, runden Augen an. Sie beißt sich auf die Unterlippe und Dad starrt sie an. Dann reibt er sich den Kopf, als bekäme er Kopfscherzen.

»Du hältst das also für keine gute Idee?«, fragt er mit einer hilflosen Geste. »Dann sag mir doch bitte, was *wäre* denn eine gute Idee? Sag mir einfach, was wir tun sollen.« Es klingt, als wäre Dad sauer, aber mehr auf sich selbst. Vielleicht, weil er gerade nicht klar denken kann. Emily sieht ein wenig schockiert aus und schüttelt den Kopf.

»Wir können nicht nach Hause!« Dad reibt sich wieder den Kopf und verzieht gequält das Gesicht. Er hat tatsächlich manchmal Kopfschmerzen. Und er sieht ziemlich leidend aus. Ob das vom Sex kommt?

Emily beobachtet ihn eine Weile. Dann scheint sie sich auf einmal zu erinnern, dass ich auch noch da bin.

»Billy, du kennst doch die alten Silberminen oben bei Northend?«

Ich schaue überrascht auf.

»Ja?«

»Bist du da jemals reingegangen? Weiter als bis dort, wo das Hochwasser hinkommt? Man kommt bis zu einem alten Schlafraum. Früher, als es so lange dauerte, die Schächte hoch und runter zu fahren, gab es da unten Wohnräume für die Bergarbeiter. Es ist zwar ein bisschen dunkel und staubig, aber es ist alles noch da. Ihr könntet euch also heute Nacht und morgen den Tag über dort verstecken. Wenn es dunkel wird, bringe ich euch dann aufs Schiff.«

Ihre Worte hängen im Raum. Irgendwie kann mein Gehirn nicht von den Bildern von Südamerika und der *Marianne Dupont* auf die alten Minen, die pechschwarze Dunkelheit und den Boden mit den vielen Pfützen dort umschalten. Auch Dad scheint damit Mühe zu haben.

»Die alten Silberminen?«, frage ich. Plötzlich klingt meine Stimme piepsig.

»Nicht da, wo du deine Studie machst, Billy. Man muss von dort aus noch ein bisschen weiter in den alten Schacht gehen, und dann kommt man in einen Raum. Der ist trocken. Er ist …« Sie hält inne.

»Okay, passt mal auf. Meine Oma hatte einen Kerzenfimmel.« Sie steht auf und öffnet den Schrank unter der Spüle. Sie zieht drei Pakete dicker, weißer Kerzen hervor. Aber nicht von der dekorativen Sorte. »Oma war immer für Stromausfälle gerüstet. Es sind genug da, um ein paar Tage lang

Licht zu haben. Sie hat auch batteriebetriebene Lampen hier. Und ich habe Schlafsäcke. Campingausrüstung.«

Dad schweigt. Es sieht aus, als würde er nachdenken. Er nimmt noch einen Schluck von seinem Kaffee und schaut dann mit einem verdutzten Gesichtsausdruck in seine Tasse.

»Sam, ihr seid schon seit *drei Tagen* hier. Ihr müsst woanders hin. Es ist nur eine Frage der Zeit, bis die Polizei hier auftaucht. Ihr müsst von hier weg. Denk an Billy. Was würde sonst mit ihm passieren?«

Eine lange Pause entsteht.

»Was würde denn mit mir passieren?«, frage ich.

Emily schiebt ihren Stuhl so schnell nach hinten, dass er laut über den Boden kratzt. »Nichts, Billy. Mit dir wird gar nichts passieren. Wir schaffen euch auf das Schiff und dann wird dein Dad schon eine Lösung finden. Das verspreche ich dir.« Sie umarmt mich, und plötzlich habe ich ihr Haar im Gesicht, das sich so schön und weich anfühlt. Ich spüre ihren Herzschlag.

Als Dad das nächste Mal spricht, klingt es irgendwie undeutlich. Als wäre er von allem, was hier gerade passiert, völlig erschöpft.

»Du kennst diese Stelle? Warst schon mal da?«

Erst verstehe ich ihn gar nicht, also antwortet Emily. »Ja, ich kenne die Stelle. Ich war als Kind öfter dort. Bin da mit Freunden gerne rumgehangen. Aber kaum jemand weiß, dass sie existiert.«

Dad starrt sie eine ganze Zeit lang an. Ich kann nicht erkennen, was er denkt, aber es sieht auch nicht wirklich so aus, als würde er *überhaupt* etwas denken. Ich mache mir etwas Sorgen um ihn.

»Das ist der sicherste Ort für euch.« Emily schielt auf Dads Kaffee, der schon wieder leer ist. Sie wirft einen Blick auf die Kaffeekanne, die an der Seite steht, bietet aber nicht an, ihm nachzuschenken.

»Wie kommen wir da hin?«, fragt Dad, und mir wird klar, dass er diesen Plan jetzt ernsthaft in Betracht zieht. Der Gedanke gefällt mir gar nicht. Emily lässt mich los und tritt einen Schritt zurück.

»Wir müssen heute Nachmittag los. Niedrigwasser ist um sechzehn Uhr, und der einzige Weg dorthin führt über den Strand. Um die Uhrzeit ist es schon fast dunkel. Da ist bestimmt niemand mehr dort. Und wenn doch – unsere Gesichter wird man nicht erkennen können.«

Dad nickt.

»Okay«, sagt er. »Okay. Ich glaube, das ist die einzige Möglichkeit.« Er spricht immer noch komisch und drückt sich die Hand auf die Stirn. Als wollte er die Kopfschmerzen wegdrücken.

Ich sage nichts dazu. Aber woher weiß Emily, ohne nachzuschauen, dass um sechzehn Uhr Niedrigwasser ist?

NEUNUNDSECHZIG

EMILY HAT BEREITS einen großen Rucksack mit Dingen gepackt, die sie für ihre Reise mit der *Marianne Dupont* braucht. Aber den schüttet sie jetzt aus und stopft die ganzen Sachen in eine große Tasche. Dann befüllen wir den Rucksack mit allem, was wir für die Nacht in der Höhle brauchen: Essen, zwei Schlafsäcke – wir haben Glück, dass sie einen alten und einen neuen zu Hause hat –, zusätzliche Decken, viele Kerzen und Wasser. Es macht irgendwie auch Spaß, aber Dad benimmt sich den ganzen Tag über total seltsam. Er geht im Zimmer ein und aus, als wollte er helfen, aber dann scheint es, als täte ihm sein Kopf so weh, dass er sowieso nichts tun kann. Und dann geht er wieder weg und legt sich hin. Emily gibt ihm Aspirin. Sie scheint sich auch um ihn zu sorgen, aber er sagt ihr, dass er sich bald besser fühlen werde. Dass er sich jetzt ausruhen möchte, damit er heute Abend fit ist und auf uns aufpassen kann.

Der Tag vergeht wirklich schnell. Um fünfzehn Uhr macht Emily noch eine Thermoskanne mit heißem Kaffee und eine mit heißem Kakao. Ich soll so lange unsere Ausrüstung im Flur zusammentragen. Emily sagt mir, dass wir um sechzehn Uhr hier weg sein müssen, um rechtzeitig zum Niedrigwasser dort zu sein.

Die letzte Stunde vergeht wie im Flug, aber nur, weil ich genau das nicht möchte. Um 15:45 Uhr schaue ich auf meine Uhr und hoffe, dass Emily die Uhrzeit nicht bemerkt. Aber sie schaut auf ihr Handy.

»Okay, Billy. Hilf mir, das Zeug ins Auto zu laden«, sagt sie und öffnet die Haustür. Draußen ist es kalt und mich fröstelt. Emily sieht das und schließt die Tür wieder. Sie geht zum Wandschrank.

»Hier. Ich leihe dir eine Jacke, Billy. Die brauchst du für die Höhle.« Emily lächelt mich an und hält mir eine Jacke hin. Es ist die Jacke, die Dad ihr am Abend der Disco geliehen hat.

»Ich hatte sie von deinem Dad geborgt. Eigentlich wollte ich sie waschen, bevor ich sie zurückgebe. Aber ich bin nicht dazu gekommen«, sagt sie.

Ich stehe nur da und starre auf die Jacke.

»Komm schon, Billy, zieh sie an. Wir müssen das Auto packen.« Sie will mir Dads Jacke in die Hände drücken. Ihre Stimme schneidet mir in den Kopf. Schneidet immer tiefer. Ihre Stimme ist wie eine Rasierklinge, die mir die Haut aufschlitzt. Ich befinde mich im freien Fall. Antworte nicht. Blinzle nur.

»Billy?«, fragt sie. »Geht es dir gut?« Sie breitet die Arme aus, um mich wieder an sich zu ziehen, und ich schaffe es kaum, nicht vor lauter Entsetzen vor ihr zurückzuschrecken, weil gerade etwas Furchtbares passiert. Es ist, als wären die Haut und das Fleisch von ihrem Gesicht verschwunden, und ich sähe nur noch einen Schädel – ihre Augen sind noch da, aber sie sind rot wie die eines Dämons.

»Billy?«, höre ich ihre Stimme, aber es ist nicht ihre Stimme. Es ist die Stimme eines Dämons, tief und absolut böse.

»Zieh die Jacke an, Billy. Wir müssen jetzt los.«

Ich schüttle den Kopf und die Erscheinung verschwindet. Vor mir steht wieder nur Emily, die mir immer noch Dads Sommerjacke hinhält.

Wir gehen zu Emilys Auto nach draußen. Es ist das erste Mal seit drei Tagen, dass ich draußen bin, und die Luft ist frisch und kühl. Es ist, wie wenn man die ganze Nacht lang Durst hatte und dann aufwacht und Wasser trinkt. Mein Kopf wird klar. Ich stehe eine Minute lang in der Einfahrt und schaue mich nur um.

»Komm schon, Billy, steig ein«, sagt Emily und hält mir die Tür auf. Ich weiß, dass ich mich im Auto hinlegen soll, damit mich niemand sieht, und dass sie mich unter einer Decke verstecken wird.

»Moment noch«, sage ich und renne zurück ins Haus. In mein Zimmer. Hektisch schaue ich mich um, aber ich finde kein Papier. Nichts. Aber das Fenster ist beschlagen. Ich habe keine andere Wahl.

»Billy!« Noch bevor ich es richtig mitkriege, steht Emily an meiner Zimmertür. »Wir müssen los.«

»Wo ist Dad?«, frage ich.

»Er ist schon im Kofferraum. Komm jetzt. Ich möchte ihn nicht zu lange da drin lassen.«

Ich gehe mit ihr zum Auto und lege mich auf den Rücksitz. Emily deckt mich zu. Trotzdem ist es kalt. Ich spüre, wie das Auto absinkt, als Emily auf der Fahrerseite einsteigt, und als sie den Schlüssel dreht, vibriert das Chassis.

SIEBZIG

EMILY FRANKLIN WOHNTE GAR NICHT WEIT weg, und West fuhr langsam ihre Straße entlang. Es wurde allmählich dunkel und sie musste ihre Augen etwas zusammenkneifen, um die Hausnummern lesen zu können. Es war eine sehr ruhige Straße. Zu dieser Tageszeit und so spät im Jahr war hier kein Verkehr.

Neunundvierzig.

Franklins Haus war noch ein Stück weiter die Straße entlang, also gab West ein bisschen Gas. Ein Auto kam ihr mit eingeschalteten Scheinwerfern entgegen. West versuchte, einen Blick auf den Fahrer zu erhaschen, aber sie konnte nichts erkennen, bis das Auto direkt neben ihr vorbeifuhr. Eine Frau, relativ jung. Sonst niemand im Auto. West hoffte, dass es nicht Franklin war. Sie folgte den Hausnummern, bis sie Franklins Bungalow fand und kurz davor anhielt. Die Lichter waren aus, und es stand kein Auto in der Einfahrt. West dachte wieder an die Frau, die sie eben hatte vorbeifahren sehen.

Sie stieg aus, lief den kurzen Weg zur Haustür und klopfte an. Als niemand antwortete, klopfte sie wieder, diesmal fordernder.

»So ein Mist«, entfuhr es ihr laut. Sie schaute sich um in der Hoffnung, dass vielleicht ein Nachbar zur Stelle wäre, der ihr sagen konnte, wo Emily vielleicht sein könnte oder wann sie zurückkäme. Aber die Straße war leer, die Nacht brach herein. Die Fenster der benachbarten Häuser waren dunkel oder die Vorhänge zugezogen.

Sie ging zu den vorderen Fenstern des Bungalows und versuchte hineinzuschauen. Die Vorhänge waren auch hier zugezogen, aber an der Seite war eine Lücke, wo sie nicht ganz geschlossen waren. Innen war es dunkel, aber sie konnte eine Couch und einen Gaskamin ausmachen. Es schien eher ein Haus zu sein, in dem eine Großmutter wohnen würde, dachte sich West, und nicht eine Zweiundzwanzigjährige.

Sie ging weiter und fand einen Durchgang, der um das Haus herum zur Rückseite führte. Das Tor war zu, aber nicht abgeschlossen. Und selbst wenn es so gewesen wäre, war der Zaun nicht so hoch, dass sie nicht hätte hinüberspringen können. Sie schob das Tor auf und ging weiter in den Garten. Sie fand eine Tür und versuchte sich am Türgriff, aber sie war abgeschlossen. Da war aber noch ein weiteres Fenster, und sie schaute hindurch. Ein Doppelbett, hier etwas modernere Möbel, eine Kommode mit verschiedenen Fläschchen und Pflegeprodukten darauf. Sie versuchte, genauer hinzusehen, und erkannte ein paar davon wieder. Sie benutzten das gleiche Shampoo.

Dann war da noch ein Fenster auf der anderen Seite der Hintertür. Fast wollte sie schon gar nicht mehr schauen gehen, da die Vorhänge auch dort zugezogen waren. Als sie es aber doch tat, wurden die Falten auf ihrer Stirn tiefer. Sie wühlte in ihrer Handtasche nach einer Taschenlampe, fand aber keine. Dann erinnerte sie sich, dass sie ja auch das Licht ihres Handys benutzen konnte. Sie überlegte einen Moment lang, wie man es anschaltete, und richtete es dann auf das Fenster mit den geschlossenen Vorhängen. Und was sie dort sah, ließ ihren Puls in die Höhe schnellen. Lange stand sie wie angewurzelt da, und das Adrenalin jagte durch ihren Körper.

EINUNDSIEBZIG

ICH LIEGE auf dem Boden vor der Rückbank im Auto und atme durch eine Decke, die nach Schimmel und Katzen müffelt, und aus irgendeinem Grund muss ich daran denken, wie es in Mr. Fosters Boot war. All das scheint jetzt eine Ewigkeit her zu sein. Damals hatte das Ganze noch Spaß gemacht.

Ich spüre – ich weiß auch nicht wie, vielleicht dadurch, dass das Auto noch über glatten Untergrund fährt –, dass Emily noch immer in der Stadt ist. Ich stelle mir die Geschäfte und Gebäude vor, an denen wir vorbeifahren. Warum ich hier unten liegen muss, weiß ich nicht, denn um diese Zeit ist doch sowieso niemand mehr unterwegs. Es ist schon fast dunkel und Silverlea ist bestimmt menschenleer. Dann fährt das Auto schneller und ich weiß, dass wir jetzt auf der Straße in Richtung Hotel sind. Bald werden wir wieder langsamer werden und auf den Weg durch die Heide abbiegen. Man soll da eigentlich nicht durchfahren, aber wir Einheimischen machen das eben manchmal. Am Ende kommt ein kleiner Bereich, wo man das Auto abstellen kann, und dann muss man die letzte Meile nach Northend zu Fuß zurücklegen.

Northend. Die Höhle. Allein beim Gedanken daran bleibt jetzt mein Herz fast stehen. Ich will nicht in diese Höhle gehen. Ich weiß nicht wirklich warum. Also, vielleicht liegt das ja eigentlich auf der Hand: Sie ist dunkel und nass und irgendwie kriegt man Platzangst. Was ich aber meine, ist, ich will nicht mit *Emily* in die Höhle gehen.

Kawumm.

Der Boden stürzt unter mir weg und kommt dann umso härter zurück, und ich schlage so fest auf, dass mir die Luft wegbleibt. Das ist der Übergang von der asphaltierten Straße auf den Waldweg. Emily ist zu schnell darübergefahren. Ich denke an Dad im Kofferraum – ob es ihm wohl gut geht? Was ist mit den Auspuffabgasen? Er hat sowieso schon krank ausgesehen.

Emily fährt ein wenig langsamer und das Auto wird von den Schlaglöchern gut durchgeschüttelt. Es ist eine lange Straße. Ich laufe sie manchmal entlang, wenn ich meine Projekte checken will. Ich meine, ich *bin* sie manchmal entlanggelaufen. Damit ist es jetzt wohl vorbei.

Das Auto vibriert während der Fahrt über den Weg und schwankt von einer Seite zur anderen. Mir wird davon schlecht. Plötzlich glaube ich, dass ich mich übergeben muss, und es ist mir inzwischen egal, was Emily sagt. Ich ziehe mir die Decke vom Kopf und klettere wieder auf den Sitz. Keuchend mache ich das Fenster auf, um frische Luft zu schnappen. Emily dreht sich zu mir um.

»Du solltest lieber versteckt bleiben, Billy«, sagt sie. Draußen zieht nur die Heidelandschaft vorbei. Es ist fast dunkel. Die Scheinwerfer des Autos beleuchten die Schlaglöcher vor uns. Ich ignoriere Emily und halte den Kopf ans offene Fenster. Die hereinströmende Luft fühlt sich kalt an, aber das hilft, meine Übelkeit zu vertreiben.

»Na ja. Hier ist es wohl nicht so wichtig. Es ist ja niemand da.«

Ich setze mich wieder auf den Sitz. Jetzt sind wir schon fast am Ende der Straße angekommen. An dem kleinen Bereich, wo man parken kann. Emily wird langsamer, hält aber nicht an. Ganz am Ende geht der Weg noch weiter, direkt auf den Strand, und dort fährt sie hin. Als wir auf dem Sand sind, werden wir kurz abgebremst und das Heck des Wagens schlingert wild umher. Aber sie lässt den Motor aufheulen und kurz darauf sind wir schon auf dem festen Sand unterhalb der Hochwasserlinie. Eigentlich soll man nicht mit Autos auf den Strand fahren.

Emily gibt jetzt richtig Gas und wir fliegen über den Sand. Wir fahren direkt auf die erste Landzunge in Northend zu. Es ist seltsam, in der Dunkelheit hier zu sein und mit dem Auto herzufahren. Als wir zu den Felsen kommen, fährt sie wieder langsamer und sucht sich vorsichtig einen Weg. Und dann, als wir um die Landzunge herumgefahren und auf dem versteckten Strandabschnitt sind, gibt sie noch einmal richtig Gas und wird dann endlich langsamer. Wir halten neben der Felswand an der letzten Landzunge. Wir sind da. Direkt am Eingang zur Höhle. Meiner Höhle.

Emily öffnet ihre Tür, und dann sehe ich sie am hinteren Fenster vorbeilaufen. Sie öffnet den Kofferraum und hilft Dad beim Aussteigen. Er sieht betrunken aus.

»Komm, Billy. Steig aus, nimm deine Tasche mit«, sagt Emily. Ich tue, was sie sagt, verlasse den Schutz des Autos und trete auf den nassen Sand. Es ist kalt hier draußen. Ich stecke die Arme unter den Riemen des Rucksacks durch. Emily schlägt meine Tür zu und schließt mit dem Funkschlüssel das Auto ab.

Sie schaltet eine Taschenlampe an. Es ist immer noch nicht richtig dunkel, aber es beruhigt mich, einen kleinen Lichtschein zu sehen. Ich schaue auf den Höhleneingang. Dort drin ist es dunkel, ich weiß. Es ist ja nur für eine Nacht, rede ich mir gut zu. Es wird schon okay sein. Und danach sind wir dann auf der *Marianne Dupont*. Unterwegs nach Südamerika. Wo es Meeresschildkröten gibt. Und ich nicht mehr zur Schule gehen muss. Es wird schon alles gut gehen.

Emily hatte recht mit der Gezeit. Sie steht jetzt wirklich niedrig, mindestens zwanzig Meter vom Höhleneingang entfernt. So niedrig, dass in den Gezeitentümpeln am Eingang gar nicht viel Wasser steht. Wir müssen noch nicht einmal unsere Schuhe ausziehen. Emily holt noch eine Taschenlampe hervor und gibt sie Dad. Er will sie nehmen, aber sie fällt herunter auf die Felsen und geht aus.

»Dad?«, frage ich.

»Schon gut, Billy. Er ist nur müde. Wenn wir drinnen sind, kann er sich hinlegen und sich ausruhen. Wir alle können das. Ich bleibe noch ein bisschen, bevor ich wieder gehe und mich mit Dan treffe.« Ich ignoriere sie. Das will ich nicht hören.

»Dad, *Dad*«, spreche ich ihn an. »Ich will nicht da rein.«

Ich weiß nicht, ob er mich hört. Er fummelt an der Taschenlampe herum, schaltet sie ein und aus, aber das Licht geht nicht an.

»*Dad.*« Ich höre meine eigene Stimme durch die Dämmerung schneiden. Die Schwärze des Höhleneingangs scheint einen regelrechten Sog auszuüben. Ich weiß, wie es da drinnen aussieht, aber es hat sich noch nie so bedrohlich angefühlt.

»Billy.« Emilys Stimme ist scharf und entschlossen. »Das muss jetzt einfach sein. Du musst deinem Dad helfen. Sam, sagst du es ihm?«

Dads Lampe geht plötzlich an und er grunzt überrascht, als hätte er um sich herum gar nichts mitbekommen. Er leuchtet damit umher, auf die Klippen, den Sand und die Felsen vor unseren Füßen. Er richtet sie auf den Höhleneingang, aber das Licht wird von der Schwärze einfach verschluckt. Er atmet schwer.

»Emily, ich weiß nicht …«, sagt Dad langsam und immer noch undeutlich. »Ich weiß nicht, was los ist, aber mir geht's nicht so gut. Ich weiß auch nicht …« Er hält inne und es entsteht eine Stille, in der nur der pfeifende Wind zu hören ist, der um die Felsen streicht.

»Es ist schon okay, Sam. Mit dir ist alles in Ordnung«, sagt Emily. Sie klingt frustriert. »Wir müssen dich jetzt nur in die Höhle kriegen, wo du dich auf eins der Betten legen kannst. Komm jetzt. Sam, du gehst zuerst rein, wir nehmen Billy in die Mitte. Ich bin das Schlusslicht und zeige euch mit meiner Taschenlampe den Weg.«

»Emily, ich weiß wirklich nicht, ob das so eine gute Idee ist. Wirklich nicht.« Dad rührt sich nicht vom Fleck.

Da verliert Emily die Geduld. Sie beugt sich nah an Dad heran und redet mit einer harten und scharfen Stimme auf ihn ein. Ich verstehe nicht alles, was sie sagt, aber es geht darum, dass wir uns verstecken müssen und dass wir nirgendwo anders hinkönnen. Dass es dort drinnen schon nicht so schlimm ist. Dass es da Betten gibt, auf denen wir schlafen können. Als sie fertig ist, ist es immer noch hell genug, dass ich sehe, wie er nickt. Dann dreht er sich zu mir um und drückt mich ganz fest.

»Okay. Los, Billy. Wir gehen da jetzt rein und machen es uns bequem.« Er lässt mich wieder los und geht durch den Höhleneingang voran.

»Pass auf, die Decke ist hier niedrig«, sagt Emily hinter mir. Ich spüre einen leichten Druck in meinem Kreuz, als sie mich weiterschiebt, hinter Dad her. Also folge ich dem gelben Lichtkegel seiner Taschenlampe durch das Loch in der Felswand.

ZWEIUNDSIEBZIG

DIE NACHRICHT WAR mit zittrigem Finger rückwärts in das Kondenswasser an der Fensterscheibe geschrieben. Kindliche Buchstaben. Aber trotzdem war das erste Wort leicht zu lesen:

HILFE

Dann war dem Schreiber wohl aufgefallen, dass er Platz sparen musste. Als Nächstes stand da:

Höhle in Northend
Sie will uns töten

Von einigen der Buchstaben liefen Wassertropfen herab, teilweise noch so frisch, dass West schätzte, die Nachricht sei vor nicht allzu langer Zeit geschrieben worden. Vor einer Stunde vielleicht, oder sogar weniger? Vielleicht sogar viel weniger. Sie dachte wieder an das Auto, das vor Kurzem an ihr vorbeigefahren war. Dann schoss sie ein paar Fotos von der Nachricht, da sie ihr Handy sowieso schon in der Hand hielt. Währenddessen liefen die Tröpfchen weiter. Ihre Gedanken rasten.

Höhle in Northend? Sie hatte noch nie davon gehört, nicht explizit. Sie wusste aber von den Gezeitentümpeln. Es war einfach unmöglich, länger in Silverlea zu sein und nicht von den berühmten Gezeitentümpeln zu hören, aber sie hatte nicht gewusst, dass es dort auch Höhlen gab. Eine große Überraschung war das aber nicht. Die Küste war ja wie geschaffen dafür. Sie versuchte, einen klaren Gedanken zu fassen. Die Gezeitentümpel waren nur bei Ebbe zugänglich. Zu jeder anderen Zeit kam man dort nicht hin. Wahrscheinlich war es mit der Höhle genauso? Das war nur eine Vermutung. Sie wusste aber, dass jetzt gerade Niedrigwasser war. Sehr niedrig. Das hatte sie schon beim Surf Lifesaving Club bemerkt. Die Brandung schien weiter weg gewesen zu sein als sonst. Vorhin hatte das noch keine Bedeutung gehabt, aber jetzt …

Jetzt kam die Flut! Wie lange würde es dauern, zur Wache zurückzufahren und einen Einsatz zu organisieren? Zu lange, das war ihr sofort klar. Sie musste sofort los. Als sie um den Bungalow herum zurückrannte, wählte sie Rogers' Nummer. Am Auto angekommen schaute sie sich auf der Straße noch einmal um und wünschte, sie wäre etwas belebter.

In der Leitung hörte sie, wie die Verbindung zustande kam. Sie hielt sich das Telefon ans Ohr und hoffte inständig, Rogers' raue Stimme am anderen Ende der Leitung zu hören. Stattdessen kam nur der Besetztton.

»*Scheiße*«, fluchte sie. Dann versuchte sie nachzudenken. Sie stieg ins Auto und scrollte durch ihre Kontakte, bis sie Langleys Nummer fand. Sie wählte sie, wartete und fragte sich dabei, wie sie ihm alles so erklären konnte, dass er auch tatsächlich aktiv wurde. Als sie erneut einen Besetztton zu hören bekam, schlug sie mit der Faust kräftig aufs Lenkrad.

»*Verdammter Mist.*« Sie legte wieder auf. Dann wurde ihr klar, dass die beiden wohl gerade miteinander telefonierten und besprachen, was Dan Hodges erzählt hatte. Sie konnte es bei jemand anderem versuchen, aber sie wollte keine Zeit mehr verschwenden. Falls Billy Wheatley tatsächlich in die Höhle bei Northend verschleppt wurde, zählte jede Minute. Sie tastete nach ihrer Waffe, die sie im Holster an ihrer Hüfte trug. Normalerweise trug sie die Pistole nicht gerne dort, aber jetzt war sie dankbar dafür. Wenn Rogers mit Langley am Telefon war, würde das Gespräch nicht lange dauern. Sie schickte Rogers eine SMS, damit er wusste, wo sie hinfuhr. Dann ließ sie den Motor an.

DREIUNDSIEBZIG

IN DER HÖHLE ist es kalt und schwarz. Unsere Füße schlurfen über die Felsen und platschen durch die Gezeitentümpel. Hin und wieder fällt mit einem *Plopp* Wasser von der Decke.

»Geht einfach weiter. Da hinten wird es trockener«, weist uns Emily von hinten an. Der Weg vor mir, der uns tiefer in die Höhle führt, wird von ihrer Taschenlampe ausgeleuchtet. Mein riesiger Schatten tanzt an den Wänden vor uns wie ein Monster, das uns immer weiter hineinlockt.

»Die Höhle wird enger und dann kommen Felsen, über die wir klettern müssen. Aber da führt ein Weg hindurch«, sagt Emily, und wir gehen weiter. Wir dringen tiefer in die Höhle vor, als ich es je getan habe. Sie hat aber recht; der Boden ist jetzt überwiegend trocken und die Wände sind kahl. Dad bleibt stehen. Er leuchtet mit seiner Lampe vor sich herum, aber da ist nur nackter Fels. Kein Weg, der weiterführt.

»Wohin jetzt?«, fragt er mit noch immer schwerer Zunge.

»Geh weiter«, antwortet Emily.

»Geht nicht. Da ist kein Durchgang«, sagt Dad.

Einen Moment lang antwortet sie nicht, aber dann huscht das Licht ihrer Taschenlampe auf der Wand vor uns herum. Der Tunnel ist blockiert. Wir können nicht weitergehen. Dann leuchtet sie Dad mit ihrer Lampe direkt ins Gesicht.

»Hey«, sagt er, blinzelt ins Licht und hält schützend einen Arm hoch.

Emily klingt nun anders. »Dann sind wir wohl da, denke ich.«

Dad kann nur mit Mühe sprechen. »Emily, was geht hier vor. Wo ist dieser Raum?«

Emily ignoriert seine Frage. »Du klingst gar nicht gut, Sam. Wie fühlst du dich?«

»Ich ... ich ...« In Dads Stimme liegt Verwirrung. »Emily, was zum Teufel soll das? Wo ist der Raum, von dem du erzählt hast? Und hör auf, mit der bescheuerten Lampe in mein Gesicht zu leuchten.«

»Und was ist mit dir, Billy?« In der Dunkelheit kann ich sie immer noch nicht erkennen. »Wie fühlst *du* dich? Du scheinst mit der Sache etwas besser klarzukommen als Sam hier. Bist du nicht müde?«

Ich weiß nicht, was sie meint. Ich bin nicht müde. Mir ist nur kalt und ich habe Angst.

»Emily, wo ist der Raum? Der mit den Betten?«, frage ich.

»Hier.« Ich spüre Emilys Hand in der Dunkelheit. Sie drückt mir etwas in die Hände.

»Hier. Zünde ein paar von denen an. Dann schauen wir mal, was wir hier alle machen, ja?«

Es sind die Kerzen. Sie hat mir eine Tüte mit Kerzen gegeben. Dann folgt ein Feuerzeug. Sie hält die Taschenlampe auf die Plastiktüte, aber dann leuchtet sie mir damit ins Gesicht, sodass es mich schmerzhaft blendet. Trotzdem nehme ich eine Kerze aus der Tüte und halte mit dem Feuerzeug eine Flamme an den Docht. Meine Hände zittern.

»Stell die irgendwo auf den Boden und zünde noch ein paar mehr an«, sagt Emily. »Du kannst die Kerzen unten anschmelzen und sie dann hinstellen.«

Ich tue, was sie sagt, und schon bald wird die Höhle von gelben Inseln flackernden Lichts erhellt. Um die Kerzen herum sind die Konturen der Wände und der Decke zu erkennen. Sie sehen nass aus und wie mit Schleim überzogen. Einen Weg, der tiefer in die Höhle hineinführen würde, scheint es nicht zu geben. Irgendwelche Räume kann ich auch nicht entdecken. Dann schaltet Emily ihre Taschenlampe aus und langsam werden die Lichtinseln heller, während sich unsere Augen an die Dunkelheit gewöhnen. Wir stehen in einer schmalen Kammer, die am hinteren Ende verschüttet ist.

»Emily, wo ist der Raum?«, frage ich wieder. Statt nur ihre Taschenlampe sehe ich nun sie selbst, wenn auch nur als undeutliche Gestalt im Dämmerlicht.

»Hast du es immer noch nicht kapiert, Billy? Ich dachte, du wärst so clever und hättest das alles längst durchschaut.«

Ich antworte nicht, denn ich habe schon gesehen, was sie in der Hand hält, aber Dad hat es noch nicht erkannt. »Emily, was zur Hölle soll das? Wir können hier nicht übernachten. Wo ist der Raum, von dem du gesprochen hast?«

»*Halt die Klappe, Sam.* Halt *verdammt* noch mal die Klappe«, faucht Emily. Dann sieht auch Dad, was sie in der Hand hält. Emily ist ein paar Schritte zurückgetreten. In der Hand hält sie Dads Pistole, die sie auf ihn richtet.

»Emily, was … was machst du da?«, fragt Dad. Das Sprechen fällt ihm schwer. »Wo hast du die her?«

»Ich habe gesagt, halt die Klappe, Sam. Nimm deinen Rucksack ab, setz dich hin und halt's Maul.«

»Nein. Wie hast du –«

»Ich habe gesagt, *halt dein Maul.*« Sie streckt die Pistole vor sich aus. »Ich will das hier für dich möglichst schmerzlos machen, aber mit der Pistole geht es auch. Glaub also nicht, dass ich nicht auf dich schießen werde. *Setz dich hin.*« Die letzten Worte schreit sie, und Dad folgt mühsam ihrem Befehl.

»Du auch, Billy. Nimm den Rucksack ab. Setz dich drauf. Neben deinem Dad.« Der Felsboden ist hier flach und fällt zum weit entfernt in der Dunkelheit liegenden Höhleneingang hin leicht ab.

»Es war nicht schwer, an die Pistole zu kommen, Sam. Ich habe sie dir aus dem Hosenbund gezogen, als du ins Auto gestiegen bist. Du bist so zugedröhnt, dass dir das gar nicht aufgefallen ist.«

»Zugedröhnt?«

»Jetzt erzähl mir nicht, dass du das nicht spürst.«

»Was?« Dad atmet in kurzen, schnellen Stößen. »Wie …?«

Sie lacht. »Wie? Du warst bei mir zu Hause und hast drei Tage lang von mir erwartet, dass ich für euch koche und euch durchfüttere. Ich habe die Dosis die ganze Zeit über immer ein bisschen erhöht.«

»Womit?«, fragt er nach einer Weile.

»Hauptsächlich Schlaftabletten. Meine arme Oma hat mir davon jede Menge im Badezimmer hinterlassen, als sie starb. Heute Morgen habe ich noch ein bisschen Rattengift untergemischt. Das wirkt langsam, aber es sollte jetzt bald losgehen.«

Dad antwortet nicht. Selbst im Dämmerlicht kann ich sein verdutztes Gesicht sehen.

»Warum?«, fragt er.

Jetzt höre ich Emilys Atem. Es klingt, als würde sie hyperventilieren. Oder vielleicht bin das auch ich. Ich kann nicht aufhören, auf die

Mündung der Pistole zu starren. Ein schwarzes Loch in der Dunkelheit. Emily antwortet Dad nicht.

»Billy, in deiner Tasche sind zwei Thermoskannen. Hol sie raus.«

»Warum, Emily?«, krächzt Dad neben mir. Dann bekommt er einen Hustenanfall, der durch die umliegende Dunkelheit hallt.

»Hol die Kannen raus, Billy.«

»*Warum?*« Dad versucht sich mühsam aufzurappeln.

»Setz dich wieder hin«, fährt Emily ihn sofort an, aber Dad hört nicht auf sie.

»*Setz dich wieder hin*, sonst ballere ich deinem bescheuerten Sohn ein Loch in sein bescheuertes Hirn.«

Dad erstarrt. Ich drehe mich etwas, um ihn anzusehen. Ihm steht der Mund offen und er starrt Emily an.

»Hol die Kannen raus, Billy. Es gibt Kaffee und Kakao. Davon werdet ihr einschlafen. Es ist ein schmerzloses Ende.«

Ich rühre mich immer noch nicht. Was sie da sagt, kann ich einfach nicht verarbeiten. Ein schmerzloses Ende von was?

»Billy, ich gebe dir fünf Sekunden. Eins. Zwei. Drei. *Vier*. Letzte Chance, Billy. Ich will das nicht so machen müssen.«

»Tu was sie sagt, Billy. Mach es einfach.«

Als ich Dads Stimme höre, setze ich mich endlich in Bewegung. Meine Hände zittern so sehr, dass ich den Rucksack fast nicht aufbekomme, aber dann schaffe ich es doch. Ich hole eine Thermoskanne heraus, die größere. Die stelle ich auf den Boden und wühle nach der anderen. Sicher bin ich mir nicht, aber es fühlt sich an, als hätte ich mir in die Hose gemacht. Ich bin froh, dass es dunkel ist, denn so kann mich keiner der beiden sehen. Dann greife ich auch die andere Thermoskanne. Ich ziehe sie heraus und schaue Dad an.

»Ihr werdet jetzt beide ein schönes heißes Getränk zu euch nehmen, und dann ist das hier auch schon vorbei.«

»Emily«, setzt Dad an. Er klingt jetzt wieder etwas mehr bei sich, und ein Funken Hoffnung steigt in mir auf. »Was soll das hier? Was hast du vor?«

»Was ich vorhabe?« Sie stößt eine Art Lachen aus. »Ich versuche mein Leben wieder in den Griff zu kriegen.«

Einen Moment lang ist nur ihr schwerer Atem zu hören.

»Trink. Trink aus und dann erzähle ich's dir.« Sie leuchtet mit ihrer Taschenlampe auf Dads Thermoskanne.

»Los. Trink jetzt.«

Langsam schraubt Dad den Deckel auf und gießt sich die Tasse etwa halb voll. Dampfschwaden steigen in der kalten Höhlenluft auf.

»Mehr. Bis zum Rand, bitte.«

Dad gießt noch etwas hinzu.

»Jetzt trink.«

Dad rührt sich nicht. »Was ist da drin, Emily?«

»Trink das jetzt, sonst erschieße ich Billy. Du hast die Wahl, Sam.« Sie zielt mit der Pistole auf meinen Kopf.

»Okay«, sagt er. Er hebt die Tasse an die Lippen. Dann verzieht er das Gesicht und nimmt die Tasse wieder herunter.

»*Trink das jetzt.*«

»Es ist zu heiß, verdammt noch mal.«

Emily lacht wieder, leicht irre diesmal. »Lieber Gott, ist das jetzt nicht egal?« Ich höre wieder, wie sie atmet.

»Okay. Dann lass es eben abkühlen. Wird ja nicht lange dauern.« Sie macht eine Pause.

»Du willst wissen, was hier los ist? Du willst es wirklich wissen? Steh auf, Billy. Steh auf.«

Ich zögere, höre dann aber meine eigene Stimme fragen: »Was?«

»Nimm die Taschenlampe von deinem Dad und geh zu der Wand da drüben.« Sie leuchtet mit ihrer eigenen Lampe an eine Stelle nicht weit von unserem Sitzplatz entfernt. »Siehst du den Haufen Steine da? Räum sie aus dem Weg. Schau, was darunterliegt.«

Ich bewege mich nicht. Ich sehe Dad an, der immer noch seine Tasse in einer Hand hält. Unsere Blicke treffen sich kurz. Dann gibt er mir die Taschenlampe und nickt mir zu.

Mit wackeligen Beinen stehe ich auf und gehe dorthin, wo Emily mich haben will. Am Fuß der Höhlenwand liegt ein Haufen loser Steine auf dem Boden. Sie sind nicht groß, höchstens so groß wie ein Kopf. Sie liegen in einer Pfütze – der Boden der Höhle ist hier leicht abgesenkt. Es riecht irgendwie komisch und ich höre etwas, ein dumpfes Kratzen oder so. Ich leuchte mit meiner Lampe dorthin. Die grauen Steine sind mit Quarzstückchen versetzt, die das Licht reflektieren.

»Nimm die Steine weg, Billy. Deine Ermittlungen stehen kurz vor dem erfolgreichen Abschluss. Du hast das Rätsel um Olivia Curran gelöst.«

Langsam lege ich die Finger auf den ersten Stein. Er liegt nicht direkt auf dem Haupthaufen, aber ich ziehe ihn weg und er klackert auf den Boden neben mir. Darunter sind nur der felsige Boden und ein paar Zentimeter Wasser, aber als ich mein Licht auf die Stelle halte, sehe ich etwas Farbiges.

Zuerst verstehe ich nicht ganz. Da ist irgendetwas Rotes und dann etwas anderes, das hellgrün ist. Was auch immer es ist, es *bewegt* sich. Und dann erkenne ich, was es ist. Es sind *Schalen*. Muschelschalen, Schneckenschalen. Einsiedlerkrebse. *Meine* Krebse. Ich erkenne eine Zahl, schwarz auf einem weißen Kreis. Nummer 13. Die meisten Krebse stört mein Licht nicht. Ein paar huschen in die Dunkelheit davon.

»Mach weiter.« Emilys Befehl ertönt hinter mir. »Nur noch ein paar Steine.«

Ich hebe einen anderen Stein an und da ist wieder eine neue Farbe, diesmal violett, irgendein Stoff. Der Gestank ist furchtbar. Und dann hebe ich noch einen Stein an. Darunter liegt ein menschlicher Arm. Die Hand fehlt und an seinem Ende ragt der weiße Knochen hervor. Aber das Entsetzlichste ist der restliche Körper. Die Haut bewegt sich so sehr, dass sie wie lebendig wirkt. Nur ist es keine Haut. Es ist eine Schicht aus Krebsen. Krebsen aller Art, manche bemalt, die meisten nicht. Sie sitzen da und fressen sich satt.

Ich lasse den Stein fallen und taumle rückwärts. Dann stolpere ich und falle hin. Ich spüre einen scharfen Schmerz im Rücken. Meine Lampe erlischt und ich kriege Panik. Ich schreie in die Dunkelheit hinein und krabble so schnell ich kann wieder zu Dad. Ich kralle mich an ihm fest und schlage ihm die Tasse aus der Hand.

»Was ist los, Billy? Was ist da?«, fragt Dad.

»Was denkst du denn, was da ist, Sam? Es ist diese miese kleine Schlampe, die all das hier angerichtet hat.«

»Was? Von wem redest du?«

»Du kapierst es immer noch nicht? Nach wem haben denn alle hier gesucht in letzter Zeit? Welchen Mord hängt die Polizei dir an, Sam?«

»Olivia Curran?«

»Genau die.«

»Ich verstehe nicht. *Du* hast sie umgebracht?«

Emily antwortet nicht sofort. Sie richtet ihre Lampe auf Dads Tasse am Boden.

»Glaub bloß nicht, ich hätte das nicht bemerkt, Sam. Füll sie wieder auf, und diesmal trinkst du das heiß. Dann reden wir.«

Dad bewegt sich so langsam wie möglich, aber sie hält ihr Licht die ganze Zeit auf seine Hände gerichtet. Genau wie die Pistole. Dad zögert, bevor er den Becher an die Lippen setzt, aber Emily scheint nicht mit dem Reden warten zu können.

»Sie hat mit Dan geflirtet. Die ganze Woche lang. Die alberne kleine Schlampe. Er dachte, ich hätte nichts bemerkt. Aber ich konnte sie vom

Café aus sehen. Meinst du nicht, Dan hätte das wissen können? Wenn er nicht so triebgesteuert wäre. Und dann am Abend der Disco. Da war sie wie eine läufige Hündin. Sie haben versucht sich zusammen wegzustehlen. Damit hatte ich schon gerechnet. Das war für Dan nicht das erste Mal. Aber diesmal bin ich ihm gefolgt. Ich hatte gar nicht geplant, der blöden Kuh wehzutun. Ich wollte sie nur zur Rede stellen. Die beiden sind aber ziemlich weit gelaufen. Nach Norden, zu den Dünen. Da bringt Dan sie gerne hin. Die doofen kleinen Touri-Mädels. Zum Ficken. Wie ist die Temperatur, Sam? Immer noch zu heiß? Denk dran, das ist der einfache Weg.«

Dad rührt sich nicht, aber das scheint ihr im Moment egal zu sein.

»Sie waren am Strand. Ich war in den Dünen und habe sie beobachtet. Dann sagte sie, sie müsse kurz pinkeln gehen. Sie kam direkt auf mich zu. Ich konnte mich nicht bewegen, ohne dass sie es gesehen hätte. Sie hätte mich dabei entdeckt, wie ich sie beobachte. Dann hätte es so ausgesehen, als wäre ich die Böse gewesen, und das konnte ich nicht hinnehmen. Vor meinen Füßen lag ein Stein. Ich hab ihn aufgehoben. Das war gar keine bewusste Entscheidung – es ist einfach passiert. Ich hab ihr den Stein an den Kopf gehauen. Ich wollte gar nicht so fest zuschlagen, aber er war schwer und mein Arm hatte mehr Schwung als gedacht.«

Emily lacht, und ihre Stimme klingt unheimlich und fremd zwischen den Schatten und dem flackernden Schein der Kerzen. Dad und ich stehen stumm da. Ich zittere am ganzen Körper.

»Einen Moment lang wusste ich überhaupt nicht, was ich machen sollte. Ich hab überlegt, die Blutung zu stillen, aber als ich ihren Kopf angefasst hab, konnte ich spüren, dass der Schädel gebrochen war. Ich konnte Teile davon richtig ins Gehirn reindrücken. Da war klar, dass ich die Sache anders regeln musste. Erst wollte ich sie einfach da liegen lassen, aber wir waren ja schon auf halbem Weg zur Höhle. Es war Ebbe. Ich dachte mir, wenn ich sie hier reinschaffen könnte, würde niemand sie finden. Die Leute würden einfach denken, sie wäre schwimmen gegangen und dann ertrunken.«

»Wie hast du sie hergeschafft?«, fragt Dad. Emilys Lichtkegel rutscht an Dads Tasse etwas nach unten. Ich begreife, was er vorhat. Er will sie ablenken.

»Ich hatte deine Jacke an. Weißt du noch? Du hast sie mir geliehen. Deine Schlüssel waren in der Tasche. Ich war schon am Strand an deinem Pick-up vorbeigekommen, also wusste ich, wo er stand. Ich bin zurückgerannt, eingestiegen und ohne Licht gefahren. Fast hätte ich sie nicht wiedergefunden – Mann, das war vielleicht was. Am Ende hab ich sie doch entdeckt und sie auf die Ladefläche gehievt. Dann bin ich mit ihr zur Höhle gefahren. Da ging alles leichter, weil ich sie einfach durchs Wasser ziehen konnte.

Anschließend bin ich wieder zur Party zurück. Du hast mich gefragt, wo ich gewesen war. Ich weiß auch nicht, ich muss wohl ziemlich wild ausgesehen haben – jedenfalls kam ich mir ziemlich wild *vor*. Ich *brauchte* etwas, um wieder runterzukommen. Dann habe ich dir gesagt, dass du mit mir nach Hause kommen sollst. Und du hast kaum einen Gedanken an den armen Billy verschwendet, der allein zu Hause war. Du erinnerst dich doch an diese Nacht, oder, Sam? Weißt du noch, was wir gemacht haben? Wie wir gefickt haben? Tod und Sex, wer hätte gedacht, dass die so ein gutes Gespann abgeben?« Sie lacht wieder.

»Und wenn ich mich erst um euch zwei gekümmert habe, weißt du, was ich dann mache? Ich werde meinem Freund die Seele aus dem Leib vögeln. Was sagst du dazu?

Du trinkst das nicht, oder? Tja, aber das Rad der Zeit hält niemand auf, Sam.«

Dann passieren gleich drei Dinge auf einmal. Dort, wo ihre Stimme herkommt, blitzt ein Licht auf, Dad zuckt zusammen, und ein furchtbarer Knall hallt in der Höhle wider. Die Pistole. Sie hat abgedrückt. Ich rieche es sofort. Ein rauchiger, öliger Geruch. Eine Sekunde lang überlege ich, ob ich getroffen wurde. Ob ich schon tot bin oder gerade sterbe, aber dann wird mir klar, dass ich unverletzt bin. Aber Dads Griff fühlt sich anders an. Er ist fast nicht mehr spürbar.

»Schau, schau. Ich war mir gar nicht sicher, ob deine Pistole überhaupt funktioniert«, sagt Emily. Sie leuchtet mit ihrer Lampe wieder auf Dad. Er hält sich den Bauch. Aber selbst mit dem Lichtstrahl kann ich nicht viel erkennen. Es ist zu dunkel. Ich höre bloß, wie er nach Luft schnappt und um Atem ringt.

»Offenbar tut sie es«, sagt Emily. »Also. Wo war ich stehengeblieben?«

Niemand sagt etwas. Nur Emily. Nur, es ist nicht Emily. An ihrer Stelle steht ein Monster.

»Ich musste noch mal zurückkommen, um dieser Schlampe die Hand abzuschneiden. Weißt du noch?«, sagt Emily, aber Dad schafft es irgendwie, sie zu unterbrechen. Seine Stimme klingt furchtbar, aber er spricht. Von kurzen Atemzügen unterbrochen, aber laut genug, dass man ihn hört.

»Emily, du musst das hier nicht machen. Gib mir einfach für alles die Schuld. Für alles. Nimm Billy mit und geh zur Polizei. Sag ihnen, dass ich es war. Tu Billy nicht weh –«

Sie hört einen Moment lang zu, schneidet ihm dann aber das Wort ab.

»Ich *sagte*, ich musste zurückkommen und der Schlampe die Hand abschneiden. Die Polizei war auf dieser Seite der Insel am Suchen. Die Leiche wäre gefunden worden. Zuerst wollte ich sie komplett woanders hinschaffen, aber das war unmöglich. Also hab ich ihr den Arm abgesägt und ihn in Goldhaven weggeworfen. Ich wusste, dass das die Suche auf ein anderes Gebiet lenken würde. Und so war es auch. Alles wäre in Ordnung gewesen.« Sie hält inne.

Ich drehe den Kopf, um Dad anzusehen. Er ist in sich zusammengesackt und lehnt mit dem Rücken an der Höhlenwand, aber vor allem stützt er sich jetzt auf mich. Auf seinem Bauch breitet sich ein schwarzer Fleck aus, aber noch atmet er. Ich höre es. Dann hustet er, und mir spritzt etwas Feuchtes ins Gesicht.

»Dad, geht es dir gut?«, frage ich. Er antwortet nicht.

»Alles wäre in Ordnung gewesen, wenn du nicht bei mir zu Hause aufgekreuzt wärst. Was sollte ich denn machen? Die ganze Insel sucht nach dir und denkt, dass du die Curran-Schlampe abgemurkst hast, und du willst dich bei *mir* verstecken? Kannst du dir vorstellen, wie das war? Kannst du dir vorstellen, was ich für Gedanken hatte? Und dann haben wir die Nachrichten gesehen, nicht wahr, Billy? Wir haben gesehen, dass die Polizei ihr Blut hinten auf deinem Pick-up gefunden hat. Da konnte ich dich nicht mehr gehen lassen. Sie hätten dich geschnappt – es war die ganze Zeit klar, dass sie dich kriegen würden – und du hättest ihnen erzählt, dass ich an dem Abend den Schlüssel hatte. Und dann hätten sie alles herausgefunden. Das konnte ich nicht zulassen, Sam. *Deshalb* sind wir also hier. Es ist deine Schuld. Das ist alles deine Schuld.«

Den letzten Teil schreit sie fast, reißt sich dann aber zusammen und beruhigt sich.

»Aber jetzt. *Jetzt*, wenn sie endlich die Leiche von Olivia Curran finden, dann finden sie auch noch zwei weitere Leichen. Eine davon ist Sam Wheatley, der schon mal einen Mord begangen hat. Die andere ist sein Sohn, sein letztes Opfer. Sie werden davon ausgehen, dass du das Mädel umgebracht hast, Sam, weil sonst niemand wusste, wo ihre Leiche ist. Verstehst du? Sie werden annehmen, dass dich irgendetwas dazu getrieben hat, zum Tatort deines letzten Verbrechens zurückzukehren. Vielleicht haben dich doch noch die Schuldgefühle übermannt? Vielleicht hattest du es schon immer so geplant. Ich glaube nicht, dass denen das so wichtig ist. Die kleine Thermoskanne mit dem vergifteten Kakao wird schon Indiz genug sein. Der Schuss in deinen Bauch ist zwar nicht perfekt, aber sie werden einfach vermuten, das wäre Billy gewesen. Hörst du das, Billy? Du wirst ein Held. Die Flut wird sämtliche Beweise davonspülen.

Von mir werden sie keine Spuren mehr finden.« Im Dämmerlicht sehe ich ihr Gesicht. Sie lächelt. Sie triumphiert.

»Und da wir schon von der Flut sprechen. Wir müssen uns beeilen. Ich muss hier raus, bevor sie zu hoch steigt. Was bedeutet: Billy, jetzt bist du dran. Wie willst du denn abtreten, Billy? Eine schöne Tasse heißen Kakao, oder sollen wir einfach Nägel mit Köpfen machen? Du musst dich jetzt entscheiden.«

VIERUNDSIEBZIG

Das Licht der Scheinwerfer streifte das Schild:

GEFAHR!
Bei auflaufendem Wasser
nicht weitergehen!

West bemerkte es kaum. Ihre Augen waren auf die Reifenspur im nassen Sand fixiert. Sie hatte sie entdeckt, als sie den Strand entlangfuhr. Eine diagonale Spur, die von den Dünen hinunter zur Landzunge bei Northend führte. Aus irgendeinem Grund war sie aus der Entfernung leichter auszumachen: Sie stach als etwas Unnatürliches hervor, das nicht zu den normalen Mustern im Sand gehörte. Aus der Nähe war sie schwerer zu erkennen. Manchmal verschwand sie komplett, dort, wo der Sand von einer im Mondlicht schwach schimmernden Schicht Wasser bedeckt war. Die leichten Reifenabdrücke waren nur auf den trockeneren Flecken im festen Sand gut zu sehen. Man konnte jedoch problemlos erkennen, wo sie hinführten: zu der Landzunge am nördlichen Ende des langen, bogenförmigen Strandes von Silverlea – und um sie herum.

Mit durchgedrücktem Gaspedal fuhr sie bis zur Landzunge. Hier am Fuß der Klippen waren keine zwanzig Meter Strand mehr übrig, und die waren mit Steinen übersät, die in kleinen Pfützen lagen. Vom Licht der Scheinwerfer geleitet schlängelte West sich zwischen ihnen hindurch, die Nähe des Meeres und der Brandung immer im Hinterkopf. Inzwischen wusste sie nicht mehr, wo sie eigentlich hinfuhr, nur dass sie der Reifenspur folgen musste.

Um die Landzunge herum wurde die Fläche wieder breiter und bildete einen weiteren Strand. Eine Art geheime Bucht, von deren Existenz sie nicht gewusst hatte. Es war zu dunkel, um irgendetwas zu erkennen, aber es sah aus, als würden die links aufragenden Klippen den Strand vom Land dahinter abschneiden. Einen Moment lang wusste sie nicht wohin – die Reifenspur war verschwunden –, aber dann sah sie in ihrem Scheinwerferlicht die Umrisse eines Autos vor sich, das am anderen Ende der Bucht direkt neben den Klippen stand.

Es bewegte sich nicht und die Lichter waren aus. West schaltete ihre Scheinwerfer nun ebenfalls aus und tauchte den Strand in sofortige Dunkelheit. Ihre Augen gewöhnten sich schnell an das Mondlicht. Das andere Auto war direkt längs der Felswand geparkt. Personen konnte sie keine entdecken, weder in der Nähe des Autos noch darin. Aber es gab hier viele Möglichkeiten, sich zu verstecken.

Langsam fuhr sie weiter und hielt etwa zwanzig Meter von dem anderen Auto entfernt an. Sie fühlte sich weithin sichtbar und verletzlich. Während sie das Auto betrachtete, spülte eine Welle bis an seine Reifen heran und zog sich wieder zurück, als hätte das Meer einfach mal schauen wollen, was dieses merkwürdige Objekt in seiner Reichweite eigentlich war. West schloss daraus, dass die Flut hereinkam und sich dem Auto wahrscheinlich angenähert hatte, seit der Fahrer es dort abgestellt hatte. Aber warum stellte hier überhaupt jemand ein Auto ab?

West schluckte und zog ihre Waffe. Sie schloss die Hand fest um den Griff – das Gewicht der Pistole beruhigte sie ein wenig. Dann lehnte sie sich herüber und fing an, im Handschuhfach zu wühlen. Zwischen allerlei Papieren suchte sie nach einer Taschenlampe. Sie nahm sie heraus und hoffte, dass die Batterien noch voll waren. Die Lampe auf den Boden gerichtet schaltete West sie an und war erleichtert, als der Fußraum erhellt wurde. Dann schaltete sie sie wieder aus, atmete tief durch und stieß die Autotür auf. In einer fließenden Bewegung stieg sie aus und ging sofort in die Hocke. Sie huschte zum Heck ihres Autos und nutzte die Karosserie als Schutzschild, falls sie angegriffen würde. Aber es rührte sich nichts. Nur das leise Rauschen des Meeres war zu hören. West hatte die Luft angehalten und zwang sich nun, auszuatmen. Noch immer hinter dem Auto versteckt schaltete sie ihre Taschenlampe an. Der Strahl schnitt kraftvoll und gelb durch die Dunkelheit. Er leuchtete Schatten in der Felswand aus, und die Scheinwerfer des anderen Autos reflektierten das Licht, als wären die Lampen angeschaltet worden.

Noch immer tat sich nichts. Es gab keinerlei Hinweise darauf, wo die Insassen des anderen Autos hingegangen sein konnten. Dann erst entdeckte sie den Eingang. In der Felswand neben dem Auto tat sich das schwarze Loch des Höhleneingangs auf, teilweise von einer niedrigen Decke versperrt. *Die Höhle von Northend.* Sie zögerte kurz. Dann, mit der Pistole über der Taschenlampe, rannte sie schnell zur Felswand hinüber.

Sie schlich sich zu dem Auto vor und leuchtete hinein. Es war leer. Sie leuchtete den Innenraum aus, sah aber nichts, das von Interesse gewesen wäre. Nur eine auf dem Rücksitz zusammengeknüllte Decke. Dann blickte sie auf. Der Höhleneingang vor ihr schien sie mit seinem abgrundtiefen Schwarz anzuziehen, noch dunkler als das Schwarz der Felswand. Sie ging hin und spähte hinein. Ihre Taschenlampe schickte einen gelben Strahl ins Innere. An manchen Stellen beleuchtete er die nasse Felswand, an anderen schien er die Finsternis nur noch dunkler zu machen. Unsicher, was sie als Nächstes tun sollte, zögerte sie. Dann hörte sie ein Geräusch, bei dem sie zusammenzuckte.

Zuerst verstand sie nicht, was es war. Das Geräusch schien aus dem Höhleneingang zu »knallen«, und ein leiseres Geräusch folgte. Dann wurde ihr klar, was es war: ein Schuss, abgedämpft von dem tonnenschweren Gestein, das auf der Höhle lastete. Sie lauschte und ihre Hand mit der Waffe zitterte jetzt ein wenig. Sie dachte einen Moment lang nach und konnte kaum glauben, dass sie sich wirklich in einer solchen Situation befand. Eine innere Stimme schrie ihr zu, nicht in die Höhle hineinzugehen. Kalte Angst packte sie. Und doch … Sie fühlte auch noch etwas anderes. Einen Anfall von – Euphorie? Pflichtgefühl? Irgendwo dort in der Finsternis der Höhle ging etwas Schreckliches vor sich. Und diesmal war sie kein hilfloser Teenager, der nachts die Straßen von Miami absuchte und zu spät kam, um ihrer besten Freundin zu helfen. Sie hatte Angst, aber sie schob sie weg.

Sie drehte sich um und schwenkte das Licht noch einmal über den Strand, in der Hoffnung, dass Rogers oder Langley und seine Männer zu ihr unterwegs waren. Aber da war niemand. Sie war auf sich allein gestellt. Nachdem sie zweimal tief durchgeatmet hatte, trat sie vorsichtig in die Dunkelheit.

Mit der Hand schirmte sie den Strahl ihrer Taschenlampe so ab, dass sie gerade genug Licht hatte, um vorsichtig in die Höhle zu gehen. Der Boden bestand aus unregelmäßigem Felsgestein, und manche Stellen waren mit Meerwasser gefüllte Tümpel. Das Wasser war so klar und still, dass es fast unmöglich war zu erkennen, ob sich überhaupt Wasser darin befand. Sie trat in eine der Pfützen, woraufhin ihre Schuhe völlig durchnässt wurden. Das Wasser war kalt, aber sie ging weiter. Auch die Wände waren nass. Ihre Lampe ließ die Farben der im Gestein gelösten Mineralien leuchten. Von der niedrigen Decke fielen Wassertropfen auf sie herab. Sie fröstelte. Dann blieb sie stehen und lauschte. Aus dem Inneren der Höhle hörte sie etwas, aber es war schwer auszumachen, was es war. Das einzige andere Geräusch war ihr Atem, der sich beängstigend laut anhörte. Sie ging weiter, immer tiefer in die Höhle hinein.

Als sie vielleicht fünfzig Meter vorgedrungen war, wurde das Geräusch deutlicher. Die Stimme einer Frau, die erst redete, dann lachte, dann wieder redete. West blieb stehen und lauschte.

»*Also, wie willst du denn abtreten, Billy? Eine schöne Tasse heißen Kakao, oder sollen wir einfach Nägel mit Köpfen machen?*«

West schaltete leise ihre Taschenlampe aus und versuchte in der Dunkelheit herauszufinden, aus welcher Richtung die Worte kamen. Sie hatte gesehen, dass die Höhle sich weiter hinten zu verengen schien, und da ihre Lampe jetzt ausgeschaltet war, sah sie nun den Lichtschein vor sich. West befand sich nun in einer Art Tunnel und war an einer Biegung angekommen. Ein unheimliches Glühen schimmerte dahinter hervor, dessen Intensität sich immer wieder veränderte, das zu flackern schien. Es war hell genug, dass sie sich weiter anschleichen konnte. Zur Orientierung hielt sie immer eine Hand an der schleimigen Wand. Inzwischen konnte sie die Stimmen deutlich vernehmen.

»*Komm schon, Billy. Die Zeit läuft ab. Ich will dich nicht erschießen. Nicht nach allem, was wir zusammen durchgemacht haben. Aber ich muss es wohl tun. Danach lege ich deinem Dad die Pistole in die Hand, und so werdet ihr später irgendwann gefunden. Dann sieht es so aus, als ob er dich erschossen hätte. Deine Fingerabdrücke bringe ich auch darauf an, sodass man annehmen wird, dass du noch irgendwie auf ihn schießen konntest, bevor er dich erledigt hat. Du wirst ein Held sein, Billy. Sollen wir das so machen? Damit du ein Held sein kannst?*«

In der Höhle blieb es einen Moment lang still. Niemand antwortete der Frau.

»*Natürlich wirst du nicht Billy der Held sein, denn du bist ja gar nicht Billy. Wusstest du das eigentlich? Kennst du überhaupt deinen richtigen Namen? Ich kann ihn dir verraten, wenn du willst. Wir haben gerade noch genug Zeit für diese Geschichte. Willst du sie hören, Billy?*«

Die Frau blieb kurz still. Dann hörte West sie lachen. Es hallte in der Höhle wider.

»*Du heißt Ben. Ben. Hat dein Dad dir das je erzählt? Hat er dich je aus Versehen so genannt? Früher vielleicht mal. Da warst du wohl noch zu jung, um dich daran zu erinnern.*« Eine kurze Pause entstand.

»Du weißt nicht mal, warum du überhaupt hier bist, oder? Du hast keine Ahnung, worum es hier wirklich geht. Das ist schade. Schade, dass du sterben musst.«

Während die Frau weiterredete, schlich West sich direkt bis zur Biegung im Tunnel vor und hoffte, dass sie dabei keine Steinchen lostrat, die ihre Anwesenheit verraten würden.

»Willst du es wissen? Bevor du abtrittst? Ich habe noch ein paar Minuten Zeit, Billy, aber mehr nicht. Ich finde, du hast es verdient, die Wahrheit zu erfahren. Nach allem, was wir durchgemacht haben. Als du geboren wurdest, Billy. Als du noch Ben warst, da hattest du eine Schwester. Eine Zwillingsschwester. Erinnerst du dich daran? Erinnerst du dich an sie?« Noch eine Pause.

»Nein? Tja, dein Dad hat sie umgebracht. Darum geht es hier. Er ist verrückt geworden. Er hat deine Schwester ermordet. Er hat sie ertränkt. Und er war gerade dabei, auch dich zu ertränken, als er erwischt wurde. Die Nachrichten sind voll davon, wenn er dich die bloß hätte schauen lassen. Deshalb seid ihr damals hergekommen. Nach Lornea Island. Dein Dad wollte dem Gesetz entkommen.«

West drückte sich flach gegen die Felswand. Sie hielt die Luft an und riskierte einen Blick um den Felsen. Eine bizarre Szene bot sich ihr. Der letzte Abschnitt der Höhle war von flackernden Kerzen erhellt, die den Raum in ein unheimliches Licht tauchten. In der Mitte stand eine Frau mit einer Pistole, die wüste Schatten an die Felswände warf. Sie hatte die Pistole auf eine Gestalt am Boden gerichtet. Es dauerte einen Moment, bis West erkannte, was es war, aber dann sah sie ein paar Augen. Es war der Junge, Billy Wheatley, und noch jemand – eine erwachsene Person, die zusammengesackt an der Wand lehnte.

»Das war nicht Dad.« Die Stimme war so leise, dass West sie fast nicht hören konnte.

»Was?«, antwortete die Frau.

»Das war nicht Dad.«

Es schien, als hätte die Frau Billy nicht gehört, denn sie redete einfach weiter.

»Dein Dad ist ein Mörder, Billy, ein Mörder, genau wie ich ...«

»Das war nicht Dad, der Eva was getan hat.«

Die Frau brach ab.

»Das hat er dir also erzählt, ja? Mir hat er nämlich genau denselben Mist erzählt. Er hat gesagt, das Ganze wäre ihm angehängt worden. Dass deine Mutter es getan hätte. Dass sie eine Wochenbettdepression hatte oder irgend so eine idiotische Ausrede. Er hat versucht, sich herauszureden. Dass es der Familie deiner Mutter peinlich gewesen wäre und sie keinen Arzt sehen durfte ...«

»Ich habe gesagt, Dad war das nicht. Ich erinnere mich daran. Es war Mom. Ich erinnere mich an alles.«

In der Höhle entstand eine Stille, die nur von den irgendwo von der Decke fallenden Wassertropfen unterbrochen wurde. Erneut hielt West die Luft an.

»Das ist eine Lüge.« Die Stimme der Frau gellte nun wütend durch die Höhle. *»Du warst zu jung, um dich erinnern zu können. Du behauptest das jetzt bloß, weil er dir gesagt hat, dass du das sagen sollst …«*

»Das ist keine Lüge. Er hat niemanden umgebracht.« Die Stimme des Jungen war jetzt deutlicher. Trotzig. *»Es war Mom. Sie hat dabei gesungen, als sie es tat. Sie war schon den ganzen Tag lang am Singen gewesen. Dieses Kinderlied,* Ruder dein Boot. *Bloß hat sie es falsch gesungen. Sie hat es so gesungen.«*

Der Junge fing mit brüchiger Stimme an zu singen:

»Ruder, ruder, ruder dein Boot,
sanft hinab den Fluss,
ertränk die Babys in dem See,
das Leben ist ein Genuss.

Wir haben am See gepicknickt und Mom hat einfach nicht aufgehört zu singen, obwohl sie Eva damit zum Weinen gebracht hat. Und dann hat sie sie auf den Arm genommen und ist ins Wasser gegangen. Eva hat geschrien und gezappelt, aber Mom hat einfach weitergesungen und dabei gelächelt. Und dann hat sie Eva unter Wasser gedrückt. Ich war in meinem Sitz festgeschnallt. Ich konnte mich nicht bewegen. Und dann tauchte Dad auf, mit Onkel Paul. Sie stoppten sie, aber für Eva war es zu spät.«

Alle waren einen Moment lang still.

»Dad ist kein Mörder. Er ist ein guter Mensch. Du bist eine Mörderin. Du bist böse.«

»Halt die Klappe.«

Wieder war es still, dann fuhr die Frau fort.

»Schau an, schau an. Vielleicht hat der arme alte Sam ja doch die Wahrheit gesagt. Er hat mir erzählt, die Familie deiner Mutter hätte gewusst, dass ihre Tat den Ruf der Familie ruiniert hätte. Deshalb hätten sie ihm die Schuld in die Schuhe geschoben. Er hat gesagt, sie hätten Freunde bei der Polizei gehabt. Kontakte. Macht. Sie alle hätten sich gegen ihn verbündet. Er hätte keine Chance gehabt.

Aber das ändert alles nichts, Billy. Das weißt du doch, oder? Das ganze Land hält Sam für einen brutalen Mörder. Wenn sie ihn hier finden, mit deiner Leiche und der von Olivia Curran, die in der Ecke liegt und verrottet … Dann können sie nur eine Schlussfolgerung ziehen. Ich würde dir gern etwas anderes sagen. Ich würde dir gerne sagen, dass ich den guten Ruf deines Vaters für dich wiederherstellen werde, aber das geht nicht. Das passt einfach nicht in den Plan, verstehst du. Den einzig möglichen Plan, seit der Idiot Sam an meine Haustür geklopft hat. Es tut mir leid, Billy. Nimm es nicht persönlich, aber wir müssen jetzt wieder zur Sache kommen. Die Flut kommt, Billy. Und zwar schnell. Es ist Zeit.«

Wests Herz schlug immer schneller. Sie holte tief Luft.

»Nein? Nichts? Du hast nichts mehr zu sagen? Nach allem, was wir durchgemacht haben? Da bin ich fast ein bisschen enttäuscht. Dann also Adieu, Billy. Vielleicht sehen wir uns im nächsten Leben.«

Die Frau streckte den Arm aus und zielte mit der Pistole auf den Jungen. Aber West bewegte sich bereits. Auch sie richtete ihre Pistole aus, und mit der anderen Hand schaltete sie die Taschenlampe an, die einen kräftigen Lichtstrahl auf die Frau warf.

»Polizei! Wir sind bewaffnet! Waffe runter!«, schrie West mit einer Stimme, die sogar sie selbst angsteinflößend fand. Aber es rauschte so viel Adrenalin durch ihre Adern, dass sie kaum Kontrolle über ihre Gliedmaßen hatte. Sie duckte sich automatisch in eine niedrigere Schussposition, aber dabei rutschte ihr Fuß auf den schleimigen Felsen unter ihr weg. Für den Bruchteil einer Sekunde kämpfte sie um ihr Gleichgewicht, erkannte aber entsetzt, dass es zu spät war. Ihr Fuß flutschte nach vorne weg, und sie schlug mit dem Rücken auf dem harten Felsboden auf. Der Lichtkegel ihrer Taschenlampe torkelte wie betrunken zur Decke der Höhle und erlosch. Sie verlor die Frau aus dem Blick.

Irgendwo vor West blitzte ein rötlich-orangefarbenes Licht auf, und dann explodierte ein ohrenbetäubender Lärm in der Höhle. West zischten Kugeln und Felssplitter um die Ohren. Irgendetwas traf ihre Schulter. Es tat nicht weh, fühlte sich aber massiv an und warf sie wieder zu Boden. Die Wucht des Stoßes schlug ihr die Pistole aus der Hand, ihre Taschenlampe flog hoch und traf sie im Gesicht. Weitere Schüsse folgten. Mehr Lärm. Ein Schrei.

West wusste sofort, dass sie verletzt war. Der Schmerz packte sie jetzt in Wellen, eine heftiger als die andere. Immer noch lag sie rücklings auf dem nassen Boden. Sie schnappte nach Luft, fühlte den Schock einsetzen, wusste aber auch, dass die nächsten paar Sekunden ihre letzten sein würden, wenn sie nichts unternahm. Dabei war sie durch das Überraschungsmoment doch so im Vorteil gewesen … Den Schmerz ignorierend tastete sie verzweifelt nach ihrer Pistole, patschte blind in die Wasserpfützen, ihre Augen noch immer geblendet von den Blitzen der Explosionen. Unbewusst hatte sie registriert, in welche Richtung ihre Pistole geflogen war, und mit einem hörbaren Seufzer der Erleichterung fühlte sie schließlich die Waffe. Sie zog sie heran, hielt sie mit beiden Händen fest und zielte wild in die Finsternis. Dann fuhr sie herum und richtete sich auf, während ihre Augen sich langsam wieder an das schummrige Kerzenlicht gewöhnten. Sie sah dorthin, wo der Junge gehockt hatte. Er war nicht mehr da. Die Frau auch nicht.

Und dann sah sie noch etwas. Oder vielmehr spürte sie es. Einen Schatten, eine Gestalt in der Finsternis hinter ihr. Sie wollte sich umdrehen, ihre Pistole hochreißen, aber sie wusste, dass sie zu langsam war. Dann hörte sie ein Geräusch – merkwürdig zunächst, als sie es wie in Zeitlupe wahrnahm. West hatte das Gefühl, sie könnte sich noch überlegen, womit die Frau auf sie einschlug – mit einem Stein? Ihrer Pistole? Wie würde es sich anfühlen, wenn es ihren Kopf traf? Aber sie hatte keine Zeit. Keine Zeit, auszuweichen, keine Zeit, ihre Pistole hochzureißen, und noch viel weniger, sie abzufeuern. Etwas Hartes krachte seitlich gegen ihren Kopf und riss ihn nach hinten. Mit brachialer Gewalt erschütterte der Schlag ihr Gehirn, dann gaben ihre Beine nach und sie war der einsetzenden Bewusstlosigkeit hilflos ausgeliefert.

FÜNFUNDSIEBZIG

ALS SIE WIEDER ZU sich kam, sah West einen kleinen Lichtschein. Es dauerte einen Moment, bis sie begriff, was das war: eine Kerze, die einen Spalt in der Felswand erleuchtete. Umgeben von Finsternis. Ihr Kopf pochte vor Schmerz von der Anstrengung, und als sie versuchte, sich zu bewegen, jagten stechende Schmerzen durch ihre Schulter. Sie schrie auf, und ihre Rufe hallten in der Dunkelheit von den Wänden wider. Sie ließ ihren Kopf zurück auf den Felsboden sinken und lag laut keuchend da. Ihr war klar, wo sie sich befand, aber irgendetwas kam ihr anders vor. Was das genau war, wusste sie aber nicht.

Dann war da wieder ein Geräusch. Ein grelles Licht schien ihr ins Gesicht. Sie schrie erneut auf und kniff die Augen zusammen. Den unverletzten Arm riss sie hoch vors Gesicht. Weiter konnte sie nichts tun, es gab keine Möglichkeit zu entkommen. In ihrem Kopf entstanden Bilder davon, wie sie aussehen musste. Verletzt auf dem Boden liegend. Über ihr die Frau mit der Pistole, die sie mit der Taschenlampe blendete. Ihr Finger am Abzug, der Blick leer. West hätte kaum Zeit, nach Luft zu schnappen, bevor die Kugel sie träfe. Sie spürte fast schon, wie sie ihre als Schutz völlig untaugliche Hand durchschlug, bevor sie sich ihr ins Gesicht bohrte.

»Sind Sie okay?«, fragte eine leise Stimme. Sie klang völlig fehl am Platz. Gar nicht bedrohlich. West schaffte es, ihre Panik zu unterdrücken.

»Wer ist da?«, ächzte sie einen Moment später, während sie versuchte, die Taschenlampe von ihrem Gesicht wegzuschieben.

»Billy«, antwortete die Stimme. »Ich dachte, Sie wären tot.«

West hatte Mühe, die wild auf sie einprasselnden Informationen zu sortieren. Dann besann sie sich auf ihre Ausbildung. An spezielle Sätze und Übungen, die dafür gedacht waren, sich auf das Wesentliche zu konzentrieren und weniger wichtige Details auszublenden.

»Billy, das Licht. Leuchte mir damit nicht in die Augen«, sagte sie, und als er den Lichtkegel senkte, fuhr sie fort. »Die Frau mit der Pistole. Wo ist sie?«

»Emily? Sie ist weg.«

»Weg? Wohin? Wo ist sie hingegangen?«

»Das weiß ich nicht. Sie ist einfach weg.«

»Wann? Wie lange ist das her? Wie lange war ich bewusstlos?«

»Das weiß ich auch nicht. Nicht lange. Eine halbe Stunde vielleicht? Ein bisschen mehr.« Die Stimme des Jungen war leise und ruhig, aber todtraurig.

»Bist du verletzt?«, fragte West und versuchte sich aufzusetzen. Der Schmerz in ihrer Schulter setzte wieder ein, war aber jetzt erträglicher. »Hat sie dir etwas getan?«

»Nein. Ich hatte mich versteckt. Als sie anfing zu schießen, habe ich mich hinter einem Felsen versteckt. Da hinten irgendwo.« Der Junge zeigte mit seiner Taschenlampe ins Dämmerlicht, aber der Strahl hörte dort auf, wo es um die Ecke ging. »Sie hat nach mir gesucht. Und sie war dabei wirklich wütend. Aber sie konnte nicht lange bleiben, wegen der Flut.«

Wests professionelle Wahrnehmung als Polizistin überhäufte sie immer noch mit Informationen. Mit Optionen. Dem Bedürfnis, die Lage, in der sie sich befand, zu analysieren und zu sichern.

»Der Mann auf dem Boden. Dein Dad? Wo ist er? Ist er …« Sie stockte. Wollte das Wort *tot* nicht aussprechen.

»Er ist da drüben. Sie hat auf ihn geschossen.« In der Dunkelheit der Höhle klang die Stimme des Jungen winzig. West erinnerte sich an das Geräusch, das sie anfangs in die Höhle gezogen hatte. Den Schuss. Das schien jetzt eine Ewigkeit her gewesen zu sein.

West musste sich anstrengen, um sich zu konzentrieren. Jamie Stone war tot. Keine Priorität. Was also war jetzt wichtig? Wo sich die Frau befand. Sie stellte eine Gefahr dar. Sie war bewaffnet. Eine Mörderin, die gerade zugeschlagen hatte.

»Wo ist sie hingegangen?«, fragte sie. »Wo ist Emily hin?«

»Zum Schiff wahrscheinlich. Sie musste vor der Flut hier raus. Wenn man nicht rechtzeitig rauskommt, steckt man hier fest. So wie wir jetzt.«

Endlich verstand West. »Die Flut?« Sie erinnerte sich, dass die Wellen draußen vor der Höhle schon bis zu den Reifen des anderen Autos

geschwappt waren. »Wir müssen hier weg. Wir müssen sofort hier raus.«
Sie kämpfte, um sich weiter aufzurichten, und verzog das Gesicht, als ihre
Schulter unter ihr nachgab.

»Wir sind schon abgeschnitten«, sagte der Junge mit unbeteiligter
Stimme und ohne jede Dringlichkeit. »Das Meer strömt schon in die
Höhle. Ich habe nachgeschaut.«

Das war es also, was sich so anders anfühlte. Die Geräusche – von den
Wellen, die draußen vor der Höhle auf die Felsen krachten – waren jetzt
anders als zuvor. Lauter. Und dann war da noch das Rauschen von Wasser
in der Höhle. Als sie sich umschaute, fiel ihr auf, dass der Boden nasser
war. Jetzt waren da nicht mehr nur Pfützen mit stehendem Wasser,
sondern auch fließendes Wasser. West rappelte sich auf die Knie auf, und
wieder schossen Schmerzen durch ihre Schulter, noch heftiger als zuvor.
Sie schnappte nach Luft und gab einen hässlichen, schmerzerfüllten Laut
von sich.

»Müssen Sie auch sterben?«, fragte der Junge jetzt, und in seiner
Stimme lag abgrundtiefe Trauer. »Lassen Sie mich hier allein?«

West stand mühsam auf. Während sie sich hochstemmte, sah sie Stern-
chen, so schlimm war der Schmerz, aber sie biss die Zähne zusammen, bis
sie aufrecht stand und er wieder nachließ.

»Nein, ich muss nicht sterben. Und du auch nicht. Wir finden schon
einen Weg hier raus.« West ging ein paar Schritte weiter in die Höhle
hinein und schaute sich in der von einer einzigen verbliebenen Kerze in
Dämmerlicht getauchten Kammer um. Der Junge folgte ihr.

»Es gibt keinen anderen Ausweg. Deswegen hat sie uns hierherge-
bracht. Sie hat uns erzählt, dass wir uns hier verstecken könnten, bis sie
uns auf das Schiff bringt, aber das war eine Lüge. Ich hatte gestern schon
Zweifel, aber sicher war ich mir nicht. Alles war so verwirrend. Ich wusste
nicht, was ich machen sollte. Und als wir hierherkamen, hat sie uns alles
erzählt. Als ob sie stolz darauf wäre. Und dann hat sie auf Dad geschossen, weil er das Gift nicht trinken wollte. In der Thermoskanne mit Kaffee.
Und ich wollte es nicht trinken, weil ich Kaffee nicht mag und der heiße
Kakao alt war …«

West versuchte sich im Redeschwall des Jungen auf das zu konzentrieren, was jetzt wichtig war.

»Warten. Dann warten wir eben hier. Wir bleiben hier, bis das Wasser
wieder abzieht.« Aber als sie diese Worte sagte, war West sich nicht einmal
sicher, ob sie das überhaupt schaffen würde. Ihre Schulter fühlte sich kalt
an, nicht zu gebrauchen. Sie wusste immer noch nicht, ob die Wunde von
einem direkten Schuss oder einem Querschläger kam. Und jetzt, da sie

aufrecht stand, pochte ihr Kopf von dem Schlag, den sie abbekommen hatte. Und sie hatte keine Ahnung, ob sie Blut verlor oder nicht.

»Das geht nicht«, sagte Billy. »Hier sitzen die Entenmuscheln sogar an der Decke der Höhle. Schauen Sie.«

West antwortete nicht, aber ihr Blick folgte dem Strahl von Billys Taschenlampe an die Höhlendecke. Er hatte recht. An den Wänden waren verschiedene Abstufungen erkennbar, verschiedene Zonen, die von unterschiedlichen Lebewesen besiedelt wurden. Und ein paar Muscheln klammerten sich sogar an die höchsten Stellen der Decke. Während Billy mit seiner Lampe in der Höhle umherleuchtete, entdeckte West ihre Taschenlampe und bückte sich, um sie aufzuheben. Mit zwei Lichtkegeln wirkte die Höhle etwas weniger furchteinflößend und die Dunkelheit weniger bedrückend. Aber was sie anleuchteten, war bedrohlicher als alles andere. Hinter ihnen strömte das Meer tosend durch den Höhleneingang ein und aus. Der Boden war ein Fluss aus Meerwasser. West drehte dem Wasser einen Moment lang den Rücken zu, als würde das ihre Lage besser machen. Die gekrümmte Gestalt von Sam Wheatley lag an einer der letzten noch trockenen Stellen. Sie ging zu ihm hin.

»Das ist Dad. Sie hat ihn erschossen«, sagte Billy, der sich dicht bei ihr hielt. Er schien sich zu bemühen, seine Lampe nicht auf die am Boden liegende Gestalt zu richten, aber West leuchtete sie an. Sie erkannte den Mann fast nicht wieder, den sie zuletzt in ihrem Vernehmungsraum gesehen hatte. Sie ging in die Knie, hielt eine zitternde Hand an seinen Hals und tastete nach einem Puls. Sie hatte keine Hoffnung, hielt sich nur an das vorschriftsmäßige Vorgehen. Sie schloss die Augen, um sich besser konzentrieren zu können. Außer kalter, klammer Haut erwartete sie nicht, etwas zu spüren. Aber da war eine Bewegung, ein lebendiges Pochen.

»Er lebt, Billy. Dein Dad lebt«, sagte sie. Sogar in dieser Situation waren die Worte eine Erleichterung. West streckte den Arm aus und zog den Jungen an sich. Er widersetzte sich nicht und stand zitternd und schmächtig neben ihr. Dann senkte sie den Kopf und dachte nach. Der Wunsch nach mehr Zeit, um die Möglichkeiten abzuwägen und sich ein wenig auszuruhen, war so stark. Aber sie hörte das Tosen eines neuen Sets an Wellen, die sich in den Höhleneingang ergossen.

»Billy, wie tief war das Wasser am Eingang, als du nachgeschaut hast?«

»Weiß nicht … Da ist ein Fels, unter dem man sich durchducken muss. Und es steht schon höher als der, wir können also nicht mehr raus.«

West erinnerte sich: Da war eine niedrige Stelle gewesen, als sie in die Höhle hineingegangen war.

»Dann müssen wir *jetzt sofort* los. Wir müssen darunter durchtauchen und hinausschwimmen. Du kannst doch schwimmen, oder Billy? Ich wette, du bist ein richtig toller Schwimmer, oder? Wo du doch hier auf der Insel lebst?«

Billy antwortete zunächst nicht. Als er es schließlich tat, klang seine Stimme noch unsicherer und trauriger als zuvor.

»Ich kann nicht im Meer schwimmen.«

West konnte kaum glauben, was sie da hörte. Das war das Letzte, was sie jetzt gebrauchen konnte. Fieberhaft dachte sie nach. Billy war nicht sonderlich groß. Im offenen Wasser könnte sie ihn relativ leicht tragen. Wie schwierig konnte es sein, ihn durch den Höhleneingang zu ziehen?

»Ich führe dich. Vertrau mir einfach.«

»Und was ist mit Dad? Bitte lassen Sie ihn nicht hier liegen.« Er schluchzte jetzt.

Dann hörten sie ein Dröhnen. West ging davon aus, dass das die Wellen sein mussten, die in den Höhleneingang hineinkrachten. Wenn die Wellen immer noch am Eingang brachen, konnte das Wasser dort noch nicht sehr tief sein.

»Wir finden schon eine Lösung. Aber wir müssen *jetzt* los. Halte deine Lampe auf deinen Dad.« West legte ihre eigene Taschenlampe ab und zog ihr Oberteil aus. Sie schob es unter Stones Rücken durch und band es so fest um seinen Bauch, wie es mit ihrer verletzten Schulter möglich war. Sie nahm ihre Taschenlampe in den Mund und schob einen Arm unter die Achsel des Mannes. Dann zog sie. Fast sofort hörte sie wieder auf, denn die Schmerzen in ihrer Schulter waren zu stark. Aber sie schluckte sie herunter, versuchte es erneut und schaffte es immerhin, seine Position zu ändern. Zu ihrer Überraschung brachte er ein Stöhnen hervor. Er war bei Bewusstsein.

»Billy. Hilf mir«, sagte sie.

Die Tatsache, dass der Boden rutschig war und vom Meerwasser überflutet, war für sie Fluch und Segen zugleich. Nur so konnten sie Jamie Stone überhaupt bewegen, und selbst dann nur mit mehrmaligem Hinfallen. West ignorierte die Schmerzen in ihrer Schulter und versuchte es wieder und wieder. Der Junge half ihr, und gemeinsam schafften sie es, Stone aus dem hinteren Bereich der Höhle an eine breitere Stelle zu schleifen, an der West jetzt bis zu den Knien im Wasser stand. Hier wurde es einfacher. Obwohl sie immer wieder stolperten, trug das Wasser nun das Gewicht des Mannes, wodurch sie ihn schneller Richtung Eingang ziehen konnte.

Stone ließ sich jetzt leicht durchs Wasser bewegen. Die größere Herausforderung war, seinen Kopf über Wasser zu halten. Das Wasser wurde tiefer. Schon jetzt stand es West bis zur Hüfte. Billy war vor ihr und musste sich durch die bis an seine Brust reichenden Wogen kämpfen. Ihr war nicht klar, wie der Weg weiterging, und ihre Taschenlampe fuhr unkontrolliert über die Wände und Decke der Höhle.

»Zeig mir den Weg nach draußen, Billy. Zeig mir, wo ich hinmuss«, keuchte sie. Hinter dem Lichtschein hörte sie seinen schweren Atem. Wieder griff sie nach der Schulter seines Vaters und hob dessen Kopf aus dem Wasser. Diesmal spürte sie fast keinen Schmerz in ihrem Arm.

Ein Schwall Wasser rauschte in die Höhle. Billy leuchtete mit seiner Lampe vor sich und zeigte den Weg, aber der war nun blockiert. Einen anderen gab es nicht. Das Wasser vor ihnen war hier zu tief und die Decke zu niedrig. Billy blieb stehen. Er hielt die Taschenlampe über seinen Kopf und zielte mit dem Lichtkegel schräg nach unten, bis er auf dem sich bewegenden Wasser tanzte.

»Da geht's durch. Das ist der einzige Weg nach draußen, und der geht hier durch.«

West starrte auf das schwarze Wasser, das sich immer wieder hineindrückte und zurückzog. Es stand ihr jetzt bis zur Brust und dem Jungen fast bis zum Hals. Die starke Strömung jeder eindringenden und abfließenden Welle zerrte sie vor und zurück.

West dachte wieder daran, wie sie in die Höhle hineingegangen war, vor einer Stunde oder so. Die Decke war an einer Stelle sehr niedrig gewesen und sie hatte sich ducken müssen. Dort mussten sie gerade sein. Dieser niedrige Abschnitt war aber nicht sehr lang. Wenn sie nur unter der Verengung durchkämen, wären sie draußen. In Sicherheit. Sie mussten nur an dieser Engstelle vorbei – allerdings unter Wasser.

»Billy, wir müssen tauchen. Du musst die Luft anhalten.«

Der Junge rührte sich nicht.

»Billy, dir passiert schon nichts. Das schaffst du schon.«

»Nein, ich kann nicht.«

»Komm schon, Billy. Es sieht schlimmer aus, als es ist. Du musst nur eine kurze Strecke tauchen. Bitte, Billy.« West hörte die Verzweiflung in ihrer Stimme. Sie fragte sich, ob es möglich wäre, zuerst mit dem Mann hinauszuschwimmen und dann zurückzukommen, um Billy zu holen. Oder vielleicht sollte sie es andersherum machen. Aber egal wie sie es anstellte, immer würde einer der beiden allein zurückbleiben. Und würde sie denjenigen dann überhaupt wiederfinden?

»Billy, du musst da jetzt durch.« Aus irgendeinem Grund kam ihr eine Erinnerung aus ihrer Kindheit in den Sinn. Eine junge Version ihrer selbst, die erschöpft am flachen Ende des Pools stand, und ihr Vater, der ihr vom

Beckenrand aus zuschrie. *Nur noch eine Bahn. Los jetzt. Kein Aber.* Es war eine so lebhafte Erinnerung, dass sie sogar noch wusste, wie sich das warme Wasser aus der Schwimmbadpumpe angefühlt hatte. Mit einem Ruck kehrte sie in die Gegenwart zurück.

Sie bemerkte, dass sie nickte. Dann hörte sie Billys Stimme, lauter und deutlicher als zuvor.

»Dad war das alles nicht. Er hat nichts von alldem getan.«

West hatte schon fast vergessen, was Jamie Stone vorgeworfen wurde. Unter den Umständen, in denen sie ihn gefunden hatte, schien das völlig irrelevant.

»Ich weiß«, sagte sie.

»Nicht nur Olivia Curran. Auch alles andere, was die Leute sagen. Ich war dabei. Niemand weiß das, aber ich erinnere mich. Ich weiß das alles noch …«

»Billy, ich weiß. *Ich weiß.* Aber erzähl mir das alles draußen. Wir erzählen es allen, wenn wir erstmal hier raus sind. Aber du musst *jetzt* mitkommen. Du schaffst das. Duck dich einfach unter dem Vorsprung durch. Du musst gar nicht lange tauchen. Ich bin direkt hinter dir.«

Er schüttelte den Kopf, und seine Taschenlampe wackelte mit.

»Ich kann das nicht«, sagte er. Seine Lampe rutschte ein paar Zentimeter unter das Wasser und ließ es nicht mehr schwarz, sondern tiefgrün erscheinen. Es sah fast schön aus.

»Billy, du musst da jetzt einfach durch. Tu es für deinen Dad«, sagte West.

SECHSUNDSIEBZIG

DER JUNGE SCHWANKTE in der Dunkelheit, die Wogen reichten ihm jetzt bis zum Mund, sodass er prustend und spuckend im Wasser stand. Wieder schüttelte er den Kopf.

»Nein, ich kann das nicht.«

West wurde langsam ungeduldig und unterdrückte das Bedürfnis, ihn anzuschreien. Mit jedem Moment, den sie warteten, wurde das Wasser tiefer, die Strecke, die sie tauchen mussten, länger und die Strömung, gegen die sie ankämpfen mussten, stärker.

»Billy. Ich kann dir helfen. Ich kann dir dabei helfen, da durchzuschwimmen. Aber tun musst du es selbst.«

»Nein.«

»Billy, entweder du schwimmst da jetzt durch und bleibst am Leben, oder du bleibst in der Höhle und stirbst.«

Wests Taschenlampe spielte auf Billys Gesicht, das er gequält verzog. Aber diesmal nickte er. Sie beobachtete ihn weiter, wie er so dastand, nach Atem rang und schließlich noch einmal nickte. Dann holte er tief Luft und tauchte unter.

Einen Moment lang war West von seinem plötzlichen Abtauchen so überrascht, dass sie noch gar nicht bereit war, ihm zu folgen. Der Lichtkegel von Billys Taschenlampe glitt unter Wasser in Richtung Felswand. Als er mit zunehmender Entfernung immer schwächer wurde, bekam sie fast Angst. Abrupt setzte sie sich in Bewegung. Sie legte ihre Hand über

Stones Gesicht und holte dann selbst tief Luft. Sie tauchte ab und schwamm mit weit geöffneten Augen, um dem Licht folgen zu können.

Unter Wasser war der Lärm unerträglich, ein konstantes Dröhnen, und sie konnte fast nichts sehen – nur den Schimmer von Billys Taschenlampe vor ihr. West schaffte es nicht, tief genug zu tauchen, und so spürte sie, wie sie mit dem Rücken und einem Arm an der Felsdecke entlangkratzte. Sie spürte auch, wie der leblose Mann sich an der Decke verfing. Aber sie schwamm weiter, kämpfte um jeden Zentimeter gegen die Strömung des Wassers. Dann brach eine weitere Welle herein und es wurde dunkel. Sie kam nicht mehr gegen die immer stärker werdende Wucht des Wassers an. Unsicher, in welche Richtung sie sich vorankämpfen sollte, bekam sie Angst. Doch dann sah sie Billys Licht wieder. Sie quälte sich darauf zu, aber die Luft in ihren Lungen wurde immer knapper. Nur keine Panik, redete West sich zu. Sie konnte zwei Längen eines 50-Meter-Beckens unter Wasser zurücklegen, dafür hatte ihr Vater schon gesorgt. Aber das hier war anders, viel schwieriger, als sie es sich vorgestellt hatte. Sie schlug mit dem Kopf gegen die Wand, konnte sich aber gerade noch davon abhalten, aufzuschreien. Trotzdem verlor sie ein wenig Luft. Und dann verschwand Billys Licht plötzlich. Eine unkontrollierbare Panik überkam sie, die das Brennen in ihren Lungen fast unerträglich machte. Doch dann wurde die Gegenströmung mit einem Mal schwächer. Die Kraft der Wellen ließ nach. Billy musste es nach draußen geschafft haben und sie konnte es auch nicht mehr weit haben. Mit einer allerletzten Anstrengung arbeitete sie sich Zentimeter um Zentimeter voran, immer noch Stone hinter sich herziehend. Und dann tauchte sie wieder auf. Nur für eine Sekunde. Sie konnte gerade noch nach Luft schnappen, bevor eine weitere Welle über sie hereinbrach. Aber dieser kurze Atemzug reichte aus, um ihr neue Lebenskraft zu verleihen, und sie schwamm mit kräftigen Zügen los. Über ihr war keine Höhlendecke mehr. Sie sah den Mond, der tief am Himmel stand und nichts von dem Drama ahnte, das sich in seinem Schein abspielte.

»Billy«, rief sie, während sie von der Felswand wegschwamm und sich umsah. Ihre Füße berührten den Grund, es war fester Sand. Sie schaute zur schwarzen Klippe zurück. Nach der Finsternis in der Höhle fühlte sich die Nacht fast taghell an. Sofort fielen ihr Lichter auf, sowohl oben auf der Klippe als auch auf dem Meer. Boote. Über ihr dröhnte es laut. Ein Hubschrauber.

Die meisten der Lichter reihten sich am Fuß der Klippen auf dem winzigen Streifen Strand entlang, der noch übrig war. Da waren Menschen, erkennbar an ihren Taschenlampen. Als sie auf sie zuschwamm, bekam Stone krampfartige Zuckungen. Sie wusste, dass sie ihn aus dem Wasser schaffen musste. Sie löste den Griff, mit dem sie seine Nase und seinen Mund vor dem Wasser geschützt hatte, und kämpfte sich durch die Wellen. Dabei wünschte sie sich verzweifelt, dass die Suchtrupps am Strand sie entdecken würden. Sie rief nach ihnen, aber jedes Mal bekam sie einen Schwall Wasser in den Mund. Ihre Schulter pulsierte vor Schmerzen von der Anstrengung, Stone über Wasser zu halten.

»Da!«

Ein Scheinwerfer vom Strand erfasste sie. Eine Gestalt watete ins Wasser. Kurz darauf spürte sie Rogers' Arme um sich. Sie stützte sich auf ihn. Was auch immer er sagte, sie war zu müde, um überhaupt zuzuhören. Zu erschöpft, um sich zu konzentrieren.

»Jess, geht's dir gut? … Ich brauche Hilfe hier!«

Irgendwie schaffte sie es zu nicken.

»Um Himmels willen«, murmelte Rogers. Er zog sie zum Strand hin, während ihm andere zu Hilfe eilten.

»Wir haben sie erwischt«, sagte Rogers. »Emily Franklin. Wir haben ein Auto über den Strand rasen sehen. Und als wir es anhalten wollten, hat sie das Feuer eröffnet. Aber wir haben sie geschnappt.«

Sie nickte wieder.

»Lebt er noch?« Rogers half nun mit, Stone weiterzuziehen. Sie waren fast am Strand angekommen.

»Ich glaube schon«, sagte West, und dann wurde deutlicher, was am Strand vor sich ging. Männer mit Taschenlampen, schockierte Gesichter. »Wo ist der Junge? Wo ist Billy?«

Rogers zögerte. Er schüttelte den Kopf. »Er ist nicht bei uns.«

West blieb stehen. »Was? Er ist nicht rausgekommen? Er war doch vor mir.«

Rogers zögerte wieder, und West gab einen gequälten Laut von sich. Sie drehte sich um und schaute sich verzweifelt auf dem dunklen, brodelnden Meer um. Als sie bemerkte, dass sie immer noch Jamie Stone festhielt, schob sie ihn zu Rogers hin.

»Hier. Nimm du ihn und bring ihn an Land. Ich gehe noch mal rein und suche nach dem Jungen.«

»Nein, es ist zu spät«, begann Rogers, aber sie hörte ihn nicht mehr.

Sie sprang wieder ins schwarze Wasser und schwamm in Richtung Höhleneingang.

SIEBENUNDSIEBZIG

ALS WEST wieder zu sich kam, fand sie sich in einem Krankenhauszimmer wieder. Ihre Schulter war dick einbandagiert und mit einer von der Decke hängenden Galgenvorrichtung fixiert. Ein EKG-Gerät neben ihrem Bett zeichnete mit einem sanften, rhythmischen Piepton ihre Herzfrequenz auf. An der Wand vor ihr lief ein stumm geschalteter Fernseher und durchs Fenster hatte sie einen Ausblick auf eine Stadt. Sie wusste aber nicht, welche es war. Am Fußende ihres Bettes saß Detective Rogers schlafend in einem Sessel. Er hatte sich einen kleinen Plastikstuhl herangezogen, auf dem seine Füße lagen, und sich mit einer leichten blauen Decke zugedeckt.

»Hey«, sagte West, aber ihre Stimme war zu schwach, um ihn zu wecken. Kurz überlegte sie, lauter zu rufen, aber ihr tat der Hals weh. Und sie wusste ja auch nicht, wie lange er schon keinen Schlaf mehr bekommen hatte. Sie hatte keine Ahnung, wie lange sie schon hier war oder wie sie hergekommen war. Also sollte sie ihn wohl lieber schlafen lassen. Auf der Suche nach Antworten griff sie nach der Fernbedienung für den Fernseher, die auf dem Schränkchen neben ihrem Bett lag. Sie versuchte, die Lautstärke höher zu drehen, aber die Batterien waren wohl leer. Stattdessen warf sie also die Fernbedienung auf Rogers. Sie landete auf seiner Brust und klackerte dann zu Boden.

»Hey«, sagte sie wieder.

Rogers wachte mit einem Ruck auf. Dann rieb er sich das Gesicht und gähnte laut. Er schaute sich verwirrt blinzelnd um.

»Wie viel Uhr ist es?«, wollte er wissen.

»Keine Ahnung. Welcher Tag ist heute?«

Rogers schob mit dem Fuß den kleinen Stuhl weg und richtete sich in seinem Sessel auf. Er trug Jeans und ein Sweatshirt, das sie nicht kannte. Beides passte ihm nicht richtig.

»Wie fühlst du dich?«

West überlegte einen Moment lang. »Angeschlagen. Meine Schulter tut weh. Wo ist der Junge?«

Rogers zögerte, die Stirn in Falten gelegt. »Erinnerst du dich nicht?«

»Woran?« West beschlich ein Gefühl des Grauens. »Ist er tot?«

Rogers' Gesichtsausdruck änderte sich. Sein sorgenvoller Blick wechselte zu amüsierter Ungläubigkeit.

»Nein, ganz im Gegenteil. Er rennt auf der Wache herum und erzählt Langley, wie er den Fall zum Abschluss bringen soll. Niemand kriegt ihn dazu, einfach mal den Mund zu halten.«

Jetzt war es West, die die Stirn runzelte, weil sie Mühe hatte sich zu erinnern. »Was ist passiert?«

»Kannst du dich wirklich nicht erinnern?«

Ein paar Bruchstücke kamen ihr wieder in den Sinn. Sie erinnerte sich daran, wie wild sie unter Wasser mit den Armen gerudert hatte, diesmal befreit von der Last, Stone durchs Wasser mitzuschleppen. Wie sie die enormen Schmerzen in ihrer Schulter ignoriert hatte.

»Während du den ganzen Weg aus der Höhle ohne Unterbrechung geschwommen bist, ist der Junge nur bis zur Hälfte gekommen. Dort hat er in einer kleinen Luftkammer angehalten«, erzählte Rogers, aber jetzt kam auch Wests Erinnerung zurück. Sie war zu schnell geschwommen und hatte sich nicht die Zeit genommen, richtig Luft zu holen. In der Höhle hatten sich dann ihre Muskeln verkrampft und ihr war die Luft ausgegangen. Der Drang aufzutauchen war nicht mehr zu beherrschen gewesen, aber anstatt an die Oberfläche zu kommen und kühle Luft einzuatmen, war sie nur auf schwarzen Fels gestoßen. Bis zuletzt hatte sie gekämpft und sich vorangetastet – aber nicht mehr, um noch nach dem Jungen zu suchen, sondern in einem verzweifelten letzten Versuch, kein Salzwasser einzuatmen, während sie spürte, wie ihre Kräfte sie verließen. Und plötzlich war da die Luftkammer gewesen. Das Licht des Jungen. Sein verängstigtes Gesicht. Und dann – nichts mehr.

»Er hat dich rausgezogen. Weiß Gott wie er das geschafft hat. Ich bin dort noch mal hin und habe mir das angeschaut. Es ist wirklich kein langes Stück, aber Mannomann. Da durchzuschwimmen in eiskaltem Wasser. Im Dunkeln. Mein lieber Scholli. Der Kleine ist wirklich ein echter Held.«

Rogers schaute sie ernst an.

»Und du bist auch eine Heldin, Detective. Du auch.«

»Was ist mit Stone. Hat er es geschafft?«, fragte West ein paar Augenblicke später.

»Er wurde gestern Abend noch operiert. Die Kugel hat Gott sei Dank keine lebenswichtigen Organe verletzt. Aber er hat viel Blut verloren.« Rogers zuckte mit den Achseln. »Die Ärzte meinen, er wird es schaffen.«

West atmete ein paarmal durch, wobei ihr immer noch der Hals wehtat. »Und was ist mit Emily Franklin?«

»Wir haben sie. Langley vernimmt sie gerade.«

»Ich habe gesehen, wie sie dem Jungen angedroht hat, ihn zu erschießen. Sie hat versucht, Stone den Mord an Curran anzuhängen. Sie wollte es wie Mord mit anschließendem Selbstmord aussehen lassen.«

»Das wissen wir. Der Junge hat uns alles erzählt. Es fehlen zwar hier und da noch ein paar Puzzleteile, aber es sieht ganz so aus, als hätte sie die Beziehung mit Stone nur vorgetäuscht, um zu verschleiern, dass sie Curran umgebracht hatte. Und der arme Trottel hatte keine Ahnung, was eigentlich los war.« Er hob die Augenbrauen.

»Und das, was damals passiert ist? Mit Billys Zwilling ...?«

»Das auch. Der Typ hat echt kein Glück mit den Frauen, was?«

West sah ihn düster an.

»Christine Austin hat auf deinen Anrufbeantworter gesprochen. Sie klang etwas wirr, aber sie erzählte von dem Mord an Eva Austin. Sie hat gestanden. Die Oregon State Police ist jetzt bei ihr. Und ein Psychologe, der davon ausgeht, dass sie wohl an einer Wochenbettdepression litt, als sie die Tat beging. Es sieht ganz so aus, als hätte ihre Familie alles, was wirklich passiert ist, vertuschen wollen, um ihren Ruf zu wahren, und versucht, die ganze Sache Stone anzuhängen. Aber anscheinend hat dein Besuch etwas in ihr ausgelöst.«

»Nein, das war nicht mein Besuch. Es war die Nachricht, dass ihr Sohn noch lebt.«

»Tja, wer weiß? Aber du warst diejenige, die darauf bestanden hat, sie zu sehen. Wer weiß, wie alles ausgegangen wäre, wenn du das nicht getan hättest?«

Rogers ließ den Kopf kreisen. Dann sah er sie wieder an und erzählte ihr noch den Rest.

»Ich habe aber nicht nur gute Nachrichten. Wir haben die Leiche von Olivia Curran aus der Höhle geborgen.« Ein Schweigen legte sich über den Raum, das nur von dem leisen Piepton des EKG und den Geräuschen der Stadt draußen unterbrochen wurde.

ACHTUNDSIEBZIG

ICH SITZE in irgendeinem Büro im Krankenhaus, das jemandem gehört, der sehr wichtig ist. Ich trage die Anziehsachen, die mir die Krankenhausdame gegeben hat. Sie sind mir ein bisschen zu groß und wahrscheinlich stammen sie von jemandem, der gestorben ist. Aber sie sind besser als das blaue Nachthemd, das ich zuerst bekommen hatte, also macht es mir nichts aus. Detective Rogers ist bei mir. Er lässt mich in dem großen Ledersessel sitzen, mit dem man sich drehen kann. Vorher mochte ich Detective Rogers nicht wirklich, weil er wie ein großer Bär ist. Aber er ist eigentlich ganz in Ordnung, auch wenn er ziemlich viele Fragen stellt. Damit sind wir nämlich gerade beschäftigt. Schon seit Stunden. Oder jedenfalls fühlt es sich wie Stunden an. Ich habe ihm alles erzählt, was in der Höhle passiert ist, und auch alles von vorher in Emilys Haus. Er schreibt das alles auf. Diesmal kann ich aber erkennen, dass er mir glaubt. Er ist auch echt beeindruckt. Besonders von dem Teil, als ich durch den Höhleneingang geschwommen bin. Auf der Hälfte bin ich an der hohen Stelle stecken geblieben. Und als ich gerade wieder losschwimmen wollte, ist die andere Polizistin auch dort stecken geblieben. Also hab ich sie rausgezogen. Es war genau wie neulich, als Dad mit mir Surfen war und ich von den ganzen Wellen umhergewirbelt wurde. Damals hab ich gedacht, Dad wollte mich umbringen, weil ich glaubte, dass er Olivia Curran getötet hätte. Aber er wollte mich gar nicht umbringen. Er wollte mich einfach nur retten.

* * *

Detective Rogers bringt mir immer wieder Süßigkeiten und Limonade aus den Automaten im Flur. Ich habe alles vor mir auf dem Tisch aufgestapelt. Detective Rogers erzählt mir, dass Emily ins Gefängnis muss.

»Was glauben Sie, warum sie das getan hat?«, frage ich ihn. Er hört auf zu schreiben und denkt eine Weile darüber nach.

»Wir wissen noch nicht alles, aber mittlerweile haben wir von vielen Leuten gehört, dass Ms. Franklin schon seit einer Weile Probleme zu haben scheint. Auch dein Dad hat das gesagt. Er meinte, während der Zeit, in der sie sich heimlich getroffen haben, hätte sie ihm sein Leben zur Hölle gemacht. Er hat wohl versucht, sich von ihr zu trennen, aber sie hat ihm anscheinend immer gedroht, dir alles zu erzählen.« Er zögert. »Hast du ihr je etwas angemerkt? Du hast ja auch Zeit mit ihr verbracht.«

Ich überlege kurz und denke an Emily, wie sie mir über die Schulter geschaut hat. Mir bei den Hausaufgaben für Naturkunde geholfen und mir erzählt hat, dass die Lehrer in der Schule alle irgendwie blöd seien und dass ich nicht auf die hören solle.

»Nein«, sage ich.

* * *

»Kann ich noch mal im Hubschrauber mitfliegen?«, frage ich schließlich. »Wenn wir wieder auf die Insel zurückkehren? Letztes Mal konnte ich es ja nicht wirklich genießen.«

Detective Rogers schüttelt den Kopf auf eine komische Art, antwortet mir aber nicht. Dann klopft es an der Tür. Ein Arzt kommt herein und sagt zu Detective Rogers, dass Dad aufgewacht sei. Er musste operiert werden. Um die Kugel zu entfernen. Ich habe gefragt, ob ich sie behalten dürfe. Als Andenken. Aber es hieß, die Polizei brauche sie als Beweisstück.

Der Arzt unterhält sich eine Weile mit Detective Rogers darüber, wie die Operation verlaufen ist. Die beiden sehen recht zufrieden aus.

»Kann ich ihn jetzt sehen?«, platzt es plötzlich aus mir heraus.

Der Arzt zögert und schaut Detective Rogers an. »Ich habe kein Problem damit. Aber nur kurz.«

Detective Rogers zuckt bloß mit den Achseln. »Von mir aus gibt es auch keine Einwände.«

Er steht auf und hält mir die Tür auf. »Na, dann komm mit, Kleiner«, sagt er.

* * *

DAD LIEGT IM BETT. Er ist an ziemlich viele Schläuche und Geräte angeschlossen, die alle paar Sekunden piepsen. Er sieht total blass aus und hat lange Stoppeln im Gesicht. Ich kann den oberen Teil seiner Brust sehen. Von da an abwärts ist alles nur Verband. Es riecht nach Desinfektionsmittel. Als ich in sein Zimmer komme, dreht er den Kopf zu mir und schaut mich an.

»Hallo, Billy«, sagt er.

»Hi, Dad«, antworte ich. Plötzlich mache ich mir richtig Sorgen. Ich weiß gar nicht, wo ich hinschauen soll.

Dad guckt auch weg. Er schaut Detective Rogers an, und sie tauschen einen Blick aus. Dann schaut er wieder zu mir.

»Ich hab gehört, was passiert ist und was du getan hast. Was Detective West getan hat.«

»Ja, vielleicht bekomme ich sogar eine Medaille. Und vielleicht schreibt die Zeitung etwas über mich, mit Foto. Meinst du, mein Foto kommt wirklich in die Zeitung?«

»Vielleicht«, sagt Dad.

»Und wäre das auch okay?«, frage ich. Ich weiß, dass Dad solche Sachen eigentlich nicht mag. Er wirft Detective Rogers wieder einen Blick zu, der sich räuspert und ein wenig verlegen aussieht.

»Alle Anklagepunkte gegen Sie sind fallen gelassen worden«, sagt Detective Rogers mit seiner rauen Stimme. »Sowohl hier als auch drüben in Oregon. Wir haben noch ziemlich viel zu klären, aber …« Er beendet den Satz nicht, sondern lässt ihn einfach verklingen.

»Dann ist es wohl okay«, sagt Dad.

Ich stehe reglos da.

»Billy. Jetzt komm endlich mal her. Lass dich mal drücken.«

Ich gehe langsam zu ihm und lege ihm die Arme um die Schultern. Ganz vorsichtig, aber trotzdem spüre ich, wie er zusammenzuckt.

»Geht's dir gut, Dad?« Plötzlich bin ich beunruhigt. Ich habe gar nicht richtig mitgekriegt, was die Ärzte gesagt haben. Ich war so aufgeregt. »Musst du etwa sterben?«

Langsam macht sich ein Lächeln auf Dads Gesicht breit. »Ich glaube nicht, Kleiner.«

Doch dann wird mir trotzdem alles irgendwie zu viel. Meine Augen fangen an zu brennen, als müsste ich gleich weinen.

»Es wird doch alles wieder gut, oder?«, frage ich. Jetzt kann ich mir nicht mehr helfen. Die Tränen strömen mir übers Gesicht.

»Ja«, sagt Dad. Er zieht mich eng an sich und hält mich fest. Es fühlt sich so gut an und ich klammere mich an ihn.

»Ich glaube schon. Ich glaube ganz fest daran, dass alles wieder gut wird.«

AN MEINE LESER

Vielen Dank, dass Sie sich für dieses Buch entschieden haben. Ich hoffe, es hat Ihnen gefallen. *Die Tote von Lornea Island* ist im Jahr 2018 in der englischen Originalfassung unter dem Titel *The Things You Find in Rockpools* erschienen. Mit über 100.000 verkauften Exemplaren wurde es gleich im ersten Jahr in Großbritannien und den USA ein Amazon-Bestseller. 2019 folgte der zweite Band *The Lornea Island Detective Club*, und das dritte Buch erschien 2020 unter dem Titel *The Appearance of Mystery*. Im selben Jahr erschien Band 1 auf Deutsch – *Die Tote von Lornea Island* – und auch die beiden Folgebände werden derzeit ins Deutsche übersetzt und bald über Amazon.de zu beziehen sein.

Die einzelnen Bände der Lornea-Island-Krimireihe:

Band 1: *Die Tote von Lornea Island* – Auf Amazon.de erhältlich

Band 2: *Der Lornea Island Detective Club* – Kann jetzt vorbestellt werden

Band 3: Voraussichtlicher Erscheinungstermin Anfang 2021

Unten finden Sie als Vorgeschmack den Klappentext von *Der Lornea Island Detective Club*.

* * *

Bitte geben Sie eine Bewertung ab

Wenn Ihnen dieses Buch gefallen hat, würde ich mich sehr über eine Bewertung auf Amazon freuen. Leserbewertungen sind für Autoren überaus wichtig und helfen außerdem anderen Interessierten bei der Suche nach Büchern, die ihnen gefallen könnten. Eine Bewertung zu schreiben ist ganz einfach: Klicken Sie hierzu auf der Amazon-Seite von *Die Tote von Lornea Island* unter »Kundenrezensionen« und »Dieses Produkt bewerten« auf »**Kundenrezension verfassen**«. Ich würde mich wirklich sehr darüber freuen, vielen Dank!

Bleiben Sie auf dem Laufenden

Wenn Sie kein neues Buch von Gregg verpassen möchten, folgen Sie ihm einfach auf Amazon! Klicken Sie auf der Amazon-Seite des Buches unter »Dem Autor folgen« auf »**Folgen**«.

Oder melden Sie sich für den Newsletter des Autors an, wenn Sie gern auf Englisch lesen. Sie erhalten dann eine Gratisausgabe seiner Novelle *Killing Kind* sowie Updates zu Neuerscheinungen auf Englisch und Deutsch.

www.greggdunnett.co.uk/German

DER LORNEA ISLAND DETECTIVE CLUB

Mit gerade mal 14 Jahren hat Billy Wheatley bereits zwei Mordfälle aufgeklärt – na ja, mehr oder weniger. Da ist es nur konsequent, dass er auf der vom Wind gepeitschten und abgelegenen Insel Lornea Island eine Detektei gründet.

Überraschender ist, dass er plötzlich nicht nur eine Geschäftspartnerin, sondern auch eine richtige Mandantin hat, die allerdings beide ein bisschen verrückt sind – auf ihre jeweils ganz spezielle Art.

Es dauert nicht lange, da steckt Billy mitten in der Untersuchung eines Falles von vor vierzig Jahren, bei dem ein Mann unter mysteriösen Umständen verschwand. Und obwohl das nach einer längst verjährten Geschichte klingt, deckt Billy mit seinen unkonventionellen Methoden Spuren auf, die für immer begraben bleiben sollten. Und sorgt damit bei denjenigen für Unruhe, die sie begraben haben. Gleichzeitig wird Billy von seiner eigenen verborgenen Vergangenheit eingeholt, auf eine Weise, mit der er überhaupt nicht rechnet.

Billy muss seine einzigartige Kombination aus Charme, jugendlichem Optimismus und wissenschaftlicher Raffinesse einsetzen, um zwei Rätsel zu lösen, bevor es zu spät ist. Denn mindestens eine der Personen, denen er meint, vertrauen zu können, trachtet ihm nach dem Leben.

Es ist bloß nicht die, die er im Verdacht hat.

Der Lornea Island Detective Club ist die Fortsetzung von *Die Tote von Lornea Island*, das im Jahr 2018 in der englischen Originalfassung unter dem Titel *The Things You Find In Rockpools* erschien und in den USA, Großbritannien, Australien und Kanada ein Amazon-Bestseller war. Seitdem hat es sich über 100.000 Mal verkauft und erhielt mehr als 2000 internationale Bewertungen von durchschnittlich 4,7 von 5 Sternen. Hier ein Blick auf die Reaktionen anderer Leser:

„Wirklich enorm unterhaltsam. Dieses Buch steht eine Stufe über einem Nullachtfünfzehn-Thriller und lässt einen bis zum Ende im Dunkeln tappen.“

„Billy ist mein absoluter Lieblingsprotagonist geworden!“

„Wenn ich könnte, würde ich 6 Sterne vergeben.“

Kann jetzt vorbestellt werden

https://readerlinks.com/1/1464646

ÜBER DEN AUTOR

Gregg Dunnett ist ein britischer Autor, der Psychothriller und Geschichten über Reisen und Abenteuer schreibt, die häufig einen engen Bezug zur Küste oder zum Meer haben.

Bevor er als Schriftsteller durchstartete, arbeitete er zehn Jahre lang als Journalist für ein Windsurf-Magazin, besaß kurz eine eigene Segelschule in Ägypten, war Englischlehrer in Thailand, Portugal, der Türkei und in Italien, gab Segelunterricht in Griechenland und Spanien und hatte zwischendurch noch mehrere andere, weniger aufregende Jobs.

Gregg lebt mit seiner Partnerin Maria in Bournemouth an der Südküste Englands. Die beiden haben zwei kleine Kinder, Alba und Rafa, die sich von Aussagen wie »Papa muss arbeiten« nicht im Geringsten beeindrucken lassen.

Greggs Debütroman *The Wave at Hanging Rock* war in Großbritannien unter den Top-100-Bestsellern auf Amazon und wurde rund 250.000 Mal heruntergeladen.

Printed by Amazon Italia Logistica S.r.l.
Torrazza Piemonte (TO), Italy